Ullste

ÜBER DAS BUCH:

Die Bevölkerung von Santa Rita ist zutiefst beunruhigt, denn ein Unbekannter ermordet junge lateinamerikanische Frauen und verstümmelt sie auf das grausamste. Kathryn Mackay, der ein exzellenter Ruf als Staatsanwältin vorauseilt, wird mit der Leitung der Sonderkommission zur Klärung dieser Morde betraut. Ihr Leben, in dem sie zwischen ihrer kleinen Tochter und ihren beruflichen Pflichten ständig Kompromisse schließen muß, wird dadurch nicht einfacher. Bald treibt auch noch der Killer seine Spielchen mit ihr in Form von verschlüsselten Botschaften. Und als sie anfängt, seine Kreise empfindlich zu stören, gerät Kathryn Mackay in höchste Gefahr.

DIE AUTORIN:

Christine McGuire, Staatsanwältin und Schriftstellerin, leitet eine Sondereinheit zur Verbrechensbekämpfung in Santa Cruz, Kalifornien. Darüber hinaus unterrichtet sie an der Akademie des FBI in Quantico, Virginia. Ihr erstes Buch, *Ein perfektes Opfer,* der Tatsachenbericht über einen sensationellen Fall sexueller Hörigkeit, führte lange Zeit die Bestsellerliste der *New York Times* an.

Christine McGuire

Bis zum bitteren Ende

Roman

Ullstein

Kriminalroman
Ullstein Buch Nr. 23576
im Verlag Ullstein GmbH,
Frankfurt/M – Berlin
Titel der Originalausgabe:
Until Proven Guilty
Aus dem Amerikanischen
von Jörn Ingwersen

Ungekürzte Ausgabe

Umschlaggestaltung:
Vera Bauer
Umschlagillustration:
Silvia Christoph

Printed in Germany 1995
Satz: MPM, Wasserburg
Druck und Verarbeitung:
Ebner Ulm
ISBN 3 548 23576 X

Juli 1995
Gedruckt auf alterungsbeständigem
Papier mit chlorfrei
gebleichtem Zellstoff

Die Deutsche Bibliothek – CIP-Einheitsaufnahme

MacGuire, Christine:
Bis zum bitteren Ende : Roman / Christine McGuire.
[Aus dem Amerikan. von Jörn Ingwersen]. –
Ungekürzte Ausg. – Frankfurt/M ;
Berlin : Ullstein, 1995
(Ullstein-Buch ; Nr. 23576 : Kriminalroman)
Einheitssacht.: Until proven guilty <dt.>
ISBN 3-548-23576-X
NE: GT

Dieses Buch ist den öffentlichen Anklägern
überall auf der Welt gewidmet:
den wahren Verteidigern des Rechts.

Danksagung

Mein tief empfundener Dank gilt Frederick Nolan, ohne den dieser Roman nicht möglich gewesen wäre. Außerdem möchte ich meinen Agenten Arthur und Richard Pine für ihre Förderung und Anleitung danken; meiner Lektorin Julie Rubinstein dafür, daß sie mir geholfen hat, aus meinem Manuskript einen Roman zu machen; und meiner Familie für ihre nie endende Inspiration und Unterstützung.

Prolog

In Saigon verkauften Straßenhändler kleine Papierkügelchen, die man in Wasser legte und aus denen sich über Nacht Blumen, Bäume oder Pagoden entfalteten. So fühlte sich Lee seit seiner Ankunft: als öffnete sich eines dieser Kügelchen in Zeitlupe zu einer Blume, einer giftigen Blume in seinem Hirn, dunkel, gefährlich und abgrundtief böse. Wann immer er konnte, durchstreifte er die Straßen, ständig auf der Suche. Er hatte keine klare Vorstellung davon, was er suchte, aber er wußte, er würde es erkennen, wenn er es fand. Es war, als hätte er schon immer gewußt, daß er es finden würde. Irgendwann.

Er war dem Militärischen Informationsdienst zugeteilt, den man in einer Villa im Norden der Stadt untergebracht hatte. Es war ein Kinderspiel. Er mußte nur die Kriegsberichterstatter kurz informieren. Die meisten waren alte Knacker an die sechzig, die seit dem Sieg über Japan keinen ernstgemeinten Schuß mehr gehört hatten. Sie wollten ihre Artikel abschreiben und schnell wieder ins Hotel zurück, interessierten sich nur dafür, ob es was zu saufen gab und ob die Rotkreuz-Schwestern in ihrer Unterwäsche tanzten. Sie schrieben, was immer er ihnen erzählte. Danach konnte er tun und lassen, was er wollte.

Downtown Saigon war erfüllt vom grellen Schein des Neon, ein bizarres Filmset, die Statisten Nutten, Luden, Säufer und Soldaten in Zivil. Der Soundtrack das Höllenspektakel von Bussen und Autos, Mopeds und Jitneys. Der Drehort ein gepflasterter Sumpf, aus dem die stinkenden Winde niemals den Dreck fortwehten.

Um die Tu Do Street herum gab es gut fünfzig Girlie-Bars mit amerikanischen Namen: Dallas, Chicago, Manhattan.

Dorthin ging Lee oft, sog den unwiderstehlichen Gestank von Elend und Ausschweifung in sich auf. Es gab da einen Laden namens La Bohème, in dem die Hostessen anstelle von Gymnastik- oder Badeanzügen durchsichtige Kleider trugen. Es gab nichts, was man nicht bekommen konnte. Es gab nichts, was sie einen nicht tun ließen. Um dein Interesse zu wecken, nahmen sie deine Hand und legten sie genau da hin.

Sie empfanden keinerlei Scham. Es war einfach etwas, das sie taten, als würden sie Schreibmaschine schreiben. *Was möchtest du, Johnny? Sag's mir, und ich tu es.* Irgend etwas baute sich in ihm auf, eine Erwartung, die er nicht erklären, ein Drang, den er nicht beschreiben konnte. Er ging mit verschiedenen Mädchen, vielen davon, aber nie war es gut. *Komm schon, Baby, ich helf dir.* Dann geriet er in einer Freitagnacht in einer Gasse abseits der Tu Do Street in eine Bar und sah sie.

Sie saß in einer Ecke bei einem Milchgesicht von etwa zwanzig, der versuchte, ihr einen Schluck aus seinem Flachmann einzuflößen. Sie wollte fort, er versuchte, sie festzuhalten und griff ins Leere. Er zeigte ihr den Mittelfinger, wandte sich wieder seinen Kameraden zu. Das Mädchen schlängelte sich durch die Menge auf der Tanzfläche, und als sie aufsah, trafen sich ihre Blicke. Sie trug einen tief ausgeschnittenen, einteiligen roten Badeanzug. Wie die anderen Mädchen. Sie hatte eine Figur wie ein Teenie. Er packte sie, grub seine Finger in ihren Hintern.

»Wie heißt du?« sagte er. Seine Stimme kam rauh aus der Kehle.

»Kim«, sagte sie. Sie legte ihre Arme um seinen Hals und drückte ihren Unterleib an seinen. Die Blütenblätter der dunklen Blume in seinem Hirn begannen sich zu regen.

»Spendierst du mir einen Drink, Süßer?«

»Klar«, sagte er. »Was möchtest du, Tee?«

Viele der Mädchen tranken etwas, das sie Saigon-Tee nannten, ein Fingerhut voll kalter Flüssigkeit, die zwei Dollar kostete und an der sie sich so lange festhielten, bis sie den Freier an Land gezogen hatten.

»Kaufst du mir eine Coke?« sagte sie mit einer Kleinmädchenstimme. »Kaufst du mir eine Coke, Süßer?« Coke war dreimal so teuer wie Tee.

»Sicher, daß du keinen Champagner willst?«

»Ja«, sagte sie ernsthaft. »Coke ist okay.«

Der schwitzende Barkeeper, der aussah wie ein Hundertjähriger, wahrscheinlich aber noch keine vierzig war, stellte die Coke und Lees Bier auf den Tresen und riß das Geld an sich.

»Ist das dein richtiger Name, Kim?«

»Sicher. Gefällt er dir, Süßer?«

Lee sah sich um. Er wußte nicht mal, wie der Laden hieß. Sie waren alle gleich, die Sitzecken entlang der schweißnassen Wände, in denen sich schreiende Männer und Frauen drängten, alle betrunken oder bekifft oder beides, überall der Gestank von verschüttetem Bier und Schweiß, der Tanzboden eine winzige Fläche knallvoll mit Pärchen, die praktisch im Stehen vögelten.

»Ja«, sagte er. »Gefällt mir gut.«

Ein großer Amerikaner stand von einem Tisch auf, den Arm um eines der Mädchen gelegt, und sie schwankten in den hinteren Teil des Raumes, wo es eine Tür gab, die zur Treppe führte. Alle Mädchen hatten »Zimmer« – kaum mehr als gardinenverhängte Lager – über der Bar. Lee schob sich auf den freigewordenen Stuhl, zog Kim mit sich, sein Arm um ihre Taille.

»Wie gefällt dir das?« sagte sie. Sie langte unter den Tisch und nahm seinen Schwanz, preßte ihn mechanisch. Das Donnern in seinen Ohren wurde lauter. »Magst du das, Süßer? Willst du mit mir Baby machen?«

Ihr Körper war geschmeidig und fest und fühlte sich etwas feucht an. Sie hatte einen breiten Mund, hübsche Zähne, hohe Wangenknochen, glänzendes Haar – das Haar war für vietnamesische Frauen sehr wichtig. An der Frisur konnte man erkennen, aus welchem Landesteil sie kamen: die aus dem Norden schnitten es an der Hüfte gerade ab, die aus dem Süden nicht. Diese kam aus dem Norden, eine puppenhafte Kindfrau mit feinen Zügen. Er fragte sich, ob sie chinesisches Blut in sich hatte. Manche hatten es.

»Nicht hier«, sagte Lee heiser. Der Puls hämmerte in seinem Kopf. »Nach der Arbeit? Ich warte auf dich.«

Sie beugte sich so weit vor, daß ihre Wange seine berührte. Er spürte den sanften Hauch ihres Atems an seinem Gesicht.

»Komm mit nach oben«, flüsterte sie. »Ich bin nett zu dir. Ich leck deinen Schwanz, bis dir die Eier abfallen.«

Schmutzige Worte benutzten sie alle, aber diese kindliche Schamlosigkeit erregte ihn ganz besonders. Er wollte alles mit ihr tun. Sofort. Alles, wovon er jemals geträumt hatte.

»Willst du mitkommen?« fragte er sie. »Zu mir?«

»Ich kann nicht weg. Nicht erlaubt.«

»Ich regel das. Wer ist dein Lude?«

»Ist egal, ob du mit Dinh redest.« Sie wirkte verunsichert, als könne er ihr Schwierigkeiten machen. Sie scheint noch nicht lange dabei zu sein, dachte er.

»So heißt er? Dinh?« Lee sah sich um. »Welcher ist es?«

»Da drüben, in der Ecke.«

Der Mann sah auf, als hätte jemand seinen Namen gerufen. Er war klein und drahtig, mit pockennarbigem Gesicht und toten Augen. Er trug einen teuren cremefarbenen Zweireiher, ein hellblaues Seidenhemd und zweifarbige Schuhe. Er sah aus wie ein kubanischer Gangster. Lee deutete mit dem Daumen auf sich, und er kam träge herüber. Er sah auf Lees Hände, nicht in sein Gesicht.

»Gibt's ein Problem, Jack?« Seine Stimme war matt und tonlos, eine seltsame Mischung aus Orientalisch und Amerikanisch. »Macht sie dir Ärger?«

»Nein«, sagte Lee. »Ich will sie mit zu mir nehmen.«

Der Zuhälter atmete scharf ein, als hätte Lee etwas Obszönes vorgeschlagen.

»Das kostet dich viel Geld, Jack«, sagte er. »Sie ist neu. Eins meiner besten Mädchen. Frisch von der Farm. Du weißt, was ich meine?«

»Wieviel?« fragte Lee.

Die toten Schlangenaugen musterten ihn, rechneten. »Siebenhundertfünfzig.« Zehn vietnamesische Piaster waren ein Dollar.

»Hast du sie noch alle?«

»Das ist höhere Mathematik, Jack.«

»Ich geb dir fünf. Höchstens.«

»Sie ist 'ne ziemlich teure Lady, Jack. Begehrte Ware. Ich sag dir was. Ich mach dir einen Vorschlag. Siebenhundert.«

»Vierfünfzig«, sagte Lee. »Und gleich sind es vierhundert.«

»Okay, okay, vierfünfzig«, sagte der Lude. »Wie heißt du, Freund?«

»Tom Bailey«, sagte Lee. »Rifleman First Class.«

»Okay, Tom. Laß Geld sehen!«

Lee fischte seine Rolle mit den Scheinen heraus, tat, als sähe er den Blick nicht, den der Lude Kim zuwarf. Zock ihn ab. Er lächelte in sich hinein. Heute abend hast du kein Glück, Dinh, dachte er, als er die schmierigen Scheine zählte. »Vierhundert, zwanzig, vierzig, fünfzig. Okay?«

»Okay, Tom, viel Spaß, ihr beiden.« Dinh grinste breit.

Draußen war es so feucht wie an einem Abend in New Orleans. Er winkte ein Taxi heran und sagte dem Fahrer, wohin er wollte. Am Lam Son Square drängten sich die Street Cowboys und Taschendiebe wie ein Schwarm Spatzen. Männer musterten mit durchdringendem Blick die Nutten im Rotlicht-Bezirk. MPs mit kugelsicheren Westen und schneeweißen Helmen zählten in den Gassen ihr Schmiergeld. Im Taxi schob Kim ihre Hand in seine Hose, und das Haar fiel über ihr Gesicht. Hey, cholo, magst du das? Lust stieg in ihm auf wie

Wasser, das in eine Flasche lief. Ein Donnern war in seinem Kopf, jetzt, jetzt, jetzt. Er konnte nichts sagen, konnte kaum noch sehen oder hören.

Er hatte die Schlüssel zu einer Zwei-Zimmer-Hütte auf der Westseite der Stadt. Schwarzmarkthändler hatten sie als Lagerraum genutzt. Er hatte in den Vernehmungsprotokollen des Militärischen Informationsdienstes darüber gelesen und die Schlüssel an sich genommen. Niemand außer ihm wußte davon. Es gab ein Bett und ein paar Stühle, ein primitives Schlafzimmer, nach amerikanischen Ansprüchen lausig, aber für die meisten Vietnamesen Luxus. Er betrachtete, wie sich der Hintern des Mädchens bewegte, als sie vor ihm die Treppe hinaufging.

»Ist das deine Wohnung? Du bist reicher Mann, ja?« sagte sie. Sie klang glücklich, als hätte er sie an einen wunderschönen Ort gebracht. Die Fensterläden waren geschlossen, und die Wohnung roch muffig, aber er nahm nur sie wahr, das sanfte Rascheln ihrer Schenkel, wenn sie sich durch den Raum bewegte, den scharfen, säuerlichen Geruch ihrer Haut. Er riß sich das Hemd vom Körper, schleuderte die Schuhe weg, warf seine Hosen auf den Stuhl. Sie stand vor dem Fenster, die Konturen ihres Körpers umrahmt vom schwachen Licht des Mondes, genau wie ...

Lynda.

»Sieh dich an! Weißt du, wie estupido du aussiehst? Du meinst wirklich, du darfst es mit mir treiben, ja? Du meinst, ich laß dich auch nur in meine Nähe? Glaubst du, du kannst irgendeine Frau mit diesem Ding da befriedigen? Ich hab schon Babys mit dickeren Pimmel gesehen. Ich hab schon dickere Shrimps gesehen! Du bist jämmerlich, weißt du das?«

Das Wort hallte in seinem Schädel nach, jämmerlich, jämmerlich, jämmerlich. Die Erinnerung an Lynda und seine Scham verdrängten jeden weiteren Gedanken, und er fühlte, wie er schrumpfte, schlaff wurde. Zur Hölle mit ihr, dachte er, zur Hölle mit dieser billigen Latinonutte. Würde er denn jemals vergessen können, was in jener Nacht geschehen war?

»Ist irgendwas, Baby?« Jetzt tat Kim es. Sie starrte dorthin. Erst war er bestürzt, dann wurde er wütend.

»Nichts ist«, fuhr er sie an. »Wart's ab ...«

Kim streckte ihre Hand aus und kniff ihn in den Schwanz.

»Sieht komisch aus«, sagte sie und kicherte. »Wie Shrimp.«

Die Wut war wie eine helle Explosion in seinem Hirn. Blindlings, ohne nachzudenken, schlug er sie. Sie fiel der Länge nach aufs Bett, der lachende Mund urplötzlich eine hellrote Blüte, nackte Angst in den dunklen Augen. Mit einem Schritt war er bei ihr. Er packte sie vorn am Badeanzug und riß ihn auf, zog sie dabei halb aufrecht. Sie schrie, und wieder schlug er sie, diesmal mit der offenen Hand. Wieder und wieder schlug er sie, brachte sie zum Schweigen. Sie machte sich los und kroch in eine Ecke, wimmerte vor Entsetzen, nahm ihre Knie und legte wie ein Fötus die Arme um den Kopf.

»Steh auf!« zischte er, packte sie beim Haar und zerrte sie aus der Ecke.

»Nicht schlagen nicht schlagen ...« kreischte sie, die Augen fest zugepreßt, ihr blutbespritztes Gesicht vor Schmerz verzerrt.

»Aufs Bett!« schrie er. »Gesicht nach unten!«

Bäuchlings lag sie auf dem Bett, nackt, winselnd. In seinem Kopf entfaltete sich die dunkle Blume, erblühte blutrot. In seinen Ohren dröhnte es wie in einem Stadion. Jetzt! Jetzt! Jetzt! Energie durchströmte seinen Körper. Noch nie hatte er solche Erregung gespürt, solche Macht.

Er riß sein Hemd in Streifen und fesselte Kims Handgelenke oben ans Bett, dann die Füße unten, so daß sie wie ein X ausgestreckt mit dem Gesicht nach unten lag. In der Schublade des wackligen Tischchens neben dem Bett lag ein Messer, das er von einem Typen bei den Luftlandetruppen gekauft hatte. Die Klinge war zwanzig Zentimeter lang, scharf genug, um sich damit rasieren zu können. Er nahm es und setzte sich nackt auf ihren Hintern. Jetzt war er wieder hart. Sie spürte es und drehte ihren Kopf, damit sie ihn sehen konnte. Dann bemerkte sie das Messer. Ihre dunklen Augen weiteten sich, als wäre sie ein Tier, das in der Falle saß.

»Oh, bitte«, murmelte sie mit geschwollenen Lippen. »Nicht.«

»Du hast Angst, Kim«, sagte er. Seine Stimme war ganz sanft. »Es tut dir leid, daß du über mich gelacht hast, nicht wahr?«

Sie nickte stumm. Er berührte die Innenseite ihres Schenkels mit der Klinge des Messers. Als sie zuckte, lächelte er.

»Bitte«, preßte sie hervor. »Bitte. Ich mach alles, was Sie wollen. Alles. Tun Sie mir nicht weh!«

»Es wird nicht weh tun, Kim«, sagte er. »Das versprech ich dir.«

Er wußte genau, was er jetzt tun wollte. Es war, als hätte er es schon immer gewußt. Und es war, als wüßte sie es ebenfalls. Er nahm eine Strähne von ihrem langen Haar in seine Linke und schnitt sie mit einem kurzen Hieb des Messers ab. Dann noch eine und noch eine, nahm das leise Schluchzen des Mädchens unter ihm gar nicht mehr wahr.

1

Das Telefon läutete um 4.17 Uhr.

Kathryn ließ den Anrufbeantworter anspringen, hörte zu, verriet nicht, daß sie zu Hause war.

»Miss Mackay, hier ist County Communications«, sagte eine kurz angebundene, weibliche Stimme. »Wir haben einen Mord auf Shelter Island. Bitte rufen Sie so bald wie möglich County Comm.«

»Verdammt«, sagte Kathryn und rollte aus dem Bett. Sie nahm den Hörer ab und wählte. Die Zentrale erklärte ihr, das Sheriff's Department habe um ihre Anwesenheit am Tatort gebeten. Wenigstens ist es in der Nähe, dachte Kathryn. Shelter Island lag unterhalb ihrer Wohnung in Espanola, ein paar Meilen südlich von Santa Rita.

»Wo genau ist der Tatort?« fragte sie.

»Am Westende der Insel«, sagte die Telefonistin. »Wissen Sie, wo?«

»Beim Leuchtturm«, sagte Kathryn. »Wer hat das Kommando da unten?«

»Sergeant Forsyth vom Sheriff's Department. Die Spurensicherung muß jeden Augenblick eintreffen.«

»Okay. Bitte rufen Sie den diensthabenden Inspector vom Büro des Staatsanwalts und bitten Sie ihn, zum Tatort zu kommen. In einer Viertelstunde bin ich da.«

Sie legte auf und tappte durch die dunkle Wohnung ins Gästezimmer, machte im Flur Licht. In der Dunkelheit tippte sie Ruth an die Schulter. »Ruth«, flüsterte sie, »wach auf.«

»Ja, uh, was?«

»Ich hab gerade einen Anruf bekommen.«

»Wieschpätisses?«

»Vier Uhr fünfundzwanzig.«

»Okay, okay. Brauchst du irgendwas?«

»Nein«, sagte Kathryn. »Ich bin so bald wie möglich wieder da. Kannst du Emma zur Schule bringen, falls ich es nicht schaffe?«

»Mh-hm«, murmelte Ruth und vergrub sich wieder in ihrem Kissen. Während der zwei Wochen, in denen Kathryn Rufbereitschaft hatte – eine Pflicht, mit der jeder Mitarbeiter der Staatsanwaltschaft einmal im Jahr an der Reihe war – schlief die Nachbarin Ruth Draper bei ihr, damit jemand bei Kathryns sechsjähriger Tochter war, falls sie rausgerufen wurde. Heute war es das fünfte Mal in zehn Tagen. Vier Tage noch, dachte sie, als sie ins Badezimmer ging.

Im grellen Neonlicht kniff sie die Augen zusammen. Mein Gott, dachte sie, ich seh aus wie eine Leiche, der die Haare zu Berge stehen. Sie spritzte sich kaltes Wasser ins Gesicht, um wach zu werden. Im Schlafzimmer zog sie ihre Jeans und ein T-Shirt an, dann machte sie sich an ihr Make-up: Lidschatten, Rouge, Wimperntusche, Lippenstift, alles, was dazu gehört. Sie legte ihre Ohrringe an, nahm die Tennisschuhe, ihre Jeansjacke, Handtasche und Portemonnaie, und ging hinunter in die Garage. Es war noch dunkel, und alles still. Sie sprang in den kleinen, roten Mazda, setzte zurück. Die Luft war feucht und kühl, und auf der Fahrt den Hügel hinunter sah sie das Licht des Leuchtturms von Shelter Island aufblitzen. Die Straßen waren leer. Als sie an der Beach Avenue links einbog und die Brücke zur Insel nahm, fing es an zu nieseln.

Eigentlich war Shelter Island gar keine Insel mehr. Vor Jahren schon hatte man die Landzunge mit dem Festland verbunden: Jetzt war sie eine schmale Halbinsel, die den kleinen, tränenförmigen Hafen von Laguna del Mar und das künstlich angelegte Marina Village schützte. Auf der Meeresseite gab es Strände mit feinem, weißen Sand. Auf dem Weg zur Promenade sah Kathryn Blinklichter, dann Streifenwagen, die wie immer kreuz und quer parkten. Ein uniformierter Deputy hielt sie an, und sie kurbelte die Scheibe herunter.

»Kathryn Mackay, Staatsanwaltschaft.« Sie zeigte ihren Ausweis, dann erkannte sie den Beamten. »Oh, hi, Kennedy.«

»Morgen, Miss Mackay.« Kennedy war hochgewachsen, schlank und blond, vielleicht vier- oder fünfundzwanzig. Er winkte mit der Lampe. »Wenn Sie mir folgen wollen.«

Langsam fuhr sie ihm hinterher und parkte, wo er sie einwies. Sie stieg aus, schloß den Mazda ab, klemmte ihren Ausweis an die Jacke und drängte sich durch einen Pulk Einheimischer vor dem gelben Band der Tatortabsperrung. Ein verschlafen wirkender Channel-Seven-Reporter kam vom Ü-Wagen herübergelaufen und musterte sie neugierig.

»Nicht jetzt«, sagte sie schroff und duckte sich unter das Band, das einer der Cops ihr hochhielt. Der weiße Bus der Spurensicherung parkte neben der Straße. Ein großer Mann in der Uniform eines Deputy zog sich gerade eine gelbe Regenjacke über. Kathryn lächelte und tippte ihn an die Schulter.

»Hey, Sergeant«, sagte sie, »wie viele Stellvertretende Bezirksstaatsanwälte kennen Sie, die morgens um halb fünf aufstehen, um Sie auf Ihren Fall vorzubereiten?«

»Gestehen Sie's, Sie sind doch nur gekommen, weil ich so unwiderstehlich bin.« Der große Mann grinste sie an. Sein Name war Mike Eastwood. Er war Zeuge in einem Mordprozeß, den Kathryn kommende Woche verhandeln sollte. Bisher hatte sie noch keine Gelegenheit gehabt, ihn darauf vorzubereiten. »Wollen Sie Forsyth sprechen? Er leitet die Ermittlungen.«

»Gleich«, sagte Kathryn. »Was haben wir hier?«

»Junge Frau spanischer Abstammung. Etwa zwanzig. Übel zugerichtet. Doc Nelson sagt, es sieht aus, als könnte es nachträglich passiert sein.«

Dr. Morgan Nelson war der Pathologe im County. Außerdem war er einer von Kathryns besten Freunden.

»Das ist alles, was er gesagt hat?«

»Mehr oder weniger«, sagte Eastwood. »Der Täter hat sie irgendwo ermordet und dann die Leiche hier abgeladen. Ist wohl so ein Irrer, glaubt er.«

Kathryn sagte nichts dazu. Eastwood erwartete auch keine Antwort.

»Wer hat sie gefunden?«

»Ein Mann, der Nachtschicht arbeitet und seinen Hund ausgeführt hat. Der da drüben am Wagen.«

Der Mann, der neben dem Streifenwagen stand, die Hände in der Jacke vergraben, den Kopf eingezogen, war etwa fünfunddreißig, klein, stämmig, mit tiefen Aknenarben.

»Haben Sie seine Aussage?«

»Soweit sie was wert ist«, sagte Eastwood lakonisch. »Und das ist nicht viel.«

»Was hat Doc Nelson über die Todesursache gesagt?«

»Tod durch Erdrosseln. Er sagt, er kann die Zeit, da der Tod eingetreten ist, nicht genau bestimmen.«

»Ich seh es mir besser mal an.«

Die nackte Leiche lag kopfüber an einem Dünenhang, die Arme ausgestreckt, die Beine weit gespreizt. Eine junge Frau, schlank, mit kleinen Brüsten. Ihr Mund stand weit offen, wie zu einem stummen Schrei, das kurze, dunkle Haar voller Sand, die Haut grau wie das Meer. Ihr Unterleib war ein Brei aus verstümmeltem Fleisch. Kathryn unterdrückte ein Schaudern.

»Warum so wenig Blut?« fragte sie Eastwood.

»Wie gesagt: Wir nehmen an, sie ist woanders ermordet und dann hier abgeladen worden. Wahrscheinlich gestern nach Einbruch der Dunkelheit. Tagsüber sind hier zu viele Leute.«

»Warum sollte er das tun? Die Leiche an einen so stark frequentierten Ort bringen?«

Eastwood hob vielsagend die Schultern. Kathryn sah sich um. Der Pulk aus Einheimischen hatte sich zerstreut. Zwei Cops standen an ihren Wagen gelehnt und tranken Kaffee aus einer Thermoskanne.

»Ich habe County Comm gebeten, einen Inspector zu schicken«, sagte sie. »Könnten Sie ihm absagen?«

»Klar«, sagte Eastwood. »Noch was?«

Kathryn schüttelte den Kopf. »Ich glaube nicht, daß ich hier noch irgendwas ausrichten kann«, sagte sie. »Es sei denn, Sie möchten, daß ich bleibe?«

»Nein«, sagte Eastwood. »Gehen Sie ruhig wieder ins Bett.«

»Netter Gedanke«, sagte Kathryn und kehrte zu ihrem Wagen zurück. Der Reporter von Channel Seven sah sie und kam mit einem Kameramann im Schlepptau herüber.

»Können Sie uns irgendwas sagen, Miss Mackay?« Sie erkannte den Reporter. Sein Name war Keleher.

»Nichts, was Sie nicht schon wüßten, Bill«, sagte sie.

»Dreißig Sekunden? Bitte, bitte?«

Sie zuckte mit den Schultern. Keleher leitete die Kurzmeldung ein, und sie sprach ein paar Worte im grellen Scheinwerferlicht. Eine junge Frau hispano-amerikanischer Abstammung, bisher nicht identifiziert, offenbar erdrosselt und von ihrem Mörder hierher gebracht. Ja, da wären Verstümmelungen. Nein, bisher gäbe es keinen Hinweis auf die Identität des Mörders. Die Ermittlungen hätten gerade erst begonnen. Nach der Obduktion würde eine ausführliche Erklärung folgen.

»Also gut, Jungs«, sagte Keleher zu seiner Mannschaft, als sie die Meldung fertig hatten. »Packt ein. Wir gehen nach Hause. Hier gibt es nichts mehr zu holen.«

Die Kaltherzigkeit ging Kathryn durch und durch. Das tote Mädchen am Strand war nur ein weiterer Name in der Totenliste, mit der Medien und Cops ihre Tage verbrachten. Manchmal bedienten sie sich sogar desselben Vokabulars: Es gab »gute« und »schlechte« Morde. Vom Medienstandpunkt aus betrachtet war dies ein guter. Das Interesse an der Ermordung eines jungen Mädchens, dessen grausam verstümmelte Leiche man an einem so schönen Fleckchen Erde fand, war groß. Für die Cops war es ein schlechter Mord.

Das Morgengrauen ließ den Himmel über den Bergen in hellen Rosatönen erstrahlen, als Kathryn nach Seaview Heights zurückkehrte. In der Wohnung war alles still. Auf Zehenspitzen schlich sie zu Emmas Zimmer und sah hinein. Ihre Tochter schlief tief und fest, einen Arm lässig hinter dem Kopf, das lange, dunkle Haar wie Seetang auf dem Kissen ausgebreitet. Kathryn drehte sich um und sah Ruth im Türrahmen des gegenüberliegenden Schlafzimmers stehen.

»Ich hab dich kommen hören«, sagte sie. Sie rieb ihre Augen. »Gehst du wieder ins Bett?«

Kathryn schüttelte den Kopf. »Ich sollte noch was arbeiten. Vielleicht kann ich mich später kurz hinlegen.«

»Und vielleicht können Schweine fliegen«, brummte Ruth. »Wozu haben sie dich rausgerufen?«

»Mord«, erklärte Kathryn. »Furchtbare Sache.«

»Willst du mir erzählen, was passiert ist?«

»Da gibt es nicht viel zu erzählen. Ein Mann hat die Leiche eines Mädchens am Strand von Shelter Island gefunden. Hispano-Amerikanerin, um die zwanzig. Erdrosselt und dann ... verstümmelt. Sieht aus wie ein Sexualmord. Mehr wissen wir noch nicht.«

»Großer Gott«, sagte Ruth. »Du kriegst auch immer die Sahnestücke. Möchtest du Tee?«

Kathryn schüttelte den Kopf. »Ich könnte eine Dusche gebrauchen. Eine schöne, heiße Dusche.«

Sie ging ins Badezimmer und zog sich aus, warf ihre Sachen in den Wäschekorb. Sie drehte das heiße Wasser in der Dusche auf und stieg hinein, stöhnte laut, als es auf sie niederprasselte, dann gab sie sich der wohligen Wärme hin. Fast fünfzehn Minuten stand sie unter dem Strahl, versuchte, nicht zu denken, sich an nichts zu erinnern. Es hatte keinen Sinn. Ständig sah sie die schlanke Gestalt des nackten Mädchens vor sich, unter den grellen Scheinwerfern kopfüber im kalten, nassen Sand, die toten Augen auf die Sterne gerichtet, eine klaffende Wunde, wo ihre Scham gewesen war.

2

Die Wochen vergingen. Kathryn arbeitete mehr, als ihr lieb war, und die grausige Erinnerung an die Tote von Shelter Island verblaßte allmählich. Eines Nachmittags läutete das Telefon in ihrem Büro, und sie nahm ab. Ihr direkter Vorgesetzter »Mac« McCaskill, einer von Hal Bentons Leitenden Stellvertretern, war dran.

»Walt Earhart hat mich gerade angerufen«, sagte er. »Zwei Penner haben im Sedgewick Park eine tote Frau gefunden. Muß schon eine Woche im Wasser gelegen haben, vielleicht auch länger. Der Gerichtsmediziner sagt, sie hätte Verstümmelungen im Genitalbereich.«

»Noch eine? Wie die Tote von Shelter Island?«

»Offenbar.«

»Könnte ein Nachahmer sein«, vermutete Kathryn. »Die Medien haben daraus eine Riesensache gemacht.«

»Könnte sein«, erwiderte Mac lakonisch. »Andererseits wäre es möglich, daß wir es mit einem Serienkiller zu tun haben. Wir sollten uns unterhalten. Komm rüber in mein Büro.«

»Mac, ich hab zu tun ...«

»Sag alles ab«, knurrte McCaskill.

Bezirksstaatsanwalt Hal Benton hatte drei Leitende Stellvertreter: Neal McCaskill, zuständig für die Einsätze, Norman Podnoretz, den Chef der Ermittler, zuständig für Nachforschungen, und Ted Loomis, verantwortlich für die Verwaltung. Meist leitete McCaskill das Büro, teilte Fälle zu, disponierte die Einsatzkräfte. Wenn Benton nicht da war, was oft vorkam, war er praktisch der verantwortliche Staatsanwalt im County, und er machte seine Sache gut.

Sein Büro war ordentlich und funktional. Zwei Borde, ein

paar gerahmte Diplome an den Wänden, eine Topfpflanze. Sein Stuhl stand an der Kopfseite eines T-förmigen Schreibtisches, zwei weitere Stühle zu beiden Seiten des Tisches.

Die Tür war offen. Kathryn klopfte und trat ein. Mac stand hinter seinem Schreibtisch und betrachtete gerade mit Walt Earhart, dem Chef der Detectives im Sheriff's Department, einige Bilder.

»Komm her, sieh dir das an«, sagte Mac, als Kathryn eintrat. Auf dem Tisch lagen etwa zwanzig farbige Fotos.

»Was ist das?« fragte Kathryn.

»Links das Shelter-Island-Opfer, rechts Sedgewick Park.«

Einige Totalaufnahmen zeigten die Fundorte der beiden Fälle. Alle anderen waren farbige Nahaufnahmen. Kathryn erinnerte sich an das Mädchen in den Dünen, den Mund wie zu einem stummen Schrei geöffnet, die Haut fahl im Licht des Morgengrauens. Die hart ausgeleuchteten Bilder waren sehr anschaulich. Die schrecklich zugerichteten Leichen sahen erbarmungswürdig aus, verlassen.

»Das ist die Tote von Sedgewick Park?«

»Ich hab die Bilder eben aus dem Labor bekommen«, sagte Earhart. »Ich dachte, Sie wollten sie vielleicht sehen.«

Kathryn verzog das Gesicht. »Was sagt der Pathologe?«

»Die Voruntersuchungen der zuletzt Ermordeten deuten auf Ersticken hin. Die Verstümmelungen im Genitalbereich sind in beiden Fällen gleich. Dieselbe oder eine ähnliche Waffe«, erklärte Earhart. Mit seinen einsachtzig und gut hundertzwanzig Kilo ließ er den schlanken McCaskill in seinem dunklen Dreiteiler neben sich etwas asketisch und förmlich erscheinen.

»Sie meinen also, wir hätten es hier mit einem Serienkiller zu tun?«

Earharts massige Schultern hoben und senkten sich. »Wir können erst sicher sein, wenn wir die Obduktionsergebnisse haben. Aber bei zwei Morden innerhalb von zwei Wochen sieht es verdammt danach aus.«

»Hat man sie identifiziert?«

»Wir arbeiten dran.«

»Heute morgen wurde geprüft, ob die Tote von Shelter Island vergewaltigt wurde«, sagte Kathryn.

Mit einem Ruck sah Earhart auf. »Und haben sie was gefunden?«

Kathryn schüttelte den Kopf. »Keine inneren vaginalen oder analen Verletzungen. Keine Samenspuren.«

»Na prima«, sagte Earhart.

»Haben wir sonst irgendwas? Ich hab noch nicht mal einen Bericht der Spurensicherung gesehen.«

»Ich schick die Berichte rüber«, versprach Earhart. »Nicht, daß man viel daraus erkennen könnte. Okay, nehmen wir die Tote von Shelter Island. Sie wissen ja das meiste, weil Sie in jener Nacht Dienst hatten. Ein Spaziergänger mit seinem Hund hat die Leiche am frühen Morgen gefunden. Soweit ich mich erinnere, besagte Doc Nelsons Bericht, die Tote wäre spanischer Abstammung, ungefähr zwanzig Jahre alt. Die Todeszeit konnte er nicht genau bestimmen, aber er hat eine Schätzung abgegeben: etwa zwei bis drei Tage. Die Todesursache lautete auf Erdrosseln.«

Kathryn nahm eines der Fotos, betrachtete es. »Ich weiß noch, daß ich mich gefragt habe, weshalb da so wenig Blut war«, sagte sie.

»Nelson nimmt an, daß sie woanders ermordet wurde«, sagte Earhart. »Der Mörder hat die Leiche versteckt, dann am Strand abgeladen, damit sie dort gefunden wurde.«

»Warum sollte er das tun?« Noch während sie die Frage stellte, hörte sie sich dieselben Worte am Tatort an Sergeant Eastwood richten. Auch Earharts Antwort war dieselbe: Er zuckte mit den Schultern.

»Doc sagt, die Verstümmelungen wären nachträglich vorgenommen worden. Wie lange danach, kann er nicht sagen.«

»Sie sagen, die Spurensicherung hat nichts gefunden?«

»Nichts Brauchbares. Da gibt es nur Sand und Steine.«

»Was ist mit den späteren Ermittlungen?«

Earhart verzog das Gesicht. »Wir haben getan, was wir konnten, Kathryn«, sagte er. »Wir haben Passanten und Autofahrer befragt, in der Vermißtenabteilung nachgeforscht, ein Video für *Crime Stoppers* gedreht, eine Skizze an die Medien rausgegeben. Siebzig oder achtzig Spuren sind wir nachgegangen. Und waren am Ende wieder da, wo wir angefangen hatten, bei einer namenlosen Toten, einem unbekannten Täter und ohne jeden brauchbaren Beweis.«

»Und jetzt sieht es so aus, als hätten wir die nächste«, murmelte Kathryn. Sie sah sich die Fotos aus dem Sedgewick Park an. Die Leute von der Spurensicherung hatten die Tote aus der Lagune gezogen und für die Fotos auf das Schilf am Ufer gelegt. »Die gleiche Todesursache, die gleichen Verstümmelungen im Genitalbereich. Irgendwelche Anzeichen für eine Vergewaltigung?«

»Schwer zu sagen. Man will sie daraufhin untersuchen, aber die Leiche hat sechs oder sieben Tage im Wasser gelegen. Jede Samenflüssigkeit wäre inzwischen längst weggewaschen.«

»Sie wurde vor der Toten von Shelter Island ermordet?«

»Sieht so aus. Doc sagt, er muß noch mehr Tests machen, bevor er sicher sein kann.«

»Seltsam, daß der Mörder die Leichen an Stellen abgeladen hat, wo das Risiko, gesehen zu werden, besonders groß ist.«

»Vielleicht steht er darauf«, sagte Earhart. »Bei manchen von denen ist es so.«

»Ein Psychopath«, sagte McCaskill angewidert. »Ein perverser Irrer. Das können wir gerade gebrauchen.«

»Die Frage ist: Womit haben wir es hier zu tun?« sagte Kathryn. »Mit jemandem, der gerade durchgedreht ist? Oder hat er es schon früher getan, woanders?«

»Wir haben den Shelter-Island-Mord durch die Computer

in Sacramento laufen lassen, um nachzusehen, ob die irgendwas Ähnliches in den Akten haben«, sagte Earhart. »Nullkommanichts. Natürlich versuchen wir es noch mal. Wie alles andere auch. Aber ich glaube nicht, daß es uns weiterbringt. Der Scheißkerl hinterläßt keine Spuren.«

»Was passiert als nächstes, Mac?« fragte Kathryn.

McCaskill massierte mit Daumen und Zeigefinger seinen Nasensattel.

»Ich will dir sagen, was passiert«, sagte er müde. »Es wird einen verdammten Medienzirkus geben. Beim Sheriff campieren Reporter aus vier Countys, ganz zu schweigen von den Leuten, die für die Interessen der Latinos oder der Frauen eintreten. Und zu allem Überfluß hat man ihn gebeten, in der Richard-Sanchez-Show aufzutreten.«

»Jake Gylam? In der Sanchez-Show?« platzte Kathryn heraus. Der Sheriff war für seine plumpe Taktlosigkeit bekannt. Die Ermittler des Staatsanwalts sagten, wenn es eine Wissenschaft wäre, ein Arschloch zu sein, besäße Gylam garantiert einen Doktortitel. »Ich hoffe, ihr habt es ihm ausgeredet?«

»Sie kennen Jake«, sagte Earhart ausdruckslos. Das war das andere, was man über Gylam sagte: daß es bei ihm keine Verbindung zwischen Unterkiefer und Hirn gäbe.

»Er hat gesagt, er will es tun«, stöhnte Mac.

»Er hat gesagt, Zitat, er würde sich ›glücklich schätzen, wenn er die Gelegenheit nutzen dürfte, der Öffentlichkeit zu versichern, daß die Situation keinesfalls ohne Ausweg ist‹«, sagte Earhart. Kathryn unterdrückte ein Grinsen. Gylams Formulierungen waren fast schon legendär.

»Gib mir Kraft«, seufzte McCaskill. »Kathryn, wie viele Fälle hast du?«

»Ungefähr soviele wie alle anderen, nehme ich an«, sagte Kathryn. Fast immer bearbeiteten die Stellvertretenden Bezirksstaatsanwälte zwischen dreißig und vierzig Fälle in verschiedenen Stadien der Vorbereitung. »Warum fragst du?«

»Hal glaubt, daß die Medien uns die Hölle heiß machen werden«, gab Mac zurück. »Du solltest dich darum kümmern.«

Kathryn hob die Augenbrauen. »Mac«, protestierte sie. »Ich bin Anklägerin, keine Pressesprecherin.«

»Das verlangt auch keiner«, sagte Mac. »Wir werden den Medien mitteilen, daß wir eine Sonderkommission einrichten. Unter der Leitung unserer Chefanklägerin Kathryn Mackay wird sich das Team ausschließlich mit der Aufklärung dieser beiden Morde befassen. Wie klingt das, Walt?«

Earhart lächelte. »Wie Scotch auf Eis.«

»Kathryn?«

»Mac, weißt du, was du verlangst?« sagte Kathryn. »Erstens: Morgen schließe ich den Fall Burke ab. Zweitens: Ich hab den Fall Broadwick vor mir. Die beiden könnte ich nicht abgeben, selbst wenn ich es wollte. Und zu allem Überfluß habe ich Bereitschaft. Ich kann mich der Sache unmöglich voll widmen, egal, was Hal sagt. Ich kann nicht.«

»Okay, okay. Schließ den Burke-Fall ab, erledige Broadwick, aber außer diesen beiden hast du bis auf weiteres keine Prozesse. Die anderen Fälle gebe ich weiter.«

Leichter gesagt als getan, dachte Kathryn, verkniff sich jedoch den Kommentar. Wenn der Bezirksstaatsanwalt und sein Leitender Stellvertreter es so wollten, würde es auch so gemacht werden.

»Sieht nicht so aus, als bliebe mir 'ne andere Wahl«, sagte sie.

»Mit einem Wort: Nein«, erklärte Mac mit einem Lächeln.

»Meinetwegen«, erwiderte Kathryn. »Nur eins: Wie soll ich ganz allein eine Sondereinheit bilden?«

»Du hast recht«, stimmte Mac zu. »Wie wäre es, wenn ich dir ganztags einen Inspector zuteile?«

»Oh, sicher«, sagte Kathryn. »Komm schon, Mac, du weißt, wie es hier aussieht. Die stehen noch schlechter da als die Ankläger. Jedem einzelnen steht die Arbeit bis zum Hals.«

Das Büro des Bezirksstaatsanwalts hatte zehn Ermittler, die

unabhängig oder gemeinsam mit dem Sheriff arbeiteten, je nach Lage. Die Detectives vom Sheriff's Department, die Earhart leitete, hatten eine Sollstärke von fünfzehn plus drei Spurensicherungsleuten und einer Art Magazinverwalter. Streifenpolizisten gab es ungefähr fünfzig. Wie Kathryn versichert hatte, war jeder einzelne davon mehr als überlastet.

»Ich werde dir trotzdem einen geben«, beharrte McCaskill. »Irgendwelche Vorlieben?«

»Dave Granz.«

»Wieso frag ich eigentlich noch?« sagte McCaskill.

»Granz?« Earhart schien überrascht. »Wieso der?«

»Er ist einfach der beste«, erklärte Kathryn.

»Er ist ein verdammter Einzelgänger«, knurrte Earhart.

»Vielleicht ist er deswegen so gut«, gab Kathryn trotzig zurück.

»Hört, hört.« McCaskill lächelte. »Wenn du Granz willst, sollst du ihn kriegen. Walt, was ist mit deinen Leuten?«

»Einen Mann kann ich vollzeit abstellen«, sagte Earhart. »Mehr kann ich momentan nicht entbehren. Falls wir eine Spur finden, denk ich nochmal drüber nach.«

»An wen denken Sie, Walt?« fragte Kathryn.

»Wie wäre es mit Jack Burrows?«

»Burrows«, sagte McCaskill. »Der Detective Sergeant?«

»Genau der.«

»Er ist gut.« McCaskill nickte. »Kathryn, wieso machst du ihn nicht zu deinem Koordinator? Du wirst jemanden brauchen, und Jack hat das Know-how.«

»Soll mir recht sein.«

»Also gut. Glaubst du, du kannst morgen anfangen?«

Kathryn lächelte müde. »Ich werde Granz gleich morgen losschicken.«

Earhart nickte. »Gut. Aber sagen Sie ihm, er soll sich verdammt nochmal an die Vorschriften halten, ja?«

»Ich werde es ihn wissen lassen«, sagte Kathryn. »Ob er sich daran hält, ist eine andere Frage.«

3

Als Kathryn am nächsten Morgen ins Büro kam, wartete Dave Granz bereits auf sie, trank Kaffee aus einem Plastikbecher. Blaß und verkatert sah er aus, trug dasselbe Hemd wie am Tag zuvor und roch nach abgestandenem Zigarettenqualm. Sie hob die Augenbrauen, und er zuckte mit den Achseln.

»Pokerpartie«, sagte er. »Ging länger als geplant.«

Wahrscheinlich die ganze Nacht, dachte Kathryn. Dave war vielleicht einer der brauchbarsten Ermittler der Staatsanwaltschaft, aber hin und wieder wußte er nicht, was gut für ihn war. Bourbon und Marlboros waren keine gute Grundlage bei dieser Art von Arbeit.

»Du mußt dich rasieren, bevor wir aufs Gericht gehen«, sagte Kathryn.

»Morgens hast du mich immer schon rumkommandiert«, brummte er mit schiefem Lächeln. »Es fehlt mir. Manchmal jedenfalls.«

»Danke für das manchmal.«

»Ich glaube, wir waren genau richtig füreinander. Du nicht?«

»Fang nicht schon wieder damit an.«

»Wir könnten es hinbiegen«, sagte er. »Ich ändere mich.«

Sie mußte lächeln. Dave würde sich nie ändern und sich von niemandem ändern lassen. Das wußte sie aus Erfahrung. Jede, die es versuchte, würde am Ende dasitzen wie Daves Ex-Frau Rita, auf ewig hin und hergerissen zwischen dem Wunsch, ihn zurückzubekommen, und der Erleichterung, ihn los zu sein.

»Hast du meine Mitteilung zum Sedgewick-Park-Mord bekommen?« fragte sie.

»Ja. Es war in den Nachrichten. Und bei Richard Sanchez.«

»Das hab ich verpaßt.«

Richard Sanchez moderierte auf KKSU-TV eine aktuelle Regionalsendung mit dem Titel *Hier und Jetzt* gleich nach den Neun-Uhr-Nachrichten. Man bezeichnete ihn als hartnäckig, stur und kompromißlos, bei diesen Worten schwang jedoch keinerlei Bewunderung mit. Kathryn fand, er würde reichlich überschätzt.

»Er hat uns richtig einen übergebraten. Wieder ein brutaler Mord, wieder ein hispanisches Mädchen. Wo bleibt der Sheriff, wieso können junge Frauen in den Straßen von Santa Rita nicht mehr sicher sein? Verdammt, du kennst seine Masche.«

»Ich dachte, er interessiert sich mehr für Schiebereien in Sacramento, Sachen dieser Art.«

»Er hat schon immer ein Faible für Latinos gehabt. Das hier paßt ihm genau in den Kram.«

»Vielleicht hast du recht. Offenbar plant er eine Sondersendung zu den Morden. Jake Gylam hat zugesagt.«

»Er wird sein Teil abkriegen«, erklärte Granz ohne jegliches Mitgefühl. »Sanchez lädt ihn nicht ein, damit das Sheriff's Department gut dasteht.«

»Da fällt mir was ein. Woran arbeitest du gerade, Dave?«

Granz schnitt eine Fratze. »Willst du eine Liste?«

»Ich möchte, daß du dir die Akten zu diesen beiden Morden ansiehst.«

Dave blickte zur Decke. »Mein Gott, warum ich?« sagte er und breitete theatralisch die Arme aus.

»Spar dir die Komödie«, sagte Kathryn. »Sieh's dir an.«

»Was gibt es da anzusehen? Nach allem, was ich gehört habe, fehlt dem Sheriff's Department jegliche Spur.«

»Mac hat es mir übertragen. Uns.«

»Kapier ich nicht. Wir haben nicht mal einen Verdächtigen.«

»Hal Bentons Idee«, erklärte Kathryn. »Von jetzt an sind wir beide eine Sondereinheit mit Jack Burrows als Koordinator.

Wir sollen einen fabelhaften Eindruck auf die Medien machen. Irgendeine Idee für einen Namen?«

»Wie wär's mit Batman und Robin?«

»Urkomisch«, sagte Kathryn. »Hör zu. Ich möchte, daß du mit Doc Nelson sprichst.«

»Ah, Doctor Death, der alte Schwerenöter.«

Wie fast überall in Kalifornien war der Sheriff im Santa Rita County von Amts wegen gleichzeitig der Coroner. Die eigentliche Arbeit wurde einem Pathologen übertragen, in diesem Fall Dr. Morgan Nelson. Revolverblätter hatten ihn »Doctor Death« getauft, und der Spitzname war hängen geblieben. Nelson hatte sich nie anmerken lassen, ob es ihn störte, aber er war auch nicht besonders mitteilsam.

»Was ist los mit dir, Dave?«

Er zuckte mit den Schultern. »Gehst du noch mit ihm?«

»Ich gehe nicht mit ihm, Dave. Hin und wieder gehen wir zusammen essen.«

»Er ist verheiratet, nicht?«

Kathryn schüttelte den Kopf. Das Leben war kompliziert genug. Wieso mußte man schon frühmorgens Spielchen spielen?

»Lassen wir das Thema Morgan, okay? Er ist ein Freund. Ich mag ihn, und ich werde ihn auch weiter mögen. Ende der Durchsage. Okay, Dave?«

Dave starrte aus dem Fenster. Sie wußte, daß ihre Freundschaft zu Morgan Nelson ihn bedrückte. Wohl weil sie eng war, fast intim. Vielleicht fühlte sich Dave ausgeschlossen, vielleicht war er eifersüchtig. Jedenfalls ließ er keine Gelegenheit aus, spitze Bemerkungen gegen den alten Mann loszulassen.

»Ich sagte ›okay, Dave?‹«

»Okay, tut mir leid«, gab Dave zurück, ohne es zu meinen. »Wonach frage ich ihn?«

»Das weißt du genau. Todesursache, verwendete Waffen, toxikologische Ergebnisse. Ist es derselbe Modus operandi? Haben wir es definitiv mit einem Serienmörder zu tun?«

Dave zuckte mit den Achseln und fuhr mit der Hand durch sein strohblondes Haar. »Ich vermute, es ist dringend?«

»Nein, nein. In der nächsten halben Stunde wäre in Ordnung.«

»Ha, ha. Hast du die Tatortberichte?«

»Rede mit Burrows. Ich ... verdammt.« Das Telefon hörte nicht auf zu klingeln. »Wir sprechen uns später, okay?«

Granz deutete einen militärischen Gruß an und ging, schloß die Tür hinter sich. Kathryn nahm den Hörer ab.

»Kathryn Mackay?«

»Am Apparat.«

»Hi. Hier ist Richard Sanchez. KKSU.«

Diese vertraute, wohlklingende Stimme. Was für ein Zufall, dachte sie. Von wegen. »Ja, Mr. Sanchez. Was kann ich für Sie tun?«

»Wir kennen uns, stimmt's? Ich meine mich zu erinnern, daß ich sie ein-, zweimal im Sender gesehen habe.«

»Sie haben ein gutes Gedächtnis.« Oder einen guten Rechercheur, dachte sie.

»Ich habe gerade mit Hal Bentons Büro gesprochen. Man sagte mir, Sie wären zur Leiterin einer Art Sonderkommission ernannt worden, die sich um diese beiden Morde kümmert.«

»Die Kommission wurde erst gestern gebildet, Mr. Sanchez. Ich hab noch nicht mal die Berichte gelesen. Versuchen Sie es beim Sheriff.«

»Ich möchte mit Ihnen sprechen, nicht mit dem Sheriff. Hören Sie, wie wär's mit einem Mittagessen?«

»Hört sich ganz nett an«, sagte Kathryn, wollte sich nicht festlegen.

»Ich hol Sie ab. Halb eins?«

»Heute?« Kathryns Überraschung war nicht gespielt. »Tut mir leid, aber ich kann nicht. Ich stehe kurz vor einem Schlußplädoyer, und ich hab noch jede Menge ...«

»Kommen Sie«, drängte er, »seien Sie nett zu den Medien.«

»Sie sind nicht gerade nett zu uns.«

»Sie meinen in der Show? Ich bring es nur auf den Punkt. Kennen Sie die Statistiken zu Mord in unserem County? Drei von vier Opfern sind spanischer Abstammung.«

»Das dürfte kaum die Schuld des Sheriffs sein. Drei von vier Tätern sind Latinos.«

»Er vertritt die Strafverfolgungsbehörden. Wenn Leute ermordet werden, gerät er unter Beschuß. Wir geben nur die Unruhe in der Öffentlichkeit wieder.«

»Und verkaufen Werbung.«

»Ach, ersparen Sie mir das. Wir haben alle Chefs, und alle wollen Resultate sehen. Sie haben den Bezirksstaatsanwalt im Nacken, mein Chef will Quoten sehen. Essen wir jetzt zusammen?«

»Hören Sie, ich hab zu tun. Diese neue Kommission ...«

»Gerade darüber will ich doch mit Ihnen reden. Unter anderem. Kommen Sie, sagen Sie ja. Denken Sie nur an Ihr Image, wenn Sie mit mir gesehen werden.«

Kathryn lächelte unwillkürlich. »Heute Lunch, morgen auf dem Cover vom Time Magazine, hab ich recht?«

»Garantiert«, sagte er. »Mögen Sie mexikanisches Essen?«

»Nicht öfter als sechsmal die Woche.«

»Gut, ich hol Sie ab. Welche Uhrzeit ist Ihnen recht?«

»Viertel vor eins?«

»Gut, ich muß los. Wir sehen uns später, okay?«

Kathryn legte auf. Kein Mittagessen ist umsonst, dachte sie. Was wollte Sanchez wirklich? Sie wählte eine Nummer, die sie mit Hal Bentons Büro verband. Seine Sekretärin war dran.

»Oh, Kathryn«, sagte sie. »Hal hat eine Besprechung.«

»Mal was anderes«, gab Kathryn keck zurück. »Angela, sehen Sie für mich in seinem Kalender nach, ob er irgendwann vor dem Mittagessen zehn Minuten für mich hat.«

»Eine Sekunde. Mmmm ... warten Sie. Wie wäre es mit fünf nach halb eins?«

Kathryn sah auf die Uhr. In einer Viertelstunde mußte sie im Gericht sein. »Okay, tragen Sie mich ein.«

»Schon geschehen. Noch irgendwas?«

»Bitten Sie meine Sekretärin, alles auf Eis zu legen, was heute für mich reinkommt. Ich bin den ganzen Tag weg.«

»Viel Glück, Kathryn.«

Die Tür ging auf, und Dave Granz kam zurück. Er hatte sich im Waschraum frisch gemacht, sein Hemd gewechselt, sich rasiert. Er grinste Kathryn an.

»Wer ist der Schönste im ganzen Land?« fragte er.

»Du siehst jetzt fast menschlich aus«, erklärte Kathryn, außerstande, nicht zurückzulächeln. Auf seine schlampige, struppige Art war Dave ein gutaussehender Mann, und wenn er sein schiefes Grinsen aufsetzte, weckte er in den meisten Frauen ihren Mutterinstinkt. Das Netteste daran war, daß er sich dessen gar nicht bewußt war.

»Ich hab mit Jack Burrows gesprochen«, sagte er. »Werd mich später mit ihm treffen. Bist du soweit?«

»So gut wie«, erwiderte sie, stellte ihre Aktentasche auf den Tisch, öffnete sie. Mit ernstem Blick stand er da.

»Was?« sagte sie, spürte seinen Blick.

»Hör mal, Kathryn, es tut mir leid ... du weißt schon.«

»Vergiß es.«

»Wünschst du nicht manchmal, wir könnten wieder sein, wie wir waren? Du und ich und Emma?«

»Heute morgen hat sie nach dir gefragt«, sagte Kathryn und wich der Frage aus.

»Wollen wir irgendwann nach der Arbeit mal wieder an den Strand gehen, Pizza essen, was meinst du?«

»Sicher, sicher«, antwortete Kathryn abwesend, während sie in den Akten herumblätterte, die sie im Gericht brauchen würde.

»Du hörst nicht zu, Kathryn.«

»Natürlich tu ich das. An den Strand gehen, Pizza essen. Klingt gut.«

»Okay, du hast gewonnen«, sagte Dave. »Später mal, ja?«

Sie sah auf. Dave lächelte sie an. Sie spürte ihr schlechtes Gewissen, weil sie ihn am langen Arm hielt. Emma war furchtbar gern mit ihm zusammen.

»Bist du bald fertig?« fragte sie.

Er nickte. »Ich freu mich schon darauf, wenn du diesen Heißsporn von der NAACP auseinandernimmst.«

Albert Blakeley, der Eric Burke gegen die Anklage der Vergewaltigung, Sodomie und sexuellen Nötigung verteidigte, war ein Anwalt der »Nationalen Gesellschaft zur Förderung der Farbigen Minderheit« in Sacramento. Die hatten beschlossen, diesen Fall zu ihrer Sache zu machen.

»An Blakeley bin ich nicht interessiert«, erklärte Kathryn, als sie ihre Papiere und Ordner einsammelte. »Diesen Burke will ich. Ich will ihn hinter Gittern sehen.«

»Du wirst es schaffen«, sagte Dave. »Er ist hundertprozentig schuldig. Du weißt es, ich weiß es, und er weiß es.«

»Viel wichtiger ist: Wissen die Geschworenen es?« fragte sie. Die Frage war nicht so rhetorisch, wie sie klang. Dave war ein scharfer Beobachter, und in dieser Frage vertraute sie seinem Urteil vollkommen.

Er hob eine Schulter an. »Sie sind schwer zu durchschauen. Ich hab mit Alice Hernandez gesprochen. Sie schätzt, sie werden neun zu drei für schuldig stimmen.«

Alice Hernandez kam vom Sheriff's Department und war diesem Verfahren als Gerichtsdienerin zugeteilt. Sie war die einzige, die mit den Geschworenen sprechen durfte.

»Dann hab ich da unten noch einiges an Arbeit vor mir«, sagte Kathryn.

Sie begann, die Spannung zu spüren, wie immer gegen Ende eines Prozesses. Manche Fälle waren leichter als andere: Man war emotional nicht so beteiligt. Andere sogen einen auf, manchmal wider besseres Wissen. Prozesse wegen Vergewaltigung und Kindesmißhandlung waren die schlimmsten. Es war fast unmöglich, sich nicht mit den Opfern zu identifizieren. Sie sah auf die Uhr.

»Zeit, zu gehen«, informierte sie Granz.

»Ich mach noch eben zwei Anrufe, rauch schnell eine. Wir treffen uns unten«, sagte er und verließ das Büro. Kathryn legte die Notizen, die sie am Abend vorher ausgearbeitet hatte – als Emma im Bett war – in ihre Aktentasche und klappte sie entschlossen zu. Dann warf sie einen kurzen Blick auf ihr Gesicht im Spiegel: bleich, ernst, überanstrengt.

»Bewahr dir deinen atemberaubenden Charme.« Sie lächelte ihr Spiegelbild an. Dann machte sie sich auf den Weg zum Gericht.

4

Richard Sanchez war ein guter Fahrer, sein elegantes, silbernes BMW 7er-Cabrio glitt wie ein Hai durch den Verkehr. Er sagte Kathryn, er hätte einen Tisch in einem mexikanischen Restaurant namens Patrón's drüben in der Altstadt reserviert, zehn Minuten vom County Building entfernt.

»Sie sagten, Sie mögen mexikanisches Essen.« Er lächelte. »Ist das okay?«

»Um Viertel nach zwei muß ich wieder da sein«, erinnerte ihn Kathryn.

»Keine Sorge. Ich fahr Sie rechtzeitig zurück.«

Das Restaurant lag an der Dolores Street, gegenüber dem Bahnübergang der Southern Pacific. Auf der hölzernen Veranda standen Tische unter Sonnenschirmen. Als Kathryn die Holztreppe erklomm, fiel ihr auf, daß die anderen Gäste tuschelten. Ein kleiner, beleibter Mann hastete aus dem Restaurant zu ihnen herüber.

»Mr. Sanchez, schön, Sie zu sehen, schön, Sie zu sehen. Ich bringe Sie in Ihre übliche Ecke, ja?«

»Das ist nett, Isidro«, erwiderte Sanchez lächelnd. »Isidro ist der Besitzer«, erklärte er Kathryn. Der kleine Mann lachte kurz und nickte, dann führte er sie zu einem Tisch am Rande der Sonnenterrasse, direkt an der Hauswand. Kathryn registrierte, daß Sanchez – als sie sich setzten – den Stuhl mit dem Gesicht zur Wand wählte, mit dem Rücken zu den anderen Gästen.

»Ich werde für uns beide bestellen.«

Kathryn lächelte. Seine Selbstgefälligkeit war fast schon wieder charmant. Sanchez wandte sich dem wartenden Restaurantbesitzer zu und sprach kurz auf spanisch mit ihm.

»Was haben Sie bestellt?« fragte sie, als Patrón auf einem kleinen Block Notizen machte.

»Chips und Salsa vorweg. ›Chicken chalupas‹ mit Guacamole und saurer Sahne. Gebackene Bohnen. Okay?«

»Klingt wunderbar.«

»Möchten Sie Wein oder Bier?«

Kathryn schüttelte den Kopf. »Ich muß wieder ins Gericht. Am liebsten nur Eistee.«

»Und Eiskaffee für mich«, sagte Sanchez zu Patrón. Der lächelte und nickte wieder, machte sich Notizen, während er wichtigtuerisch davoneilte.

»Er scheint um Ihr Wohl sehr besorgt zu sein.«

»Sie wissen, wie das ist. Fernsehleute ziehen viel Publikum an. Also: Sage ich Kathryn zu Ihnen? Oder lieber Kath, oder Kathy, oder was?«

»Kathryn ist okay«, erwiderte sie.

»Und förmlich.«

»Früher hieß ich Kath, vor Jahren im Juristischen Seminar, aber als ich Anwältin wurde, fand ich, Kathryn klingt, Sie wissen schon, etwas ernsthafter.«

»Woher kommen Sie, Kathryn?«

»Kansas City, Missouri.«

»Und wie lange sind Sie schon in Santa Rita?«

»Etwas über fünf Jahre«, gab sie zurück.

»Dann ist es nicht Ihr erster Job?«

»Nein. Nach dem Studium war ich Strafverteidigerin drüben in Kansas City. Dann wieder in L.A., bevor ich die Seiten gewechselt habe und zur Staatsanwaltschaft gegangen bin. Vier Jahre war ich da.«

»Ich bin in L.A. geboren. Meine Eltern leben dort. Im *barrio*«, sagte er leicht defensiv, wie Kathryn fand.

»Dort sind Sie zum Fernsehen gekommen?«

»Ich hab mit Zeitungen angefangen. Dann bin ich zum Radio gewechselt. Wissen Sie, was ein 20/20-Sender ist?«

»Spielen die nicht von morgens bis abends Rock?«

»Rock around the clock.« Er nickte. »Und alle zwanzig Minuten unterbrechen sie für Kurzmeldungen von AP. Ah, da kommen unsere Chips.«

Eine junge Kellnerin stellte den Teller mit Salsa, einen Korb Tortillachips und die Getränke ab. Er lächelte sie genauso an, wie er Kathryn angelächelt hatte. Es ist nur eine Maske, etwas, was er mit seinen Gesichtszügen macht, dachte sie, während sie einen Chip nahm und ihn in die scharfe, rote Soße tunkte.

»Uuui«, sagte sie und nahm einen Schluck Tee. Sanchez setzte wieder sein automatisches Lächeln auf. Er war ein gutaussehender Mann, nicht ihr Fall, aber ein Frauentyp. Einsachtzig, vielleicht etwas darüber, mit glattem, schwarzem Haar, kurzgeschnitten und links gescheitelt, dazu dunkle, tiefliegende Augen und hohe, ausgeprägte Wangenknochen. Sein Lächeln war ungezwungen und selbstsicher, der Mund groß und ausdrucksstark. Er trug ein legeres, gedeckt weißes Leinensakko mit einem kupferfarbenen, am Kragen offenen Hemd und dunkelbraune Schuhe. Abgesehen von einer teuer aussehenden Uhr am linken Handgelenk entdeckte sie an ihm keinerlei Schmuck.

»Warum sind Sie von L.A. hier raufgekommen?« fragte er, beugte sich vor und sah ihr direkt in die Augen. Es hätte sie beunruhigt, wäre es nicht offensichtlich eine Fernsehtaktik gewesen, die intensive Nur-du-Ausstrahlung des professionellen Interviewers.

»Ich wollte mich mit wichtigen Kriminalfällen beschäftigen. Ich wußte, diese Chance würde ich als kleiner Assistent in einem Büro mit tausend Anwälten nie bekommen.«

»Und jetzt sind Sie Hal Bentons wichtigste Anklägerin. Sie müssen sehr hart gearbeitet haben. Wollten Sie schon immer Anwältin werden?«

»Ich komme mir vor, als würde ich für das *People Magazine* interviewt.«

»Tut mir leid«, sagte er, ohne es zu meinen. »Fragen zu stellen liegt mir im Blut. Ich kann nicht anders.«

»Ich auch nicht. Wie kommen Sie damit zurecht, ständig überall erkannt zu werden?« fragte Kathryn. »Hat man nicht irgendwann genug davon, daß alle einem immer wieder sagen, wie großartig sie die Show finden?«

»Oder wie grauenvoll. Das hört man auch.« Er lächelte. »Sicher, manchmal findet man es lästig. Aber es liegt in der Natur der Sache. Und wenn mich keiner erkennen würde, wäre ich damit wahrscheinlich nicht glücklicher.«

Isidro Patrón hastete herbei, gefolgt von einer Kellnerin, die das Essen trug. Es roch köstlich, und plötzlich hatte Kathryn Hunger. Sanchez beugte sich wieder weit vor.

»Ich hatte einen Grund, Sie zum Essen einzuladen«, begann er. »Können wir über diese Morde sprechen?«

»Ich habe geahnt, daß Sie mich danach fragen würden«, gab Kathryn zurück. »Deshalb habe ich mich vorhin mit Hal Benton abgesprochen. Unsere Übereinkunft lautet: Solange unser Gespräch strikt inoffiziell bleibt. Ist das klar?«

»Kathryn!« sagte Sanchez vorwurfsvoll, breitete seine Arme aus und lächelte künstlich. »Sie glauben doch nicht, ich würde Sie bei unserer ersten Begegnung hintergehen?«

Wo bleiben die Geigen? dachte Kathryn. Wie in den alten Filmen. »Wenn Sie es sagen.«

»Entspannen Sie sich«, riet Sanchez. »Was Sie mir auch erzählen, ich verspreche, ich werde mein Bestes tun, Ihr Vertrauen zu respektieren.«

Kathryn lachte. »Ist das Ihr Ernst?«

»Hören Sie, entweder wir reden oder nicht. Dieses ›inoffiziell‹ gefällt mir nicht. Wenn Sie mir was erzählen, wie soll ich dann so tun, als wüßte ich es nicht?«

»Genauso wie Geschworene Beweise ignorieren, wenn der Richter sie dazu auffordert.«

Er machte eine abfällige Geste. »Wir alle wissen, wie gut das funktioniert.«

»Dann kann ich nur offiziell sprechen.«

»Ich bin enttäuscht. Ich versuche doch nur, eine Möglichkeit zu finden, wie wir zusammenarbeiten können.«

»Verklagen Sie mich doch«, erwiderte sie schroff. »Sie haben die Regeln vorgegeben.«

»Man hat mir schon gesagt, Sie wären hart«, sagte er. »Okay, offiziell. Man sagt, die beiden ermordeten Frauen wären auf identische Weise verstümmelt, und der Konsens ist, daß wir es mit einem Serienkiller zu tun haben. Ist das korrekt?«

Kathryn fragte sich, woher er das wußte. Man vermutete, daß Sanchez eine Quelle im Sheriff's Department hätte. Walt Earhart sagte, sollte er rausfinden, wer es war, würde er dem Kerl den Arsch zwischen die Ohren treten.

»Könnte sein«, erklärte sie. »Es könnte auch heißen, daß wir es mit einem Nachahmer zu tun haben, mit jemandem, der seine Frau umgebracht und verstümmelt hat, weil wir glauben sollen, der Mörder wäre derselbe. In den Medien wurde die Art und Weise, wie das erste Opfer zugerichtet war, bis ins Detail dargestellt.«

Sanchez gab sich überrascht. »Die Informationen kamen von den Cops. Wollen Sie sagen, wir hätten sie nicht verwerten sollen?«

»Ich sage Ihnen ganz offen, daß die Freigabe sämtlicher Fakten den Ermittlungsergebnissen nicht immer förderlich ist. Jedesmal, wenn Rummel um einen Mord gemacht wird, ist es schwierig, unvoreingenommene Geschworene zu finden.«

»Geschworene sind nicht unsere Sache.«

»Was dann?«

»Nachrichten aufzutreiben. Und die Fakten hinter den Nachrichten. Und sie an die Öffentlichkeit zu bringen.«

»Egal, ob sie für den Druck geeignet sind oder nicht?«

»Das habe ich nicht zu entscheiden. Und Sie auch nicht.«

»Na schön«, sagte Kathryn. »Ich wünschte nur, es gäbe eine Möglichkeit, von Zeit zu Zeit Ruhe einkehren zu lassen, um die Probleme des anderen zu betrachten.«

»Gesetzeshüter sind seltsam, wissen Sie das?« sagte Sanchez. »Sie sagen: Druckt nur, was wir euch geben. Meiner Erfahrung nach trampelt die Polizei ständig auf Reportern herum, die Verständnis für ihre Probleme zeigen.«

»Und umgekehrt«, erwiderte Kathryn scharf.

Sanchez lehnte sich an und betrachtete sie. »Sie sind gut. Sie reden nicht um den heißen Brei.«

»Es zahlt sich nicht aus«, erwiderte Kathryn.

»Gehen wir weiter«, forderte Sanchez sie auf. »Was können Sie mir über die Opfer sagen?«

Sie lächelte, weil er unbewußt ständig wie vor der Kamera agierte. »Sie meinen, ob ich Ihnen sagen kann, was keiner sonst weiß? Nein.«

»Sie müssen doch was haben.«

Kathryn schüttelte den Kopf.

»Was ist mit dem Mörder? Irgendwelche Spuren?«

»Vor kurzem haben Sie sich beklagt, daß die Behörden den Medien so manches verheimlichen. Hier ist der Beweis, daß es nicht stimmt. Sie wissen alles, was wir wissen.«

»Wie stehen die Chancen auf einen baldigen Durchbruch?«

Kathryn spitzte die Lippen. »Die Chance besteht immer. Aber das ist nichts, worauf man bauen sollte.«

»Ich nehme an, Sie sehen meine Sendung?«

»Wenn ich kann. Ich habe nicht viel Zeit zum Fernsehen.«

»Aber Sie wissen, worum es geht?«

Kathryn nickte. »›Die Fakten hinter den Fakten‹. Sagen Sie das nicht immer?«

»Genau. Wir haben den Ruf, große Probleme im kleinen Format anzugehen. Und wir machen es gut. Aber das Fernsehen steht nie still. Daher stelle ich ein neues Programm zusammen, einen Report irgendwo zwischen Donahue und

Geraldo. Dreißig Minuten pro Sendung, mit Gästen und vor Publikum. Ich selbst bin Produzent. Die erste Sendung wird sich eingehend mit den Morden beschäftigen. Deshalb hatte ich gehofft, Sie würden mir einen Anhaltspunkt geben.«

»Verstehe. Vielleicht etwas, mit dem der Sheriff dasteht wie einer von den Keystone Cops?«

»Dafür braucht er meine Hilfe nicht«, entgegnete er mit Schärfe, und seine Augen wurden schmal. »Sie täuschen sich. Wie ich Ihnen schon am Telefon gesagt habe, engagieren wir uns, weil die Opfer aus der spanischen Gemeinde stammen.«

»Und deshalb machen Sie die Sendung?«

»Ich selbst bin hispano-amerikanischer Abstammung. Ist es nicht verständlich, daß ich mitfühle, wenn Hispano-Mädchen vergewaltigt und ermordet werden?«

»Solange Sie genauso mitfühlen, wenn es sich um Weiße oder Schwarze handelt.«

»Natürlich tue ich das.«

»Dann benutzen Sie die Rasse nicht als Aufhänger. Opfer haben keine Rasse. Sie sind nur Opfer.«

»Vielleicht sind Sie sich nicht darüber im klaren, wie tief die Emotionen in der hispanischen Gemeinde gehen, Kathryn«, sagte Sanchez sanft.

»Ah. Und deshalb haben Sie Sheriff Gylam eingeladen.«

»Es gibt einige Fragen, denen er sich stellen sollte.«

»Zum Beispiel.«

»Zum Beispiel, ob der mangelnde Schutz der spanischen Gemeinde zu diesen Morden geführt hat.«

»Das ist doch ein alter Hut, und Sie wissen es. Es gibt keine Bürger zweiter Klasse in Santa Rita.«

»Ich wußte gar nicht, daß Sie so empfindlich sind.«

»Jetzt wissen Sie es.«

»Kommen Sie.« Er lächelte. »Lassen Sie uns nicht streiten. Wie wär's mit etwas Nachtisch?« Wieder die Fernsehmasche, dachte sie und fragte sich, ob er sich dessen eigentlich bewußt war.

»Ich muß zurück«, drängte sie.

»Natürlich.« Sanchez winkte nach der Rechnung. Sie stiegen in den Wagen und fuhren schweigend zum County Building. Sanchez hielt direkt vor den Stufen.

»Das Essen war wundervoll«, sagte Kathryn. »Vielen Dank.« Sanchez schien sie nicht gehört zu haben.

»Wollen Sie Ihr Leben lang Anklägerin bleiben?« fragte er abrupt.

Die Frage kam unerwartet. Sie hatte sie sich oft schon selber gestellt. Die Antwort wußte sie noch immer nicht.

»Warum fragen Sie?« wich sie aus.

»Sie vergeuden hier Ihre Zeit«, sagte er barsch mit einer Geste hin zum County Building. »Kleinstadtanklägerin, Kleinstadtfälle. Sie könnten weit mehr.«

»Inwiefern?«

»Ich habe Bänder von Ihnen gesehen. Kurze Fernsehinterviews. Sie kommen gut auf dem Bildschirm. Mit der richtigen Anleitung könnten Sie umwerfend werden. Angenommen ... ich würde Ihnen ein Angebot machen? Wären Sie interessiert?«

Stand mehr dahinter, als er sagte? Wahrscheinlich bildete sie es sich nur ein.

»Was für ein Angebot?«

»Ich habe Sie während des Essens beobachtet«, fuhr er fort. »Sie sind ein Naturtalent. Sie denken rasch, Sie wissen, was Sie wollen. Und Sie sind attraktiv. Sehr attraktiv, wenn ich so sagen darf.«

»Was ist das hier?« zischte Kathryn. »Ein Casting?«

»Das Fernsehen könnte Ihnen sehr nützen«, antwortete er, der Frage ausweichend. »Besonders falls Sie sich jemals zur Wahl stellen. Sie könnten Bezirksstaatsanwältin werden, für den Anfang. Oder gleich höher ansetzen.«

Kathryn schüttelte den Kopf. »Ich bin genau das, was Sie vor sich sehen, eine sehr gute Anklägerin. Bei allem anderen wäre ich zweitklassig.«

»Hören Sie mich an, bevor Sie ablehnen. Ich denke, die Sache ist es wert, angehört zu werden.«

»Also schön, reden Sie.« Irgend etwas sagte ihr, auf der Hut zu sein. Richard Sanchez war ein Nehmer, kein Geber. Was wollte er?

»Wir arbeiten zusammen. Ich verschaffe Ihnen die Medienpräsenz, die Sie brauchen. Die Top Shows, das größte Publikum. Donahue, Geraldo Rivera. *Good Morning, America. Hard Copy.* Ich kenne diese Leute persönlich. Wir bringen Sie mit den richtigen Themen da rein. Bauen Ihnen ein Image auf, das die Wähler erreicht, wenn die Zeit reif ist.«

»Ich glaube nicht. Ein Fernsehstar zu sein, reizt mich kein bißchen.«

»Wir reden hier von morgen, Kathryn. Nicht davon, wie Sie jetzt sind. Es geht darum, wie Sie einmal sein werden, in einem Jahr, in fünf Jahren.«

»Und wenn ich ja sage? Was haben Sie davon?«

Er lächelte verbindlich. »Ganz einfach. Diese neue Einheit, die Sie für Benton leiten. Sie sollen sich ausschließlich auf diese Morde konzentrieren, stimmt's?«

»Stimmt.«

»Sie müßten nur dafür sorgen, daß ich als erster davon erfahre, wenn es etwas Neues in den Ermittlungen gibt.«

Kathryn starrte ihn erstaunt an. »Weiter nichts? Ich verrate mein Büro, das Sheriff's Department und mich selbst – und Sie helfen mir in die Politik?«

»Anders geht es nicht. Wenn Sie nach oben wollen, müssen Sie den Preis dafür zahlen. Nichts ist umsonst.«

»Sie finden es nicht mal anstößig, stimmt's?«

»Gott entscheidet, was richtig und falsch ist. Ich nutze nur meine Chancen, so gut es geht.«

»Ich will gar nicht mit Ihnen darüber reden«, sagte Kathryn. »Sie können mich gleich hier absetzen.«

»Ist das Ihre Antwort?«

»Haben Sie wirklich geglaubt, sie würde anders ausfallen?«

»Sie enttäuschen mich, Kathryn. Die meisten Menschen würden eine solche Gelegenheit ergreifen.«

»Gott sei Dank bin ich nicht wie die meisten Menschen«, erwiderte sie kurz angebunden, öffnete die Wagentür und stieg aus.

Sanchez zuckte mit den Schultern. »Idealismus ist ein echter Luxus. Ich hoffe, Sie können ihn sich leisten.«

Er hob eine Hand zum Abschied, und der silberne BMW rollte vom Parkplatz. Sie sah ihm hinterher, noch immer wütend. Scheißkerl, unverschämter. Der Gedanke, daß er mich damit beleidigen könnte, ist ihm gar nicht gekommen.

Sie sah auf ihre Uhr und verzog das Gesicht. Ohne jedes Bedauern verdrängte sie Richard Sanchez aus ihren Gedanken.

5

Das Leichenschauhaus von Santa Rita befand sich im Keller des County Hospitals. Kathryn zeigte dem Cop an der Tür ihren Ausweis, dann betrat sie die Lobby und ging zum Empfangstresen. Dr. Nelson würde gleich kommen, teilte man ihr mit. Die Rezeptionistin deutete auf ein schlicht möbliertes Wartezimmer, einen von etlichen mehr oder weniger gleich gestalteten Räumen, die man »Identifikationskammern« nannte. In diesen ließ sich die Identifizierung einer Leiche per Bildschirm durchführen, und man ersparte den trauernden Verwandten die Tortur, in tiefgekühlte Kellergewölbe steigen zu müssen, um dort die oft grauenvoll entstellten Leichen ihrer Angehörigen direkt zu identifizieren.

Durch die Glastür beobachtete sie die permanente Betriebsamkeit des Personals in der Lobby – Techniker in weißen Kitteln, Sekretärinnen, Polizeibeamte, Ärzte auf dem Weg vom Keller ins Obergeschoß, von einem Büro zum nächsten – und fragte sich, weshalb sie denn wirklich hierher gekommen war.

»Wenn das nicht Katie Mackay ist.«

Nur Morgan Nelson nannte sie Katie. Er war ein großer Mann mit dem runden, cherubischen Gesicht eines irischen Dichters, und er trug einen grünen Chirurgenkittel mit Gummistiefeln, die auf dem gefliesten Boden quietschten. Neugierig blitzten die Augen hinter seiner goldenen Nickelbrille. Sein jungenhaftes Lächeln ließ ihn weit jünger als vierundfünfzig erscheinen.

»Ich dachte schon, du wärst nach Boston gezogen«, sagte er. »Wir haben uns so lange nicht gesehen.«

»Hi, Doc.« Sie lächelte. »Hast du Zeit für mich?«

»Für dich immer«, sagte er und deutete auf den einen Stuhl, bevor er wie ein Stativ auf dem anderen zusammenklappte und mit einer Hand über sein rötliches, kurzgeschorenes Haar strich. Er nahm die Brille ab, putzte sie mit einem zerfetzten Papiertaschentuch. »Was kann ich für dich tun?«

»Das ist das Problem«, gestand Kathryn. »Ich weiß es nicht. Ich bin nicht mal sicher, warum ich hergekommen bin. Ich hatte einfach das Gefühl, mit dir reden zu müssen.«

»Über die Morde an den beiden spanischen Mädchen?«

Kathryn nickte. »Woher weißt du das?«

»Da ich dich kenne, war es nicht schwer zu erraten«, sagte er mit einem Lächeln.

»Das Ganze gefällt mir nicht, Doc«, sagte Kathryn. »Und ich habe das Gefühl, als wenn noch viel Schlimmeres passieren würde, bevor wir diesen Scheißkerl endlich kriegen.«

Nelson nickte. »Da könntest du recht haben, Katie«, sagte er. »Irgendwas an der Sache ist seltsam. Gegen den Strich, wenn du weißt, was ich meine.«

»Du siehst müde aus«, sagte Kathryn.

Nelson seufzte schwer. »Ich bin schon den ganzen Tag im Höllenloch.«

Der Keller, den jeder, der dort arbeitete, »Höllenloch« nannte, war Nelsons Reich. Er hatte es entworfen, den Bau überwacht und die Regeln geschrieben, nach denen es geführt wurde. Er war streng zu seinen Leuten, wenn auch nicht strenger als zu sich selbst. Kaum jemals arbeitete er weniger als fünfzehn Stunden am Tag, oft eher achtzehn.

Die Leichen kamen zuerst in die Leichenhalle, wo man sie auf eine Bahre legte, wog und fotografierte, bevor man sie in einen der drei Obduktionsräume brachte. Im größten davon gab es drei rostfreie Stahltische, Waagen, Spülbecken, Ablaufrinnen, Stahlspinde, Werkzeug und eine schalldichte Kabine zum Diktieren der Notizen. Im zweiten, dem »VIP-Raum«, der speziellen Untersuchungen vorbehalten war, stand nur ein

Tisch. Der dritte wurde für Autopsien an Leichen mit Infektionskrankheiten genutzt, oder wenn sie sich im Zustand fortgeschrittener Verwesung befanden. Hier sog eine Klimaanlage die schädlichen Gase ab. Außerdem gab es auf dem Stockwerk ein Röntgengerät und eine Dunkelkammer.

»Dave sagte, du hättest deinen Bericht über das Sedgewick-Park-Opfer fertig«, sagte Kathryn. »Hast du gerade daran gearbeitet?«

Nelson nickte. »Unter anderem. Hat er dir was erzählt?«

»Todesursache Erstickung. Keine internen vaginalen oder analen Verletzungen. Spuren von Valium im Magen. Verletzungen im Genitalbereich identisch mit denen der Ermordeten von Shelter Island. Ist es derselbe Täter, Doc?«

»Ziemlich sicher. Ich erinnere mich an etwas, dem ich bei der Untersuchung des Opfers von Shelter Island keine weitere Bedeutung beigemessen hatte. Ich bin bei der Frau aus dem Sedgewick Park auf einen kleinen Schnitt gestoßen, gut zwei Zentimeter lang, weit oben an der Innenseite des linken Oberschenkels. Er war mehr oder weniger identisch mit der Verletzung, die ich an der Toten von Shelter Island entdeckt habe.«

Kathryn sah ihn fragend an. »Und?«

»Es war kein tiefer Schnitt wie die anderen. Hat die Haut kaum durchstoßen. Als hätte der Täter seine Waffe ausprobiert.«

»Oder ... sie demonstriert?«

Morgan nickte, ein leises Lächeln in den Mundwinkeln. »Das mag ich so an dir, Katie. Dir entgeht nie etwas.«

»Er hat sie demonstriert«, wiederholte sie. »Seine Macht genossen. Das sadistische Schwein.«

»Darum geht es dabei meistens, Katie.«

»Also haben wir es mit einem Serienmörder zu tun.«

»Scheint so«, sagte Nelson. »Und er kennt sich ganz gut aus.«

»Was meinst du damit?«

Er zuckte mit den Schultern. »Wir haben am Tatort nichts gefunden, und die Tatsache, daß die Opfer schon lange tot waren, bedeutet, daß wir nie die Chance hatten, etwas von Wichtigkeit zu finden. Aber es gibt da einige ... Absonderlichkeiten.«

»Gib mir ein Beispiel.«

»Okay, nehmen wir die Tote vom Sedgewick Park. Es ist nicht wie im Film, Katie, wo sie jemanden aus einem Boot kippen und die Leiche prompt verschwindet. So einfach geht das nicht. Selbst nach dem Tod sind die Lungen noch voller Luft. Es gibt nur zwei Möglichkeiten, eine Leiche zum Sinken zu bringen. Erstens die Methode der Gangster in alten Zeiten. Du hast sicher von den Zementschuhen gehört.«

»Und die andere?«

»Ich bin ziemlich sicher, daß der Mörder die andere Methode angewandt hat. Sie ist primitiv, aber sie funktioniert. Man schiebt dem Opfer einen Schlauch in den Hals und füllt Lungen und Magen mit Wasser.«

»Aber wieso? Warum sollte er das tun?«

»Vielleicht um uns über die wahre Todeszeit hinwegzutäuschen. Vielleicht um die Entdeckung der Leiche hinauszuzögern. Oder vielleicht noch einfacher: weil er das Opfer nicht mochte.«

»Du hast Dave Granz gesagt, die Verletzungen im Genitalbereich wären ungewöhnlich. Wie ist das mit dem Wasser? Bräuchte man dafür eine medizinische Vorbildung?«

Nelson schüttelte den Kopf. »Wie gesagt, es ist ziemlich primitiv. Er könnte es aus einem medizinischen Lehrbuch haben. In Bibliotheken stehen mehr als genug davon.«

Einen Augenblick lang schwieg Kathryn, dachte nach. »Du sagtest Absonderlichkeiten. Plural.«

Nelson lächelte. »Allerdings. Zum Beispiel ist mir während meiner Untersuchung der Toten aus dem Sedgewick Park ein leichter Duft aufgefallen. Ich habe Abstriche gemacht. Das Labor hat bestätigt, daß sich auf der Haut schwache Spuren von Badeseife befanden.«

»Badeseife? Davon hat Dave nichts gesagt.«

»Wir hatten noch nicht alle Tests fertig.«

»Ist es wichtig?«

»Diese Frau war keine willige Partnerin, Katie. Es gibt deutliche Spuren von Fesseln an Hand- und Fußgelenken, die darauf hindeuten, daß der Mörder sie mit Gewalt festgehalten hat. In diesem Fall dürfte er sie kaum befreit haben, damit sie duschen oder baden konnte. Was bedeuten muß, daß er die Frau eigenhändig gewaschen hat. Falls es so ist, hatte er dafür einen Grund. Vielleicht wollte er uns keine biologischen Spuren hinterlassen.«

»Aber das glaubst du nicht?«

Nelson schüttelte den Kopf. »Er hätte sie ebensogut mit Wasser abspritzen können.«

»Also?«

»Also ist es vielleicht ... nur vielleicht ... versteh mich richtig ... eine Geste der Zuneigung.«

»Willst du mich auf den Arm nehmen, Doc? Er zerstückelt sie und dann ...?«

»Ich sagte: vielleicht.«

»Was du nicht gesagt hast, ist warum.«

»Ah«, sagte Nelson mit einem müden Lächeln. »Dafür bräuchtest du einen Wahrsager, keinen Pathologen. Ich weiß es nicht, Katie. Ich weiß es wirklich nicht. Es könnte bedeuten – aber auch das ist reine Spekulation – er ejakuliert auf die Leiche und wäscht sie danach.«

»Die Leiche? Du meinst, er wäscht die Tote?«

»Vielleicht. Vielleicht auch während des Tötungsaktes.«

»Langsam verstehe ich, was du damit gemeint hast, als du sagtest, es wäre gegen den Strich. Gab es neben den Verstümmelungen noch irgendwelche anderen Verletzungen?«

»In beiden Fällen finden sich Prellungen im Gesicht und am Körper. Sie wurden geschlagen, die Frau von Shelter Island geprügelt. Und schon bevor du mich fragst: Ich kann dir nicht sagen, über welchen Zeitraum die Frauen mißhandelt wurden.«

»Es paßt alles zusammen, nicht?« sagte Kathryn nachdenklich. »Er entführt sie, fesselt sie, prügelt jeden Widerstand aus ihnen heraus. Der Scheißkerl gibt ihnen sogar eine kleine Demonstration des Messers oder womit auch sonst er sie bedroht. Und dann ...«

»Und hier kommt noch was für deine Theoriensammlung«, sagte Nelson. »Bei der Toten aus dem Sedgewick Park konnten wir nicht viel finden. Sie hatte zu lange im Wasser gelegen. Aber die Tote von Shelter Island war in ungewöhnlich gutem Zustand. Sie war nicht gerade hübsch anzusehen, aber der Verfall der Organe war minimal. Keine Zersetzung des Gewebes, keine Beschädigung durch Insekten.«

Kathryn runzelte die Stirn. »Beschädigung durch Insekten?«

Wieder hob Nelson die Schultern. »Wir haben eine Menge Tabus, was die Toten angeht. Aber da gibt es Fliegen und Ameisen – und wenn die Leiche lang genug da draußen liegt, auch Käfer und Ratten – finden sie einen Kadaver, dringen sie in ihn ein. Und da es in diesem Fall keine Spuren von Insekten oder kleinen Raubtieren gibt, kann die Tote nicht einfach in einem Schuppen oder Abwasserkanal versteckt gewesen sein. Ich will dich nicht mit den Details langweilen, aber es geht ungefähr so: Die Leichenstarre wird nach zwei Stunden sichtbar und ist nach sechs bis zwölf Stunden vollendet. Abhängig von der Umgebungstemperatur setzt die Verwesung nach acht bis achtundvierzig Stunden ein. Am schnellsten zwischen zwanzig und vierzig Grad, am langsamsten unter zehn Grad Celsius. Bei einer Temperatur knapp über dem Gefrierpunkt – bei etwa vier Grad – setzt sie aus. Siehst du, worauf ich hinaus will? Die Leiche muß irgendwo gelagert worden sein, wo es so kalt war, daß der Verwesungsprozeß gestoppt wurde.«

»Er behält die Frauen ... nachdem er sie ermordet hat?«

Nelson nickte nur.

»Wozu?«

»Zwei Gründe. Möglicherweise tut er es, damit wir die Todeszeit nicht nachvollziehen können.«

»Aber wir können es doch?«

Morgan nickte. »Es gibt da etwas, das sich Glaskörper-Kalium-Test nennt.«

»Wie bitte?«

»Wir entnehmen anderthalb Kubikzentimeter Flüssigkeit aus dem Weiß des Augapfels. Das Labor macht einen Kaliumtest und nennt mir eine Zahl. Mit Hilfe einer Formel – es ist nicht präzise, funktioniert aber – kann ich die Zeitspanne festlegen, in welcher der Tod eingetreten sein müßte. Zumindest kann ich eine fundierte Vermutung anstellen.«

»Welche wäre?«

»Meine Vermutung? Die Frau im Sedgewick Park wurde zuerst ermordet. Die Tote von Shelter Island ist jetzt eine Woche bis zu zehn Tagen tot. Die andere Frau wurde vielleicht zwei Wochen davor ermordet.«

»Und der zweite?«

»Was?«

»Du sagtest, es gäbe zwei Gründe, warum er die Leichen irgendwo versteckt.«

»Richtig. Der zweite Grund – und auch das ist eine Vermutung – könnte sein, daß sie ihm so am liebsten sind. Sie widersprechen nicht.«

»Nekrophilie?«

»Könnte sein. Es würde das Waschen erklären.«

»Nehmen wir an, du hättest recht. Wohin könnte jemand sein Opfer bringen, es festhalten, bis er bereit ist, es zu töten, die Leiche aufbewahren – wie lange, eine Woche? – sie dann in ein Fahrzeug laden und sich aus dem Staub machen, ohne daß jemand es sieht?«

»Du bist doch gut im Rätselraten«, erwiderte Nelson lächelnd. »Sag du es mir.«

»Es muß abgelegen sein«, sagte Kathryn. »Irgendwo, wo keiner seine Nase in anderer Leute Angelegenheiten steckt. Auf dem Land oder oben in den Bergen.«

»Das ist nicht viel«, sagte Nelson. »Aber etwas, das man bedenken sollte. Ich habe schrecklichen Durst. Wollen wir was trinken? Kaffee, Tee?«

»Ich muß wieder los«, sagte Kathryn und stand auf.

»Katie, Katie. Laß dir Zeit, um Himmelswillen.«

Die Art und Weise, wie er es sagte, erinnerte Kathryn an ihren Vater. Sie hatte schon lange nicht mehr an ihn gedacht. *Patrick Mackay, zwanzig Jahre Schaffner bei der Eisenbahn, ein untersetzter Gnom von einem Mann, der kein einziges Spiel der Royals verpaßte, nach Bier und billigen Zigarren roch und immer ihren Geburtstag vergaß. Katie-Schatz, komm her und hör zu, wenn ich mit dir rede.*

»Tut mir leid, Doc«, sagte sie und meinte es auch so. »Zwei Tage warte ich schon auf die Geschworenen im Fall Burke. Ich glaube, ich bin ein bißchen zappelig.«

»Du und zappelig? Ich dachte, du wärst eine von diesen aggressiven, kompromißlos harten, ehrgeizigen Frauen.«

»Was?«

»Ich hab dein Porträt in diesem Magazin gelesen. *California Attorney,* heißt es so?«

»Das hast du gelesen?«

»Sie waren ziemlich grob.«

»Die wollten mich fertigmachen. Ich sollte dastehen wie ... ich weiß nicht, seelenlos. Karrieregeil.«

»Vielleicht solltest du den Leuten mal deine nette Seite zeigen, hin und wieder.« Morgan grinste.

»In einem Mordprozeß kann ich nicht das kleine Mädchen spielen«, protestierte Kathryn. »Wenn ich vor Gericht bin, ist es wie ... als wäre ich ein Soldat im Krieg. Nur benutze ich Worte anstelle von Waffen.«

»Bei dir sind sie genauso tödlich.«

»Was soll ich tun? Die Mörder bitten, das Morden zu lassen, die Vergewaltiger das Vergewaltigen? Ich bin die Chefanklägerin, hab mich halbtot gearbeitet, um den Job zu kriegen. Ich kann nicht nachgeben, weil ich am Ziel bin.«

»Ich weiß, ich weiß, und ich sage nicht, daß du dich ändern solltest. Nur ...« Er machte eine vage Geste.

»Sei bloß keine so harte, aggressive Zicke, hm?« Sie lächelte, als sie es sagte, und er grinste sie an.

»Gesagt haben sie: aggressive, kompromißlos harte, ehrgeizige Zicke«, sagte er. Spielerisch holte sie zu einem Schwinger aus, und er nahm die Hände hoch.

»Ich kenne dich besser, Katie. Aber wahrscheinlich bin ich nur einer von wenigen.«

»Es ist der Job, Doc«, sagte Kathryn. »Glaubst du nicht, daß es Tage gibt, an denen ich nur schreien möchte? Meinst du, meine Lieblingsbeschäftigung ist es, gegen einen Irren zu ermitteln, der Frauen die Genitalien rausschneidet? Daß es nicht Tage gibt, an denen ich einfach weglaufen möchte und es wahrscheinlich auch täte, wenn Emma nicht wäre?«

»Ich weiß. Und ich bin stolz auf dich, Katie. Du bist eine der besten Staatsanwälte Kaliforniens, und alle wissen es. Aber trotzdem glaube ich, du solltest dir etwas Raum für dein eigenes Leben schaffen. Flieg nach Florenz, verlieb dich, leiste dir irgendeinen völlig unerwarteten Luxus.«

»Wie du es tust, meinst du?«

»Touché.« Nelson lächelte müde. »Okay, ich hab mein Sprüchlein aufgesagt. Also, willst du losstürmen oder noch etwas über unsere Belustigungen hier unten plaudern?«

»Belustigung. Das Wort ist neu dafür.«

Die Arbeit eines Pathologen war vieles, aber nie lustig. Egal, wie oft Kathryn an Obduktionen teilnahm, immer war es eine

Qual. Das Heulen der Elektrosägen und den Geruch von Formaldehyd wurde man nie ganz los. Immer legte sie Unmengen von Eau de Toilette auf, um den allgegenwärtigen Gestank der Eingeweide zu überdecken, aber was man gesehen und gehört hatte, ließ sich nicht verdrängen.

»Ich habe da noch eine Theorie, die ich dir unterbreiten möchte«, sagte Morgan mit einem Blick in seine Unterlagen. »Sie hat mit den Verletzungen im Genitalbereich zu tun.«

»Was ist damit?«

»Okay, wir haben es mit krassen physischen Verletzungen zu tun. Die Haut des gesamten Schambeins – die Haare eingeschlossen – wurden mit einer scharfen, kleinen Klinge abgetrennt, eine Technik, die Gerber ›Flensen‹ nennen. Ich wünschte, ich könnte präziser sein, was die Waffe angeht. Stell dir ein Mittelding zwischen einem sehr scharfen Taschenmesser und einer Rasierklinge vor, und du hast es.«

»Verstehe«, sagte Kathryn, ein Schaudern unterdrückend. »Wieso sollte jemand so etwas tun?«

Nelson machte ein nachdenkliches Gesicht. »Für den Mörder dürfte es eine spezielle Bedeutung haben, die wahrscheinlich nur für ihn einen Sinn ergibt.«

»Du hast gesagt, du hättest eine Theorie.«

»Willst du sie wirklich hören?«

»Fang an.«

»Ich glaube, er skalpiert sie.«

»Was?«

»Trophäen«, sagte Nelson. »Ich glaube, er schneidet ihnen das Schamhaar ab wie Indianer einen Skalp als Trophäe für ihre Beute.«

»Das ist ekelhaft.«

Nelson zuckte mit den Schultern. »Es ist eine Theorie.«

»Behalt sie um Gotteswillen für dich«, sagte Kathryn. »Hast du eine Ahnung, was passieren würde, wenn die Medien Wind davon bekommen?«

»Das werden sie sowieso, Kathryn. Beim nächsten Mord.«

»Du glaubst, er wird es wieder tun?«

»Ich würde darauf wetten.«

»Eins noch«, fügte Kathryn hinzu. »Dave Granz sagt, deiner Ansicht nach hätte der Mörder die Tote von Shelter Island vor dem Mord unter Drogen gesetzt. Woher weißt du das?«

Nelson lächelte. »Eine naheliegende Vermutung, wenn man darüber nachdenkt. Wie sonst hätte das Opfer an Valium kommen sollen?«

»Okay. Dann: wozu?«

»Vielleicht, um sie ruhig zu stellen, wenn er nicht da sein kann. Damit sie nicht strampeln oder schreien. Oder vielleicht ... um es leichter zu haben. Er, nicht sie. Zehn Milligramm Valium wären wie ein doppelter Scotch auf leeren Magen. Bei fünfundzwanzig dürfte das Opfer gut zwanzig Minuten weg sein. Darüber hinaus besteht die Gefahr einer Überdosis, aber das dürfte unserem Freund egal sein.«

»Okay. Wann kann ich das alles haben?«

»Es wird gerade eingetippt. Ich gebe dir den Namen der Datei, und du kannst sie aufrufen, wann immer du willst.«

Sie legte eine Hand auf seinen Unterarm. »Ich muß dir manchmal wie eine undankbare, kleine Göre vorkommen. Danke, daß du dir soviel Zeit für mich genommen hast.«

Nelson lächelte. »Du bist mir immer willkommen«, sagte er. »Gehen wir nächste Woche mittagessen? Oder abends?«

»Ruf mich an, und wir verabreden uns. Okay?«

Er machte eine Geste mit dem Klemmbrett. »Tut mir leid, daß ich dir nicht mehr sagen konnte.«

»Deine Theorie ist mehr als genug«, sagte sie. »Skalpe. Igittigitt.«

»Und dann wäre da noch eine Frage.«

»Raus damit.«

Nelsons Miene blieb todernst. »Was fängt er damit an?«

6

Im Büro hinterließ Kathryn für Dave Granz, daß er sie anrufen solle, sobald er kam. Ein kurzer Check bei Marcia zeigte, daß während ihrer zweistündigen Abwesenheit keine größere Krise eingetreten war und sich die Geschworenen noch nicht gezeigt hatten. Was war das Problem?

Sie wußte nicht, was anstrengender war. Die Wochen, in denen sie versuchte, die Geschworenen von der Schuld eines Angeklagten zu überzeugen oder darauf warten zu müssen, ob es ihr gelungen war. Während der Verhandlung hatte sie den Fall im Griff. Waren die Geschworenen erst draußen, konnte sie nichts mehr tun. Der Trick war, etwas anderes anzugehen und nicht daran zu denken. Sie wurde es nicht los. Sie wartete, daß das Telefon klingeln und eine Stimme sagen würde: »Saal Drei, die Geschworenen kommen zurück.«

Konzentriert, die Stirn in Falten, legte Kathryn einen Notizblock auf den Schreibtisch und ordnete ihre Gedanken. Vor drei Jahren, nachdem Hal Benton sie zur Chefanklägerin ernannt hatte, war sie per Stipendium ans »National Institute of Justice« gegangen, das 1971 zur Fortbildung für Ermittler, Ankläger und Polizisten gegründet worden war.

Dort hatte Kathryn ein Referat geschrieben, in dem sie empfahl, jedes County mit mindestens einem Staatsanwalt auszustatten, der die Grundlagen der Täterprofilerstellung beherrschte, auch wenn bei Bedarf allen Behörden FBI-Experten zur Verfügung standen. Das Santa Rita County war darauf eingegangen, und sie hatte sechs Wochen damit verbracht, bei einer Einheit für Verhaltensforschung – den »Seelenjägern«, wie sie genannt wurden – in der FBI-Akademie von Quantico bei Washington die Techniken der Profilerstellung zu erlernen.

Damals war es eine ungewöhnliche Sache gewesen. Heutzutage hatte der Staat Kalifornien seinen eigenen »Seelenjäger«, einen Supervisor für Special Agents aus dem »Criminal Investigation Response Team« des Justizministeriums, der eine zehnmonatige Ausbildung in Quantico absolviert hatte, einer von vierundzwanzig Absolventen des »Criminal Investigative Analysis«-Programms bundesweit. Sie nahm das Telefonbuch der Strafverfolgungsbehörden im Bezirk Sacramento. Da war er: Stephen A. Giordano. Wenn sie vielleicht mit ihm redete? Ohne noch länger darüber nachzudenken, nahm sie den Hörer ab, rief die Justizbehörde in Sacramento an und fragte nach Special Agent Giordano.

»Criminal Investigative Analysis. Giordano am Apparat.« Die Stimme klang ausgewogen, neutral. Sie erklärte ihm, wer sie war und warum sie anrief.

»Ich weiß, Sie können am Telefon nicht ins Detail gehen«, sagte sie, »aber ich wäre für jeden Rat dankbar.«

»Mit bestimmten Einschränkungen helfe ich Ihnen gern«, versprach Giordano. »Es müßte allerdings allgemein bleiben.«

»Ich hatte überlegt, ob ich eben die Fakten nenne?«

»Gut. Wieso fangen Sie nicht einfach an und geben mir kurz den Ablauf der Morde? Falls ich mehr brauche, können Sie die Details immer noch faxen.«

Sie versuchte, sich den Mann vorzustellen, mit dem sie sprach. Der Name Giordano klang italienisch. Dunkles Haar, dunkelbraune Augen, groß, impulsiv?

»Wir haben zwei Opfer«, sagte sie. »Beides junge Frauen hispano-amerikanischer Abstammung. Beide innerhalb von etwa zwei Wochen ermordet, eine erdrosselt, eine erstickt. Beide Leichen verstümmelt.«

»Genauer, bitte.« Seine Stimme klang geschäftsmäßig, fast herrisch. Sie beschrieb die Fundorte, die Verstümmelungen, den Zustand der Leichen und Morgans Theorien. Giordano hörte wortlos zu, bis sie fertig war.

»Okay, damit habe ich eine grobe Vorstellung, womit Sie es zu tun haben«, sagte er. »Was stört Sie?«

»Es kann sein, daß ich nur Ihre Zeit vergeude. Wir haben nicht mal genug für eine Viktimologie.«

»Vergessen Sie, was Sie nicht haben«, sagte er. »Konzentrieren Sie sich auf das, was Sie haben. Bewerten Sie das Verbrechen selbst. Wie ist es geschehen? Wo? Hat der Täter seine Opfer in einer anderen Stadt getroffen, sie dort ermordet und dann nach Santa Rita gebracht?«

»Das wäre eine Möglichkeit.«

»Schreiben Sie es auf. Wenn es Frauen aus der Stadt waren, wieso hat niemand sie als vermißt gemeldet?«

»Wir haben es bei der ersten Toten geprüft. Da war nichts.«

»Prüfen Sie es nochmal. Sehen Sie nach, ob im Computer ähnliche Fälle gespeichert sind. Hat die Tatsache, daß die Frauen spanischer Herkunft waren, eine Bedeutung?«

»Vielleicht. Wir werden es nie erfahren, solange wir die Opfer nicht identifizieren können, und bisher sieht es nicht danach aus.«

»Was ist mit dem Mörder?«

»Wir haben nichts gefunden.«

»Sie denken negativ, Miss Mackay, fangen Sie am Anfang an. Die Täterprofilerstellung kehrt die Techniken des Psychiaters um, erinnern Sie sich?«

Natürlich. Absicht der Profilerstellung war es, das psychologische, manchmal auch das physische Bild eines Verdächtigen zu erstellen. Der Fundort lieferte wichtige Informationen, ebenso die Viktimologie, die Zusammenstellung sämtlicher Fakten über das Opfer. Anstatt eine Person zu betrachten und zu mutmaßen, wie ihre Persönlichkeits- und Verhaltensmuster aussahen, analysierte der Psychologe ihre Taten und versuchte, daraus zu folgern, was für ein Mensch der Täter war.

»Auch wenn wir noch nicht wissen, was es ist, hat er doch einen spezifischen Grund für das, was er tut.«

»Gut«, sagte Giordano. »Aber …?«

Sie dachte an Quantico, die Sonne im Fenster des Klassenzimmers, die trockene Stimme des FBI-Ausbilders.

»Versuchen Sie nicht, einen Sinn darin zu sehen. Das Verhalten des Mörders ist für uns unlogisch, weil wir nicht denken wie er. Wir haben nicht seinen *Drang*, der die Erregung des Mordes festhalten und später wieder neu erschaffen will. Vergessen Sie nie, wie wichtig ihm die Phantasien sind, die das Verbrechen ausgelöst hat. Seine Phantasien am Leben zu erhalten, ist ihm das Wichtigste. Sie sind es, die ihn treiben.«

»Was er denkt, tut er, und was er tut, denkt er.«

»Gut«, wiederholte Giordano. »Ihr Mörder entführt, mißhandelt und tötet schließlich seine Opfer. Nicht mit einer Waffe, sondern mit den Händen. Dann verstümmelt er ihre Leichen. Was sagt Ihnen das?«

»Es muß ein Mann sein«, erwiderte sie. »Abgesehen davon, daß Frauen Verbrechen dieser Art nur sehr selten begehen, riechen die Morde geradezu nach sexuellen Machtphantasien.«

»Sie machen das gut«, sagte Giordano. »Überlegen Sie, was er gern tut. Und was es bedeuten könnte.«

»Möglicherweise würden Psychologen ihn als Sadisten bezeichnen, und er könnte auch nekrophil sein. Es würde erklären, warum er die Leichen wäscht.«

»Könnte sein. Wenn ja, weiter zur nächsten Frage: Ist es ein Ritual, Teil der Phantasie, oder, wie Ihr Pathologe vermutet, der Versuch, eigene Spuren zu verwischen, mit denen sich der genetische Fingerabdruck ermitteln ließe?«

»Wir wissen es nicht.« Kathryns Stimme klang niedergeschlagen.

»Lassen Sie sich nicht entmutigen«, erklärte Giordano. »Meißeln Sie weiter daran herum. Es ist wie eine Skulptur, die lange, lange nichts weiter als ein Stein ist.«

»Was ist mit Dr. Nelsons Theorie? Könnte es sein, daß er … Trophäen sammelt?«

»Alles ist möglich. Einige haben es auf Sexualorgane abgesehen ... wir müssen das nicht vertiefen. Angenommen, Dr. Nelson hat recht. Wir müssen uns fragen: Wieso? *Wozu?* Verstehen Sie? Versuchen Sie, zu denken wie er. Das Denken bestimmt sein Handeln. Versuchen Sie, sich vorzustellen, was er *will.*«

»Es ist schwer, sich ein Motiv vorzustellen.«

»Vielleicht gibt es keins. Nach unseren Untersuchungen ist jeder fünfte Mord ohne Motiv.«

»Glauben Sie, er könnte aus reiner Mordlust heraus handeln?«

»Ich glaube überhaupt nichts, Miss Mackay. Ich versuche nur, Ihre Gedanken zu kanalisieren.«

»Ich weiß. Und ich danke Ihnen. Es macht Ihnen doch nichts aus, daß ich Sie angerufen habe?«

»Dafür bin ich doch da«, gab er zurück. »Rufen Sie mich wieder an, wenn Sie meinen, es könnte Ihnen helfen.«

»Danke, ich werde darauf zurückkommen.«

»Ich freue mich darauf, Sie kennenzulernen.«

»Wie bitte?«

»Dieser Mann, den Sie suchen. Er wird wieder morden. Und wieder und wieder. Ich denke, früher oder später bekomme ich einen Anruf von Ihrem Chef.«

»Da könnten Sie recht haben.«

»Das habe ich oft«, sagte Giordano. »Viel Glück.«

Als sie aufgelegt hatte, saß sie lange da und starrte die Wand an. Giordano hatte recht: Es war wie Bildhauerei. Es dauerte lange, einen Stein in einen Michelangelo zu verwandeln. Komm schon, Kathryn, konzentrier dich. Denk es durch. Denk *was* durch? Da konnte sie wochenlang auf ihrem Hintern sitzen. Er war ein mißhandeltes Kind, er wurde in der Schule gequält, er war ein jugendlicher Straftäter, er zahlte der Gesellschaft erlittenes Unrecht heim, er ...

Rache?

Sie schrieb das Wort auf und starrte es an. Rache wofür? Für etwas, das die Opfer getan hatten? Wahrscheinlich kannte der Mörder sie gar nicht. Büßten sie für die Sünden anderer? Es gab ein medizinisches Symptom namens Head'scher Zonenschmerz. Manchmal verbarg der Körper seine Schwächen, indem er von der falschen Stelle Notsignale aussandte. Ebenso der Verstand. Gab man ihm etwas, mit dem er nicht fertig wurde, leitete er den Schmerz weiter. Vielleicht wollte der Mörder also Rache für etwas, das ihm jemand angetan hatte. Beide Opfer waren Latinos. War also auch er ...

»Latino?« überlegte sie laut.

»Müßte ich das sein?«

Es war Dave Granz. Grinsend stand er in der Tür, lässig elegant in seinem Tweedjackett mit braunen Schuhen. »Oder nimmst du auch einen gebrauchten Weißen?«

»Komm rein«, sagte Kathryn. »Setz dich hin.«

»Ich habe den schwarzen Fleck bekommen«, sagte er.

»Was?«

»Kennst du nicht die *Die Schatzinsel?* Jim fragt Käpt'n Flint, was der schwarze Fleck ist, und Flint sagt: ›Das ist eine letzte Warnung, mein Junge.‹ Da bin ich also. Wie war's bei Doctor Death?«

»Dave, wie oft soll ich dir noch ...«

»Okay, okay, tut mir leid. Hat er noch was gefunden?«

»Eine ganze Menge«, sagte Kathryn. »Das meiste davon Theorien.« Sie faßte das Gespräch kurz zusammen.

»Er glaubt, der Kerl sammelt Skalpe. Trophäen, ja?«

»Es ist nur eine Theorie, Dave.«

»Aber, um Himmelswillen, was soll er damit anfangen?« sagte Dave. »Ohrenschützer basteln?«

Sein makabrer Humor rang ihr kein Lächeln ab. Sie deutete auf ihren Notizblock.

»Ich war auf Ideensuche. Und da habe ich mit dem Psychologen vom Justizministerium in Sacramento gesprochen.«

»Steve Giordano.« Er beugte sich über ihre Schulter, um

nachzusehen, was sie geschrieben hatte. Sie spürte seine Nähe, nahm den vertrauten Geruch von Zigaretten und Pfefferminz wahr.

»Du kennst ihn?«

»Wir sind uns begegnet.«

»Du warst nicht beeindruckt.« Sie war enttäuscht und fragte sich, wieso.

»Einer von diesen Schlips-und-Kragen-Typen«, sagte Dave kurz angebunden. »Du glaubst, der Mörder ist ein Latino?«

»Wieso nicht?« gab sie zurück. »Die meisten Morde werden unter Mitgliedern derselben Rasse begangen – Weiße töten Weiße, Schwarze töten Schwarze und so weiter. Zumindest statistisch liegt es nah.«

»Die Rassentrennung ist hier nicht so streng«, bemerkte Dave. »Aber gehen wir von der Annahme aus. Lies vor, was du rausgefunden hast.«

»Latino oder Weißer, fünfunddreißig bis vierzig, Einzelgänger aus gestörten Familienverhältnissen«, sagte sie und lehnte sich mit gequälter Miene zurück. »Ziemlich gut, mh? Paßt nur auf die Hälfte der Bevölkerung Kaliforniens.«

»Denk positiv: Die andere Hälfte der Verdächtigen hast du schon ausgegrenzt. Was haben wir noch?«

»Möglicherweise ein Sadist. Möglicherweise nekrophil. Möglicherweise bewahrt er die Leichen auf. Morgan sagt, man müßte sie bei einer konstanten Temperatur zwischen null und vier Grad lagern.«

»Also muß er einen Raum haben, in dem er die Klimaanlage so weit aufdrehen kann, daß die Raumtemperatur ungefähr wie in einem Kühlschrank ist.«

»Ist das möglich?«

»Sicher. Ein gut isolierter Raum ohne Fenster, mit luftundurchlässigen Türen. Zwei Industrieklimaanlagen ... es könnte gehen. Das Problem ist, es könnte das Haus nebenan sein, ohne daß man eine Ahnung hat.«

»Es müßte irgendwo sein, wo er ohne allzu viele Fragen kommen und gehen kann. Irgendwo in der Einsamkeit.«

»Kathryn, vor einem Jahr etwa gab es einen Massenmörder in Cleveland, der hat ein Dutzend Menschen in seiner Wohnung ermordet. Er wohnte mit vierzig anderen Familien in einem Mietshaus. Niemand hat ihm je Fragen gestellt.«

»Dann ist das eine Sackgasse.«

»Wie kamst du auf ein Motiv der Rache?«

»Es war nur so ein Gefühl. Aber als ich es hatte, wurde mir ganz kalt. Wie eine Ahnung. Weißt du, was ich meine?«

»Unglücklicherweise eignen sich Ahnungen nicht für unsere Ermittlungen. Was ist mit dem Modus operandi?«

»Die Computerdatei in Sacramento will ich noch abrufen.«

»Es wäre den Versuch wert.« Dave klang nicht gerade optimistisch, und Kathryn teilte seine Zweifel.

»Weißt du, wie spät es ist?« sagte Dave und legte sein Bein auf die Tischkante. Sie sah auf ihre Uhr: zwanzig nach fünf. Sie seufzte.

»Verdammt, Dave, ich hasse es, zu kapitulieren.«

»Trotz der ungehobelten Antwort, die du mir auf mein Angebot erteilt hast«, sagte er, »halte ich es dennoch aufrecht. Holen wir Emma ab, und ich spendier euch beiden in Espanola eine Pizza. Danach reden wir weiter. Was sagst du dazu?«

Kathryn betrachtete ihren Block und die Notizen ihres Gesprächs mit Steve Giordano. Tatortanalyse: Vergiß es, die Frauen wurden woanders ermordet. Opferanalyse: ohne Identifizierung unmöglich. Bewertung des Obduktionsberichts: noch auf dem Weg. Es sah so aus, als konnten sie nichts tun, bis der Mörder wieder zuschlug. Wie erfreulich, den Tag mit einem solchen Gedanken zu beenden, dachte sie und legte angewidert ihren Bleistift aus der Hand.

»Ich muß mit Walt Earhart sprechen«, erklärte sie Granz. »Ich hatte versprochen, ihm heute abend was durchzugeben.«

Sie rief das Sheriff's Department an und sprach mit dem

fülligen Lieutenant, erzählte ihm von Morgan Nelsons Befunden und ihren eigenen Überlegungen.

»Sanchez muß nicht alles wissen«, erinnerte sie ihn.

»Wahrscheinlich weiß er es schon«, erwiderte Earhart. »Manchmal glaube ich, der Scheißkerl weiß sogar, wann wir hier unsere Unterhosen wechseln.«

Kathryn dachte an ihr Gespräch mit Sanchez. Sie bildete sich nicht ein, daß er einen ähnlichen Vorschlag nicht auch anderen gemacht hatte, vielleicht jemandem im Sheriff's Department. In seiner Welt hatte jeder einen Preis, und der war manchmal überraschend niedrig.

»Viel Glück heute abend«, wünschte sie.

»Danke«, sagte Earhart. »Ich hab so ein Gefühl, als könnt ich's gebrauchen.«

Sie legte auf, und Dave sah sie erwartungsvoll an.

»Das war's?« fragte er.

»Das war's«, gab sie zurück. »Gehen wir eine Pizza essen.«

7

Kathryn nahm ihre Aktentasche und trug sie zu ihrem kleinen, roten Mazda auf dem Parkplatz vor dem County Building. Dave bot nicht an, ihr die prallvolle Tasche zu abzunehmen. Das hatten sie lange hinter sich. Er stand da und sah zu, während sie Tasche und Akten im Kofferraum verstaute und die Klappe zuschlug. Es war wie eine Zeremonie, dachte er. So weit, so gut, jetzt kommt was Neues. Sie tat es jeden Tag um diese Zeit, legte die Schutzhülle der Staatsanwältin Kathryn Mackay ab, stellte sich auf dem Weg nach Alameda Heights darauf ein, Emma Mackays Mutter zu sein.

Als sie auf dem Alameda Drive waren, produzierte die Klimaanlage im Wagen inzwischen erträgliche Temperaturen. Etwa zwanzig Minuten, nachdem sie das Büro verlassen hatten, bogen sie auf den Parkplatz vor Emmas Schule am Lighthouse Drive ein. Kathryn hatte mit ihrer Tochter eine Vereinbarung, nach der sie bis um Viertel vor sechs warten würde. Viele Kinder werktätiger Mütter taten dies. Sie parkte und ging durch die Klassenzimmer zum Spielplatz auf dem Hof. Sie konnte Emma auf einer Schaukel sehen, mit wehendem Kleid und flatterndem, schwarzem Haar im Rücken.

»Hi, Mommy!« rief Emma.

»Hi, Süße!« rief Kathryn zurück. »War's schön heute?«

»Ich hab einen Goldstern bekommen! Weil ich gut war!«

»Hey, toll!«

Emma sprang von der Schaukel und rannte über den sonnenverbrannten Rasen in Kathryns ausgestreckte Arme. Kathryn wirbelte sie herum und drückte sie, spürte, daß ihr warm ums Herz wurde, wie jedesmal, wenn sie es tat.

»Sieh mal, wer dich besuchen kommt«, sagte sie und setzte

Emma ab. Emma blinzelte zu Granz auf. »Hi, Dave. Kommst du mit nach Hause?«

»Lädst du mich ein, Prinzeßchen?« Bei diesen Worten sah er Kathryn an.

»Wir wollen Pizza essen«, schlug Kathryn vor. »Würde dir das gefallen?«

»Jajaja«, rief Emma und nahm Dave bei der Hand. »Und hinterher gehen wir an den Strand, ja, Dave, ja?«

»Möglich ist alles«, erklärte er. »Aber du solltest besser deine Mutter fragen.«

»Kommt mit«, befahl Emma energisch. Sie folgten ihr zur gegenüberliegenden Wand, an der eine Tafel mit den Namen der Kinder aus ihrer Klasse hing. »Kuck mal, Mommy«, sagte sie. »Da ist der Goldstern, den ich heute bekommen hab.«

»Wie klug du bist«, erwiderte Kathryn. »Glaubst du, ich könnte auch so einen bekommen?«

Emma stemmte ihre Fäuste in die Hüften und schüttelte den Kopf, stieß ein theatralisch geduldiges Seufzen aus. »Mommy, du bist albern. Du weißt, daß Erwachsene keine Goldsterne bekommen. Erwachsene kriegen Geld.«

»Das stimmt«, sagte Kathryn. »Aber manchmal wünschte ich, wir würden auch Goldsterne bekommen.«

»Wieso? Warst du heute besonders gut?«

»Ich glaub schon«, gab Kathryn zur Antwort. »Jedenfalls habe ich mir alle Mühe gegeben. Stimmt's nicht, Dave?«

»Stimmt genau«, sagte Dave.

»Dann kriegst du vielleicht morgen einen«, erklärte Emma und rannte weg, um ihre Sachen aus der Garderobe zu holen. Kathryn lächelte ihr hinterher. Das ist es, was mit dem Erwachsenwerden nicht stimmt, dachte sie. Irgendwo auf dem Weg vergißt man den Glauben an morgen.

Sie kehrten zum Mazda zurück, und Kathryn bog in Richtung Süden auf den Lighthouse Drive ein. Schon am Freeway kicherte Emma über Daves alberne Scherze. Was Kinder anging, war er ein Naturtalent. Einmal hatte er Kathryn gestanden, wie sehr er bedauerte, keine eigenen zu haben.

Als Kathryn rechts auf die Beach Avenue einbog, fragte Dave Emma, ob sie wüßte, woran man sehen kann, ob ein Elefant im Kühlschrank gewesen ist. Am Straßenrand drängten sich Touristen und Kinder in Badehosen. Die Autoschlange walzte zentimeterweise durch die engen Straßen.

»Elefanten passen nicht in Kühlschränke«, wies Emma ihn zurecht.

»Tun sie wohl. Weißt du, woran man es sieht?«

»Nein.«

»An den Fußabdrücken in der Butter.« Emma kicherte immer noch, als Kathryn sah, wie jemand aus einer Parklücke fuhr.

»Hey, was sagt ihr beiden zu dem Timing?« sagte sie, blinkte links und parkte ein.

»Das gibt es anstelle eines Goldsterns.« Dave grinste. Er stieg aus und kippte den Sitz nach vorn, damit Emma herausklettern konnte. Wie ein Wirbelwind stürmte sie los. Dave rannte ihr mit großen Schritten hinterher. Kathryn steckte Münzen in die Parkuhr und folgte ihnen zum Pizzaladen, lächelte über Emmas Aufregung. Manchmal brachte Dave sie so sehr zum Lachen, daß Kathryn ganz ernst tun und ihm sagen mußte, er solle damit aufhören, bevor ihr schlecht wurde. Die beiden zusammen zu sehen, führte Kathryn jedesmal das Fehlen eines Mannes in ihrem Leben vor Augen. Kleine Mädchen brauchten einen richtigen Daddy, nicht jemanden wie Jack, den sie nur in den Ferien sahen. Kathryn lächelte. Eines Tages wird mein Prinz schon kommen.

»Ich möchte ein Stück vegetarisch«, sagte sie.

»Ich auch, ich auch«, rief Emma. »Und Cola, Dave, Cola.«

»Kathryn?«

»Cola.«

»Okay«, erklärte Dave dem Mädchen hinter dem Tresen.

»Zweimal vegetarisch, einmal Salami, zweimal Cola und ein Root Beer zum Mitnehmen.«

»Wird gemacht«, antwortete das Mädchen automatisch.

Als die Pizza heiß war, gingen sie zum Wagen und fanden eine leere Bank an der niedrigen Mauer zwischen Gehweg und Strand. Die Sonne versank hinter den Klippen am Lookout Point. Kinder spielten am Flutsaum, ihre Stimmen mischten sich mit dem Rauschen der Wellen. Ein Möwenschwarm strich über sie hinweg und sammelte sich an einem Priel. Draußen über dem Meer flogen Pelikane.

»Möchtest du noch Pizza?«

Sie schüttelte den Kopf. Dave würde sich noch ein Stück holen, wie immer. Dann würde er wie immer eine Weile mit Emma am Strand herumtoben. Schließlich würde es Zeit werden, und Emma würde wie immer betteln, daß sie noch bleiben sollten. Er würde dann auf ein Glas Wein mitkommen. Wie immer. Und wenn Emma im Bett war und schlief, würde er sagen: »Kann ich nicht noch bleiben?« Und sie würde »nein« sagen, wie immer in letzter Zeit.

Die sexuelle Spannung zwischen ihnen war unvermeidlich, aber davon wollte sie nichts wissen. Das Thema war schon lange ausgestanden, kurz nachdem sie nach Santa Rita gekommen war. Sie hatte gerade ihren ersten Mordfall gewonnen, und Dave, der ihr Inspector gewesen war, führte sie zur Feier des Tages aus. Sie aßen teuer, tranken Champagner. Vielleicht ein Glas zuviel. Was dann passierte, schien nur natürlich, vielleicht sogar unausweichlich. Im Laufe der Wochen waren sie sich immer näher gekommen.

Nach zwei Monaten gelegentlicher Verabredungen war Dave Teil ihres Lebens geworden, verbrachte manche Nacht und die Wochenenden bei ihr. Von Anfang an ahnte Kathryn, daß es ein Fehler war, aber sie verdrängte den Gedanken. Ein Teil von ihr brauchte die Sicherheit, jemanden, der Anteil nahm, den Emma lieben konnte. Dave schien das Zeug dazu zu haben. Im Laufe der Zeit allerdings kollidierte seine »Mañana«-Haltung den Problemen des Lebens gegenüber mit ihrer »Tu es gleich«-Mentalität. Wenn Dave in der Nähe war, arbeitete sie nicht hart genug, und ihre Leistungen ließen nach. Sie war es nicht gewohnt, zu verlieren, und schockiert, als es geschah. Hinzu kam, daß die stürmische Haßliebe zu seiner Exfrau Rita, eine Bindung, die anscheinend keiner von beiden lösen konnte oder wollte, Probleme bereitete. Kathryn war sich immer weniger sicher, ob sie überhaupt einen festen Partner wollte. Vielleicht war sie dem einfach entwachsen, wie ein Haustier, das zu lange in der Wildnis gelebt hatte.

Also hatte sie in den sauren Apfel gebissen. So würde es zumindest keine Bitterkeit zwischen ihnen geben. Dave und sie konnten Kollegen und Freunde bleiben. Anfangs war Dave abweisend und verletzt. Er hatte es nicht verstanden, verstand es vielleicht immer noch nicht. Sie war sich selbst nicht ganz klar darüber. Es hatte lange gedauert, bis das Leben wieder im Lot war. Aber zwischen ihnen gab es jetzt ein starkes und doch brüchiges Band, für immer.

Eine Stunde später waren sie in Kathryns Wohnung, Emma saß frisch geduscht im Nachthemd auf dem Bett, und Dave las ihr die Geschichte von den Drei Kleinen Geißlein vor. Kathryn hörte, wie er den Troll nachmachte, und Emma vor freudigem Entsetzen juchzte. Sie goß etwas Apfelsaft in ein Glas und trank, wartete, bis die Geißlein auf der anderen Seite des Hügels waren und das frische Gras fraßen, dann ging sie nach unten, um Emma einen Gutenachtkuß zu geben.

»Da ist Wein im Kühlschrank«, sagte sie zu Dave, als sie im Flur aneinander vorbeigingen. »Oder ...«

»Wein ist okay«, antwortete er. »Möchtest du ein Glas?«

»Gern.«

Normalerweise arbeitete Kathryn an bevorstehenden Fällen, sobald Emma im Bett war, sah sich noch Gesetzesänderungen an. Heute abend war sie seltsam ruhelos. Sie ging ins

Wohnzimmer, stand am Fenster und sah auf die Bucht hinaus. Rechts unter ihr schimmerten die Lichter von Espanola hell in der aufkommenden Dunkelheit. Links sah sie den langen Arm von Shelter Island, das blinkende Licht des Leuchtturms an seinem westlichen Ende, wo man das erste Mordopfer gefunden hatte.

Dave kam herüber und stellte sich neben sie, blickte aufs Meer hinaus, die linke Hand auf ihrer rechten Schulter. Es war, als wüßte er, was sie dachte.

»Wir werden ihn finden, Kathryn.« Ermutigend drückte er ihre Schulter. »Laß es nicht zu nah an dich heran.«

Sie drehte sich um und ging zum Küchentresen, auf dem ihre Tasche und der Aktenstapel lagen. Sie öffnete die Tasche und nahm den Block mit ihren Notizen heraus.

»Vielleicht sollten wir nochmal in Sacramento anrufen und diesen Giordano herholen.«

»Du hast mit ihm gesprochen«, sagte Dave. »Baby, ohne weitere Fakten kann er nicht mehr machen als du.«

»Es ist doch absurd, daß dieser Mann zwei Frauen ermorden kann und niemand sie vermißt. Keiner ruft an und sagt: Meine Freundin, meine Tochter ist nicht nach Hause gekommen, vielleicht ist sie eine von diesen Frauen.«

»Jack Burrows hat hart gearbeitet«, erklärte Dave. »Er hat eine Beschreibung der Opfer durch das Bundesregister laufen lassen, dann hat er es in den Nachbarstaaten versucht. Nichts. Beide Opfer waren jung, wahrscheinlich unverheiratet. Du weißt, wie Kinder sind. Sie teilen sich eine Wohnung mit einer Freundin, die denkt, sie ist einfach abgehauen, und wieso sollte sie deshalb die Bullen rufen? Oder sie mieten eine Wohnung, und wenn sie nicht wieder auftauchen, meint der Vermieter, sie sind getürmt, und er verkauft ihre Sachen. Glaubst du, so einer meldet sich?«

»Da fällt mir ein: Der Mörder könnte sie woanders entführt haben.«

»Warum sollte er? Die Hälfte der Leute in Santa Rita ist zu dieser Jahreszeit fremd hier«, erklärte Dave. »Nicht eingerechnet die ›freiwillig Obdachlosen‹, wie Jake Gylam sie nennt, die Ausreißer, die geschundenen Ehefrauen, die Leute, die vor ihren Schulden flüchten, und all die anderen, die aus dem System kippen, ohne jemandem zu sagen, wohin sie gehen.«

»Wie spät ist es?«

»Fünf vor halb zehn. Wieso?«

»Ich möchte Sanchez nicht verpassen.«

»Ich hab gehört, ihr wart essen. Wie findest du ihn?«

Sie überlegte, ob sie ihm von Sanchez' Angebot erzählen sollte, und beschloß, sich ihm anzuvertrauen.

»Schwer zu sagen«, erklärte sie. »Aber ... der Mann hat so etwas an sich. Ich würde ihm lieber nicht trauen.«

»Ich habe einen Freund bei KKPP-TV unten in Santa Barbara«, sagte Dave. »Seit zwanzig Jahren im Geschäft. Er sagt, Sanchez wäre der rücksichtsloseste, selbstgefälligste Sack, den er je kennengelernt hat. Alle hassen ihn wie die Pest, aber sie bleiben, weil es so aussieht, als würde er aufsteigen, und sie hoffen, sie steigen mit. Noch ein Glas Wein?«

»Mach den Fernseher an«, bat Kathryn und schüttelte verneinend den Kopf. »Die Sendung kommt gleich.«

Das Bild fing an zu flimmern. Steve Brace und Jane Brondini von den *Channel Seven News* kamen gerade zum Ende.

» ... und das waren die Nachrichten hier auf KKSU Monterey, an diesem Donnerstag im Juni«, verkündete Brace gerade. »Jane Brondini und ich, Steve Brace, sagen Ihnen gute Nacht. Bleiben Sie dran für *Hier und Jetzt* – Richard Sanchez untersucht zwei bizarre Morde in Santa Rita.«

Die vertraute Titelmusik schwoll an, während der Vorspann lief. Die Kamera wechselte auf Richard Sanchez, der einen makellos cremefarbenen Sommeranzug mit hellblauem Seidenhemd und dunkelblauer Seidenkrawatte trug.

»Guten Abend, meine Damen und Herren. Ich bin Richard

Sanchez mit den Themen, über die gesprochen werden muß – *Hier und Jetzt.«* Seine Stimme war kräftig, tief, wohlklingend. Sie forderte Aufmerksamkeit. Er drehte sich auf seinem Sessel zu Kamera Zwei, während das Logo der Sendung zu einem kleinen Rechteck über seiner linken Schulter schrumpfte.

»Vor etwa einer Woche führte der zweiundzwanzigjährige Steve Jackson am Strand von Shelter Island seinen Hund aus. Daran ist nichts Ungewöhnliches. Er tut es oft, wenn er von der Nachtschicht kommt, und genießt es, einen der schönsten Strände Kaliforniens ganz für sich allein zu haben ...«

KKSU hatte ein Team an den Strand geschickt. Sanchez' Stimme fuhr fort, während der Blick von Süden her gezeigt wurde, unten am Jachthafen, die sanfte Biegung des Strandes hinauf, mit den langen Brechern, die vom Pazifik hereinkamen, und dem Leuchtturm von Shelter Island kahl und weiß auf seinem grünen Hügel. Der Film zeigte eine Stelle direkt unterhalb des Leuchtturms. Das Teleobjektiv ging auf Sanchez, der dort stand, wo man die Leiche gefunden hatte.

»Genau hier, wo ich jetzt stehe, an diesem idyllischen Ort, lag eine Leiche. Die Leiche einer jungen Spanierin, auf brutale Weise ermordet. Trotz umfassender Ermittlungen durch den Sheriff wurden bisher Hinweise weder auf die Identität des Opfers noch des Mörders gefunden. Tatsächlich hatten unsere Behörden bis gestern, Mittwochnachmittag, dem neunzehnten Juni, nicht den leisesten Fortschritt gemacht.«

Ein weiterer Aufmacher füllte den Bildschirm aus, diesmal von einem Hubschrauber aus gefilmt, der über Santa Rita flog, südöstlich in Richtung Montecito, und dann nach Norden zum Eisenbahndepot abdrehte.

»Sedgewick Park, Santa Rita«, sagte Sanchez aus dem Off. »Ein Ort stiller Schönheit. Ein Vogelreservat und Naturschutzgebiet, das der Mäzen Thomas P. Sedgewick Mitte der Siebziger aus einem Schilfgebiet erschaffen ließ. Eine Oase mitten in der Stadt. Picknickflächen und Pfade im Schatten mächtiger Eichen und Erlen. Und hier, umrahmt von Weiden und Eukalyptusbäumen: die Lagune, zu der jedes Jahr Tausende von Kindern Santa Ritas kommen, um Natur und Vögel zu beobachten.«

Schnitt zu einem Interview mit zwei Männern vor der Kamera. Hinter ihnen die Lagune, nahe der Stelle, an der man die zweite Leiche gefunden hatte.

»Vorgestern nahmen sich Pete Salazar und Johnny Mace, zwei Männer aus dem obdachlosen Bevölkerungsteil Santa Ritas, vor, den Nachmittag hier im Sedgewick Park zu verbringen«, sagte Sanchez aus dem Off. »Pete Salazar, erzählen Sie uns, was Ihnen widerfahren ist.«

»Hey, Mann, das war echt link, ja?« sagte Salazar. Der Kameramann zoomte langsam in eine Großaufnahme. »Ich mein, ich war, naja, ich hatte ein paar Biere drin, ja? Ich hab da unten an der Lagune gestanden, da drüben, hinter mir, und bin irgendwie ausgerutscht und ins Wasser gefallen.«

Schnitt auf Sanchez in cremefarbenem Jackett und hellbraunen Hosen. Er muß direkt nach dem Essen in den Park gefahren sein, dachte Kathryn. »Da drüben bei den Weiden?«

»Genau, Mann, ich hab irgendwie die Hände runtergenommen, damit ich nicht ganz reinfall, ja? Und da war was im Wasser, irgendwas Weiches, Glitschiges, wissen Sie, was ich mein? Und dann ist das Ding wie ein Korken hochgekommen, diese Leiche, diese Tote, die nackte Frau.«

»Und Johnny Mace, wo waren Sie, als das passierte?«

»Ich war da drüben auf der Bank. Hab gedöst. Da hör ich dieses Platschen und denk, hey, der alte Pete ist in den Teich gefallen, Mann. Ich dachte, vielleicht seh ich besser mal nach, ob er okay ist. Wir hatten ein paar Biere intus. Ich hab ihn schreien gehört.«

»Sie haben geschrien, Mr. Salazar?«

»Worauf Sie sich verlassen können«, sagte Salazar. »Ich

mein, diese Frau da im Wasser, die war nicht gerade Miss America, wenn Sie verstehen, was ich meine.«

Das Interview war zu Ende, und Sanchez kam wieder ins Bild, im Studio.

»Eine weitere junge Frau ermordet. Wie die erste war sie Spanierin, und wie die erste blieb sie namenlos. Wer sind diese Frauen? Woher kamen sie? Warum wurden ihre Leichen an Ausflugsziele wie Shelter Island und Sedgewick Park gebracht? Um mehr darüber in Erfahrung zu bringen, habe ich mit Lieutenant Walter Earhart, dem Chef der Detectives im Santa Rita County gesprochen. Bleiben Sie dran.«

Werbung plapperte vor sich hin. Dave stand auf und schenkte sich nach. »Mit den beiden hab ich gesprochen«, sagte er zu Kathryn gewandt. »Zwei Penner von den Supermärkten drüben an der Mercado. Sollte irgendwas am Fundort gewesen sein, haben sie es plattgetrampelt, bevor unsere Leute überhaupt in die Nähe kamen.«

»Willkommen zurück bei *Hier und Jetzt*«, verkündete Richard Sanchez' Stimme, während das Logo gezeigt wurde, das fortwirbelte und durch ein aufgezeichnetes Studiointerview ersetzt wurde. Walt Earhart saß Sanchez gegenüber. Ein Untertitel zeigte seinen Namen.

»Ach, komm schon, Kathryn«, sagte Dave ungeduldig. »Müssen wir das sehen?«

»Schsch«, machte sie und sah, wie Sanchez mühelos in die Rolle des bohrenden, gnadenlosen Interviewers schlüpfte.

»Lieutenant Earhart. Zwei junge Hispano-Frauen brutal ermordet, die verstümmelten Leichen an Ausflugsorten deponiert. Ein Serienmörder schleicht durch die Straßen, aber ihr Department ist nicht nur unfähig, die Opfer zu identifizieren. Sie haben weder eine Spur noch eine Ahnung, ob der Mörder wieder zuschlagen wird. Was sagen Sie dazu?«

»Es stimmt nicht, daß wir keine Spuren haben«, begann Earhart. »Wir prüfen mehrere. Ich bin zuversichtlich ...«

»Einen Moment. Hat Ihr Department einen Hinweis auf die Identität des Psychopathen, Lieutenant? Ja oder nein.«

»Was ich sagen will, ist ...«

»Ja oder nein?« Die beiden Männer starrten einander an.

»Nein.«

»Sie haben keine Ahnung, wer er ist, woher er kommt oder wann er wieder zuschlagen wird?«

»Wir stehen noch ganz am Anfang unserer Ermittlungen. Wir kriegen ihn, früher oder später.«

»Früher oder später. Während tausende junger, spanischer Frauen hier in Santa Rita nachts um ihr Leben bangen.«

»Hysterie wird uns nicht helfen, Mr. Sanchez.«

»Ebensowenig Selbstzufriedenheit, Lieutenant«, fuhr Sanchez ihn an. »Ich spreche hier im Namen der verunsicherten Öffentlichkeit.«

»Sie bauen eine Horrorgeschichte auf«, bellte Earhart.

»Falsch«, gab Sanchez zurück. »Die Leute fürchten sich schon genug. Da draußen läuft ein Irrer frei herum. Und die Unfähigkeit Ihres Departments trägt nicht gerade zur Beruhigung der Menschen bei.«

»Ich kann nur wiederholen, daß wir tun, was wir können«, beharrte Earhart. »Sie wissen, daß der Staatsanwalt eine Sonderkommission zusammengestellt hat, die sich ausschließlich mit diesen Morden befaßt. Ich habe jeden verfügbaren Beamten eingesetzt. Jetzt brauchen wir nur etwas Glück.«

»Mein Gott, Walt«, stöhnte Granz.

»Glück, Lieutenant?« Sanchez machte sich über ihn her, legte genau die richtige Portion Zweifel in seinen Tonfall. »Etwas Glück? Da läuft ein krimineller Psychopath durch die Straßen, der Frauen ermordet und ihnen die Sexualorgane herausschneidet – und Sie bauen auf Ihr Glück?«

»Jede Spur wird geprüft, gecheckt und nochmal gecheckt«, sagte Earhart in dem Versuch, den Schaden zu begrenzen.

»Jeder Anruf, den wir bekommen, jedes forensische Detail. Aber wir können keine Wunder vollbringen.«

Das aufgezeichnete Interview war beendet.

»Das war der Leitende Detective Walter Earhart, der uns erzählt, daß das Sheriff's Department von Santa Rita auf sein Glück baut«, sagte Sanchez. Seine Miene hatte sich nicht verändert, aber die unterschwellige Verachtung in seiner Stimme sagte alles. »Währenddessen läuft der Killer durch unsere Straßen. Wenn die Polizei ihn nicht finden kann, was können wir Bürger tun? Sehen Sie meine ausführliche Behandlung dieser drängenden Frage hier auf KKSU Monterey, Sonntagabend, einundzwanzig Uhr dreißig.«

Die Titelmusik wurde lauter, und Kathryn stand auf, um den Fernseher abzustellen. »Der arme Walt. Das war hart.«

»Ich hab dir gesagt, wir kriegen eins übergebraten«, sagte Dave, stand auf und schenkte sich nach. »Das ist das Problem, wenn man bei jemandem wie Sanchez auftritt. Er kann sagen, was er will. Sämtliche Modeworte: Serienmörder, Irrer, Psychopath. Und man sitzt daneben und muß es sich anhören. Das ist übrigens guter Wein. Möchtest du noch?«

»Du weißt, ich bin betrunken, wenn ich mehr als ein Glas trinke«, sagte Kathryn. »Außerdem habe ich Bereitschaft.«

»Bis wann?«

»Ben Robson übernimmt am Montag. Gott sei Dank.«

»Ich vermute, das heißt, ich bleibe nicht über Nacht.«

»Du vermutest richtig.« Kathryn lächelte. »Aber um dir zu zeigen, daß ich das Herz auf dem richtigen Fleck habe, bring ich dich runter nach Espanola. Von da fährt der Bus.«

»Spar dir die Mühe. Der Spaziergang wird mir gut tun.« Er zögerte. »Hast du am Wochenende schon was vor?«

»Einkaufen, Waschen. Bügeln. Alles, was Spaß macht. Sonntag holt Jack Emma ab. Sie wollen rausfahren.«

»Wollen wir essen gehen? Da ist ein neuer Italiener in Catalina – ›Pasta Forgetting‹. Die machen tolle Fettucine.«

»Woher haben die bloß immer ihre Namen?«

»Ein Typ aus Encino denkt sie sich aus. Für fünfzig Mücken das Stück«, erwiderte Dave grinsend. »Wie wär's?«

»Ich würde gern«, sagte sie. »Aber ich muß wirklich arbeiten. Der Prozeß gegen diesen Broadwick fängt am Montag an, und die Geschworenen müssen noch ausgesucht werden.«

Er machte eine resignierte Geste. »Du hast genug von mir, mh?«

Kathryn nickte zustimmend. »Absolut.« Sanft küßte sie ihn auf die Lippen und schob ihn zur Tür. »Und jetzt geh. Verschwinde von hier.«

In der Tür blieb er stehen, drehte sich um, sah sie an. »Magst du diesen Sanchez?« sagte er. Es kam unerwartet, und einen Moment lang wußte Kathryn nicht, was sie antworten sollte.

»Manche Frauen finden ihn sicher attraktiv. Aber ... ich glaube, er war nicht eigentlich an mir interessiert, eher daran, wer ich bin, was ich tue. Warum fragst du?«

Er lächelte. »Nur so«, sagte er und ging.

8

Seine Frau klopfte leise an die Tür des Arbeitszimmers. »Ich hab Kaffee gemacht«, sagte sie.

»Ich komm gleich raus«, antwortete er. »Bin fast fertig.«

»Was machst du?«

»Hefte nachsehen.«

»Ich dachte, ich hätte den Fernseher gehört.«

»Hab mit mir selbst gesprochen.«

Er ließ sie nicht mehr in sein Arbeitszimmer, das »Allerheiligste«, wie er es nannte. Er hatte gehört, wie sie mit Nachbarn gesprochen hatte. »Lee braucht Ruhe zum Arbeiten«, hatte sie ihnen erklärt. »Er ist gern allein.«

Fassungslos hatte er sich Richard Sanchez angesehen. Konnten sie tatsächlich so blöd sein?

Die Antwort war: Ja. Genau wie in Vietnam.

Niemals würde er sein blankes Entsetzen vergessen, als ihm klar wurde, wie dumm, wie leichtsinnig er gewesen war. Immer wieder hatte er sich abgeschrubbt, seine Sachen verbrannt, den Schlüssel zu der Hütte in den Fluß geworfen. Quälende achtundvierzig Stunden in der Überzeugung, daß jeden Augenblick brüllende MPs hereinstürzen würden, um ihn ins Büro des Kommandeurs der Militärpolizei zu schleppen.

Er konnte sich nicht konzentrieren, nicht schlafen, essen, nicht klar denken. Sein Verstand war wie ein zerbrochener Spiegel. Jedesmal fing er an zu schwitzen, wenn es klopfte, zuckte zusammen, wenn er laute Stimmen hörte. Drei Tage vergingen, fünf, eine Woche. Er kaufte alle Zeitungen, suchte verzweifelt nach der Meldung vom Tod des Mädchens. Am neunten Tag wurde er fündig.

Leute, die in der Nähe der Hütte wohnten, beklagten sich

über den Gestank, und die Polizei hatte daraufhin die Tür aufgebrochen. Man fand die verwesende Leiche eines jungen Mädchens, ermordet und verstümmelt. Papiere hatte sie keine bei sich. Niemand kannte den Besitzer der Hütte. Niemand holte die Leiche ab. Die Polizei verfolge verschiedene Spuren, sagte ein Sprecher. Das Mädchen könne von einem Zuhälter ermordet worden sein, der vor seinen anderen Mädchen ein Exempel statuieren wollte, von einem durchgedrehten GI aus dem Dschungel, oder sogar von den Vietkong, die sich einer Informantin entledigt hatten, weil sie ihnen nicht mehr von Nutzen war. Alle Möglichkeiten würden überprüft.

Die Erleichterung war beinah sexuell gewesen. Sehr bald war sie einem ungeheuren Machtgefühl gewichen, dem Bewußtsein, daß das Leben in ihm anders war als das um ihn herum. Zu wissen, daß nur er es wußte. Er hatte es getan. Außer ihm würde es niemand erfahren, niemals. Die Polizei würde ihn nicht finden. Und außerdem interessierte es sowieso keinen. Eine schlitzäugige Nutte mehr oder weniger.

Sich Sanchez anzusehen, erfüllte ihn mit demselben berauschenden Gefühl von Unverwundbarkeit. Sie waren dumm. Sie wußten nicht mal, wer die toten Frauen waren. Würden es wahrscheinlich nie erfahren. Das Wissen darum, daß er wieder tun konnte, was immer er wollte, durchflutete ihn. Die Erinnerung an heiße, bebende Lippen, flehende Augen und das erstickte Schluchzen vor Schmerz rief dieses vertraute, seltsam beunruhigende Verlangen in ihm wach.

Er schloß die Tür auf und ging ins Wohnzimmer. Seine Frau sah sich im Fernsehen eine Seifenoper an. Das war alles, was sie sich jemals ansah: schwachsinnige Seifenopern.

»Ich dachte, du hast Kaffee gemacht.«

»Ja, ja, ich hol dir welchen, setz dich hin, ich stell das ab . . .«

»Laß es an«, sagte er. »Hol nur den Kaffee.«

Er sah ihre Erleichterung, als sie merkte, daß er nicht böse war, und er lächelte, als sie in die Küche ging. Sie hatte sich ihm nie widersetzt, und sie würde es auch nie tun. Zögernd lächelte sie ihn an, als sie einschenkte. Früher war sie ganz ansehnlich gewesen, vielleicht keine Schönheitskönigin, aber auf ihre biedere Art doch hübsch: gute Zähne und langes, schimmernd blondes Haar. Nicht mehr. Farblos war das richtige Wort für Carol. Farblos und langweilig.

Er hatte sie nur geheiratet, weil er mußte. Der Direktor hatte ihn in sein Büro rufen lassen, eine persönliche Angelegenheit. Die Sorge der Eltern. Eine Mädchenschule, ein alleinstehender Lehrer. Er wollte keine große Sache daraus machen, mußte aber die Interessen der Schule bedenken.

Also hatte er ihr zum Schein den Hof gemacht und sie geheiratet. Sie entpuppte sich als klassische Hausfrau. Sie nähte Vorhänge, bestickte Kissen, und anfangs hatten sie mehr Sex, als ihm lieb war, aber er gewöhnte es ihr ab wie alles andere auch, wie ein Mann, der seinen Hund dressiert, kurze, knappe Worte bei Mißfallen, übertriebenes Lob für korrektes Benehmen. Sie war das geborene Opfer. Je mehr sie es ihm recht machen wollte, desto schlimmer strafte er sie mit Verachtung. Je mehr sie versuchte, Freunde zu gewinnen, desto übler verletzte er diese, und Kollegen, die sie einluden, beschämte es, wenn sie sahen, wie er sie behandelte.

Tumbes Kalb, dachte er.

Er schlug die Zeitung auf und blätterte zu den hinteren Seiten. Er mochte Rätsel. Sie entspannten ihn. Kreuzworträtsel. Anagramme. Scrabble. Am liebsten mochte er Codes und Chiffren. Jeden Tag war ein Chiffrierspiel in der Zeitung, das Zitat eines berühmten Mannes. Sie gaben einem einen Buchstaben, und den Rest mußte man herausfinden. Das heutige Rätsel war kurz und bereitete ihm keinerlei Schwierigkeiten.

Er legte die Zeitung beiseite und sah auf, als Carol mit dem Kaffee hereinkam. Unsicher lächelte sie ihn an, dann sah sie weiter ihre Seifenoper, die Miene leer wie eine Untertasse.

Er nahm seinen Kugelschreiber und notierte das Alphabet

auf dem gelben Block, den er in einem Drugstore gekauft hatte. Darunter schrieb er das Alphabet rückwärts. Er wollte es ihnen nicht zu schwer machen. Als er fertig war, sah es folgendermaßen aus:

```
ABCD EFGH IJKL MNOP QRST UVWXYZ
ZYXW VUTS RQPO NMLK JIHG FEDCBA
```

Als nächstes chiffrierte er seine Botschaft.

```
WRV RN HVWTVDRXP KZIP SRVHH ZMMZ.
HRV SZGGV VRMVM POVRMVM HXSMRGG
ZN CYVIHXSVMPVO. YZOW WRV MZVXSHGV.
```

Er faltete das Blatt zweimal und steckte es in einen Umschlag. Der dicke Detective hieß Earhart. Walter Earhart, Lee erhob sich langsam und schlug das Telefonbuch bei den Behördennummern auf, fuhr mit dem Finger die Liste ab, bis er gefunden hatte, wonach er suchte: Santa Rita County Sheriff-Coroner, Investigation Division, County Building, 701 Pacific Street.

Okay, Walter, dachte er grinsend. Der hier ist für dich.

9

Kathryn kam früh. In der stillen Dreiviertelstunde vor der offiziellen Arbeitszeit konnte sie mehr Papierkram erledigen als irgendwann sonst. Trotz der frühen Stunde war Marcia schon da. Freitage waren immer hektisch. Da die Gerichte nicht tagten, kamen alle ins Büro, um Telefonate zu erledigen oder die Reaktionen auf Anträge und sämtliche Gerichtsakten, die sich angesammelt hatten, zu bearbeiten. Freitags fanden außerdem die Dienstbesprechungen statt, bei denen Mac Fälle zuteilte und anstehende Probleme diskutierte.

»Hi, Kathryn«, begrüßte sie Marcia. »Hast du Sanchez gesehen?«

»Hab ich. Ist Hal schon da?«

»Er ist drinnen, und er will dich sehen. Vorbesprechungsbesprechung. Im Konferenzzimmer. Sofort.«

»So schlimm, ja?«

»Da drinnen wird scharf geschossen.«

Und als wollte sie es beweisen, warf Marcia die Morgenzeitung auf ihren Tisch. Eine Schlagzeile mitten auf der Seite sagte alles: SHERIFF IM KREUZFEUER: »LEISTUNG UNGENÜGEND«, SAGT FERNSEHMANN SANCHEZ.

»Oje«, sagte Kathryn und folgte ihr den Flur hinunter zum Konferenzraum. Hal Benton saß am Kopf des Tisches, ein großer Mann mit graublauen Augen und rotblondem, gescheiteltem Haar. Das Gesicht war markant und eckig, mit ausgeprägtem Unterkiefer. Seine Nase sah aus, als wäre sie früher mal gebrochen gewesen. Als Kathryn eintrat, sah er auf.

»Setzen Sie sich, Kathryn.« Er nickte. »Ich möchte diese Fernsehsache vor der Besprechung vom Tisch haben, okay?«

»Nur zu.«

Vier Leute waren anwesend. Mac McCaskill saß rechts von Benton, ihm gegenüber Norm Podnoretz, der Chef der Ermittler. Groß, von trügerischer Liebenswürdigkeit. Norm hatte sich vom Detective Sergeant ins Sheriff's Department hochgearbeitet und leitete seine Abteilung mit einer Zielstrebigkeit, die den Neid sämtlicher Staatsanwaltschaften Kaliforniens weckte.

»Okay. Wir wissen alle, daß man Walt in die Pfanne gehauen hat«, sagte Benton. »Wenn das alles wäre, könnten wir es als Erfahrung abhaken und uns Wichtigerem widmen.«

»Aber ...?« wollte Podnoretz wissen.

»Sanchez hat mich heute morgen angerufen. Er macht eine Sondersendung über die Morde. Jake Gylam hat zugesagt.«

»Ich hab davon gehört«, erwiderte Kathryn. »Sanchez muß ihn unglaublich bequatscht haben.«

»Bestimmt hat er ihn daran erinnert, wie dringend er die Stimmen der hispanisches Minderheit braucht«, sagte Podnoretz. »Da ist Jake empfindlich.«

»Tja, es wird seine Beerdigung werden«, prophezeite Kathryn. »Und Sanchez ist der Totengräber.«

»Wir können es nicht einfach geschehen lassen, Kathryn«, meinte Mac. »Gut, Jake ist ein Idiot. Aber wenn wir danach alle wie Idioten dastehen, ist das was völlig anderes.«

»Genau das denke ich auch«, sagte Benton barsch. »Also habe ich Sanchez klargemacht, daß ich einen aus unserem Büro dabei haben möchte. Ich habe Sie vorgeschlagen, Kathryn.«

»Wie hat er darauf reagiert?«

»Er ist darauf eingegangen. Warum auch nicht?«

»Wir sind vor zwei Tagen etwas aneinander geraten und haben uns nicht gerade als beste Freunde getrennt.«

Benton hob die Schultern. »Davon hat er nichts erwähnt.«

»Das überrascht mich.« Kathryn schien nachdenklich. »Er macht auf mich nicht gerade einen vergeßlichen Eindruck.«

»Also, okay?« fragte McCaskill. »Können wir KKSU anrufen und sagen, daß du kommst?«

»Was genau soll ich da tun?«

»Den Schaden begrenzen«, erklärte Benton. »Egal wie.«

»Okay.« Kathryn seufzte. »Wann ist es?«

»Es wird aufgezeichnet. Sonntagnachmittag um zwei.«

»Sonntag?« fragte Kathryn bestürzt. »Hal, ich habe eine sechsjährige Tochter, die ich nicht halb so oft sehe wie nötig. Und jetzt soll ich auch noch meinen Sonntag opfern.«

»Hören Sie, Kathryn. Sie müssen das für mich tun«, sagte Benton, als beendete das jede Diskussion. Bevor Kathryn protestieren konnte, klopfte es an der Tür, und eine der Sekretärinnen steckte ihren Kopf herein.

»Kathryn, Walt Earhart wartet in Mr. McCaskills Büro. Er sagt, es gibt was Neues über den Serienmörder. Dave Granz ist bei ihm.«

Kathryn sah in die Runde, dann sprang sie auf und stürzte so hastig zur Tür, daß Mac ihr kaum folgen konnte.

10

»Das ist doch Kauderwelsch«, sagte Dave und starrte den Zettel auf dem Schreibtisch an.

Earhart schüttelte den Kopf. »Es ist ein einfacher Code. Wie der, den sie jeden Tag in der *Gazette* haben. Der Scheißkerl hat es uns sogar leicht gemacht. Siehst du das *V=E*? Das ist der Schlüssel. Ich hab einen Deputy, der sowas für uns macht. Der hat keine zehn Minuten dafür gebraucht. Das Alphabet rückwärts. *Z* ist *A*, *Y* ist *B*, und so weiter.«

Kathryn betrachtete die Blockschrift und die Übersetzung darunter, merkte, daß Dave ihr über die Schulter sah.

> DIE IM SEDGEWICK PARK HIESS ANNA.
> SIE HATTE EINEN KLEINEN SCHNITT
> AM OBERSCHENKEL. BALD DIE NÄCHSTE.

»Himmelarsch.« Dave stöhnte auf. »Wenn dieser Typ von den Schnitten im Oberschenkel weiß ...«

»Muß er der Mörder sein«, stimmte ihm Earhart zu.

»Was ist das für eine Figur? Der ›Pillsbury Doughboy‹?«

»Ach was. Eine Art Unterschrift vielleicht?«

»Woher soll ich das wissen?« fragte Earhart ungeduldig.

»Woher kommt das?«

»Ist vor etwa einer Stunde abgegeben worden«, sagte McCaskill. »An Walt adressiert.«

»Wurde im Erdgeschoß abgegeben«, ergänzte Earhart. Er hob eine Hand. »Und bevor ihr fragt, wir haben es gecheckt. Ein kleiner Junge von etwa zwölf Jahren hat es gebracht.«

»Hat man ihn gefunden?«

Earhart schüttelte den Kopf. »Wir wissen nicht mal, wie er

aussah. Das Mädchen an der Rezeption weiß nur, daß es ein Junge war.«

»Das ist eine Kopie, stimmt's? Wo ist das Original?«

»Wir haben es wegen der Fingerabdrücke gleich nach Sacramento geschickt«, erwiderte Earhart. »Ich wollte kein Risiko eingehen. Wäre es Karton oder Plastik gewesen, irgendwas mit einer Oberfläche, hätten wir es selbst machen können, aber um auf Papier was zu finden, braucht man Ninhydrin- und Argon-Laser-Tests. Solche Geräte haben wir nicht.«

»Wie viele Leute haben es angefaßt?«

Earhart zuckte mit den Achseln. »Drei, vier etwa.«

Zweifelnd schüttelte Dave den Kopf. »Irgendwas sagt mir, wir werden nichts finden, Walt«, sagte er. »So dumm ist der Kerl nicht.«

»Ich weiß, aber wir müssen es versuchen.«

»Auf was für Papier ist es geschrieben?«

»Gewöhnlicher, linierter Notizblock«, erklärte Earhart. »In jedem Schreibwarenladen erhältlich.«

»War ein Umschlag dabei?«

»Nein, das Blatt war einfach nur gefaltet.«

»Große Blockbuchstaben«, präzisierte Kathryn. »Kugelschreiber. Vielleicht ist mit der Handschrift was anzufangen.«

»Vielleicht.« Earhart klang nicht gerade optimistisch.

»Anna«, sagte Dave. »Meinst du, es lohnt sich, den Namen durch die Computer laufen zu lassen?«

»Wir sind dabei«, sagte Earhart. »Das ›National Crime Information Center‹ prüft Vermißten- und Flüchtlingsdateien, das Justizministerium checkt illegale Einwanderer, entlaufene Sträflinge, Bewährungsflüchtlinge, Deserteure ...«

Dave hob kapitulierend die Arme und grinste. »Schon gut, Walt. Entschuldige, daß ich gefragt habe.«

»Jack Burrows koordiniert das alles«, versprach Earhart. »Wenn ihr was braucht, fragt ihn.«

»Anna. Das ist ja nicht gerade viel«, sagte Kathryn.

»Vielleicht weiß er selbst nicht mehr«, überlegte Dave.

»Sie haben alle einen Ausweis bei sich«, sagte Earhart.

»Nicht alle«, beharrte Dave. »Angenommen, er hat sie am Strand getroffen. Vielleicht war sie spazieren oder joggen und hatte nur Shorts und T-Shirt an, einen Badeanzug. Vielleicht war ihr Vorname alles, was er von ihr wußte.«

McCaskill hielt den Zettel hoch, damit jeder ihn sehen konnte. »Niemand hat bisher das Wichtigste erwähnt«, bemerkte er. »Er sagt: ›BALD DIE NÄCHSTE‹.«

»Der Scheißkerl spielt Spielchen.« Earhart war wütend. »Wahrscheinlich macht es ihm Spaß, uns an der Nase rumzuführen.«

»Wieso hat er uns eine Nachricht geschrieben?« Kathryn wandte sich an niemanden im besonderen. »Wieso kein anonymer Anruf?«

»Meinst du, er hat vielleicht eine auffällige Stimme?«

»Wäre möglich.« Kathryn machte sich eine Notiz. »Er wird wissen, daß alle Gespräche aufgezeichnet werden. Vielleicht hat er einen Sprachfehler, einen schweren Akzent, oder ...«

»Ich sage euch, der Scheißkerl macht sich nur wichtig«, beharrte Earhart. »Er zeigt uns, wie verdammt clever er ist.«

»Und gleichzeitig«, sagte McCaskill leise, »wie dumm wir sind. So dumm, daß er uns ungestraft schreiben, uns sogar den Namen des Opfers geben kann, ohne daß wir ihn kriegen.«

»Vielleicht jetzt noch nicht«, gab Kathryn zurück. »Aber irgendwann.«

»Bewahr dir deinen Traum«, meinte Earhart skeptisch.

»Ich habe mit Steve Giordano gesprochen, dem Spezialisten für Täterprofilerstellung in Sacramento«, berichtete Kathryn. »Er war sehr hilfsbereit. Vielleicht sollten wir ihn dazuholen. Was meint ihr?«

McCaskill sah Earhart an. Der schüttelte den Kopf.

»Ich will ihn nicht ausgrenzen, Kathryn, aber zu einem so

frühen Zeitpunkt möchte ich noch keine Hilfe von außen. Es sähe so aus, als würden wir damit nicht allein fertig.«

»Und werden wir es denn?«

»Gib uns eine Chance, verdammt. Wir reißen uns den Arsch auf. Ich weiß nicht, was wir sonst noch tun sollen.«

»Was ist mit der Nachricht? Der Warnung?« fragte Kathryn.

»Was soll damit sein?«

»Habt ihr vor, sie an die Medien zu geben?«

McCaskill runzelte die Stirn. »Walt?«

Der große Detective hob die Schultern. »Wieso nicht?«

»Ich sag dir, wieso nicht«, sagte Dave. »Gib sie an die Medien, und sie werden ihn auf den Titelseiten zu einer verdammten Berühmtheit machen. Er wird sich wichtig vorkommen. Das ist sein Kick. Macht. Hab ich recht, Kathryn?«

»Wir tappen hier völlig im Dunkeln«, stimmte sie mit einem Nicken zu. »Aber ich glaube, je mehr wir ihm den Ruhm verwehren, den er braucht, desto wahrscheinlicher wird er reagieren. Oder besser noch: überreagieren.«

»Das ist ein Argument«, erklärte McCaskill. »Aber angenommen, wir veröffentlichen die Nachricht. Die Chance steht nur eins zu einer Million, aber vielleicht erkennt jemand die Handschrift. Der Kerl trägt ja keine Tarnkappe. Er hat einen Job, ein Zuhause, Freunde, Kollegen.«

»Deine Entscheidung«, sagte Kathryn.

McCaskill betrachtete das Stück Papier einen Augenblick lang. Dann warf er es auf den Schreibtisch und legte seine Rechte darauf, mit der Handfläche nach unten.

»Ich muß mit Hal Benton sprechen«, beharrte er. »Wenn er zustimmt, halten wir die Nachricht zurück. Was jetzt?«

»Wir warten«, versprach Earhart.

»Ihr wartet«, erklärte Kathryn. »Ich muß mich auf einen Mordfall vorbereiten.«

Die drei Männer nickten. Wie sensationell die Verbrechen auch sein mochten, hatten sie doch auch für einen Serienmörder nur begrenzt Zeit. Die vierundzwanzig Stunden eines jeden Tages waren übervoll mit Drogendealerei, Autodiebstählen, Prostitution, Vergewaltigung, Raub, Mord und Totschlag, und das so gut wie überall im County.

»Willst du unten was essen, Kathryn?« fragte Dave. »Ich hab Hunger.«

»Ich spar mir das und seh mal, was bei der Dienstbesprechung passiert.«

»Nichts Besonderes, möchte ich wetten«, sagte Dave säuerlich. »Walt, sind wir hier durch?«

»Sieht so aus«, erwiderte Earhart. »Viel Glück am Sonntag, Kathryn, okay? Und passen Sie auf, daß er Sie nicht reinlegt.«

»Wie ein Schießhund, Walt, wie ein Schießhund.« Sie lächelte.

Der erste Eindruck, den ein Besucher beim Betreten von Kathryns Büro bekam, war der von Helligkeit und Weitläufigkeit. Zwei weiße Korbsessel mit hellblauen Kissen verliehen dem Raum eine freundliche Atmosphäre, unterstützt von Drucken und einer gerahmten Collage aus Fotos von Emma, die das triste Beige der Wände verdeckten. Gegen die Büromöbel konnte man nichts ausrichten, aber frische Blumen und Zimmerpflanzen, ein Hutständer aus Messing und ein Korbregal milderten die deprimierende Wirkung des matt gestreiften Teppichs, der stahlgerahmten Fenster und der grauen Betonstreben knapp über Augenhöhe.

»Vielleicht sollte ich Jake Gylam besuchen«, überlegte Kathryn laut.

»Weswegen?«

»Wegen der verdammten Fernsehsendung. Weswegen sonst?«

Dave zuckte mit den Achseln. »Brauchst du mich noch?«

»Wieso tust du das?« fragte sie ihn. »Benimmst dich, als wärst du nur an dir selbst interessiert?«

»Tu ich das?«

»Gerade hast du es getan, und du weißt es genau.«

»Ich schätze, ich hab die harte Schule durchgemacht«, sagte er. »Beim Sheriff, als ich draußen auf der Straße war. Da gab es nur einen Menschen, auf den ich mich immer hundertprozentig verlassen konnte. Und das war ich.«

»Das glaubst du?«

»Ich glaube, daß jeder seine eigenen Wölfe jagen muß. Du sitzt in der Klemme, du kommst wieder raus. Es gibt Ausnahmen, aber ich lasse nicht zu, daß sie meine Urteilsfähigkeit trüben.«

»Eine wirklich mitfühlende Einstellung, Inspector.«

»Weißt du, Kathryn, in unserem Beruf läßt man sich besser nicht zu sehr in die Probleme anderer verwickeln. Das sollte man den Bewährungshelfern überlassen.«

»Um nicht zu sagen: hartherzig«, sagte Kathryn.

»Falls es sich so anhört, sollte es mir leid tun«, antwortete Dave. »Aber es kann mich einfach nicht aufregen. Bist du sicher, daß du kein Sandwich möchtest?«

»Ich möchte nur etwas Tee.«

»Hast es dir mit dem Essen am Sonntag nochmal überlegt?«

»Verschwinde von hier, Granz.«

Er grinste und ging hinaus, schloß die Tür hinter sich. Kathryn stand auf und trat ans Fenster, blickte über die roten Dächer der Stadt aufs Meer hinaus. Unten im Park sah sie ein paar Jogger auf dem Pfad entlang des Flusses. Es wäre schön, einfach ein Paar Shorts überzuziehen und zu laufen, laufen, laufen, bis alle Unsicherheiten und Zweifel ausgeschwitzt waren. Während ihrer ersten Zeit in Santa Rita war das Laufen Kathryns bestes Mittel gegen den Streß gewesen, aber heutzutage schien einfach nie genug Zeit dafür zu sein.

Die Akten zu den beiden Mordopfern lagen noch immer auf ihrem Tisch, waren in Ermangelung einer Identifikation beschriftet mit SHELTER UND SEDGEWICK. Es bedrückte sie nicht nur, daß die beiden Frauen auf so brutale Weise ermordet worden waren, sondern auch, daß sie anonym gewesen und geblieben waren. In gewisser Weise machte es das Gemetzel nur noch sinnloser. Und irgendwo da draußen auf den Straßen von Santa Rita lief der Mörder frei herum.

Wo bist du? fragte sie sich bitter. *Wo bist du?*

11

Er saß in seinem Pick-up auf dem Parkplatz der Linda Vista Mall, ein dunkelhaariger, stämmig gebauter Mann in sandfarbenem Anorak, dunkelbraunen Hosen, hellblauem Hemd und Lederschuhen mit weicher Gummisohle. Die Kleidung war sorgfältig ausgewählt. Nichts Markantes. Nichts, woran sich jemand erinnern würde. Wie der Pick-up: ein hellbrauner '87er Dodge Adventurer Club Cab 100 mit auswärtigem Kennzeichen. Selbst wenn jemand sich daran erinnerte, selbst wenn er die Nummer notierte, machte es nichts, denn die Schilder waren gefälscht. Die echten lagen unter dem Sitz. Er brauchte keine zwei Minuten, sie zu wechseln.

Das Mädchen war in einen Buchladen gegangen, in dem sich gleichzeitig ein Café befand. Es hatte einen von diesen modischen Namen: American Espresso. Nebenan zeigte ein Kino alte Horrorfilme. Er hatte den Pick-up davor geparkt und sah sich um, ob jemand ihn beobachtete. Niemand achtete auf ihn. Der Parkplatz war nur etwa halbvoll. Die Früheinkäufer waren meist schon wieder zu Hause, die Späteinkäufer noch nicht da.

Er sah sich die Passanten an. Wenn sie wüßten, dachte er. Wenn sie wüßten. Die Freude des Jagens. Der Rausch des Schlachtens. Auch das war Macht. Er rutschte auf seinem Sitz herum, spürte, wie der langsame Puls des Lebens ihn durchströmte. Schweiß am Rückgrat, auf der Brust, unter den Armen. Die weiche Feuchtigkeit in seinem Mund. Das stetige Schlagen seines Herzens, etwas schneller als normal. Und das Pulsieren der Lust in seinem Unterleib. Sich zu überlegen, was er tun wollte, erregte ihn jedesmal. Sich das Entsetzen vorzustellen, das sich durch Worte, Berührungen, sogar Streicheln auslösen ließ. Die Macht.

Neben ihm auf der Sitzbank des Pick-ups lag eine Ausgabe der *Santa Rita Gazette.* Beim Lesen der Schlagzeile hatte er lachen müssen. Dieser Sanchez hatte den Nagel auf den Kopf getroffen. Sie waren blöd wie Bullen auf der Weide. Alle sagten dasselbe: Es gäbe umfangreiche Ermittlungen, man ginge sämtlichen Spuren nach und erwarte eine baldige Verhaftung. Leere Worthülsen, um zu vertuschen, daß sie keine Hoffnung auf eine Lösung des Falles hatten, ebensowenig wie die dummbatzigen Cops in den anderen Städten. Dummbatz. Das Wort erinnerte ihn an Jack Sarsby. Die Sau, dachte er. Eines Tages auf der Highschool hatte Miss Paterson drei Buchtitel an die Tafel geschrieben und der Klasse gesagt, eins davon sollten sie lesen und einen Aufsatz schreiben. Das erste war *Der Fänger im Roggen,* das zweite *Die Straße der Ölsardinen,* das dritte *Die drei Musketiere.* Er hatte sich *Die drei Musketiere* ausgesucht, weil er den Film kannte. Sie mußten sagen, welches sie lesen wollten.

»Das von Alexandre Dumas«, sagte er, als er an der Reihe war, und sprach es »Dumm-batz« aus. Alle lachten.

»Es heißt Dumas, Lee«, korrigierte Miss Paterson. »Dümah.«

»Dummbatzige Aussprache«, wandte er sich an Connie Jovanovich, die rechts von ihm saß. Alle lachten nur noch um so mehr. Draußen, nach der Schule, ging er rüber zu Connie, die bei Jack Sarsby stand. Sie war etwas über einsfünfzig groß, mit naturgewelltem blondem Haar und schelmischen, blauen Augen wie diese Mädchen, die man auf Kalendern sah.

Er war verrückt nach ihr. Er arrangierte »zufällige« Treffen, um »hallo« sagen zu können. Er stahl Veilchen beim Blumenmann und legte sie unter ihren Tisch, schrieb ihr Gedichte, die er niemandem zeigte, schnitt ihr Foto aus dem Jahrbuch und bewahrte es in einem kleinen, durchsichtigen Umschlag in seiner Brieftasche auf.

Er wünschte, er hätte den Mut aufgebracht, sich mit ihr zu verabreden, aber er bekam kein Taschengeld wie die anderen, und sein Vater erlaubte ihm nicht, Zeitungen auszutragen. Außerdem waren da immer vier oder fünf Jungen, die ihr eine Coke, Eis oder Bonbons kauften. Alan Riddock hatte achtunddreißig Dollar ausgegeben – sein Erspartes für die Sommerferien –, nur um sie zu einer Broadway-Show einzuladen.

»Hi, Connie«, sagte er lächelnd.

»Na, wer kommt denn da?« rief Jack Sarsby herausfordernd. »Der Dummbatz persönlich. Was willst du, Dummbatz?«

Jack war der Kapitän des Basketballteams, groß, muskulös und gutaussehend. Alles, was Lee nicht war. Mit seinen kaputten Turnschuhen, dem blauen Sweater und Jeans kam sich Lee wie ein Penner vor. Lee schüttelte den Kopf, trat von einem Bein aufs andere. Er wünschte, ihm würde eine richtig schlaue Antwort einfallen, aber darin war er nicht gut.

»Ich, äh, wollte, nur Connie hallo sagen«, murmelte er.

»Okay, du hast es gesagt«, zischte Sarsby. »Zieh Leine.«

»Ach, Jack, laß doch«, beschwichtigte Connie. »Er ist lustig.«

»Nein, nicht lustig«, spottete Sarsby. »Komisch. Er ist komisch. Stimmt's nicht, Dummbatz?«

Connie kicherte, und Lee spürte, wie ihm heiß wurde.

»Nenn mich nicht so«, sagte er.

»Sonst?«

Lee starrte ihn an, die Fäuste geballt, kochte vor Haß und Ohnmacht. Er wollte zuschlagen, blindlings, aber er hatte Angst. Jack Sarsby sah es. Er grinste verächtlich.

»Verpiß dich, du Stinker.« Er wandte sich ab. »Such dir ein paar Fünftkläßler zum Belästigen.«

Lee spürte, wie die Wut in ihm explodierte. Er packte Sarsby bei der Schulter und holte aus, aber Jack blockte ab und schlug Lee hart ins Gesicht. Lee stürzte, Kinn und Mund ganz taub. Er sah seine Hände an. Alles war voller Blut. Seinem Blut. Er gab ein seltsames Geräusch von sich, ein Brüllen und Jaulen, sprang auf die Füße und warf sich mit fliegenden

Fäusten auf Sarsby. Kinder kamen angelaufen, riefen: »Schlägerei, Schlägerei!« Kreischend vor Haß und Wut drosch Lee unbeholfen auf das verhaßte Gesicht ein. Er konnte die Kinder rufen hören. Er sah Connies Gesicht. Sie beobachtete Jack Sarsby. Alle feuerten ihn an. Das machte es nur noch schlimmer.

Jack Sarsby fing sich, schlug Lee fest in den Magen. Lee schmeckte Galle im Mund. Er war wie gelähmt. Dann traf Jack ihn hart am Kopf, und Lee kam mit dröhnendem Schädel ins Taumeln. Alles wurde unscharf, er machte einen Satz, eine Faust traf ihn, und er spürte das leise Knacken von Knorpel in seiner Nase. Er sank auf die Knie und schnaubte Blut.

»Wie fühlst du dich, Dummbatz?« keuchte Sarsby. »Du solltest dir jemanden suchen, dem du gewachsen bist.« Lee schüttelte den Kopf, sein ganzes Gesicht geschwollen und taub. Sein Hemd war blutbespritzt. Arme und Beine zitterten. Er konnte nicht aufstehen. Er wollte, aber sein Körper reagierte nicht.

»Hast du genug, Dummbatz?« sagte Sarsby. »Oder willst du noch mehr?«

»Scheißkerl.« Lee hustete, spuckte Blut. »Scheißkerl.«

»Guck mal«, rief jemand. »Er heult.«

»Will er zu seiner Mutti?« stichelte ein anderer Junge. Der Ring von Zuschauern löste sich auf, und lachend verschwand der Pulk mit Sarsby. Nach einer Weile kam Lee auf die Beine und stolperte die Straße hinunter. Sein Kopf war voller Rachephantasien. Jack Sarsby von einem Mauerstein *erschlagen,* der »versehentlich« vom Dach gefallen war; Jack Sarsby in einer dunklen Gasse von »unbekanntem« Angreifer *erstochen;* Jack Sarsby von »nicht identifiziertem« Autofahrer *überfahren.* Und Lee, lachend, als er den Betonklotz über den Rand des Daches schob, lachend, als er das Messer in den blutenden Körper rammte, lachend, als er den zerquetschten Leib auf der Straße liegen ließ.

Er ging in den Waschraum einer Tankstelle. Sein Gesicht sah aus wie eine Halloween-Maske. Scheiße. Er wusch das Blut so gut wie möglich ab und schlich nach Hause. Das Wort allein war ein Witz. »Zu Hause« war ein Reihenhaus am Sturges Boulevard. Er haßte die Gegend. Er haßte seinen feigen Vater und die fette, puertorikanische Kuh, die er geheiratet hatte. An seine Mutter konnte er sich kaum erinnern. Sie war gestorben, als er noch ganz klein war.

Der Alte und Paulita lebten nur für die Kirche. Die Kirche des Lebendigen Gottes. Sie waren so oft da, daß sie ebensogut hätten einziehen können. Und Lynda. Sie ist jetzt deine Schwester, hatte der Alte gesagt. Sie gehört zur Familie. Klar, zur Addams Family vielleicht.

Lynda war zwei Jahre älter als er. Jemand hatte ihr gesagt, sie sähe aus wie Rita Moreno. Tatsächlich sah sie aus wie eine Latinonutte. Wie sie im Haus rumlief, wenn ihre Eltern nicht da waren, praktisch nackt, immer mit dem Blick über die Schulter, ob er sah, wie sie mit dem Arsch wackelte. Manchmal saß sie ihm auf dem Sofa gegenüber, die Beine so weit gespreizt, daß er den weißen Schimmer ihrer Unterhosen sehen konnte. Das Blut hämmerte in seinem Schädel, und sie *wußte* es, die geile Fotze, sie wußte, was sie tat. Sie starrte ihm *da* hin und lächelte das älteste Lächeln der Welt. Sie bettelte förmlich darum.

Sie war in der Küche, als er nach Hause kam. Er versuchte, nach oben zu gehen, ohne daß sie ihn sah, aber sie hörte ihn und kam heraus. Sie war barfuß, trug nur einen kurzen Slip. Sie war nicht groß, aber stämmig, mit reifer Figur, breiten Hüften und festen Brüsten. Er konnte ihre Brustwarzen durch den Stoff sehen. Sie stand an den Türrahmen gelehnt, schob eine runde Hüfte vor.

»Hey, *cholo,* was schleichst du hier rum?« sagte sie. Sie hielt ihn beim Arm und zog ihn zurück. Als sie sein Gesicht sah, setzte sie eine theatralische Miene der Überraschung auf. *»Que marracho,* was ist denn mit dir passiert?«

»Ich bin hingefallen«, murmelte Lee.

»Du bist hingefallen?« sagte sie mit lauter werdender Stimme. »Du bist hingefallen? Wer soll denn das glauben?«

Wenn ihre Mutter in der Nähe war, machte sie immer eine große Show daraus, daß sie ihn nicht mochte. Tat so, als hätte sie nichts für Jungen übrig. Die sind alle gleich, erzählte sie dann. Die wollen immer nur das eine. Und Mama nickte wie ein fetter Buddha. Mama konnte Scheiße nicht von Schwarzbrot unterscheiden. Wahrscheinlich war Lynda öfter gefickt worden als Kleopatra.

»Ich sag's dir doch, ich bin hingefallen«, rief er.

»Mentiroso! Malvado! Ich sag dir, was passiert ist. Du hast dich geschlagen, und jemand hat dir die Scheiße aus dem Hirn geprügelt.«

»Laß mich in Ruhe«, murmelte Lee. »Ich will nach oben.«

Ihre Mutter watschelte heraus, feist und schlampig. Mit Augen wie schwarze Oliven sah sie Lee an und schüttelte den Kopf.

»Warte, bis dein Vater dich sieht«, drohte sie und wurde immer lauter. »Da kriegst du aber Ärger.«

»Ja, großen Ärger«, sagte Lynda. »Hey, Pops! *Venga!* Komm raus und sieh dir dein kleines Baby an!«

»Ich möchte lesen.« Donald Russells Stimme war dünn und nörgelnd. Lynda stieß ein verächtliches Lachen aus.

»Dauernd liest du«, rief sie. »Bücher, Bücher, Bücher. Du bist ein größerer Feigling als er.«

Donald Russell reagierte nicht, und Lee merkte, daß Scham und Zorn in ihm aufstiegen, wie immer, wenn Lynda seinen Vater beschimpfte. Sie war nicht mal seine Tochter! Welcher Mann läßt sich vom Kind einer fremden Frau so niedermachen? Wieso kam er nicht raus und knallte ihr eine?

»Ich geh mich waschen«, sagte er. Sein Mund fühlte sich an wie ein Stück Holz. Ein Zahn war lose. Er dachte daran, daß er morgen wieder in die Schule mußte. Alle würden es wissen.

Alle würden ihn auslachen. Sarsby, das Dreckschwein. Dem würde er es eines Tages heimzahlen. Er würde es ihnen zeigen. Ihnen allen.

»Spül das Hemd mit kaltem Wasser aus. Hörst du mir zu?« rief Paulita, als er langsam die Treppe hinaufschlich.

»Ja, Schlappschwanz«, echote Lynda. »Reiß dich endlich mal zusammen.«

Zwanzig Jahren ist es her, dachte Lee, und jede, die ich sche, erinnert mich daran, wie sehr ich sie gehaßt habe, wie sehr ich sie noch immer hasse.

Die ganze Zeit über behielt er den Buchladen im Auge. Dann kam das Mädchen heraus. Er setzte sich auf, schob eine Hand zum Türgriff. Achtzehn, neunzehn vielleicht. Mittelgroß war sie, leicht übergewichtig und wirkte daher etwas plump. Sie hatte langes, schwarzes Haar und dunkle Augen. Sie trug einen hellgrauen Jogginganzug und Adidas-Laufschuhe. Die Hose hatte einen dunkelblauen Doppelstreifen an der Seite. Als sie auf Höhe des Pick-ups war, öffnete er die Tür und stieg aus, mit dem Rücken zur untergehenden Sonne.

»Ob du mir vielleicht helfen könntest?« sagte er. »Ich glaub, ich hab mich verfahren. Ich möchte nach Espanola.«

»Klar«, erwiderte sie. Sie ist ganz hübsch, dachte er. Die olivfarbenen Augen und die weiche, braune Haut erinnerten ihn an Kim *Nein nicht oh Gott nicht bitte nein,* und er spürte seine wachsende Erregung. »Wo genau wollen Sie hin?«

»Ich bin da unten mit ein paar Freunden in einer Pizzeria verabredet, mh ...«

»Little Pizza Italy?«

»Genau«, sagte er lächelnd. »Woher weißt du?«

»Da gehen alle hin. Es ist nett.«

»Richtig«, stimmte Lee zu. »Ist es weit von hier?«

»Ach was«, gab das Mädchen zur Antwort. »Sehen Sie die Ausfahrt da drüben? Sie biegen rechts ab und fahren immer geradeaus. Dann kommen Sie zur East Bayshore, der Küstenstraße. Wenn Sie links abbiegen, kommen Sie direkt nach Espanola.«

»Mein Orientierungssinn ist furchtbar«, erklärte Lee. »Ich hab hier eine Karte. Könntest du es mir zeigen?«

Er trat an den Pick-up und breitete die Karte auf der Haube aus, stand etwas abseits, damit sie herankommen konnte. Er sah sich um. Keiner zu sehen. Als sie zwischen ihm und dem Wagen war, rammte er ihr den Elektroschocker an die Brust. Ein kurzes Knistern war zu hören, ihre Augen rollten nach oben. Als die Beine nachgaben, fing er sie mit dem rechten Arm auf, öffnete die Tür mit der Linken und hob sie hinein. Noch einmal sah er sich um. Keiner beachtete ihn.

Er ging zur Fahrertür und stieg ein. Das Mädchen lag auf dem Sitz, das Gesicht sanft und still. Die Spritze war im Handschuhfach. Er mußte sie ihr nur in den Oberschenkel geben und warten. Es war Midazolam. Er hatte es von einem Pfleger im County Hospital gekauft, der es aus dem Dispensarium stahl. Eine Stunde lang etwa wäre sie betäubt.

Am Ziel angekommen, hob er das Mädchen aus dem Wagen und trug sie nach drinnen. Er legte sie in dem kleinen Kellerraum mit dem Gesicht nach oben aufs Bett und fesselte sorgsam ihre Hände mit Stoffstreifen an die Bettpfosten, bis sie wie ein *X* dalag. Danach durchsuchte er systematisch ihre Handtasche, nahm ihren Führerschein, Taschentücher, zwei Tampons, ein Fläschchen klaren Nagellack und etwas Wechselgeld, legte alles draußen im Flur ordentlich auf eine Fensterbank. Alles hatte seinen Platz. Dann schloß er die Tür und wartete in der Dunkelheit neben dem Bett. Er hatte es nicht eilig. Das war der beste Teil. Wenn sie merkten, was mit ihnen passierte. Wenn sie merkten, was noch passieren würde. Wenn er es in ihren Augen sah.

Er spürte, wie das Mädchen die Augen aufschlug, hörte, wie sie scharf ein- und mit einem zitternden Seufzer wieder ausatmete. Lust stampfte durch seinen Körper wie ein Dampfhammer.

»Hallo, Barbara«, sagte er.

Anfangs glaubte Barbara zu träumen.

Dann hörte sie ihr eigenes Stöhnen und schlug die Augen auf. Alles war pechschwarz. Sie wollte sich bewegen und merkte, daß es nicht ging. Ihr Denken war träge. Irgendwas stimmte nicht, aber was? Dann fiel es ihr plötzlich wieder ein. Wie sie aus dem Buchladen gekommen war. Der Parkplatz. Der Mann mit dem Rücken zur Sonne. Dann ein unglaublicher Schmerz, als würde ihr ganzer Körper von einer Riesenhand zerquetscht. Sie hatte zu schreien versucht, aber die Kräfte hatten sie verlassen wie Wasser, das durch eine Schleuse strömte.

Oh, Gott, nein.

Keine Panik, sagte sie sich. Nur nicht in Panik geraten. Wieder schlug sie die Augen auf. Diesmal war es nicht ganz so schwarz, und sie nahm ein schwaches Licht wahr.

»Hallo, Barbara.«

Die Stimme neben ihr ließ sie vor Schreck aufschreien.

»Entspann dich«, sagte der Mann. »Entspann dich.«

Sie erkannte die Stimme. *Er.* Wieder versuchte sie, sich zu bewegen, stellte fest, daß sie gefesselt war und auf einer kahlen Matratze lag. Sie riß an ihren Fesseln.

»Spar dir die Mühe, Barbara«, wiederholte der Mann.

Woher weiß er meinen Namen? Jetzt war sie hellwach. Er hat meine Handtasche durchwühlt, meinen Führerschein gefunden. Was will er? Idiot, du weißt genau, was er will. Plötzlich spürte sie, wie eine Woge der Verzweiflung sie mit sich riß. Tränen stiegen ihr in die Augen.

»Bitte«, stammelte sie. Ihre Lippen waren ausgetrocknet und gesprungen. Ihre Stimme kratzte im Hals. »Lassen Sie mich gehen. Ich tu alles, was Sie wollen. Lassen Sie mich nur gehen.«

Er antwortete nicht. Sie hörte, wie er atmete. Wieder sprach sie in die lautlose Finsternis hinein.

»Bitte. Wenn Sie Geld wollen ...«

Sie spürte eine Bewegung und sah, daß er aufstand, ein schwärzerer Schatten als das Schwarz. Er wirkte viel größer als auf dem Parkplatz.

»Wie ... was haben Sie ...?«

»Es nennt sich ›Stun Gun‹, Barbara. Ein Elektroschocker«, sagte er. Seine Stimme klang, als lächelte er, während er sprach. »Ganz harmlos. Manche Polizisten benutzen sie bei Festnahmen.«

»Was wollen Sie?« rief sie. »Was haben Sie mit mir vor?«

Bunte Lichter explodierten in ihrem Kopf, und sie merkte, daß er sie geschlagen hatte. Alles drehte sich. Sie war erschrocken, ihr wurde übel. Noch nie im Leben hatte jemand sie geschlagen. Sie atmete tief, bebend, halb ohnmächtig. Und schmeckte das salzige Blut in ihrem Mund.

»Nicht so laut, Barbara«, wies er sie mit leiser Stimme zurecht. »Das ist nicht ladylike.«

»Ich will hier weg!« schrie sie. »Ich will, ich will, ich will!« Sie schrie noch immer, als er sie wieder schlug. Diesmal verlor sie das Bewußtsein.

Barbara kam zu sich. Ein Stöhnen stieg in ihrer Kehle auf, aber sie unterdrückte es. Eine Gesichtsseite pochte und schmerzte. Sie wollte die geschwollenen Lippen bewegen, merkte, daß sie aufgeplatzt waren. Noch immer lag sie ans Bett gefesselt, die Arme und Beine steif. Vorsichtig öffnete sie die Augen, fürchtete, was sie sehen würde.

Nichts. Und doch ... er konnte nicht weit sein. Sie spürte seine Nähe.

Als sich ihre Augen an die Dunkelheit gewöhnt hatten, sah sie direkt über sich eine nackte Glühbirne. Sie drehte den Kopf ganz nach rechts und bemerkte den schwachen Schimmer matten Lichts aus einem anderen Zimmer jenseits der Tür, die vielleicht zehn Zentimeter weit offen stand. Es war kalt, als wäre gerade jemand an einem Wintertag hereingekommen.

Sie drehte ihren Kopf nach links. Eine kahle Wand, die dunkleren Umrisse eines Möbelstücks: Eine Kommode oder ein Tisch. Ihr war kühl. Sie trug nur noch das T-Shirt und die Shorts, die sie beim Tennis angehabt hatte.

Wie lange bin ich hier? fragte sie sich. Ist es Tag oder Nacht? Sie atmete tief, und unwillkürlich kam ein leises Schluchzen hervor. Sie schüttelte den Kopf, um die Tränen zu unterdrücken, aber es gelang ihr nicht. Verzweifelt wälzte sie sich, wußte, daß er da war, zusah, lauschte. Keinen Laut gab er von sich. Schließlich hörte sie auf zu weinen.

»Tu das nie wieder«, sagte er. »Verstehst du mich, Barbara?«

Seine Stimme war ohne jedes Gefühl. Er kam näher, ragte finster über ihr auf. Instinktiv zuckte sie zusammen.

»Bitte«, schluchzte sie, merkte, wie sinnlos das Wort in diesem Zusammenhang war, wußte aber sonst nichts zu sagen.

»Ich habe dir eine Frage gestellt«, zischte er.

Eine Ohrfeige schleuderte ihren Kopf zur Seite.

»Antworte!«

Er schlug sie noch einmal, diesmal mit dem Handrücken.

»Antworte!«

Sie sah, wie seine Hand zum dritten Mal ausholte, und schrie: »Jajaja.«

»Ja, was?«

»Ja, ich verstehe.«

»Gut«, sagte er. Sie meinte, ihn lächeln zu sehen. »Ich mag es nicht, wenn Frauen mich warten lassen.«

»Es ... es tut mir leid ...«

»Also gut. Bleib liegen.«

Er setzte sich neben sie aufs Bett, roch frisch und sauber, wie jemand, der gerade aus der Dusche kam. Es erinnerte sie daran, wie verschwitzt sie war. Dann fühlte sie kaltes Metall auf ihrer Haut. Ihr Denken und Atmen setzte aus. Aber es war kein Messer. Eine Schere, dachte sie. Er schnitt ihre Shorts vom Oberschenkel bis zur Taille auf. Dann ging er ums Bett herum und tat dasselbe auf der anderen Seite. Er schob eine Hand unter sie, hob sie an, riß die beiden Stoffhälften heraus und schleuderte sie fort. Dann schnitt er ihren Slip auf.

Das.

In ihrem tiefsten Inneren hatte sie gewußt, daß es darauf hinauslaufen würde. Sie kniff die Augen zusammen, versuchte, die Scham und das erstickende Bewußtsein ihrer Nacktheit zu verdrängen. Nein, dachte sie. Das darf nicht sein. Mein Name ist Barbara Gates. Ich bin neunzehn Jahre alt. Ich wohne am 1812 Coronado Drive in Alameda Heights. Sie spannte sich in Erwartung seiner Hände auf ihrer Haut, des Gewichts seines Körpers, des schmerzenden Stoßes, wenn er in sie eindrang.

Nichts geschah.

Langsam öffnete sie die Augen. Er saß in der Dunkelheit neben ihr auf dem Bett, ganz ruhig. Sie versuchte, seine Augen zu erkennen, die wie dunkle Teiche waren.

»Wie alt bist du, Barbara?« fragte er.

»N-n-neunzehn.«

»Bist du noch Jungfrau?«

Wie wollte er sie am liebsten? Wenn er nun ein religiöser Fanatiker war, bereit, jeden zu bestrafen, der nicht ... rein war? Ängste huschten durch ihre Gedanken wie Ratten im Labyrinth. Was wollte er? *Was wollte er?*

Diesmal sah sie nicht, wie die Hand ausholte. Galaxien explodierten hinter ihren Augen. Sie wurde ohnmächtig, taumelte am Rande des Bewußtseins. Nein, nein, dachte sie, nein, klammerte sich daran, bei sich zu bleiben, schlug die Augen auf, als er abermals ausholte, um auf sie einzuschlagen.

»Ich, nein, nicht, keine Jungfrau!« Ihre Stimme war ein

heiseres Kreischen. Die eine Gesichtshälfte war taub, der Schmerz ein langsames, dumpfes Pulsieren im ganzen Körper. Sie konnte nur noch daran denken, daß er sie nicht mehr schlagen sollte. Alles andere war unwichtig, wenn er sie bloß nicht mehr schlug.

»Als ich dich gesehen habe, wußte ich gleich, daß du ein kluges Mädchen bist, Barbara«, sagte er und strich ihr fast zärtlich das Haar aus dem Gesicht. »Was denkst du?«

Sie schüttelte den Kopf.

»Erzähl's mir.«

»Sie ... wissen es.« Sie schluckte.

»Nein«, sagte er. »Erzähl's mir.«

»Ich ... ist es ... wollen Sie ... mich vergewaltigen?«

»Hättest du es gern?«

Er legte eine eiskalte Hand zwischen ihre Beine. Sie spürte, wie er ihre Schamlippen berührte, und erschauerte.

»Uuuuh.« Sie verschluckte sich, die Kehle vor Entsetzen zugeschnürt. »Ich weiß nicht, nein, ja, wie Sie wollen. Aber schlagen Sie mich nicht mehr. Nicht mehr schlagen.«

»Das wird von dir abhängen«, sagte er.

Er beugte sich über sie und nahm die Schere. Diesmal schnitt er ihr das T-Shirt auf. Er warf es in dieselbe Ecke, in der ihre Hose lag. Sie trug keinen BH. Sie zitterte im Dämmerlicht. Das Zimmer war kalt, etwas feucht. Wie ein Keller, dachte sie. War es ein Keller? Der Mann stand auf und ging durch den Raum, hielt etwas in der Hand, als er zurückkam, hielt es hoch, damit sie es sehen konnte. Etwas Kleines, Metallisches, das im schwachen Licht schimmerte.

»Weißt du, was das ist, Barbara?« sagte sie. Ein seltsamer Singsang lag in seiner Stimme.

»Ich kann ... nicht sehen.«

»Es ist ein Skalpell«, sagte er. »Man kann sie per Katalog bei jedem Chirurgiebedarf bestellen.«

Ein Skalpell?

»Kaum zu glauben, daß etwas so Billiges derart ... perfekt sein kann«, sagte er. »So scharf. Wenn ich dir die Kehle durchschneiden wollte, würdest du nicht merken, daß es passiert ist. Bis du in deinem eigenen Blut ertrinkst.«

Sie fühlte, wie ihre nackte Haut feucht vor Entsetzen wurde. Er setzte die kleine Klinge an die Innenseite ihres Oberschenkels, ganz oben am Schritt.

»Spürst du das, Barbara?«

»Uh ...« Ihr ganzer Körper wurde starr vor Angst.

»Das?«

Seine Hand bewegte sich. Sie fühlte einen leichten Stich, wie eisiges Feuer, dann das Rinnsal von Blut an ihrem Bein.

»Bitte«, sagte sie. Ihre Stimme war vor Angst ganz belegt. Das Wort kam wie ein Klumpen Teer aus ihrem Mund.

»Siehst du, daß ich mit dir machen kann, was ich will?«

»Bitte ...« Sie sah das Funkeln in seinen Augen, erinnerte sich. »Ja, ja, ich verstehe.«

»Wirst du alles tun, was ich dir sage? Egal, was?«

Sie wußte nicht, was sie machen sollte. Das Schweigen schien eine Ewigkeit zu dauern.

»Ich ... weiß nicht, was ich s-sagen soll.«

»Keine Sorge«, sagte er. »Ich werde dich lehren, mir zu gefallen. Du willst mir doch gefallen, oder?«

»Was ... was haben Sie mit mir vor?« brachte sie hervor.

»Nicht so eilig, Barbara. Du wirst es merken. Bald.«

»Oh, Gott, bitte tun Sie mir nicht weh«, wimmerte sie. »Ich tu alles. Was Sie wollen.«

»Ich weiß«, sagte er. »Ich weiß.«

12

Der Fernsehsender KKSU-TV lag nur zwei Blocks vom alten Gebäude der Pacific Biological Laboratories entfernt – »The Lab«, wie es heute genannt wurde, früher die Domäne von »Doc« Ed Ricketts, inzwischen hauptsächlich für kommunale Zwecke genutzt. Sie schob sich durch Glastüren in das hell erleuchtete Foyer. Hinter einem Schreibtisch saß eine blonde Empfangsdame am Computer. Sie sah auf und strahlte Kathryn an.

»Willkommen bei KKSU-TV«, sprudelte sie hervor. »Was darf ich für Sie tun?«

»Kathryn Mackay für Richard Sanchez«, war Kathryns Antwort.

»Oh, ja, Miss Mackay«, sagte das Mädchen, »Sie werden erwartet. Bitte nehmen Sie einen Moment Platz.«

Sie war vielleicht zwei- oder dreiundzwanzig und hübsch, mit guter Figur, Schmollmund und zuviel Make-up. Auf einem Schild stand der Name Polly Zimmerman. Den wirst du ändern müssen, wenn du beim Film was werden willst, dachte Kathryn und unterdrückte ein Lächeln. Das Foyer war holzgetäfelt wie die Gerichtssäle von Santa Rita. Große, gerahmte Porträts von KKSU-Persönlichkeiten blickten auf den Besucher herab: Jane Brondini, Steve Klarsfeld, Richard Sanchez, Steve Brace, Emilio Johnson. Bequeme Plastiksessel gruppierten sich um einen niedrigen Tisch mit einer Vase voll frischer Blumen und den neuesten Illustrierten, die im Halbkreis darum drapiert waren.

Eine Tür in der gegenüberliegenden Wand ging auf, und eine dunkelhaarige, junge Frau mit Hornbrille und besorgter Miene kam heraus und sah sich um. Sie setzte ein professionelles Lächeln auf und kam zu Kathryn herüber.

»Sie müssen Kathryn Mackay sein«, sagte sie und streckte eine schlanke, kühle Hand aus. »Karen Bolsover, Produktionsassistentin. Ich hoffe, Sie mußten nicht warten.«

Sie trug eine schneeweiße Seidenbluse und einen engen, schwarzen Rock. Ordentlich und tüchtig sah sie aus. Kathryn beruhigte sie, sagte, sie sei eben erst gekommen.

»Okay, folgendermaßen wird es vor sich gehen«, erklärte Karen Bolsover. »Ich bringe Sie in den Aufenthaltsraum, wo Sie Richard treffen – Sie kennen sich? Ja, das dachte ich – und die anderen Gäste. Später wird man Sie in die Maske führen und dann ins Studio für Stimmproben und Kameraeinstellungen. Gibt es etwas, das Sie gern fragen würden?«

Ja, dachte Kathryn: Wie komm ich hier wieder raus? Sie lächelte und schüttelte den Kopf.

»Okay«, sagte Karen Bolsover. »Gehen wir rein?«

Sie liefen durch einen langen Korridor voller Büros und ein paar Stufen zu einem offenen Raum mit Kunststoffboden hinunter. An Doppeltüren rechts stand: STUDIO A – BEI ROTLICHT NICHT EINTRETEN. Karen Bolsover ging durch eine Tür gegenüber in einen hellen Raum, eingerichtet wie eine Flughafen-Lounge, mit einer Bar zur Linken. Als sie eintraten, kam ihnen Richard Sanchez entgegen.

»Kathryn, schön, Sie zu sehen.« Er schüttelte ihre Hand. »Hören Sie, unser kleiner Disput tut mir leid.«

»Es war kein kleiner Disput«, erwiderte Kathryn.

Sanchez sah sie mit einem langen, nachdenklichen Blick an. »Ich möchte wirklich nicht, daß wir Feinde sind«, sagte er. »Wir können einander sehr nützlich sein, wissen Sie.«

»Ich wüßte nicht, wie«, gab sie kühl zurück.

»Geben Sie uns Zeit«, bat er. »Kommen Sie. Sie müssen Alexander Feinstein kennenlernen.«

»Den Kriminologen?«

Alexander Feinstein war Professor für Kriminologie an der University of California in Berkeley. Regelmäßig trat er im

Fernsehen als Allzweckexperte für kriminologische Fragen auf. Er war ein kleiner Mann mit mächtigen Augenbrauen und einer Art Afrokrause auf dem Kopf.

»Ich habe von Ihnen gehört«, sagte er, als Sanchez sie miteinander bekannt machte. Er hatte eine tiefe, klangvolle Stimme mit deutschem Akzent. Er klang wie Henry Kissinger. »Sie sehen sehr jung aus für eine leitende Staatsanwältin.«

»Ich hab früh angefangen«, gab Kathryn zurück, lächelnd, um den Worten die Schärfe zu nehmen. »Hallo, Sheriff.«

»Kathryn«, begrüßte sie Jake Gylam. »Immer nett, Sie zu sehen.«

Er war ein stattlicher Mann mit langsamen Bewegungen, ergrauendem Haar, Falten und einer tiefen, heiseren Stimme. Seine Ernsthaftigkeit und die nachdenkliche Art zu sprechen waren eine Pose, die Gylams Unfähigkeit zu schnellem Denken verbergen sollte. Trotzdem war er ein Meister im »Texas Twostep«, der Kunst, immer woanders zu sein, wenn es irgendwo Ärger gab. Er trank Whiskey.

»Verzeihen Sie, ich muß meine Runde machen«, entschuldigte sich Sanchez. »Man wird Sie in ein paar Minuten in die Maske bringen. Wenn alle fertig sind, fangen wir an.«

»Schleimer«, sagte Gylam laut genug, daß Sanchez es hören konnte. Er nahm noch einen Schluck Whiskey.

»Sagen Sie, Sheriff, wieso haben Sie Ihre Meinung, hier heute abend aufzutreten, geändert?« fragte Kathryn.

»Eine besänftigende Geste in der Öffentlichkeit schien mir angebracht«, erklärte Gylam bedeutungsvoll.

»Wollen wir kurz absprechen, was wir sagen?«

Gylam starrte sie an. »Ich hab sowas schon mal gemacht, wissen Sie«, sagte er.

»War nur so eine Idee«, sagte sie. Gylam war ein Mann, der hinter jeder helfenden Hand eine verborgene Waffe vermutete. Das ließ sich nicht ändern, aber manchmal war es lästig.

Kathryn spürte, daß sich ihr jemand näherte, und als sie sich umwandte, stand die Produzentin der Sendung vor ihr, Jayne mit *y* Kellerman, eine gertenschlanke Frau um die Vierzig mit hohen Wangenknochen und langem, dunklem Haar. Sie hielt ein Glas Rotwein in der Hand, und ihre Wangen waren gerötet. Sie musterte Kathryn mit offener Neugier.

»Eigentlich hatte ich Jane Fonda erwartet«, sagte sie. »Aber Sie sind eher ein Debra-Winger-Typ.«

»Muß ich mich dafür entschuldigen?« fragte Kathryn überrascht. Jayne Kellerman lächelte geheimnisvoll.

»Ich hatte nur überlegt, wie Sie wohl sein würden. Nicht jeder kann ›Wonder Man‹ erschüttern.«

»So nennen Sie ihn?«

»Er hat mir von Ihrem Essen erzählt. Er sagt, Sie wären hart. Ein harter Brocken, das waren seine Worte.«

»Anscheinend waren wir nur, was das Essen anging, nicht geteilter Meinung.«

»Wie auch immer. Sie scheinen einen echten Eindruck hinterlassen zu haben.«

Kathryn lächelte. »Vielleicht ist er einer von diesen Männern, die sich nur an Frauen erinnern, die nein sagen.«

»Ein bißchen drastisch vielleicht. Aber Sie könnten recht haben. Er kriegt gern seinen Willen.«

»Und Sie sorgen dafür, daß er ihn bekommt?«

Jayne Kellerman hob die Augenbrauen. »Falls Sie meinen, ob ich auf seiner Seite bin: ja. Falls Sie meinen, ob ich den Boden unter seinen Füßen küsse, ist das eine andere Frage. Richard ist ein großes Talent. Er wird weit kommen.«

»Und Sie gehen mit ihm.«

»Wir alle wollen den Erfolg, oder? Diese Show ist mir wichtig. Ich möchte wie er, daß sie erfolgreich wird.«

»Egal wie?«

»Oh, nicht so melodramatisch. Richard hat Ihnen ein … Arrangement angeboten. Sie haben abgelehnt. Das war alles.

Niemand hat Schaden genommen, es sei denn, sie zählen die Delle in Richards Ego.«

»Es läßt sich eindellen?« fragte Kathryn zuckersüß.

»Aua«, murmelte Jayne. »Das tut weh. Na, was tut man nicht alles für gutes Fernsehen. Hören Sie, ich muß gehen. Wir sind fertig, sobald Sie unten in der Maske waren. Wie geht es Ihnen? Kein Lampenfieber?«

»Mir geht es gut.«

»Prima. Etwas sollten Sie noch wissen, bevor wir anfangen«, fuhr Jayne Kellerman fort. »Wir wollen *Hier und Jetzt* aktuell, sachlich und mutig gestalten. Ihm ist es wichtig, mir und auch dem Sender. Wenn Richard also ... respektlos wirkt, wenn Sie da draußen sind, ist das nichts Persönliches. Er tut es nur im Interesse einer guten Show. Verstehen Sie?«

»Ich höre die Worte«, sagte Kathryn.

Ein paar Minuten später teilte ihr die junge Assistentin mit, sie könne jetzt in die Maske kommen. Achselzuckend folgte sie ihr in einen verspiegelten, hell erleuchteten Raum. Während die Maskenbildnerinnen ihre Bürsten und Tücher schwangen – ein Tupfer Max Factor Number Five auf die Schatten unter den Augen, etwas Puder auf die glänzenden Stellen an Stirn und Nase, professionell und emotionslos wie Schönheitschirurgen – starrte Kathryn in den Spiegel, und Jayne Kellermans Worte klangen ihr in den Ohren. Nichts Persönliches. Alles im Interesse einer guten Show.

Das haben auch die Römer zu den Christen gesagt, dachte sie. Kurz bevor sie sie den Löwen zum Fraß vorwarfen.

13

Die Bühne war eine leuchtende Insel in der dunklen Höhle des Studios. Die Anordnung war formlos: ein Sofa, ein niedriger Tisch, zwei Sessel. Ein spießiges Wohnzimmer, dachte Kathryn, als man Sheriff Gylam und Alexander Feinstein zu zwei Stühlen rechts von Sanchez' führte, und Kathryn links von ihm. Kameras wurden herumgeschwungen, um Blickwinkel zu testen, Lichtleute hielten sich Beleuchtungsmesser an die Brust, Helfer klemmten ihnen Mikros an die Kragen und baten sie, ein paar Worte zu sagen.

Es war angenehm warm unter den Studioscheinwerfern. Kathryn beobachtete, wie die Techniker plauderten und die Leute mit unverhohlener Neugier beobachteten, als das Publikum hereingelassen wurde. Auf Monitoren links und hinter sich konnte sie die ganze Bühne einsehen. Ein Assistent brachte Karaffen und Gläser mit Wasser und stellte vor jedem Gast eins ab.

»Fünf Minuten, Studio«, schnarrte eine Stimme aus dem Nichts. Kathryn beobachtete, wie Sanchez sein Äußeres auf dem Monitor überprüfte. Er winkte einer Maskenbildnerin, daß sie kommen und ihm die Stirn abtupfen sollte, dann – während sie dabei war – sah er in seine Notizen.

»Eine Minute! Ruhe bitte!«

Los geht's, dachte Kathryn, als die Titelmusik aus den Lautsprechern über ihr ertönte. Sie sah zu Gylam hinüber. Er schwitzte. Der Aufnahmeleiter hockte vor einer Kamera und zählte den Countdown mit abgespreizten Fingern. Drei, zwo, eins ... er deutete auf Sanchez.

»Guten Abend und willkommen zu einer Sonderausgabe von *Hier und Jetzt*«, sagte Sanchez. »Mein Name ist Richard Sanchez. Heute abend ein Hintergrundbericht zu den brutalen Morden, die die Küstengemeinde Santa Rita in Angst und Schrecken versetzen. Zwei Morde wurden, wie die Polizei inzwischen bestätigte, vom selben Täter begangen, kaltblütig und ohne Vorwarnung. Heute abend sind bei mir Dr. Alexander Feinstein, anerkannte Autorität der Verbrechensforschung, Jake Gylam, Sheriff des Santa Rita County, und die Stellvertretende Bezirksstaatsanwältin Kathryn Mackay, Leiterin der Sonderkommission zur Aufklärung der Morde.« Er drehte sich mit seinem Stuhl um. »Dr. Alexander Feinstein. Vielleicht erläutern Sie uns den momentanen Erkenntnisstand zu Sexualmorden im Allgemeinen.«

Selbstgefällig richtete sich Feinstein auf, als die Kamera herumfuhr und ihn ins Visier nahm.

»Die umfassendste Arbeit auf diesem Gebiet leistet das Forschungsprogramm des FBI«, sagte er. »Dort führt man eine laufende Studie zu Sexualmorden durch. Kurz gesagt, geschieht folgendes: Jeder Mörder, der sich dazu bereit erklärt, wird von FBI-Agenten hinsichtlich seines Hintergrunds, dem Verhalten während und nach der Tat befragt. Man sieht sich seine Vorstrafen an und sammelt Daten zu den Opfern.«

»Und was erfahren wir daraus?«

»Die Statistik zeigt, daß Sexualmörder vornehmlich weiß sind, gewöhnlich ältere Söhne, Erst- oder Zweitgeborene. In beinah der Hälfte aller untersuchten Fälle hatte der Vater die Familie verlassen, bevor der Täter zwölf war. Vierzig Prozent der Täter wohnten schon vor dem achtzehnten Lebensjahr nicht mehr zu Hause. Fast alle waren als Kinder mißbraucht worden: physisch, psychisch oder sexuell.«

»Und von was für Männern sprechen wir hier, Doktor – mittlerer Intelligenzquotient, besonders klug oder wie?«

»Die Mehrheit war mittelmäßig bis überdurchschnittlich intelligent. Außergewöhnlich waren einer oder zwei. Trotz ihrer Intelligenz wurden bei allen ähnliche Lebensumstände deutlich. In der Schule zeigten sie ungenügende Leistungen, übten später ungelernte Tätigkeiten aus, hatten schlechte

Personal- oder Militärakten. Fast alle sprachen von einem frühen Gefühl des Scheiterns und dem Verlust sozialer Bindungen. Also haben sie sich in eine Phantasie geflüchtet, die realer wurde als die Realität.«

»Was meinen Sie damit, realer als die Realität?«

»Ich will Ihnen ein Beispiel geben. Die Phantasie eines der Mörder beinhaltete ein außergewöhnlich gutes, sexuelles Erlebnis. Als das Verhalten seines Opfers nicht der Phantasie entsprach, wurde er wütend und ermordete es.«

»Was sagt uns das?«

»Einiges davon habe ich in meinem Buch *An Wilden Ufern unserer Selbst* behandelt«, erwiderte Feinstein. »Männliche Sexualphantasien sind weit verbreitet, sogar üblich. Aber ein normaler Mann reagiert auf eine Enttäuschung bei sexuellen Begegnungen nicht mit antisozialem Verhalten. Nur der abnorme Mann kann sich nicht beherrschen und reagiert mit einem Sexualmord, einem Akt der Kontrolle, der Dominierung und des Vollzugs unterschwelliger Phantasien voller Gewalt, Sexualität und Tod.«

»Einen Augenblick, Doktor. Können Sie uns das vereinfachen? Kontrolle, Dominierung und Vollzug ...«

»Der Mörder muß die Situation kontrollieren, das Opfer zu seiner sexuellen Befriedigung in die Phantasie einpassen. Die Gewalt gehört dazu, Sex gehört dazu, und natürlich der Tod des Opfers als Höhepunkt.«

»Und lassen sich diese Morde überhaupt klassifizieren?«

»Allerdings. Die Psychologen beim FBI typisieren Taten und Tatorte hinsichtlich einer organisierten oder unorganisierten Dichotomie. Die Prämisse für diese Dichotomie ...«

»Wir sollten nicht allzu wissenschaftlich werden, Doktor«, unterbrach Sanchez. »Sie sagen, es gibt zwei Arten von Sexualmördern – organisierte und unorganisierte?«

»Nein, natürlich nicht. So klassifiziert das FBI sie.«

»In organisierte und unorganisierte Mörder?«

»Richtig.«

»Können Sie erklären, was das bedeutet?«

»Ein organisierter Mörder hat sich ziemlich unter Kontrolle. Weiß, was er tut. Er ist gesellschaftlich anerkannt. Gilt als normal, wenn Sie so wollen. Plant seine Morde, führt sie ruhig und emotionslos aus. Seine Opfer sind meist Fremde, und der Tötungsakt beinhaltet oft ein sadistisches Element. Wenn er eine Waffe benutzt, nimmt er sie hinterher mit und achtet darauf, am Tatort keine Spuren zu hinterlassen. Meist entfernt er die Leiche vom Tatort.«

»Und der unorganisierte Mörder?«

»Gewöhnlich unterdurchschnittlich intelligent, ein gesellschaftlicher Außenseiter, meist impotent. Er neigt dazu, spontan zu töten, zufällig und ohne jeden Plan, seine Entdeckung zu verhindern. Er versucht nicht, die Leiche zu verstecken oder sich der Mordwaffe zu entledigen.«

»Und in welcher dieser Gruppen würden Sie den Santa-Rita-Mörder vermuten?« fragte Sanchez.

»Keine Frage«, sagte Feinstein. »Es ist das Werk eines organisierten Täters.«

»Also gut, Doc«, fuhr Sanchez fort. »Sagen Sie uns: Gibt es ein Wort für einen solchen Mörder?«

»Das gibt es«, war Feinsteins Antwort. »Psychopath.«

Ein Raunen ging durchs Publikum. Sanchez ließ es anschwellen, bevor er die nächste Frage stellte.

»Würden Sie sagen, der Mann ist unzurechnungsfähig, Doktor?«

»*Unzurechnungsfähig* ist ein juristischer Begriff. Der medizinische Begriff wäre *geistesgestört*. Wenn Sie *unzurechnungsfähig* sagen, denken die meisten Leute an jemanden mit Schaum vor dem Mund, wie ein tollwütiger Hund. So ist dieser Mann nicht. Er wird so normal wirken wie Sie oder ich. Aber trotzdem ist er wahnsinnig. Und gefährlich.«

»Und Sie glauben, er könnte wieder morden?«

»Ich würde sagen, es ist sehr wahrscheinlich.«

Wieder reagierte das Publikum. Wieder ließ Sanchez zu, daß sich die Stimmung hochschaukelte, dann stand er auf. Perfektes Timing, dachte Kathryn. Sie sah, wie er einen Zettel nahm und an die Wand hinter seinem Stuhl hängte.

»Sie haben Dr. Feinstein gehört. Dieser Mann könnte wieder morden. Heute abend, *Hier und Jetzt*, verrate ich Ihnen exklusiv, daß der Mörder seine Absicht bereits angekündigt hat. Am Freitagnachmittag wurde diese Nachricht beim Sheriff's Department in Santa Rita abgegeben.«

Die Kameras zoomten auf den beschrifteten Zettel, bis er die Bildschirme ausfüllte. »Die in Sedgewick Park hieß Anna«, las Sanchez aus dem Off vor. »Sie hatte einen kleinen Schnitt am Oberschenkel. Bald die Nächste.«

Kathryn spürte, wie das Publikum die Luft anhielt, als Sanchez die letzten drei Worte sagte.

»Ja, er ist echt«, sagte Sanchez und genoß den Augenblick. »Daran gibt es keinen Zweifel. Wenn Sie mehr wissen wollen, bleiben Sie dran. Wir sind gleich wieder da.«

Die Monitore waren leer. Eine Stimme aus dem Nichts brach in die Stille ein. »Drei Minuten, Studio.«

»Okay, kurze Pause«, verkündete der Aufnahmeleiter. Jake Gylam kam auf die Beine und sah Richard Sanchez finster an.

»Verdammte Schweinerei, Sanchez«, schimpfte er. »Woher zum Teufel haben Sie diesen Zettel?«

»Sie wissen doch, daß ich es Ihnen nicht sagen kann, Sheriff«, erwiderte Sanchez mit entwaffnendem Lächeln.

»Dieses Dokument ist Teil einer laufenden Ermittlung«, schäumte Gylam. »Verdammt, am liebsten würde ich Ihnen eine Klage wegen Behinderung der Ermittlungen anhängen!«

»Das wäre großartige Publicity für die Sendung«, sagte Sanchez noch immer lächelnd. »Nur zu, Sheriff.«

»Wissen Sie, was ein Nachahmermord ist, Sanchez?« rief Gylam wütend. »Haben Sie eine Ahnung, wovon ich rede?«

»Ich denke, daß Sie es mir gleich erzählen werden, oder?« sagte Sanchez gedehnt. Gylam lief vor Wut rot an.

»Ein Nachahmer«, knurrte er, »ist jemand, der krankes Vergnügen an den grausamen Details eines Mordes findet. So sehr, daß er versucht, sie zu kopieren. Deswegen bemühen wir uns bei fast allen Morden, bestimmte Details geheimzuhalten. So sind wir in der Lage, einen Nachahmer zu erkennen. Es gibt immer etwas, das der Mörder nicht weiß, ein Detail, das nicht mit den anderen übereinstimmt.«

»Haben Sie mir was zu sagen, Sheriff?« Sanchez wurde ungeduldig. »In neunzig Sekunden sind wir auf Sendung.«

»Ja, das habe ich!« fuhr Gylam ihn an. »Durch die Veröffentlichung dieser Nachricht, Mr. Sanchez, haben Sie einem Nachahmer alle Möglichkeiten gegeben. Sie haben ihm das einzige über den Mörder verraten, was niemand wußte, und ich möchte behaupten, daß das, was Sie da getan haben, in höchstem Maße unverantwortlich ist.«

»Nicht nur das«, sagte Kathryn. »Sie haben versäumt zu erwähnen, woher Sie diese Nachricht haben. Zehn Minuten nach der Sendung sitzen uns sämtliche Zeitungen und Fernsehstationen im Nacken und wollen wissen, wie und warum Sie sie exklusiv hatten. Was sollen wir denen erzählen?«

Sanchez zuckte mit den Achseln. »Sie könnten ihnen erzählen, Richard Sanchez hätte gesagt: Pech.« Er grinste.

»Mein Gott, ist Ihnen das alles vollkommen egal?« rief Gylam.

Sanchez winkte ab. »Sie machen Ihren Job. Ich meinen.«

»Dreißig Sekunden, Studio«, wurde verkündet.

»Ruhe, bitte«, zischte der Aufnahmeleiter mit Blick auf Sanchez. Er spreizte die Finger beider Hände und hielt sie hoch. Einige Augenblicke später nickte er übertrieben und fing an, rückwärts zu zählen, klappte seine Finger ein, um die verstreichenden Sekunden anzuzeigen, vier, drei, zwo, eins. Beim letzten Wort zeigte er auf Sanchez.

»Und wieder sind Sie bei *Hier und Jetzt.* Wir sprechen über einen brutalen Mörder, der zweimal gemordet hat und wieder morden will. Und zwar bald.« Das ließ er wirken.

»Kommen wir zu Ihnen, Sheriff Gylam«, sagte er. »Stimmen Sie Dr. Feinsteins Einschätzung des Mörders zu?«

Gylams war noch puterrot. »Es ist eine Einschätzung. Ich bin nicht qualifiziert, ihre Genauigkeit zu beurteilen.«

»Sie meinen, Sie wollen nicht.«

»Ich meine genau das, was ich gesagt habe, Mr. Sanchez«, schnauzte Gylam ihn an. »Dafür bin ich nicht qualifiziert.«

»Kathryn Mackay, Sie leiten die Sonderkommission zur Aufklärung dieser Morde. Was halten Sie von dem, was Dr. Feinstein zu sagen hat?«

Das leere Auge der Kamera schwang herum, und Kathryn versuchte, sich an alles zu erinnern, was man ihr zu Fernsehauftritten gesagt hatte. Sitz still. Zwinker nicht. Sprich langsam. Laß deine Hände in Ruhe. Sprich in die Kamera, nicht mit deinem Gegenüber. Lächle.

»Dr. Feinstein hat den großen Rahmen für ein Täterprofil abgesteckt«, sagte Kathryn und ließ sich Zeit. »Sein Kommentar mag – sehr allgemein betrachtet – zutreffen, aber wir bei den Strafverfolgungsbehörden bemühen uns, ein ... realistischeres Bild von unserem Täter zu erstellen.«

»Realistisch?«

»Bezeichnen wir einen Mörder als *organisiert,* halten die Leute ihn für einen genialen Verbrecher. Das ist er nicht. Dieser Mann ist dumm. So dumm, daß er meint, er kann einen Mord nach dem anderen begehen, ohne je gefaßt zu werden.«

»Dumm.« Sanchez' Stimme klang nachdenklich. »Aber sagte Dr. Feinstein nicht, die meisten dieser Serienmörder wären durchschnittlich bis überdurchschnittlich intelligent?«

»Sie sprechen vom IQ, Mr. Sanchez«, sagte Kathryn. »Ich spreche von asozialer Haltung. Wir haben hier jemanden, der junge Frauen ermordet, die Leichen grausam verstümmelt und glaubt, seine Verbrechen würden nicht bestraft. Also ist er dumm.«

»Aber sicher nicht unintelligent. Schließlich war die Nachricht des Mörders ursprünglich codiert, oder nicht?«

»Viele intelligente Menschen tun dumme Sachen.« Jetzt hab ich dich, Freundchen. »Daß der Mörder eine Nachricht an den Sheriff schickt, belegt nur, wie dumm er ist. Und da wir gerade beim Thema sind, sollten wir vielleicht darauf hinweisen, daß Sie sie weder vom Sheriff noch vom Büro der Staatsanwaltschaft haben.«

Sanchez lächelte wie jemand, der einen echten Gegner zu würdigen weiß. »Der Eindruck sollte nicht entstehen, Miss Mackay. Ein guter Journalist gibt seine Quellen niemals preis, das wissen Sie. Aber zurück zu unserem Mörder ...«

»Gut«, erwiderte Kathryn. »Aber lassen Sie dabei die billige Effekthascherei. Hören Sie auf anzudeuten, da würde ein Horrorfilm-Monster durch die Straßen schleichen.«

»Wollen Sie behaupten, so wäre es nicht?«

»Ich behaupte, daß Worte wie ›wild, gewalttätig und gefährlich‹ genau das Bild aufbauen, das der Mörder gern von sich hätte, nur nicht das, was er tatsächlich ist.«

»Und das wäre?«

»Ein Schwächling. Eine feige Memme, die jämmerliche Imitation eines Menschen. Vielleicht intelligent. Aber eher clever als klug. Und eitel. Und gemein. Ein krankhafter Lügner. Ein trauriger, kleiner Niemand, der sich nur als Mann fühlt, wenn er wehrlose Frauen mißbrauchen kann.«

»Starke Worte«, sagte Sanchez im Umdrehen. »Würden Sie zustimmen, Dr. Feinstein? Der Mörder ist – wie sagte Miss Mackay? – jämmerlich? Ein trauriger, kleiner Niemand?«

Feinstein zwinkerte schnell, spitzte die Lippen.

»Da muß ich widersprechen. Ich meine, zwar sind da ... mh, was Miss Mackay sagt, unterstreicht in gewisser Weise meine Aussage, daß die Phantasien solcher Männer oft die

Anomie einer farblosen, besessenen Persönlichkeit kompensieren sollen, die soziale Loslösung, von der die Rede war. Aber das macht ihn nicht ungefährlicher. Vergessen wir nicht: Er hat zwei wehrlose Frauen ermordet.«

»Das kann man wohl kaum vergessen«, antwortete Sanchez und wandte sich Jake Gylam zu. »Ebensowenig, daß er wieder zuschlagen will. Es sei denn, Ihr Department käme mit Greifbarerem als bloßen Versprechungen, Sheriff.«

»Ich will Ihnen mal was sagen«, polterte Gylam. »Ich bin heute abend unter anderem hier erschienen, weil ich darauf hinweisen wollte, daß wir keineswegs einen negativen Ausgang der Ermittlungen erwarten. Jeder einzelne meiner Mitarbeiter, jeder Polizist im Santa Rita County ist um die Ergreifung dieses Verbrechers bemüht. Jeder Aspekt dieser Morde wird untersucht und wieder untersucht, jeder kleinste Beweis geprüft und abermals geprüft. Das Justizministerium und das ›National Crime Information Center‹ stehen zu unserer Verfügung. Ich bin mir ganz sicher – nein, ich bin überzeugt davon – daß diese Möglichkeiten uns ein Ergebnis bescheren werden. Es ist nur eine Frage der Zeit.«

»Zeit könnte das einzige sein, von dem Sie zu wenig haben, Sheriff«, sagte Sanchez und wandte sich erhobenen Hauptes ab wie ein Matador vom besiegten Stier. »Und eben dieses gilt auch für uns. Mein Name ist Richard Sanchez, das war *Hier und Jetzt.* Dank an meine auserlesenen Gäste für ihre wertvollen Einsichten. Vor allem jedoch vielen Dank *Ihnen.* Guten Abend, und ... bleiben Sie auf der Hut.«

Es war ein großartiger Schlußsatz, und er wußte es. Das Publikum applaudierte von allein. Im Augenwinkel sah Kathryn, daß Jake Gylam die Leute steinern wie ein Monolith von den Osterinseln anstarrte. Sie waren durchgekommen. Zwar war es kein Triumph an Öffentlichkeitsarbeit gewesen, aber auch nicht das Acht-auf-der-Richter-Skala-Beben, das sie befürchtet hatte. Freuen wir uns über kleine Gaben, dachte sie.

14

»Das war vielleicht eine Show.«

Als Kathryn den Videorecorder abstellte, stand Laura Foster auf, streckte sich und trat ans Fenster, um aufs Meer hinaus zu sehen. Sie kam nicht oft nach Seaview Heights, nur wenn sie einen Fall durchsprechen mußte oder einen Rat brauchte, wie sich ein vertracktes juristisches Problem lösen ließ. Jetzt war sie da, weil Mac sie auf Kathryns Drängen hin dem Broadwick-Prozeß zugeteilt hatte.

»Auch wenn einiges ausgeklammert wurde«, sagte Kathryn und meinte Sanchez' Sendung.

»Zum Beispiel?«

»Na, zum einen die brutale, statistische Tatsache, daß von über fünfundzwanzigtausend Morden, die jährlich in den USA begangen werden, jeder vierte nie aufgeklärt wird.«

»Wieso ist das wichtig?«

»Weil jeder, der irgendwas von Strafverfolgung versteht, weiß, daß gut die Hälfte dieser unaufgeklärten Morde – mehr als sechstausend, Laura, siebzehn jeden Tag – höchstwahrscheinlich von jemandem begangen wird, der wie ein Giftpilz plötzlich auftaucht, ein, zwei Morde begeht und dann verschwindet. Deswegen sind sie kaum aufzuklären.«

»Nimm ein paar aufsehenerregende Fälle der letzten zwanzig Jahre«, fuhr sie fort: »Ted Bundy, der Seattle-Sexkiller, hat in zwei Jahren mehr als zwanzig Mädchen ermordet; Dean Corll, der Homosexuellen-Massenmörder in Houston oder Ed Kemper, der nekrophile ›Co-ed‹-Killer aus Santa Cruz. Weil ihre Morde so plan- und wahllos waren, spielte das Glück bei ihrer Ergreifung eine ebenso große Rolle wie die Ermittlungsmethoden.«

»Eins steht fest«, bestätigte Laura. »Du hast unserem Sheriff den Kopf gerettet.«

»Zweimal«, sagte Kathryn und grinste dabei. »Die Produzentin hatte uns eingeladen zu bleiben, die Sendung im Studio anzusehen und hinterher essen zu gehen, aber ich konnte nicht bleiben. Ich war mit Emma verabredet.«

»Und Sie, Sheriff?« hatte Sanchez zu Jack Gylam gesagt.

»Lieber freß ich Scheiße im Klärwerk«, hatte Gylam gedonnert, woraufhin Sanchez sein Haigrinsen aufsetzte.

»Jedem das Seine, Sheriff«, hatte er sanft erwidert.

»Ich hab Jake da rausgeschafft, bevor es zu spät war«, erklärte Kathryn Laura. »Er hätte vor Wut in einen Baum beißen können. Möchtest du was trinken? Tee, Kaffee, ein Glas Wein?«

»Vielleicht später«, sagte Laura mit einem Blick auf ihre Uhr. »Fangen wir lieber an, okay?«

Kathryn klappte ihre Aktentasche auf, und sie machten sich ans Werk. Einen Fall vorzubereiten war in mancher Hinsicht so wichtig wie der Prozeß selbst. Bereite dich nachlässig vor, und ein guter Verteidiger nimmt dich nach Strich und Faden auseinander. Sei schlecht organisiert, und du leidest Höllenqualen bei der Suche nach einem wichtigen Papier, während der Richter und zwölf Geschworene dich schweigend anstarren.

»Okay, fangen wir mit einer Akte an«, sagte sie. »Hier hab ich eine für dich. Da, nimm.«

Sie reichte Laura einen großen Ringordner mit mehreren Fächern und leeren Blättern. Im ersten Teil, erklärte sie ihr, sollte sie jeden ihrer Schritte im Zusammenhang mit dem Fall festhalten, egal wie unbedeutend, wie trivial, damit sie später alles belegen oder nachprüfen konnte.

Das zweite Fach sollte eine Liste für alles enthalten, was zu tun war – Zeugen mußten vorgeladen, Vorstrafen geprüft, Anweisungen gegeben, Fälle nachgeschlagen und gelesen werden. Ein weiteres Fach war für Kopien der Polizeiberichte und Bemerkungen der Behörden gedacht, noch ein weiteres für die gesammelten Zeugenaussagen.

»Ich hab dir schon Kopien der *Gazette* vom Tag vor dem Verbrechen, dem Tag selbst und dem danach gemacht. Hier, hefte sie in die Akte.«

»Was mach ich damit?«

»Vielleicht nichts. Aber wenn der Verteidiger oder ein Zeuge als Alibi angibt, er hätte einen Film im Fernsehen oder im Kino gesehen, kannst du das gleich nachprüfen.«

Ein Fach, erklärte sie Laura, solle die Beweisstücke enthalten, ein weiteres die Berichte anderer Verbrechen, in die der Angeklagte möglicherweise verstrickt sein konnte.

»Jetzt das Wichtigste«, sagte sie. »Ich möchte, daß du das alles nicht nur ein- oder zweimal liest, sondern immer und immer wieder, bis du eine klare Vorstellung davon hast, wie wir den Fall angehen. Wir werden uns den Tatort ansehen, für den Fall, daß wir, falls die Verteidigung Fotos bringt, die das Bild verzerren, wir diese ablehnen oder verlangen können, die Geschworenen dorthin zu bringen.«

»Woher soll ich die Zeit nehmen, das alles zu lesen?« fragte Laura geknickt.

»Schaff sie dir«, erklärte Kathryn kompromißlos. »Und bring die Fallsammlung jeden Tag auf den neuesten Stand. Bis du fertig bist, hast du wahrscheinlich sechs so dicke Ordner. Wie wäre es jetzt mit einem Glas Wein?«

»Ich glaube, ich könnte eins gebrauchen.« Laura lächelte. »Machst du das bei jedem einzelnen Fall?«

»Bei jedem einzelnen«, erwiderte Kathryn, nahm den Wein aus dem Kühlschrank und schenkte ein. »Ohne Ausnahme.«

Laura hob ihr Glas ohne ein Wort.

»Weißt du was, Kathryn?« sagte sie mit verschmitztem Lächeln. »Wir sind nicht ganz dicht.«

»Nicht ganz dicht?«

»Mein Gott, sieh uns an. Wir sind beide volljährig. Es ist

Sonntagabend. Wir sind keine Vogelscheuchen. Wieso sitzen wir hier über einer Akte, anstatt uns mit ein paar gutaussehenden Typen zu amüsieren?«

»Ich weiß nicht. Vielleicht, weil alle gutaussehenden Typen verheiratet oder vergeben sind.«

»Hast du von Bill Calhoun gehört?«

»Nein, was?«

»Der Gouverneur hat gegen seine Berufung ans Appellationsgericht interveniert. Offenbar hat er das von Jamie Welsh und ihm gehört.«

»Wie hat er es aufgenommen?«

»Ziemlich übel, soweit ich weiß. Jamie und er hatten sich längst getrennt. Er war wieder bei Frau und Kindern.«

Armer Bill, dachte sie. Und arme Jamie. Alle Verlierer.

»Gefährliche Sache, die Liebe«, bemerkte sie.

»Was du nicht sagst«, sagte Laura.

Darüber dachte Kathryn noch immer nach, als sie sich bettfertig machte. Sieh es ein – Vogelscheuche oder nicht: So viele gutaussehende Typen laufen nicht frei herum. Mit neununddreißig ist die erste große Liebe vorbei, und du stellst dich wieder ganz hinten an. Wenn du weder einen älteren Herrn noch eine Affäre mit einem Verheirateten willst, was bleibt? Die meisten Männer, die sie beruflich kennenlernte, waren verheiratet, die anderen, wie Dave, oft schwer angeschlagen. Da blieben nur noch Verlierer, mit denen man nicht mal auf derselben Straßenseite gehen wollte.

Sie gähnte und rieb ihre Augen. Es war fast elf. Sie zog sich aus und ging zu Bett. Morgen würde ein anstrengender Tag werden. Andere Tage schien es gar nicht mehr zu geben. Sie machte das Licht aus und schlief augenblicklich ein.

Die Hütte brachte mit sich, daß er es tun konnte, wann immer er wollte. Es gab keinen Grund zur Eile. Und doch wollte er es jetzt tun. Er konnte keine Woche mehr warten. Es mußte sein. Er zog sich nackt aus und legte seine Sachen ordentlich gestapelt oben an die Treppe. Dann öffnete er die Tür und stieg in den Keller hinab. Die kalte Luft auf seiner Haut fühlte sich gut an. Sie saß auf dem Bett, wie er sie zurückgelassen hatte, trug das weiße T-Shirt und weiße Leinenshorts, die er ihr im Drugstore in der Laguna-del-Mar-Mall gekauft hatte. Er mußte sie nicht mehr fesseln. Es war, als hätte er eine Sklavin. Besser. Als er hereinkam, blickte sie auf. Ihre Augen weiteten sich, als sie sah, daß er nackt war. Er konnte die Angst weit hinten in ihren Augen sehen. Er mochte das.

»Hallo, Barbara«, sagte er.

»Ich habe Sie nicht kommen hören.« Sie sah ihn an. Da. Sie konnte sich nicht davon lösen. Auch das mochte er.

»Hast du dich darauf gefreut, mich wiederzusehen?« sagte er mit sanfter, fast zärtlicher Stimme.

Sie schluckte hörbar. »Ja. Tu ich. Hab ich.« Unsicher sah sie ihn an, wollte nichts falsch machen. »Ich ... mh ... wollen Sie, daß ich ...«

Er hob sein Kinn, als würde er über eventuelle Alternativen nachdenken. »Ja«, sagte er. »Du weißt, was ich mag, Barbara.«

Sie kam zu ihm, zitternd vor Angst, starrte in seine Augen, bereit, zusammenzuzucken. Sie kniete vor ihm nieder und fing an. Ihre Zunge war rauh und trocken. Er sah auf sie hinab, spürte die Macht, das langsame Wachsen der Lust zwischen seinen Beinen. Es zu wissen, machte alles so viel intensiver. Zu wissen, was kommen würde.

»Du bist ganz verrückt danach, nicht, Barbara?«

»Mmmm«, erwiderte sie gehorsam und sah zu ihm auf. »Ja. Ja, bin ich.«

»Sag es so, wie ich es dir beigebracht habe!« fuhr er sie an. »Sag *cholo!* Ich bin ganz verrückt danach, *cholo!*«

»Ich bin ganz verrückt danach ... *cholo.*«

»Schon besser. Jetzt leg dich hin. Auf den Rücken.«

Sie tat, was er verlangte, und er hockte sich auf sie. »Da. Ich werde es dir leichter machen.«

»Ja«, sagte sie. Sie weinte leise. Das machte es noch besser.

»Du bist verrückt danach, es zu tun, nicht?« sagte er. »Sag mir, wie sehr, Barbara.«

»Ich ... ich ...« Sie begann zu schluchzen. Er stand auf und sah auf sie hinab, klemmte sie zwischen den Füßen ein. Traurig schüttelte er den Kopf.

»Lüg mich nicht an.«

»Tu ich nicht. Ich bin ganz verrückt danach, ich hab es doch gesagt.«

»Cholo!« schrie er und schlug sie mit der offenen Hand. Sie kauerte sich zusammen, die Hände vor dem Gesicht, die Knie angezogen, um sich zu schützen.

»Oh, Gott, nein, bitte, es tut mir leid!« schluchzte sie. Wieder schlug er auf sie ein. Blindlings.

»Hast du nichts gelernt?« zischte er.

»Doch, hab ich, hab ich«, wimmerte sie kläglich. »Bitte geben Sie mir noch eine Chance.« Sie ging auf die Knie, warf die Arme um seine nackten Oberschenkel, küßte panisch seinen Schoß. Er packte sie bei den Haaren und riß ihren Kopf zurück, schlug sie wieder und wieder, schleppte sie über den Boden.

»Ich hab es dir gesagt!« schrie er. »Ich dachte, du würdest es lernen. Warum will keine von euch lernen?«

Noch immer hatte er seine Faust in ihrem Haar, riß sie auf die Beine und schleuderte sie aufs Bett. Sie schrie vor Schmerz, als ihr Kopf dumpf gegen den Holzpfosten schlug. Ihr Gesicht war verzerrt, die Augen glasig. Sie weiß es, dachte er. Sie weiß, was jetzt kommt. Hilflos schlug sie auf ihn ein, als er das T-Shirt zerfetzte, den Bund ihrer Shorts packte und sie herunterriß. Er fühlte sich prall, geil, bereit. Es kam, es war wieder da.

Mit beiden Händen bekam er ihren Hals zu fassen, drückte

sie aufs Bett und fiel fast über sie, preßte einen gutturalen, animalischen Laut aus ihr hervor. Sie warf ihren Kopf hin und her und krümmte sich in dem Versuch, ihn abzuwerfen, und er fühlte, wie ein Teil von ihm abhob und sich entfernte, und während er flog, drückte er fester zu, fester und immer fester. Er hörte, daß sie zu röcheln begann. Hilflos trommelten ihre Fäuste seine Arme blau. Er fühlte, daß er sich immer weiter entfernte, aufstieg, ein Donnern in seinem Kopf wie eine Menge im Stadion, drückte fester, hielt sie mit seinem Gewicht unten.

Er spürte, wie sie ihr Leben aushauchte, im selben Augenblick, als er zum Orgasmus kam.

Lee beobachtete, wie Kathryn Mackay ihre Tasche in den kleinen, roten Wagen legte und einstieg. Sie trug ein blaues Leinenkostüm, eine weiße Bluse, weiße Ohrringe mit blauen Punkten in der Mitte, blaue Pumps. Hübsch, dachte er. Sie hatte langes, dunkles Haar. Das war gut. Er mochte Frauen mit langem, dunklem Haar. Sie war kleiner als sie im Fernsehen gewirkt hatte. Ihre Worte brannten in seinem Kopf. Er war sehr böse auf sie gewesen, als sie diese Dinge gesagt hatte, aber jetzt hatte er sich wieder im Griff.

Er fuhr den Wagen vom Besucherparkplatz, den er seit einer Stunde besetzt hielt, und folgte ihr die Pacific Street hinunter, dann an der Bonita links. Sie war auf dem Weg nach Espanola. Sie hatte eine Wohnung in Seaview Heights. Er wußte es aus den Büchern im County-Archiv. Das war das Großartige an Behörden. Man konnte einfach reingehen, nach allem fragen, was man wissen wollte, und sie mußten es einem sagen.

Sie war eine gute Fahrerin, ging kein Risiko ein, blinkte immer weit im voraus. Er folgte ihr bis zum Alameda Drive, den kurvigen Hang nach Alameda hinunter und dann den Hügel auf der anderen Seite des Tales hinauf, östlich am

College vorbei, wo sie rechts auf den Lighthouse einbog. Etwa zweihundert Meter weiter fuhr sie links. Gegenüber von einem Schild mit der Aufschrift MARTHA JANEWAY SCHOOL rollte er aus. Er stellte den Motor ab und wartete.

Zehn oder zwölf Minuten später sah er, wie der rote Mazda vom Schulgelände links auf den Lighthouse einbog. Ab nach Hause, dachte er, fuhr an und fädelte seinen Honda drei Wagen hinter Kathryn ein. An der Unterführung beim Alvarado Highway bog sie bei einer kleinen Mall rechts ein. Lee folgte ihr, rollte vorbei, als sie ausstieg und auf der anderen Seite ein kleines Mädchen herauskletterte. Es trug ein bedrucktes Kleid und Ledersandalen. Es war dunkel und hübsch, mit einer Stupsnase und Sommersprossen, braunen Augen unter dunklen Brauen, langem, dunklem Haar, schlanken, braungebrannten Armen und Beinen. Kathryn Mackay hatte also eine Tochter. Er fragte sich, wer der Vater war.

Er parkte und beobachtete, wie sie einen Frozen-Yoghurt-Laden betraten. Das kleine Mädchen sagte etwas. Kathryn Mackay lachte und umarmte sie. Sie wirkten glücklich, vertraut. Als sie mit ihren Waffeln herauskamen, stiegen sie in den Wagen und fuhren vom Parkplatz. Die Frau fuhr einhändig, das kleine Mädchen leckte seinen Yoghurt. Er folgte dem Wagen den Lighthouse hinunter zur Beach Avenue, dem Boulevard am Meer. Er sah den kahlen, weißen Finger des Leuchtturms von Shelter Island auf dem Felsen jenseits des glitzernden Meeresarms. Ein Schwarm Pelikane machte sich draußen vor dem Strand im Sturzflug über die Fische her.

Das letzte Mal war er kurz vor Morgengrauen hier gewesen. Er war über die Brücke gefahren und im Leerlauf ohne Licht die sandverwehte Straße über dem Kliff entlang gerollt. Möwen kreisten über ihm, kreischten wie verlorene Seelen, als er wendete, bis das Heck des Pick-up direkt am Straßenrand war, wo die Dünen steil hinunter zum Strand führten. Er zerrte das tote Mädchen aus seinem Wagen.

Andrea. Den Nachnamen wußte er nicht. Man kannte sie als die »Tote von Shelter Island«. Klein-Andrea mit den kleinen Brüsten und großen, braunen Augen. Ein Niemand. Er hatte sie berühmt gemacht. Am Highway bei Carmel hatte er sie aufgegabelt. Sie tat nichts von dem, was er von ihr wollte, und er wurde so wütend, daß er sie früher als geplant ermordete. Weil sie eine solche Enttäuschung war, hatte er sie nicht lange behalten und sehr bald über die Steilkante gekippt. Sie rollte hinunter, mit fliegenden Armen und Beinen. Er zog die Latex-Handschuhe aus, faltete die Plane zusammen und stopfte sie in eine Mülltüte, die er später in einen Container auf der anderen Seite von Santa Rita warf.

Jetzt folgte er Kathryns Wagen nach Seaview Heights hinauf, rollte vorbei, als der rote Mazda in die Einfahrt zum Wohnhaus bog und auf dem Weg zur Parkgarage verschwand. Er sah zu den erleuchteten Fenstern auf und versuchte, sich die beiden da drinnen vorzustellen. Zu Hause.

Es war nur ein Wort, ein Begriff, wie *Mutter.* Manchmal glaubte er, sich irgendwo in den entferntesten Winkeln seines Gedächtnisses an eine lächelnde Frau zu erinnern. Oder vielleicht war es bloßes Wunschdenken, das ein vergilbtes Foto seiner Mutter zum Leben erweckte. Er hatte nie eine Mutter gehabt, oder ein Zuhause. Nur die fette Paulita, die ihn loswerden wollte. Besonders nach dem, was mit Lynda passiert war.

Ich will, daß du verschwindest. Ich will nicht mehr, daß du hier bei meiner Tochter rumlungerst, hörst du zu?

Sie lügt dich an. Hat sie schon immer.

Nenn Lynda keine Lügnerin. Du bist widerlich, weißt du das? Ich will dich nicht in meiner Wohnung haben.

Deine Wohnung? Hey, Pa, komm mal, sag ihr, wie es aussieht. Sag ihr, wessen Wohnung das hier ist.

Lee, ich möchte nicht, daß du so mit Paulita redest.

Und wie redet sie mit mir?

Jedesmal dasselbe, wenn er herkommt. Hält sich für Mister Oberwichtig. Ißt dies nicht, mag das nicht. Ich will, daß er geht. Ich will ihn hier nicht haben.

Du willst mich hier nicht haben. Hier nicht haben? Und ich? Das ist auch mein Zuhause, weißt du.

Du wohnst hier nicht mehr. Du gehörst hier nicht her.

Hör zu, Sohn, vielleicht ... sieh mal, du bist jetzt im College. Wenn du dir vielleicht eine eigene Wohnung suchst?

Du willst mich hier nicht haben? Mein eigener Vater?

Mach schon. Sag ihm, er soll uns in Frieden lassen.

Ist das auch deine Meinung? Ja, Pa?

Was willst du von mir? Es ist ... Paulita hat recht. Jedesmal wenn du kommst, gibt es Ärger, Zank und Streit.

Fahr nach San Francisco und bleib da. Du bist hier nicht mehr zu Hause. Hörst du? Das ist nicht mehr dein Zuhause.

Er sah zu den erleuchteten Fenstern auf und lächelte, erinnerte sich. Deins auch nicht, fette Schlampe.

Eine Stunde später war er in der Hütte, betrachtete Barbara Gates, die ausgestreckt auf dem Bett lag, weidete sich an ihrem nackten Leib. Die weiße Haut schimmerte im schwachen Licht, das durch die offene Tür oben an der Treppe fiel. Sie war schön. Er hatte sie gewaschen und ihr Haar gekämmt, froh, daß es nicht geschnitten war. Ihre kleine Belohnung. Sie hatte sich sehr bemüht, viel mehr als die anderen. Er setzte sich neben sie und hielt ihre Hand.

»Bald wird es Zeit für dich, Barbara«, sagte er.

Eine Stelle hatte er schon gesucht. Er lächelte bei dem Gedanken. Aber vorher war noch einiges zu tun. Er schob einen Arm unter ihre Schultern und hob sie an. Ihr Kopf sackte an seine Schulter, das dunkle Haar fiel über ihr Gesicht. Zärtlich strich er es zurück. Sie war schön wie eine Statue. Er trug sie zu dem Stahltisch, den er neben der Spüle installiert hatte, und legte sie ab. Ein Arm fiel über den Rand. Sanft legte er ihn neben sie. Schade, daß es zu Ende gehen mußte, dachte er. Barbara hat sich so sehr bemüht. Aber es war nie wirklich so, wie er es wollte.

Nackt lief er über den Kellerfußboden und nahm ein Skalpell. Er holte die Chemikalien, dann schlug er das Buch auf, das er von einem Katalogversand in Washington State hatte. Als alles bereit war, machte er sich ans Werk. Die erste hatte er versaut, aber jetzt hatte er den Dreh raus.

Regungslos lag Barbara da, mit weit aufgerissenen Augen. Er summte ihr sein liebstes Schlaflied vor.

Hush little baby, don't say a word.
Daddy's gonna buy you a mockingbird ...

15

Es war der vierte Tag des Broadwick-Prozesses. Marty Belker, der Anwalt der Verteidigung, befragte einen Zeugen, als das Gerichtstelefon leise läutete. Harry Greenbaum, der Gerichtsdiener, nahm den Hörer ab und lauschte, hielt beim Sprechen eine Hand über das Mundstück. Er kritzelte etwas auf einen Notizblock, hängte ein und kam auf leisen Sohlen zum Anklagetisch, legte vor Kathryn einen gefalteten Zettel ab. Sie öffnete ihn. Harrys Handschrift war rundlich und verschnörkelt, mit Kreisen für Punkte.

»Dave Granz war dran«, las sie. »Eine verschlüsselte Nachricht ist gekommen, adressiert an Sie. Angeblich liegt in der Cabrillo Park Highschool eine Leiche. Er fährt mit Jack Burrows hin. Falls blinder Alarm, ruft er an. Falls nicht, möchte er wissen, ob Sie mittags kommen können.«

Kathryn sah zur Quarzuhr über der Eingangstür. Viertel nach elf. Es war möglich, aber nur vielleicht. Sie schrieb etwas auf ihren Block und winkte Greenbaum.

»Bitte rufen Sie Granz an. Sagen Sie ihm, ich komme, wenn ich kann, aber nicht vor einer Stunde.«

Sie beobachtete, wie Greenbaum ging und den Anruf erledigte, dann versuchte sie, den roten Faden in Belkers Zeugenbefragung wiederzufinden, während sie gleichzeitig über Dave Granz' Anruf nachdachte. Was hatte die Nachricht zu bedeuten? Warum hatte der Mörder sie diesmal an sie geschickt? Sie zwang sich, zuzuhören, was im Gericht geschah. Hier stritt man um das Leben eines Menschen. Was auch immer da draußen vor sich gehen mochte, mußte warten.

Eine halbe Stunde später gab es eine unplanmäßige Pause. Nachdem Belker mit seinem Zeugen fertig war und bevor

Kathryn ihr Kreuzverhör beginnen konnte, unterbrach Richter Calhoun die Verhandlung. Eine Essensverabredung, dachte Kathryn. Eilig hastete sie zu ihrem Mazda.

Die Cabrillo Park High School lag in einer bewaldeten Schlucht südlich des Cabrillo Parks, nördlich von Outlook Heights, einer sauberen Mittelklasse-Wohngegend am Nordrand der Stadt, mit gepflegten Häusern, gemähten Rasenflächen, schattigen Gärten, verriegelten Fenstern. Kathryn brachte ihren Wagen vor dem Hauptgebäude neben Granz' verbeultem, alten Ford Sedan zum Stehen. Sie sah keine Streifenwagen, keine Uniformierten, aber weiter hinten stand ein weißer KKSU-Lieferwagen mit einer Satellitenantenne auf dem Dach. Soviel zum Thema Geheimhaltung, dachte sie. Sie ging hinein und wies sich am Tresen der Eingangshalle aus.

»O ja, Miss Mackay, Ihre Kollegen sind im Büro des Direktors. Gleich den Flur hinunter, vierte Tür rechts. Ich ruf an und sag Bescheid, daß Sie auf dem Weg sind.«

»Danke«, erwiderte Kathryn und hastete den Flur hinunter. Ein paar Jungen standen zusammen und unterhielten sich. Als sie vorüberging, wandte sich einer von ihnen seinen Freunden zu und flüsterte etwas Unverständliches. Sie lachten und sahen sie an. Manches änderte sich nie.

Das Büro des Direktors war ein holzgetäfeltes Arbeitszimmer mit eingelassenen Bücherborden. Hohe Fenster, durch die helles Licht in den Raum strömte, blickten auf den Innenhof an der Rückseite des Gebäudes. Um den antiken, lederbespannten Schreibtisch saßen Dave Granz, Jack Burrows und der Direktor, ein großer, hagerer Mann von Mitte fünfzig. Vor ihnen ausgebreitet lag eine Karte des Schulgeländes.

»Du bist gut in der Zeit«, rief Granz, als sie eintrat. »Wir haben eben erst angefangen.«

»Calhoun hat die Verhandlung vorzeitig unterbrochen«, gab Kathryn zurück. »Um zwei muß ich wieder da sein.«

Burrows machte nun Kathryn mit Dr. Ethan Jameson bekannt, einem gedrungenen Mann von gut fünfzig, der aussah, als trainierte er mit Gewichten. »Dr. Jameson, das ist Kathryn Mackay vom Büro des Bezirksstaatsanwalts. Sie leitet die Sonderkommission, von der ich Ihnen erzählt habe.«

»Ich glaube, ich habe Sie im Fernsehen gesehen«, sagte Jameson, als sie sich die Hand gaben. »Vor einer Woche?«

»Sieh dir das mal an«, sagte Granz und schob ihr ein Stück Papier herüber. Sie nahm es in die Hand. Die Nachricht lautete:

BY JGCER CGLC GL
AYZPGJJM FGEF
QGL FLGQQR ZYPZYPY

Sie war mit der gleichen kleinen Figur unterzeichnet. Darunter stand die dekodierte Version.

DA LIEGT EINE IN
CABRILLO HIGH.
SIE HEISST
BARBARA.

»Wann ist das gekommen?« fragte sie Burrows.

»Keine Ahnung. Es lag im Briefkasten unten im County Building. Könnte jederzeit eingeworfen worden sein.«

»Ihr seid sicher, daß es unser Mann ist?«

»Die Schrift sieht aus wie beim letzten Mal. Nur der Code war etwas komplizierter«, war Dave Granz' Antwort.

»Das Original ist in Sacramento?«

»Der Sheriff hat es von einem Deputy mit dem Auto hinbringen und an Jack Clayburgh persönlich übergeben lassen.« Clayburgh war Spezialist für Fingerabdrücke.

»Ihr habt gesagt, es sei dringend.« Das war keine Frage.

»Jep. Sie rufen zurück, sobald sie können. Oh, und es sieht so aus, als hätte jemand Sanchez einen Tip gegeben. Draußen wartet ein Kamerateam.«

»Ich hab's gesehen«, sagte Kathryn. »Tut mir leid, Dr. Jameson. Wir wollten es nicht an die große Glocke hängen.«

»Sie können nichts dafür«, erwiderte Jameson mit zaghaftem Achselzucken. »Niemand kann etwas dafür.« Er sah auf seine Uhr.

»Das Problem ist: Wo fangen wir an?« fragte Burrows, wütend auf die Karte stierend, als wollte er sie einschüchtern, damit sie ihm verriet, wo er die Suche beginnen sollte. Der Campus umfaßte etwa zehn Morgen Land.

»Ich muß sagen, ich kann nach wie vor nicht glauben, daß jemand so etwas tun sollte«, sagte Jameson pikiert. »Ich meine, eine Leiche? In meiner Schule?«

»Schockwirkung«, sagte Granz. »Die Frage ist: Falls er es getan hat, wie hat er es getan, ohne gesehen zu werden?«

»Das ist es eben«, staunte Jameson. »Hier sind«, er deutete in die Runde, »so viele Leute überall.«

»Wie ist es nachts?« fragte Granz.

»Die Gebäude sind ab acht verriegelt und alarmgesichert. Ohne Wissen des Hausmeisters könnte niemand eindringen.«

»Hausmeister?«

»Ich habe ihn rufen lassen. Sein Name ist Buchholz. Die Schüler ... wir nennen ihn Mr. Buck.« Es klopfte. »Ich denke, das wird er sein.«

Er ging an die Tür und öffnete sie. Ein kleiner, stämmiger Mann in blauem Overall trat ein. Er hatte ein breites, flächiges Gesicht mit kräftigem Unterkiefer, platter Nase und dickem, eisengrauem Haar. Mit seinen Unterarmen sah er aus wie ein Rausschmeißer. »Sie haben mich gerufen?« sagte er zu Jameson. Seine Stimme war kehlig, hatte einen schweren Akzent. »Was wollen Sie?«

»Diese ... diese Gentlemen möchten mit Ihnen sprechen, Mr. Buck«, sagte Jameson. »Sie sind von der Polizei.« Anscheinend bin ich mal wieder unsichtbar, dachte Kathryn resigniert. Es war keine neue Erfahrung.

»Mr. Buchholz, ich bin Detective Jack Burrows vom Sheriff's Department. Das sind Kathryn Mackay und Inspector Dave Granz vom Büro des Bezirksstaatsanwalts.«

»Polizei?« fragte Buchholz kampfbereit. Er sah Jameson an. »Gibt es ein Problem?«

»Der, mh, Detective glaubt ... eine Leiche ... daß eine Leiche irgendwo in der Schule versteckt sein könnte«, sagte Jameson. »Er wollte Sie fragen ...« Er beendete den Satz mit einer weiteren vagen Geste. Buchholz' Miene verriet seine Überraschung.

»Leiche? Sie meinen: ein toter *Mensch?*«

»Wir ermitteln in einem Mordfall«, erwiderte Burrows geduldig. »Und wir haben Grund zur Annahme, daß jemand die Leiche möglicherweise irgendwo in dieser Schule ...«

Buchholz schüttelte den Kopf. »Nein. Ist nicht möglich.«

»Wieso nicht?«

»Ich schließ jeden Abend ab, Mister. Hier kann keiner rein, wenn ich abgeschlossen hab.«

»Sie wohnen auf dem Gelände?«

Buchholz nickte, deutete mit dem Daumen zum Fenster.

»Mr. Buck hat eine kleine Wohnung im Keller des Hauptgebäudes«, erklärte Jameson.

»Sie sagen also, ohne Ihr Wissen könnte niemand reinkommen?«

»Nachts nicht. Niemand.«

»Sie sagten, jedes Gebäude hat eine Alarmanlage, Sir?«

»Wir hatten einige Probleme mit Landstreichern«, erklärte Jameson. »Wir haben Anlagen installieren lassen. Jede davon ist mit dem Verwaltungsgebäude verbunden.«

»Gibt es Gebäude, die keinen Alarm haben?« fragte Kathryn den Hausmeister. Überrascht sah er auf, als hätte er nicht erwartet, daß sie sprechen würde.

»Der Geräteschuppen hat keinen Alarm«, sagte er. »Die Pumpstation auch nicht.«

»Geräteschuppen? Pumpstation? Sind die hier auf der Karte?« wollte Burrows wissen.

»Da hinten«, sagte der Hausmeister und tippte mit einem Stummelfinger auf die Karte. »Hier ist der Nordparkplatz. Daneben der Swimming-Pool. Dahinter die Pumpstation. Sie wissen schon. Macht das Wasser warm. Hält es sauber.«

»Filteranlage?«

»Ja, ja.« Buchholz nickte begeistert. »Hält es warm, filtert das Wasser.«

»Könnte jemand ohne Ihr Wissen dort eindringen?«

Buchholz zuckte mit den Schultern. »Wär möglich.«

»Was bewahren Sie im Geräteschuppen auf?«

Buchholz hielt das offensichtlich für eine dumme Frage. »Rasenmäher«, sagte er. »Besen. Harken. Gartenzeugs.«

»Was ist mit der Filteranlage?« fragte Kathryn. »Wie oft gehen Sie dorthin?«

Buchholz sah Jameson an, dann Burrows. »Ist das okay, daß sie Fragen stellt?«

Burrows gab darauf keine Antwort, wartete nur. Der alte Mann hob die Schultern, gab sich keine Mühe, seine Überraschung darüber zu verbergen, daß man ihn von einer Frau vernehmen ließ.

»Wie oft ich dahin geh? Ein-, zweimal die Woche vielleicht. In letzter Zeit nicht so oft.«

»Warum nicht?«

Buchholz sah Kathryn an und schüttelte den Kopf, wie man es mit jemandem tut, der einem lästig wird. »Sie erinnern sich, daß wir ein Erdbeben hatten?« fragte er geduldig. »Erinnern Sie sich, Lady?«

»Sicher«, sagte Kathryn, ließ sich von seiner Haltung ebensowenig stören wie von der Jamesons. »Was ist damit?«

»Nach dem Erdbeben gab es eine ... eine ...« Er machte eine Pause, sah Jameson an.

»Eine Absenkung«, soufflierte der Direktor.

»Jaja, eine Absenkung. Das Bauamt sagt, es ist nicht sicher.«

»Aber das ist über zwei Jahre her.«

Er hob seine schweren Schultern. »Ist immer noch nicht repariert. Ich hab es Dr. Jameson gesagt, stimmt's?«

»Da hat er recht«, bestätigte Jameson. »Ein halbes Dutzend Mal haben wir uns schon beim Bauamt beschwert, aber bei den Haushaltskürzungen ...« Er winkte ab und seufzte.

»Sie kümmern sich nicht drum. Also geh ich nur rein, wenn ich muß«, erklärte Buchholz.

Kathryn sah Granz an. Er wußte, was sie dachte.

»Und wann waren Sie zum letzten Mal dort, Mr. Buchholz?« erkundigte sie sich.

Buchholz runzelte die Stirn. »Ist wohl zehn Tage her.«

»Ich glaube, wir sollten besser mal nachsehen«, sagte Burrows. Jameson spürte, wie angespannt beide waren.

»Sie meinen ...?« fragte er.

Der Detective hob die Schultern. »Sehen wir nach.«

»Ich komme mit. Für den Fall ...« Wieder eine Handbewegung.

»Nein«, sagte Granz mit entschiedenem Ton. »Mr. Buchholz kann uns den Weg zeigen. Falls es etwas zu berichten gibt, informieren wir Sie sofort.«

Auf den Gängen drängten sie sich durch Schulklassen, die von einem Raum in den anderen wollten. Auf dem Innenhof hörte sie, wie jemand ihren Namen rief, und sah Richard Sanchez, gefolgt von einem großen, bärtigen Kameramann mit laufender Videokamera auf der Schulter.

»Was ist los? Haben Sie was gefunden?« wollte er wissen.

»Noch nicht«, erklärte Kathryn.

»Wo wollen Sie alle hin?«

»Wir sind auf dem Weg zu ein paar Nebengebäuden. Halten Sie sich bitte zurück, bis man Ihnen etwas anderes sagt.«

»Den Teufel werd ich tun«, sagte Sanchez. »Los, Tom.«

Er und sein Kameramann folgten Kathryn, als sie Granz, Burrows und dem Hausmeister über einen Weg hinterher hastete, der parallel zu den Klassenzimmern verlief. Ein unbefestigter Pfad führte hinter den flachen Bau, der das Schwimmbad beherbergte, und dann in kniehohes Unkraut an einem Stacheldrahtzaun.

Mitten auf dieser Wiese standen zwei geduckte Gebäude mit schweren Stahltüren nebeneinander. Das eine trug ein Schild PUMP- UND FILTERANLAGE. BETRETEN VERBOTEN. Buchholz hakte einen Schlüsselbund von seinem Gürtel. Mit lautem Klappern schloß er auf.

»Dreh das mit, Tom«, drängte Sanchez, und Kathryn hörte das Surren der Videokamera, als die schwere Tür aufging und hohl und metallisch an die Wand schlug. Jack Burrows drehte sich um und sah Sanchez und den Kameramann erst jetzt.

»Was zum ...?« Er hielt sich zurück und warf Kathryn einen Blick zu. Sie machte eine resignierte Geste. »Ich hab es ihm gesagt, Jack.«

Burrows nickte. »Tut mir leid, Mr. Sanchez«, erklärte er. »Sie werden draußen bleiben müssen. Das hier könnte ein Tatort sein. Ich kann nicht zulassen, daß Sie näher kommen.«

»Selbstverständlich, Detective«, sagte Sanchez und hielt die Handflächen hoch. »Kein Problem.«

Der Hausmeister suchte den Schalter. Neonlampen flackerten auf, erhellten den Innenraum nur wenig. Über einen kurzen Flur gelangte man in einen rechteckigen, betonierten Bereich. Unter Metallbögen zur Stützung der niedrigen Decke, führte ein Gewirr aus Leitungen zu riesigen Pumpen. Die Filteranlage rumpelte und summte. Die Luft war verbraucht und feucht und roch nach Chlor. Buchholz trat in ein kleines Büro und kam mit einer Taschenlampe wieder heraus.

»Was ist da hinten?« fragte Granz.

»Wartungsgrube, Werkstatt«, erwiderte Buchholz, der ihnen vorausging. »Ist dunkel da hinten.«

Sie machten etwa zehn Schritte, dann blieb der Hausmeister stehen, rümpfte die Nase.

»Mein Gott!« sagte er. »Was stinkt hier so?«

Jetzt konnten es alle riechen: ekelhaft süßlich und stechend. Burrows zog den Hausmeister zurück. »Okay, Mr. Buchholz«, seine Stimme klang streng, »hören Sie zu. Sie gehen jetzt zum Direktor. Er soll die Nummer auf dieser Karte anrufen und Bescheid sagen, daß wir hier oben eine Spurensicherungseinheit brauchen, Code drei. Verstanden?«

»Spurensicherungseinheit, Code drei«, wiederholte Buchholz, flach atmend, mit einem Nicken. »Ist das ...?«

»Tun Sie nur, worum ich Sie gebeten habe«, befahl Burrows. »Und lassen Sie mir bitte die Taschenlampe da.«

Buchholz reichte ihm die Lampe und ging. Burrows warf Granz einen düsteren Blick zu, und die beiden traten gemeinsam in die Dunkelheit im hinteren Teil des Gebäudes. Kathryn blieb ein paar Meter hinter ihnen. Der große Detective leuchtete in die Wartungsgrube hinab.

»Scheiße«, hörte Kathryn Granz sagen.

»Dave?« fragte sie.

»Noch eine«, gab er zurück, rang sich die Worte ab. »Junge Frau, nackt.«

Kathryn trat vor. Auf einer Seite stand eine Werkbank mit Werkzeugen darauf. Im Boden war eine Grube eingelassen, vielleicht zwei Meter tief. Am Boden lag – auf dem Rücken, Arme und Beine wie ein X abgespreizt – die schimmernd weiße Leiche einer jungen Frau.

»Sieht so aus, als hätte man sie genauso aufgeschnitten wie

die anderen«, bemerkte Granz. »Nicht viel Blut. Wahrscheinlich nur hier abgeladen.«

»Sieh dir das an«, sagte Burrows und richtete das Licht der Taschenlampe auf die Tote. Die Haut auf dem Bauch zeigte die grünlich-roten Flecken beginnender Verwesung. »Was meinst du, Dave?«

»Zwei Tage«, konstatierte Granz.

Plötzlich war der ganze Raum in grelles Licht getaucht. Erschrocken fuhren sie herum und sahen Richard Sanchez mit einem Scheinwerfer in der Hand herankommen, hinter ihm der KKSU-Kameramann. Eine Sekunde lang standen sie starr wie Figuren in einem Fries, dann plötzlich kam Burrows in Gang. Er rannte Sanchez und dem Kameramann entgegen, schlug die Kamera beiseite, stieß die beiden von der Grube weg.

»Hey, Vorsicht, Freundchen!« rief der Kameramann, als er sich zurückzog. »Das ist wertvolle Ausrüstung.«

»Dann schaff das Ding hier raus, bevor ich es dir über den Schädel zieh!« donnerte Burrows. »Du auch, Sanchez. Hau endlich ab, du elender Schleimer!«

»Jack.« Kathryn trat eilig neben ihn und legte eine Hand auf seinen Unterarm. Burrows preßte die Lippen zusammen, aber sie konnte den Zorn in ihm spüren. Kathryn drehte sich zu Sanchez um, der den Detective herausfordernd ansah.

»Das hier ist ein offizieller Tatort, Mr. Sanchez«, erklärte sie knapp. »Sie müssen sofort gehen. Und ich will Ihre Schuhabdrücke, sobald die Spurensicherung da ist.«

Sanchez zuckte mit den Schultern und tippte dem Kameramann an die Schulter. »Gehen wir, Tom.« Und verschwand ohne ein weiteres Wort.

»Ist das zu fassen?« sagte Burrows. Er hatte sich wieder unter Kontrolle, aber seine Stimme war ganz rauh vor Wut. »Ist das zu fassen?«

»Vergiß es«, beruhigte ihn Kathryn und nahm automatisch die Sache in die Hand, ohne lange darüber nachzudenken. »Sperr den Raum hier ab, Jack. Draußen auch. Hier kommt keiner rein, bis die Spurensicherung da ist. Schreib auf, um welche Uhrzeit wir reingekommen sind, wo wir und alle anderen gestanden haben. Ruf Dr. Nelson oder den stellvertretenden Coroner. Dave, du informierst Podnoretz. Und Walt Earhart am besten auch.«

Burrows trat an die Wartungsgrube. Er sah auf die nackte Leiche hinab. Seine Miene war kalt und böse.

»Scheißkerl«, sagte er leise. »Scheißkerl.«

Wen meint er? fragte sich Kathryn. Den Mörder? Oder Richard Sanchez?

16

Der Flur vor seinem Klassenraum war voll. Schüler standen dichtgedrängt in Trauben, und alle redeten durcheinander.

»Was ist hier los?« wandte er sich an einen von ihnen.

»Da ist noch eine«, sagte jemand. »Noch ein ermordetes Mädchen.«

Dann hatte man sie also gefunden. Das war schnell gegangen.

»Weiß man, wer es ist?«

»Keine Ahnung, Sir.«

Die Klassenzimmer lagen in einem langen, vierstöckigen Gebäude mit Flügelfenstern und breiten Treppen, die zu Glastüren hinauf führten. Er ging den Flur entlang und hinaus auf den Innenhof an der Rückseite des Hauptgebäudes. An den anderen Seiten war der Hof begrenzt von der Aula, dem Theater und dem Hauptverwaltungsgebäude, das nach Westen zum Cabrillo Park blickte. Er konnte die Blinklichter der Polizeiwagen drüben beim Schwimmbad sehen.

Während er auf dem Weg dorthin war, trafen inzwischen die Spurensicherung und die Leute des Coroners ein. Ein massiger Mann im dunkelgrauen Sommeranzug, den er als Lieutenant Walt Earhart wiedererkannte, sah sich an, wie vier Polizisten den Bereich mit gelbem Plastikband absperrten, um neugierige Schüler auf Distanz zu halten.

Und Kathryn Mackay war da, stand am Eingang zum Wartungsgebäude. Hallo Kathryn, dachte er. Einige Männer zogen weiße Papieroveralls, Schutzmasken, Überschuhe und Latexhandschuhe an. Das Spurensicherungsteam, dachte er. Die sorgen dafür, daß der Tatort unberührt bleibt. Schutzkleidung, damit sie nicht ihr eigenes Haar oder Fasern ihrer

Kleidung verstreuen, während ein Beamter an der Tür die Namen aller aufschrieb, die den Tatort betraten, für den Fall, daß ihre Finger- oder Schuhabdrücke später gebraucht würden, um einen verdächtigen Abdruck in der Nähe der Leiche auszuklammern. Das wird nichts bringen, Jungs.

Er sah, daß Richard Sanchez zu Kathryn Mackay ging, und schob sich näher heran, um zu verstehen, was sie sagten. Einer der Polizisten legte ihm eine Hand auf die Brust.

»Bleiben Sie zurück, bitte. Da gibt es nichts zu sehen. Bitte bleiben Sie zurück.«

Was Sanchez auch sagen mochte, es machte Kathryn Makkay wütend. Er sah, daß Sanchez beide Arme ausbreitete.

»Erschießen Sie mich doch. Erschießen Sie mich!« sagte Sanchez. »Ich hab getan, wofür ich bezahlt werde.«

Während er sprach, kam ein weiterer Wagen schaukelnd an der Absperrung zum Stehen. Drei Männer stiegen aus. Einer von ihnen hob die Hand, grüßte Kathryn Mackay und wollte hineingehen. Zwei weitere Männer folgten ihm: Einer davon trug eine Videokamera. Erwartungsvoll sahen sie Earhart an, der gerade aus dem Gebäude gekommen war.

»Was gibt's, Lieutenant?« fragte der mit der Kamera.

»Junge Frau«, erklärte Earhart. »Besorgt euch ein paar Atemmasken. Ist nicht gerade angenehm da drinnen.«

»Wann war es das schon mal?« sagte der Mann. Der zweite nahm seine Tasche und folgte ihm hinein. Earhart drehte sich um, sah Sanchez zum ersten Mal.

»Mr. Sanchez«, sagte er. »Würde es Ihnen was ausmachen, Ihre Leute auf der anderen Seite der Absperrung zu halten?«

»Dreißig Sekunden für diese Einstellung, Lieutenant«, gab Sanchez zurück, die Anordnung mißachtend. »Fertig, Pete?«

»Bei fünf«, sagte der Aufnahmeleiter. »Okay, neun, acht, sieben, sechs ...«

»Guten Abend.« Sanchez lächelte in die Kamera, als die Scheinwerfer angingen. »Hier ist Richard Sanchez, Cabrillo

Park High School, Santa Rita. *Hier und Jetzt* hat sich eine dramatische Entwicklung der makabren Morde ergeben, die unser County erschüttern. Mehr dazu in wenigen Minuten.«

Wirklich grotesk, dachte Lee, als Sanchez sich von der Kamera abwandte, wenn ein Mann mit solcher Ernsthaftigkeit und Überzeugung in eine elektronische Kiste lächelt und zu ihr spricht, als wäre sie ein Mensch.

»Steve?« fragte Sanchez.

Ein Mann, der über einen Monitor gebeugt stand, hörte zu, die Augen himmelwärts gewandt, dann nahm er seine Kopfhörer ab und nickte, hob den Daumen, um zu zeigen, daß der Take okay war. Sanchez wandte sich Earhart zu. »Lieutenant? Wie wär's, wenn Sie einen kleinen Kommentar abgeben würden?«

Man muß ihn einfach bewundern, und sei es nur für seine Unverfrorenheit, dachte Lee.

»Tut mir leid, Mr. Sanchez«, antwortete der Detective bemüht höflich. »Es wird nachher eine offizielle Stellungnahme geben. Momentan kann ich Ihnen nichts sagen.«

Sanchez wollte gerade etwas erwidern, als jemand seinen Namen rief. Die Leichenkarre wurde herausgerollt. Sie sah aus wie ein seltsamer Käfer auf Rädern. Lee war überrascht, wie viele Menschen da waren. Immer mehr Presse traf ein.

Sanchez rannte los. Der Kameramann hievte sein Gerät auf die Schulter, der Tonmann trabte hinterher, richtete sein Mikro auf alles mögliche. Oben auf dem Fernsehwagen drehte einer die Scheinwerfer, um die Szene zu beleuchten, als die Leichenkarre in den Wagen des Coroners geladen wurde. Lee hörte das mechanische Geschnatter motorgetriebener Fotoapparate und sah sie aufblitzen, als der Wagen anfuhr. Kurze Zeit später kam Sanchez zurück. Die anderen Reporter drängten sich noch immer am Eingang zur Filteranlage. Sie sind alle wie Sanchez, dachte er. Alle warten auf ihre Chance, irgendeine, egal welche. Hier drüben steht eure große Story, Jungs, dachte er. Wenn Ihr nur wüßtet ...

Die Menge löste sich auf. Er wäre gern geblieben, wollte aber keine Aufmerksamkeit erregen. Einige Schüler drängten sich um das Fernsehteam. Er schlenderte hinüber.

»Hallo, Mr. Russell«, grüßte ein Mädchen. Er erkannte sie. Diana? Dana. Dana Kinsley. »Ist das nicht furchtbar?«

»Ich weiß immer noch nicht genau, was los ist«, sagte er. »Jemand wurde ermordet, oder was?«

Das Mädchen ignorierte ihn, wandte sich ab, als Peterson, der Aufnahmeleiter, dem Team Anweisungen gab und die Scheinwerfer herumgedreht wurden. Kathryn Mackay folgte Sanchez in das künstliche Sonnenlicht, stellte sich hin, wo der Aufnahmeleiter sie haben wollte. Lee beobachtete, wie Sanchez sich vor der Kamera postierte. Sein Auftreten hatte sich verändert. Er schien gelassen, fast unbeteiligt. Nur seine Augen verrieten die innere Nervosität.

»Hier ist Richard Sanchez. Wieder sind wir in der Cabrillo Park High School, Santa Rita«, sagte er. »Kommen wir gleich zur neuesten Entwicklung der Mordserie, die uns alle erschüttert. Vor etwa einer halben Stunde wurde hier die Leiche einer jungen Frau entdeckt, im Wartungstrakt, den sie hinter mir sehen. Bisher wissen wir nur, daß sie Barbara hieß. Gerade haben Sie sehen können, wie ihre Leiche zur Gerichtsmedizin abtransportiert wurde.«

Er wandte sich Kathryn Mackay zu. Sie wirkt angespannt, dachte Lee. Er wollte näher heran, um besser zu hören.

»Hier bei mir habe ich die Stellvertretende Bezirksstaatsanwältin Kathryn Mackay. Miss Mackay, was können Sie uns über das Opfer sagen?«

»Ich kann Ihren Worten nicht viel hinzufügen. Die Tote ist eine junge Frau zwischen achtzehn und einundzwanzig Jahren mit langem, dunkelbraunem Haar und braunen Augen. Sie ist einsachtundsechzig groß ...«

»Hispanischer Abstammung?«

»Ja.«

»Und wie wurde sie ermordet?«

»Die Untersuchung deutet darauf hin, daß sie erwürgt wurde. Aber wir können erst nach der Obduktion völlig sicher sein.«

»War die Leiche, die heute gefunden wurde, verstümmelt?«

»Ja.«

»Auf dieselbe Art und Weise wie die anderen?«

»Das läßt sich erst mit Gewißheit sagen, wenn eine Obduktion durchgeführt wurde.«

»›Extreme Verstümmelungen im Genitalbereich‹ lautete die Formulierung, Miss Mackay. Trifft das auch hier zu?«

»Dazu kann ich nichts sagen.«

»Aber Sie streiten es nicht ab?«

»Ich streite es weder ab, noch bestätige ich es«, lautete Kathryn Mackays Antwort. Sie ist sauer, dachte Lee, und versucht, es nicht zu zeigen. »Und bis der Pathologe seine Untersuchung abgeschlossen hat, kann auch sonst niemand es bestätigen.«

Sanchez wandte sich ab und sah in die Kamera.

»Das war die Stellvertretende Bezirksstaatsanwältin Kathryn Mackay. Aus anderer Quelle wissen wir, daß die Leiche tatsächlich ebenso verstümmelt war wie die Toten von Shelter Island und Sedgewick Park. Zweifelsohne handelt es sich hier um das jüngste Opfer des grausamen Serienmörders, der die Straßen von Santa Rita unsicher macht. Richard Sanchez, *Hier und Jetzt,* Cabrillo Park High School.«

Er stierte in die Kamera, hielt die ehrlich besorgte Miene, bis der Kameramann fertig war. Dann holte er tief Luft und atmete langsam aus. Es schien ihn zu überraschen, daß Kathryn Mackay noch da war. Lee war so vertieft, daß er nicht merkte, wie seine Schüler sich zerstreuten, bis die massige Gestalt eines Polizisten neben ihm auftauchte.

»Also gut, Meister, ab die Post, hier gibt es nichts mehr zu sehen«, erklärte der Mann. »Gehen Sie bitte.«

»Schon gut, ich arbeite hier an der Schule«, sagte er.

»Tut mir leid, Sir«, gab der Polizist ungerührt zurück. »Sie müssen trotzdem gehen. Dieser Bereich ist gesperrt.«

»Natürlich«, sagte Lee. Er konnte sehen, daß Earhart und Sanchez einander finster begutachteten, und wünschte, er hätte hören können, was sie sagten. Als er ging, löschten die Techniker die Scheinwerfer, und Sanchez winkte den KKSU-Wagen heran. Er überholte Lee auf dem Innenhof vor dem Verwaltungsgebäude. Sanchez saß im Fond, mit angespannter Miene. Lee lächelte.

Alles zu seiner Zeit, dachte er. Alles zu seiner Zeit.

Dave Granz überließ seinen Wagen Jack Burrows und fuhr mit Kathryn zurück. Gedankenverloren saß er da, während sie den Mazda durch den dichten Verkehr fädelte, sagte erst auf dem Parkplatz vor dem County Building wieder etwas.

»Willst du was essen?« fragte er. Kathryn schüttelte den Kopf. »Komm trotzdem mit in die Cafeteria.«

Sie gingen ins Kellergeschoß. An den Wänden stapelten sich veraltete Computerterminals, die abgeholt werden sollten. Vor dem Parkscheinfenster standen schon sechs oder sieben Leute in der Schlange und warteten, daß um zwei geöffnet wurde. Granz holte schwarzen Kaffee und Schokoladenkuchen. Sie setzten sich an einen Tisch unter dem Pop-Art-Wandgemälde von Santa Rita.

»Ich hab nachgedacht«, sagte Dave. »Über dich und Sanchez.«

»Über mich und Sanchez? Dieser Typ ist ... ich weiß kein Wort dafür. Es ist, als hätte er überhaupt kein Gewissen.«

»Sie müssen es sich entfernen lassen, wie bei einer Lobotomie. Sonst dürfen sie nicht beim Fernsehen arbeiten. Nein, ich meine, da läuft so ein Respekt-Ding zwischen euch. Ihr seid euch ähnlich.«

»Dave, du hast das Interview nicht gesehen.«

»Hör zu«, sagte er. »Ich hab oben an der Schule mit Peterson gesprochen, dem Aufnahmeleiter. Ich hab ihm ein paar Tatortbilder versprochen, sobald die Spurensicherung da war. Er wurde richtig gesprächig, hat erzählt, daß Sanchez aus diesem Fall eine bundesweite Sendung machen will.«

»Na und? Wir können ihn nicht daran hindern.«

»Ich will ihn nicht daran hindern. Ich will, daß er glaubt, wir wären auf seiner Seite.«

»Hast du den Verstand verloren?«

»Ach, komm schon, Kathryn, du weißt, ich will dich nicht wirklich an ihn verkaufen. Aber er wüßte es ja nicht. Wenn er glauben würde, daß er dich in der Tasche hat, könnten wir ihm alle möglichen Fehlinformationen geben. Vielleicht bringen wir den Killer dazu, einen Fehler zu begehen.«

»Sanchez ist gierig, aber nicht dumm. Er würde sofort wissen, daß wir ihn für dumm verkaufen. Vergiß nicht, daß er noch andere Quellen im Sheriff's Department haben muß. Vielleicht sogar bei der Staatsanwaltschaft.«

»Es muß irgendeine Möglichkeit geben, diesem verdammten Killer was nachzuweisen. Wir müssen ihn zu irgendwas provozieren, egal was, damit wir eine Spur kriegen.«

»Ich würde es mir auch wünschen, Dave. Aber wir werden ihn nicht kriegen, indem wir Sanchez benutzen. Selbst wenn wir es könnten, wäre es für mich nicht der richtige Weg.«

»Wahrscheinlich hast du recht. Ich wünschte nur, wir könnten den Scheißkerl mit seinen eigenen Waffen schlagen.«

»Unser Tag wird kommen«, versicherte Kathryn.

»An diesem Gedanken werde ich mich laben.« Dave grinste. »Hast du später noch was vor?«

»Früh ins Bett.«

»Wie wär's, wenn ich vorbeikäme? Wir könnten reden.«

»Worüber?«

Dave zögerte einen Moment, dann zuckte er mit den Schultern. »Irgendwas«, sagte er. »Alles mögliche.«

»Warum nicht?«

»Deine Begeisterung ist überwältigend«, sagte Dave und tippte ihr an die Nasenspitze. »Paßt dir acht Uhr?«

»Lieber halb neun.«

Sie rannte die Treppe hinauf und durch das ganze Gebäude und betrat gerade den Saal Zwei, als Harry Greenbaum mit den Geschworenen hereinkam.

Spätabendliches Sonnenlicht fiel wie ein Tigermuster durch die staubigen Jalousien auf den abgewetzten Teppich. Er saß in seinem Arbeitszimmer und dachte an Barbara. Er sah sie vor sich, wie sie auf dem Bett lag, ein weißes *X* im Halbdunkel, unerträgliches Entsetzen im Blick. Er kippte seinen Ruhesessel zurück und schloß die Augen. *Er befreite ihre Hände und Füße, und sie legte die Arme um seinen Hals, ihr Mund ganz nah an seinem. Ihre Haut war heiß.*

»Sag mir, wie du es möchtest«, flüsterte sie.

Lust pochte in seinen Lenden, als er aufstand, zum Schreibtisch ging und die mittlere Schublade aufzog. Er nahm die Unterhose heraus, die er ihr abgeschnitten hatte. Sie roch nach ihr. Er vergrub sein Gesicht darin.

»Mach schnell«, flüsterte sie.

Unbeholfen, ungeduldig, öffnete er seine Hosen, und mit dem Gesicht in den Resten ihrer Unterhose masturbierte er. Er kam schnell zum Orgasmus. Als es vorbei war, wischte er sich mit dem zerknitterten Fetzen ab und warf ihn in die Schreibtischschublade. Seine Gedanken wirbelten durch die Jahre, all die Jahre ...

Und er war wieder in seinem Zimmer, gerade vom Strand zurück. Er hatte in der Sonne gelegen und wollte prüfen, wie er aussah. In Shorts stand er vor dem Spiegel, als Lynda hereinkam. Lynda.

Hola, hermano, sagte sie. Was treibst du da?

Nichts, sagte er. Nichts. Die Worte blieben ihm im Hals

stecken. Sie trug einen knappen Slip. Weiter nichts. Seine Ohren fühlten sich heiß an.

»Hat dir schon mal eine gesagt, daß du gut gebaut bist?« Sie legte eine Hand auf seinen Rücken. »Heiß, *cholo?*«

»Äh ... ich ...« Er konnte kein Wort hervorbringen, nahm nur noch dieses ohrenbetäubende Hämmern im Kopf wahr. Sie schob ihre Hand nach vorn, streichelte, rieb seinen harten Bauch. Er spürte ihre Finger unter dem Gummiband seincr Shorts.

»Das gefällt dir, was?«

Sie preßte sich an ihn, und er fühlte ihre heiße Feuchtigkeit an seinem Rücken, ihren weichen, runden Bauch. Die Finger wanderten tiefer, kreiselnd, streichelnd, gruben sich in das Haar an seinem Unterleib. Als sie ihn umfaßte, stöhnte er auf, unfähig, sich zu rühren, bebend am ganzen Körper. Ganz, ganz langsam fuhr ihre Hand auf und ab.

»Schön, eh, *cholo?*« flüsterte sie. »Sag mal, willst du's mir machen?«

»Oh, mein Gott, ja, ja!« sagte er und drehte sich, als sie die Shorts von seinen Hüften schob. Unbeholfen versuchte er, sie zu küssen, aber sie wich ihm aus, trat einen Schritt zurück. Und er stand da mit seiner Erektion.

Dann lachte sie. Zeigte auf ihn. *Dahin.*

»Sieh dich an! Weißt du, wie stupido du aussiehst?« Sie lachte. »Meinst du wirklich, ich tu es mit *dir,* hey, du meinst, ich laß dich ran? Meinst du, mich interessiert dein Ding da? Hab schon Babys mit längeren Schwänze gesehen. Sogar Shrimps sind dicker! Du bist *lächerlich,* weißt du das? Lächerlich!«

Denk nicht an sie. Denk an Barbara. Bis jetzt war sie die Beste gewesen. Irgendwo heulte eine Sirene, und er verspannte sich. Dann lächelte er. Niemals, dachte er. Der dummdreiste Sheriff? IQ einer Folienkartoffel. Die schwachsinnigen Pseudoexperten? Vergiß es. Er verstand mehr von Psychologie, als die jemals wissen würden, und sie hatten längst bewiesen, daß sie ihre eigenen Ärsche nicht mal bei Festbeleuchtung finden konnten. Kathryn Mackay hatte ihn dumm genannt. Memme. All diese Worte. Sie wußte nicht, wie gefährlich es war, ihn wütend zu machen. Sie sollte ihr Maul besser nicht so weit aufreißen. Besser nicht.

Er sah zur Uhr. Zeit für die Nachrichten. Er machte den Fernseher an. Der Bildschirm flackerte im Halbdunkel. Desinteressiert sah er, wie Steve Brace und Jane Brondini ihre abendliche Routine abspulten, wartete, daß sie zu den Regionalnachrichten kamen.

»Eine schockierende Entwicklung im Fall des Serienmörders stellte heute die Behörden von Santa Rita vor ein Rätsel«, sagte Jane Brondini. »Richard Sanchez weiß Näheres.«

Ihre Worte wurden von der eindringlichen Titelmusik verschluckt, die Richard Sanchez ankündigte. Das war es, worauf er gewartet hatte. Er stellte die Bierdose auf den Boden und beugte sich vor, stützte seine Arme auf die Oberschenkel. Cabrillo Park High wurde gezeigt. Sanchez den Hinweis zu schicken war eine Eingebung gewesen. Er hatte exakt so reagiert wie erwartet. Sehr gut, *cholo,* dachte er.

»... dramatische Entwicklung der makabren Morde, die unser County erschüttern«, sagte Sanchez gerade. »Mehr dazu in wenigen Minuten.«

Ein Fettsack im Polyesteranzug plapperte von tollen Autos, Billigkrediten, Inzahlungnahme. Kommt alle, sagte er und schwitzte wie ein Schwein. *Dan, Dan, the Nissan Man.*

»Scheißwerbung«, zischte Lee den Fernseher an. »Hau ab, du fette Sau.«

Die Titelmusik schwoll an und verging. Sanchez kam auf den Bildschirm. Scheinwerfer färbten seine Haut gelb ein.

»Hier ist Richard Sanchez. Wieder sind wir in der Cabrillo Park High School, Santa Rita. Kommen wir gleich zur neuesten Entwicklung der Mordserie, die uns alle erschüttert ...«

Im abgedunkelten Zimmer sah er, wie die Leichenkarre zum Wagen gerollt wurde, während Sanchez aus dem Off die Geschichte ihrer Entdeckung erzählte. Lee lächelte. Goodbye, Barbara. Er überlegte, ob ihnen das Haar aufgefallen war. Sie waren solche Dummköpfe. Wahrscheinlich nicht. Beim nächsten Mal würde er ihnen die Sache etwas erschweren.

»Hier bei mir habe ich die Stellvertretende Bezirksstaatsanwältin Kathryn Mackay. Miss Mackay, was können Sie uns über das Opfer sagen?«

Hallo, Schlampe. Lee sah genau hin, als sie Sanchez' Fragen beantwortete. Sie wirkte leicht defensiv. Auf der Hut, dachte er. Sie traut Sanchez nicht. Kluges Kind.

»War die Leiche, die heute gefunden wurde, verstümmelt?«

»Ja.«

»Auf dieselbe Art und Weise wie die anderen?«

»Das läßt sich erst mit Sicherheit sagen, wenn eine Obduktion durchgeführt wurde.«

»›Extreme Verstümmelungen im Genitalbereich‹ lautete die Formulierung, Miss Mackay. Trifft das auch hier zu?« Sanchez' Stimme war schroff, fordernd. Wieder lächelte Lee. Bring die Schlampe zum Schwitzen, *cholo.*

»Dazu kann ich nichts sagen.« Jetzt war sie wütend. Dich krieg ich auch noch, Kathryn, dachte Lee. Nach zwei weiteren Fragen beendete Sanchez das Interview und wandte sich der Kamera zu.

» ... zweifelsohne handelt es sich hier um das jüngste Opfer des grausamen Serienmörders, der die Straßen von Santa Rita unsicher macht. Warten Sie, was noch kommt. Bis gleich.«

Bravo, *cholo,* dachte Lee. Stimmt genau. Warte, was noch kommt. Er nahm die Bierdose und trank sie aus.

17

»Also dann, Mac«, sagte Hal Benton forsch. »Fangen wir an.«

Die Gespräche verstummten, und alle Anwesenden suchten sich einen Platz. Nach dem dritten Mord hatte Benton tägliche Besprechungen eingeführt, um auf dem laufenden zu bleiben. Abgehalten wurden sie in der Mittagspause, wo immer ein Raum frei war, heute im Konferenzzimmer. Benton saß auf seinem Stammplatz am Kopfende des Tisches, Mac zu seiner Rechten und Norm Podnoretz gegenüber.

»Uns läuft die Zeit weg«, sagte McCaskill. »Walt, fängst du mit der Cabrillo-Park-Sache an?«

»Zwei Stunden nach Veröffentlichung der Phantomzeichnung war die Tote identifiziert«, erklärte Earhart. »Sie hieß Barbara Gates. Sie war neunzehn. Studierte an der USCR.«

Die »University of California at Santa Rita« war eine wunderschöne, bewaldete Enklave nordwestlich der Stadt in University Heights, für Einheimische nur »The Heights«.

»Wieso hat niemand sie vermißt gemeldet?« wollte McCaskill wissen.

»Üble Sache«, sagte Dave Granz. »Sie wohnte bei ihren Eltern in Alameda Heights. Die waren auf einer zweiwöchigen Reise nach Antigua, sind erst gestern abend zurückgekommen. Barbara war nicht da, hatte nicht in ihrem Bett geschlafen. Der Hund hatte alles vollgeschissen. Sie wollten sie gerade melden, als ihr Vater das Bild in der Zeitung gesehen hat.«

»Hat jemand mit ihnen gesprochen?«

Dave nickte. »Ich war mit Jack Burrows oben. Der Vater ist Marketingmensch bei Olympus Foods in Catalina, die Mutter Spanierin, arbeitet teilzeit als Krankenschwester im County Hospital. Sie haben voll kooperiert, haben uns alles gegeben, was wir haben wollten. Wir haben die Tagebücher des Mädchens, Briefe, Jahrbücher, Fotoalben, alles. Jack arbeitet sie gerade durch, deswegen ist er nicht hier.«

»Was ist mit Freunden? Mit Jungen?« fragte McCaskill.

»Nur einer. Er heißt Ted Baker, studiert an der Uni, wohnt in der Nachbarschaft. Wir haben mit ihm gesprochen. Er sagt, sie wären fast sechs Monate zusammen gewesen, hätten sich aber vor drei Wochen getrennt.«

»Ist da irgendwas?«

»Ach was, das sind doch Kinder.«

»Das waren Leopold und Loeb auch«, knurrte Benton.

Granz grinste. »Baker hatte Barbara seit der Trennung nicht gesehen. Sagt, er hätte in den letzten zwei Wochen ein paarmal versucht, sie anzurufen, und hätte Nachrichten hinterlassen, aber da sie sich nicht meldete, dachte er, daß sie wohl nicht mit ihm reden wollte.«

»Wieso sind sie auseinander?«

»Ihre Idee. Er wollte sich verloben, aber sie wollte sich erst binden, wenn sie das College hinter sich hatte.«

»Könnte ein Motiv sein. Haben wir ihn überprüft, Walt?«

»Natürlich«, erwiderte Earhart ungeduldig. »Er hätte uns kaum eine größere Hilfe sein können. Hat sich freiwillig zu allem bereit erklärt, hat Abdrücke und Blutproben nehmen lassen. Wir prüfen alles nach, aber ...« Er zuckte ratlos mit den Schultern. Baker war für ihn kein Thema.

»Was ist mit der Familie, Freunden, Lehrern, Nachbarn?« fragte McAllister.

»Himmel, Mac, wir tun unser Bestes. Du weißt, wieviel wir zu tun haben. Im Moment steck ich bis zum Hals in Arbeit.«

»Sagen Sie mir trotzdem, was Sie haben«, sagte Benton.

»Okay, das meiste wissen Sie. Offenbar wurde das Mädchen nicht am Fundort ermordet. Alles ist wie sonst. Ziemlich sicher handelt es sich um denselben Killer. Da sind einige Parallelen. Verschlüsselte Nachricht, kleiner Schnitt am Oberschenkel,

Verstümmelungen im Genitalbereich. Doc Nelson sagt, die Todeszeit wäre unmöglich zu bestimmen.«

»Was, schon wieder?« fragte Benton ärgerlich.

»Ja, schon wieder«, bestätigte Kathryn. »Er sagt, wenn Sie wollen, könnte er raten, aber es würde nichts ändern. Sicher wissen wir nur, daß Buchholz, der Hausmeister, seit Montag, dem 24. Juni, nicht mehr in jenem Gebäude war.«

»Angenommen also, der Mörder hätte das Mädchen entführt, als ihre Eltern gerade abgereist waren, sagen wir: vor zehn Tagen«, spekulierte Granz. »Danach könnte er sie jederzeit ermordet und die Leiche aufbewahrt haben, bis er bereit war, sie wegzubringen.«

»Aufbewahrt?« McCaskill beugte sich vor, runzelte die Stirn. »Wie das? In der Tiefkühltruhe?«

»Nicht in der Tiefkühltruhe«, unterbrach Kathryn. »Ich habe Doc gefragt. Er sagt, das Einfrieren ruft Gewebeveränderungen hervor, die ein Pathologe sofort erkennt.«

»Sowas weiß nicht jeder. Vielleicht ist der Kerl eine Art Kühltechniker?«

»Nicht unbedingt«, erklärte Podnoretz. »Er könnte in eine Bücherei gehen und es in fünf Minuten rausfinden. Eine Leiche läßt sich eine ganze Weile in fast perfektem Zustand erhalten, vorausgesetzt, die Temperatur bleibt irgendwo zwischen null und vier Grad Celsius. Die Verwesung setzt erst ein, wenn man die Leiche schwankenden Temperaturen aussetzt.«

»Und das macht der Killer?« fragte Benton. »Er bewahrt die Leiche irgendwo in einem kühlen Raum auf?«

»Wir wissen es nicht, Hal.« Granz' Stimme klang müde. »Es wäre möglich. Wenn er einen gut isolierten Raum hat, wenn er die Klimaanlage voll aufdreht ... es wäre möglich. Vielleicht hat er sie während der Feiertage am 4. Juli hingeschafft. Oder er hat das Mädchen Freitagabend ermordet und gleich raufgebracht. Nach den greifbaren Beweisen zu urteilen wäre auch das möglich. Nelson kann unmöglich sagen, was stimmt.«

»Trotzdem gefällt mir die Idee mit dem Techniker. Gibt es denn keine Möglichkeit, diese Kühlraum-Sache zu checken? Was ist mit den Kühlhäusern für Fleisch oder Gemüse?«

»Halblang, Hal«, sagte Earhart. »Allein in Catalina dürfte es gut zweihundert Kühlhäuser geben. Ganz zu schweigen vom Rest des County. So viele Leute haben wir nicht.«

»Wo du Catalina sagst ...« warf Podnoretz ein. »Die meisten Leute, die in diesen Lagerhäusern arbeiten, sind hispanischer Abstammung. Wir haben hispanische Opfer. Suchen wir hier einen hispanischen Mörder?«

»Das ist gut möglich.«

»Okay, bleiben wir mal dabei. Männlicher Latino, arbeitet in oder um Catalina, vielleicht eine Art Techniker, uneingeschränkter Zugang zu einer Art Lagerhalle ...«

»Sie dürfte nicht oft benutzt werden«, sagte Kathryn. »Der Mann muß ungestört sein. Da darf keiner reinplatzen.«

»Okay, okay, war nur so eine Idee«, reagierte Benton ungeduldig. »Noch irgendwas?«

»Wir haben Finger- und Schuhabdrücke«, erklärte Dave. »Aber ehrlich gesagt bezweifle ich, daß der Mörder so dumm war, welche zu hinterlassen. Die Leiche war nackt, also können wir keine Kleidung untersuchen. Kein Blut, kein Sperma, keine Schleifspuren. Nelson sagt, die Leiche wurde gewaschen, wieder mit der selben Seife.« Granz sah in seine Notizen. »Draußen weder Reifen- noch Fußspuren. Die Zufahrtstraßen sind asphaltiert. Wir haben ein paar Spuren auf weichem Untergrund vor der Filteranlage. Sie könnten von Fahrradreifen stammen oder auch nur von einem Rollstuhl.«

»Er hat die Leiche im Rollstuhl hingebracht?«

»Es ist eine Möglichkeit, die wir in Betracht ziehen. Es könnte erklären, wieso ihn niemand bemerkt hat.«

»Und wieso es keine Schleifspuren gibt«, fügte Podnoretz hinzu.

»Dave, was noch?«

»Ich will noch mal mit den Eltern sprechen«, sagte Dave. »Mit Schulfreunden, Lehrern, Verwandten, sobald ich dazu komme. Vielleicht kann Kathryn ein Opferprofil erstellen.«

Benton sah Kathryn direkt an. »Was meinen Sie, Kathryn? Wollen Sie es versuchen, oder meinen Sie, wir sollten besser Ihren Psychologenfreund aus Sacramento hinzuziehen?«

»Was kann er uns mehr erzählen als Kathryn?« fragte Granz.

»Kommen Sie, Dave, der Mann ist Spezialist.«

»Das war der Mann, der die *Titanic* entworfen hat, auch«, gab Dave trotzig zurück. »Von Spezialisten kriegt man nur Theorien. Wir brauchen Antworten. Und in diesem Fall liegen die Antworten da draußen, wo es passiert ist.«

»Kathryn?«

Sie wählte die diplomatische Antwort. »Ohne weitere Informationen wüßte ich nicht, was Giordano tun könnte. Aber wenn Sie glauben, es wäre den Versuch wert, dann los.«

»Das besprechen wir später«, erwiderte Benton. »Bevor wir weitergehen, möchte ich kurz zu Richard Sanchez kommen. Ich denke, die meisten von Ihnen haben sein Interview mit Jack Gylam und Kathryn gesehen. Gestern abend hat er uns schon wieder dumm dastehen lassen. Das paßt mir nicht. Irgendjemand schiebt ihm Informationen zu, und ich möchte wissen, wer. Das hat für mich absolute Priorität.«

»Himmelarsch, knapp zweihundert Leute arbeiten für die Behörden«, sagte Pete Avery, einer der Ermittler. »Jeder davon könnte es sein. Oder vielleicht mehr als einer.«

»Und wenn es am Ende der ganze Mormonen-Tabernakel-Chor ist. Es gibt eine undichte Stelle, und die wird gestopft«, erklärte Benton.

»Hören Sie, Hal«, sagte Mac. Er sah Kathryn dabei an. »Ich weiß nicht, ob ich es ansprechen soll oder nicht.«

»Was denn?« fragte Benton gereizt.

»Greta Brotherton kam vor der Besprechung zu mir. Sie sagte, sie wüßte, wer Sanchez die Informationen zuschiebt.«

Greta Brotherton gehörte zum dem Team, das sich mit kleineren Vergehen beschäftigte. Eine große Blondine Mitte dreißig, getrennt lebend, eher auffällig als hübsch, mit hohen Wangenknochen und hellblauen Augen, die zu sagen schienen: Komm schon, Baby, mach mich an. Die meisten Alleinstehenden und ein bis zwei Verheiratete hatten versucht, sich mit ihr zu verabreden. Sie sagte nie zu, aber auch nie wirklich ab. Die Jungs nannten sie die Eisige Jungfrau. Und noch ein oder zwei andere Namen.

Benton setzte sich auf. »Wer?«

»Kathryn.«

Kathryn fühlte, wie ihr Gesicht ganz starr wurde. »Was sagst du da?« fuhr sie ihn an.

»Ich weiß, ich weiß«, sagte Mac und hielt die Handflächen hoch. »Aber das hat sie behauptet.«

»Holt sie hier rein«, rief Kathryn wütend. »Das soll sie mir ins Gesicht sagen.«

»Dazu besteht kein Grund, Kathryn«, beruhigte sie Mac. »Sag ihnen einfach, daß es nicht stimmt, und das wär's dann.«

»Erzähl mir erst, was sie genau gesagt hat.«

»Sie sagt, Sanchez hätte dir einen Deal angeboten. Du gibst ihm Informationen, und er bringt dich in die Talkshows, damit du bei der Wahl zur Bezirksstaatsanwältin gut dastehst.«

Kathryn sah Hal Benton an. Er beobachtete sie.

»Wer hat ihr das erzählt?« fragte sie Mac.

»Du streitest es nicht ab?«

»Nein, tu ich nicht«, antwortete Kathryn, hielt ihre Wut im Zaum. »Sanchez hat mich zum Essen eingeladen. Hal, du wußtest davon. Und er wollte mich überreden, ihm Informationen zu geben. Ich habe es rundweg abgelehnt.«

»Greta sagt, du wolltest es dir überlegen.«

»Weißt du, ich dachte nicht, daß ich jemals über eine andere Frau so reden würde«, gab Kathryn zurück. »Aber Greta Brotherton ist eine reichlich dämliche Blondine.«

Benton ging dazwischen. »Wir sollten keine Zeit mehr damit vergeuden, Mac. Kathryn sagt, sie hat Sanchez abgewiesen. Das genügt mir. Greta liegt daneben. Wer immer Sanchez' Informant ist, auf keinen Fall ist es Kathryn.«

»Greta versichert, sie hätte es gehört, und meinte, wir sollten es wissen«, sagte Mac.

»Und nichts für ungut, ja?« sagte Kathryn.

»Ich möchte, daß Sie das vergessen, Kathryn«, sagte Benton. »Ich werde mit Greta sprechen. Verstanden?«

Sie holte tief Luft und atmete langsam aus.

»Wie Sie wollen, Hal«, sagte sie, obwohl sie noch immer geladen war. Warum kam jemand, mit dem man jahrelang gearbeitet hatte, plötzlich mit so einer Geschichte daher? Warum wollte Greta Brotherton ihr Schwierigkeiten machen? Was um alles in der Welt war in diese Frau gefahren? Sie sah Granz an. Er lächelte betreten, hob eine Schulter: Was weiß ich?

»Sind wir hier fertig, Mac?« fragte Benton.

»Das war's, glaube ich. Wenn nicht noch jemand was hat?«

Mit dieser säuerlichen Bemerkung kehrten sie zu ihren Pflichten zurück. Am Schreibtisch machte sich Kathryn über den Papierkram her, versuchte, zu verdrängen, was passiert war. Aber so sehr sie sich auch bemühte, mußte sie doch dauernd an Gretas boshafte Anschuldigung denken. Draußen fing es an zu regnen. Auf nichts und niemanden war Verlaß.

Das Haus der Gates war geräumig, frisch renoviert und lag in einer ruhigen Straße von Alameda Heights, einer Mittelklasse-Wohngegend an den Hängen eines breiten Tales, durch das noch vor hundert Jahren der Rio Espanola geflossen war.

»Ich belästige Sie nur ungern«, sagte Dave Granz.

»Sie belästigen uns nicht«, erwiderte Gates. »Wir wollen doch helfen. Egal wie. Kommen Sie, kommen Sie rein.«

Er war ein kräftiger Mann von etwa fünfundvierzig, der aussah, als hätte er am College Football gespielt.

»Mein Partner arbeitet die Unterlagen durch, die Sie uns gegeben haben, Mr. Gates. Ich frage mich ... wäre es wohl möglich, Barbaras Zimmer zu sehen?«

»Es ist noch so, wie sie es hinterlassen hat«, gab Gates zur Antwort. »Hier entlang.«

Das Haus war geschmackvoll möbliert. Granz wußte, daß Josefita Gates ursprünglich Kubanerin war, aber das Haus hatte nichts Südamerikanisches an sich, abgesehen vielleicht von der *ristra* aus Chilischoten, die an der Wand hing.

Charles Gates ging die Treppe hinauf zu einer Tür, öffnete sie. Ein sauberer, luftiger Raum, vornehmlich pink. Das Fenster blickte auf einen gepflegten Garten am Hang hinaus, mit Büschen und Blumen. Zwischen den Dächern der Häuser unter sich konnte Granz das Meer sehen.

»Sie haben einen hübschen Garten.«

»Jo macht das meiste. Barbara hat oft ... geholfen.« Gates' hellblaue Augen hinter seiner randlosen Brille waren den Tränen nah. Granz sah sich im Zimmer um. Möbel, Tapete, sogar die Tagesdecke waren in verschiedenen Rosatönen gehalten. Ein Reißbrett stand am Fenster, ein halbes Dutzend Gläser voller Pinsel, Stifte, Filzer auf der Fensterbank. An der Wand über dem Bett hing ein kleines Kruzifix. Auf dem Nachtschrank lagen Taschenbücher: Gabriel García Marquez, Carrie Fisher, ein Thesaurus, *Das geheime Tagebuch der Laura Palmer.* Ein tragbarer Toshiba-Fernseher, ein Panasonic-CD-Player und eine Reihe CDs: Madonna, Julio Iglesias, George Michael, Gloria Estefan. Ein Poster hinter der Tür: Bogart und Bergman in *Casablanca.*

»Soll ich bleiben?« fragte Gates.

Granz schüttelte den Kopf. »Ich ruf Sie, wenn ich was brauche«, sagte er. Gates nickte und ging, schloß die Tür hinter sich. Im Rahmen des Schminkspiegels steckte ein halbes Dutzend verknickter Polaroids mit verblassenden Farben. Barbara in einem roten Badeanzug am Strand, lachend.

Eine Gruppe von Mädchen auf einer Party. Barbara beim Händeschütteln mit Donald Duck in Disneyland. Ein junger Mann in T-Shirt und Jeans: Ted Baker, der Freund. Wenn ich eine Tochter hätte, dachte er, wäre sie so.

Er öffnete alle Fläschchen und Schachteln. Barbaras Sachen lagen noch in den Schubladen der Ankleidekommode, ein schwacher Hauch ihres Parfums verwirrte ihn. Systematisch prüfte er jedes Kleidungsstück in den Schubladen, dann die Taschen und Säume der Blusen, Jacken, Kleider und Jeans im Schrank. Einen Schuhkarton nach dem anderen öffnete er, nahm die Schuhe und tastete ihr Inneres ab. Sämtliche Taschenbücher auf ihrem Bord blätterte er durch, hielt sie am Buchrücken und schüttelte, damit sich alles löste, was vielleicht darin versteckt war. Er öffnete jede CD-Box, löste das Poster von der Wand und suchte dahinter. Er hob die Matratze vom Bett und blickte darunter, dann unter den Teppich. Nichts. Es überraschte ihn nicht. Barbara Gates hatte keine dunklen Geheimnisse gehabt.

Er saß auf dem Bett und betrachtete das Poster. *You must remember this, a kiss is still a kiss.* Plötzlich hatte er Tränen in den Augen. Wütend schüttelte er den Kopf. *Nein,* dachte er. *Keine Tränen.* Tausendmal hatte er schon Ähnliches gemacht. Noch nie war es ihm nah gegangen. Man wappnete sich dagegen. Sonst konnte man nicht arbeiten. Und doch durchzuckte ihn die Wut wie Elektrizität. Er machte die Tür auf und ging ins Wohnzimmer zurück. Charles Gates stand an der Terrassentür, starrte ins Leere. Er drehte sich um.

»Fertig?« fragte er.

»Ja, vielen Dank. Ist Mrs. Gates weg?«

»Sie kocht Kaffee.«

»Da sind ein paar Fotos. Ich hab sie mit runtergebracht. Vielleicht könnten Sie die Leute darauf identifizieren.«

»Sie wollte Lehrerin werden, wissen Sie«, sagte Gates. »Sie hat Kunst studiert. Graphik und Design.«

»Ich hab das Reißbrett gesehen. Mochte sie die Schule?«

»Sie ist ... sie hatte Unmengen Freunde. Nicht, Jo?«

Josefita Gates kam mit einem Tablett herein. Sie sah aus wie eine ältere Ausgabe des Mädchens auf den Fotos. Sie war nicht groß – wie die meisten spanischen Frauen – aber sie war schlank und hatte sich gut gehalten. Ihr Baumwollkleid hatte diagonale Streifen, das Haar war lang, schwarz und naturgewellt, die Augen dunkel und traurig.

»Sie waren dauernd hier. Was für ein fröhlicher Haufen. Jungen, Mädchen. Amüsierten sich. Ay, wie laut sie waren.«

Sie sah sich im Zimmer um, als vergliche sie die Stille mit dem Lärm, den die Freunde ihrer Tochter gemacht hatten.

»Sie haben noch mehr Kinder«, sagte Granz und sah ihr zu, wie sie Kaffee einschenkte.

»Zwei«, erwiderte Charles Gates. »Paul ist verheiratet, wohnt in Bakersfield. Anita geht zum College, Berkeley. Studiert Anthropologie.« Er sagte es eher ungläubig. »Sie wollten kommen. Wir haben gesagt: Wartet«, sagte seine Frau. »Setzen Sie sich, Mr. Granz. Sahne, Zucker?«

»Lieber schwarz, danke.« Wartet, hatte sie gesagt. Wartet, bis sie uns eure Schwester, unsere Tochter wiedergeben, wartet, bis wir ihr den allerletzten Liebesdienst erweisen können: ihr Begräbnis.

»Die Fotos?« schlug er vor.

Charles Gates nahm sie entgegen. Seine Frau saß auf der Sessellehne und sah über seine Schulter.

»Ihr Geburtstag«, sagte er. »Hier bei uns. Mal sehen: Das ist Mary-Beth Forgan, sie wohnt gleich gegenüber; neben ihr ist ... wie heiß sie noch, Jo? Das nette Mädchen aus Laguna del Mar, der Vater arbeitet bei der Stadt?«

»Margarita Lopez«, half seine Frau aus. »Jaime arbeitet beim Finanzamt.«

»Stimmt, stimmt.« Gates nickte. »Links von Barbara ist Susanna Portola.«

»Haben Sie die Adressen dieser Mädchen, Sir?« fragte Granz, als er die Namen notierte.

»Die stehen alle in Barbaras Adreßbuch. Das haben Sie schon. Susanna wohnt in Alameda. Und die ganz links, das ist, oh, das lustige Mädchen, das Tennis spielt, wie heißt sie gleich, irgendwas mit -mann?«

»Waldemann«, ergänzte seine Frau. »Irene Waldemann.«

»Danke, Ma'am«, sagte Granz. »Entschuldigen Sie, daß ich Sie darum bitten muß.«

»Dafür müssen Sie sich nicht entschuldigen. Wir tun alles, um den zu finden, der ... den, der ...«

Charles Gates stand auf und legte seinen Arm um sie. Sie sah ihn nicht an.

»Alles«, wiederholte sie. »Alles.«

Etwa eine Stunde saß Granz da und redete mit ihnen, ermunterte sie, ihm von ihrer Tochter und deren Freunden zu erzählen. Es war immer möglich, daß eine seiner Fragen eine Erinnerung wachrief, die ihm weiterhelfen konnte.

»Immer, wenn eine Autotür geht, sehe ich auf und denke, sie kommt«, sagte Josefita Gates. »Dann fällt es mir ein. Es ist ... ich kann es immer noch nicht glauben, daß sie ... weg ist.«

»Wo hat sie sich mit ihren Freunden getroffen?«

»Bei den anderen zu Hause. Oder bei uns.«

»Und sonst? Sind sie an den Strand gegangen? Rüber in den Park?« Der Cabrillo Park war gleich in der Nähe.

»Bestimmt, das nehme ich an, aber fast immer mit den anderen Kids«, versicherte Gates. »Sie hat viel Tennis gespielt.«

»Manchmal ist sie zur Mall gefahren«, erinnerte sich die Frau. »Sie war gern bei Robinson's. Und im Buchladen.«

»Meinen Sie die Linda Vista Mall?« fragte Granz.

»Sie geht ... sie ging in diesen Espressoladen. Um sich die Bücher anzusehen.«

»Sie meinen: allein?«

Gates runzelte die Stirn. »Ist das wichtig?«

»Sie muß allein gewesen sein, Sir.«

»Sie war nicht so dumm, mit Fremden zu sprechen«, sagte Gates. »Sie wußte es.«

»Wir nehmen an, daß der Mann ziemlich harmlos aussieht«, sagte Granz. »Das können diese Leute gut.«

Es folgte ein kurzes Schweigen. Als sie dann sprach, klang Josefita Gates' Stimme kraftlos und gequält. »Warum ... wie kann jemand so etwas tun? Nie in ihrem ganzen Leben hat sie jemandem ...«

Plötzlich liefen ihr Tränen übers Gesicht. Blindlings fuhr sie herum und lehnte ihren Kopf an Granz' Brust, ohne einen Laut von sich zu geben. Unbeholfen legte er die Arme um sie und hielt sie fest. Über ihren Kopf hinweg betrachtete er Charles Gates und sah den quälenden Schmerz in seinen Augen.

»Tut mir leid.« Josefita Gates trat zurück und versuchte ihre Tränen zurückzuhalten. »Ich war nur ...«

Wieder wandte sie sich ab, starrte hinaus, und wieder spürte Granz seine Wut. Diesmal hielt er sie nicht zurück. Er wußte, daß es unklug war, aber der Anblick von Charles Gates' schmerzerfüllten Augen, die still weinende Frau am Fenster und das Foto von Barbara Hand in Hand mit Donald Duck machten es ihm unmöglich, unbeteiligt zu bleiben. Vielleicht will ich diesmal persönlich betroffen sein, dachte er. Vielleicht brauch ich es einfach.

»Ich sollte mich auf den Weg machen«, sagte er. »Kann ich noch irgendwas für Sie tun?«

Charles Gates sah seine Frau an, dann schüttelte er den Kopf. »Sie haben viel Arbeit. Wir kommen schon zurecht.«

»Danke für den Kaffee, Mrs. Gates.«

»De nada«, antwortete sie automatisch.

Normalität war ihre Flucht aus dem Leid. Arbeiten gehen,

Rasen mähen, Rechnungen bezahlen. Teppich saugen, Essen kochen. Über den Tag kommen, dann den nächsten, und den übernächsten. Vor allem nicht denken. Nicht daran denken, was geschehen war. Nicht denken, was hätte sein können. Du Dreckschwein, dachte er. Du hast kein Recht, anderen solchen Schmerz zuzufügen.

»Wir kriegen ihn, Mrs. Gate. Das verspreche ich Ihnen.«

Sie blieb an der Haustür stehen. Charles Gates begleitete Granz zu seinem Wagen.

»Hören Sie«, sagte er leise. »Tun Sie mir einen Gefallen. Wenn Sie den Scheißkerl kriegen, schießen Sie ihm die Eier ab. Rufen Sie keinen Krankenwagen. Lassen Sie ihn verbluten.«

Granz sah die Frau in der Tür, die Hand über den rotgeweinten Augen, dann Charles Gates' verbittertes Gesicht.

»Ich hab mit vielen unschuldigen Opfern zu tun, Mr. Gates. Fast immer ist es so. Sie wollen, daß dem, der ihnen weh getan hat, ebenso weh getan wird. Aber es muß nach den Regeln des Gesetzes geschehen. Das unterscheidet uns von den Kriminellen. Wir haben Regeln, die nicht.«

»Scheiß auf die Regeln«, war Gates' schroffe Antwort. »Wenn Sie ihn finden, legen Sie ihn um. Dann können die Scheißpsychiater ihn nicht mit einer tränenseligen Geschichte freikaufen.«

Granz legte den Gang ein, und im Anfahren konnte er sehen, wie Gates am Gehweg stand und ihm hinterherstarrte.

»Weißt du was, Charlie?« sagte er in den Spiegel. »Das ist gar keine so schlechte Idee.«

18

»Hier ist Jayne Kellerman«, verkündete die Stimme am Telefon. »Sind Sie das, Kathryn?«

»Jayne. Was kann ich für Sie tun?«

»Umgekehrt«, sagte Jayne. »Richard hat mich gebeten, Sie anzurufen und Sie um Entschuldigung zu bitten.«

»Entschuldigung? Wofür?«

»Greta Brotherton.«

»Woher um alles in der Welt wissen Sie das?«

»Solche Neuigkeiten machen schnell die Runde«, gab Jayne sanft zurück. »Wir hatten schon befürchtet, Sie könnten glauben, sie hätte die Information von uns. Hat sie nicht.«

»Woher zum Teufel hat sie sie dann?«

»Deswegen rufe ich an. Haben Sie jemanden namens Granz bei Ihren Leuten? David Granz?«

»Was ist mit ihm?«

»Haben Sie ihm von Ihrem Gespräch mit Richard erzählt?«

»Ich weiß nicht. Könnte sein. Wieso?«

»Ich frage mich, ob Sie wissen, daß er sich mit dieser Brotherton regelmäßig getroffen hat. Hallo? Kathryn?«

»Ich bin noch da«, sagte Kathryn. »Woher wissen Sie das alles, Jayne?«

»Ist mir eben zu Ohren gekommen. Hilft es Ihnen weiter?«

»Ich weiß nicht, ob es das richtige Wort dafür ist«, seufzte Kathryn. »Aber danke, daß Sie es mir gesagt haben.«

Sie legte den Hörer auf, als wäre er aus chinesischem Porzellan, und starrte an die Wand, dachte über das nach, was sie eben gehört hatte, als eine Stimme sie unterbrach.

»Hallo da drinnen.« Kathryn sah auf. Mac stand in der Tür, einen Aktenordner unter dem Arm. »Hast du kurz Zeit?«

»Hi, Mac«, sagte sie. »Ich wollte gerade gehen. Komm rein, nimm dir einen Stuhl.«

McCaskills Ernsthaftigkeit machte Smalltalk meist unmöglich. Schweigend saß er da, überlegte, wo er anfangen sollte. Er wirkte so förmlich in seinem dunklen Anzug. Noch nie hatte Kathryn ihn ohne Krawatte gesehen. Er war ein erstklassiger Chef. Jeder respektierte ihn, weil er nie vergaß, wie es an der Front war. Wegen seiner Kompromißlosigkeit nannten ihn die Strafverteidiger heimlich »No-Deal Neal«. Nimm die Anklage an oder geh vor Gericht.

»Ich hab dich noch nie gefragt«, begann er, »aber ich habe oft überlegt, wozu das Zeug an deinen Wänden hängt. Zeitungsausschnitte von Fällen, die du gewonnen hast.«

»Ich habe ein übermächtiges Ego.«

»Ach, Kathryn.«

»Willst du es wirklich wissen?«

»Natürlich will ich wirklich wissen.«

»Okay«, sagte Kathryn. »Sieh mich an.«

Er schob die Augenbrauen hoch. »Und?«

»Komm schon, Mac, was siehst du? Wie würdest du mich beschreiben?«

McCaskill zuckte mit den Schultern. »Irgendwo in den Dreißigern, zart gebaut, langes, dunkelbraunes Haar, braune Augen, grünes Kostüm mit hellgelber Bluse ...«

»Du hast was vergessen«, sagte Kathryn. »Weiblich.«

Er runzelte die Stirn. »Ist das ein Thema?«

»Manchmal«, erwiderte Kathryn. »Manchmal fürchte ich, hier könnte jemand reinkommen – ein Opfer, ein Cop, ein Zeuge – und mich nicht ernst nehmen.«

»Darum machst du dir Sorgen? Bei deinen Erfolgen?«

»Hört sich ziemlich unsicher an, was? Na, vielleicht. Aber Erfolge oder nicht: Wenn es um Schwerverbrechen geht,

Vergewaltigungen und Morde, sehen die Leute als erstes eine Frau. Relativ jung, klein und nicht häßlich. Die meisten sind darauf nicht vorbereitet.«

»Darüber hab ich noch nie nachgedacht«, antwortete McCaskill achselzuckend. »Alle hier wissen, was du drauf hast.«

»Erinnerst du dich an den Fall Rodriguez?«

»Sicher. Ist lange her. Das war der alte Mann, der da oben in Mountain View erschlagen wurde. Zwei betrunkene Bauarbeiter haben eine Schlägerei mit ihm angezettelt. Johanssen und ... wer war der andere?«

»Barkley.«

»Johanssen und Barkley, genau. Sie haben Rodriguez mit dem Stiel einer Axt totgeprügelt.«

»Das war gleich nachdem ich Chefanklägerin wurde. Als die Familie erfuhr, daß ich den Fall übernommen hatte, meinten sie, ich würde mit Typen wie Johanssen und Barkley nicht fertig. Sie wollten einen Mann. Sie fürchteten, ich könnte mich einschüchtern lassen.«

McCaskill stieß ein kurzes, explosives Lachen aus. »Das möchte ich sehen. Dich kann nicht viel einschüchtern.«

»Ich weiß es, du weißt es. Aber Opfer, Zeugen, Cops?«

»Da wir gerade bei Opfern sind«, sagte McCaskill. »Erinnerst du dich, daß die Rede davon war, den Psychologen wegen des Barbara-Gates-Mordes zu holen? Hal und ich haben beschlossen, daß es den Versuch wert wäre. Was meinst du?«

»Das glaube ich auch«, erwiderte Kathryn. »Trotz allem, was Dave sagt, denke ich, wir brauchen alle Hilfe, die wir kriegen können. Dank Sanchez ist das Büro des Bezirksstaatsanwalts etwa so beliebt wie Giftmüll.«

»Gexaktgenauso sehe ich das auch.«

Kathryn sah ihn fragend an. »Bitte?«

»Das sagt Cary immer.« Er grinste. »Gexaktgenau. So ähnlich wie ›ganz genau.‹«

Mac hatte einen Sohn, Cary, und drei Töchter. Sie waren eine große, laute, glückliche Familie.

»Der muß doch inzwischen schon zehn sein, oder?«

»Elf, und geht hart auf die vierunddreißig zu. Was Kinder alles mit der englischen Sprache anstellen.«

»Darauf darf ich mich schon freuen«, sagte Kathryn. »Aber ich kann mir gar nicht vorstellen, daß Emma elf ist.«

McCaskill lächelte. »Es schleicht sich von hinten ran. Wie geht es Emma eigentlich?«

»Ihr geht's gut. Sie verbringt den Abend bei einer Freundin. Ich bin zum Essen verabredet.«

»Schön, das zu hören. Kerzenlicht und Wein? Ein kleiner Tisch in der Ecke?«

»Mit Doc Nelson? Du machst Witze. Sicher reden wir den ganzen Abend über Obduktionen.«

Er sah sie einen Moment lang an, bevor er sprach. »Wieso tust du das, Kathryn?«

»Wieso tu ich was?« Sie legte ihre Stirn in Falten.

McCaskill wedelte mit einem Arm, um den Raum, das Gebäude, die ganze Welt zu umfassen.

»Das hier. Du bist immer auf Abruf. Bist du zum Essen verabredet, ist es Arbeit. Du zermarterst dir dein Gehirn sechzehn Stunden am Tag, sieben Tage die Woche. Und wozu?«

»Wahrheit und Gerechtigkeit, Mac.« Kathryn lächelte.

»Komm schon. Du bist jung. Du könntest noch so viel anderes tun ....«

»Du meinst, ich soll mir ein Hobby suchen?«

McCaskill schüttelte den Kopf. »Du weißt, was ich meine. Du brauchst dein eigenes Leben. Eine zweite Chance kriegst du nicht. Gestern abend hab ich mit Margie gesprochen. Ich sag zu ihr: Verdammt, ich seh die Kinder nicht halb so oft, wie ich möchte. Und sie sagt: Beklag dich nicht bei mir. Du bist derjenige, der nie vor acht aus dem Büro kommt.«

»Was soll das, Mac. Willst du mir das Herz brechen?«

»Nein, nein«, versicherte McCaskill eifrig. »Nur ... wünschst du dir nicht, du könntest mehr Zeit mit Emma verbringen?«

Das war ihr wunder Punkt. Erst heute morgen hatte sie etwas verschlafen und kaum Zeit zum Frühstücken gehabt. Emma hatte noch nicht mal aufgegessen, als Kathryn sie an der Schule absetzte. Sie weinte, weil nie mehr Zeit für eine Umarmung war. Ein halbes Dutzend Mal hatte Kathryn schon nach dem Hörer gegriffen, um sie in der Schule anzurufen, aber sie wußte, es wäre Emma peinlich.

»Kein Tag vergeht, an dem ich es mir nicht wünsche«, sagte Kathryn. »Und dauernd frage ich mich, ob sie es mir nicht in zehn Jahren vorhalten wird. Aber trotzdem tu ich es. Ich bin so. Ich mag meinen Job, Mac. Ich weiß, daß ich etwas Sinnvolles tue.«

Sie fügte nicht hinzu, daß sie wußte, und auch er wußte, daß sie, sollte sie auch nur etwas nachgeben, ihre starke Position im Büro im selben Augenblick verlieren würde.

»Na ja«, beschwichtigte er. »War nur ein Gedanke.«

»Aber deswegen bist du nicht zu mir gekommen, oder?«

Unsicher rutschte er auf seinem Korbstuhl herum. Urplötzlich wußte sie Bescheid.

»Greta Brotherton«, stöhnte sie. »Stimmt's?«

»Du glaubst doch nicht, daß ich ... daß einer von uns sie ernst genommen hat?«

»Ich weiß nicht«, gab Kathryn zurück. »Ich nehme es ernst.«

Mac winkte frustriert ab, als wollte er eine Fliege verscheuchen. »Ich hasse Klatsch«, sagte er.

»Falls du mir von ihr und Granz erzählen willst, kannst du dir die Mühe sparen«, sagte sie. »Ich weiß es schon.«

»Du weißt es? Wie ...?«

»Ist das wichtig?«

Mac seufzte. »Wahrscheinlich nicht. Nur könnte es erklären ... anscheinend hat er Schluß gemacht, hat sie sitzenlassen. Ich glaube, sie denkt, es wäre deinetwegen.«

»Sie glaubt, ich gehe mit Granz ins Bett?«

McCaskill zögerte. »Du bist oft mit ihm zusammen.«

»Ich bin auch oft mit Hal Benton zusammen.«

»Du weißt, was ich meine.«

Erinnerungen blitzten auf wie Menüs auf einem Computerbildschirm.

Irgendwelche Vorlieben?

Dave Granz.

Wieso frag ich eigentlich?

Natürlich. »Dann glaubst du es also auch«, sagte sie.

»Es macht für mich keinen Unterschied. Das geht mich nichts an.«

»Mac, es stimmt nicht.«

»Vor kurzem wart ihr beiden noch ... du weißt schon.«

»Mein Gott, hat denn das ganze Büro darüber geklatscht?«

»Du kennst den Spruch. Drei können ein Geheimnis für sich behalten, solange zwei von ihnen tot sind.«

»Das zwischen mir und Dave ist schon lange aus, Mac«, erklärte sie. »Schon lange.«

»Okay, okay. Aber Greta glaubt offenbar was anderes. Vielleicht benutzt Granz dich, um sie loszuwerden.«

Hast du später noch was vor?

Früh ins Bett.

Wie wär's, wenn ich nachher noch vorbeikäme?

»Und deswegen hat sie es gesagt?«

McCaskill hob die Schultern. »Weiß nicht. Vielleicht. Gut möglich. Kathryn ... was passiert ist, tut mir leid.«

»Keine Sorge. Ich werd schon damit fertig.«

»Okay. Wegen des Psychologen: Ich ruf in Sacramento an. Mit etwas Glück können wir ihn nächste Woche herholen. So weit ich weiß, hast du schon mit ihm gesprochen.«

»Nur einmal«, sagte Kathryn. »Er scheint nett zu sein.«

»Kannst du dir die Zeit nehmen, ihn rumzuführen und den anderen vorzustellen?«

»Ich bin noch im Gericht, Mac. Aber, okay, ich werd's versuchen. Weiß Dave Granz übrigens, daß ihr ihn holt?«

McCaskill nickte. »Schließlich ist es sein Fall.«

»Und?«

»Entschuldige den Ausdruck, aber er war echt angepißt.«

»Mal sehen, ob ich raten kann, was er gesagt hat«, überlegte Kathryn. »Er hat gesagt: ›Was wir brauchen, sind Fakten, keine Theorien. Und die finden wir draußen auf der Straße, nicht in einer gottverdammten Bibliothek.‹«

McCaskill lächelte. »Hey, ziemlich gut. Und er hat gesagt: ›Mac, was kann der Typ tun, was wir nicht längst getan hätten?‹ Nicht ganz so höflich. Und er hat recht.«

»Vielleicht«, sagte Kathryn. »Aber er ist altmodisch.«

»Er ist wie viele Cops. Es ist sein Fall. Er will nicht, daß irgendein Senkrechtstarter ihm sagt, was er machen soll, und das Lob einstreicht, den Fall gelöst zu haben.«

»Trotzdem wird er mit Giordano auskommen müssen.«

»Das weiß er. Er sagt, er hätte ein paar eigene Ideen, denen er erst nachgehen will.«

»Was für Ideen?«

»Er wollte nicht genauer werden. Du kennst Dave.«

Das dachte ich. Sie sagte: »Hast du die Abschriften seiner Befragung der Familie Gates schon gelesen?«

Mac nickte. »Sie haben ihm viel von Barbara erzählt. Kluges Kind, alles, was recht ist. Ihr Vater hat etwas gesagt: Sie wäre nicht so dumm, mit Fremden zu sprechen.«

»Und doch muß sie es getan haben. Sagt uns etwas über den Mörder, nicht? Er muß ziemlich harmlos wirken.«

»Gottverdammte Psychopathen. Es ist, als wäre einer immer durchgeknallter als der letzte.«

»Ich weiß«, sagte Kathryn. »Deshalb ist es eine gute Idee,

Giordano herzuholen. Ein paar frische Ideen können nicht schaden. Vielleicht haben wir was übersehen.«

»Beten wir darum. Ich hoffe nur, daß er sich hier einfügt. Noch mehr Streit können wir nicht gebrauchen.«

Kathryn grinste. »Du klingst wie Granz. Ich war in Quantico, Mac. Da sind nicht nur versnobte Collegeboys.«

»Ich weiß, ich weiß. Bist du fertig für heute?«

Bevor sie antworten konnte, klingelte das Telefon.

»Eigentlich ja.« Kathryn verzog das Gesicht und nahm ab. Der Anrufer war ein Deputy namens Fred Waite, der von einem Tatort aus anrief. Eine fünfzigjährige Frau war von ihrem Schwiegersohn erschossen worden, der die Tat jetzt gestehen wollte. Kathryn sagte, er solle warten. Sie würde kommen.

»Sieht so aus, als wenn aus deinem Essen nichts wird«, sagte Mac und ließ sie allein. Er sollte recht behalten. Es war schon nach sieben, als sie den Tatort verließ, im Wagen saß und die Küste entlang nach Espanola fuhr. Vom Autotelefon aus rief sie Morgan an.

»Ich wurde bei einem Mord aufgehalten«, erklärte sie. »Ich bin noch nicht mal umgezogen. Tut mir leid, Morgan, aber es sieht so aus, als müßte unser Essen ausfallen.«

»Du weißt es nicht, Katie, aber du tust mir einen Gefallen. Ich bin noch bei der Arbeit und erst halb fertig. Ich wollte dich gerade anrufen.«

»Nur so interessehalber: Wo wollten wir essen?«

»Oh, in irgendeinem ganz ausgefallenen Restaurant. Burger King oder vielleicht sogar Taco Bell.«

»Wow, was mir da entgeht!«

»Falls du sarkastisch werden möchtest, eß ich mit meinem ... Kunden hier«, sagte er. »Der ist nicht so wählerisch wie du. Wir sprechen uns morgen, ja?«

Sie bog nach Seaview Heights ein. Es wäre nett gewesen, sich hübsch zu machen, in ein schönes Restaurant zu gehen, aber der Abend wäre lang geworden. Sie fragte sich, ob Ruth und Emma schon gegessen hatten. Noch ist Zeit, nach Espanola zu fahren und eine Pizza zu essen, dachte sie.

Das erinnerte sie an Dave Granz. Noch immer wußte sie nicht, wie sie reagieren sollte. Eifersüchtig? Nein, nicht eifersüchtig. Enttäuscht vielleicht. Etwas hatte sich verändert, aber sie konnte nicht genau sagen, was. Ihr Instinkt riet ihr, noch keine Entscheidungen darüber zu fällen. Sie parkte vor dem Haus und ging zum Garten durch. Vergiß die Pizza, beschloß sie, es gibt Quesadillas.

»Mommy, du kommst früh, du kommst früh!«

Emma hatte gesehen, wie sie aus dem Wagen stieg. Sie kam über den Rasen gerannt, mit ausgestreckten Armen, und Kathryn wirbelte sie herum, lachte. Ruth kam herüber und sah den beiden zu.

»Na!« sagte sie, als Kathryn Emma absetzte. »Was ist mit deiner Verabredung passiert?«

»Frag nicht«, erwiderte Kathryn. »Habt ihr schon gegessen?«

»Wir wollten gerade reingehen und anfangen«, erklärte Ruth. »Kein Problem, es reicht für drei.«

»Ich lade euch ein. Was haltet ihr davon?«

»Oh, Kathryn, wie sehr ich es hasse, nicht kochen zu müssen«, sagte Ruth trocken. »Ich hol meinen Sweater. Bin gleich wieder da.«

Als ihre Freundin drinnen verschwand, ging Kathryn in die Hocke. Emma betrachtete sie mit ernster Miene. »Ich dachte, du gehst aus. Ich dachte, du wärst verabredet.«

»Abgesagt«, erklärte Kathryn. »Damit ich bei dir sein kann.«

»Ist das ehrlich wirklich, Mommy?«

Kathryn lächelte. »Nein, aber so in etwa«, sagte sie. »Ist das gut genug? Wie war die Schule heute?«

»War okay«, räumte Emma philosophisch ein. »Aber ich war froh, als Mittag war.«

»Das mit dem Frühstück tut mir leid, Süße«, versicherte Kathryn. »Ich hatte einfach keine Zeit. Verzeihst du mir?«

»Ach, Mommy«, sagte Emma, die dunklen Augen weit und ernst. »Macht doch nichts. Das Leben ist eben ungerecht.«

Kathryn stemmte die Hände in die Hüften und sah ihre Tochter erstaunt an. »Wo hast du denn das her?«

Emma zuckte lässig mit den Schultern. »Julie Corcoran sagt es andauernd.«

Julie war eine von Emmas Klassenkameradinnen, ein altkluges Einzelkind, dessen Eltern hochbezahlte Intellektuelle waren. Kindermund tut Wahrheit kund, dachte Kathryn. Sie nahm Emma in den Arm und drückte sie ganz fest.

»Meine Tochter, die Philosophin«, sagte sie.

Dave Granz wartete schon auf sie, als sie ins Büro kam; er blätterte in einer Broschüre der Michigan State Police über forensische Stimmenidentifikation. Als sie eintrat und ihre Akten auf den Schreibtisch warf, sah er auf.

»Hi«, sagte er träge. »Was gibt's?«

Sie setzte sich und sah ihn an. Immer noch der alte Dave. Dasselbe Tweedjackett, dieselbe hellgraue Hose, dasselbe jungenhafte Äußere, dieselbe entwaffnende Art. Ließ sich nichts anmerken. Gut möglich, daß man ihm nie was anmerkt, dachte sie. Oder wie könnten wir einander sonst ertragen?

»Ich hab dich eine Weile nicht gesehen.«

»War da draußen unterwegs.« Er deutete zum Fenster. »Alle Welt versucht, was über diesen Mord in der Linda-Vista-Mall rauszufinden.«

Ein älterer Herr namens Elliot Tavares war auf einem Parkplatz bei Robinson's, einem neuen Laden im Einkaufszentrum von Espanola, überfallen worden und seinen schweren Kopfverletzungen erlegen. Neben ihm hatte ein blutverschmierter, sechzig Zentimeter langer Knüppel gelegen. Zeugen sagten aus, sie hätten einen jungen Mann gesehen, der den Siebenundsiebzigjährigen auf den Beifahrersitz eines kleinen Pick-ups hieven wollte. Als sie näher kamen und das Blut sahen, lief er weg. Weiß, blond, um die zwanzig. Mehr hatten die Zeugen den Cops nichts sagen können.

»Ich hab in der Zeitung darüber gelesen«, sagte Kathryn. »Du hast Probleme damit?«

»Ted Krell hat Probleme damit.« Krell war der Polizeichef von Espanola. »Er hat die Meute losgelassen, und seine Zeugen waren gut. Keiner hätte gedacht, daß es sich totläuft. Aber nach einer Woche rief er um Hilfe.«

»Und?«

»Bis jetzt haben wir etwa zweihundert Spuren. Das größte Problem ist, daß der Täter aussieht wie jeder zweite. Die Beschreibung paßt auf gut zwanzigtausend Typen am Strand zwischen hier und San Diego.«

»Machst du nur das?«

Granz grinste. »Schön wär's. Nein, ich hab noch alle möglichen Fälle. Außerdem geh ich einer Ahnung nach, die mich beschäftigt. Ich suche einen Ansatz im Gates-Mord.«

»Hast du irgendwas gefunden?«

»Noch nicht. Jedenfalls nichts Konkretes. Ist auch nur eine Idee. Weshalb wolltest du mich sprechen?«

»Greta Brotherton«, platzte Kathryn heraus.

»Was ist mit ihr?« fragte er stirnrunzelnd.

»Sie hat es auf mich abgesehen. Würdest du mir vielleicht erzählen, wieso?«

»Woher soll ich das wissen?« Aber bei diesen Worten stand er auf und ging zum Fenster. Sie drehte sich auf ihrem Sessel. Er starrte stur auf die Straße hinaus.

»Das war's? Du weißt es nicht?« fragte Kathryn.

»Was soll ich denn darauf sagen?«

»Wie wär's mit der Wahrheit?«

»Kathryn, ich ...« setzte er an. Der Protest erstarb auf

seinen Lippen, als er sich umdrehte und sie ansah. Er blickte zu Boden, hob die Schultern. »Wer hat es dir erzählt?«

»Weibliche Intuition. Telepathie. Eine Nachricht vom Piloten eines interplanetarischen Raumschiffs. Was macht es für einen Unterschied, wer es mir erzählt hat?«

»Ich ... es ist eben passiert, Kathryn. Wie es manchmal so geht. Es war so schnell vorbei, wie es angefangen hatte. Nur daß sie ...« Hilflos breitete er die Arme aus.

»Du hast mich also benutzt.«

Es war ihm unangenehm. »Ich hab nicht ... ich hab sie einfach glauben lassen, was sie wollte.«

»Du hast ihr gesagt, daß wir uns treffen. Und daß du dich deshalb nicht mehr mit ihr treffen kannst?«

»Es stimmte ja auch. Ich hab mich mit dir getroffen. Ich hab ihr nur nicht erklärt, daß es beruflich war. Also hat sie ...« Er zuckte mit den Achseln und durchquerte das Zimmer, um sich wieder auf den Korbstuhl vor ihr zu setzen. »Bist du mir böse?«

»Ich dachte, ich wäre es. Aber nein. Ich bin nur traurig.«

»Ich hatte ... ich konnte es dir nicht sagen. Das hätte alles nur noch schlimmer gemacht.«

»Schlimmer als jetzt?«

»Es hätte dir nicht gefallen.«

»Wer bin ich? Mary Poppins? Hör mal, du kannst meinetwegen mit den Radio City Rockettes schlafen, wenn du willst. Was du mit deinem Privatleben anstellst, ist deine Sache. Aber laß mich aus dem Spiel.«

»Kathryn, ich wollte dich nicht verletzen. Ich hätte nie gedacht, daß sie damit zu Mac geht.«

»Du hast da gesessen und nichts gesagt.«

»Ich hatte einfach das Gefühl ...«

»Welches Gefühl, Dave? Als hättest du mich betrogen?«

»Du und Emma«, versicherte er. »Ihr seid mir wichtig. Greta Brotherton nicht. Sei so gut, und tu, als wäre es nie passiert, okay? Ich hab Mist gebaut, aber es ist vorbei.«

»Okay. Einer von uns muß es Greta sagen. Richtig?«

Er starrte an die Wand, gab keine Antwort. Kathryn kämpfte gegen das Lächeln an, das sich auf ihrem Gesicht ausbreiten wollte. Er war wie ein verdammter Schuljunge.

»Möchtest du, daß ich die Frage noch einmal wiederhole?«

»Okay, ich hab's verstanden«, sagte er. Er stand auf, klopfte seine Taschen ab. »Ich brauch eine Zigarette.«

»Die Dinger werden dich umbringen.«

»Ja«, sagte er trübe. »Ich und meine Todessehnsucht.«

»Du weißt von dem Treffen mit Giordano? Zwei Uhr?«

»Mac hat es mich wissen lassen.« Er ging zur Tür, öffnete sie, blieb stehen. »Weißt du, was komisch ist?«

»Du wirst es mir erzählen.«

»Sie sagt, sie bevorzugt jüngere Männer.«

19

»Katie!«

Sie hatte Morgan Nelson nicht mehr gesehen, nachdem ihre Essensverabredung flach gefallen war. Er stand auf, strahlte, als sie in ihr Büro kam.

»Ich hab auf dich gewartet. Ich dachte, wir könnten kurz reden, bevor die Besprechung anfängt.«

»Hi, Doc«, sagte sie. »Schön, dich zu sehen.«

Und das meinte sie auch so. Sie würde ihm nie vergessen, wie er sich in der frostigen Anfangszeit ihrer angenommen hatte, als sie nach Santa Rita kam und keinen Menschen kannte. Der Altersunterschied war ohne Bedeutung. Er konnte zuhören, hatte Sinn für Humor und liebte Emma. Trotz der gelegentlich nicht gerade feinfühligen versteckten Andeutungen ihrer Kollegen, spielte Sex keine Rolle. Mit ihm zu reden war fast wie eine Sitzung beim Analytiker.

»Wie ist der Broadwick-Prozeß gelaufen?«

»Man wird ihn schuldig sprechen. Und du? Viel zu tun?«

Die grünen Augen blitzten schelmisch. »Wie heißt das Sprichwort? Der Tod kennt keinen Kalender? In meinem Beruf gibt es keine Rezession, Katie. Genau wie in deinem.«

»Erinner mich nicht daran«, stöhnte sie.

»Erzähl mir von dem Psychologen, den Hal geholt hat.«

»Ich weiß nicht viel mehr als du. Er arbeitet beim Justizministerium in Sacramento und heißt Steve Giordano. Ich hab mit ihm telefoniert, und er machte einen ganz guten Eindruck. Hal meint, er könnte vielleicht ein paar neue Ideen zu diesem Serienmörder einbringen.«

»Kannst du das nicht?«

»Nicht so gut wie er. Aber ich kann mich jetzt voll auf die Ermittlungen konzentrieren. Wir arbeiten zusammen.«

»Richard Sanchez macht euch das Leben schwer.«

»Das ist seine Spezialität.«

»Die Ermittlungen haben nichts gebracht?«

Kathryn zog eine Grimasse. »Nein. Wir dachten, die Identifikation des letzten Opfers könnte was bringen, aber das ist im Sande verlaufen.«

»Barbara Gates«, sagte Nelson sanft. »Hübsches Mädchen.«

Es war schwer vorstellbar, daß er ein Mädchen als hübsch oder häßlich oder sonst etwas empfand. Auf dem Obduktionstisch sahen sie kaum jemals hübsch aus, und was er mit ihnen anstellte, machte sie nicht hübscher.

»Hast du zufällig heute abend Zeit?« fragte Kathryn, erstaunt über sich selbst. Die Bemerkung kam absolut spontan. Sie hatte keine Ahnung, ob sie es schaffen konnte.

»Ich könnte es einrichten«, erwiderte Nelson.

»Ich schulde dir ein Essen. Willst du zu mir kommen?«

»Ich bring eine Flasche Wein mit. Acht Uhr?«

»Abgemacht.«

Gemeinsam gingen sie ins Konferenzzimmer. Jack Burrows und Dave Granz unterhielten sich leise am Fenster. Neal McCaskill stand am Tisch neben einem breitschultrigen, jungen Mann, dessen fast schwarzes Haar von silbrigen Strähnen durchzogen war, und beugte sich über Tatortfotos.

»Ah, hallo, Doc«, rief McCaskill und richtete sich auf. »Steve Giordano, das ist Dr. Morgan Nelson, unser Pathologe. Und Kathryn Mackay, Stellvertretende Bezirksstaatsanwältin, zuständig für die Sonderkommission.«

»Mit Miss Mackay habe ich schon gesprochen«, sagte Giordano beim Händeschütteln. »Freut mich, Dr. Nelson.«

Sein Griff war fest und energisch. Kathryn erinnerte sich an ihr Bild von ihm: groß, schlank, impulsiv. Giordano war nichts dergleichen. Mittelgroß, athletisch gebaut, mit wachen, braunen Augen und Wimpern, so lang wie die eines Mädchens. Um die Vierzig, schätzte Kathryn.

»Steve kommt vom Team für Täterprofilerstellung beim Justizministerium«, erklärte McCaskill Nelson. »Er wird eine Weile bei uns bleiben.«

»Sie kommen direkt aus Sacramento?« fragte ihn Nelson.

»Ich habe von San Francisco aus gearbeitet«, antwortete Giordano. »Ich bin heute morgen von da oben gekommen.«

»Alle da? Okay, kommen wir zur Sache«, sagte Mac und winkte sie zu ihren Plätzen. Giordano setzte sich neben ihn oben an den T-förmigen Konferenztisch. Granz und Burrows saßen einander gegenüber, Kathryn und Morgan Nelson nahmen das untere Ende.

»Dave und Jack haben Steve eine kurze Zusammenfassung der drei Morde gegeben und wir haben einen Blick auf die Tatortfotos geworfen«, fuhr er fort. »Steve hat uns seine Wünsche aufgelistet. Jack, Sie koordinieren. Kathryn, ich möchte, daß Sie ab sofort vollzeit mit Steve arbeiten.«

»Ich warte noch auf die Geschworenen«, erinnerte Kathryn.

»Das weiß ich. Aber Hal drängt auf einen Durchbruch in dieser Sache. Egal, wie. Nachdem Broadwick jetzt fertig ist, will er, daß du dich voll darauf konzentrierst.«

»Sind Dave und Jack auch vollzeit dabei?«

»Schön wär's«, antwortete Jack Burrows.

»Dave wird dir soviel Zeit wie möglich widmen. Was Jack angeht, werde ich mit Walt Earhart sprechen und sehen, was ich tun kann«, versprach Mac. Er sah Giordano an. »Steve?«

Giordano nickte. »Ich möchte Ihnen sagen, daß ich mich sehr freue, mit Ihnen arbeiten zu dürfen«, sagte er. Er hatte eine wohlklingende Stimme mit leichtem New Yorker Akzent. »Zuerst möchte ich unserem Verhältnis das Förmliche nehmen. Also bitte nennen Sie mich Steve, und wenn ich darf, nenne ich Sie ebenfalls bei Ihren Vornamen.«

Er sah sich um, erhielt ihre Bestätigung und fuhr fort.

»Gut. Eins vorweg: Wahrscheinlich haben die meisten von Ihnen mehr Dienstjahre auf dem Buckel als ich Haare auf dem Kopf, und der eine oder andere denkt vielleicht: ›Wofür hält sich dieser Aufsteiger eigentlich? Kommt hierher und will uns zeigen, wie wir unseren Job machen sollen?‹ Also: Ich bin kein Aufsteiger, ich will Ihnen nicht zeigen, wie Ihr Job geht. Und ich kann keine Wunder tun. Ich bin hier, um – wenn ich kann – zu versuchen, ein paar Ideen zu entwickeln, die Ihnen – Ihnen, nicht mir – helfen sollen, diesen Mörder zu fassen.« Er sah sich um. »Bis hierhin irgendwelche Fragen?«

Keiner sagte was.

»Okay, fangen wir mit ein paar allgemeinen Informationen an. Die Erstellung eines Profils – übrigens spricht man beim FBI nicht mehr von Profilerstellung, sondern von Faktenanalyse, ›*Criminal Investigation Analysis*‹, kurz CIA genannt.«

»Fürchten Sie keine Einwände von den Leuten in Langley?« fragte Dave Granz. Bildete Kathryn es sich ein, oder hörte sie da tatsächlich einen feindseligen Unterton heraus?

Giordano lächelte, reagierte aber nicht. »Lassen Sie mich kurz sagen, was ich brauche. Zuerst eine detaillierte Karte mit den gekennzeichneten Fundorten, zweitens alles, was wir über die Opfer wissen: Alter, Rasse, Bildungsstand, Arbeitsplatz ...«

»Über die ersten beiden wissen wir so gut wie nichts«, unterbrach Jack Burrows. »Wir nehmen an, sie könnten auch woanders entführt und dann hierher gebracht worden sein. Vielleicht aus Santa Clara oder San José.«

»Verstanden«, erwiderte Giordano. »Geben Sie mir einfach alles, was Sie haben.«

»Ich nehme an, Sie wollen sich die Fundorte ansehen?« fragte Mac. »Kathryn, würdest du das übernehmen?«

»Kein Problem. Irgendeine Vorstellung davon, wann Sie das tun wollen, Steve?«

»Sobald wie möglich. Ich möchte mir ein klares Bild von den Fundorten machen. Natürlich sieht man eine Menge auf den Fotos, aber nichts geht über die eigene Anschauung. Sagen Sie, hab ich über Sie gerade was im *California Attorney* gelesen?«

»Nicht gerade mein Lieblingsthema, Steve.« Kathryn lächelte.

»Au weia«, sagte Giordano, sehr prompt reagierend. »Warum sollte ich auch einen Fettnapf auslassen? Tut mir leid.«

»Vergessen Sie's.«

»Danke. Sie sagten, Sie hätten Erfahrung mit Profilen.«

»Ich war sechs Wochen in Quantico bei der Einheit für Verhaltensforschung. Ich schätze, es ist alles um einiges raffinierter geworden, seit ich da war.«

»Etwas. Aber wie ich schon am Telefon sagte, haben sich die Grundprinzipien nicht geändert. Noch immer versuchen wir, Persönlichkeit und Verhaltensmuster des Täters aufgrund einer Analyse seiner Taten zu erfassen. Erinnern Sie sich noch an die sieben Punkte?«

»Sicher«, sagte Kathryn. »Einschätzung der Tat, Einschätzung der Besonderheiten des Tatorts, Analyse des Opfers, Analyse der bisherigen Untersuchungen, Bewertung des Obduktionsberichts. Ausarbeitung eines Profils und der darauf basierenden Ermittlungsvorschläge.«

»Das haben wir alles getan«, erwiderte Dave Granz ungeduldig. »Es hat absolut nichts gebracht.«

»Kommt vor.« Giordano schien nicht beeindruckt. »Sind Sie nach unserem Gespräch nicht zu Schlußfolgerungen gekommen?«

»Ich würde sie nicht als Schlußfolgerungen bezeichnen«, antwortete Kathryn. »Eher als Verallgemeinerungen.«

»Erzählen Sie.«

»Vor allem haben wir es fast sicher mit einem sexuellen Unterdrücker zu tun: Morgan hat Hinweise auf Fesseln und Mißhandlungen gefunden. Wir stuften das einzige Opfer, von dem wir überhaupt etwas wissen, als mittelmäßig gefährdet ein.«

»Das werden wir zu gegebenem Zeitpunkt vertiefen«, sagte Giordano und beugte sich mit verschränkten Händen vor. »Fahren Sie fort, bitte.«

»Sie war ein nettes Mädchen aus der Mittelschicht. Sie trampte nicht, hing nicht an Straßenecken herum. Sie war nicht der Typ, der mit jemandem mitgeht. Also muß er sie irgendwo in der Öffentlichkeit entführt haben.«

»Sie vermuten Gewaltanwendung?«

»Wir können Vermutungen anstellen, bis uns die Zähne ausfallen«, schimpfte Granz. »Das bringt nichts.«

»Dave hat recht, Steve«, fügte Jack Burrows hinzu. »Es ist, als wüßte dieser Typ genau, was er tun muß. Er hat nichts zurückgelassen, mit dem wir arbeiten könnten.«

»Das allein sagt vielleicht schon eine Menge über ihn aus«, erwiderte Giordano, dem Granz' Feindseligkeit offenbar nicht entgangen war. »Es überrascht mich, wieviel wir schon wissen.«

»Ja?« Granz ignorierte McCaskills warnenden Blick. »Würden Sie mir das erklären?«

»Kathryn hat gute Basisarbeit geleistet. Sie hält ihn für einen besonders aggressiven Sadisten. Nekrophil. Möglicherweise spanischer Abstammung. Statistisch gesehen zwischen fünfundzwanzig und vierzig. Verwahrt die Opfer in einer Art Kühlraum. Er ist vielleicht kein Raketenforscher, aber wir wissen, er ist intelligent. Das sagen uns die verschlüsselten Botschaften, das Fehlen von Spuren. Wir sollen seine Handschrift erkennen: Er hinterläßt sein Zeichen.«

»Noch was«, ergänzte Kathryn. »Wahrscheinlich weiß er eine Menge über die Arbeit der Polizei.«

»Und woher hat er diese Informationen?«

»Das ist verdammt einfach«, sagte Burrows angewidert. »Er sieht fern. Jederzeit kann er in einen 7-Eleven gehen und ein halbes Dutzend Taschenbücher kaufen, in denen man alles erfährt, was man wissen muß.«

»Bücher, Illustrierte, Filme, Videos.« Granz sprach mehr zu

sich selbst. »Es muß ein halbes Dutzend Versandhäuser geben, die auf sowas spezialisiert sind.«

»Was ist mit den Verstümmelungen?« fragte Giordano. »Warum geht er mit den Leichen auf so grausame Weise um?«

»Doc glaubt, er sammelt Skalpe«, sagte McCaskill.

Giordano sah Nelson an, schob die Augenbrauen hoch. »Dr. Nelson?«

»Die meisten Leute nennen mich Doc, Steve. Oder Morgan, wenn Sie wollen.«

»Doc soll mir recht sein.« Giordano lächelte.

»Wir wissen, daß Serienmörder ihre Taten gern neu durchleben. Wir wissen, daß sie dem Opfer etwas wegnehmen, ein Kleidungsstück, etwas, mit dem sie ihre Tat noch einmal erleben können. Ich hatte überlegt, ob ...« Er endete mit einem Achselzucken.

»Gehen wir mal davon aus, Doc, daß Sie recht haben«, sagte Giordano. »Dann müssen wir uns fragen, was er mit den ... Skalpen macht.«

Morgan hob die Schultern. »Sie meinen: Behält er sie?«

Giordano schwieg. Er kann andere Leute gut zum Reden bringen, dachte Kathryn.

»Wenn ja«, sinnierte Morgan, »wie und wo? In einem Kühlschrank oder einem Laborglas? Oder verwertet er sie ... auf andere Weise?«

»Meine Güte, Doc!« fiel Burrows mit angewiderter Miene ein. »Sie wollen doch nicht andeuten ...?«

Morgan schüttelte den Kopf. »Ich glaube nicht, daß unser Mörder ein Kannibale ist, Jack. Ich überlege nur, ob er diese ... Trophäen nicht irgendwie präpariert.«

»Wäre das möglich?«

»Die Indianer haben es getan.«

»Aber ... warum zum Teufel sollte er das tun?« fragte Burrows. Giordano sah den Pathologen an.

»Eine Vermutung? Aus demselben Grund, warum Jäger die

Köpfe der Tiere, die sie erlegt haben, an die Wände ihrer Arbeitszimmer hängen«, lautete Nelsons Antwort.

»Sie sagten es schon, Doc«, sagte Giordano. »Trophäen.«

Dave Granz, der wild auf seinen Block gekritzelt hatte, sah auf.

»Sie wollen also sagen, wir suchen hier nach einem Mann, der weibliche Schambeine an der Wand hängen hat, seh ich das richtig?« fragte er Giordano.

»Hey, Dave, ganz ruhig«, mahnte McCaskill leise.

»Ist schon okay, Mac«, sagte Giordano sanft. »Ja, Dave, genau das will ich sagen.«

»Sie scheinen sich Ihrer Sache ziemlich sicher zu sein«, gab Granz zurück. »Für jemanden, der hier erst vor einer Stunde angekommen ist.«

Giordano schüttelte den Kopf. »Nein, ich bin mir ganz und gar nicht sicher. Bei so einem Killer ist nie irgendwas sicher. Wir können endlose Mutmaßungen anstellen. Wurde er von seinem Vater mißhandelt, als Kind mißbraucht? Zahlt er es der Gesellschaft heim? Je länger ich dabei bin, desto eher glaube ich das, was kein Psychologe hören will: Eine Menge von diesen Typen morden, weil es ihnen gefällt.«

»Okay«, warf McCaskill in die darauf folgende Stille hinein. »Was jetzt, Steve?«

»Ein Ausflug in die Leichenhalle«, sagte Giordano. »Ich möchte Barbara Gates sehen. Dann will ich zu der Schule, in der die Leiche gefunden wurde.« Er sah auf seine Uhr, dann zu Kathryn. »Eigentlich wollte ich morgen hin, aber es ist erst halb vier. Haben wir noch Zeit, es heute zu tun?«

»Sicher. Wir nehmen meinen Wagen.«

»Ich ruf eben an«, sagte Morgan und ging zu einem Telefon. »Mein Büro legt euch Passierscheine bereit.«

»Wenn Sie schon dabei sind, bitten Sie doch um Kopien des Obduktionsberichts, der toxikologischen Ergebnisse und der Fotos.«

»Gemacht«, antwortete Morgan und tippte auf den Tasten herum.

»Am Fundort gibt es kein Problem«, sagte McCaskill. »Ich muß nur den Sheriff in Kenntnis setzen. Sie wollen Luftaufnahmen und Farbabzüge vom Fundort?«

»Ja. So bald wie möglich.«

»Was ist mit den Geschworenen im Broadwick-Prozeß?« erkundigte sich Mac. »Was meinst du, wie lange sie brauchen?«

Kathryn hob die Augenbrauen und hielt ihre Handflächen hoch, als wollte sie sehen, ob es regnete.

»Wie lang ist ein Bindfaden? Yablonski oder DiStefano verständigen mich übers Autotelefon, wenn das Urteil da ist. Ich könnte in zehn Minuten zurück sein. Im Zweifelsfall kann Laura das Urteil für mich entgegennehmen.«

»Das wär's?« fragte Granz. »Wir sind soweit fertig?«

Er klang ungeduldig, als wollte er schnell irgendwohin.

»Fürs erste«, erklärte Giordano gelassen. »Ich melde mich morgen früh bei Jack und Ihnen, und dann machen wir uns an die Arbeit.«

»Paßt gut auf euch auf«, sagte Granz und ging.

20

»Erzählen Sie mir von Granz«, bat Giordano.

Sie waren auf dem Weg zum Leichenschauhaus, und Kathryn fuhr. Sie sah ihn an. Sein Gesicht war ohne Ausdruck. Es war, als zeigte er jedem nur, was er ihn wissen lassen wollte. Gut gelaunt und freundlich beim Kennenlernen im Büro des Staatsanwalts, ernst, aber unbeteiligt, wenn er mit Granz zu tun hatte. Aus irgendeinem Grund irritierte es sie. Welches dieser Gesichter war echt? Alle? Keins?

»Da gibt es nicht viel zu erzählen. Er ist in Santa Rita geboren und aufgewachsen. Karriere-Cop. Zehn Jahre Sheriff's Department, bevor er zur Staatsanwaltschaft kam. Drei Auszeichnungen. Einer unserer besten Ermittler.«

»Er mag mich nicht besonders, oder?«

»Es geht nicht um Sie persönlich. Es ist Ihre Arbeit.«

»Hab ich gemerkt«, sagte er sanft. »Er hält nicht viel von Täterprofilen. Oder den Leuten, die sie erstellen. Wenn er mich als Konkurrenz sieht, kann ich es nicht ändern. Und es wird mir auch keine schlaflosen Nächte bereiten.«

»So sieht er Sie nicht, Steve.« Kathryn lächelte. »Dafür ist er zu sehr Profi. Er weiß, daß wir alle auf derselben Seite stehen. Aber diese Morde ... sind ihm nah gegangen. Besonders der an Barbara Gates.«

»Ein guter Cop darf das nicht zulassen.«

»Wenn Sie Dave besser kennen würden, wüßten Sie, daß er es normalerweise nicht zuläßt.«

»Hat er Ihnen das gesagt?«

Kathryn schüttelte den Kopf. »Ich kenne ihn ziemlich gut, aber ich bezweifle ... das ist nichts, worüber er mit mir reden würde. Norm Podnoretz hat es mir erzählt. Dave hatte die

Aufgabe bekommen, Familie und Freunde der Ermordeten zu befragen, ihre Sachen durchzusehen. Das ist sonst reine Routine. Aber diesmal ... anscheinend hat es ihn ziemlich mitgenommen. Er konnte einfach die Distanz nicht halten.«

Giordano nickte, seine Miene so ungerührt wie zuvor. »Kann ich nachempfinden. Viele Cops erleben das. Man weiß nie, was der Auslöser ist. Mir ist es auch passiert, 1986. Das Department hatte gerade überall im Staat Psychologenteams eingerichtet. Wir sollten eine Serie von Kindermorden oben im Mendocino County betreuen. Fünf Morde hatte es gegeben. Für mich war es nur ein Job, und sie waren nur ... Opfer. Dann fanden wir diese Cowboystiefel. So kleine Dinger. Ich denke, sie haben mich wohl an die Verletzbarkeit meiner eigenen Kinder erinnert. Es hat mich einfach umgehauen.«

Er schüttelte den Kopf, als wollte er die Erinnerung loswerden. Das Geständnis kam unerwartet. Normalerweise hatten Cops ihre Gefühle gut im Griff. Kathryn bog am Alvarado Highway links ab und nahm den Mission Heights Boulevard. Drei Minuten später rollten sie über den Parkplatz vor dem County Hospital.

»Ich hab noch eine Frage, bevor wir reingehen. Nelson arbeitet als Pathologe fürs County?«

»Das Büro des Coroners gehört zum Sheriff's Department«, sagte Kathryn nickend. »Aber in den allermeisten Fällen sind Coroner Politiker. Viele von ihnen wissen von Pathologie soviel wie ein Fernfahrer. Wir geben es weiter. Doc Nelson ist da unser wichtigster Mann.«

»Okay.« Er nahm die Information ungerührt auf. Wie ein Computer, dachte sie. Man gibt sie ein und weiß, wo man sie hat. Sie stiegen aus und gingen hinein, zeigten dem Cop an der Tür ihre Ausweise, bevor sie sich der Anmeldung zuwandten.

»Das hier hat Dr. Nelson für Sie hinterlegt.« Die junge, dunkelhaarige Frau hinter dem Tresen reichte ihnen BESUCHER-Schilder. »Wollen Sie gleich runtergehen?«

Giordano sah Kathryn an. »Ich sehe keinen Grund, warum wir warten sollten. Sie etwa?«

»Gehen wir«, sagte sie.

Sie nahmen den Aufzug in den Keller, und als sich die Türen öffneten, erwartete Morgan Nelson sie schon. Er trug seinen grünen Chirurgenkittel und Gummistiefel. Kräftige Unterarme ragten aus den kurzen Ärmeln hervor. Man sah Spuren von Talkumpuder auf seinen Handrücken.

»Hi, Doc«, begrüßte ihn Kathryn. »Schon wieder bei der Arbeit?«

»Ein Streifenwagen hat mich mitgenommen«, erwiderte Morgan.

»Ganz schön was los hier unten«, bemerkte Steve.

»Der Tod schläft nie.« Morgan lächelte müde und wies mit einer Hand zur Auftragstafel an der Wand. »Wir arbeiten fast immer auf Hochtouren.«

Während man mit dem Leben beschäftigt war, vergaß man gern, daß hier unten die Prozession des Todes niemals endete. Umstände, Art und Ursache jedes unnatürlichen Todes im County wurden hier untersucht. Neben den Morden – und heutzutage trug sogar das verschlafene Nest Santa Rita seinen Teil dazu bei – untersuchte der Pathologe sämtliche Unfälle, Selbstmorde und Krankheitsfälle mit Todesfolge, falls der Verstorbene in den drei Wochen vor seinem Tod nicht bei einem Arzt gewesen war. Das traf auf ein Drittel aller Toten zu und machte etwa zweihundertfünfzig Obduktionen im Jahr, circa fünf pro Woche. Zwanzig bis dreißig davon waren Mordfälle, und montags war der hektischste Tag. Vor dem Obduktionsraum stand eine Schlange zugedeckter Bahren. Unnatürlich reglos inmitten des geschäftigen Wirrwarrs erwarteten Leichen ihren Auftritt: Licht, Kamera, Action.

»Schlimmes Wochenende, mh?« sagte Giordano.

»Wie immer.« Morgan sah auf sein Klemmbrett. »Und wenn Sie meinen, das hier wäre schlimm, werfen Sie mal Samstag nachts einen Blick in eine Notaufnahme. Katie, ich muß dir wegen des Essens schon wieder eine Absage erteilen. Ich werde den Abend wohl mit meinen Messern verbringen.«

»Keine Sorge, Doc. Es gilt für ein andermal.«

»Ich hatte mich darauf gefreut.« Morgans Stimme klang betrübt. »Aber«, er deutete in die Runde, »ich kann den Karneval nicht aufhalten. Übrigens, Steve, die Obduktionsprotokolle, die Sie wollten, können Sie nachher gleich mitnehmen.«

»Oh, vielen Dank. Besonders wenn Sie hier soviel Arbeit haben.«

»Es gleich zu tun ist ebenso schwierig wie später.« Nelson ging über den Korridor voraus zu den massiven Stahltüren eines Kühlschranks. Er schwang sie auf, und eine Welle kalter, fauliger Luft wehte heraus. Selbst mit verbundenen Augen hätte Kathryn sofort gewußt, wo sie war. Ihre erste Obduktion hatte sie in Los Angeles gesehen. Vorher war sie noch nie in einer Leichenhalle gewesen. Es war wie in einem Science-Fiction-Roman. Grelle Beleuchtung, der trübe Schimmer stählerner Obduktionstische, die Geräusche von Wasser in der Spüle, das metallische Klappern chirurgischer Instrumente. Noch immer erinnerte sie sich an die groben Scherze der Cops, während sie auf den Pathologen warteten.

Die Leiche war eine Frau mittleren Alters gewesen, Opfer einer Fahrerflucht. Sie hatte schwere Kopfverletzungen, das Gesicht war praktisch nicht mehr zu erkennen. Der Pathologe – groß und schlank, Mitte fünfzig mit den sensiblen, feingliedrigen Händen eines Pianisten – begann an der linken Schulter, schnitt die Brustmuskulatur in einem Bogen bis zur selben Stelle an der gegenüberliegenden Schulter ein, und vollendete das Y mit einem tiefen, vertikalen Schnitt bis hinunter zum Schambein. Mit einer Rippenschere löste er das Brustbein, entfernte die Brustplatte mit den Rippen und nahm die Organe aus dem Brustkasten, diktierte dabei alles in ein

Mikrofon über seinem Kopf. Ein abgestandener, drückender, unausweichlicher Geruch hing in der Luft.

Der Pathologe gab sich große Mühe, Kathryn einzubeziehen, forderte sie auf, Fragen zu stellen, erklärte, was er tat und warum. Die Worte sprudelten aus ihm hervor wie eine fremde Sprache: epitheliales Gewebe, Stenose, Infarkte. Die Cops beobachteten sie, als er die Kopfhaut abschälte und ihr die Bruchlinien im Schädel zeigte.

Mittags war alles vorbei. Die Cops luden sie zum Essen ein, warteten, wie hungrig sie sein und was sie bestellen würde, machten Witze über geschnetzelte Leber. Mehr als alles andere auf der Welt wollte sie lange und heiß duschen, aber sie stand es durch, bestellte wie alle anderen einen Cheeseburger. Irgendwie war es wichtig gewesen zu enttäuschen, zu zeigen, daß sie es konnte. Heute ging sie freiwillig zu Obduktionen. Das Opfer zu sehen, machte das Verbrechen realer, schmerzlicher. Realität und Schmerz waren für eine gute Anklage unerläßlich.

Morgan Nelson fand die richtige Bahre, prüfte den Zettel am Zeh, verbeugte sich altmodisch, was »Nach Ihnen« bedeuten sollte, und trat zur Seite.

»Braucht ihr mich für irgendwas?« sagte er zu Kathryn.

»Wir kommen zurecht, Doc«, gab Giordano zurück. »Arbeiten Sie nur an dem weiter, womit Sie gerade beschäftigt waren.«

»Als nächstes kommt eine Wasserleiche.« Morgan verzog sein Gesicht zu einer Grimasse. Niemand mochte Wasserleichen, die verwesten Mordopfer oder Selbstmörder, die man im Meer oder am Strand fand. Er will schnell damit durch sein, dachte Kathryn. Mit dem, was ihr jetzt bevorstand, ging es ihr genauso.

Giordano zog die Plane zurück. Kathryn zwang sich, näher heranzutreten, so nah wie möglich, ohne die Leiche zu berühren. Das Gesicht des Mädchens war noch immer geschwollen, dunkelblau, die hellbraunen Augen wie Murmeln hinter halbgeöffneten Lidern. Das Haar hatte man ordentlich unter eine elastische Haube gestopft, um die Einschnitte der Säge zu verbergen. Kathryn betrachtete den ganzen Körper, versuchte, sich Details zu merken und sich vorzustellen, wie Barbara Gates im Leben gewesen war.

Ein hübsches Mädchen. Sie erinnerte sich, wie seltsam es aus Morgans Mund geklungen hatte. Barbara Gates' Wimpern waren lang, ihre Finger- und Fußnägel manikürt, das Haar an den Beinen mit Wachs entfernt. Sie war schlank, die Figur fast jungenhaft. Ihre Hüftknochen ragten hervor, der vernähte Obduktionsschnitt setzte sich scharf gegen die marmorweiße Haut ab. Die Wunde zwischen ihren Beinen sah aus wie Fruchtfleisch. Ihr Gesicht war leer, als hätte all das, was mit ihrem Körper geschehen war, gar nichts mit ihr zu tun.

Kathryn erschauerte, erinnerte sich an ein anderes Gespräch mit Morgan Nelson, gleich nach der Obduktion.

»Meine Untersuchungen bringen mich zu der Überzeugung, daß sie schnell gestorben ist, Katie«, sagte Morgan. Er meinte es nett, um Kathryns mögliche Nervosität zu lindern.

»Das stört mich nicht so sehr wie die Überlegung, wie lange sie gewußt haben muß, daß sie sterben würde.«

Der Erstickungstod dauerte nur wenige Minuten. Aber wenn jede Faser deines Ichs schrie *Lieber Gott, hilf mir doch,* waren Minuten wie Ewigkeiten. Ewigkeiten im Bewußtsein des Todes.

Sie blieben noch etwa eine Viertelstunde dort, und Giordano machte sich Notizen zu den Verletzungen der Toten. Dies und die Informationen, die er aus Morgans Obduktionsbericht zog, würden in seine Analyse der Vorgehensweise des Mörders und ebenso in die Zusammenfassung aller bekannten Fakten über Barbara Gates einfließen.

»Okay«, sagte er und schob den goldenen Kugelschreiber in seine Innentasche. »Kehren wir zu den Lebenden zurück.«

Sie gingen nach oben und holten die Obduktionsprotokolle am Empfang ab. Giordano legte sie in seinen Aktenkoffer, und sie gingen hinaus in den wärmenden Sonnenschein.

»Wohin jetzt?« fragte Kathryn. »Zum Fundort?«

»Es ist halb fünf«, erwiderte Giordano. »Darf ich Ihnen einen Kaffee ausgeben?«

»Ich könnte einen gebrauchen.«

Sie stiegen ein und nahmen den Freeway nach Osten.

»Es gibt ein Straßencafé am Eingang zum Cabrillo Park«, erklärte sie Giordano. »Das liegt auf dem Weg.«

»Café am Park«, las Giordano laut das Schild, als sie vom Freeway kamen und einschwenkten. Es war ein rundes Gebäude aus Glas und rötlichem Holz mit weißen Lattentischen und Stühlen unter blauweiß gestreiften Sonnenschirmen.

»Die Highschool ist eine halbe Meile von hier«, erklärte Kathryn. »Direkt am Park, dem größten Naherholungsgebiet in Santa Rita. Wandern, Bogenschießen, Golf und Baseball. Es gibt sogar eine Brücke. Keinen Fluß, nur eine Brücke.«

Giordano gestattete sich ein leises Lächeln. »Kalifornien«, sagte er. Sie gingen an einen Tisch, und eine junge Kellnerin kam, um ihre Bestellungen aufzunehmen.

»Sie trinken keinen Kaffee?« fragte er erstaunt, als sie um Tee bat. »Das ist geradezu unamerikanisch.«

»Und Espresso?«

»Ich bin Italiener. Das ist was anderes.«

»Sie sind aus New York, nicht?«

»Ich bin auf der Lower East Side geboren. Little Italy.«

»Wie lange sind Sie schon in Kalifornien?«

»Seit 1984. Und Sie?«

»Zehn Jahre.«

»Woher kommen Sie eigentlich?«

»Kansas City, Missouri.«

»Er hat Sie Katie genannt«, sagte Giordano. Er drängte nicht. Sie konnte reagieren, wenn sie wollte, oder nicht.

»Wir kennen uns schon sehr lange. Seit ich von Los Angeles hier raufgekommen bin.«

»Wie alt ist er? Fünfundfünfzig?«

Es überraschte sie jedesmal, daß Männer ihres eigenen Alters so etwas derart wichtig fanden. *Was finden Sie nur an dem alten Mann?*

»Vielleicht muß man eine Frau sein, um es zu verstehen.«

»Versuchen Sie, es *mir* zu erklären.«

»Morgan war für mich da, als kein anderer da war«, sagte sie. »Ich glaube, ohne seine Hilfe hätte ich es hier oben nicht geschafft, als man in mir nur ein Karriereweib gesehen hat, das sich in eine Männerdomäne drängen wollte.«

»So schlimm, ja?«

»Ich bin nicht klargekommen. Ich war wie im Juristischen Seminar, zu naiv zu erkennen, daß die Ausflüchte, wenn ich von jemandem seine Notizen leihen wollte, nur dazu dienten, mich aus einer Männerwelt auszugrenzen. Eine Zeitlang habe ich mich wie – ich weiß nicht – wie ein Lamm im Tigerkäfig gefühlt.«

»Und Morgan hat verhindert, daß Sie gefressen wurden?«

Sie lächelte. Du bemitleidest dich nur selbst, hatte Morgan ihr gesagt. Mach weiter so, und du bist eine leichte Zielscheibe. Die Jungs müssen erkennen, daß du beißen kannst. Du hast gute Zähne, Katie. Geh und beiß jemanden.

»Er hat zugehört, Steve. Wenn ich eine Schulter zum Ausweinen brauchte, jemanden zum Händchenhalten. Jetzt brauch ich es nicht mehr so sehr, aber es ist gut zu wissen, daß er noch da ist. Er wurde mir fast wie ein richtiger Vater.«

Sie sah sein Augenzwinkern und wußte, daß er die letzte Bemerkung gespeichert hatte. Wieder der Computer.

»Sie haben eine Tochter«, sagte er. Wieder so ein lässig hingeworfener Satz. Darin war er gut. Sie konnte allgemein bleiben, wenn sie wollte. Oder ihm die ganze Geschichte erzählen.

»Wir haben uns scheiden lassen, kurz bevor ich herkam.«

»Ein Anwalt?«

»Woher wissen Sie das?«

»Es ist ein Scherz. Anwälte heiraten Anwälte. Wer sonst würde sie nehmen?«

»Touché.«

Er zeigte sein etwas schwerfälliges Lächeln. Es machte seine Miene weicher. »Erzählen Sie mir von Ihrer Tochter.«

»Emma ist fast sieben. Sie hat langes, schwarzes Haar, braune Augen und Sommersprossen, zieht sich gern hübsch an, geht an den Strand und liebt Quesadillas.« Sie holte ein Foto hervor, das Jack vor ein paar Monaten gemacht hatte.

»Wird mal eine hübsche Frau«, prophezeite Giordano. Wieso dachte ich, er würde sagen: Wie die Mutter? dachte Kathryn.

»Um sechs muß ich sie abholen«, sagte Kathryn. »Wir sollten besser los, wenn Sie noch an den Fundort wollen.«

Er zahlte, sie kehrten zum Wagen zurück und fuhren durch die stillen Straßen von Outlook Heights hinunter zur Cabrillo Park High. Kathryn meldete sich übers Autotelefon bei der Schulverwaltung an und fuhr gleich am Hauptgebäude vorbei, parkte vor den flachen Bauten. Sie durchtrennte die Siegel und öffnete die Filteranlage. Wie beim letzten Mal roch es nach feuchter, abgestandener Luft und Chlor. Kathryn machte die Neonleuchten an. »Sie brauchen eine Taschenlampe. Im Büro müßte eine sein.«

Sie ging hinein, sah sich um. Ein billiger Schreibtisch, eine Kochplatte, eine rostige Bogenleuchte, einige Papiere, zusammengehalten von einer Riesenwäscheklammer, ein zerkratzter, alter Bürostuhl. Die Lampe hing an einem Nagel neben der Tür. Sie reichte sie Giordano und folgte ihm in den dunklen, hinteren Teil des Baus. Das Licht der Taschenlampe fiel auf die Werkbank und die Wartungsgrube im Boden.

»Da unten«, sagte Kathryn.

»Ich hab die Fotos gesehen.«

Er hockte sich hin, starrte in die Tiefe der Grube hinab, als könnten ihm die ölverschmierten Wände etwas sagen. Sein Gesicht war ernst, nachdenklich.

»Er muß sich mit der Leiche viel Mühe gegeben haben«, sagte er. »Man sollte glauben, er würde sie einfach ... fallen lassen. Hat er aber nicht. Er hat sie ganz vorsichtig heruntergelassen. Damit sie noch ... irgendwie gut aussehen würde.«

»Warum sollte er das tun?«

Giordano schüttelte den Kopf, stand auf. »Die früheren Opfer wurden im Freien gelassen, an öffentlichen Plätzen. Er hat sie da einfach aus dem Wagen geschmissen und ist weggefahren, nicht?«

»Das stimmt.«

»Glauben Sie, diese hier könnte vielleicht etwas ... Besonderes an sich haben?«

»Inwiefern besonders?«

Wieder schüttelte er den Kopf. »Es ist noch zu früh, etwas darüber zu sagen. Ich gebe nichts auf innere Stimmen, aber wenn ich es täte, würde mir meine innere Stimme sagen, er spielt mit uns Spielchen.«

»Spielchen?«

»Er sagt: Ich kann machen, was ich will. Jederzeit. Und ihr könnt nichts dagegen tun. Deswegen diese Botschaften mit dem kleinen Lebkuchenmann.«

»Danach wollte ich Sie schon fragen. Dafür halten Sie die kleine Figur?«

»Es würde passen. Lauf, lauf, so schnell du kannst, ihr kriegt mich doch nie, ich bin der Lebkuchenmann.«

»Aber wäre er so dumm, absichtlich ein Risiko einzugehen?«

»Wir haben es nicht mit einem dummen Menschen zu tun, Kathryn«, gab Giordano ungeduldig zurück. »Ich vermute, dieser Mann weiß genau, was er tut und warum er es tut.«

Er hängte die Taschenlampe wieder an den Haken zurück, und sie gingen hinaus. Kathryn schloß die Tür und klebte neue Siegel an. Giordano stand da, betrachtete das unansehnliche Gebäude, aus dem sie gerade gekommen waren.

»Wer könnte von so einem Ort wissen?« sagte er wie zu sich selbst. »Wer könnte davon wissen?«

Er schien keine Antwort zu erwarten. Sie sah auf ihre Uhr – 5:28.

»Was jetzt?« fragte sie.

Er stieß einen langen, frustrierten Seufzer aus. »Ich werde heute abend Doc Nelsons Protokolle durcharbeiten.«

»Wo wohnen Sie?«

»Ein Freund, der in Laguna del Mar wohnt, hat mir seine Wohnung überlassen. Ist nur ein Atelier.«

»Ich muß Emma abholen. Wenn wir das zuerst tun können, fahr ich Sie rüber nach Shelter Island und dann nach Haus.«

»Soll mir recht sein«, sagte er und stieg ein. Kathryn fuhr die Outlook Heights Avenue nach Alameda hinunter und dann nach Osten. Der Feierabendverkehr war dicht. Fast zwanzig Minuten brauchte sie, um durch das Tal und den Hügel hinauf zum College zu kommen. Als sie oben waren, hielt sie an, um Giordano den Ausblick zu zeigen.

»Das ist Monterey?«

»Santa Rita rechts, Espanola unter uns, Catalina links. Monterey ganz da hinten auf der anderen Seite der Bay.«

»Und all diese Menschen, die da unten leben«, sagte er wiederum wie zu sich selbst.

»Komisch, daß Sie das sagen. Als man Barbara Gates gefunden hatte, hab ich hier eines Abends gestanden und so ziemlich dasselbe gedacht: Irgendwo da unten ist er. Vielleicht kann ich sogar das Haus sehen, in dem er wohnt. Er hat einen Job, Freunde wie wir alle. Und wir haben nicht die leiseste Ahnung, wie er aussieht.«

»Also«, sagte er langsam, »geht es Ihnen auch unter die Haut?«

Sie nickte. »Ich denke über mein Leben nach, meine Zukunft. Und daß für sie alles vorbei ist. Ohne eine Chance gehabt zu haben. Junge Frauen wie ich, Steve. Wie ich war, früher. Es ... verfolgt mich.«

»Es geht allen so. Streifenpolizisten, Detectives, Ihnen, mir. Wir müssen mit manchem fertig werden, mit dem man gar nicht fertig werden kann. Andere Leute haben Glück. Die haben nur Alpträume.«

Sie gab Gas und fuhr zum Lighthouse Drive hinunter.

»Hey«, sagte sie aus einem Impuls heraus, als sie auf den Parkplatz vor Emmas Schule einbogen. »Mögen Sie Pesto?«

Giordano sah überrascht aus. »Soll das ein Witz sein? Ich bin aus Little Italy. Sie erinnern sich?«

»Ich wollte für Morgan welches kochen. Ich hab alle Zutaten da. Wieso essen Sie nicht mit uns? Ich fahr Sie später runter nach Laguna.«

»Ich glaube, das würde mir gefallen«, meinte Giordano.

Es war kein sonderlicher Erfolg.

Als sie Giordano sah, verfinsterte sich Emmas Miene. Offenbar hatte sie sich darauf gefreut, Kathryn ganz für sich allein zu haben. Sie wußte, ein Fremder im Wagen bedeutete, daß Kathryn wieder weg mußte oder zu Hause arbeiten wollte. Beides war nicht das, was Emma wollte.

»Kommt der da mit zu uns?« fragte sie unverblümt, als Kathryn aus der Einfahrt auf den Lighthouse einbog.

»Emma!« schimpfte Kathryn. »Das ist Mr. Giordano. Nicht ›der da.‹«

»Und, kommt er?« beharrte ihre Tochter.

»Ja, das tut er. Ich will Pesto kochen. Wir können alle zusammen essen. Würde dir das gefallen?«

»Was ist Pesto?«

»Es ist eine bestimmte Art, Spaghetti zu kochen«, erklärte Steve und drehte sich auf seinem Sitz zu ihr um.

»Igitt! Ich hasse Spaghetti.«

»Und was magst du?«

Emma ignorierte die Frage. »Bleibt er lange?« wandte sie sich an Kathryn.

»Langsam hab ich aber genug von deinem Flunsch, Emma«, sagte Kathryn mit warnendem Unterton. »Und außerdem glaube ich, du solltest auf deine Manieren achten, junge Dame.«

Emma zuckte mit den Achseln und schmollte. Für den Rest der Fahrt hinauf zur Wohnung sagte keiner mehr ein Wort. Als Kathryn aufschloß, rannte Emma direkt in ihr Zimmer. Kathryn tat, als merkte sie es nicht.

»Sie will Sie für sich allein«, sagte Giordano. »Wir können es lassen, wenn Sie wollen. Ich eß unten am Strand.«

»Sie wird es überleben, Steve. Was kann ich Ihnen anbieten? Orangen- oder Apfelsaft, Perrier, Wein?«

»Apfelsaft wäre nett. Hübsche Wohnung haben Sie.«

Sie standen am L-förmigen Küchentresen, hinter dem sich Herd, Kühlschrank, Mikrowelle, Spüle und Schränke befanden. Ein kabelloses Telefon stand auf dem Tresen. Am Ausgang rechts kam man ins Wohnzimmer. Geradeaus war das große Fenster, das auf den Balkon hinaus ging. Rechts reichten Bücherborde vom Boden bis zur Decke, die auch den CD-Player und einen tragbaren Sony-Fernseher beherbergten. Zwei cremefarbene Sessel flankierten das Fenster, und ein aufklappbares Sofa stand an einem gläsernen Kaffeetisch mitten im Raum. In einer Ecke sammelten sich vier Stühle um einen runden Kirschholztisch. Steve ging hinüber, um aus dem Fenster zu sehen.

»Die Aussicht ist großartig.«

»Deshalb hab ich die Wohnung gekauft«, rief Kathryn aus der Küche. »Es macht Ihnen doch nichts, so früh zu essen?«

»Nein, kein Problem«, erwiderte er abwesend. Sie merkte, daß er sich die CDs und Bücher ansah, nicht generell, sondern eins nach dem anderen. Er ging durchs Zimmer, betrachtete die blaßgolden gestreiften Tapeten mit den passenden Gardinen, den gerahmten, numerierten Druck eines naiven Gemäldes, das Espanola darstellen sollte, die weißgestrichenen Korbstühle und die kupfernen Übertöpfe auf dem Balkon.

»Sie erstellen mein Profil?« Sie gab ihm den Saft, sah Fältchen um seine Augen, aber es war kein echtes Lächeln.

»Gewohnheit«, sagte er. »Ich kann es nicht mehr lassen. Immer wenn ich in ein fremdes Haus komme, ertappe ich mich dabei, wie ich mir alles ansehe ... die Person erspüre.«

»Und?«

Er schob eine Augenbraue hoch. »Wenn ich es mit einem Wort sagen sollte, würde ich sagen: autark.«

»Was heißt das?«

»Allein leben ... Frauen können es besser als Männer.«

Vielleicht wollte er, daß sie sich nach ihm erkundigte, aber sie ging nicht darauf ein. Sie wollte ihn nicht in Verlegenheit bringen, obwohl klar war, daß Steve Giordano keine Fragen beantworten würde, die er nicht beantworten wollte. Später hatte sie das Gefühl, als hätte sie den Augenblick nutzen sollen. Sobald sie gegessen hatten, bedankte er sich und ging. Es waren nur ein paar Meilen nach Shelter Island. Der Spaziergang würde ihm gut tun, sagte er. Im Gehen wandte er sich noch mal zu ihr um.

»Hören Sie, ich danke Ihnen, daß Sie mich zu sich nach Hause eingeladen haben. Ich habe es sehr genossen.«

Darüber dachte sie nach, als er fort war, und fragte sich, was er genossen hatte. Das Essen war mittelmäßig gewesen, sie hatten ein paar Gläser Rotwein getrunken, über Filme und Leute gesprochen, die sie beide kannten. Emma hatte anfangs geschmollt, aber er hatte sich nach der Schule und ihren

Büchern erkundigt, und nach einer Weile war sie auf seine ungezwungene Höflichkeit eingegangen.

»Und magst du jetzt Mr. Giordano?« fragte Kathryn ihre Tochter, als sie sie ins Bett brachte. Emma legte den Kopf zur Seite und dachte ernsthaft über die Frage nach.

»Ist er traurig, Mommy?« fragte sie.

»Nicht besonders, glaube ich. Wieso?«

»Er hat so einen traurigen Blick, wenn er nicht weiß, daß man hinsieht.« Sie zuckte mit den Achseln, als wollte sie sagen: Wer weiß? »Vielleicht ist er einsam.«

Kathryn lachte laut auf. »Du bist ein ziemlich kluges Kind«, sagte sie. »Weißt du das?«

21

Er betrachtete es immer als Jagd. Den Ort finden, wo die Unschuldigen unschuldig ihrer Wege gingen. Beobachten. Warten. Bis er die Richtige gefunden hatte. Sie dann einfangen. Nie am selben Ort. Und immer – um der Spannung willen – immer etwas gefährlicher.

Er entschied sich für Marina Village, ein Seebad der Reichen, wo es extrem unwahrscheinlich war, daß er von jemandem erkannt wurde. Das Village war am Meeresarm hinter dem langen, schmalen Ausläufer von Shelter Beach gelegen. Die Hauptstraßen verliefen von West nach Ost. Geschäfte und größere Restaurants lagen in der Fußgängerzone, in Shoreside fanden sich Hamburgerläden und Straßencafés entlang der dichten Reihen vertäuter Segelboote.

Er schlenderte durch Shoreside, mischte sich unter die Leute. Herrgott, die *Freiheit,* die Kinder heute hatten. Die meisten sahen aus, als wären sie auf dem Weg zu einer Party in Venice Beach. Überall Mädchen. In Tank Tops und Shorts, mit Mini-BHs und kurzen Haaren, in Bikinis mit T-Shirts oder abgeschnittenen Jeans, die sich um die Hintern und zwischen ihre Beine schmiegten. Pärchen auf Motorrädern rollten vorbei, Rollschuhläufer mit Pferdeschwänzen und metallisch zischenden Kopfhörern. Niemand beachtete ihn. Ein Mädchen, das über die Reling eines mittelgroßen Powerboats kletterte, fiel ihm auf. Sie war vielleicht einssechzig, trug das lange, dunkle Haar zurückgebunden. Dunkle Augen, schlanke Beine, hellbraune Haut. Das Boot hieß *Suzie Q.* Er beobachtete sie eine Weile, und ihre Bewegungen, wie sie sich bückte und drehte, weckten sein Verlangen. Überall waren Leute, viel zu viele Leute. Wann würde es ruhiger werden? Warte, warte.

Nichts überstürzen. Laß es sich alles von selbst entwickeln. Das war Teil der Erregung.

Er setzte sich an einen Tisch vor einem Café gegenüber des Jachthafens und sah die Frauen kommen und gehen, Blonde, Brünette, schlichte Mädchen, hübsche Mädchen, schlanke Mädchen, fette Mädchen. Erstaunlich, wie viele fette Mädchen es gab. Schwabbelige Hintern, beulige Schenkel, hängende Brüste, häßlich, häßlich, häßlich.

Aus dem Nichts tauchte das Mädchen auf, das er auf dem Boot gesehen hatte. Sie trug eine offene weiße Bluse über einem Badeanzug, der oben tief und an den Schenkeln hoch eingeschnitten war. Sie war schlank, die Beine fest und braun. Beine waren wichtig. Mit häßlichen Beinen konnte man nicht schön sein. Er folgte ihr am Ufer entlang, mischte sich unter die Leute, damit sie ihn nicht bemerkte. An der Third bog sie ein. Als er dort ankam, war sie verschwunden.

Er kehrte zum Jachthafen zurück, dorthin, wo die *Suzie Q* lag. Ein blonder Junge von vielleicht vierundzwanzig spritzte das Deck des benachbarten Segelbootes mit einem Schlauch ab. Lee blieb stehen und täuschte Interesse vor.

»Schönes Boot«, sagte er. »Deins?«

Träge sah der Junge ihn an. »Mh-hm«, machte er.

»Die hier, die *Suzie Q.* Weißt du zufällig, wie der Mann heißt, dem sie gehört?«

»Klar. Kenny Brayfield.«

»Wohnt er hier unten?«

»Nee. Catalina, glaub ich.«

»Ich hab mich neulich mit seiner Freundin unterhalten«, sagte Lee. »Langes, braunes Haar, zurückgebunden?«

»Oh, Linda«, sagte der Junge.

Linda!

»Linda, richtig. Ich hab sie schon öfter gesehen.«

»Mh-hm«, sagte der Junge. »Arbeitet im Feltrini's.«

Das erklärte ihr Verschwinden. Sie hatte den Personaleingang der Pizzeria genommen, in der sie arbeitete.

»Wollt ihr noch rausfahren?«

Der Junge blinzelte zum Himmel. »Nee, viel zu spät.«

»Bis bald mal«, sagte Lee.

»Mach's gut«, erwiderte der Junge.

Gegen acht wurde es am Jachthafen ruhiger, und nach Sonnenuntergang waren die Straßen fast menschenleer. Nur aus den hell erleuchteten Cafés und Fast-Food-Läden hörte man noch Gelächter. Um elf wurden auch die geschlossen, und die Kids zogen in einen Laden namens Everly's an der Ecke Fourth und Central um.

Perfekt.

Er ging zum Wagen und fuhr nach Hause. Diese Woche würde er nicht wieder nach Marina Village zurückkehren, um dem Jungen auf dem Boot Zeit zu geben, ihn zu vergessen. Er saß im trüben Licht des Arbeitszimmers und dachte daran, wie Linda sich über die Reling des Bootes gebeugt hatte, bis sich sein Verlangen aufgestaut hatte wie Dampf in einem Schnellkochtopf. Er sah nach, ob die Tür abgeschlossen war, und machte seine Hose auf.

Sie hieß Linda Diaz, und sie war zwanzig. Sie wohnte mit zwei anderen Mädchen in einem Apartment im ersten Stock an der Second zwischen Hafen und Fußgängerzone und arbeitete in einer Pizzeria namens Feltrini's, die sieben Tage die Woche von acht Uhr früh bis elf Uhr abends geöffnet war. Das Personal arbeitete in zwei Schichten: acht bis vier und drei bis elf. Lindas Gewohnheiten waren verläßlich. Wenn sie Frühschicht hatte, ging sie danach zum Jachthafen und wartete, bis ihr Freund auftauchte, für gewöhnlich so etwa gegen sechs.

Hatte sie Spätschicht, traf sie sich mit ihm und ihren Freunden hinterher im Everly's. Sie blieben etwa eine Stunde, tranken Bier, dann gingen Linda und Kenny den Hügel hinunter zu ihr. Samstags übernachtete er manchmal dort. Sonst fuhr er zurück nach Catalina.

Dienstag abend war es warm, mit einer kühlen Brise vom Meer. Um halb elf setzte Lee den Pick-up in eine Parklücke etwa fünfzig Meter vor dem Feltrini's. Abends standen hier nur wenige Autos. Er stieg aus und wartete. Am Hafen war alles still, abgesehen vom sanften Schlagen des Wassers an den Booten, dem gelegentlichen Knarren von Tauen. Lichter tanzten auf dem Wasser. Von irgendwo kam ein Frauenlachen, aber es waren kaum Leute da. Auch die Pizzeria war leer, nur ein oder zwei späte Gäste. Die Kellnerinnen räumten ihre Tische auf, das Küchenpersonal putzte und scheuerte.

Acht Minuten nach elf kam sie heraus. Sie trug Tennisschuhe, weiße Hosen und ein blaues Sweatshirt. Er wartete, bis sie näher kam, dann ging er auf sie zu. Als sie auf gleicher Höhe waren, blieb er stehen.

»Linda?«

Sie blieb stehen, stirnrunzelnd, müde. »Ja, bitte?«

»Ich bin ein Freund von Kenny Brayfield«, sagte er. »Du bist seine Freundin, oder?«

»Ja, bin ich.« Sie war mißtrauisch, aber nicht ängstlich. Gut, gut.

»Ich hab hier ein Paket für ihn.« Er zeigte ihr den Karton, den er vorbereitet hatte. »Für die *Suzie Q.* Ich wollte es persönlich überbringen, aber er ist nicht da.«

»Er ist oben im Everly's. Soll ich Ihnen zeigen, wo es ist? Ich bin gerade auf dem Weg dahin.«

»Hey, prima«, sagte Lee. »Geh du vor.«

Er hatte seine Hand am Elektroschocker, als sie an der Fourth um die Ecke bogen, aus den helleren Lichtern in die dunklen Schatten. Er packte sie, warf sie gegen die Hauswand, hielt ihr mit der Linken den Mund zu, während er die Stun Gun aus der Tasche zog. Im selben Moment rammte sie ihm ein Knie zwischen die Beine, versuchte, sein Gesicht zu zerkratzen. Er spürte, wie ihr Knie hochkam und schaffte es, der schlimmsten Wucht auszuweichen, krümmte sich aber und lockerte unwillkürlich seinen Griff. Eine Hand fuhr ihm mit Krallen durchs Gesicht, trieb Tränen in seine Augen, dann biß sie ihm kreischend in die Hand.

»Du Schwein, laß mich los, verdammter Scheißkerl!«

Wieder packte er sie, versuchte, den Elektroschocker gegen sie zu pressen, aber sie war kräftig, wand sich, schrie, schlug nach ihm, trat und spuckte.

»Hilfe!« schrie sie. »Hilf mir doch einer!«

»Halt's Maul!« schnarrte er und schlug mit der Faust zu. Sie prallte gegen die Wand und brach zusammen, ihr Mund eine blutige Rose, die Augen weit vor Angst. Ihr Sweatshirt war am Kragen zerrissen und die Hose an den Schenkeln verdreckt.

Er beugte sich über sie, um sie zu halten oder irgendwie zum Schweigen zu bringen, aber sie kroch weg, heulte wie eine Fabriksirene, ein lauter, schneidender Ton. *Mein Gott. Jeden Moment kann die Polizei da sein!* Er drehte sich um und rannte blindlings zum Hafen, im Rücken ihre endlosen Schreie *Hilfe-Hilfe-Hilfe.* Er kletterte in den Pick-up und saß über das Lenkrad gebeugt, von Kopf bis Fuß zitternd, schweißnaß, mit klopfendem Herzen. *Scheiße-Scheiße-Scheiße!* Er konnte immer noch ihre Schreie hören und meinte, ein paar Männer zu sehen, die in ihre Richtung liefen. Hatte man gesehen, wie er um die Ecke kam und in den Pick-up stieg?

Keine Panik, sagte er zu sich selbst. *Bleib natürlich.* Er zwang sich zu langsamen, bedächtigen Bewegungen. Tief atmend, mit schweißüberströmtem Gesicht, ließ er den Motor an, setzte zurück und fuhr langsam am Hafen entlang, jeder Nerv angespannt, ob jemand ihn rief. Nichts geschah. Als er auf den East Laguna Drive einscherte, eine gute halbe Meile vom Jachthafen entfernt, raste ein Streifenwagen in entgegengesetzter Richtung vorbei, mit heulender Sirene.

Zehn Minuten später, kurz nachdem er auf dem Alameda nach Westen eingebogen war, hielt er am Straßenrand und schlug mit der Faust auf das Lenkrad ein, um seine Wut loszuwerden. *Alles, alles, alles hat sie ruiniert!*

»Langsam«, sagte er wieder und wieder vor sich hin, wie ein Mantra, langsam, langsam, langsam, langsam, bis Atem und Puls normal waren. Dann ging er jede einzelne Sekunde durch, spulte die Bilder in Gedanken ab wie ein Videofilmer, der ein Band immer und stets aufs neue abspielte, bis er jedes Bild, jede Bewegung kannte. Es war übel gewesen, aber er war mit heiler Haut davongekommen. Vielleicht hatte das Biest sein Gesicht gesehen, vielleicht würde sie den Cops eine Beschreibung geben. Damit konnte er leben. In Santa Rita gab es Tausende, die aussahen wie er.

Er sah auf die Uhr. Es war kurz nach elf. Nötig oder nicht, er würde die üblichen Sicherheitsvorkehrungen treffen. Eine seiner Regeln war: Geh nie ein Risiko ein. Er fuhr weiter, bog nördlich vom Freeway auf den University Drive ein und steuerte die Berge an. Es war kurz nach halb eins, als er endlich zu Hause war. Das Licht im Schlafzimmer seiner Frau war aus. Um so besser. Sie war nicht so dumm, ihm jemals wieder Fragen zu stellen, aber so sparte er sich die alberne Unterhaltung. Hast du einen schönen Tag gehabt? Kein Gequatsche, ob er gegessen hatte, ob er was Warmes trinken wollte, als wäre er debil oder irgendwas. Er trug wieder seine normale Straßenkleidung. Die anderen Sachen waren verbrannt. So war es egal, ob er einen Knopf verloren oder Fußspuren hinterlassen hatte. Gerade war er dabei einzuschlafen, als er dachte: *Oh, mein Gott, das Stun Gun.*

Am nächsten Morgen stand davon nichts in der Zeitung. Am liebsten wäre er runter ins Village gefahren, um sich auf die Suche nach seinem Elektroschocker zu machen, aber das wäre unklug gewesen. Sicher hatte man ihn längst gefunden. Egal.

Niemand konnte das Ding bis zu ihm zurückverfolgen. Vor Jahren hatte er in einem Waffenmagazin gelesen, in welchen Staaten es die geringsten Beschränkungen beim Waffenkauf gab: Kentucky, Delaware, Tennessee, North Carolina und Virginia. Als er in Richmond einen Kongreß besuchte, hatte er die Stun Gun in einem Laden um die Ecke vom John Marshall Hotel bar bezahlt. Fingerabdrücke waren keine drauf. Zur Jagd trug er immer Gummihandschuhe. Seine Kleider hatte er verbrannt, die Asche auf dem Rückweg nach Santa Rita aus dem Fenster gestreut. An seiner Hand war ein Bluterguß, wo sie ihn gebissen hatte, aber die Handschuhe hatten verhindert, daß ihre Zähne die Haut durchdringen konnten.

Wie ein Zombie verbrachte er den Tag. Um vier kaufte er die früheste Ausgabe der Abendzeitungen und suchte erwartungsvoll darin herum. Da war es:

MÄDCHEN WEHRT ANGREIFER AB

Linda Diaz, 20, aus Marina Village, wurde gestern abend nach einem nächtlichen Überfall mit einem Schock ins County Hospital eingeliefert. Ihr Angreifer soll mittelgroß, dunkelhaarig sein, vierzig bis fünfzig, hellbraune Jacke und Hose. Die Polizei von Laguna del Mar geht mehreren Hinweisen nach.

Das war nicht viel. Die Polizei würde es kaum erwähnen, wenn sie den Elektroschocker gefunden hätte. Vielleicht hatte jemand ihn eingesteckt und mitgenommen.

Um fünf fuhr er nach Hause, stellte den Wagen in die Garage und zog sich mit der Kanne Tee, die Carol immer für ihn bereit hielt, ins Arbeitszimmer zurück. Er stellte den Fernseher an, schaltete die Sender durch, hoffte, Regionalnachrichten zu finden, aber es gab nur Serien oder Talk Shows. Bei seiner zweiten Tasse Tee klingelte es an der Tür. Er runzelte die Stirn. Um diese Zeit? Er wartete. Kurz darauf klopfte Carol an die Tür.

»Hättest du einen Moment Zeit?« fragte sie. Ihre Stimme bebte. Er öffnete die Tür, und sie starrte ihn an.

»Was ist?« sagte er ungeduldig. Sie drehte sich um, und er sah den Mann im Gang stehen, einen gutaussehenden Burschen mit blondem Haar und schiefem Grinsen.

»Mr. Russell? Mein Name ist David Granz. Ich komme vom Büro der Bezirksstaatsanwaltschaft.« Er hielt eine Brieftasche hoch und klappte sie auf. Ungläubig starrte Lee auf die schimmernde Plakette. *Mein Gott,* dachte er, *sie wissen es, sie wissen es.* Panik lähmte ihn, verstopfte seine Ohren, verwässerte die Augen. Er spürte, wie ihm am ganzen Körper der Schweiß ausbrach. *Mein Gott,* dachte er, *sie haben mich gefunden, sie wissen es.* Die Worte hämmerten wie ein Herzschlag in seinem Kopf: *sie wissen es, sie wissen es, sie wissen es.*

»Was ... was wollen Sie?« brachte er hervor.

»Nur ein paar Fragen«, erwiderte Granz. »Geht ganz schnell.«

22

Für Kathryn war jeder Morgen ein Kampf. Selbst wenn sie um halb sechs aufstand, war das nicht früh genug. Anziehen, ab in den Wagen, Emmas Ranzen mit Schulbroten, Pulli, Jacke, Badeanzug, wenn sie Schwimmunterricht hatte. Frühstück bei Donaldson's, meist im Wagen, manchmal gleichzeitig Hausaufgaben durchsehen. Ein Küßchen vor der Schule, dann das vollständige Abtauchen in die Arbeit. Das waren die guten Tage. Es gab andere, an denen sie spät dran waren, Tage, an denen sie die weinende Emma absetzte, das halbe Frühstück noch auf dem Sitz, nicht mal Zeit, sie in den Arm zu nehmen.

Genauso die Mittagspausen, immer im Galopp. Einkaufen, zur Reinigung oder zur Bank, Arzttermine, alles wurde in diese knappe Stunde gepreßt. Am Ende des Tages Wechsel von der Staatsanwältin zur Mutter auf der Fahrt zur Schule, um die Tochter abzuholen. Emmas Abende waren festgelegt: Abendessen, Duschen, Kleider für den nächsten Tag raussuchen, ein Spiel oder eine Geschichte, Schlafenszeit. Und Kathryns Abende genauso. Rauf auf den StairMaster – keine Zeit mehr zum Joggen – dann Fälle und Gesetzestexte durchsehen, danach ins Bett fallen. Am nächsten Tag alles wieder von vorn. Es war nicht gerade wie bei den Waltons.

Mit Steve Giordano zu arbeiten, hatte das verändert. Zum ersten Mal hatte sie Spielraum. Sie konnte später aufstehen, lange frühstücken, während Emma über die Schule plapperte, den Schwimmunterricht oder ihre Freundin Julie Corcoran, und noch immer war Zeit genug. Nicht im Gericht zu sein, hieß, nicht mehr bis in die frühen Morgenstunden Transkripte zu lesen, Polizeiberichte zu markieren, die Aussage des nächsten Zeugen zu umreißen. Es hieß, nicht die Wochenenden damit verbringen zu müssen, Gesetzestexte zu recherchieren und Plädoyers vorzubereiten. Sie konnte sich entspannen, einkaufen, Zeit mit Emma verbringen, fernsehen.

An Stelle des Adrenalinschubs vor Gericht traten die immer spannender werdenden Ermittlungen, das Zusammensetzen eines Puzzles aus Fakten, Spuren und Hypothesen, aus dem sich dann ein Täterprofil bilden ließ. Es war eine langwierige Arbeit, zu der die sorgfältige Hinterfragung sämtlicher Beweise und die Durchsicht aller Zeugenaussagen und Protokolle von Polizei und Staatsanwaltschaft gehörten.

Zu allererst übertrug Giordano Jack Burrows die kaum zu bewältigende Aufgabe, ein Register sämtlicher Angriffe auf Frauen zwischen vierzehn und dreißig seit dem Auffinden der ersten Leiche auf Shelter Island anzufertigen, wobei er Täterbeschreibungen, Tatorte und Opferprofile vergleichen und dabei Tausende und Abertausende von Dokumenten per Computer auf ihre Gemeinsamkeiten hin untersuchen sollte.

»Das wird eine monströse Akte werden«, bemerkte Burrows säuerlich. »Würden Sie mir vielleicht sagen, was Sie sich davon versprechen?«

»Dieser Typ ist nicht unfehlbar, Jack«, erklärte Kathryn. »Für jeden Erfolg muß er ein bis zwei Fehlschläge eingesteckt haben. Du weißt, wonach er sucht: Konzentrier dich auf junge Frauen spanischer Abstammung zwischen, sagen wir, sechzehn und fünfundzwanzig, prüf ihre Aussagen, sieh nach, ob es Gemeinsamkeiten in den Täterbeschreibungen, Art und Weise des Angriffs, sonstwas, gibt.«

Während Burrows die nötigen Dokumente anforderte, ging Giordano die Polizeiberichte und Obduktionsprotokolle zu jedem Mord durch, stellte Kathryn Fragen zu den Fundorten. Immer wieder blätterte er in den numerierten Fotos herum, in der Reihenfolge, in der sie aufgenommen worden waren, vom Fundort zum Obduktionstisch, studierte die Wunden aus jedem fotografischen Aspekt und bei jeder Beleuchtung, von

Tages- bis zu grellem Laborlicht. Stundenlang sprach er mit Morgan Nelson, stellte ihm Fragen, hörte gut zu.

»Langsam verstehe ich, was Sie an ihm finden«, erklärte Giordano Kathryn nach einem dieser Treffen. »Er ist ... *unkonventionell* ist nicht das Wort. *Eigen* wäre besser. Er hat seinen ganz speziellen Blickwinkel. Und er äußert ihn auch. Was hat es mit diesen hustenden Sternen auf sich?«

»Er sagt: Leute, die nicht nach den Flöhen greifen und die Sterne husten hören, stellen die Welt nur selten auf den Kopf.«

Das leise Lächeln, das er sich gelegentlich erlaubte, zeigte sich in seinen Mundwinkeln. »Hustende Sterne«, sagte er. »Denen jagt ihr Freund Granz nach?«

»Ich verstehe nicht.«

»Jack Burrows sagt, er sammelt Anschriftenlisten.«

»Was für Anschriftenlisten?«

»Burrows wußte es nicht. Er sagt, Granz hätte ziemlich deutlich gemacht, daß er nicht darüber reden wollte. Es wäre nur eine Idee, der er nachginge.«

»Und es hat mit diesem Fall zu tun?«

Giordano hob eine Schulter. »Hat er nicht gesagt.«

Kathryn legte nachdenklich die Stirn in Falten. »Mit hustenden Sternen hat Dave wenig im Sinn«, sagte sie. »Er will Fakten sehen. Soll ich ihn danach fragen?«

»Das kann warten. Wir haben genug zu tun.«

Allerdings, dachte sie. Die Aufgabe, ein Profil zu erstellen, unterteilte sich in fünf Phasen. Zuerst eine minutiöse Untersuchung der Verbrechen. Dann eine umfassende Einschätzung der Fundorte. Drittens die Analyse all dessen, was man über die Opfer wußte. Viertens und fünftens Bewertungen – eigentlich komplette Neubewertungen, wie alles, was Giordano tat – der Polizeiberichte und Obduktionsprotokolle. Aus diesen fünf Punkten entstand sowohl ein Profil mit Tätercharakteristika als auch Ermittlungsvorschläge, die sich auf dieses Profil gründeten.

»Sie wissen schon einiges über die Vorgehensweise«, hatte Giordano am Anfang zu Kathryn gesagt. »Es ist ganz ähnlich wie eine Diagnose und der Behandlungsplan in einer Klinik. Wir fangen mit dem eigentlichen Verbrechen an: was der Mann tut und welche Bedeutung es für ihn haben könnte.«

»Das hab ich versucht, gleich zu Anfang, als die Tote im Sedgewick Park gefunden wurde«, erklärte Kathryn. »Ich hatte da ein paar nicht ganz ausgegorene Ideen. Wir haben darüber gesprochen.«

Giordano nickte. »Ich erinnere mich.«

»Ich hatte die Idee – die Ahnung, wenn Sie wollen – das Motiv könnte Rache sein. Was meinen Sie? Könnte er Frauen diese Dinge antun, als eine Art ... Vergeltung für etwas, das ihm irgendwann von einer Frau angetan wurde?«

»Eine bestimmte Art von Frau vielleicht? Hispanischer Abstammung, gerade noch Teenager oder Anfang zwanzig?«

»So sieht es doch aus, oder? Was umgekehrt wiederum bedeuten könnte, daß er ebenfalls ein Hispano ist. Aber das wäre nur statistisch. Ebensogut könnte er weiß sein.«

»Wer kam auf die Idee, daß er Trophäen sammeln könnte?«

»Das war Doc Nelson. Weshalb, ist eine andere Frage. Weiter sind wir nicht gekommen. Es fehlte zuviel. Keine Opferidentifizierung in den ersten beiden Fällen, kein Tatort. Deshalb konnten wir es nicht weiter einschätzen.«

»Lassen Sie sich nur nicht davon beirren, daß wir keinen eigentlichen Tatort haben«, sagte er. »Es gibt trotzdem einiges, was uns nützlich sein könnte.«

»Zum Beispiel?«

»Erstens, daß er seinen *modus operandi* geändert hat.«

»Sie meinen, wie er die Leichen deponiert?«

»Für wie bedeutsam halten Sie das?«

Bin ich Psychologe? dachte sie. Das ist deine Sache.

»Vielleicht ist es nicht mehr wichtig, wenn er die Leichen

loswerden will«, meinte sie. »Vielleicht sind dann seine ... Phantasien längst erfüllt.«

Sie glaubte, Überraschung auf seinem Gesicht zu entdecken.

»Gut, ja«, sagte er. »Aber da ist noch etwas. Die Tote von Shelter Island wurde einfach in die Dünen geworfen. Ich nehme an, er hat sie mit dem Wagen hingebracht, rausgeholt und einfach fallen lassen, den Hang hinunter. Man sieht ...« er deutete mit einem Bleistift auf das Foto der Leiche, »... sie stürzt da irgendwie hinunter. Die zweite Tote auch. Er hat sie einfach in die Lagune gerollt. Aber Barbara Gates ...«

Er schwieg, drehte sich auf seinem Stuhl herum, starrte mit leerem Blick aus dem Fenster, mit demselben fragenden Ausdruck wie beim Fundort in der Cabrillo Park High, als er am dunklen Loch der Wartungsgrube gehockt und sich die Leiche von Barbara Gates da unten vorgestellt hatte.

Im Lauf der Zeit gewöhnte sie sich daran, ihn dort so sitzen zu sehen, auf seinem Stuhl, gedankenverloren, wenn er eine Information drehte und wendete wie ein Archäologe einen Kunstgegenstand sorgsam examinierte, um ihn aus jedem erdenklichen Blickwinkel zu betrachten.

Schwerer fiel es ihr, sich daran zu gewöhnen, daß Giordano ihre Gedanken zu lesen schien, wenn er ihr in die Augen sah. Dasselbe Gefühl hatte sie bei Männern, die sie in Gedanken auszogen. Nur beschränkte sich Giordano auf den Blick in die Augen. An ihrem Körper war er nicht interessiert. War das nun schmeichelhaft? Oder nicht?

»Eine Frage«, sagte sie. »Erinnern Sie sich, daß man bei Barbara Gates Reifenspuren gefunden hat? Wie transportiert er seine Opfer, ohne gesehen zu werden? Auf Shelter Island sind immer Leute, selbst spätnachts. Ebenso im Sedgewick Park. Der Mörder mußte die Leiche über eine freie Fläche oder einen Steg schaffen, und danach über ein Geländer heben und in die Lagune werfen. Und keiner hat was gesehen.«

Giordano schüttelte den Kopf. »Menschen neigen dazu, nur das Außergewöhnliche wahrzunehmen. Ich hatte einen Fall, da hat ein Mann eine nackte Leiche auf einem Gepäckwagen im Müllbeutel durch eine Bahnhofshalle gekarrt. Dutzende haben ihn gesehen, aber keiner hat ihn wirklich *gesehen*. Er tut etwas in aller Öffentlichkeit, und sie denken: Es wird schon seine Richtigkeit haben. In Wilmington hat einer eine Frau in seiner Wohnung umgebracht, sie in einen Schlafsack gestopft, sich ein Taxi zum Hafen genommen und sie ins Wasser geworfen. Dem Taxifahrer, der ihm beim Einladen in den Kofferraum geholfen hat, ist nichts aufgefallen.«

»Jemand sagte, er könnte einen Rollstuhl benutzt haben.«

»Das ist ebensogut möglich wie alles andere.«

»Aber das Risiko, das der Mann eingeht, eine Leiche in aller Öffentlichkeit herumzuschieben ...«

»Könnte vielleicht Teil seiner Befriedigung sein«, sagte er. »Oder vielleicht ist es nicht ... real.«

»Nicht real?«

»Vielleicht ist es nicht Teil seiner Phantasie. Vielleicht ist es nur eine Pflicht, die er erfüllen muß.«

Mit der Zeit legte sich die Förmlichkeit, die zu Anfang zwischen ihnen gestanden hatte. Sie gewöhnte sich an seine Nähe, seine Art, sich zu bewegen, an die angedeuteten Gesten, mit denen er bestimmte Erklärungen unterstrich, daran, daß er sich gegen fünf Uhr rasieren mußte. Von Zeit zu Zeit verschwand er, und später erfuhr sie dann, daß er Benton besucht oder nachgesehen hatte, was bei Earhart so passierte. Er meldete sich bei jedem, bei dem er sich melden mußte, übertrieb es aber nicht. Das wäre ein ebenso grober Fehler gewesen wie der Versuch, in die fest verwobene Gemeinschaft der Detectives einzudringen, die ihn kurz abgefertigt hätten.

Er war ernst, aber nicht bierernst, hielt, was er versprach. Er zeigte ihnen, daß er sie respektierte. Nach einer Weile erwiderten sie den Respekt.

Und Tag für Tag arbeiteten sie sich durch die Berge von Papieren, die jeder Mordfall mit sich brachte: Berichte, Diagramme, Fotos, Hinweise aus der Bevölkerung. Tag für Tag gaben sie alles in die Datenbank ein, die inzwischen sämtliche bekannten Fakten über die Opfer, die Fundorte und den Mörder enthielt. Tag für Tag verglichen sie, riefen ab, speicherten, löschten. Und Tag für Tag kamen sie sich näher, wußten es und merkten es trotzdem nicht.

»Wie kommen wir voran?« erkundigte sich Kathryn. Es war die zweite Woche ihrer Zusammenarbeit.

»Wir kommen weiter. Warum fragen Sie?«

»Ich hatte einen Anruf von Richard Sanchez. Er wollte wissen, ob wir was für ihn hätten.«

Giordano knurrte ungeduldig. »Sagen Sie ihm, er kann mich ...« Er sah Kathryn an, und das leise Lächeln zuckte um seine Mundwinkel. »Sie haben es ihm schon gesagt, was?«

»Der Kandidat hat hundert Punkte.« Kathryn lächelte. »Möchten Sie Kaffee?«

»Gern. Schwarz ...«

»Ein Löffel Zucker, ich weiß.« Kathryn stellte den Wasserkocher an und gab Pulverkaffee in einen Steingutbecher, den Giordano sich irgendwo besorgt hatte. Als das Wasser kochte, setzte sie für sich Tee auf.

»Sagen Sie, was machen Sie übernächstes Wochenende?«

Die Frage kam so vollkommen unerwartet, daß sie staunend aufsah. »Nichts Besonderes, denke ich. Das heißt, am Sonntag kommt mein Ex-Mann, um Emma zu besuchen.«

»Dann hätten Sie am Samstagabend also Zeit?«

Sie nickte, verbarg ihre leichte Verwirrung, indem sie heißes Wasser über Kaffee und Teebeutel goß.

»Die Alameda College Players spielen *Carousel*«, sagte er. »Haben Sie es schon mal gesehen?«

»Von Rodgers und Hammerstein, nicht?«

Wieder wirkte er leicht überrascht. »Die meisten Leute sagen *Hammer-stien*«, stellte er fest. Er machte eine unschlüssige Geste. »Ich dachte, wir könnten hingehen. Wenn Sie Lust haben.«

»Samstage sind schwierig«, sagte Kathryn. »Ich kann nicht immer einen Babysitter bekommen ...«

»Nein, nein«, erwiderte er. »Ich hab Karten für uns alle, für Sie, mich, Emma. Ich möchte, daß sie mitkommt.«

»Ist sie nicht etwas jung ...?«

»Es wird ihr gefallen. Es ist eine Art Märchen.«

»Ich glaube, ich hab den Film gesehen.«

»Das ist kein Vergleich mit dem Stück.«

»Sie klingen wie ein Experte.«

Wieder winkte er zaghaft ab. Es war, als zögerte er, ihr – oder irgend jemandem? – etwas anderes als seine förmliche Seite zu zeigen.

»Ich liebe diese alten Musicals. Kern, Cole Porter, die Gershwins. *Carousel* ist wahrscheinlich das beste Stück von Rodgers und Hammerstein.«

»Um wieviel Uhr fängt es an?«

Er zog einen Umschlag aus der Tasche und sah hinein.

»Halb acht. Wenn ich Sie so gegen sechs abhole? Wir könnten in Espanola essen und von da zum College fahren.«

»Sie haben die Karten schon gekauft?«

»Ich mußte. Es ist ein echter Renner.«

»Sie waren sicher, daß ich mitkomme?«

»Es wäre kein Problem, sie zurückzugeben«, erklärte er. »Ich hab gefragt. Es gibt schon jetzt eine Warteliste.«

»Antworten Sie auf meine Frage.«

»Ziemlich sicher«, erwiderte er. Ihre Blicke trafen sich. Mehr als Worte gingen zwischen ihnen hin und her. Kathryn stand ganz still, fragte sich, ob er ihren Herzschlag hören konnte. Es fühlte sich an, als würde eine Tür geöffnet, als bestünde eine unterschwellige Verbindung zwischen den beiden, als strömte sexuelle Energie.

»Was geht hier eigentlich vor, Steve?« fragte sie ganz leise.

»Wir lernen einander kennen.«

»Dafür hatten wir noch nicht viel Zeit.«

Er machte eine Kopfbewegung, sagte aber nichts. Die braunen Augen wandten sich nicht von ihr ab. »Wir haben uns eine Pause verdient. Sie haben schon für mich gekocht. Wie wär's, wenn ich Sie heute abend zum Essen ausführen würde?«

Das Telefon klingelte, und sie zuckten zusammen wie zwei Verschwörer. Sie lachte und nahm den Hörer ab.

»Es ist für Sie«, sagte sie. Er hielt den Hörer mit der Linken, nahm ihre Hand mit der Rechten.

»Also? Was ist mit dem Essen?«

Sie lächelte. »Sie haben ja lange genug dazu gebraucht«, sagte sie.

Kathryn trug ihr schwarzes Kleid und Schuhe von Saks Fifth Avenue. Einen Mantel wollte sie nicht mitnehmen.

»Nun sieh sich das einer an«, sagte Ruth. »Dieser Giordano muß ja was ganz Besonderes sein.«

»Du siehst hübsch aus, Mommy«, rief Emma und drückte sie fest. »Und du riechst gut.«

»Ich weiß gar nicht mehr, wann ich zuletzt ein Kleid getragen habe«, erwiderte Kathryn. »Ich hab mich so an die Kostüme gewöhnt, ich fühl mich richtig ... flatterhaft.«

»Amüsier dich«, riet ihr Ruth. »Laß dir Zeit. Im Fernsehen läuft spät noch *King Kong*«.

»Es ist nur eine Verabredung, Ruth«, sagte Kathryn.

»Klar«, gab Ruth zurück. »Zum Essen im Paolo's.«

Paolo's war sicher das exklusivste Restaurant in Santa Rita, am Lookout Point im Cliffside Park gelegen. Im Foyer, das mit grünen Seidenvorhängen und Ölgemälden ausgestattet war, begrüßte sie der Empfangschef und fragte, ob sie gern einen Cocktail hätten.

»Ich glaube, wir gehen gleich rein«, sagte Steve. »Und werfen einen Blick auf die Weinkarte.«

Das Restaurant lag auf zwei Ebenen und war fast voll. Sie folgten dem Empfangschef nach oben und ließen sich zu einem Ecktisch führen. Es war, als würden sie im All speisen. Karten so groß wie Kreidetafeln wurden gebracht, Kathryn lächelte. »Wer hat gesagt: Je größer die Speisekarten, desto mieser das Essen?«

»Marcel Proust.«

»Ist er oft essen gegangen?«

»In jungen Jahren. Möchten Sie, daß ich bestelle, oder halten Sie das für unpassend?«

»Machen Sie nur«, stimmte Kathryn lächelnd zu. »So militant bin ich nicht.«

Als Steve mit dem Kellner die Speisenfolge besprach, betrachtete sie ihn. Er sieht gut aus, dachte sie. Eine kleine Mulde am Nasensattel deutete einen sauber verheilten Bruch an. Nachdenkliche Augen, kräftiger Unterkiefer, ein fester Mund, der Gewissenhaftigkeit ausstrahlte. Er hatte große Hände und starke Handgelenke, und an den Manschetten zeigte sich der Schatten dunkler Haare. Er trug eine schlichte, goldene Uhr mit schwarzem Lederarmband.

»Also«, wandte er sich an sie, als der Kellner ging. »Das wäre geklärt. Jetzt können wir reden.«

»Gut«, sagte sie. »Ich habe eine Frage.«

Sie sah den wachsamen Blick in seinen Augen. War er immer so wachsam? Und wenn ja, gegen wen oder was?

»Was sollte das heißen, das mit Marcel Proust in jungen Jahren?«

»Er wurde mit fünfunddreißig bettlägerig. Hat nie wieder sein Haus verlassen.«

»Sie kennen sich mit Proust aus?«

Er legte den Kopf auf eine Seite und schob die Unterlippe vor. »Das wollten Sie mich wirklich fragen?«

»Ich hätte noch ein, zwei andere Dinge.«

»Fragen Sie.«

»Sie tragen keinen Ehering. Aber es gab doch eine Mrs. Giordano?«

Er zog ein Gesicht. »Ah, der zwischenbehördliche Nachrichtendienst funktioniert gut. Was haben Sie gehört?«

»Daß Sie verheiratet waren. Sie hatten Kinder erwähnt.«

Er blickte aufs Meer hinaus, dort hinüber, wo die Lichter von Santa Rita im dunkler werdenden Blau des Abends zu schimmern begannen.

»Sie heißt Susan.«

»Erzählen Sie mehr.«

»Wir haben geheiratet, als ich hergezogen bin«, sagte er. »Vor acht, neun Jahren. Tony kam im Jahr darauf, Lisa zwei Jahre später. Die Arbeit mit Täterprofilen stand ganz am Anfang, und ich habe fünfzehn Stunden am Tag gearbeitet, sieben Tage die Woche, und das gern. Es ist mir gar nicht in den Sinn gekommen, daß Suze es anders wollte. Dann hat sie mir eines Tages ein Ultimatum gestellt: Wenn ich mich meiner Familie nicht mehr widmete und versuchte, Ehemann und Vater zu sein, wollte sie die Scheidung einreichen und die Kinder behalten.«

»Vielen Polizistenfrauen geht es so. Manche wünschten, ihr Mann würde fremdgehen. Damit könnten sie besser fertig werden.«

»Ich wollte nicht alles verlieren. Ich habe gesagt, ich kündige und such mir einen anderen Job, wenn es davon abhängt. Ich hab mich sogar umgesehen. Hoffnungslos. Ich hatte für nichts anderes Talent.«

Auch das war eine gängige Erfahrung: Staatsanwälte, Cops, sie alle waren für nur eine Sache ausgebildet. Was sollten sie tun, wenn sie nicht weitermachen konnten?

»Sie hat die Scheidung eingereicht?«

Wieder sah er aufs Meer hinaus. »Ich hab nicht um die Kinder gestritten. Es war, als wäre ich von einer seltsamen Krankheit befallen, einer Lähmung aus Apathie. Ich konnte nicht ...« Er drehte sich um und sah ihr in die Augen. »Für sie ist es gut gelaufen. Sie hat wieder geheiratet, einen Kameramann bei einer Nachrichtenagentur, hat noch zwei Kinder bekommen. Wohnt jetzt oben in Sacramento, rund und glücklich.«

»Und die Kinder?«

»Ich besuch sie, wenn ich kann. Bei dieser Arbeit ist es schwierig, sie regelmäßig zu sehen.«

Ein Kellner brachte den Wein in einem Eiskühler und zeigte ihn Steve, der sich das Etikett ansah und nickte. Der Kellner entfernte den Korken und schenkte einen Zentimeter ein. Steve war das Ritual nicht peinlich wie den meisten Männern. Er nahm das Glas, roch daran, nahm einen Schluck und nickte wieder. Als eingeschenkt war, stieß er mit ihr an, sah in ihr Gesicht. Der Wein war mild und kühl, etwas herbe. Kathryn äußerte Zustimmung.

»Ist nur ein Sommerwein«, sagte er. »Frascati.«

»Frascati. Wo liegt das?«

»Außerhalb von Rom.«

»Waren Sie schon mal da?«

»Natürlich. Meine Eltern kommen aus Neapel.«

Der Kellner servierte den ersten Gang, heiße Pasteten mit Spargelspitzen in einer Kerbelsauce.

»Mmmmm-mmmm«, sagte Kathryn. »Was ist in dieser Sauce?«

»Nur Sahne, Butter, Zitronensaft. Und Kerbel natürlich.«

»Ist das ein italienisches Gericht?« fragte sie.

»'Sta sera, tutt' il mondo è italiano. Heute abend ist die ganze Welt italienisch. Warum lachen Sie?«

»Mir fiel gerade ein, daß Jack und ich italienisch essen waren, als wir uns endgültig getrennt haben.«

»In einem Restaurant?«

»In einer imitierten Trattoria. Spaghetti mit Muscheln, billiger Rotwein aus Karaffen, karierte Decken und Kerzen in Flaschen mit Korbgeflecht. Wir waren mit Freunden da, Dick Martin, einem Strafverteidiger und seiner Frau Terry. Und plötzlich, mitten im Restaurant, fing Jack an, auf mich einzuhacken. Workaholic, machthungrig, krankhaft ehrgeizig, schlechte Ehefrau, schlechte Mutter.«

»Man staut Dinge auf«, sagte Steve, als erinnerte er sich. »Irgendwann bricht der Damm. War es schlimm?«

»Ich ... hab nur dagesessen und zugehört, weil ich nicht fassen konnte, daß er es vor unseren Freunden tat. Dick und Terry war es sehr unangenehm, sie wußten nicht, was sie tun sollten. Ich war zu müde, mich zu wehren. Den ganzen Tag war ich im Gericht gewesen. Und dann sagte Jack: Dick, sag die Wahrheit, du warst dabei, war Kathryns Plädoyer heute nicht der größte Mist, den du je gehört hast?«

»Er hat es Ihnen richtig gegeben, ja?«

»Das war nichts Neues. Er hatte mich schon lange im Visier. Dieser Abend war nur ... wie heißt der Spruch?«

»Der Strohhalm, der dem Kamel das Rückgrat brach.«

»Ich bin aufgestanden und aus dem Restaurant gegangen. Und kurze Zeit später aus seinem Leben.«

»Sie kennen ihn vom Studium.« Und wieder tut er es, dachte sie, sagt so einen trügerisch simplen Satz, der dich auffordert, dein ganzes Leben bloßzulegen. Wenn du willst. Nun, heute abend – aus irgendeinem Grund – wollte sie.

»Wenn ich schlauer gewesen wäre, hätte ich von Anfang an gewußt, daß wir kein gutes Paar waren. Jack studierte, weil seine Eltern meinten, damit wäre viel Geld zu verdienen.«

»Ganz im Gegensatz zu Ihnen.«

»Ja.« Sie lächelte. »Für mich war es ein Kreuzzug. Ich wollte die Welt verändern.«

»Wie kommt das?«

»Sind Sie sicher, daß Sie alles hören wollen? Es reicht weit zurück. Bis in meine Kindheit.«

»Ich möchte es wirklich wissen«, sagte er ernst. »Ah, da kommt unser Essen.«

Er hatte warmen Krabbensalat mit Morcheln bestellt. Die Sauce schmeckte nach grünen Pfefferkörnern.

»Gut?« fragte er.

»Himmlisch«, sagte sie und meinte es auch so. Obwohl sie gutes Essen liebte, hetzte sie meist so herum, daß sie manchmal buchstäblich zu essen vergaß oder das erstbeste herunterschlang, ein Sandwich, ein Snickers, irgendwas. Sie aßen eine Weile schweigend, genossen das Essen und den Wein. Dann stellte Steve eine Frage.

»Hatten Sie auch Sommersprossen wie Emma?«

Sie schüttelte den Kopf. »Ich war klein, dürr, linkisch. Emmas Selbstbewußtsein hab ich nie gehabt. Sie weiß mit sechs mehr als ich mit zwölf.«

»Tun sie alle.«

»Mein Vater hat mich vor allem beschützt. Nicht meine Schwester, nur mich. Ich war sein kleines Mädchen und sollte es immer sein. Er starb, als ich vierzehn war. Meine Mutter heiratete einen alten Freund von ihm, einen Witwer namens Paul Kravitz. Er hatte zwei Söhne und wußte einfach nicht, wie er mit einem Teenager wie mir umgehen sollte. Er kam aus einer strengen Familie, deshalb waren ihm pünktliche Mahlzeiten, gute Noten und die Hausaufgaben wichtig. Meine Schwester Teresa hat geheiratet, mein Bruder arbeitete in Oregon. Also habe ich alles abbekommen. Es war, als müßte ich mit Simon Legree zusammen wohnen.«

»Für einen Teenager schwer zu ertragen. Vor allem, wenn da draußen dieses Leben tobt.«

»Ich wollte nicht warten und bin voll aus der Bahn geraten. Die Kids, mit denen ich mich rumgetrieben habe, waren nicht so privilegiert wie ich. Ich wollte mich wohl überlegen fühlen, hab die Schule geschwänzt und mit der Gang rumgehangen. Mein Gott, dieser lange, heiße Sommer, ich weiß es noch so gut. Bobby Kennedy ermordet, und Martin Luther King. Rassenunruhen in Detroit, erinnern Sie sich?«

»1968«, sagte er. »Ich war mit meinen Eltern in *Hair*«.

»Da war dieser Junge, Peter Devaney.« Sie lächelte. »Seit Jahren hab ich nicht an ihn gedacht. Ich war verrückt nach ihm. Fünfmal haben wir *Bonnie and Clyde* gesehen. Natürlich war Paul dagegen. Und je mehr Druck er ausübte, desto mehr habe ich rebelliert. Ich war siebzehn und wußte alles besser. Dann war ich eines Abends mit Pete und ein paar anderen Kids mit falschen Ausweisen in einer Bar. Die Polizei kam, und schon war ich im Jugendgefängnis gelandet.«

»Und Ihr Stiefvater hat gemeint: Hab ich's dir nicht vorausgesagt?«

»Fast. Seine Reaktion war: Du hast dir die Suppe eingebrockt, jetzt löffel sie auch aus. Er hat mich nicht besucht und auch meine Mutter nicht zu mir kommen lassen. Da saß ich nun, verschüchtert und allein. Dann kam diese Pflichtverteidigerin. Sie hieß Melinda Gray und hatte meinen Fall übernommen. Sie verschaffte mir inoffiziell Bewährung und gab mir die Unterstützung, die meine Eltern mir verweigerten. Ich kann gar nicht sagen, wie wichtig das für mich war.«

»Da ist in Ihnen die Idee entstanden, Anwältin zu werden?«

»Ich wollte sein wie sie. Ich war reichlich naiv. Niemand in unserer Familie war jemals auf einem College gewesen, geschweige denn an der Juristischen Fakultät. Ich hatte nicht die leiseste Ahnung, worauf ich mich einließ.«

»Und dann haben Sie Jack kennengelernt.«

»Gleich nach dem Examen haben wir geheiratet. Ich wurde Pflichtverteidigerin, Jack ging zur Staatsanwaltschaft. Ich glaube, er brauchte die Sicherheit, Teil einer Organisation zu sein. Er hatte kein wirkliches Interesse an den Menschen. Er hat nur seinen Job gemacht.«

»Aber Sie ...?«

»Sie wissen, wie man in dem Alter ist. Man glaubt, man könnte die Welt verändern. Achtzehn Monate hab ich durchgehalten. Es hat mich aufgerieben. Als Jack sagte, in der Staatsanwaltschaft wäre was frei, habe ich gekündigt. Anfangs war er wunderbar, hilfsbereit, verständnisvoll. Vielleicht dachte er, er hätte gewonnen. Ich weiß nicht. Dann wollte ich weiterkommen, aufsteigen, was er als Bedrohung empfand. Ständig haben wir gestritten. Nach einem Jahr sind wir uns morgens, mittags und abends an die Kehle gegangen. Wir waren uns praktisch in allen Fragen uneinig.«

»Also haben Sie sich getrennt.«

»Melinda Gray hat etwas gesagt, was ich nie vergessen habe. ›Es ist keine Schande, nach Perfektion zu streben.‹ Jack wollte, daß ich mich mit weniger begnüge, aber ich wollte wichtige Kriminalfälle bearbeiten und wußte, wenn ich nicht doppelt so hart arbeitete wie alle anderen, würde ich den Rest meines Lebens vor einem Amtsgericht verbringen. Damit wollte ich mich nicht zufrieden geben.«

»Doppelt so hart. Weil sie eine Frau sind, meinen Sie?«

»Doppelt so hart, weil keiner für mich die Stellung hält. Immer auf Messers Schneide. Ich darf nicht krank werden, nicht ausfallen. Beim bloßen Verdacht, Emma könnte eine Erkältung, Fieber bekommen, gerate ich in Panik. Und dann setzen diese ständigen Schuldgefühle ein. Statt mir Sorgen um meine Tochter zu machen, überlege ich, ob ich ins Gericht kann, ob ich einen finde, der nach ihr sieht, ob sie bis zum Wochenende gesund bleibt, damit ich mich selbst um sie kümmern kann.«

»Macht es Sie wütend?«

»Nein, ich habe mir das Leben ausgesucht. Es ist nur ... manchmal werde ich neidisch, wie einfach es für andere Leute ist. Besonders die Männer. Sie haben eine Frau im Hintergrund, die abwäscht, bügelt, kocht, einkauft.«

»Vielleicht sollten Sie wieder heiraten.«

Er sagte es einfach so. Ohne sonderliche Betonung, ohne bedeutungsvollen Blick. Sie sah ihn lange an, sagte nichts. Sein Blick hielt dem ihren stand.

»Ich weiß nicht. Ich glaube kaum, daß ich zur Ehefrau geboren bin. Aber ich wäre ein prima Ehemann.«

Sie lachten, und der Augenblick ging vorüber. Als sie fertig waren, winkte er dem Kellner und zahlte. Hinterher fuhren sie zum East Bayshore Park und spazierten am Meer entlang. Die ganze Atmosphäre war entspannt und wundervoll. Es schien keinen Grund für Worte zu geben.

Nach einer Weile blieb er stehen und drehte sich zu ihr um, nahm ihre Hände. Seine Miene war im phosphoreszierenden Dämmerlicht vom Ozean her nicht zu erkennen.

»Ich bin ein ziemlich altmodischer Mensch, Kathryn«, sagte er sanft. »Alles nach Regeln. Sie wissen schon, das Abendessen, Theater, Sie meinen Eltern vorstellen.«

»Ist mir aufgefallen«, erwiderte sie, spürte, wie die Tür wieder aufschwang, dieselbe elektrische Energie zwischen ihnen floß.

»Anscheinend sind wir früher als erwartet an einem bestimmten Punkt in unserer Beziehung angelangt«, sagte er.

»Auch das ist mir aufgefallen.«

»Ich möchte nur nichts falsch machen«, sagte er. »Wir könnten es auf diesem Level halten, wenn Sie wollen.«

Sie dachte einen Moment darüber nach. Unter sich hörte sie das Meer gegen das Kliff schlagen.

»Nein«, sagte sie. »Das will ich nicht.«

Er sagte nichts weiter. Sie gingen zum Wagen zurück und fuhren hinüber zu seinem Loft in Laguna del Mar. Es lag im zweiten Stock, mit Panoramablick über die Lagune. Der Weg die Treppe hinauf schien ihr eine Ewigkeit zu dauern, und dann waren sie in der dunklen Wohnung, und seine Lippen waren auf ihren, er fummelte am Rücken ihres Kleides herum, und sie fielen rückwärts aufs Bett.

»Der Reißverschluß«, keuchte er. »Verdammt, wo ist er?«

»Hier«, antwortete sie atemlos. »Warte, laß mich ...«

Er war breitschultrig und kräftig, und im schwachen Licht konnte sie sehen, daß er die Augen geschlossen hielt. Dann umarmte und hielt er sie, sanft zuerst, bis sie sagte, sie wäre nicht zerbrechlich. Mit den Händen fuhr sie der Länge nach über seinen Körper, fühlte die kräftigen Rückenmuskeln, spürte seine Lippen an ihren Brustwarzen. Sie hob ihr Hinterteil an, und er streifte ihren Slip herunter. Seine Körperhaare strichen leicht über ihre Haut, während seine Hände sie streichelten, und es war, als würde warmes Wasser sie durchströmen, bis sie ihn nur hart und schwer und tief in sich spüren wollte.

Er sagte leise ihren Namen, als er in sie eindrang, beinah wie eine Frage. Hinterher erinnerte sie sich an nichts anderes als das wachsende Drängen ihrer Gefühle, seine Reaktion darauf, die langen, süßen Wogen der Lust, gefolgt von plötzlicher, endlos schmerzlicher Erlösung. Und als es vorbei war und sie lachend, schwitzend und atemlos da lagen, seine Arme um sie wie ein Schild, küßte er sanft ihren Nacken. »Soviel zur Lust. Jetzt machen wir Liebe.«

Gegen Mitternacht fuhr er sie zurück. Als sie in ihre Straße einbogen, sah sie den Streifenwagen vor ihrem Haus. Kathryn war wie gelähmt, konnte nur noch *Emma* denken. Mit klopfendem Herzen stieg sie aus und rannte hinüber, suchte den Ausweis in ihrer Handtasche. Steve war hinter ihr.

»Kathryn Mackay, Staatsanwaltschaft.« Sie zeigte dem Beamten im Wagen ihren Ausweis, fürchtete, ihre Ängste in Worte zu fassen. »Was ist hier passiert?«

»County Comm versucht seit zwei Stunden, Sie zu erreichen, Miss Mackay«, sagte der Mann. »Wir sollten warten, bis Sie kommen. Es geht um einen Ihrer Ermittler, Dave Granz. Jemand hat ihn übel zugerichtet. Er liegt im County Hospital. Sein Leben hängt am seidenen Faden.«

23

»Wie geht es ihm?«

Kathryn setzte sich, sah müde aus dem Fenster. Das lärmende Treiben im County Building war nach der sorgfältig unter Kontrolle gehaltenen Anspannung im Krankenhaus beinah tröstlich.

»Er ist noch bewußtlos«, erklärte sie Steve. »Sie haben getan, was sie konnten. Jetzt können wir nur noch warten.«

»Drei Tage hatten sie Zeit. Haben sie inzwischen rausgefunden, was passiert ist?«

»Den Verletzungen nach zu urteilen, scheint man ihn von hinten angegriffen zu haben. Er hatte keine Chance. Jemand kam einfach von hinten heran und hat ihm den Schädel eingeschlagen. Man weiß noch nicht, womit. Granz muß versucht haben, aufzustehen und seinen Angreifer zu packen, aber der Kerl hat eine Art Messer gezückt und auf ihn eingestochen. Du hast die Polaroids gesehen. Seine Hände ...«

Sie unterdrückte einen Schauer. Tatortfotos berührten sie normalerweise nicht, aber das hier war etwas ganz anderes. Sie hatte die Bilder mit dem verspritzten Blut durchgeblättert, sich gegen das Gefühl aufkeimenden, unausweichlichen Entsetzens gewehrt. Als sie zu den Nahaufnahmen von Daves verwüstetem Gesicht und Händen kam, meinte sie, ihr Herz müßte reißen wie Papier. Die Erinnerung daran war wie von Säure eingeätzt.

»Hat die Spurensicherung irgendwas gefunden?«

»Sie haben seine Sachen ins Labor geschickt, wegen der Blutgruppen und Kratzer von Fingernägeln. Du weißt schon. Sie halten es zurück, bis wir einen Verdächtigen haben.«

»Das ist alles?«

»Bis sie nähere Einzelheiten wissen, wird die Sache offiziell als Mordversuch eingestuft. Gott weiß, was wirklich passiert ist.«

Die Intensivstation war kühl und klinisch gewesen, als stünde sie in keinerlei Verbindung zur Außenwelt. Während ihres Besuchs hielt eine Schwester ständig neben ihr Wache. Granz lag da wie der Tod, nur die geschlossenen Augen waren durch die dicken Bandagen zu erkennen. Kathryn kam es vor, als hätte sie lange dort gestanden, und nur der elektronische Piepton der Monitore und ein gelegentlicher Ausruf durchbrachen die sterile Stille. Das Räuspern der Schwester klang ungeduldig. Nicht so lange, bitte, ich habe zu tun.

»Wer ist dran?«

»Walt Earhart hat sich der Sache persönlich angenommen. Jeden verfügbaren Beamten hat er rausgeschickt.«

»Dave ist hart im Nehmen, Kathryn. Er kommt durch.«

Sie antwortete nicht. Granz, der mit einem schweren Schock ins Krankenhaus eingeliefert worden war, hatte anderthalb Liter Blut gebraucht, bevor die Ärzte ihre vierstündige Aufgabe beginnen konnten, die darin bestand, die zahlreichen Wunden an Kopf, Händen und Gesicht zu flicken. Der doppelte Schädelbruch war durch mehrere Schläge mit einem stumpfen Gegenstand mit einer Schlagfläche von acht bis zehn Zentimetern Breite verursacht worden. Dies allein hätte eine sofortige Operation nötig gemacht, auch ohne die zahlreichen Schnittwunden – von acht bis sechzehn Zentimetern Länge im Gesicht – und die noch ernsteren Verletzungen an Handflächen und Unterarmen. Besonders die rechte Hand gab den Ärzten Anlaß zu Besorgnis.

»Ich hoffe, du hast recht«, sagte Kathryn endlich. »Sie hörten sich nicht gerade optimistisch an da oben.«

Die Kopf- und Gesichtswunden allein waren nicht tödlich, aber ein Hieb hatte Granz' Wange vom linken Ohr bis zum Kinn aufgeschlitzt, ein anderer den Sternocleidomastoidmuskel beschädigt und die Halsschlagader knapp verfehlt. Man war nicht sicher, ob die Verletzung des Kehlkopfes seine Fähigkeit zum Sprechen beeinträchtigen würde.

Schweigend folgte Giordano ihrer Aufzählung der Verletzungen. Dann schüttelte er den Kopf. »Ich begreif es einfach nicht. Das Vorgehen des Täters zeigt eine kaum nachvollziehbare ... Grausamkeit. Erst schlägt der Kerl zweimal auf ihn ein, mit einem Schraubenschlüssel oder Montiereisen. Dann macht er sich mit dem Messer über ihn her. Du sagst, Daves Waffe hätte noch im Holster gesteckt?«

»Ja.«

»Und er wurde nicht ausgeraubt?«

Kathryn schüttelte den Kopf. »Brieftasche und Kreditkarten waren unangetastet.«

»Könnte es jemand gewesen sein, den er kannte?«

»Warum sollten sie sich auf einem Parkplatz treffen?«

»Warum nicht?«

»Ich weiß, wie sein Verstand arbeitet. Wenn es ein Freund gewesen wäre, hätte er sich mit ihm in einer Bar getroffen.«

»Ein Informant?«

»Alles ist möglich. Wir wissen nur, daß es einen Notruf von einer Frau oben in Laguna del Mar gegeben hat. Nicht weit von deiner Wohnung entfernt.«

»Oben im Village? Wo dieses nachgemachte Edwardianische Hotel steht?«

»Das Seacliff, genau. Ein Stück weiter rauf gibt es ein Lebensmittelgeschäft und ein paar andere Läden, Copyshop, Antiquitätenhändler, Reinigung.«

»Kenn ich. An der Rückseite ist ein großer Parkplatz.«

»Da genau ist es passiert. Die Frau hatte für den nächsten Morgen was beim Copyshop eingeworfen. Sie sagte, sie hätte im Scheinwerferlicht einen Mann gesehen, der auf der Erde herumkroch. Er sah aus, als wäre er von einem Auto angefahren oder zusammengeschlagen worden, und war voller Blut.

Es war spät, und sie hatte Angst, nachzusehen, hat aber dennoch die Polizei gerufen. Die sind raufgefahren, haben sich umgesehen, konnten nichts finden. Da oben beim Hotel wird gebaut, und dahinter stehen zwei große Müllcontainer. Einer der Beamten hat hinter dem einen Container eine Hand gesehen. Gott weiß wie, aber Granz war gut zwanzig Meter weit gekrochen, von der Stelle, wo man ihn überfallen hatte.«

»Verdammt, was soll er abends um halb elf auf einem Parkplatz in Laguna del Mar gewollt haben, außer jemanden zu treffen?« sagte Steve ärgerlich.

»Weder in seinem Kalender noch auf seinem Anrufbeantworter ist irgend etwas.«

»Was hat er den Tag über gemacht? Wo war er? Wen hat er besucht?«

»Ich weiß nicht, Steve. Frag die Detectives.«

Frustriert winkte Giordano ab. »Tut mir leid. Es ist einfach ... sinnlos.«

»Das ist es immer. Zumindest scheint es immer so. Ich ruf kurz im Krankenhaus an, um zu sehen, wie es ihm geht.«

»Schon wieder?«

Sie glaubte, eine leichte Ungeduld aus seiner Stimme herauszuhören, und das überraschte sie. »Was soll ich deiner Meinung nach tun? Ihn aus meinen Gedanken verbannen?«

Steve sah sich im Zimmer um, als wüßten die Aktenstapel und die Landkarten an den Wänden eine Antwort.

»Okay, dann ruf an«, sagte er. »Wenn sich was getan hat, fahren wir hin.«

Sie wählte die Nummer und wurde zur Intensivstation durchgestellt. Die Krankenschwester klang geschäftsmäßig. Es hatte sich nichts verändert, sein Zustand war stabil.

»Keine Veränderung«, seufzte sie. Giordano nickte und öffnete wortlos die Tür.

»Komm!«

»Wohin fahren wir?«

»Steig in den Wagen.«

Er fuhr in Richtung Westen durch die Straßen dessen, was in alten Zeiten das Little Italy von Santa Rita gewesen war. Kurz darauf nahm er den Highway One nach Norden. Sie fragte sich, wohin sie fuhren. Auch wenn es egal war.

»Ich fühl mich irgendwie schuldig«, sagte Kathryn.

»Das versteh ich nicht.«

»Als hätte es nicht passieren können, wenn wir an dem Abend nicht zusammen gewesen wären. Ist das nicht absurd?«

Er nahm ihre Hand. »Das ist allerdings absurd. Denk nicht so.«

Wenn man seinem Verstand doch sagen könnte: Denk nicht so. Denk überhaupt nicht. Aber so arbeitete der Verstand nicht. Sie sah aufs Meer hinaus. Weit draußen trieb ein Segelboot im Wind. Das Schweigen tat gut. Nicht, daß wir uns nichts zu sagen hätten, dachte sie. Aber wir müssen nicht.

Kurz bevor sie zur Half Moon Bay kamen, bog Steve ab und fuhr über eine Straße unter Bäumen zu einem geschäftigen, kleinen Hafen, weißgestrichenen Schindeldachhäusern, einem Restaurant mit einer Glockenstube, auf der eine Wetterfahne in Form eines Segelbootes thronte. Es war, als hätte jemand ein Stück Cape Cod in diese kleine Bucht verpflanzt.

»Trinken wir eine Tasse Kaffee«, schlug Steve vor.

Sie gingen in ein Restaurant, das aussah wie ein Filmset. Es hatte einen weißen Zaun, Blumenkästen, Erkerfenster, Holzfußböden, nachgemachte Öllampen. Steve bestellte Kaffee für sich, entkoffeinierten für Kathryn.

»Ich bin froh, daß wir hier sind«, gab sie zu. »Es lindert den Druck etwas.«

»Er ist dir immer noch wichtig.« Wieder eine dieser simplen Erklärungen, dachte sie.

»Ja.« Auch die Antwort war simpel. Und ausreichend. Es war, als wüßte er den Rest per Telepathie. Er streckte einen Arm aus und strich ihr über den Handrücken.

»Er ist gut aufgehoben, Kathryn. Er wird nicht sterben.«

»Ich fürchte nicht, daß er sterben muß«, erwiderte sie. »Nur wenn er lebt und nicht ... funktionieren kann. Er ist Cop, Steve. Einer der Besten. Er kann nichts anderes.«

»Gehen wir ein Stück.«

Sie liefen Hand in Hand. Möwen kreisten über dem Hafen und schrien wie verlorene Seelen. In einer Mini-Mall am Ende des Piers gab es ein Antiquariat. Steve kaufte ein abgewetztes Taschenbuch mit dem Titel *Blues for the Prince.*

»Wer ist Bart Spicer?« fragte Kathryn mit einem Blick auf den Umschlag. »Nie von ihm gehört.«

»Er hat ein paar der besten Detektivromane aller Zeiten geschrieben«, sagte Steve. »Das ist einer davon.«

Sie hörte nicht wirklich zu. An einer Reihe von Telefonen sah er ihren Blick, und die Gedanken standen ihr deutlich ins Gesicht geschrieben.

»Wann war das, Kathryn? Wie lange ist es her?«

Er mußte die Frage nicht erklären. Sie wußte, wovon er sprach.

»Vor Ewigkeiten«, antwortete sie. »Etwa ein Jahr, nachdem ich von L.A. hergezogen war. Er war ganz durcheinander. Ich auch. Ich glaube, ich wußte von Anfang an, daß es nicht gehen würde, aber ich brauchte jemanden. Und er war da.«

»Was ist schiefgegangen?«

Kathryn seufzte. »Ich war nicht bereit für einen festen Partner. Dave auch nicht. Er wird es wohl nie sein.«

»Also habt ihr kurzerhand Schluß gemacht, einfach so?«

»›Der Feigling tut es mit einem Kuß.‹«

»Ist das ein Zitat von irgendwoher?«

»Du kannst es nachschlagen. Wenn wir im Büro sind.«

Steve zog eine Grimasse. »Du hast recht. Fahren wir.«

»Unter anderen Umständen wäre es schön, wenn wir hier einfach ... bleiben könnten, wie normale Leute.«

»Wir sind keine normalen Leute«, sagte Giordano mit schrofferer Stimme als sonst. Sie stiegen ein und fuhren zum Highway hinauf. Es war nicht viel Verkehr. Sonnenanbeter und Surfer amüsierten sich am Strand. Normale Leute. Neid stieg in ihr auf, doch nur für einen kurzen Moment.

Sie bogen auf den Parkplatz am County Building ein und fuhren hinauf ins Büro der Sonderkommission. Alles schien wie sonst. Nachrichten waren keine gekommen. Sie rief im Krankenhaus an. Keine Veränderung. Die Stimme der Krankenschwester klang etwas ungeduldig. Kathryn seufzte.

»Verdammt«, sagte sie leise zu sich selbst. Sie ging im Zimmer auf und ab, berührte die Tabellen, die Aktenstapel, die Kartons mit Fotos und Dias. Giordano beobachtete sie, ohne ein Wort zu sagen oder ihre Gedanken zu unterbrechen.

»Wie lange noch bis zur Einsatzbesprechung?« fragte sie schließlich.

Giordano schob die Unterlippe vor, überlegte.

»Es gibt noch eine Menge mehr, was wir tun könnten.«

»Das gibt es immer. Aber würde es uns weiterbringen? Ehrliche Antwort, Steve.«

Er schien lange zu schweigen.

»Nein, wenn wir keine weitere Informationen bekommen, nicht. Ich glaube, wir sind soweit gekommen, wie es ging.«

»Worauf wartest du dann? Früher oder später mußt du dem Sheriff's Department sowieso unsere Informationen weitergeben, damit sie damit arbeiten können.«

Giordano schüttelte den Kopf. »Wir haben ein Profil, aber es basiert auf so vielen Annahmen, daß ich zögere, es weiterzugeben. Quantico soll es sehen. Ich bin sicher, die Experten werden sagen, wir müssen noch dran arbeiten.«

»Ich muß dir widersprechen. Was wir haben, reicht aus.«

»Wozu die plötzliche Eile?«

»Es hat nichts mit Eile zu tun. Vom ersten Augenblick an, als Walt Earhart mir die Tatortfotos gezeigt hat, wollte ich den Kerl vor Gericht bringen. Ich will ihn endlich hinter Gittern sehen.«

»Das wollen wir alle. Vorher müssen wir ihn kriegen.«

»Das werden wir. Wir wissen, wie er ist, wie er handelt, wie er denkt.« Abrupt brach sie ab, mit offenem Mund, die Augen groß. *Ich weiß, wie sein Verstand arbeitet.* »Oh, mein Gott«, flüsterte sie.

»Was?« sagte er. »Was ist?«

»Irgendwo in meinem Hinterkopf war da ein Gedanke«, sagte sie mit so leiser Stimme, daß er sie kaum hören konnte. »Den ganzen Tag verfolgte er mich, wollte nicht rauskommen. Ich weiß nicht, wieso. Vielleicht hatte ich Angst, ihn auszusprechen, weil er dumm oder lächerlich klingt. Die ganze Fahrt über war er da, als ich über Dave nachgedacht habe, und ganz plötzlich wußte ich, was es war. Steve, hör zu: Was ist, wenn er vom selben Mann angegriffen wurde?«

Ungläubig starrte Steve sie an. »Welcher selbe Mann? Du meinst ... der Mörder? Der Mörder hat ihn überfallen?«

»Es wäre möglich, oder?« Ihre Lippen waren trocken, das Herz hämmerte in ihrer Brust. Die Tragweite ihrer Annahme war so ungeheuer, daß sie sie kaum fassen konnte. Steve schüttelte den Kopf.

»Das sehe ich nicht. Es ist unwahrscheinlich, grotesk.«

»Das hat auch Doc Nelson gesagt«, erwiderte Kathryn. »Über den Mörder. Er hätte etwas Absurdes an sich, hat er gesagt.«

»Aber wieso? Warum sollte er so etwas tun? Welches Motiv könnte er haben, Granz umbringen zu wollen?«

»Erinnere dich ... Dave sagte, wenn wir den Mann jemals kriegen sollten, dann mit Laufarbeit, nicht mit Theorien.«

»Ja. Und?«

»Und erinnere dich, wie ich Jack Burrows gefragt habe, was Granz macht, und er gesagt hat, Dave würde an irgendwas arbeiten. In seiner Freizeit.«

»Ja, ja, ich erinnere mich«, sagte Steve ungeduldig. »Listen. Er hat Listen überprüft. Jack Burrows sagte, er wäre kaum noch im Büro. Und?«

»Angenommen, er hätte den Mörder gefunden?«

Wieder schüttelte Steve den Kopf, gereizt. »Das sind für mich viel zu viele Annahmen. Und selbst wenn wir ihnen nachgehen, kann ich nicht glauben, daß er sich einem Mordverdächtigen nähern würde, ohne es jemandem zu sagen. Oder würde er?«

»Vielleicht«, antwortete Kathryn. *Ich weiß, wie sein Verstand arbeitet.* »Mehr als vielleicht. Wahrscheinlich.«

»Okay, angenommen, du hättest recht, angenommen, er hat privat Nachforschungen angestellt. Überleg mal: Granz soll sich mit einem Mann auf einem dunklen Parkplatz getroffen haben, den er für einen Serienmörder hält. Kathryn! Er mag ein Einzelgänger sein, aber er ist nicht verrückt.«

Ihre Gedanken rasten, plötzlich kamen ihr von allen Seiten Möglichkeiten in den Sinn. »Ich weiß. Aber was, wenn ... wenn er nicht wußte, daß die Person, mit er sich traf, der Mörder war? Aber der Mörder dachte, er wüßte es?«

»Was soll das sein? Weibliche Intuition?«

»Verdammt, Steve. Fang jetzt nicht so an.«

Er winkte ab. »Entschuldige. Ich hab dir von Anfang an gesagt, ich glaube weder an Hokuspokus, noch an göttliche Eingebung oder Geistesblitze. So geht das nicht.«

»Außerdem hast du gesagt, du arbeitest mit Herz und Verstand. Wieso darfst du es, aber ich nicht?«

»Schön, du hast gewonnen. Er war mit dem Mörder verabredet, ohne zu wissen, daß es der Mörder war. Wozu?«

»Vielleicht hat der Mörder es arrangiert.«

»Warum?« Steves Stimme verriet seinen Ärger. »Sag mir ein Motiv. Weshalb will er Granz umbringen?«

»Ich weiß es nicht«, sagte Kathryn trotzig. »Es ist da und wartet auf uns, Steve. Wir können es nur nicht sehen. Komm schon, kämpf nicht gegen mich an, hilf mir.«

»Du rückst keinen Zentimeter ab, was? Okay, von vorn. Wie hat Granz ihn überhaupt gefunden?«

»Die Listen.«

»Und was stand in denen?«

»Das finden wir raus. Die sind im Büro oder zu Hause.«

»Okay. Gehen wir dein Szenario durch. Ohne es jemandem zu sagen, weder dir, noch Podnoretz, nicht mal Jack Burrows, arbeitet Granz an diesen Listen. Wir nehmen an, er hat Namen und Adressen gesammelt. Dann fährt er zu diesen Adressen und befragt die Leute, alles ohne offizielle Genehmigung. Was glaubt er, wohin es ihn bringen soll?«

Ich weiß, wie sein Verstand arbeitet.

»Er kann nur nach einer Spur suchen«, meinte Kathryn. »Nach irgendeinem Einstieg, irgendwas, egal was.«

»Okay. Weiter.« Steve machte nicht einmal den Versuch, seine Ungeduld zu verbergen. »Bei einer dieser inoffiziellen Befragungen an einer dieser unbekannten Adressen, spricht er mit dem Mörder. Nur weiß er natürlich nicht, daß es der Mörder ist. Aber der Mörder glaubt, er wüßte es. Aus bisher ungeklärten Gründen flippt er aus. Obwohl uns alles, was wir über ihn wissen, sagt, daß er ein sorgfältiger Planer ist, der jungen Hispano-Amerikanerinnen auflauert, willst du jetzt sein Profil soweit verändern, daß wir einen Killer bekommen, der einen Polizistenmord plant und ihn vermasselt. Hab ich dich richtig verstanden? Ist das deine Theorie?«

Seine Stimme war barsch, herausfordernd, beinah verächtlich. Wenn man es so darstellte, klang es lächerlich. Einen langen Augenblick zögerte Kathryn, dann kochte Wut in ihr hoch. *Ich weiß, wie sein Verstand arbeitet.*

»Ja, verdammt!« fuhr sie ihn an. »Genau das ist sie.«

»Okay«, sagte Giordano achselzuckend. »Geh damit zu Earhart. Ich kann dich nicht aufhalten.«

Ganz recht, das kannst du nicht, dachte Kathryn.

24

»Nichts.« Walt Earhart war genervt. »Vier Tage, und wir haben immer noch keine Spur.«

»Ganz ruhig«, erwiderte Jake Gylam mit ausdruckslosen Echsenaugen. »Wir wußten, es könnte eine Sackgasse sein.«

Sie befanden sich im engen Konferenzraum neben Gylams Büro. Hal Benton, der um das Treffen gebeten hatte, saß rechts von Gylam, Norm Podnoretz links. Mac McCaskill fehlte. Wie üblich leitete er in Bentons Abwesenheit das Büro der Staatsanwaltschaft.

»Ich kann es nicht fassen«, sagte Kathryn.

»Hören Sie, Kathryn, ich hab jeden verfügbaren Detective eingesetzt«, erklärte Earhart säuerlich. »Verdammt, wenn da was zu finden gewesen wäre, hätten sie es gefunden.«

»Das weiß ich, Walt. Wir alle wissen es. Ich war nur so sicher, daß wir was finden würden.«

»Wir haben was«, war Earharts Antwort. »Einen Haufen Scheiße!«

Angewidert deutete er auf einen Stapel Papiere vor sich: die Befragungen und Ausdrucke der Verkehrsbehörde mit den langen Namens- und Adressenlisten aus Dave Granz' Wohnung.

Als sie diese gefunden hatten, war Kathryn sofort klar gewesen, daß sie recht gehabt hatte. Granz hatte auf eigene Faust die Suche nach dem Mörder an Barbara Gates aufgenommen. Jetzt war allen klar, warum man ihn nicht mehr in seinen Bars antraf, warum er nicht wie so oft an nächtlichen Pokerrunden im Einsatzraum teilgenommen hatte. Plötzlich machte das, was er im Büro gesagt hatte, Sinn. *Ich spiel mit einer Idee rum. Such eine Spur in der Gates-Sache.* Jemand erinnerte sich, daß er mitgeschrieben hatte, als bei ihrer ersten Besprechung mit Steve Pornovertriebe erwähnt wurden. *Ich fisch nur im Trüben. Vielleicht kommt was dabei raus.*

In seiner Wohnung fanden sie außerdem Exemplare sämtlicher Busenblätter, »Herrenmagazine«, Sexfilmchen und Pornovideos, die Granz in Santa Rita hatte auftreiben können, und einige andere, die aussahen, als kämen sie von weit her. Billige Kataloge für S/M-Gerätschaften lagen achtlos zwischen spanischsprachigen Pin-up-Magazinen und Broschüren für potenzfördernde Mittel und durchsichtige Unterwäsche. Die Cops, die dort gewesen waren, sprachen immer noch davon.

Bestimmten Anzeigen hatte Granz offenbar die Adressen einschlägiger Videovertriebe, Verlage und Buchversandfirmen entnommen. Von den Firmen hatte er irgendwie – seine Methode in solchen Fällen war, Podnoretz nach zu urteilen, die richtige Mischung aus Charme und unterschwelligen Drohungen – Kundenlisten erhalten und daraus sämtliche Namen und Adressen von Leuten in oder um Santa Rita herausgeschrieben. Mit dieser Liste hatte er dann im Verkehrsamt Alter, Rasse und Beruf dieser Leute festgestellt und jeden ausgestrichen, der wegen seines Alters oder einer Behinderung nicht in Frage kam.

»Dann ist er losgelaufen und hat an Türen geklopft«, sagte Earhart. »Wir wissen immer noch nicht, wie er eigentlich vorgegangen ist. Sollte er Notizen oder Bandaufnahmen gemacht haben, konnten wir sie nicht ausfindig machen. Also blieb nur eins: Ich hab jeden auf der Liste anrufen und fragen lassen, ob Granz bei ihm gewesen war. Fast sechzig haben wir gefunden. Dieser Typ führt fast sechzig Befragungen durch, ohne eine einzige Notiz zu machen!«

»Das kann ich mir gut vorstellen«, sagte Gylam. »Nach allem, was ich über ihn gehört habe.«

»Konnten Sie irgendwas aus den Leuten rausbringen, mit denen Granz gesprochen hat?« fragte Benton.

»Alle haben so ziemlich dasselbe gesagt: daß Granz ein paar sehr merkwürdige Fragen gestellt hätte.«

»Leicht einzusehen, warum sie so denken«, fügte Earhart hinzu. »Ein Cop steht unangemeldet vor der Tür und will Dinge wissen wie: Hat jemand aus Ihrer Familie hispanische Verwandte oder ein Feriencottage oder ist er die Wochenenden über oder mehrere Tage am Stück außer Haus? Ist jemand in der Familie Jäger oder treibt sich in der Wildnis rum oder interessiert sich für Polizeiarbeit oder verschlüsselte Nachrichten oder arbeitet mit Leder? Die Leute haben wahrscheinlich gedacht: Ist der Kerl nicht ganz dicht, oder was?«

»Moment«, sagte Steve Giordano, der sich bisher nicht geäußert hatte. »Das ist interessant. Kathryn, du sagst, du wüßtest, wie Daves Verstand arbeitet. Denk wie er. Er wußte, was er tat. Warum hat er diese Fragen gestellt?«

»Das ist einfach«, erwiderte sie. »Nimm die Frage bezüglich hispano-amerikanischer Verwandter. Unser Mann ermordet hispano-amerikanische Frauen. Aus Rache oder Haß oder weil er sie lieber mag als alle anderen. Das wissen wir nicht. Wahrscheinlich muß es also in seiner Vergangenheit ein Erlebnis mit einer solchen Frau geben – wahrscheinlich sexuell, nicht unbedingt positiv, was immer es auch war. Es könnte eine Art sexueller Mißbrauch gewesen sein. Was unter Verwandten nicht selten ist. Dave weiß da ganz sicher, was er tut.«

Giordano nickte, eine gewisse Erregung lag in seinem Blick. »Das Feriencottage?«

»Unser Killer muß diese Frauen irgendwo verstecken«, erklärte sie. »Anfangs haben wir überlegt, ob er irgendwo eine Hütte hat, einen Wohnwagen oder ein Nebengebäude einer Farm vielleicht, wo er in der Nähe einer Kühlmöglichkeit wäre. Deswegen gab es nie einen Tatort. Also hat sich Dave vielleicht gedacht, daß der Mann irgendwo Grund und Boden besitzt, und hat sich nach Ferienhäusern erkundigt.«

»Kann ich Sie mal was fragen?« sagte Jake Gylam. Er

bemühte sich vor seinen Leuten nicht um die gedrechselte Sprache, mit der er sich in der Öffentlichkeit produzierte. »Führt diese ganze Theorie irgendwohin?«

Earhart hob eine Hand. »Moment mal, Jake«, unterbrach er freundlich. »Das ist interessant. Weiter, Steve.«

»Die Frage, ob jemand in der Familie Jäger ist, hängt mit der Frage zur Arbeit mit Leder zusammen, nicht, Kathryn? Wenn dieser Mann Skalpe sammelt, und es sieht verdammt danach aus, arbeitet er sie vielleicht zu Trophäen um. Ein Jäger oder jemand, der mit Leder arbeitet, könnte wissen, wie man das macht.«

»Der Rest ist ziemlich einfach«, sagte Kathryn. »Der Mann scheint eine Menge über Polizeiarbeit zu wissen. Und diese verschlüsselten Nachrichten sind ja bekannt.«

»Hat Sacramento in dieser Hinsicht irgendwas rausbekommen?«

»Ja«, erwiderte Podnoretz. »Dasselbe Papier, derselbe billige Kugelschreiber. Ansonsten nullkommanichts.«

»Also stehen wir dumm da«, sagte Gylam.

»Er muß irgendwas gefunden haben.« Kathryn blieb stur. »Es muß einfach so sein.«

»Vielleicht. Wer soll das wissen?« knurrte Gylam. Giordano stand auf und ging zur Kaffeemaschine, schenkte sich eine Tasse ein. Sein Gesicht war ausdruckslos. Er kam zurück, setzte sich, wartete.

»Wie viele Namen sind es insgesamt, Walt?« fragte Kathryn.

»Insgesamt? Einhundertvierundzwanzig.«

»Sie haben einhundertvierundzwanzig Leute angerufen, aber nur sechzig haben gesagt, Granz wäre da gewesen.«

»Achtundfünfzig.«

»Vielleicht ist unser Mann unter den fehlenden sechsundsechzig.«

»Vielleicht heißt gar nichts«, polterte Gylam. »Es gibt keine Garantie, daß der Kerl überhaupt auf der Liste ist.«

»Dem würde ich zustimmen«, sagte Giordano, »wäre Granz nicht überfallen worden.«

»Das beweist noch immer nichts«, beharrte Gylam. »Es könnte ebensogut mit einer Sache zusammenhängen, die Jahre her ist. Irgendein Penner, den Dave hinter Gitter gebracht hat, ist entlassen worden und will es ihm heimzahlen, jemand, dem er die Frau ausgespannt hat, was weiß ich.«

»Ich dachte, wir hätten die vergleichbaren Fälle geprüft?« sagte Kathryn scharf.

»Haben wir, haben wir«, versicherte Earhart. »Es gab keine Übereinstimmung.« Er schlug mit der Faust auf den Tisch. »Himmelarsch, wieso konnte er sich nicht an die Vorschriften halten wie alle anderen auch?«

»Wenn er es getan hätte, stünden wir jetzt mit leeren Händen da, Walt«, erinnerte ihn Podnoretz gelassen.

»Ich weiß, ich weiß«, gab Earhart unwirsch zurück. »Aber wenn ich ihn nur dreißig Sekunden sprechen könnte ...«

»Ich hab heute morgen im Krankenhaus angerufen«, sagte Kathryn. »Er ist noch auf der Intensivstation. Es wird dauern, bis er soweit bei Kräften ist, daß er sprechen kann. Vorausgesetzt, er kann überhaupt wieder sprechen.«

»Ich habe Doc Nelson getroffen«, ergänzte Podnoretz. »Er sagt, Dave wäre in einem ziemlich schlechten Zustand.«

»Er hat Glück, daß er noch lebt«, sagte Kathryn. »Einer der Schnitte hat eine Arterie knapp verfehlt.«

»Wenn das Ihre Vorstellung von Glück ist«, entgegnete Jack Burrows leise, »bleib ich lieber Unglücksrabe.«

Ein kurzes Schweigen folgte. Jake Gylam erhob sich von seinem Stuhl und trat ans Fenster, sah zum Verkehr auf der Pacific Street hinab.

»Wie geht es jetzt also weiter?« fragte er. »Sollen wir losgehen und alle befragen, bei denen Granz nicht war? Mehr als Annahmen und Vermutungen haben Sie nicht zu bieten?«

»Wenn Sie eine bessere Idee haben, lassen Sie sie hören«, schlug Kathryn vor. »Ansonsten wird es so gemacht. Fangen Sie die Liste von vorn an. Alle, auch die, mit denen Granz schon gesprochen hat.«

»Okay, wir probieren es«, sagte Gylam. »Was ist mit Ihren Leuten?«

»Die stehen Ihnen zur Verfügung. Oder, Norm?«

Podnoretz sah Benton an, der nickte. »Wie Sie wollen.«

»Und was genau sollen wir diese Leute fragen?« wollte Earhart wissen.

»Stellen Sie exakt dieselben Fragen wie Granz«, erwiderte Kathryn. »Nur mit einem Unterschied.«

Earhart runzelte die Stirn. »Was für ein Unterschied?«

»Wir haben die vorläufige Analyse beendet«, sagte Steve.

»Aha.« Gylam nickte. »Das lang erwartete Profil. Und wann kriegen wir dieses Meisterwerk zu sehen?«

»Ich hab Kopien dabei«, antwortete Steve, ohne auf Gylams unterschwelligen Sarkasmus einzugehen. Er stand auf und holte ein Bündel Papier aus seiner Aktentasche. »Es sind nur zwölf Seiten. Ich schlage vor, Sie geben jedem Ihrer Detectives eine Kopie zum Lesen. Dann bestellen wir sie morgen her, und ich beantworte alle anfallenden Fragen.«

»Okay«, sagte Gylam und machte deutlich, daß er von diesem Angebot nicht gerade überwältigt war. »Ich schätze, schlimmstenfalls wird das weite Feld dadurch eingegrenzt.«

»War es das?« fragte Podnoretz und stand auf.

»Eine letzte Frage, bevor Sie gehen, Hal«, beharrte Gylam. »Wissen Sie, wie lange das alles dauern wird? Wissen Sie, wie viele Leute wir dafür abziehen müssen?«

»Nein. Ich will Sie was anderes fragen, Jake«, gab Benton zurück. »Was können wir sonst tun?«

Es war bloß so eine Frage. Niemand wußte eine Antwort darauf.

»Okay«, sagte Giordano. »Fangen wir an.«

Heute trug er einen leichten, dunkelgrauen Anzug mit weißem Hemd und hellgrauer Krawatte. Er saß am hinteren Ende des Konferenzraums, in dem Stuhlreihen aufgestellt waren, damit alle Anwesenden ihn sehen konnten.

»Schön, daß Sie gekommen sind«, begann er. »Und daß Sie sich die Zeit genommen haben, meine vorläufige Analyse zu lesen. Ich weiß, Sie haben alle viel zu tun, und ich will versuchen, Sie nicht länger als nötig aufzuhalten. Ein paar Dinge sollten Sie über meine Vorgehensweise und die Schlußfolgerungen wissen, bevor wir zu den Fragen kommen.«

Als erstes, erklärte er, müßten sie verstehen, daß es das Ziel der Täterpsychogramme sei, Ermittlungen abzukürzen. Die Identität des Verbrechers könne sie nicht liefern. Eher würde sie auf die Art Mensch hindeuten, die für ein Verbrechen in Frage kam, indem man sich auf Äußerliches und Verhaltensmuster konzentriere.

»Psychogramme haben sich speziell bei Sexualmördern bewährt, da die Tat ohne Motiv und die Wahl des Opfers zufällig zu sein scheint. Aber es gibt immer ein Motiv, auch wenn nur der Mörder es kennt, und die Wahl der Opfer ist nie zufällig, sondern basiert auf seiner Sichtweise bestimmter Merkmale, die für ihn symbolischen Charakter haben. Unterschiede und Gemeinsamkeiten der Opfer wurden analysiert, um ein mögliches Motiv zu finden.«

Er betonte, daß die Erstellung von Täterprofilen eine Technik sei, nicht mehr und nicht weniger. Wie die Gerichtsmedizin, wie ein DNA-Test, sei sie nicht als Ersatz für die Laufarbeit geeignet, sondern diene als Werkzeug zur Unterstützung solider Ermittlungsarbeit.

»Sicher wissen wir, daß der Mann hier in Santa Rita drei Frauen ermordet und möglicherweise Dave Granz auf die Intensivstation gebracht hat. Ich wette, daß er schon früher zugeschlagen hat, irgendwo anders. Auf jeden Fall wird er es wieder tun, wenn wir ihn nicht bald fassen.«

Er nahm einen Schluck Kaffee, ließ ihnen Zeit, darüber nachzudenken. Kathryn sah in die vertrauten Gesichter, einige aufmerksam, andere apathisch, manche deutlich gelangweilt. Mit vielen von ihnen hatte sie gearbeitet: Pete Avery. Martin Silvero, Harry DiStefano, Jack Burrows, Pete Bishop. Mike Eastwood. Sie waren gute Cops. Egal, was sie von Profilen hielten, sie würden den Job machen.

»Was mich an diesem Fall am meisten interessiert«, fuhr Giordano fort, »ist, daß der Mann keine Spuren hinterläßt. Als wüßte er, was wir suchen. Kein Tatort, keine Todeszeit, keine Abdrücke, keine Blutflecken, nichts, womit wir ihn identifizieren könnten. Bis zum Überfall auf Granz. Die Spurensicherung hat zwei Blutgruppen an Daves Sachen und unter seinen Fingernägeln gefunden, was darauf hindeutet, daß er den Mann geschlagen oder gekratzt hat. Wenn wir ihn finden, können wir es ihm per DNA-Test nachweisen. Es ist unsere erste richtige Chance, und deshalb ist die Überprüfung der Namensliste während der kommenden Woche so wichtig. Wir wollen es nicht verderben. Wenn unser Mann merkt, daß wir ihm auf der Spur sind, könnte er durchdrehen und alle Beweise vernichten. Okay, damit ist meine Rede zu Ende. Da ich Sie nicht alle kenne, wäre es mir eine Hilfe, wenn jeder der Fragensteller seinen Namen nennen würde, okay?«

Eine Pause entstand. Keiner wollte der erste sein. Dann wurde in der Mitte des Raumes ein Arm gehoben.

»George Tannenbaum, Sheriff's Department.«

Tannenbaum war ein kleiner, dicker Mann in dunkelblauem Anzug, mit offenem Kragen, die Krawatte so lose, daß ihm der Knoten vor der Brust hing. Er trug eine Menge teures Gold: Halskette, klobiges Armband, Uhr. Kathryn fragte sich oft, wie er sich das von seinem Polizistengehalt leisten konnte. Tannenbaum wedelte mit seiner Kopie der Analyse.

»Wieviel von diesem Ding ist reine Mutmaßung?«

»Ich würde lieber von Schlußfolgerungen sprechen«, sagte Giordano, »basierend auf soliden Fakten.«

»Sie nennen ihn den ›Lebkuchenmann‹.«

»Nur, um ihm eine gewisse Identität zu geben«, erwiderte Giordano. »Diese kleine Figur, mit der er unterzeichnet. Ich glaube, das soll sie bedeuten. Er verhöhnt uns. Du kriegst mich nie, ich bin der Lebkuchenmann.«

»Das wissen Sie nicht genau.«

»Wie gesagt, George. Es sind reine Schlußfolgerungen.«

»Okay, woher nehmen Sie dann, daß er ... Moment mal, wahrscheinlich gebildet, möglicherweise alleinstehend ist und mit Verwandten, etwa einer Schwester zusammenlebt?«

»Sie sehen in meiner Analyse, daß ich diesen Mann als organisierten Mörder einstufe. Alles deutet auf Planung und Vorsatz hin. Wenn Sie einen Blick auf die beigefügten Tabellen werfen, sehen Sie, daß solche Männer normalerweise durchschnittlich bis überdurchschnittlich intelligent sind. Organisation, Intelligenz weisen auf gute Bildung hin. Was die Schwester angeht, so ist dies wiederum eine Erfahrung. Die meisten organisierten Mörder sind in der Lage, Sexualverkehr zu haben und mit einem Partner zu leben. Aber dieser Mann führt ein Leben im geheimen, wenn er auf der Suche nach Opfern ist, sie kidnappt und irgendwo versteckt. Sie sind doch verheiratet: Wenn Sie über Nacht wegblieben, ein paar Tage ohne Erklärung untertauchten, würde Ihre Frau da peinliche Fragen stellen?«

Das brachte ihm einen Lacher ein. Kathryn beglückwünschte ihn im stillen, weil er etwas zur Entspannung tat, damit sich die Detectives nicht belehrt fühlten.

»Deshalb glaube ich, daß es ein Verwandter sein könnte, jemand der keine unangenehmen Fragen stellt. Beantwortet das hinreichend Ihre Frage, George?«

»Sie sagen, er hätte eine sanfte Stimme und ein einschmeichelndes Wesen«, warf ein anderer ein. Es war Pete Avery. »Wie können Sie das sagen?«

»Er hat drei junge Frauen entführt«, erwiderte Giordano. »Wenn er irgendwie bedrohlich wäre, hätten sie ihn nie an sich heran gelassen. Was darauf hindeutet, daß er eine sanfte Stimme und ein ansprechendes Äußeres hat. Aber bevor wir hier weitermachen, Jack, wollen Sie kurz Ihren Vergleich der Überfallberichte zusammenfassen?«

Jack Burrows stand auf. »Ich habe alle Überfälle auf Frauen im County bis in die Zeit, die einen Monat vor dem Auffinden der ersten Toten liegt, geprüft. Wir dachten, der Mörder könnte erfolglos versucht haben, jemanden zu entführen. Ich habe nach Fällen gesucht, bei denen das Opfer weiblich und hispanischer Abstammung war, zwischen sechzehn und fünfundzwanzig, der Angreifer zwischen fünfundzwanzig und vierzig. Von neununddreißig Fällen gab es sieben, in denen das Opfer ein Hispano-Mädchen im richtigen Alter war. In fünf Fällen ähnelten sich die Täterbeschreibungen. Kaukasisch, mittelgroß, dunkelhaarig, normale Statur, keine Behinderungen, keine Narben oder unveränderliche Merkmale.«

Jetzt waren alle Detectives bei der Sache. Alle Anzeichen von Langeweile oder mangelndem Interesse waren verflogen. Man konnte fast die knisternde Elektrizität im Saal spüren.

»Nimmt man den Bundesdurchschnitt, ist unser Mann zwischen einsachtundsechzig und einsachtundsiebzig groß und zwischen hundertvierzig und hundertachtzig Pfund schwer«, warf Giordano ein. »Weiter bitte, Jack.«

»In zwei Fällen trug der Angreifer eine hellbraune oder beigefarbene Windjacke und dunkle Hosen. In drei Fällen packte der Angreifer sein Opfer bei den Haaren, hielt ihr dann den Mund zu. In drei Fällen, der letzte davon vor drei Tagen in Marina Village, wurde ein brauner oder goldener Pick-up am oder beim Tatort gesehen. Kein Kennzeichen.«

»Jetzt wissen Sie, woher die physischen Details des Profils

stammen«, sagte Giordano. »Oh, und übrigens: Das hier wurde am Tatort des jüngsten Überfalls gefunden.«

Er hielt den Elektroschocker hoch. Er war etwa so groß wie ein Rasierapparat und gab einen Stromstoß ab, der die Verbindung vom Hirn zur Muskulatur unterbrach und das Opfer für zehn bis fünfzehn Sekunden völlig die Orientierung verlieren ließ.

»Dieses Ding könnte unser Mörder benutzt haben, um seine Opfer ohne Gegenwehr gefügig zu machen. Wir chekken es, aber die Chancen stehen schlecht. Die Dinger gelten nicht als Waffen und sind nicht registriert. Denken Sie immer daran, daß er noch so ein Ding in seinem Besitz haben könnte. Weitere Fragen?«

»Sie sagten etwas über seine Reaktion auf Fragen?« rief Mike Eastwood über die aufbrandende Unterhaltung hinweg, die Giordanos Worten folgte. »Könnten Sie das ausführen?«

»Gut, daß Sie es erwähnen«, sagte Giordano. »Okay, Männer, hören Sie zu. Es ist wichtig. Wenn wir recht haben, und der Mann, der diese Frauen ermordet hat, auch Dave Granz ermorden wollte, ist er irre. Er sieht vielleicht überhaupt nicht so aus, aber gehen Sie kein Risiko ein. Wenn es Ihnen so vorkommt, als könnte er nur im entferntesten unser Mann sein, ziehen Sie sich zurück, melden Sie sich, und wir sehen ihn uns genauer an.«

Walt Earhart brach in die bedeutungsvolle Stille ein. »Okay, Leute. Gehen wir. Schnappen wir uns den Scheißkerl.«

Lee meldete sich krank. Die Sekretärin, eine vertrocknete, alte Schachtel namens Muriel Applebaum, wußte, was zu tun war: Warmhalten, heiße Zitrone trinken. Es interessierte sie einen Dreck, ob er lebte oder nicht. Die alte Ziege. Niemand an der Schule mochte ihn. Nicht, daß es ihm etwas ausgemacht hätte. Er war schon lange zu dem Schluß gekommen, daß der Lehrkörper nur aus kleinen Lichtern bestand. Was die Schüler anging, so waren sie ein Haufen undankbarer, verantwortungsloser Bälger, die nur wissen wollten, wie man an eine goldene AmEx-Card herankam. Die Vorstellung, in der Schule sein zu müssen, vor einer Klasse gleichgültiger Teenager den Hamlet zu besprechen, während jeder Nerv in seinem Körper gespannt war wie die Saite einer Geige, war ihm unerträglich. Carol erklärte er, er hätte Klassenarbeiten nachzusehen, schloß sich in seinem Arbeitszimmer ein und starrte ins Nichts.

Er war dumm gewesen. Es gab keine Entschuldigung. Dumm. Wenn er jagte, Opfer suchte, sie aus ihrem Leben holte wie ein Angler Fische aus dem Wasser, war alles im Lot. Granz nachzustellen, war ein Riesenfehler gewesen. In seinem Kopf wiederholten sich wieder und wieder die Ereignisse auf dem Parkplatz in Laguna del Mar, bis sein Verstand um Erlösung schrie. Die Sache war schiefgegangen. Er hatte das Ganze nicht mehr unter Kontrolle. Zuerst das Biest in Marina Village, dann dieser jungenhaft aussehende Detective mit der nonchalanten Art, die Lee keinen Augenblick täuschen konnte.

»Mr. Russell?« hatte der Mann gesagt. »Mein Name ist Dave Granz. Ich bin von der Bezirksstaatsanwaltschaft.« Er hielt eine Brieftasche hoch und klappte sie auf. *Mein Gott,* dachte Lee, *sie wissen es, sie wissen es.* Es schien ihm, als wäre er minutenlang wie gelähmt. Er konnte weder hören noch sehen. Wie ein Herzschlag hämmerten die Worte in seinem Kopf: *Sie wissen es, sie wissen es, sie wissen es.*

Er atmete tief. »Was ... was wollen Sie?« Seine Stimme war rauh. Ein Krächzen. Granz schien es nicht zu merken.

»Nur ein paar Fragen«, sagte der Mann. »Es wird nicht lange dauern. Wenn ich ungelegen komme, kann ich auch ...«

»Nein«, brachte Lee hervor und fand seine Beherrschung wieder. »Nein. Ist okay. Hab nur ... äh, keinen Besuch erwartet. Ich, äh ... gehen wir in mein Arbeitszimmer.«

»Möchten Sie vielleicht Kaffee?« fragte Carol. Granz lächelte und schüttelte den Kopf. »Es wird nicht lange dauern. Trotzdem vielen Dank.«

»Soll ich bleiben?« fragte sie.

»Wenn Sie möchten.«

»Nein«, platzte Lee gleichzeitig heraus. Lee sah, daß Carols Reaktion Granz überraschte. Sie bebte buchstäblich. »Das regt dich nur auf, Liebes«, fügte er eilig hinzu.

»Ich ... wenn ihr ... mich braucht ...« Sie hob unsicher eine Hand und ging in ihre Küche zurück, schloß die Tür hinter sich.

»Sie hat sehr schwache Nerven«, warf Lee ganz beiläufig ein. »Migräne, sowas in der Art.«

Lee ging voraus, deutete auf einen Sessel und setzte sich an den Schreibtisch. Seine Beine fühlten sich zittrig an. Anstatt sich in den Sessel fallen zu lassen, nahm Granz einen Stuhl von der Wand und setzte sich ihm gegenüber.

»Würde es Ihnen etwas ausmachen, mir zu sagen, worum es geht, Mr. Granz?« fragte er.

»Ich ermittle in einer Sache, Mr. Russell«, erklärte Granz. »Ich wäre für Ihre Hilfe dankbar.«

»Was ermitteln Sie?«

»Wir nennen es ›Nachbarschaftsbefragung‹«, erwiderte Granz. »Eine Negativauslese, bei der Leute durch Vergleichsvernehmungen aus unserer Ermittlung fallen sollen.«

Lee runzelte die Stirn. Er wußte einiges über Polizeiarbeit. Sie mochten eine Befragung in Outlook Heights durchführen, weil man Barbara Gates' Leiche in der Nähe gefunden hatte, aber von Vergleichsvernehmungen hatte er noch nie gehört. Vielleicht war es was Neues. Oder kompletter Unsinn. Darin waren Cops gut. Ja, so war es. Er spürte, wie Selbstsicherheit ihn durchströmte, als wäre er ein Fechter, der sich für ein Duell bereit machte. Der Vergleich gefiel ihm. Er setzte eine besorgte Miene auf.

»Geht es um den Mord an diesem Mädchen? Barbara Gates?«

Granz Augen wurden schmal. »Wie kommen Sie darauf?« sagte er scharf.

»Ich habe es bloß angenommen ...«

»Wieso?« fuhr Granz ihn an.

»Ich bin Lehrer oben an der Cabrillo Park High.«

»Ah, verstehe.« Granz entspannte sich. »Tut mir leid. Das wußte ich nicht. Haben Sie heute keinen Unterricht?«

»Klassenarbeiten«, sagte Lee und deutete auf die Papiere auf seinem Schreibtisch. »Es geht um die Tote?«

»Kannten Sie das Mädchen?«

Lee schüttelte den Kopf. »Sie war keine unserer Schülerinnen.«

»Natürlich, hatte ich vergessen. Waren Sie in der Schule, als die Leiche gefunden wurde?«

»Ich weiß nicht mehr. Wahrscheinlich. Ich glaube, mich zu erinnern, daß einer der Lehrer davon erzählt hat. Es hörte sich ziemlich schauerlich an.«

»Sie haben es sich nicht angesehen?«

»Ich hab gesehen, wie sie abtransportiert wurde, ja.«

»Ist Ihnen irgendwas Außergewöhnliches aufgefallen?«

»Was zum Beispiel?«

»Etwas, was Ihre Aufmerksamkeit erregt hat? Irgendwas Ungewöhnliches?«

»Nicht, daß ich wüßte.«

»Waren Sie schon mal in einem dieser Nebengebäude?«

»Ich glaube, ich habe nicht mal gewußt, daß sie da waren, bis ... Warum fragen Sie? Was hat das mit Ihrer ... wie haben Sie es genannt, Nachbarschaftsbefragung, zu tun?«

Lee gestattete sich ein leises Lächeln. Auch er durfte Fragen stellen. Schließlich war er bis zum Nachweis der Tat unschuldig. Ihm entging nicht, daß Granz der Frage auswich.

»Man kann nie wissen, was jemand bemerkt, ohne es zu merken«, sagte Granz. »Ich nehme nicht an, daß Sie gesehen haben, wie sich vor dem Auffinden der Leiche jemand auf dem Schulgelände herumgetrieben hat, der nicht dorthin gehörte, was?«

»Den ganzen Tag kommen und gehen Leute. Man nimmt es kaum wahr, wenn es einen nicht persönlich angeht.«

»Es macht Ihnen doch nichts aus, daß ich Sie frage?«

»Nein, das stört mich nicht. Obwohl ich nicht glaube, daß ich Ihnen eine große Hilfe sein werde.«

Lees anfängliche Panik war verflogen. Er hatte sich unter Kontrolle. Er konnte dem Schwachkopf auf der Nase herumtanzen. Jedem von denen. Jedem einzelnen. Schwachköpfe waren sie, allesamt. Der Gedanke ließ ihn lächeln.

»Wissen Sie noch, was Sie an dem Abend gemacht haben, bevor Barbara Gates gefunden wurde?«

»Ich kann mich nicht mal erinnern, wann das war.«

»Achtzehnter Juli.«

»Stehe ich unter Verdacht, oder was?«

Granz lächelte. »Das steht hier nicht zur Debatte, Mr. Russell«, sagte er. »Ich prüfe nur ein, zwei Sachen nach. Sie müssen nicht mal mit mir reden, wenn Sie nicht wollen.«

Das ist schon das zweite Mal, daß er die Frage nicht beantwortet hat, dachte Lee. Er schüttelte den Kopf. »Machen Sie nur ruhig, ich ... wir haben nichts zu verbergen.«

»Sicher nicht«, sagte Granz. »Also, wo waren Sie?«

»Bestimmt war ich zu Hause. Der achtzehnte war ein Donnerstag, nicht? Lassen Sie mich im Kalender nachsehen.«

Er nahm seinen Kalender und blätterte darin herum.

»Nein, da steht nichts. Also war ich zu Hause.«

»Wie lange sind Sie schon an der Cabrillo Park?«

»Etwas über drei Jahre.«

»Welche Fächer unterrichten Sie?«

»Nur Englisch. Linguistik und Literatur.«

»Sie müssen viel lesen.« Granz sah sich die Bücherborde an den Wänden an.

»Früher mal. Jetzt nicht mehr so.«

»Ein richtig schönes Arbeitszimmer haben Sie hier.«

»Ich brauch meine Ruhe. Meistens arbeite ich hier. Zeugnisse, Unterrichtsvorbereitungen, Hausaufgaben. Die Leute denken, wenn ein Lehrer nach Hause geht, ist sein Tag zu Ende. Tatsächlich fängt da schon der nächste Tag an.«

»Ich schätze, Sie haben keine Zeit für Hobbys?«

»Um die Wahrheit zu sagen, doch. Ich sammle Fliegenköder.«

»Forellenfliegen?«

»Genau. Ich hab über vierhundert ... Möchten Sie sie sehen?«

»Ein andermal vielleicht«, sagte Granz. »Machen Sie Lederarbeiten? Gerben, Trocknen, solche Sachen?«

Die Frage überraschte ihn. »Nein, nichts dergleichen.«

»Ich frage nur, weil Sie ein Buch zu dem Thema haben.« Granz stand auf und nahm das Taschenbuch vom Bord. *»Mit Heiler Haut: Ledergerben leicht gemacht.«* Mit einem Spezialkapitel über Häute, las er auf dem Umschlag und sah Lee fragend an. Lee war aus dem Konzept gebracht, legte einen abfälligen Unterton in seine Stimme.

»Hören Sie, ich weiß, Sie tun nur Ihre Pflicht, aber was hat das alles mit ...«

Granz' Miene war verbindlich. »Ich hab mich nur gewundert, wozu Sie ein Buch über Lederarbeiten brauchen, wenn es nicht Ihr Hobby ist. Scheint schon lange auf Ihrem Bord zu stehen.« Er zeigte Lee den Staub an seinen Fingern.

»Ach, das«, sagte er beiläufig. »Das gehört nicht mir. Sie werden feststellen, daß es einem meiner Schüler gehört. Sehen Sie rein, da steht sein Name. Rother? Rether?«

»Ritter«, sagte Granz und stellte das Buch zurück. »Was ist mit Kreuzworträtseln, Mr. Russell? Mögen Sie die?«

»Nein.«

»Sonstige Rätsel? Chiffren, Buchstabenspiele?«

»Hin und wieder, wie jeder andere auch, nehme ich an. Ich mag Buchstabenspiele. Puzzles langweilen mich.«

Weiß er irgendwas? Wenn ja, woher? Blufft er? Ja, natürlich. Wie kann ich sicher sein? Die Fragen schossen in Lees Kopf herum wie Ratten in einem Abwasserrohr.

»Würden Sie mir sagen, wie alt Sie sind, Sir?«

»Natürlich. Ich bin dreiundvierzig.«

»Hier geboren?«

»Nein, ich bin aus Chicago.«

»Wie lange wohnen Sie schon in Santa Rita?«

»Seit achtundachtzig. Im Frühling sind wir hergezogen.«

»Und davor?«

»Redwood City. Ich hab da an einer Schule unterrichtet. Canyon Heights High.«

»Sie haben keine Kinder?«

»Keine eigenen. Hunderte von anderen Leuten.«

Es war ein alter Scherz. Granz lächelte pflichtschuldig.

»Ist das hier Ihr einziges Haus, Mr. Russell?«

»Mh ... wie meinen Sie das?« Dieser rasche Wechsel des Themas überraschte ihn für einen Moment.

»Ich meine, Sie haben nicht irgendwo ein Ferienhaus?«

»Nein.« Er lächelte, auch wenn sich sein Gesicht starr anfühlte, als wäre es mit Zement übergossen. Von der Hütte konnte er nichts wissen. Unmöglich. »Offenbar haben Sie keine Vorstellung davon, wie wenig Lehrer verdienen.«

»Sie kommen also nicht oft raus?«

»Hin und wieder zum Angeln.«

»Mit Ihrer Frau, Sir? Mit Freunden? Oder allein?«

Vorsicht, sagte sich Lee. Er könnte sich schon in der Schule oder bei den Nachbarn erkundigt haben. Du weißt, wie Bullen arbeiten.

»Normalerweise allein.«

»Und wie oft kommt das vor?«

»Vier- oder fünfmal im Jahr. Unterschiedlich. Immer ein paar Tage.«

»Und wohin fahren Sie dann, Sir?«

»Meistens in die Sierra de Salinas. Manchmal rauf nach Sequoia, Mount Whitney.«

»Wann sind Sie das letzte Mal gefahren?«

»Über das Wochenende des 4. Juli, glaub ich. Ist das wichtig?«

»Steht es in Ihrem Kalender?«

Lee blätterte die Seiten durch. »Ja. Ich war oben am Lake Isabella.«

»Glück gehabt?«

»Ich behalte meinen Fang nie.«

»Würden es Ihnen was ausmachen, mir zu sagen, was für einen Wagen Sie fahren, Mr. Russell?«

»Einen Honda Civic, zweitürige Limousine.«

»Sonst nichts? Keinen Vierradgetriebenen?«

Gut, Detective, aber nicht besonders raffiniert. Von dem Pick-up kannst du nichts wissen.

»Nein.«

»Muß schwierig sein, mit so einem kleinen Wagen rauf in die Berge zu fahren.« Granz starrte irgendwas auf dem Schreibtisch an. Aber was, was? Lee wollte sich umdrehen und nachsehen, aber er wußte, er würde sich damit verraten.

»Ich geh nicht oft im Winter angeln.«

»Okay, gehen wir es nochmal durch. Ihr vollständiger Name ist James Leland Russell. Sie sind dreiundvierzig, Ihre Frau heißt Carol. Sie haben keine Kinder. Sie unterrichten Englisch an der Cabrillo Park High School.«

»Korrekt.«

»Ihre Hobbys sind Angeln und Fliegenbinden.«

»Ja. Und etwas Gartenarbeit.«

»Mir ist aufgefallen, wie gepflegt Ihr Vorgarten ist«, sagte Granz. »Außer diesem Haus haben Sie keinen Grund und Boden, richtig? Sie fahren einen Honda Civic, das einzige Fahrzeug in Ihrem Besitz. Vier- oder fünfmal im Jahr gehen Sie zum Angeln rauf in die Sierras, mehrere Tage am Stück. Oh, haben Sie manchmal unter der Woche frei, Sir?«

»Unterschiedlich«, antwortete Lee und beließ es dabei.

Granz stand auf. »Tja, ich denke, das war's. Danke, daß Sie sich die Zeit genommen haben, Mr. Russell.«

»Gern geschehen«, sagte Lee. »Hören Sie, können Sie mir nicht sagen, wieso Sie all diese Fragen stellen?«

Dabei warf er einen kurzen Blick auf den Schreibtisch. Sah es. Wie hatte er so *unglaublich* dumm sein können? Hatte Granz es auch gesehen? Wenn ja: Wußte er, was es war? War er sich der Bedeutung bewußt? Der Gedanke, der ihm gekommen war, wuchs zum Entschluß. *Ich werde ihn töten müssen.*

» ... Teil der polizeilichen Ermittlungen«, erklärte Granz. »Leider darf ich momentan nicht mehr sagen.«

»Ich bring Sie zur Tür«, sagte Lee. Er ging vor, machte die Tür auf. Granz stand auf der Schwelle, drehte sich um. »Ach, übrigens, Mr. Russell. Haben Sie – durch Geburt oder angeheiratet – hispanische Verwandte?«

Wußte er auch davon? Möglich war es. Sag die Wahrheit, für alle Fälle.

»Meine Stiefmutter und Stiefschwester«, antwortete er. »Mein Vater hat sehr spät nochmal geheiratet.«

»Wohnen sie in Santa Rita?«

»Sie sind beide tot.«

»Oh, das tut mir leid«, sagte Granz. »Wann sind sie gestorben, Sir?«

»Sie sind bei einem Brand in Chicago umgekommen, als ich achtzehn war. Ist das alles, Mr. Granz?«

»Soweit ja«, erwiderte Granz. »Aber ich werde nochmal mit Ihnen sprechen müssen. Ich geb Ihnen meine Karte. Wenn Ihnen was einfällt, irgendwas, was uns bei dem Fall Barbara Gates helfen könnte, rufen Sie mich an, okay?«

»Natürlich«, sagte Lee. Er lächelte, als Granz zum Gruß mit einem Finger an seine Schläfe tippte und zum Wagen ging. Er sah die Karte an. Eine Funknummer. Wieder lächelte er. Funktelefone konnte man nicht abhören.

25

Sechs- oder achtmal probte er es mit seinem Recorder. Granz war kein grüner Junge. Auf etwas allzu Offensichtliches würde er nicht reinfallen. Andererseits konnte Lee nicht riskieren, daß er Verstärkung rief oder einen Hinterhalt organisierte. Am nächsten Abend, als er den Text so hatte, wie er ihn haben wollte, wählte er Granz' Funknummer. Es klingelte lange. Dann hörte er, wie Granz abnahm. Er klang etwas außer Atem, als hätte er zum Wagen laufen müssen.

»Ist da Inspektor Granz?« fragte er, sprach mit einem Akzent, den er noch aus Chicago im Ohr hatte.

»Wer ist da?« Die Stimme klang blechern, hallig. Wie immer bei Autotelefonen.

»Mein Name ist Carter. Albert Carter.«

»Ja. Was kann ich für Sie tun, Mr. Carter?«

»Sind Sie das, der den Mörder von Barbara Gates sucht?«

»Was ist damit?«

»Ich hab Informationen über den, der sie ermordet hat.«

»Was für Informationen?« Granz' Stimme veränderte sich. Lee lächelte.

»Ich steh hier in dieser Zelle in Laguna del Mar und seh einen Pick-up, braun, hiesiges Kennzeichen. Der kam mir bekannt vor, also bin ich rüber und hab nachgesehen. Es ist derselbe Pick-up, der bei der Cabrillo Park High eingebogen ist, an dem Abend bevor dieses Mädchen gefunden wurde. Barbara Gates?«

»Versteh ich Sie richtig? Sie haben einen Pick-up bei der Schule gesehen? Um welche Uhrzeit?« Trotz der schlechten Akustik war die Ungeduld in Granz' Stimme fast greifbar.

»Himmel, das weiß ich nicht genau. Halb neun etwa.«

»Haben Sie den Fahrer erkennen können?«

»Ja. Etwa dreißig, fünfunddreißig, dunkelhaarig, Schnäuzer, einsachtzig, schlaksig. Mit hellbrauner Jacke.«

»Und?«

»Aufgefallen war mir, daß er einen Rollstuhl aus dem Wagen geholt hat. So einen wie im Krankenhaus, zusammenklappbar? Ich hab gesehen, wie er ihn aufgestellt hat.«

»Und dann?«

»Das war's eigentlich. Ich kam so vorbei, hab ihn zufällig gesehen. Dann hab ich in der Zeitung gelesen, daß da Spuren von einem Rollstuhl vor dem Gebäude waren, wo man die Leiche gefunden hat.«

»Wieso haben Sie sich nicht früher gemeldet, Mr. Carter?«

»Ich fand das nicht wichtig. Sehen Sie, ich bin Lastwagenfahrer. Ich hab einen Kühlwagen mit Wein nach Seattle gefahren und komm gerade zurück. Ich geh was trinken und seh diesen Pick-up. Da ist mir der Typ vor der Schule wieder eingefallen.«

»Und Sie wissen, wo er jetzt ist?«

»Ich sag's doch, hier oben auf dem Parkplatz mitten in Laguna del Mar. Das ist bestimmt derselbe. Hat 'ne Beule vorn am Kotflügel. Ich seh ihn direkt vor mir.«

»Wo in Laguna del Mar?«

»Kennen Sie das Hotel? Das Seacliff? Gleich dahinter.«

»Das kenn ich. Okay, Mr. Carter, bleiben Sie da. In zehn Minuten bin ich bei Ihnen.« Granz' Stimme klang beherrscht, aber Lee spürte seine Erregung. »Woran erkenne ich Sie?«

»Ich hab ein rotweiß-kariertes Flanellhemd und blaue Jeans an. Einsachtundsiebzig, braunes Haar.«

Er trat auf den Parkplatz hinaus und wartete. Er war allein. Alle waren vor Stunden nach Haus gegangen. Ihn fröstelte vor Anspannung, während die Minuten verrannen. Der nahe Freeway war zu hören. Es war ein stiller Abend.

Ein verbeulter, alter Ford bog auf den Parkplatz ein. Er sah, wie Granz sein Fenster herunterkurbelte und der Wagen ausrollte. Nach einer Weile stieg er aus, sah sich um. Es war fast dunkel. Lee wußte, was er dachte. *Wo zum Teufel steckt der Kerl?* Granz knurrte ungeduldig und kam auf den Müllcontainer zu, hinter dem Lee hockte, ging daran vorbei zum Gehweg vor dem Hotel, suchte dort. Lee hörte, wie er leise fluchte und sich wieder seinem Wagen zuwandte.

Jetzt.

Als Granz sein Versteck passierte, sprang Lee hinter ihn und schlug ihm mit aller Kraft einen vierzig Zentimeter langen Schraubenschlüssel über den Hinterkopf. Die Wucht des Aufschlags stauchte ihm den Arm. Granz gab einen Schrei von sich, ein Stöhnen, und fiel auf die Knie, bewegte wild seinen Kopf hin und her. Lee trat näher heran und schlug noch einmal zu, diesmal an die rechte Kopfseite über dem Ohr. Granz kippte nach vorn, mit dem Gesicht nach unten, zog seine Knie an den Bauch, ballte und löste krampfartig die Fäuste.

Lee schob den Schraubenschlüssel in eine der großen Außentaschen seiner Regenjacke, langte in seine Hemdtasche und zog das Skalpell aus dem kleinen Ledeietui. Er hatte extra eine neue Klinge eingesetzt. Er packte Granz bei den Haaren, riß den Kopf zurück, um ihm die Kehle durchzuschneiden. Im selben Augenblick stieß Granz ein animalisches Geräusch aus und kam vom Boden hoch, blutig und blind, griff mit beiden Händen nach ihm.

Lee spürte, wie Fingernägel sein Gesicht zerkratzten. Ein ersticktes, schmerzerfülltes Kreischen brach aus ihm hervor, und er hackte mit dem Skalpell auf Granz ein, *da, du Bastard!* fühlte, wie die Klinge Fleisch zerschnitt, von der Schläfe zum Kinn, noch einmal, tiefer, an die Kehle, wieder und wieder, *du Schwein!* hörte das harte, panische Ächzen, als Granz mit bloßen Händen versuchte, die Klinge abzuwehren.

Granz sank auf die Knie, hustend, Blut strömte wie Regen

zu Boden, dann rollte er zur Seite, ein schauerliches Gurgeln trat aus seiner Kehle. Er suchte sich mit einer Hand aufzustützen, aber die wollte sein Gewicht nicht tragen. Dann, wie in Zeitlupe, streckte er sich aus, ruhig und lautlos.

Lee wartete, riskierte nichts, aber Granz war still wie der Tod. Gerade, als er sich über ihn beugen wollte, um nachzusehen, ob er wirklich tot war, hörte Lee einen Motor, sah Scheinwerfer. Mit ersticktem Fluch fuhr Lee herum und rannte, sah nicht, wie der Wagen sich Granz näherte. Der hob den Kopf, blickte seinem Angreifer hinterher, das zerstörte Gesicht durchzogen von blutigen Striemen, die im trüben Licht wie schwarz wirkten. Die Scheinwerfer des Wagens fuhren über ihn hinweg und und an ihm vorbei.

Es war wie bei allen anderen Malen.

Erst konnte er es nicht fassen, dann fragte er sich, was er anderes erwartet hatte. Die Cops in Santa Rita waren so dumm wie überall, leere Posen und Sirenen, unfähig, wenn man ihnen die Antworten nicht auf einem Tablett servierte. Mitleiderregend waren sie. Wenn ein Besoffener seiner Frau den Kopf wegschoß, schnappten sie ihn, bevor der Rauch verzogen war. Wenn ein Dealer seine Crackbude im Harbor Park einrichtete, nahmen Zivilbullen ihn hoch, bevor er ein Streichholz anreißen konnte. Cops waren groß darin, Penner aus den Parks zu vertreiben, arme Schweine vorzuladen, weil sie auf dem Heimweg ein paar Biere zuviel drin hatten, aber sollten sie sich mit jemandem messen, der ein Hirn im Schädel hatte, wußten sie nicht, wo vorn und hinten war.

Noch berechenbarer als die Cops waren die Medien. Am ersten Tag lautete die Schlagzeile in der *Gazette:* BRUTALER MORDANSCHLAG IN LAGUNA DEL MAR, mit einer weiteren Seite im Innenteil. Tatortberichte von KKSU-TV, eine Frau in grauem Kostüm mit ernster Miene, Gloria sonstwie, berichtete vom Parkplatz in Laguna del Mar, dann rüber zu Jane für ein

Interview mit einer gewissen Cara Mae Marable, einer Mittfünfzigerin, die 911 angerufen hatte. Das muß die mit dem Wagen gewesen sein, dachte er. Was hatte die blöde Kuh um die Zeit da oben zu suchen?

Der Nachfolger am Tag darauf war ebenso vorhersehbar: POLIZEI GEHT SPUREN IM LAGUNA-DEL-MAR-FALL NACH. Feuilletonisten umrissen die Ermittlungen, zitierten den Sheriff. Im Fernsehen sagte jemand namens McCaskill von der Staatsanwaltschaft, es sei nur eine Frage der Zeit, bis die akribischen Nachforschungen der Sondereinheit eine konkrete Spur brächten.

Lee mußte laut lachen: Wenn sie was hätten, stünde schon längst ein grün-weißer Streifenwagen vor seiner Tür. Es war fast die Regel, daß sich in den ersten vierundzwanzig Stunden entschied, ob ein Verbrechen aufgeklärt wurde oder nicht. Glaubten die Cops, nur sie wüßten das?

Am dritten Tag war die Geschichte in den hinteren Teil verbannt worden, unter der Überschrift NICHTS NEUES IM LAGUNA-FALL. Das Fernsehen brachte überhaupt nichts. Statt dessen Phrasen bei *Hier und Jetzt* mit Richard Sanchez: Drastische und glorifizierende Gewaltdarstellungen in Film und Fernsehen, sagte er, würden eine ganze Generation gegenüber dem Grauen von Gewaltverbrechen gefühllos machen. Eine Expertenrunde diskutierte diese These. Blabla, gähn.

Am vierten Tag meldete die *Gazette*, ein Bürgerkomitee habe bei der Staatsanwaltschaft Beschwerde gegen Inspektor Dave Granz eingelegt, da er diverse Bürger in Santa Rita mit seinen inoffiziellen Ermittlungen belästigt habe. Eine vollständige Untersuchung der Sache wurde angekündigt, sobald Inspektor Granz aus dem Krankenhaus entlassen werde. Lee saß im Arbeitszimmer und ließ das düstere Lachen aus seinem Inneren hervorblubbern. Zerhackt wie Hühnerleber, und dafür noch gemaßregelt. Wer wollte noch ein Held sein?

Am fünften Tag stand nichts mehr in der Zeitung. Dave

Berry, der die ersten Artikel geschrieben hatte, brachte eine reißerische Story über einen Mord/Selbstmord aus der letzten Nacht. Zeitungsleser und Fernsehpublikum hatten die Aufmerksamkeitsspanne von Zweijährigen in Disneyland, und die Leute, die für sie schrieben, wußten es. Sie hörten den Polizeifunk ab, immer auf der Suche nach den Schlagzeilen von morgen, einem schmissigen SWAT-Angriff, einem saftigen Vergewaltigungsprozeß oder einem blutrünstigen Kindermord, irgendwas, das Einschaltquoten oder Auflagen erhöhte. Sie brauchten nur ein heißes Ding, und schon waren sie draußen, gaben ihr Bestes, im Vor-Ort-Report der Sechs-Uhr-Nachrichten, auf der Titelseite der Morgenzeitung. Aber eine Geschichte, die nirgendwohin führte, wie der Überfall auf Granz, ohne Spuren, ohne Verdächtige? Keine Chance.

Genauso stand es mit den Cops. Das Sheriff's Department, das nach einem A-Team/B-Team-System arbeitete, jedes Team vier Tage Dienst, vier Tage frei, hatte seit dem Überfall schon zwei Schichtwechsel gehabt, was bedeutete, daß sie inzwischen wahrscheinlich ein Dutzend weiterer Fälle zu bearbeiten hatten. Der Fall Granz war sicher von anderen, wichtigeren – und lösbareren – verdrängt worden.

Wenn außerdem stimmte, daß Granz' Ermittlungen ohne Genehmigung erfolgt waren, kehrte die Staatsanwaltschaft sie wahrscheinlich unter den Teppich, bevor sich das Bürgerkomitee darin festbiß, oder schlimmer noch, wieder das heiße Thema einer Polizeiaufsichtsbehörde aufbrachte.

Nach einer Woche fühlte sich Lee sicher.

Zwar lebte Granz, aber in den Zeitungen war die Rede von posttraumatischer Amnesie. Was konnte er aussagen, falls er sein Gedächtnis wiederfand? Nichts. Den Namen eines nicht existenten Mannes, der das Treffen arrangiert und ihn überfallen hatte. Eine sehr allgemeine Beschreibung. Er hätte es wissen müssen. Cops waren höchstens mittelmäßig intelligent. Diese Sache war eine Nummer zu groß für sie.

Er saß in seinem Zimmer und dachte an Linda Diaz in Marina Village, ihre schlanken, braunen Beine mit dem goldenen Pfirsichflaum an den Innenseiten ihrer Schenkel, den Badeanzug eng über dem dunklen Fleck in ihrer Mitte. Wieder spürte er den Drang. Morgen, dachte er, fahr ich nach Espanola. Kann ich Ihnen helfen, Sir? Danke nein, ich seh mich nur um.

Wieder blubberte dieses düstere Lachen aus ihm hervor.

26

»Kathryn, hier ist Richard Sanchez.«

Die wohlbekannte Stimme am anderen Ende der Leitung überraschte sie. Sie war so in die Ermittlungen vertieft gewesen, daß sie keine Zeit gehabt hatte, an Sanchez zu denken, auch wenn sie gehört hatte, daß er ausführender Produzent seiner Sendung geworden war, und wußte, daß er die halbe Stunde alle zwei Wochen nach den Nachrichten bekommen hatte, auf die er so versessen gewesen war.

»Was kann ich für Sie tun?« fragte sie schroff.

»Haben Sie die Sendung letzten Mittwoch gesehen?«

»Ich habe gearbeitet.«

»Schade. Wir hatten ein Special über grundlose Gewalt und den Überfall auf Ihren Ermittler als Beispiel genommen. Vergewaltigung, Überfälle, Schießereien. Hatte tolle Einschaltquoten und viele positive Reaktionen.«

Hat er wirklich ein so dickes Fell? dachte Kathryn. Nein, es war nur mangelndes Einfühlungsvermögen, das Fehlen jeglichen Mitgefühls außer für sich selbst. Manche Leute besaßen es eben nicht. Richard Sanchez hatte es nicht mal im Ansatz.

»Der Ermittler heißt Granz«, erinnerte sie ihn.

»Genau, genau«, sagte er ungeduldig. »Aber deshalb ruf ich nicht an. Ich höre, Ihr Heißsporn vom Justizministerium – wie heißt er gleich, Giordano? – hätte sein Profil des Serienmörders fertiggestellt. Können Sie das bestätigen?«

»Inoffiziell?«

»Schon wieder? Na gut, inoffiziell.«

»Inoffiziell, ja. Und ich möchte wissen, wie es kommt, daß Sie so gut informiert sind.«

»Es ist mein Job, gut informiert zu sein. Wann will er es den Medien übergeben?«

»Das ist nicht seine Entscheidung«, reagierte Kathryn überrascht. »Sie könnten es beim Justizministerium in Sacramento versuchen, aber machen Sie sich da keine allzu großen Hoffnungen. Täterprofile sind vertraulich.«

»Ist das so? Angenommen, ich würde sagen, die Öffentlichkeit hätte ein Recht auf Informationen zu ...«

»Sparen Sie sich die Pose. Sie wissen ebensogut wie ich: Würden wir Täterprofile an die Medien weiterleiten, stünden wir bis zu den Knien in Anzeigen von Leuten, deren Katze getreten wurde oder weil der Nachbar, mit dem sie nicht auskommen, dem Mann aus dem Profil aufs Haar gleicht.«

»Ich stimme Ihnen nicht zu, aber ich sehe, daß ich mit Ihnen meine Zeit vergeude. Wie geht es Granz übrigens?«

»Er ist auf dem Weg der Besserung«, antwortete Kathryn. »Aber er hat noch einen langen Weg vor sich.«

»Hat er Ihnen zu dem Überfall irgendwas sagen können?«

»Er erinnert sich nicht. Der ganze Tag ist in seiner Erinnerung wie ausgelöscht. Die Ärzte sagen, er leidet unter einer Art posttraumatischer Amnesie.«

»Kann er sprechen?«

»Erst wenn seine Wunden verheilt sind. Seine Luftröhre war verletzt, und anfangs fürchtete man, seine Stimmbänder könnten Schaden genommen haben, aber sie sind gut verheilt. Es sieht so aus, als würde er wieder gesund werden.«

»Ich schätze, Sie würden mich nicht anrufen, um Bescheid zu sagen, wenn er sein Gedächtnis wiederfindet, was?«

»Sie sind der Reporter. Sie rufen mich an.«

»Sie sollten sich mehr bemühen, mich nicht zu verärgern. Wie hat es Ihnen übrigens im Paolo's geschmeckt?«

»Woher wissen Sie ...?«

»Versäumen Sie nicht die Sendung am Sonntag«, sagte er. »Sie werden begeistert sein.«

Er legte auf, bevor sie etwas sagen konnte. Stirnrunzelnd starrte sie den Hörer an. Woher hatte er von Paolo's gewußt? Und was wußte er noch?

Carousel war phantastisch, die Schauspieler gaben ihr Bestes. Emma – im geblümten Kleid, das ihr bis fast zu den Knöcheln reichte, das Haar mit einem unechten Perlenband hochgesteckt – war von der farbenfrohen Eröffnung auf dem Jahrmarkt bis hin zum rauschenden Finale begeistert. Sie verbarg ihr Gesicht in den Händen, als Billy starb, und weinte, als die Schneekinder böse zu Louise waren. Sie war so erwachsen, daß Kathryn es kaum ertragen konnte. Am Sonntag hatten sie herrlichstes Wetter. Schon früh verflog der Morgendunst und wich einem sonnigen, heißen Tag, der Tausende von Besuchern an die Strände locken und das übliche Chaos hervorrufen würde, wenn sich die Autos dicht an dicht mit überhitzten Kühlern die Santa Rita Mountains hinauf quälten. Kathryn stand zeitig auf und machte Frühstück. Noch im Morgenmantel stellte sie die Waschmaschine an und bügelte, legte Emmas Sachen für den nächsten Tag bereit. Dann weckte sie ihre Tochter.

»He, du«, sagte sie, als sie die Vorhänge zurückzog. »Raus aus den Federn!«

Emma schlug die Augen auf, blinzelte in das grelle Licht. »Kuscheln«, sagte sie und streckte die Arme aus.

Kathryn schlüpfte unter die Decke und umarmte ihre kleine Tochter.

»Hey, weißt du noch, wohin wir heute wollen?« flüsterte sie. Jack hatte angerufen, daß er nicht kommen könne, weil er arbeiten müsse. Damit Emma nicht enttäuscht war, hatte Steve vorgeschlagen, rauf nach San Francisco zu fahren.

Emma nickte. »Ist Steve noch da?«

Kathryn hörte einen Unterton. »Ich dachte, du magst ihn.«

»Er ist nicht wie Dave.«

Das brachte Kathryn aus dem Konzept. »Er ist anders nett«, sagte sie. »Ich bin aus verschiedenen Gründen gern mit ihm zusammen. Du nicht?«

»Glaub schon. Ich wünschte nur, manchmal könnten wir beide ganz allein sein.«

»Wir sind gerade ganz allein.«

»Nein, Mommy. Ich meine, einen ganzen, langen Tag.«

»Nächstes Wochenende vielleicht. Wir haben doch schon Pläne gemacht. Die wollen wir nicht umstoßen, oder?«

»Wieso nicht?« bohrte Emma mit der unerschütterlichen Logik kleiner Kinder.

»Was möchtest du zum Frühstück?« fragte Kathryn und wich der Frage aus.

»Kann ich einen Heidelbeermuffin haben?«

»Noch was?«

»Ich möchte ...« Emma dachte scharf nach. »Grapefruitsaft. Pfirsichjoghurt. Und einen Heidelbeermuffin.«

»Mach ich, wenn du duschst. Setz die Badekappe auf. Und vergiß nicht, dir die Zähne zu putzen.«

Sie ging in die Küche. Nach einer Weile kam Emma herein, trug ihren weißen Frotteebademantel. Sie sagte Steve hallo, der draußen auf dem Balkon Zeitung las, dann setzte sie sich in die Frühstücksecke und fing an zu essen.

»Mommy«, sagte sie nach einer Weile, »nächste Woche machen wir einen Ausflug. Wir fahren nach San Wamperdista.«

»San Juan Bautista«, korrigierte Kathryn. »Da gibt es eine alte Mission. Das wird dir gefallen.«

»Miss Cordova hat gefragt, ob eine Mommy fahren kann.«

»Tut mir leid, Süße, ich weiß, sie brauchen Freiwillige, aber ich kann mir wirklich keinen Tag frei nehmen.«

»Oh.« Emma gab einen tiefen Seufzer von sich, »das hab ich ihr schon gesagt. Ich hoffe es ja immer, aber ich weiß, daß dich die Richter nicht lassen.«

Sie glaubte, es wären die Richter, die Kathryn daran hinderten, an Schulaktivitäten teilzunehmen, daß die Richter schuld wären, wenn sie manchmal mitten in der Nacht rausgerufen wurde und Emma immer das letzte Kind war, das abends aus der Kindertagesstätte abgeholt wurde.

»Bist du traurig, weil ich mit dir nicht solche Sachen machen kann wie die anderen Mommies, Süße?«

»Manchmal«, sagte Emma. »Ich will nicht weinen, aber irgendwie laufen mir die Tränen von selber runter.«

»Trink schnell deinen Saft.« Kathryn wandte sich ab, damit Emma sie nicht sehen konnte. »Wir wollen los.«

Gegen zehn zwängten sie sich in Steves kleinen, roten Escort und machten sich auf den Weg nach San Francisco.

»Steve, du solltest dir einen anderen Wagen besorgen«, sagte Kathryn. »Diese Kiste ist schlecht für dein Image. Du brauchst was Pfiffigeres.«

»Erzähl das meinem Boß. Er hat keinen Sinn für pfiffige Autos. Und ich eigentlich auch nicht, wenn ich ehrlich sein soll. Ich will nur von *A* nach *B* kommen.«

»Mommy, was machen wir in San Francisco?« fragte Emma.

»Wir spielen Touristen«, antwortete Steve. »Ich weiß was. Wir fahren mit dem Cable Car auf den Telegraph Hill, essen im Tarantino's zu Mittag, dann mit dem Boot raus auf die Bay.«

»Nöööö!« riefen Kathryn und Emma im Chor. »Blöööd!«

Steve machte ein verdutztes Gesicht. »Wieso blöd?«

»Cable Cars sind blöd. Ich will nach Chinatown«, sagte Emma.

»Okay«, sagte Steve. »Okay.«

»Und ich will in den Japanischen Teegarten«, fügte Kathryn hinzu.

»Was ist das hier? Eine Verschwörung?«

»Das ist unsere Art, dir mitzuteilen, daß die Mackay-Frauen es gewohnt sind, ihre Entscheidungen selbst zu treffen«, erklärte Kathryn. »Du wirst dich dran gewöhnen.«

Am Ende spazierten sie durch den Golden Gate Park und suchten in den Blumenbeeten wilde Erdbeeren. Emma verfütterte Erdnüsse an die Eichhörnchen. Auf dem Rasen am Washington Square saßen sie und lauschten der Musik von ein paar Kids mit Gitarren, dann spazierten sie nach Chinatown und kauften Emma in einem der Warenhäuser einen papiernen Sonnenschirm.

»Siehst du?« Kathryn grinste. »Bist du nicht froh, daß du uns Frauen die Entscheidung überlassen hast?«

»Es war nett.«

»Bist du beleidigt, Steve?«

»Wieso sollte ich beleidigt sein?«

»Ich weiß nicht. Ist dein Männerstolz angeschlagen?«

»Nicht irreparabel«, sagte er. Aber er lächelte nicht dabei und sagte auf dem ganzen Rückweg kaum ein Wort. Es dunkelte fast, als sie wieder in Santa Rita waren. Emma war auf dem Weg eingeschlafen. Steve wickelte sie in eine Wolldecke und trug sie nach oben.

»Nacht, Steve«, flüsterte Emma verschlafen, als er sie aufs Bett legte. »Danke für den Sonnenschirm.«

»Gute Nacht, Em.« Er ging zur Tür und zeigte auf die Küche. »Ich mach uns Wein auf«, sagte er zu Kathryn. »Während du ihr gute Nacht sagst.«

Er nahm eine Flasche Chardonnay aus dem Kühlschrank und zwei Gläser vom Bord. Kathryn kam herein, als er einschenkte. Sie stießen an, und Kathryn nahm einen Schluck, ging dann zum Anrufbeantworter. Nichts. Keine Nachricht. Sie konnte sich dabei einer leisen Enttäuschung nicht erwehren. Es kam selten vor, daß ihr Band nicht voll war mit Anrufen von Cops, Ermittlern, Staatsanwälten.

»Das ging schnell«, sagte Steve und deutete mit dem Kopf auf Emmas Zimmer.

»Sie war todmüde.« Kathryn lächelte, stellte sich auf Zehenspitzen und küßte ihn. »Danke für den schönen Tag.«

Er reagierte nicht. Sie trat ans Fenster, öffnete den Riegel und schob es auf. Säuselnd wehte eine kühle Brise herein, als sie auf den Balkon hinaustrat. Unter ihr blinkte der Leuchtturm vor dem dunklerwerdenden Meer.

»Du wirkst unruhig und rastlos«, sagte er.

»Ja. Bin ich.«

»Aus einem bestimmten Grund?«

»Ich glaub schon.« Kathryn trank von ihrem Wein, wählte ihre Worte sorgfältig. »Mir ist gerade etwas klar geworden, als keine Message auf dem Anrufbeantworter war. Ich vermisse es, Kontrolle über mein Leben zu haben. Alle anderen sind da draußen und tun was, und wir sitzen hier und warten.«

»Es liegt in der Natur der Sache. Es wird sich ändern, wenn wir erst mal Resultate sehen.«

»Das weiß ich. Und ich weiß: Das, was wir tun, ist wichtig ... aber es ist nicht das, was ich am besten kann.«

»Ich glaube, du unterschätzt dich. Du hast eine bemerkenswerte Begabung für diese Arbeit. Wenn du dir nur etwas Zeit lassen würdest ... Was ich sagen will, ist: Wir sind ein gutes Team. Zerbrich es nicht, nur aus ...«

»Was wolltest du sagen? Nur aus einer Laune heraus? Du meinst, mehr ist es nicht?«

Steve stützte sich auf den Balkonsims und sah zum Meer hinaus. »Das wollte ich absolut nicht sagen. Ich glaube nur nicht, daß deine Tätigkeit als Anklägerin so wichtig ist, daß du nicht noch etwas Zeit für dich behalten könntest.«

»Es gibt zwei Vorstellungen von dem, was wichtig ist, Steve«, sagte sie. »Deine und meine.«

Es hatte wahrscheinlich schärfer geklungen als beabsichtigt. Er wandte sich zu ihr um. »Irgendwas stimmt nicht, oder? Den ganzen Tag schon.«

»Tut mir leid. Du kannst nichts dafür, auch wenn das mit uns dazu gehört. Es ist ... alles geht zu schnell. Dauernd hab ich das Gefühl, ich müßte Entscheidungen treffen, bin aber dafür gefühlsmäßig viel zu ausgelaugt, selbst wenn ich wüßte, um welche es ginge.«

»Gib mir ein Beispiel«, sagte er. »Kann ich dir irgendwie helfen?«

»Ich weiß nicht, Steve. Ich glaube, vielleicht sollte ich das alles allein regeln. In den letzten Wochen hab ich so viel mehr Zeit für Emma gehabt und gemerkt, daß ich manches gar nicht von ihr weiß, von meiner eigenen Tochter. Sie wird erwachsen, und ich verpaß alles. Zum Beispiel hab ich neulich Pizza geholt und sie zum Laden geschickt, um Muffins und Milch zu kaufen. Als ich reinkam, stand sie mit ihrem Korb und dem Geld in der Hand schon an der Kasse, und es war ihr peinlich, als sie mich sah, weil sie allen zeigen wollte, daß sie es allein konnte. Und ich dachte, wenn ich eine richtige Mutter wäre, hätte ich das längst gewußt – jedenfalls früher als ihr Babysitter.«

Er nickte, trank von seinem Wein. »Und das ist ein Problem für dich?«

»Genau das ist es. Im einen Augenblick mach ich mir Vorwürfe, weil ich so eine lausige Mutter bin, im nächsten meldet sich meine andere Hälfte, die Vergewaltiger hinter Gitter bringen will, die vor Gericht einen Adrenalinschock hat, die den Job über alles andere stellt. Ich schwanke wie verrückt hin und her und denk, ich sollte es aufgeben und weiß doch in meinem Inneren, daß ich es niemals tun werde.«

»Das denkst du? Daß du es nie aufgeben wirst?«

»Ich kann mir nicht vorstellen, mit fünfzig noch Anklägerin zu sein. Aber ich kann mir auch nicht vorstellen, Richterin zu werden. Ich werde wohl abwarten müssen.«

»Die Weisheit des Alters in wenigen Worten«, sagte Steve. Es lag eine leise Trauer in seiner Stimme, und sie fragte sich, wieso. »Wie spät ist es?«

»Halb zehn. Hätt ich fast vergessen. Richard Sanchez.«

Steve stellte den Fernseher an, suchte Channel Seven und

hockte sich vor den Bildschirm: Ein Mann sagte, wenn Katzen wählen könnten, würden sie *Purina* kaufen. Dann erschien das Logo des Senders, die Musik schwoll an, und der Titel tauchte auf. Sanchez trug einen dunkelblauen Blazer mit hellblauem Hemd und gestreifter Krawatte.

»Guten Abend. Ich bin Richard Sanchez, und ich bringe Ihnen *Hier und Jetzt* die wichtigsten Themen in Staat und Gesellschaft. Heute abend befassen wir uns erneut mit dem Thema der Serienmorde. Wir unternehmen nun bei *Hier und Jetzt* noch einmal den Versuch, des Mörders von drei jungen Hispano-Frauen in Santa Rita habhaft zu werden.«

»Was soll die Scheiße?« fragte Steve böse. »Will er die Bürgerwehr auf die Straßen holen?«

»Ich werde es aufzeichnen«, sagte Kathryn. Sie schob ein Videoband in den Recorder und stellte ihn an, als die Kamera eine große Leinwand zeigte, auf der die Umrisse eines Mannes zu sehen waren, ähnlich denen, die man bei Schießübungen verwendete, nur ohne Zielscheibe.

»Stellen Sie sich vor, das wäre er«, war Sanchez zu vernehmen. »Der gesichtslose Killer dreier Frauen. Vor Wochen haben wir die Persönlichkeit dieses Mannes beleuchtet. Heute werden wir Ihnen genau sagen, was für ein Mensch er ist. Zuerst aber lassen Sie mich Ihnen von einer neuen Methode erzählen, die vom FBI perfektioniert wurde. Man nennt sie ›Criminal Investigative Analysis‹, kurz CIA. Vielleicht haben Sie von Seelenjägern oder von Täterprofilen gehört ...«

»Was soll das?« reagierte Steve wütend und kam auf die Beine, während Sanchez erklärte, wie man ein Täterprofil erstellte. »Was zum Teufel macht er da?«

Er ging zum Telefon und wählte, tippte hart, trommelte mit den Fingern auf dem Hörer herum. Sanchez sprach jetzt von den Leuten, die Täterprofile erstellten, von ihrer Qualifikation und Ausbildung. Hinter sich hörte Kathryn, wie Steve kurz angebunden ins Telefon sprach.

»Jake? Steve Giordano. Wir haben ein größeres Problem. Ist Chuck da? Haben Sie seine Privatnummer? Ja, ich weiß, was heute für ein Tag ist, und ich weiß, wie spät es ist.«

»Eine Zusammenfassung der Erkenntnisse des Spezialisten, der an diesem Fall arbeitet, halte ich hier in Händen«, sagte Sanchez. »Während ich vorlese, wird unser Zeichner Cliff Nagel die Informationen diesen Umrissen hinzufügen. Danach haben wir ein vollständiges Bild des Mannes, den das Sheriff's Department partout nicht finden kann. Vielleicht, liebe Zuschauer, ganz vielleicht können wir es besser.«

»Chuck, hi. Steve Giordano. Ja, ich weiß, tut mir leid«, sagte Giordano. »Hören Sie, ich seh mir gerade diese Richard-Sanchez-Sendung an. Er spricht über Täterprofile am Beispiel des Falles, den ich hier unten bearbeite. Irgendwie ist er in den Besitz einer Kopie meines Täterprofils gekommen – nein, Chuck, ich weiß *nicht,* wie. Er will es über den Sender schicken. Ich dachte, ich sag Ihnen besser Bescheid. Ja, ja, ich nehm es auf und ruf später wieder an.«

Er knallte den Hörer auf. Kathryn starrte ihn an. Steve deutete mit dem Kinn zum Fernseher. Sanchez' Gesicht füllte wieder den ganzen Bildschirm aus.

»In einer früheren Sendung wurden einige Hypothesen zum Mörder von Barbara Gates geäußert«, sagte Sanchez. »Heute graben wir tiefer. Ins Unbekannte. Ins Unbeschreibliche.«

Er stand von seinem Sessel auf und ging zu der umrissenen Figur hinüber.

»Hier ist er. Hier ist der Serienmörder, den Agent Giordano als den ›Lebkuchenmann‹ bezeichnet. Ja, ob Sie es glauben oder nicht, so nennen sie ihn. Weil sie ihn nicht fangen können. Lauf, lauf so schnell du kannst, ihr kriegt mich nie, ich bin der Lebkuchenmann.«

Das ließ er etwas wirken. Ob man ihn liebt oder haßt, dachte Kathryn, er ist einfach gut. Sie sah Steve an.

»Ich hatte recht«, sagte er angewidert. »Der Scheißkerl hat unser Profil. Aber wer zum Teufel hat es ihm gegeben?«

Er schien keine Antwort zu erwarten, obwohl es eine gute Frage war. Da in der letzten Woche vom Hausmeister aufwärts fast alle in ihrem Büro gewesen waren, um sich nach Dave Granz zu erkundigen, hatten sie eine ganze Palette zur Auswahl. Sie sah Sanchez an, der vor seinem Publikum wie ein Panther auf und ab lief. Zwar war sie mit jedem seiner Sätze vertraut, aber seine Art und Weise, zu sprechen, gab den Worten zusätzliche Tiefe, eine beunruhigende Ernsthaftigkeit, die dem gedruckten Wort fehlte.

»Aus dem Umfeld der Staatsanwaltschaft hört man, daß, ausgehend von der Annahme, der Mörder könne schon früher einen Entführungsversuch unternommen haben, die Sonderkommission unter Leitung der Stellvertretenden Bezirksstaatsanwältin Kathryn Mackay und Agent Stephen A. Giordano vom Justizministerium alle Berichte zu Überfällen auf Frauen seit dem mutmaßlichen Datum des ersten Mordes geprüft hat. Nach einem Ausschlußverfahren blieben sieben Fälle, in denen das Opfer jeweils hispano-amerikanischer Abstammung und zwischen fünfzehn und fünfundzwanzig Jahre alt war.«

Er legte eine Pause ein. »In allen sieben Fällen war der Angreifer zwischen dreißig und vierzig, mit dunklem Haar, mittelgroß, mittelmäßig kräftig. In zwei Fällen trug er eine braune Windjacke und dunkle Hosen. In drei Fällen, dem jüngsten davon vor fünf Tagen in Marina Village, wurde vor der Tat ein hellbrauner Pick-up beim Tatort gesehen.«

Während die Kamera Cliff Nagel zeigte, der die Details eintrug, ging Sanchez zu seinem Podium zurück und nahm einen offiziell aussehenden Aktenordner in die Hand.

»Gut. Wir haben uns das Äußere des Mörders angesehen. Lassen Sie mich etwas zum psychologischen Profil sagen. Die Rede war von einer kaputten Familie, von möglichen Straftaten ...« Sanchez hielt inne, runzelte die Stirn.

»Einen Moment, meine Damen und Herren«, sagte er, beugte sich vor, um sich auf die Nachricht in seinem Ohrhörer zu konzentrieren. »Gerade sagt man mir, wir hätten einen Anruf von jemandem, der behauptet, der Mörder zu sein. Unsere Technik stellt in diesem Augenblick die Verbindung her.«

Kathryn stellte sich das Chaos im Regieraum vor: Sicher gingen Telefone, der Produzent schrie seinem Aufnahmeleiter und den Kameramännern Anweisungen zu, alle Mitarbeiter versuchten panisch, sämtliche Eventualitäten zu bedenken, da der sorgsam ausgearbeitete Drehplan umgeworfen wurde. Sanchez nahm das Telefon auf seinem Tisch ab.

»Hier ist Richard Sanchez.« Er nickte. »Ich werde Sie laut stellen. Sprechen Sie.«

Während Sanchez redete, sprang Steve Giordano erneut auf und ging zum Telefon. Er wählte eine Nummer und fing an, schnell zu sprechen. Es klang, als erteilte er jemandem Anweisungen. Kathryn versuchte, nicht hinzuhören, konzentrierte sich staunend auf das, was vor ihren Augen ablief.

»Du rätselst ein bißchen viel, *cholo.*« Die Stimme hatte etwas Quakendes, Donald-Duck-haftes an sich. Der Anrufer benutzte einen Stimmenverzerrer. Die Verachtung in seiner Stimme war damit nicht zu verbergen. »Wieso fragst du mich nicht einfach, was du gern wüßtest?«

»Wer sind Sie?« sagte Sanchez. »Wie heißen Sie?«

»Ich bin der Mann, von dem die Rede ist«, antwortete die Stimme. »Ich glaube, man nennt mich den ›Lebkuchenmann‹.«

»Woher wissen wir, daß Sie es tatsächlich sind?«

»Ganz einfach. Ich sag dir was, das nur die Bullen wissen. Ich signiere meine Werke, *cholo.* Damit es keinen Zweifel gibt, daß ich es bin. Frag sie, wenn du willst.«

»Was ... was tun Sie?«

»Ich wasch sie, *cholo.* Jedesmal. Von oben bis unten. Mit

Ivory Seife. Frag die Bullen, *cholo.* Sie werden es nicht abstreiten. Das können sie nicht.«

»Mein Gott«, stöhnte Kathryn. »Hast du das gehört? Steve, Steve!«

Er gab ein Zeichen, ja, hab ich gehört. Er war noch am Telefon, wartete, sah gleichzeitig zum Fernseher.

»Warum erzählen Sie uns das?« fragte Sanchez und starrte in die Kamera.

»Als das letzte Mal über mich gesprochen wurde, hast du gesagt, ich wäre dumm«, quakte die Geisterstimme. »Du und diese Mackay. Wenn ich so dumm bin, wie ihr mich darstellt, wieso habt ihr mich dann noch nicht?«

Der elektronische Ton zeigte an, daß der Anrufer eingehängt hatte. Richard Sanchez legte auf und sah in die Kamera, fuhr sich mit der Hand durchs Haar. Er dachte kurz nach, mußte ganz offensichtlich improvisieren.

»Meine Damen und Herren, gerade haben Sie die Stimme eines Mannes gehört, der vorgibt, der Mörder von Barbara Gates und mindestens zwei weiteren Frauen zu sein. Wieviel Wahres an seiner Behauptung ist, können wir nur erahnen. Wir werden jedoch umgehend den Sheriff verständigen.«

Wieder hielt er inne, entweder überflüssigerweise um des Effektes willen oder weil er per Ohrhörer Anweisungen von seinem Produzenten bekam. Er beugte sich vor, mit gefalteten Händen, blickte direkt in die Kamera. Genauso hat er mich neulich im Patrón's angesehen, dachte Kathryn.

»Kehren wir zur Untersuchung des Mörders zurück«, sagte er. »Was treibt diesen Wahnsinnigen? Und, noch wichtiger: Warum verstümmelt er die Leichen seiner Opfer so grausam? Die Antwort liegt in seinem psychologischen Profil. Das Opfer stellt jemanden dar, den er wieder und wieder ermordet und immer wieder ermorden wird. Die ... Skalpe sind der Beweis dafür, wie oft er diese Rache ausgeführt hat. Außerdem hat er möglicherweise Vergnügen daran gefunden, und es geht ihm nicht mehr nur um Rache, sondern auch um das *Spiel:* ein Opfer zu finden, ihm aufzulauern, es aus seinem Umfeld zu reißen wie eine Seite aus einem Buch. Das ist Teil seiner Pornographie, seiner Machtphantasien.«

Er machte eine Pause, wandte sich einer anderen Kamera zu. Jetzt kommt das große Finale, dachte Kathryn.

»Fassen wir zusammen. Er ist einigermaßen gebildet, zwischen dreißig und vierzig, dunkelhaarig, Weißer oder Hispano-Amerikaner, wohnt mit Schwester oder Verwandten in einem ganz normalen Vorort von Santa Rita. Zwischen einssiebzig und einsachtzig, normal gebaut, angenehme Stimme, charmante Art. Manchmal trägt er eine hellbraune Windjacke und dunkle Hosen. Vermutlich fährt oder besitzt er einen hellbraunen oder goldfarbenen Pick-up. Kennen Sie ihn? Ist er Ihr Nachbar, jemand, der Ihnen von der Arbeit her vertraut ist, ein Mann, dem Sie täglich im Bus begegnen? Können Sie ihm ein Gesicht geben? Wenn ja, rufen Sie mich an. Zögern Sie nicht. Wenn Sie diesen Mann zu kennen glauben, halten Sie ihn auf, bevor er wieder töten kann.«

Er hörte auf zu sprechen, sah nach oben, während er den Stimmen in seinem Ohrhörer lauschte.

»Meine Damen und Herren«, sagte er leise, »wir haben einen weiteren Anruf von diesem Mann. Ja, ich bin bereit, stellt ihn durch.« Er nahm den Hörer. »Hallo, wer ist da?«

»Du weißt, wer.«

Trotz des Verzerrers hörte man, daß der Sprecher verärgert war. Er keuchte, als wäre er Treppen gelaufen.

»Ich hab gehört, was du über das schwachsinnige Profil gesagt hast. Sag ihnen, sie liegen falsch, falsch, falsch!«

»Wenn das so ist, wieso sagen Sie uns dann nicht ...?«

»Ich sag's dir ja. Dir und deinen sogenannten *Experten.* Ich hab alle Bücher und Zeitschriften darüber gelesen, die vom FBI, von den Gerichtsmedizinern, und alle anderen auch. Und weißt du, was ich daraus gelernt habe? Diese sogenannten *Experten* wissen nichts. *Nichts!* Es gibt nur einen einzigen, der was davon versteht, und das bin ich. Ich, *cholo.* Ich kenn mich besser als alle Experten zusammen.«

»Dann sagen Sie es uns. Sagen Sie es jetzt: Was geht in Ihnen vor? Warum töten Sie?«

Schweigen.

»Sie haben mich *cholo* genannt«, sagte Sanchez. »Das ist in meiner Sprache ein Schimpfwort.«

»Ich weiß«, gab der Mann zurück. Sanchez ließ sich von der Beleidigung nicht erschüttern.

»Sie töten nur Hispano-Mädchen. Gibt es dafür einen Grund?«

»Wir erkennen die Wahrheit nicht mit der Vernunft allein, *cholo.*«

»Ich verstehe nicht.«

»Dazu besteht auch keine Veranlassung.«

»Ich frage Sie noch einmal«, sagte Sanchez deutlich aufgebracht. »Antworten Sie! Warum töten Sie unschuldige Frauen?«

»Bist du wütend, *cholo?*«

»Natürlich bin ich wütend!« rief Sanchez. »Wir alle sind wütend. Sie entführen unschuldige Frauen, Sie schänden und verstümmeln sie ... wie sollen wir da nicht wütend sein?«

Das Kichern des Anrufers klang makaber. »Ich kann nicht anders, *cholo.* Ich tu es aus Rache, erinnere dich.«

»Wohin bringen Sie die Frauen?« fragte Sanchez. Schweiß schimmerte auf seiner Stirn. »Sagen Sie uns ...«

»Keine Fragen mehr. Sag deinen Experten, sie werden bald von mir hören. Sehr bald.«

Wieder war der unverwechselbare Ton einer unterbrochenen Leitung zu hören. Sanchez legte auf. Wieder lauschte er seinem Ohrhörer, nickte.

»Meine Damen und Herren, ich sehe, wir haben unsere Sendezeit überschritten, aber Sie werden mir zustimmen: Es hat sich gelohnt. Nach diesem erstaunlichen Gespräch mit dem Mann, der vorgibt, der Killer von Santa Rita zu sein, beenden wir diese Ausgabe von *Hier und Jetzt.* Seien Sie am Mittwoch wieder dabei, wenn wir Ihnen ein weiteres Mal die Wahrheiten bringen, denen sich keine andere Sendung stellt. Ich bin Richard Sanchez. Guten Abend ... und *Vaya con Dios.«*

Kathryn stellte den Fernseher aus, während der Abspann lief. Im selben Augenblick klingelte das Telefon. Steve Giordano sprang auf und riß den Hörer von der Gabel.

»Scheiße!« rief er. »Scheiße, Scheiße, Scheiße!«

»Was ist passiert?«

»Ich dachte, wenn Earhart Techniker ins Studio schickt, könnten die vielleicht den Anruf zurückverfolgen.«

»Du verschwendest deine Zeit«, sagte Kathryn barsch. »Er ist zu schlau, sich so schnappen zu lassen. Ruf Sanchez an. Die Nummer steht auf dem Block vor dir. Sag ihm, wir wollen Aufnahmen von der Sendung, am besten noch gestern. Ich will sie einem Psycholinguisten schicken, und zwar schnell.«

Sie ging zum Videorecorder und stellte ihn ab, nahm das Band heraus. Sie starrte es einen Moment an und schüttelte etwas zerknirscht den Kopf. »Deshalb hat er mich wegen des Profils angerufen, der falsche Hund. Er wollte absolut sichergehen, daß er es exklusiv hatte.«

Steve antwortete nicht. Er stand am Fenster, blickte aufs Meer hinaus, die Stirn in tiefe Falten gelegt.

»Was ist?« sagte Kathryn. »Überlegst du immer noch, woher Sanchez das Profil hat?«

Steve schüttelte den Kopf. »Man wird mir den Arsch dafür aufreißen, aber damit kann ich leben. Nein, ich denke an die Art, wie er gesprochen, was er gesagt hat. Er will uns bestrafen. Uns, Kathryn. Die wir seine Schande öffentlich gemacht haben. Du hast ihn gehört. In seiner Stimme lag Wut. Tiefe, brennende Wut. Er wird uns zeigen, wie dumm wir sind und wie klug er ist. Und er wird wieder töten.«

27

Montagmorgen war der Anruf des Serienmörders in Richard Sanchez' Sendung das einzige Gesprächsthema im ersten und zweiten Stock des County Building. Bei Arbeitsbeginn berief Jake Gylam, der gar nicht erst versuchte, seine schlechte Laune zu verbergen, ein kurzes Treffen zur Lagebesprechung ein. Es müsse schnell gehen, sagte er. Alle im Büro waren mit der Schadensbegrenzung beschäftigt. Um zehn hatten praktisch jeder Sender und jede Zeitung im Umkreis von hundert Meilen angerufen, um sich zu beschweren, daß man Sanchez eine solche Geschichte zugeschoben hatte. Mit dem Protest, er habe nichts damit zu tun und das Profil sei gestohlen worden, erntete Gylam nur Hohn und Spott.

»Es ist mir egal, ob heute ein glorreicher Tag ist oder nicht«, schimpfte Gylam. »Nicht egal ist mir, daß ich bei der ganzen Sache wie ein Klotzkopf dastehe.«

Dazu äußerte sich niemand, wenn auch ein paar Leute im Raum Blicke tauschten.

»So soll es also lauten?« fragte Giordano in die Pause hinein. »Sie sagen den Medien, wir hätten einen Einbruch gehabt?«

»Lassen Sie sich was Besseres einfallen, dann nehmen wir das«, polterte Gylam. »Bis dahin bleiben wir dabei.«

»Gut«, sagte Giordano. »Solange Sie im Auge behalten, daß sich dadurch nicht ändert, was wirklich passiert ist.«

Gylams Gesicht wurde puterrot. »Glauben Sie, ich wüßte nicht, was geredet wird? Ich hör es schon seit Monaten. Sanchez hat einen Spitzel in diesem Büro. Aber diesmal krieg ich ihn.«

»Was schlagen Sie vor?« fragte Giordano freundlich.

»Ich will eine Liste aller Leute, die eine Kopie von dem Profil haben«, sagte Gylam. »Jeder, der seine Kopie nicht mehr hat, kann sich schon mal was einfallen lassen.«

»Ach, kommen Sie, Sheriff«, sagte Steve. »Haben Sie noch nie was von Fotokopierern gehört?«

»Oder von Faxgeräten?« stimmte Kathryn ein. »Jeder unten oder hier oben könnte Sanchez in drei Minuten eine Kopie rübergefaxt haben. Das wäre nirgendwo registriert.«

»Ich weiß, verdammt, aber ich werde diese Sache nicht einfach ignorieren«, gab Gylam trotzig zurück.

»Das verlangt auch keiner, Sheriff«, beschwichtigte Kathryn, »aber zur Sache: Wie sehr schadet es uns? Beeinflußt die undichte Stelle unsere Ermittlungen?«

»Es bleibt mir fast im Hals stecken, aber Sanchez hat uns wahrscheinlich einen Gefallen getan«, antwortete Steve. »Er hat den Mörder unter seinem Stein hervorgelockt.«

»Können wir mit dem Videoband was anfangen?« wollte Earhart wissen.

»Steve, Sie haben das Band nach Sacramento geschickt?«

»Ich warte auf Nachricht«, antwortete Steve. Er klang nicht besonders zuversichtlich.

»Abraham Mellish an der Universität von Syracuse und Sam Lepell von der U-Cal haben Kopien bekommen«, sagte Kathryn. »Dr. Mellish ist der bundesweit führende Psycholinguist. Arbeitet oft fürs FBI. Er hat Kopien der verschlüsselten Nachrichten bekommen, um sie in seinen Computer einzugeben.«

Die Psycholinguistik wurde oft zur Identifizierung von anonymen Briefeschreibern oder Leuten benutzt, die schriftliche oder mündliche Drohungen ausstießen. Ein »Drohwörterbuch« wurde zusammengestellt und jedes Wort per Computer einer bestimmten Kategorie zugeordnet. Man verglich Worte aus den Drohungen mit identischen Worten in Schrift und Sprache. Die Verwendung des Vokabulars brachte manchmal für den Täter bezeichnende »Signalwörter« hervor, wies nach, daß Briefe von derselben Person stammten und lieferte einen erhellenden Einblick in seine Herkunft und Psyche.

»Was ist mit dem anderen, diesem Lepell? Er ist Experte für Linguistik an der Universität, oder?«

»Ich habe ihn eben angerufen«, erklärte Kathryn. »Er hatte noch nicht genug Zeit, sich das Band genau anzuhören, aber wegen des Verzerrers glaubt er nicht, daß sich viel daraus ersehen läßt. Sicher kann er nur sagen, daß es die Stimme eines männlichen Erwachsenen ist. Und auch wenn er es vor Gericht nicht beschwören würde, ist er ziemlich sicher, daß der Mann kein Hispano-Amerikaner ist. Er hört weder einen Akzent noch südamerikanische Sprachmuster heraus. Aber die Ausdrucksweise ist vom grammatikalischen Standpunkt aus korrekter als üblich. ›Was du gern wüßtest‹, statt ›wissen willst‹. ›Dazu besteht auch keine Veranlassung‹, statt ›es ist mir egal, ob‹ und so weiter.«

»Unser Killer verfügt also über eine elegante Sprache«, sagte Jake Gylam sarkastisch. »Große Klasse. Das war alles?«

Kathryn sah Steve an. Er zog ein bedauerndes Gesicht. Gylam hatte nie einen Hehl aus seiner Meinung über Täterprofile und alles, was er »Hokuspokus« nannte, gemacht.

»Kathryn?« fragte Earhart.

»Mehr hab ich nicht.«

»Okay, Leute. Danke, daß ihr gekommen seid«, sagte Gylam. »An die Arbeit. Und keiner spricht mit der Presse, ohne es mit meinem Büro abgeklärt zu haben, okay?«

Lee hatte unterrichtsfrei, also blieb er in seinem Zimmer und sah sich Sanchez auf Video an. Er war zufrieden. Er hatte ihr lächerliches Profil widerlegt und ihnen gezeigt, wo's lang geht. *Sag deinen Experten, sie werden bald von mir hören. Sehr bald.* Und das würden sie auch. Er stellte den Videorecorder ab, machte alles aus, schloß die Tür hinter sich zu. In der Küche roch es nach Kaffee.

»Ich hol schon welchen«, sagte Carol, als er zum Herd ging.

»Das schaff ich noch allein«, gab er bissig zurück.

»Möchtest du was essen?«

»Ich möchte rein gar nichts, Carol«, sagte er, wägte seine Worte ab. Sie nahm die Unterlippe zwischen die Zähne und zog den Frotteebademantel fester. Ohne Make-up, mit ungekämmtem Haar wirkte sie verhärmt und sorgenvoll.

»Du siehst furchtbar aus«, sagte er mitleidlos. »Hast du nicht gut geschlafen?«

»Ich war ... du warst weg. Du hast es nicht gesehen. Richard Sanchez hat eine Sendung über ... Morde gemacht. Das hat mich aufgeregt. Ich konnte nicht schlafen.«

»Ich hab dir gesagt, du sollst dir sowas nicht ansehen. Wieso bist du so dumm? Wieso hörst du nicht auf mich?«

»Ich ... hatte es eben an. Ich wußte nicht, daß er ...«

»Streite nicht«, fuhr er sie an. Augenblicklich schwieg sie. Wie ein geprügelter Hund. Dann überraschte sie ihn.

»Wo warst du gestern abend?« sagte sie. Steinern starrte er sie an, und wieder fing sie an zu zittern. Sie hatte das Gesetz gebrochen: *Stell mir nie Fragen.*

»Was?«

»Ich kann es nicht ertragen, Lee. Mich zu fragen ...«

»Dann laß es. Frag dich nicht. Denk nicht. Tu nichts.«

»Es hat wieder angefangen, nicht wahr?« sagte sie. »Oh, Gott, es hat wieder angefangen.«

Er stand auf und knallte seinen Becher so fest auf den Tisch, daß sie sichtlich zusammenzuckte.

»Mach mich nicht wütend, Carol«, sagte er sanft. Er streckte eine Hand aus, und sie zuckte zurück. Er strich ihr übers Haar, schob es aus dem Gesicht. Ihre Augen waren vor Angst weit aufgerissen. Das gefiel ihm.

»Es tut mir leid«, flüsterte sie. »Ich tu's nie wieder.«

»Natürlich nicht«, sagte er. »Denn du weißt, was passiert, wenn du es doch tust, oder?«

Sie nickte. Sie wußte es.

Das Mädchen in Burlingame hatte er an einem Dienstag ermordet.

Sie wohnten in Redwood City. Er sagte Carol, er wollte angeln gehen, fuhr aber statt dessen nach Norden zu einer Bar namens Mamacita's am El Camino Real. Er hatte gehört, wie einer seiner hispano-amerikanischen Schüler einem Freund erzählte, dort gäbe es viele Collegemädchen. Er parkte hinter dem Laden und ging hinein. Eine Welle aus Lärm, Qualm, Schweiß und Bier schlug ihm entgegen. Der Laden sah aus wie eine bayrische Gaststätte, mit geschnitzten Holzbänken und runden Tischen mit karierten Decken. Er bestellte am Tresen ein Bier vom Faß, stand da und sah sich um. Soweit er sehen konnte, war kein einziges Mädchen ohne Begleitung. Das hatte nichts zu bedeuten. Wichtig war, ob sie in Begleitung das Lokal verließen.

Er wartete im Pick-up. Fünfzehn, zwanzig Minuten, eine halbe Stunde. Er wollte schon fahren, als ein Mädchen mit zwei Typen aus der Bar kam. Sie sah aus wie neunzehn, schlank, braungebrannt, mit langem, dunklem Haar. Einer der Jungen tat, als wollte er sie fangen, aber sie wich aus, lachte. Die beiden stiegen in einen Chevy und fegten mit quietschenden Reifen vom Parkplatz. Das Mädchen winkte und ging zu ihrem eigenen Wagen, einem VW Käfer. Lee setzte den Pick-up aus der Lücke und folgte ihr durch die dunklen Vorstadtstraßen. Sie wohnte in einer guten Gegend, in einem großen, ranchartigen Haus unter Bäumen, etwas zurückliegend auf einem gepflegten Grundstück. Er notierte die Adresse und fuhr nach Hause. Am nächsten Abend lauerte er in der Dunkelheit, als sie aus dem Wagen stieg, und schnappte sie sich wie ein Hecht ein Entenküken.

Drei Tage später, als man die Leiche im Abwasserkanal oben beim Crystal-Spring-Damm gefunden hatte, war es in allen Zeitungen, Radios und Fernsehern. Gierig verschlang er die Nachrichten. Wie die Leiche aus den Bergen geholt wurde. Die trauernden Eltern. Der zuständige Detective auf Zeugensuche. Der Beitrag in *Crime Stoppers* über das Fehlen jeglicher Hinweise und Zeugen. Das genoß er besonders.

»Warum siehst du dir immer diese scheußlichen Sendungen an?« fragte ihn Carol.

»Sie amüsieren mich«, sagte er.

»Wie kannst du etwas so Tragisches amüsant finden?«

»Ich hab eine seltsame Art von Humor. Das müßte dir doch schon aufgefallen sein.«

»Das ist was anderes. Du genießt es allen Ernstes.«

»Red keinen Unsinn.«

»Ich seh es in deinen Augen. Dieser Blick ...«

Ihr Kinn sackte herab. Plötzlich waren ihre Augen voll Erstaunen, voller Klarheit.

»Oh, Gott, nein«, flüsterte sie. »Nein.«

»Hör auf«, sagte er böse.

»Du hast gesagt, du wärst angeln, du hättest dich geschnitten. Deshalb war da Blut. An deinen Sachen. Blut.«

»Ich hab gesagt, hör auf.«

»Es war im Fernsehen. Sie war in einer Bar gewesen. Du hattest Streichhölzer von da. Mamacita's. Ich hab sie in deiner Jacke gefunden.«

Er starrte sie an. Unmöglich. Es konnte nicht sein. Sie war zu dumm, sich das alles zusammenzureimen. Und doch stand es in ihren Augen. Sie wußte es, ohne zu wissen, woher. Ausflüchte kamen ihm in den Sinn. Wut stieg in ihm auf. »Du bist verrückt. Verrückt. Weißt du, was du da behauptest?«

»Du warst es«, sagte sie und starrte ihn unaufhörlich an. »Du.«

»Hör auf damit. Es reicht.«

»Was hast du getan? Oh, Gott, Lee, was hast du diesem armen, unschuldigen Kind angetan?«

Frauen waren auf Gewalt nie vorbereitet. Nie. Er schlug ihr mit der Faust ins Gesicht. Sie taumelte rückwärts. Blut spritzte aus ihrer Nase über die Wand. Sie brach zusammen, ein Bein abgespreizt, die Augen trübe. Er beugte sich über sie. Wut pulsierte in ihm, aber es war nicht dieselbe Wut wie bei den anderen. Dies war kalter Zorn, ein echter Ausbruch.

»Du willst es wissen, ja?« schrie er. »Also gut, ich werd's dir zeigen. Ich werd's dir zeigen!«

Er wickelte ihr blondes Haar um seine Faust, riß sie hoch. Ohrenbetäubendes Donnern war in seinem Kopf, roter Nebel breitete sich aus. Er zerrte die zappelnde und schreiende Carol an ihrem Haar den Flur hinunter ins Schlafzimmer. Als er losließ, versuchte sie, ihm zu entkommen, aber er zerrte sie zurück und schlug ihr in den Unterleib. Würgend beugte sie sich vor. Sinnloses Wutgeschrei kochte aus ihm hervor. Er packte einen Arm und schleuderte sie gegen die Wand. Ihre Beine gaben nach, und sie glitt zu Boden, halb bewußtlos. Er riß ihre Bluse auf, zerrte ihren Rock herunter. Sie versuchte, aufzustehen, und wieder schlug er sie, rutschte auf dem Blut am Boden aus.

»Tu, was ich dir sage!« schrie er. »Elende Schlampe!«

Er riß ihre Unterwäsche herunter. Nackt und wimmernd hockte sie da. Blut tropfte auf den Boden.

»Mit dem Gesicht nach unten aufs Bett!« brüllte er.

Hände und Füße fesselte er an die Bettpfosten. Sie lag da, von rauhem Schluchzen geschüttelt. Er ging in sein Arbeitszimmer und holte das Skalpell. Dann kam er zurück, sah auf sie herab, noch immer schnaufend vor Wut. Sie zu töten, wäre verrückt. Aber alles andere. Alles andere.

»Hast du Angst, Carol?« fragte er mit sanfter Stimme, die ihr unendlich mehr Angst einflößte als sein Zorn. Stumm nickte sie.

»Du hast mich sehr böse gemacht, Carol. Du wirst lernen müssen, keine Fragen zu stellen, nie mehr. Und nie wieder davon zu sprechen. Zu niemandem. Hast du verstanden?«

»Ja«, brachte sie hervor. Das Kissen unter ihrem Gesicht war blutgetränkt. Ihre Lippen waren furchtbar geschwollen.

»Gut«, sagte er fast jovial. »Denn wenn du es tust, bring ich dich um. Hast du das verstanden?«

»Oh, Gott«, flüsterte sie. »Oh, Gott, bitte.«

»Das sagen sie alle. Am Anfang. Aber am Ende tun sie, was ich will. Alles. Ich bring sie dazu. Paß auf.«

Sie vergrub ihr blutiges Gesicht im Kissen, schluchzend, wagte nicht hinzusehen.

»Zuerst das Haar. Ich schneide ihnen das Haar ab. So.«

Er nahm ein Büschel Haare in die Hand und schnitt es mit der rasiermesserscharfen Klinge durch.

»Nein«, schluchzte seine Frau. »Oh, Gott, nein, nicht.«

Er setzte sich rittlings auf ihren nackten Hintern, summte das Schlaflied, schnitt die langen Locken ab und warf sie auf den Boden neben das Bett. Als er fertig war, kniete er neben ihr, packte den geschorenen Kopf, daß sie ihn ansehen mußte. Er hielt ihr die Klinge vor die Augen.

»Siehst du das?« zischte er. »Weißt du, was das ist?«

Sie nickte stumm. Er berührte eine Pobacke mit der Klinge, bewegte sie, bis ein Tropfen Blut aus der Haut trat. Vor Schmerz atmete sie zischend ein.

»So scharf«, sagte er. »Man spürt es kaum.«

»Nicht«, stieß sie hervor. »Tu mir nicht weh. Bitte.«

»Auch das sagen sie alle.« Und er lächelte.

Er löste ihre Fesseln. Sie rührte sich nicht.

»Dreh dich um«, sagte er.

Sie drehte sich um und lag ganz still da, stierte reglos an die Decke ihres eigenen Schlafzimmers. Ihr Gesicht sah furchtbar aus. Er setzte sich neben sie aufs Bett. Sie wich zurück, als er sie berührte.

»Tu genau, was ich dir sage«, sagte er. »Wie eine Sklavin. Verstehst du?«

»Bitte«, flehte sie. »Bitte. Es tut mir leid. Ich werde nie ... Lee. Um Himmelswillen, ich bin deine Frau.«

Er schlug sie. *»Cholo«,* zischte er. »Sag *cholo* zu mir.«

»Cholo«, brachte sie stockend hervor.

Und dann begann ihr Alptraum.

Im Büro spielten Kathryn und Steve das Videoband immer und immer wieder ab. Mit der Zeit waren sie so damit vertraut, daß sie den Wortwechsel zwischen Sanchez und dem Killer fast Wort für Wort wiedergeben konnten.

»Mit einem hatte ich recht«, bemerkte Kathryn. »Er mag es nicht, wenn jemand sagt oder denkt, er wäre dumm.«

Steve nickte nachdenklich. »Das gehört zum Denkmuster. Du, ich, Sanchez, die Cops, wir alle sind Dummköpfe. Er ist der einzige, der ein Hirn im Kopf hat.«

»Glaubst du, er ist wirklich so schlau?«

»Intelligent. Gerissen. Hinterhältig. Aber nicht schlau. Wenn er schlau wäre, würde er nicht solche Spielchen spielen.«

»Wahrscheinlich sieht er gern, wie wir uns winden.«

Giordano machte eine ungeduldige Geste. »Spul zurück zum Anfang des zweiten Teils. Er sagt da einen Satz, der mich beschäftigt.«

Kathryn spulte zurück, hielt das Band an, drückte auf PLAY. Das Gespräch kam aus den Lautsprechern.

»Was hat es mit diesem *cholo* auf sich?« fragte sie.

»Das ist hispano-amerikanischer Slang. Es bedeutet, du weißt schon, der Mann ist ein echter Frauenheld, ein Hengst.«

»Sanchez sagte, es wäre eine Beleidigung.«

»Wenn ein Weißer es zu einem Latino sagt. Als würde man Spic oder Spaghettifresser sagen.«

»Also ist der Killer wahrscheinlich ein Weißer?«

»Ich nehme es an«, sagte Steve. »Aber nur zum Teil aus

diesem Grund. Weit mehr interessiert mich seine Antwort auf Sanchez' Frage, warum er es tut. Er hat gesagt ›Wir erkennen die Wahrheit nicht mit der Vernunft allein.‹ Was ist das?«

»Da klingelt bei mir nichts«, sagte Kathryn und stellte den Apparat ab. »Könnte es ein Zitat sein?«

Sie drehte ihren Sessel, nahm eine Ausgabe von *Bartlett's Zitatensammlung* und blätterte im Index herum.

»Wahrheit ... Vernunft«, murmelte sie, blätterte zurück. *»Pensées,* von Blaise Pascal. Französischer Theologe, siebzehntes Jahrhundert. ›Wir erkennen die Wahrheit nicht mit der Vernunft allein, sondern auch mit dem Herzen.‹ Sagt dir das irgendwas?«

Steve zuckte mit den Schultern. »Mir nicht. Aber für ihn hat es offenbar eine besondere Bedeutung.«

»Ich glaube nicht, daß viele Leute Blaise Pascal lesen.«

»Ich denke, nur sehr wenige wissen, wer das überhaupt ist.«

»Was sagt uns das? Der Kerl liest theologische Bücher?«

»Oder *Bartlett«,* bemerkte Steve. Sein anerzogener Reflex, dachte sie. Nie ist etwas absolut. »Um Doc Nelson falsch zu zitieren: Manchmal sind die Sterne, nach denen man greifen will, nur hustende Flöhe.«

Das Telefon läutete, und Kathryn nahm ab. Sie verzog das Gesicht und gab den Hörer an Steve weiter.

»Chuck Whitby.«

Steve nahm das Telefon und hörte sich an, was sein Chef ihm zu sagen hatte, nickte hin und wieder und sagte ein paarmal: »Gut, Chuck.« Dann legte er auf.

»Ich muß nach Sacramento. Sofort.«

»Ärger?«

»Kann man so sagen.« Steve klang nüchtern. »Ich glaub, sie ziehen mir das Fell über die Ohren.«

»Das ist nicht fair. Es war nicht deine Schuld.«

Er lächelte schief. »Ich werd es Chuck ausrichten.« Er gab ihr einen Kuß auf die Wange und ging zur Tür. Kathryn sah zur Uhr. Es war kurz nach elf. Sie fühlte sich, als hätte sie ihren Arbeitstag schon hinter sich. Seufzend drückte sie den Startknopf am Videorecorder.

Das Telefon läutete kurz nach zwölf. Die weibliche Stimme, die ihren Namen nannte, klang matt und zögerlich. Ihr erster Gedanke war, die Anruferin an das Sekretariat weiterzuleiten, aber irgend etwas hielt sie davon ab.

»Ja, ich bin Kathryn Mackay«, sagte sie. »Wer ist da?«

»Ich möchte meinen Namen nicht nennen.« Schweigen. »Es geht um die ermordeten Mädchen. Gestern im Fernsehen.«

»Ja.« Kathryn merkte, wie ihr Herz klopfte.

»Ich weiß, wer er ist«, sagte die Frau. Ihre Stimme klang gequält, wie ausgehöhlt. »Der Mann, der es getan hat.«

»Woher wissen Sie das?«

»Ich weiß es eben.«

»Also schön. Sagen Sie mir den Namen.«

»Sein Name ...« Es folgte ein langes Schweigen.

»Sind Sie noch da?«

»Ja, ich ... wenn ich Ihnen seinen Namen sage, verhaften Sie ihn doch, stecken ihn ins Gefängnis?«

»Wenn er diese Frauen ermordet hat, verspreche ich Ihnen, daß er für den Rest seines Lebens ins Gefängnis geht. Aber vorher müssen Sie mir sagen, wie er heißt.«

»Der Detective war bei ihm«, sagte die Frau. »Der, von dem das Bild in der Zeitung war. Ich glaub ... Lee hat versucht, ihn umzubringen.«

»Sagten Sie Lee?«

Sie spürte die panische Reaktion der Frau, als wären sie im selben Raum.

»Nein, nein, *er* hat versucht, ihn umzubringen.«

»Er hat Dave Granz angegriffen? Woher wissen Sie das?«

»An dem Abend ... er hatte Kratzer im Gesicht, als er ...«

»Wollen Sie damit sagen, daß der Mann, der Granz angegriffen hat, auch Barbara Gates und die anderen ermordet hätte?«

»Er … muß es sein.«

»Bitte, bitte nennen Sie mir seinen Namen.«

»Ich kann nicht. Er bringt mich um, wenn er erfährt …«

»In welchem Verhältnis stehen Sie zu ihm?«

»Sie müssen ihn aufhalten. Er wird nie aufhören, und ich kann nicht …«, flüsterte die Frau mit bebender Stimme. »Da kommt jemand. Ich muß gehen.«

»Bitte sagen Sie mir Ihren Namen oder wenigstens, wo ich Sie wieder erreichen kann«, flehte Kathryn. Die Verbindung war unterbrochen. Sie legte den Hörer auf und merkte, daß sie zitterte. Sie sah ihr Gesicht im Spiegel an der Wand. Sie war so bleich, als wäre sie eben einem Gespenst begegnet.

»Lee«, murmelte sie. »Lee.« Sie stellte ihren PC an, nahm Zugriff auf die Datenbank und rief Granz' Liste auf. Ungeduldig gab sie der Suchfunktion den Namen Lee ein, lehnte sich zurück und wartete. Die Maschine summte, Daten liefen durch. Sekunden später blinkte am Bildschirm:

Nicht gefunden. Bitte nächste Eingabe.

»Verdammt«, brummte Kathryn. »Okay, versuchen wir alle Nachnamen, die mit einem L anfangen.«

Nach einigen Sekunden erschienen auf dem Bildschirm drei Zeilen:

David D. Larson, 479, Seacliff Drive, Laguna del Mar.
Charles P. Lewis, Jr., 335b, Jade Street, Espanola.
Stephen J. Lord, 158 Escalona Drive, Espanola.

Dann die Vornamen. Wieder waren es nur drei.

Lawrence G. Murphy, 2228, Espanola Road, Cliffside Park.
Leland C. Prewitt, 874, Ranchero Drive, Alameda Heights.
Leslie N. Stagg, 662, Wyndham Street, Santa Rita.

»Leland C. Prewitt«, sagte sie leise. »Kurz Lee?« Okay, es sah so aus, als gäbe es hier nur einen Kandidaten. Der nächste Schritt war, sich die Namen mit der Initiale L anzusehen. Sie tippte einen weiteren Befehl ein. Wieder summte der Computer, surrte, zeigte sein warnendes Blinken, dann erschienen die Informationen auf dem Bildschirm.

Harry L. Branch, 114, Cable Avenue, Harbor Park.
L. Parker Brownlow, 529, Garden Drive, Espanola.
Diego L. Cruces, 3167, Eastridge Drive, Santa Rita.
Charles L. Eberhart, 2022, Emerald Road, Cliffside Park.
Dennis L. Gonzales, 1658, Toledo Drive, Laguna del Mar.
Eduardo L. Jimenez, 4112, Clarendon Ave., Alameda.
Leonard L. Merrill, 2820, Broadstone Road, Santa Rita.
Albert L. Parks, 244, Kinsely Drive, Alameda Heights.
James L. Russell, 3324, Pacheco Drive. Outlook Heights.

Sie starrte auf den Bildschirm. Einer davon ist der Killer, dachte sie. Sie wartete, während der Drucker brummte und schnarrte. Sie riß das Blatt ab und legte es auf ihren Tisch. Dann wählte sie Walt Earharts Nummer.

28

»Himmelarsch«, sagte Walt Earhart leise und lehnte sich zurück. »Kathryn, ich glaube, endlich haben wir was.«

Sie hatten die Namen auf Kathryns Liste mit den Ausdrucken der Verkehrsbehörde verglichen. Vier davon kamen in Frage: Leland Charles Prewitt aus Alameda Heights, Charles Leroy Eberhart aus Cliffside Park, Eduardo Leandro Jimenez aus Alameda und James Leland Russell, der in Outlook Heights wohnte. Sie alle waren zwischen fünfundzwanzig und vierzig und entsprachen dem physischen Profil.

»Die müssen wir jetzt überprüfen, den Familienstand herausfinden, wovon sie leben, alles, was sie mit dem Killer in Verbindung bringen könnte. Kathryn, wiederholen Sie doch mal, was die geheimnisvolle Frau gesagt hat, ja?« Kathryn rekapitulierte ihr Gespräch mit der anonymen Anruferin so exakt wie möglich.

»Sie sagte, er hatte Kratzer im Gesicht?«

»Das stimmt.«

»Die Spurensicherung hat Blut und Haut unter Daves Fingernägeln gefunden. Also, wenn wir den Kerl verhaften, könnten wir ein positives DNA-Ergebnis bekommen. Was noch?«

»Ich glaube, sie ist eine Verwandte. Mutter, Schwester, Geliebte, Frau. Sie wohnt bei ihm.«

»Wieso?«

»Sie sagte: ›Er hatte Kratzer im Gesicht, als er ...‹, und dann hörte sie auf, beherrschte sich, bevor sie den Rest sagen konnte.«

»Sie meinen, etwa, ›als er nach Hause kam‹.«

»Oder ›rein‹ oder ›zurück‹.«

»Vielleicht, aber sie hätte ebensogut sagen können, als er raufkam, oder runter oder rüber in meine Wohnung«, wandte Earhart ein. »Aus etwas, das sie nicht gesagt hat, können wir keine endgültigen Schlüsse ziehen.«

»Sie sagte, er würde sie umbringen, wenn er wüßte, daß sie mich anruft. Ich denke, daß sie bei ihm wohnt.«

»Wir fragen bei der Lagebesprechung, ob jemand einen Mann mit zerkratztem Gesicht gesprochen hat«, sagte Earhart. »Bis dahin setz ich auf diese vier je ein Team an, damit wir uns ein Bild machen können. Was haben Sie als nächstes vor?«

»Ich will rauf zum County Hospital und Dave Granz diese Namen zeigen«, erklärte Kathryn. »Falls er überhaupt sprechen kann.«

»Er sitzt und kann Nahrung zu sich nehmen. Durch einen Strohhalm, aber er ißt. Er wird sicher bald entlassen.«

»Ist ihm irgendwas zu seinem Angreifer eingefallen?«

»Nein, nichts. Er sagt, er hätte so ein Gefühl, als wüßte er etwas Wichtiges, aber er kann sich nicht daran erinnern. Es quält ihn kolossal.«

»Vielleicht bewegen die Namen irgendwas.«

»Ihr Wort in Gottes Ohr«, sagte Earhart. »Wir hätten die Lösung wirklich verdient. Es fehlt nur noch die Disney-Verfilmung. Ansonsten haben wir bei diesem Fall wirklich alles versucht.«

Nachdem sie bei Marcia gewesen war, um ihr zu sagen, wohin sie wollte und daß sie nicht wüßte, wann sie zurück käme, fuhr Kathryn nach Mission Heights. Auf dem Weg zum County Hospital wurde sie immer unruhiger. Konnte dies endlich der Durchbruch sein, den sie so dringend brauchten? Sie hätte gern mit Steve darüber gesprochen, aber das würde warten müssen, bis er aus Sacramento zurück war.

Granz saß auf einem Korbstuhl im Aufenthaltsraum und sah aus dem Fenster auf den gepflegten Hang zum Ort und den roten Dächern der Häuser hinunter. Seine untere Gesichtshälfte und die Hände waren noch bandagiert, und er trug eine grüne Operationshaube über dem Verband um seinen Kopf. Kathryn ging auf ihn zu und küßte ihn auf die Bandagen.

»Hey! Wie geht es meinem besten Ermittler?«

Dave drehte seinen Kopf, um sie anzusehen.

»Mehr oder weniger ... glänzend«, krächzte er, und Lachfalten sammelten sich um seine Augenwinkel.

Kathryn verzog das Gesicht. »Du hattest schon immer einen bizarren Sinn für Humor«, sagte sie. »Hast du gestern abend Sanchez' Sendung gesehen?«

Er bewegte eine bandagierte Hand. »Hab seitdem an nichts anderes mehr denken können«, sagte er. »Was meint ihr? Glaubt ihr ... das war der Killer?«

»Wir sind ziemlich sicher. Kein anderer hätte das mit der Badeseife wissen können. Hör mal, ich weiß, er hat einen Stimmenverzerrer benutzt, aber war das irgendwas an seiner Stimme, wie er gesprochen oder was er gesagt hat, das dir ... du weißt schon, bekannt vorkam?«

Dave machte eine Bewegung, die wohl ein Kopfschütteln werden sollte, dann erstarrte er und atmete scharf ein. »Doc Nelson hat mich gewarnt, das ... nicht ... zu tun«, sagte er. »Alles ... reißt auf. Wie war die Frage?«

»Ich hatte gefragt, ob die Art, wie er gesprochen hat oder das, was er gesagt hat, dir bekannt vorkam.«

»Er hat sich angehört wie ... Donald Duck«, antwortete Dave. »Hilft dir ... das weiter?«

Kathryn nickte. »Wir glauben, wir haben eine Spur.«

Granz' Haltung änderte sich vollständig. Die Trägheit verschwand, und seine hellblauen Augen leuchteten aufmerksam. Sie hörte die Anspannung in seiner Stimme.

»Was für eine Spur?«

»Ich hatte einen anonymen Anruf«, sagte Kathryn. »Eine Frau. Sie behauptet, der Mörder wäre derselbe Mann, der dich überfallen hat, und daß du mit ihm gesprochen hast.«

Dave wandte sich ab, konzentrierte sich. »Jetzt versteh ich. Keine Ahnung, wer ... sie ist?«

»Keine Ahnung. Ich nehme an, eine Schwester, eine Verwandte. Das würde zum Profil passen. Jemand, der ihm nah genug steht, um Angst zu haben, der verzweifelt genug ist, uns zu bitten, ihn aufzuhalten, bevor er es wieder tut.«

»Himmelherrgott, wenn ich mich nur ... erinnern könnte«, sagte Dave wütend. »Es macht mich verrückt, Kathryn ... ich überleg und überleg, aber ich kann nicht ... ständig hab ich das Gefühl, ich hätte was ... Wichtiges gesehen oder gehört. Ich kann mich nur nicht erinnern, ...was.«

»Wieso zum Teufel hast du dir keine Notizen gemacht?«

»Hab ich am Anfang. Aber ich ... wußte nicht genau ... was ich eigentlich suche. Und so vieles war ... nebensächlich. Wichtiges wollte ich mir merken. Guter Witz, eh?«

»Sagt dir der Name Lee etwas?«

»Lee?«

»Ich bin nicht ganz sicher, aber ich meine, die Frau am Telefon hätte den Namen genannt. Es gibt keine Lees auf deiner Liste. Niemand mit dem Vornamen Lee. Wir haben vier Namen, die Lee genannt werden könnten. Ich möchte, daß du sie dir ansiehst, für den Fall, daß dir was einfällt.«

Zwei Minuten lang starrte er die vier Namen und Adressen auf dem Blatt Papier an. »Lee«, sagte er leise. »Lee, Lee, Lee.« Dann knurrte er ärgerlich.

»Dave, versuch es!« drängte Kathryn. »Die Frau hat gesagt, er wäre am Abend deines Überfalls mit Kratzern im Gesicht nach Haus gekommen. Hast du ihn gekratzt oder geschlagen? Erinnere dich!«

»Mein Güte, Kathryn, glaubst du, ich möchte nicht helfen?« sagte er böse, und sie sah, daß er vor Schmerz die Augen schloß.

»Dave, es tut mir leid ... du darfst nicht schreien. Das ist nicht gut für deinen Hals.«

»Erzähl mir ... davon«, sagte er mit stockendem Atem. »Ist schon ... okay. Bin gleich ... wieder ... okay.«

Wütend starrte er aus dem Fenster, als könne sein böser Blick die Antwort auf alle Fragen auf das Glas vor seinen Augen zaubern. Kurze Zeit später ging sein Atem wieder normal.

»Entschuldige, Kathryn«, sagte er. »Ich werd so verdammt ... sauer auf mich selbst. Es ist wie ... Autofahren im Nebel. Hin und wieder sieht man was aufblitzen, aber meistens ist alles nur ... milchiges Grau.« Er deutete auf seine Kehle. »Stimme ... gibt mit der Zeit ... nach.«

Kathryn legte sanft eine Hand auf seinen Arm.

»Ganz ruhig«, sagte sie. »Morgen komm ich wieder, und dann reden wir weiter. Soll ich dir irgendwas mitbringen?«

»Du kannst es nicht sehen, aber ich ... grinse«, gab Dave zurück. »Kein Schnaps, keine Zigaretten ... wenn ich huste, reiß ich alle Fäden auf. Ich bin nicht in der Lage, hübsche Mädchen zu empfangen. Was ... schlägst du vor?«

Wieder zeigten sich Lachfältchen an seinen Augen, und er hielt seine bandagierten Hände hoch. »Tut mir leid. Hör zu, bestell ... Giordano Grüße von mir.«

»Er ist in Sacramento.«

»Machen sie ihn ... wegen Sanchez zur Schnecke?«

»Ich nehme es an. Wir mußten uns alle was anhören. Jake Gylam ist so wütend, daß er einen Bären in den Arsch beißen könnte. Er erklärt den Medien, es hätte einen Einbruch gegeben.«

»Ich hab es gehört ... im Radio«, sagte Dave. »Verdammt, Kathryn, das war kein ... Einbruch. Die meisten würden ein Täterprofil nicht mal erkennen, wenn es sie ... treten würde. Sanchez muß einen Spitzel haben. Jede Wette.«

»Ich weiß. Ich mag gar nicht daran denken, daß es jemand sein könnte, den ich kenne.«

»Manchmal, Leute ... von denen man es ... gar nicht

erwartet. Etwas geht in ihnen vor ... sie treffen falsche Entscheidungen.«

An wen denkt er, dachte sie. Sich selbst? Sie beide? An wen sonst? Er unterbrach ihre Gedanken mit einer Frage.

»Du und Giordano ... ihr kommt gut klar?« Es war eine beiläufige Frage, aber sie wußte, daß er keine beiläufige Antwort erwartete.

»Sehr viel besser als das, Dave.«

Sie konnte nur seine Augen sehen. Sie veränderten sich nicht. »Ich dachte nicht, daß er dein Typ wäre. Denk ich noch immer nicht. Glaubst du, es ist was Festes?«

»Ich weiß nicht«, erwiderte Kathryn und merkte, daß sie der Frage auswich. »Sieh dir die Namen auf der Liste an, ja? Konzentrier dich. Versuch dich zu erinnern. Ruf mich an, wenn dir was einfällt. Ansonsten sprechen wir uns morgen. Bist du sicher, daß ich dir nichts mitbringen soll?«

»Sieh mich an«, sagte Granz. »Was könnte ich brauchen?«

»Okay, gehen wir es zusammen durch«, begann Walt Earhart. Es war Dienstagmorgen, und die Detectives hatten sich ein weiteres Mal auf den Plastikstühlen im Konferenzraum des Sheriffs versammelt.

»Wir hatten Glück. Ihr werdet gleich sehen, wieso. Okay, erstens, Leland Charles Prewitt. Siebenunddreißig, verheiratet, vier Kinder. Einsfünfundsiebzig, achtzig Kilo, braunes Haar, braune Augen. Keine Vorstrafen, arbeitet als Computerprogrammierer für Silent Systems, eine Beraterfirma an der Union Street. Joe, würdest du uns erzählen, was Martin und du in der Nachbarschaft rausgefunden habt?«

Der schlaksige Joe Coughlin strahlte eine Lässigkeit aus, hinter der sich ein scharfer, wacher Verstand verbarg. Martin Silvero und er waren eins der besten Teams.

»Wenn das unser Mann ist, bin ich Häuptling Crazy Horse«, erklärte er. »Alle reden nur gut von ihm. Keine Vorstrafen, nicht mal ein Ticket. Fährt einen vier Jahre alten VW Golf. Arbeitet hart, hat nie einen Tag frei, liebt Frau und Kinder, bleibt abends zu Hause, wenn er nicht Squash spielt oder zum Elternabend geht, sorgt für seine alte Schwiegermutter. Wenn du meine Meinung hören willst, was du sicher nicht willst, können wir ihn streichen.«

»Steve?« wandte sich Earhart an Giordano, der neben Kathryn an der Tür saß. Er hatte kein Wort über das verloren, was in Sacramento passiert war, und bisher hatte ihn auch keiner nach seiner Meinung gefragt.

»Normalität ist oft charakteristisch für Serienkiller«, gab er zur Antwort, »aber Joe hat wohl recht. Er klingt zu sehr nach einem Saubermann. Wir brauchen jemanden mit unregelmäßigerem Lebensstil. Wie groß ist er?«

Coughlin sah in sein Notizbuch. »Einsachtzig, dunkles Haar, grüne Augen. Wieso fragen Sie?«

»Wir glauben, der Killer ist derselbe Mann, der auch Dave Granz überfallen hat«, sagte Steve. »Nach genauer Betrachtung von Daves Verletzungen haben wir das Profil leicht abgewandelt. Vor allem ist er Rechtshänder. Die Schnittwunden wurden ihm von rechts nach links zugefügt. Auch der Winkel der Kopfverletzungen deutet auf einen Rechtshänder hin, der etwas kleiner als Granz sein muß. Dave ist knapp über einsachtzig, was bedeutet, daß unser Mann um einssiebzig sein muß. Damit fällt Prewitt wohl aus. Stellen wir ihn zurück und sehen uns erst die anderen an.«

»Okay, weiter«, trieb sie Earhart an. »Wer war bei Eberhart?«

»Mike und ich, Walt«, antwortete Hank Schiller. Mike Curran und er hatten sich den Verdächtigen in Cliffside Park angesehen. Leroy Eberhart, achtunddreißig, verheiratet, zwei Kinder, ehemaliger Angestellter des Santa Rita County Konferenz- und Besucherzentrums. Es war die reine Zeitverschwendung. Eberhart hatte Krebs.

»Nie im Leben ist das unser Mann, Chief«, fügte Curran

hinzu. »Er hat nur noch wenige Monate zu leben und wiegt kaum fünfzig Kilo. Der kann nur noch die Zeitung heben.«

»Bleiben Jimenez und Russell«, sagte Kathryn. »Was für Informationen haben wir über die beiden?«

»Jimenez sieht vielversprechend aus«, sagte Henry Chu. Henry war klein und stämmig. Meistens sah er aus, als wäre er gerade einem Modejournal entstiegen, war jedoch ein verläßlicher und gewissenhafter Detective. Sein Partner war Tom Ney, der aus Nebraska kam und behauptete, er stamme von dem napoleonischen Marschall gleichen Namens ab.

»Gib uns eine Zusammenfassung«, bat Earhart.

»Eduardo Leandro Jimenez«, las Henry Chu aus seinen Notizen vor. »Seine Freunde nennen ihn Lee. Neunundzwanzig, einsdreiundsiebzig, fünfundsiebzig Kilo, schwarzes Haar, braune Augen. Single, lebt bei seiner verwitweten Mutter und zwei Schwestern. Ist vor fünf Jahren hergezogen. Arbeitet als Packer bei Valley Fruits in Catalina. Und er fährt einen Pick-up. Allerdings die falsche Farbe – schwarz –, aber er hat einen. Er ist kein guter Arbeiter, nimmt oft frei und taucht mehrere Tage hintereinander unter.«

»Das hört sich gut an«, sagte Earhart. »Der Mann könnte Zugang zu Kühlanlagen haben. Noch was?«

»Er ist vorbestraft«, ergänzte Tom Ney. »Tätlicher Angriff 1985, Albuquerque, New Mexico. Hat eine Freundin mit dem Messer angefallen, weil sie ihn angeblich betrogen hatte. Bekam jedoch Bewährung. Das scheint alles gewesen zu sein.«

»Was halten Sie davon, Steve?« wandte sich Earhart an Giordano, der sich die ganze Zeit über nicht geäußert hatte. »Vielversprechend?«

»Er sagt, Granz hätte mit ihm gesprochen?«

»Ja.«

»Wissen wir was über seinen Bildungsstand?«

»Nein«, sagte Henry Chu. »Aber er scheint nicht gerade ein Genie zu sein, falls das die Frage sein soll.«

»Er kommt dem Profil allerdings sehr nah. Ich denke, wir sollten sehen, was wir über den Mann noch rausfinden können, Walt. In New Mexico nachfragen, alles über seinen Background in Erfahrung bringen.«

»Okay, gemacht.« Earhart nickte zustimmend. »Bleibt noch Russell. Ed?«

Ed Black saß am Fenster, wippte mit seinem Stuhl auf den Hinterbeinen hin und her, die Hände vor dem mächtigen Wanst gefaltet. Er war der dienstälteste Detective im Sheriff's Department, mit toten Augen und der illusionslosen Miene eines Mannes, der sein Leben lang Lügen gehört hatte.

»Wenn Sie Jimenez vielversprechend finden, warten Sie ab, bis Sie das hier hören«, wandte er sich an Giordano.

»Spar dir die Sprüche«, antwortete Earhart voller Ungeduld. »Komm zur Sache.«

»James Leland Russell, neununddreißig, verheiratet, keine Kinder. Unterrichtet Englisch an der Cabrillo Park High School.« Ed Black lächelte zufrieden über die Reaktion im Raum.

»Das könnte erklären ...«, sagte Steve, als würde er laut denken. Seine Stimme erstarb. Alle sahen ihn erwartungsvoll an. Einen Moment später zwinkerte er. »Entschuldigung. Falls er unser Mann ist, könnte es erklären, wieso er mit der Leiche der Gates so vorsichtig war. Er will sich erinnern, wie sie aussah, wenn er vor der Wartungsgrube steht, später, irgendwann. Diese Typen fahren darauf ab, ihre Tatorte aufzusuchen.«

»Warten Sie's ab«, gab Ed Black zurück, »es kommt noch besser. Russell ist einssiebzig, wiegt um die siebzig Kilo. Er hat dunkelbraunes Haar und braune Augen. Seit drei Jahren wohnt er an der Adresse in Outlook Heights, ist von Redwood City hergezogen. Nach Auskunft der Nachbarn geht er zwei, drei Tage am Stück angeln, manchmal mitten in der Woche, ohne erkennbare Regelmäßigkeit. Nachbarn sagen, sie hätten kaum Kontakt. Anscheinend gibt es da Eheprobleme.«

»Okay, der Mann scheint ziemlich passend zu sein«, sagte Earhart, »aber längst nicht so passend wie Jimenez.«

»Sag's ihm, Merv.« Black stieß seinen Partner an.

»Ein Nachbar hat uns erzählt, daß Russell hispanische Verwandte hat«, sagte Merv und brachte seine breiten Schultern in eine bequemere Stellung an der Wand, gegen die er sich lehnte. »Stiefmutter und Stiefschwester. Beide offenbar bei einem Wohnungsbrand in Chicago umgekommen.«

»Noch was?«

»Ja«, sagte Merv gedehnt. »Er sammelt Forellenfliegen. Bindet sie selbst. Hat anscheinend einige hundert davon.«

»Was fährt er?« fragte Kathryn.

»Einen Honda Civic«, präzisierte Ed Black mit einem Blick in seine Notizen. »Und: Nein, er besitzt keinen Pick-up.«

»Hat er mit Granz gesprochen?«

»Er war als ›Nein‹ eingetragen.«

»Was ist mit seinem Namen? Wird er Lee genannt?«

Ed Black und Merv Phy tauschten Blicke aus.

»Nein, alle sagen James«, sagte Ed. »Nicht Jim. James.«

»Nur seine Frau«, fügte Merv bedeutungsvoll hinzu. »Sie nennt ihn Lee.«

Kathryns Herz sackte ihr in den Magen. Sie sah Steve an, überrascht von seinem abwesenden Blick. »Steve?«

»Hm? Oh, tut mir leid. Ich hab nachgedacht.«

»Ja? Und?«

»Jimenez klingt gut, aber nicht wie jemand, der gerichtsmedizinische Fachzeitschriften liest. Außerdem ist er Hispano-Amerikaner, und die Zeugen sagen, der Täter wäre weiß. Russell dagegen erfüllt sämtliche Kriterien, ist aber verheiratet und hat, falls er die Wahrheit sagt, Granz nie gesehen. Er gefällt mir, aber auch Jimenez hört sich gut an. Walt, über beide Männer sollten wir mehr in Erfahrung bringen.«

»Okay, folgendes wird gemacht«, sagte Earhart, »Jack, Hank, ihr tut euch mit Henry und Merv wegen Jimenez zusammen. Sprecht mit der State Police in Albuquerque, findet raus, ob er noch öfter Ärger mit dem Gesetz hatte.«

»Wenn ihr schon dabei seid, fragt, ob sie Informationen über ihn haben. Schule, Arbeitgeber, irgendwas. Wir müssen Gerichtsbeschlüsse oder Durchsuchungsbefehle besorgen, aber wenn er unser Mann ist, können wir einen Richter mit ausreichenden Verdachtsgründen überzeugen«, sagte Kathryn.

»Fragt beim Justizministerium in Sacramento an, beim National Crime Information Center in Washington, sonstwo«, fuhr Earhart fort. »Ich will ein vollständiges Bild seines bisherigen Lebens. Joe, Martin, ihr bearbeitet mit Ed und Hank den anderen, diesen Russell. Genau dieselbe Routine wie immer. Einer von euch unterhält sich mit seinen Kollegen an der Cabrillo Park High, aber seid vorsichtig, wir wollen ihn nicht warnen. Prüft frühere Adressen, Arbeitgeber. Militärdienst, egal was, einfach alles. Noch Fragen? Gut, los geht's.«

29

Auf dem Weg nach draußen schlug Kathryn Steve vor, zum County Hospital zu fahren und noch einmal mit Dave Granz zu sprechen. Sie gingen hinunter zum Parkplatz und stiegen in ihren Wagen. Bevor sie den Motor anließ, rief Kathryn im Büro an, um zu hinterlassen, wohin sie wollten.

»Du hast kein Wort über Sacramento verloren«, sagte sie, als sie auf den Pacific einbog und nach Norden fuhr.

Steve starrte aus dem Seitenfenster. »Müssen wir darüber reden?«

Kathryn war überrascht. »Nein, müssen wir nicht. Ich dachte, du würdest es gern.«

»Hör zu«, antwortete er müde, »es war genau, wie ich es erwartet hatte. Der Stellvertretende Direktor hat mich stramm stehen lassen. Ende der Geschichte. Okay?«

»Oh, entschuldige bitte«, sagte sie, und Ärger kochte in ihr hoch. »Entschuldige, daß ich lebe.«

Er wandte sich um und sah sie an. »Sei mir nicht böse«, sagte er. »Ich will im Moment nichts davon hören.«

»Gut«, erwiderte sie knapp und starrte geradeaus.

»Sei mir nicht böse, Kathryn.«

»Bin ich nicht.«

Steve schüttelte den Kopf. »Ich wollte es dir nicht so sagen. Sie holen mich zurück, Kathryn.«

»Was?«

»Nachdem er mich wegen der Nichtbeachtung angemessener Sicherheitsmaßnahmen gerügt und erklärt hat, meine Probleme wären weit größer, wenn der Mörder nicht angerufen hätte, sagte er, mein Aufenthalt in Santa Rita sei überflüssig. Die Analyse ist fertig, die Ermittlungen kommen zum

Ende, also wollen sie mich wieder in Sacramento haben. Umgehend.«

»Ich verstehe«, erwiderte Kathryn, als sie in die Auffahrt zum County Hospital einbog. »Was soll ich dazu sagen?«

»Ich könnte dir dieselbe Frage stellen.«

»Uns bleibt nicht viel Zeit zum Reden.«

»So ist es.«

Sie parkte den Wagen, und sie gingen hinein.

»Ich möchte kurz zu Morgan«, sagte Kathryn. »Okay?«

Giordano zuckte mit den Schultern und folgte ihr zum Fahrstuhl ins Kellergeschoß. Die vertrauten, schalen Gerüche aus Leichenhalle und Präparateraum umgaben sie, als die Türen aufglitten. Der Pathologe stand über ein Mikroskop gebeugt. Irritiert sah er sich um, als Kathryn klopfte, aber seine Miene entspannte sich, als er seinen Besuch erkannte.

»Katie, komm rein! Gerade hab ich an dich gedacht.«

»Erinnert dich irgendwas unter dem Mikroskop an mich?«

Er grinste. »Hallo, Steve. Was verschafft mir die Ehre?«

»Wir sind auf dem Weg zu Dave Granz«, sagte Kathryn. »Ich dachte, wir sagen dir kurz hallo.«

»Er hat mir erzählt, daß du gestern hier warst. Was für einen Eindruck hat er auf dich gemacht?«

»Einen guten«, antwortete Kathryn. »Wir haben den Fall besprochen. Er sagt, er kann es kaum abwarten, hier rauszukommen.«

»Sonst ... hat er dir nichts erzählt?«

Kathryn sah ihn fragend an. »Was zum Beispiel?«

Nelson hob eine Schulter, wandte sich ab. »Es muß noch sehr viel reguliert werden. Das nächste Stadium wird hart.«

»Du meinst, wenn die Bandagen abkommen?«

»Ich meine, nachdem die Bandagen ab sind.«

»Hat ... hat er schlimme Narben?«

»Er muß sich einer Gesichtsoperation unterziehen, aber es hätte schlimmer kommen können. Die Gesichtsverletzungen sind vergleichsweise harmlos. Einige Muskeln wurden beschädigt, weshalb er wohl etwas ... schief wirken wird, und er kann nicht mehr lächeln wie früher, aber es gab nichts, was sie nicht wieder hingebogen hätten. Außer ...«

Kathryn spürte, wie Angst kalt über ihren Körper kroch. »Außer?«

»Warum sprichst du nicht mit dem Chirurgen? Dr. Pellegrini. Er wird es dir erklären.«

»Zum Teufel mit Dr. Pellegrini. Erklär du es mir.«

Morgan seufzte. »Seine rechte Hand. Sie haben ihr Bestes gegeben, aber das Ligamentum Transversum Carpi, die Flexoren und Abduktoren waren schwer beschädigt, und ...«

»Könnten Sie das übersetzen, Doktor?« unterbrach Steve.

Morgan lächelte. »Entschuldigung, Gewohnheitssache. Einfach gesagt sind die Rollen und Seile beschädigt, die die Hand bewegen. Mit Behandlung kann er vielleicht etwas von ihrer Beweglichkeit wiedererlangen. Aber ...«

Er hob die Schultern, als wollte er sagen: Das war's.

»Wieviel von ihrer Beweglichkeit?« fragte Steve.

»Der Prognose nach wird er nie mehr als dreißig Prozent wiedererlangen.«

»Dreißig Prozent?« rief Kathryn entsetzt.

Morgan nickte. »Sieht so aus. Nach dem, was Pellegrini sagt, wird er weder eine Faust ballen, noch einen Bericht schreiben können. Und bestimmt keine Waffe mehr abfeuern.«

»Aber das bedeutet ...« Steve beendete den Satz nicht.

»Ich weiß, was es bedeutet«, sagte Morgan.

»Wer soll es ihm sagen?«

»Er weiß es schon, Katie. Dr. Pellegrini hat es ihm gestern morgen gesagt.«

»Er wußte es, als ich mit ihm gesprochen habe?«

»Er wußte es.«

»Verdammt nochmal, Doc, wieso müssen Männer immer

große Schweiger sein?« sagte Kathryn, und Tränen traten ihr in die Augen. »Wieso sind alle immer so verdammt hart?«

Morgan schüttelte abrupt den Kopf, ein Warnsignal. Sie fuhren herum und sahen Dave Granz durch die Tür schlurfen. Aus den Ärmeln seines Bademantels ragten bandagierte Arme hervor, und die Pantoffeln waren zwei Nummern zu groß.

»Hey, Kathryn.« Seine Stimme war ein heiseres Krächzen. »Eine von den Krankenschwestern hat gesagt ... daß du da bist. Hi, Steve. Was führt euch in die ... Anstalt?«

»Na, was schon?« Steve sprang für Kathryn ein, die noch immer an die Wand starrte, um ihre Tränen zurückzuhalten. »Wir haben gerade von Ihnen gesprochen.«

»Der Preis des Ruhms«, antwortete Granz. »Dachte, ich ... hol mir den ... Kaffee, den Sie mir versprochen haben, Doc.«

»Nimm dir einen Stuhl, Dave«, sagte Morgan. »Wie immer?«

»Ganz egal. Also, worüber habt ihr gesprochen?«

Morgan konzentrierte sich darauf, den Kaffee einzuschenken. Steve beobachtete ihn dabei, als wäre es das Faszinierendste, was er je gesehen hätte. Dave spürte die Atmosphäre und drehte sich um, bis er Kathryn direkt ansah.

»Was?« fragte er.

»Wir sprachen gerade davon, daß es Zeit wird, dich hier rauszuholen.« Kathryn fand, daß ihre Stimme viel zu fröhlich klang, verdammt.

»Unbedingt«, sagte Granz, ohne sich abzuwenden. »Ich kann gar nicht erwarten, wieder an die Arbeit zu gehen.«

Sie sah Morgan an, als er den Kaffee vor Dave auf den Tisch stellte und ein Glasröhrchen hineinsteckte.

»Nimm Platz«, bat Morgan.

Dave setzte sich umgekehrt auf den Stuhl, damit er alle drei sehen konnte. Alle schwiegen.

»Meine Güte, was ist denn?« sagte Dave in das Schweigen hinein. »Was ist los?«

»Doc hat es uns gerade erzählt«, erklärte Kathryn. »Das mit deiner Hand.«

Seine Augen zwischen den Bandagen waren ausdruckslos. »Aha«, gab er zurück. »Und?«

»Ich ... ich weiß nicht, was ich sagen soll.«

»Dann sag ... doch einfach nichts«, war Daves Antwort.

»Dave, Sie müssen damit nicht allein sein«, sagte Morgan. »Wir wollen Ihnen so gut helfen, wie wir können.«

»Wie?« entgegnete Dave schroff. »Wollen Sie ... Handspender werden, Doc?«

Es war ganz still im Raum.

»Das war ziemlich grob, Dave«, wies Kathryn ihn zurecht.

»Ja.« Die Stimme klang bedauernd, aber die Augen blieben trotzig. »Stimmt. Tut mir leid, Doc. Ich bin empfindlich. Ist nicht meine Art, ich weiß, aber so ist das nun mal.«

»Ist schon okay«, antwortete Morgan. »Wenn Sie nicht darüber sprechen möchten, dann nicht. Wechseln wir das Thema.«

»Gut«, sagte Dave. »Ich bin nicht ... hergekommen, weil ich ... Mitleid brauche.«

»Dave«, erklärte Kathryn sanft. »Wir sind deine Freunde. Schließ uns nicht aus.« Einen Moment lang meinte sie, Tränen in seinen Augen zu sehen, aber vielleicht war es nur das Licht.

»Ich muß ... damit fertig werden, Kathryn.« Er schien jetzt ruhiger. »Laßt mir ... nur ... noch ein bißchen Zeit, okay? Bis ich es ... im Griff hab.«

Wieder war es ganz still, aber diesmal nicht unangenehm. Dave beugte sich vor und nahm einen Schluck Kaffee.

»Sollen wir gehen?« fragte Steve. »Oder wollen Sie mit uns reden?«

»Reden«, sagte Dave. »Ja, dafür bin ich noch gut genug.«

»Wir brauchen Ihren Kopf, nicht Ihre Hände«, erwiderte Steve mit scharfem Unterton. »Was ist mit der Liste, die Kathryn Ihnen gestern dagelassen hat? Ist Ihnen was eingefallen?«

Granz betrachtete ihn einen Moment lang. Er schien zu lächeln. »Gut, gut, Giordano«, sagte er ruhig. »Die Antwort auf Ihre Frage lautet: Nein. Ich hab draufgestarrt, bis ich schielen mußte. Und hab nichts finden können.«

»Wir kommen gerade vom Sheriff«, erklärte Steve. »Wir haben die Liste auf zwei Verdächtige reduziert. Ein Mann namens Jimenez und einer namens Russell.«

Granz beugte sich vor, die bandagierten Arme auf den Knien, den Blick starr auf Steve gerichtet. »Weiter.«

»Eduardo Leandro Jimenez«, sagte Steve. »Seine Freunde nennen ihn Lee. Wohnt an der Clarendon Avenue in Alameda. Sie kennen die Gegend, untere Mittelschicht, meist unqualifizierte Arbeiter. Jimenez ist neunundzwanzig, einsdreiundsiebzig, fünfundsiebzig Kilo, schwarzes Haar, braune Augen. Er lebt bei seiner Mutter und zwei jüngeren Schwestern. Ist eingetragen als einer von denen, die Sie überprüft haben.«

Granz atmete mit zusammengekniffenen Augen tief ein und dann scharf wieder aus. »Da passiert nichts«, sagte er. »Ich bin noch immer wie hirntot. Tut mir leid, Kathryn.«

»Aus New Mexico«, fuhr Steve fort. »Ist vor fünf Jahren hergezogen, arbeitet als Obstpacker in Catalina. Wollte 1985 in Albuquerque seine Freundin erstechen.«

»Und Sie halten ihn für den Richtigen?«

»Er ist definitiv eine Möglichkeit.«

»Was ist mit dem anderen, diesem Russell?«

»James Leland Russell, wohnt am Pacheco Drive in Outlook Heights. Unterrichtet Englisch an der Cabrillo Park High.«

»Wo man ... Barbara Gates gefunden hat«, sagte Granz.

»Russell ist neununddreißig, verheiratet ohne Kinder. Er ist einssiebzig, wiegt um die siebzig Kilo, dunkelbraunes Haar, braune Augen. Wohnt seit etwa drei Jahren in Santa Rita. Ist von Redwood City hergezogen.«

»Warum gefällt er Ihnen?«

»Na, erstens hätte er Gelegenheit: Er geht zwei, drei Tage am Stück angeln, mitten in der Woche. Und außerdem kennen ihn alle als James. Nur seine Frau nennt ihn Lee.«

»Das ist alles?«

»Nicht ganz. Wir haben gehört, Russell hätte eine Hispano-Stiefmutter und Stiefschwester«, sagte Kathryn.

Granz beachtete sie nicht. Sie sah, daß er etwas auf Morgans Schreibtisch anstarrte, eine flache, silberblaue Folienpackung, gut acht Zentimeter lang und drei breit. *Miltex by Kai* stand dort in blau auf silbernem Untergrund, *Sterile Karbonstahl-Skalpellklingen* in Silber auf blau.

»Was ist das Ding da, Doc?« fragte Dave mit plötzlich angespannter Stimme.

Morgan runzelte die Stirn. »Nur ein Klingenpäckchen für Skalpelle«, sagte er, erstaunt über Granz' Heftigkeit.

»Halt es hoch, damit ich es sehen kann.«

Morgan nahm das schmale Päckchen. Granz starrte es einige Minuten lang an, mit funkelnden Augen. Dann stieß er einen langen Seufzer von fast sexueller Erleichterung aus.

»Himmelarsch«, murmelte er. »Himmel, Arsch und Zwirn.«

»Was ist los, Dave?« Kathryn war ebenso angespannt wie er.

»Ich muß Sie was fragen, Doc«, sagte Granz, ohne auf sie einzugehen. »Der Kerl, der mir das angetan hat«, er vollführte eine unbeholfene Geste mit den bandagierten Händen, »wissen Sie inzwischen, was für ein Messer er benutzt hat?«

»Das läßt sich unmöglich sagen, Dave«, sagte Morgan. »Es könnten ein Dutzend verschiedene Waffen gewesen sein.«

»Und die Frauen. Die Verstümmelungen. Da hatten Sie doch dasselbe Problem, nicht?«

»Das wissen Sie. Mit Sicherheit konnte ich nur sagen, daß die Wunden mit einer sehr scharfen Klinge beigebracht wurden, wahrscheinlich spitz, nicht sehr groß.«

»Wie das Ding da?« sagte Granz. »Mach es auf, Doc. Laß es mich ansehen.«

Morgan öffnete das Päckchen und nahm die Klinge heraus. Sie schimmerte kalt und bedrohlich.

»Also, Doc. Was meinen Sie? Die Wunden der Toten von Shelter Island, die im Sedgewick Park, Barbara Gates.« Granz' Stimme war rauh, aufgebracht. Wieder wedelte er unbeholfen mit den Händen. »Und das? Könnten sie mit einem Skalpell beigebracht worden sein?«

Morgan runzelte die Stirn. »Ich habe es doch gesagt, ich könnte nicht mit Bestimmtheit sagen, was für eine Klinge die Verletzungen hervorgerufen hat. Aber, ja, vielleicht könnten die Verletzungen von einem Skalpell stammen.«

»Warum, Dave?« drängte Kathryn. »Warum ist das wichtig?«

»Chicago«, sagte Dave und wandte sich mit grimmig leuchtenden Augen Steve zu. »Chicago, stimmt's?«

»Sie meinen Russell? Ja, er ist in ...«

»Nein, die Stiefmutter. Und ihre Tochter. Sie sind bei einem Wohnungsbrand in Chicago umgekommen.«

»Du erinnerst dich?« flüsterte Kathryn atemlos. »Du erinnerst dich an ihn?«

»Ich war bei ihm. Seine Frau hat ihn Lee genannt. Er sammelt Forellenfliegen. Hab ich recht?«

»Das stimmt.«

»Verdammt nochmal, er ist es. Ich sag es euch, er ist es!« rief Dave, stand auf und lief aufgeregt herum. »Er hatte ein Buch über das Gerben von Fellen, hat behauptet, es wäre nicht seins. Ich weiß, daß ich mit ihm gesprochen und dabei gedacht habe, verdammt, er paßt, er paßt. Er geht allein angeln. Er sammelt Forellenfliegen. Und jetzt das.«

»Jetzt was?« Steve sah ihn fragend an.

»Lee Russell«, sagte Granz. »Der Scheißkerl hatte genau so ein Päckchen Skalpellklingen. Auf seinem Schreibtisch.«

Als sie wieder im County Building waren, begab sich Kathryn direkt in Walt Earharts Büro im zweiten Stock. Der große Mann saß in Hemdsärmeln am Schreibtisch über eine Akte gebeugt. Er sah auf und lächelte, als sie hereinkam.

»Ich hab schon auf Sie gewartet«, begrüßte er sie.

»Sie haben mit Dave Granz gesprochen?«

Earhart deutete auf die Akte, in der er gelesen hatte. »Ich hab einen Detective zu ihm geschickt«, erklärte er.

»Was glauben Sie?«

»Ich glaube, Russell ist unser Killer«, sagte Earhart. »Und ich glaube, ich möchte mir den Scheißkerl schnappen.«

»Nicht so hastig, Chief«, mahnte Kathryn. »Es sind nur Indizien. Für einen Haftbefehl brauchen wir mehr.«

»Sie sind doch wohl nicht hergekommen, um mir den Tag zu verderben«, sagte der große Mann. »Was haben Sie vor?«

»Ich bin überzeugt davon, daß Russells Frau die anonyme Anruferin war. Was bedeutet, daß sie glaubt, oder vielleicht sogar weiß, daß ihr Mann diese Mädchen ermordet hat.«

»Selbst wenn sie es wüßte, sagt das Gesetz, daß sie nicht gegen ihren Mann aussagen darf.«

»Sie darf, wenn sie auf ihr Recht auf Aussageverweigerung verzichtet.«

»Trotzdem bliebe das Problem der Beeinflussung.«

»Darum kümmern wir uns, wenn es soweit ist. Im Augenblick müssen wir wissen, was sie tatsächlich weiß. Was hat sie davon überzeugt, daß er der Mörder ist?«

»Und wie finden wir das raus?«

»Ich hab in der Schule angerufen. Russell hat den ganzen Tag Unterricht. Ich möchte, daß Sie die Frau vernehmen. Warnen Sie sie nicht, stehen Sie einfach vor der Tür und sagen Sie ihr, wir wüßten, daß sie angerufen hat.«

»Einfach so? Haben Sie keine Angst, sie zu erschrecken?«

»Das ist mir ziemlich egal«, sagte Kathryn barsch. »Für Feinheiten ist hier kein Platz. Ich will den Dreckskerl kriegen, und wenn wir dafür Carol Russell das Leben schwer machen müssen, bereitet mir das keine schlaflosen Nächte.«

»Was würden Sie davon halten, wenn Sie mitkämen?«

Kathryn schüttelte den Kopf. »Ich bin Staatsanwältin, kein Detective. Das Fragenstellen überlasse ich Ihnen.«

»Ich weiß, und eigentlich gebe ich Ihnen recht. Aber das hier ist anders, Kathryn. Falls Carol Russell ihren Mann tatsächlich für den Killer hält, ist sie in einem Zustand höchster Erregung. Wenn zwei Gorillas an der Tür stehen, wer weiß, wie sie reagiert? Wenn Sie dabei wären ... ich habe Sie vor Gericht gesehen, bei Vergewaltigungsfällen. Mit Opfern können Sie gut umgehen. Und diese Frau ist mit Sicherheit ein Opfer.«

Dagegen war nichts zu sagen. Gemeinsam fuhren sie mit seinem Wagen hinauf nach Outlook Heights. Earhart hielt einen halben Block vor dem bescheidenen Haus der Russells.

»Fertig?« sagte Kathryn. »Sie wissen, was zu tun ist?«

»Ich sag ihr auf den Kopf zu, daß sie angerufen hat und daß wir sie zu einer Vernehmung abholen wollen.«

»Und wenn sie es abstreitet?«

»Dann kommen Sie ins Spiel, erklären ihr – hypothetisch, wenn Sie wollen – daß wir, obwohl wir wissen, daß er unser Mann ist, ihn nicht verhaften können, wenn es die Frau, die uns angerufen hat, nicht direkt betrifft.«

Kathryn nickte. »Okay, versuchen wir's.«

Carol Russell war eine verblühte Blondine, der man ihre achtundvierzig Jahre überdeutlich ansah. Ihre Haut war bleich, und sie trug kein Make-up. Sie strich ihr strähniges Haar aus dem Gesicht, und die Augen wanderten von Kathryn zu Walt Earhart, dann wieder zu Kathryn.

»Was ist?« sagte sie und nestelte nervös vorn an ihrem Kleid herum. »Was wollen Sie?«

»Mrs. Russell? Mrs. Carol Russell? Ich bin Lieutenant Walter Earhart, Ma'am, Santa Rita Sheriff's Department. Das hier ist die Stellvertretende Bezirksstaatsanwältin Kathryn Mackay.«

»Mein Mann ist nicht da. Er ...«

»Eigentlich wollten wir mit Ihnen sprechen, wenn Sie ein paar Minuten Zeit hätten.«

»Mit mir? Oh, ich ... ich wollte gerade ... weg.« Ihre Bewegungen waren beinah spastisch. Sie schluckte laut. »Ja. Wenn Sie wiederkommen könnten ... ein andermal. Ich ...«

»Es wird nicht lange dauern, Mrs. Russell«, sagte Earhart und trat vor. »Wäre es nicht besser, wenn wir uns drinnen unterhielten? Wo die Nachbarn uns nicht sehen können?«

Carol Russells blasse, blaue Augen zuckten nervös, als sie die Straße auf und ab sah. Sie entriegelte die Tür und stieß sie auf. Ein langer, muffiger Flur führte in den hinteren Teil des Hauses. Der Teppich war dünn und abgewetzt. Sie öffnete rechts eine Tür, und Sonnenstrahlen fielen herein. Millionen Staubkörnchen tanzten im Licht.

»Wir können ... hier drinnen«, deutete sie mit einer Geste an.

Das Wohnzimmer war quadratisch, hatte eine Terrassentür, die auf einen kleinen, gepflegten Hinterhof mit Hecken und einem Rasen hinaus führte. Innen an den Fenstern waren weiße Läden, die gestrichen werden mußten. Irgendwo zählte das metronomische Ticken einer Quarzuhr die Sekunden.

»Hübsches Haus haben Sie, Mrs. Russell«, sagte Earhart. »Ich nehme an, Ihr Mann ist bei der Arbeit?«

Sie sammelte sich. »Ja, er ist in der Schule. Setzen Sie sich bitte. Ich mache etwas ... möchten Sie Tee?«

»Danke, nein«, lehnte Earhart freundlich ab. »Sie wissen sicher, warum wir hier sind.«

Carol Russells kläglicher Versuch der Selbstbeherrschung war augenblicklich zerschlagen. Wie hypnotisiert starrte sie ihn an. Ihr Mund bewegte sich, erstarrte.

»Es geht um den Anruf, den Sie am Montag bei der Staatsanwaltschaft gemacht haben, Mrs. Russell«, sagte Earhart, als schlüge er ihr ins Gesicht. Sie wurde blaß und ging zu einem Stuhl, brach beinah darauf zusammen.

»Ich ... weiß nicht, was ... wovon Sie reden«, flüsterte sie, wich den Blicken aus.

»Letzten Montag gegen zwanzig nach elf haben Sie im Büro der Staatsanwaltschaft angerufen und mit dieser Dame hier gesprochen, Kathryn Mackay.«

Sie schüttelte den Kopf. »Nein«, sagte sie. »Nein.«

»Sie behaupten, Sie hätten nicht angerufen, Mrs. Russell?«

Wieder schüttelte sie den Kopf, wich den Blicken noch immer aus. Earhart sah Kathryn an, zuckte mit den Achseln.

»Nun, es hat aber jemand angerufen, Mrs. Russell«, sagte Kathryn. »Jemand, der Ihren Mann beschuldigt, drei junge Hispano-Frauen in Santa Rita ermordet und verstümmelt zu haben. Wissen Sie, warum jemand so etwas tun sollte?«

»Nein«, flüsterte Carol Russell. »Eine Verwechslung.«

»Hat Ihr Mann Feinde, Mrs. Russell?«

»Nein ... nein, nicht, daß ich wüßte.«

»Sie kennen niemanden, der ihm schaden oder Schwierigkeiten machen wollte?«

Sie legte eine Hand an die Stirn. Eine fast verzweifelte Geste, dachte Kathryn. »Ich ... glaube, nicht.«

»Was meinen Sie, wieso ich angerufen wurde, Mrs. Russell?« sagte Kathryn sanft. »Haben Sie eine Ahnung?«

»Ich ... vielleicht hat sie gedacht ... vielleicht möchte sie ... daß jemand ihn aufhält. Falls es stimmt.«

»Sie glauben, es könnte stimmen, Mrs. Russell?« fragte Earhart leise.

»Ich weiß nicht.« Ein Flehen lag in ihrer Stimme, eine Spur von Tränen in den glanzlosen Augen. Welche Qualen muß diese Frau durchleben? dachte Kathryn. Welche Qualen hat sie schon durchlebt? Sie hatte etwas Gehetztes an sich, als wüßte sie unerträgliche Dinge.

»Angenommen, Sie hätten recht«, räumte Kathryn ein.

»Angenommen, sie hätte angerufen, weil wir ihn aufhalten sollen.«

»Sehen Sie, Mrs. Russell, es ist nicht so einfach«, nahm Earhart das Stichwort auf. »Wir können ihn nur aufhalten, wenn wir ihn vor Gericht stellen. Das heißt, daß Sie ... daß die Frau, die angerufen hat, gegen ihn aussagen müßte.«

»Und wenn sie nicht kann?« sagte Carol Russell mit kaum hörbarer Stimme. »Diese Frau. Wenn sie nicht kann?«

»Sie meinen, sie könnte Angst haben? Das muß sie nicht. Wir würden sie beschützen, Mrs. Russell.«

»Vielleicht ... sie könnte einen anderen Grund haben.«

Earhart sah Kathryn an und hob die Augenbrauen. Weiter.

»Was für einen anderen Grund könnte es geben?«

»Vielleicht ... vielleicht weiß sie Dinge.«

»Was für Dinge?«

»Dinge, die sie nicht erzählen kann.« Die blassen Augen waren groß und leer, als starrte sie unfaßbare Bilder an.

»Darum geht es?«

Die Frau bewegte den Kopf, keine eigentliche Verneinung.

»Lieben Sie ihn, Carol?« fragte Kathryn leise.

Carol Russell legte ihr Gesicht in die Hände und weinte hemmungslos. »Oh, ich kann nicht«, sagte sie schluchzend. »Ich kann nicht, ich kann nicht.«

Kathryn sah, wie sie weinte. So viele mißhandelte Frauen glaubten, sie liebten ihre Peiniger, gefangen im Kreislauf endloser Schmerzen, aus Angst, Einsamkeit könne schlimmer sein. Aber man konnte es ihnen nicht sagen. Man konnte es nie sagen. Für sie war es Verrat, keine Erlösung.

»Sie wissen, daß er wieder töten wird.« sagte Kathryn.

Carol Russells Kopf kam hoch. Mit großen Augen starrte sie Kathryn an, der Mund ein schockiertes *O.* Bebend legte sie die Arme um sich, stand vom Stuhl auf und ging hinüber zur Terrasse, um auf den kleinen Hinterhof hinaus zu sehen.

»Sie wissen es, nicht?« drängte Kathryn.

Carol Russell drehte sich um, hob ihr tränenüberströmtes Gesicht und strich das nasse Haar zurück. Ihre Augen sahen aus, als wäre sie gerade Zeugin eines furchtbaren Unfalls geworden und wüßte nicht, was sie tun sollte. Sie zog ein zerknülltes Taschentuch aus dem Ärmel und tupfte Augen und Nase ab.

»Ja«, flüsterte sie wieder.

»Er muß aufgehalten werden, Mrs. Russell«, sagte Earhart eindringlich. »Helfen Sie uns. Sagen Sie, was Sie wissen.«

Kathryn hob eine Hand, gab dem großen Mann ein Zeichen. Laß mich.

»Warum haben Sie angerufen, Carol?« fragte sie.

»Weil er gesagt hat, dieser Detective, der fast getötet wurde ...«

»Granz?«

»Er sagte, Granz wäre nicht hier gewesen. Aber er war. Er war. Und da wußte ich es. Ich wußte, daß er es sein mußte. Warum hätte er sonst lügen sollen?«

»Sie wissen, daß jemand Granz den Schädel eingeschlagen und mit einem Messer auf ihn eingehackt hat?«

»Es stand in der Zeitung. Er ... ich glaube, er war es.«

Kathryn sah Earhart in die Augen.

»Sie sprechen von Ihrem Mann?« fragte er. »Sie glauben, Ihr Mann hat versucht, Granz umzubringen?«

»An dem Abend ist er spät nach Haus gekommen. Mit zerkratztem Gesicht. Er sagte, er wäre im Dunkeln in einen Baum gelaufen, aber ich wußte, es war was anderes. Am nächsten Tag habe ich in der Zeitung gelesen, daß der Detective ...«

Sie wandte sich ab, drückte ihre Fäuste ins Gesicht.

»Würden Sie es dem Richter sagen, Mrs. Russell?« fragte Earhart. Sie schüttelte den Kopf, drehte sich nicht um.

»Ich könnte es nicht ... sagen. Nicht, wenn er mich dabei ... ansieht«, sagte sie mit bebender Stimme. »Verstehen Sie? All diese Dinge ... ich könnte nicht.«

»Und wenn wir eine andere Möglichkeit fänden?« sagte Kathryn. »Wenn niemand dabei wäre, nur Sie und ich, der Richter und die Geschworenen? Würden Sie es dann tun?«

Langsam bewegte Carol Russell den Kopf von einer Seite zur anderen, ohne sie anzusehen.

»Was ist mit den Mädchen?« fragte Earhart. »Glauben Sie, die hat er auch ermordet?«

»Sie verstehen nicht«, sagte sie mit monotoner Stimme. »Es wäre ... alles wäre vorbei. Alles.«

»Da ist noch mehr, nicht?« sagte Kathryn leise. »Viel mehr, als Sie uns erzählt haben.«

Carol Russell antwortete nicht.

»Wohin fährt er, Carol?«

Wieder Schweigen. Earhart sah Kathryn an und stand auf. Sie folgte seinem Beispiel. Es hatte keinen Sinn, die Frau unter Druck zu setzen. Sie ging durch das Zimmer und legte ihre Hand auf Carol Russells zerbrechliche Schulter. Die Frau zuckte bei der Berührung zusammen.

»Ich wünschte, ich könnte Ihnen irgendwie helfen«, sagte Kathryn. »Ich glaube, ich weiß, wie verzweifelt und allein Sie sich fühlen müssen.«

»Das kann niemand wissen«, flüsterte Carol Russell. »Niemand.«

»Haben Sie keine Angst«, sagte Kathryn. »Ich gebe Ihnen meine Privatnummer. Wenn Sie mit jemandem sprechen müssen, wenn ich irgendwas tun kann, rufen Sie an. Jederzeit.«

Carol Russell blieb, wo sie war, sah aus dem Fenster, drehte sich nicht um, als sie gingen. Earhart trat auf die sonnige Straße hinaus. Sie stiegen in den Wagen und fuhren den Hügel hinunter. Erst als sie an der Outlook Heights Junior High waren, gab der massige Detective etwas von sich.

»Also«, sagte er. »Russell ist unser Mann. Wenn ich Spieler wäre, würde ich meine gesamte Pension darauf verwetten, daß seine Frau genug weiß, um ihn in die Gaskammer zu bringen.«

»Keine Frage«, erwiderte Kathryn. »Aber wenn wir sie nicht zu einer Aussage bewegen können, haben wir rein gar nichts in der Hand.«

»Sagen Sie, meinen Sie eigentlich, das wüßte ich nicht?« gab Earhart böse zurück.

30

Als Kathryn und Walt Earhart in der Donnerstagsbesprechung ihr Gespräch mit Carol Russell wiedergaben, reagierte Benton erst ungläubig, dann wütend und frustriert.

»Verdammt, es muß doch eine Möglichkeit geben, sie zu einer Aussage zu überreden«, sagte er betrübt. »Sagen Sie ihr, wir besorgen ihr einen Platz im Zeugenschutzprogramm.«

»Hal, sie hat sogar Angst, daß er von unserem Gespräch erfährt«, rief Kathryn. »Wir können sie nicht zwingen.«

»Selbst wenn wir es täten, heißt das nicht, daß sie aussagen würde. Sie ist vollkommen am Boden zerstört. Sie haben die Vernehmungen der Nachbarn gesehen. Wie ein Geist in ihrem eigenen Haus, geringe Selbstachtung, leidet unter Migräneanfällen, fährt zusammen, wenn Russell sie nur von der Seite her ansieht. Ich würde sagen, sie weiß weit mehr als sie erzählt. Vielleicht mehr, als sie je erzählen wird.«

»Es muß eine Möglichkeit geben«, sagte Benton. »Wir brauchen sie, Walt. Wir müssen den Scheißkerl von der Straße kriegen, bevor er sich das nächste Opfer sucht.«

»Gut, Hal, das sehen wir alle so«, erwiderte Earhart leicht ungeduldig. »Sagen Sie uns, wie wir es machen sollen.«

»Wie wäre es, wenn wir Russell rund um die Uhr beschatten würden?« fiel George Tannenbaum ein. »Jeden seiner Schritte überwachen? Telefone abhören, Sender an seinem Wagen anbringen, Kameras mit Faseroptik zu Hause und im Büro installieren, uns richtig auf ihn einschießen?«

»Vorausgesetzt, wir könnten Gerichtsbeschlüsse bekommen und die Leute entbehren, was sollte das bringen?« reagierte Podnoretz. »Wie lange kann es dauern, bis er zuschlägt? Eine

Woche, zwei Wochen, einen Monat? Wie lange können wir unsere Leute in eine solche Operation einbinden?«

»Norm hat recht, Hal«, gab Earhart zerknirscht zu. »Wissen Sie, wie viele Männer man braucht, um jemanden vierundzwanzig Stunden am Tag zu überwachen?«

»Jede Wette, daß Sie es mir gleich sagen.«

»Geht er zu Fuß, mindestens zwei alle vier Stunden. Fährt er Auto, mindestens zwei Wagen pro Fahrt, umschichtig. Zwei Mann an den Telefonen, das gleiche Spiel. Acht bis zehn Leute, sechsmal am Tag, sieben Tage die Woche. Und wenn der Scheißkerl was merkt, doppelt so viele.«

»Schon gut, schon gut, war nur eine Idee. Wir können doch nicht einfach rumsitzen und nichts tun, verdammt.«

»Wir müssen ausreichende Verdachtsgründe vorweisen können, Hal«, insistierte Kathryn. »Wir brauchen etwas, das ihn mit dem Überfall auf Dave in Verbindung bringt, oder mit einem der Mordopfer. Würde die Frau kooperieren, könnten wir es kriegen; ohne sie ...«

Sie hob die Schultern, mußte den Satz nicht beenden.

»Noch was?«

»Doc Nelson hat die Ergebnisse der Bluttests von Dave Granz' Kleidung und Fingernägeln geschickt. Das Blut stammt von zwei verschiedenen Leuten, wahrscheinlich also unter anderem von Russell. Seine Frau bestätigte, er wäre an dem Abend mit zerkratztem Gesicht nach Hause gekommen.«

»Aber ohne sein Blut zum Vergleich, ist das nutzlos«, meinte Podnoretz. »Wie wäre es, wenn einer von den Jungs den Mistkerl überfallen und eine Blutprobe nehmen würde?«

»Bleiben wir ernst, Leute«, sagte Benton in das Gelächter hinein. »Was haben wir noch, Walt?«

»Steve Giordano versetzt in Sacramento Berge«, erklärte Earhart. Seit Granz sich erinnerte, hatten sich die Ermittlungen verändert. Jede Facette in James Leland Russells Leben wurde durchleuchtet, nachvollzogen, untersucht. »Sein halbes Team checkt unseren Jungen.«

Steve war am Donnerstagabend gefahren und plante, Samstag zurückzukommen und übers Wochenende zu bleiben. Es war ein merkwürdiger Abschied gewesen, vorübergehend und doch seltsam dauerhaft, real und doch unwirklich.

»Ich glaube, du weißt, was ich will, Kathryn«, sagte er, bevor er ging. »Entscheide du, ob du dasselbe willst.«

»Du willst, daß ich nach Sacramento komme.«

»Ich hab mit Barclay Hanwell von der Bezirksstaatsanwaltschaft gesprochen. Die würden dich sofort nehmen.«

»Wieso kannst du nicht hierher ziehen?«

»Meine Arbeit ist da oben. Würde ich herziehen, müßte ich auf der Karriereleiter eine Sprosse heruntersteigen.«

Genau wie ich, dachte sie, sprach es aber nicht aus. »Wäre das so schlimm? Wir hätten keine Geldprobleme.«

»Ich hab dir niemals verheimlicht, daß ich altmodisch bin, Kathryn«, sagte er. »Ich habe auch altmodische Vorstellungen davon, daß ich der Ernährer sein möchte.«

»Ich hätte mich eben nicht auf einen Italiener einlassen sollen«, lautete ihre Antwort. Aber das Problem blieb wie eine aufziehende Wolke am Horizont. Und als wäre das nicht genug, hatte sich Jack für den kommenden Sonntag zu seinem regelmäßigen Besuch bei Emma angekündigt. Kathryn weigerte sich standhaft, an dieses Wochenende zu denken, bevor es da war.

»Wann hast du Giordano gesprochen?« hörte sie Podnoretz.

»Gerade eben. Er sagt, das Team vom Justizministerium hätte sich an die Cops in Chicago gewandt, und die graben nach, ob sie was über Russell finden können. Sie faxen es durch, falls was auftaucht. Ebenso Redwood City. Wir haben in der Cabrillo Park High nachgefragt und rausgefunden, daß Russell an einer Mädchenschule unterrichtet hat, bevor er hergezogen ist. Außerdem war er in Nam. Sie haben seine Akte in St. Louis angefordert. Wir werden alle Hände voll zu tun haben, all diese Informationen zu bearbeiten.«

»Informationen, Informationen«, rief Benton ungeduldig. »Ich will Beweise, verdammt, irgendwas, mit dem ich zu einem Richter gehen und einen Haftbefehl beschaffen kann.«

»Das wird schon kommen, Hal«, sagte Podnoretz.

»Ja, ja, okay«, beschwichtigte Benton. »Machen Sie weiter, Walt.«

»Wir prüfen außerdem sämtliche Vermißtenmeldungen«, erklärte Earhart. »Momentan haben wir sieben. Drei davon sind Hispano-Mädchen. Maria Hirano, vierundzwanzig, wohnt in Catalina, seit Samstag vermißt. Rafaelita Medina, fünfzehn, ist vor zehn Tagen verschwunden. Daran arbeiten wir mit der Polizei von Espanola. Die dritte heißt Terry – Kurzform für Teresa – Resquerdo, neunzehn, aus Harbor Park, vermißt seit Sonntagabend. Jede davon könnte ein neues Opfer sein.«

»Beten wir, daß es nicht so ist«, sagte Benton. »Okay, brechen wir das hier ab. Aber bleiben Sie dran, Sie alle. Wie geht es übrigens Dave Granz? Hat jemand ihn besucht?«

»Ich war heute morgen da«, berichtete Kathryn. »Doc Nelson sagt, morgen wird der Verband abgenommen.«

»Wird er wieder ... Sie wissen schon, arbeiten können?« fragte Podnoretz.

»Sie haben von seiner Hand gehört, Norm«, sagte Earhart. »Was glauben Sie?«

»Ich glaube, ob eine Hand oder zwei, er ist einer der besten Männer, die ich habe«, schimpfte Podnoretz. »Und ich bin bereit, für ihn zu kämpfen, wenn es sein muß.«

»Menschenskind, das sind wir doch alle.«

Die vier Männer sammelten ihre Papiere ein und sprachen noch immer über Granz, als sie auf den Flur hinaus traten. Kathryn sah auf, als Marcia sich an ihnen vorbeidrängte und mit einem braunen Umschlag unter dem Arm hereinkam.

»Ist eben für Sie abgegeben worden. Dringend.«

Kathryn nahm den Umschlag. PERSÖNLICH UND DRINGEND ZU HÄNDEN KATHRYN MACKAY war mit einem Kugelschreiber in Blockbuchstaben darauf geschrieben. Mit ihrem Brieföffner schlitzte sie den Umschlag auf. Drinnen lag ein Zettel. Sie sah Druckbuchstaben. Ihr wurde am ganzen Körper kalt.

»Marcia!« rief sie. »Hol alle wieder rein! Schnell!«

Das Keuchen in Kathryns Stimme ließ Marcia zusammenzucken. Mit großen Augen lief sie auf den Flur und rief Bentons Namen, während Kathryn mit einer Pinzette aus ihrer Handtasche den Umschlag nahm, den Zettel herausholte und auf den Tisch legte, damit man ihn lesen konnte.

»Verdammt, was ist passiert?« rief Benton, als er mit den anderen im Schlepptau wieder in ihr Büro kam. »Hat jemand den dritten Weltkrieg erklärt, oder was?«

»Das hier ist gerade gekommen«, sagte sie. »Sehen Sie.«

Earhart unterdrückte ein Fluchen und nahm das Telefon, stanzte die Nummern ein, als haßte er sie.

»Wer ist da?« bellte er. »Garfunkel? Earhart. Bin bei Kathryn Mackay, Staatsanwaltschaft. Schick John Kazanowski rauf. Ist mir egal, was er macht. Ich brauch ihn. Klar? *Sofort!*« Er knallte den Hörer auf, sah sich um. »Kazanowski ist unser Puzzlefreak. Der knackt das in zehn Minuten.«

»Okay, wir brauchen eine Kopie«, erklärte Podnoretz. »Tüten Sie das Original ein. Ich bring es nach Sacramento.«

»Du vergeudest deine Zeit«, brummte Earhart. »Sieh es dir an. Es ist wie immer. Billiges Papier, Kugelschreiber, Druckschrift. Warum sollte er es uns leichter machen?«

»Okay, ist kopiert«, sagte Kathryn. »Nehmen Sie, Norm.«

Podnoretz nahm den Zettel mit Kathryns Pinzette und steckte ihn in einen durchsichtigen Plastikbeutel. Dann tat er das gleiche mit dem Umschlag. Er stiefelte aus dem Büro, um die Überführung nach Sacramento zu veranlassen. Die anderen starrten die Botschaft an, die Kathryn mit einem Filzer in Großbuchstaben auf ihren Block geschrieben hatte.

FZE EXYB PFB DBTXOKQ
PRZKBK PFB APXRPPBK
MXOHYRZEQ 32
P = S

»Sieht ziemlich einfach aus«, sagte Benton. »*P* ist gleich *S*. Dann könnte das siebte Wort irgendwas mit *essen* oder *fressen* oder *messen* sein.«

»Oder *versessen* oder *gegessen* oder *Kompressen«*, merkte Jack Burrows an. »Vergessen Sie es, Hal, da könnten wir eine Woche hier sitzen. Wo zum Teufel bleibt Kazanowski?«

Wie zur Antwort auf seine Frage erschien ein junger Deputy in der Khaki-Uniform des Santa Rita County Sheriff's Departments an der Tür. Er war jung, groß und kräftig, mit kurzem, schwarzem Haar und dunklen Augen.

»Sir?« fragte er.

»Kommen Sie hier rüber, Kazanowski«, knurrte Earhart. »Wir haben hier ein Puzzle für Sie.«

»Sir?« wiederholte Kazanowski und runzelte die Stirn.

Earhart trat vor, nahm den Mann beim Ellbogen und führte ihn zu dem Stuhl, den Kathryn gerade freigemacht hatte.

»Setzen Sie sich hin und tun Sie es einfach«, sagte er. Kazanowskis Augen wurden groß. Er setzte sich und starrte das Kryptogramm an.

»Ist es, wofür ich es halte, Lieutenant?«

»Egal, können Sie es entziffern?« fragte Benton.

Kazanowski zuckte mit den Achseln. »Versuchen wir das Einfachste«, sagte er. Er nahm einen Stift und schrieb das Alphabet auf. Unter dem *S* schrieb er ein *P* und setzte das Alphabet fort, endete mit einem *W*. Unter das *A* schrieb er ein *X* und weiter bis zum *R*. Schließlich stand dort:

```
ABCD EFGH IJKL MNOP QRST UVWX YZ
xyza bcde fghi jklm nopq rstu vw
```

»Okay«, sagte er. »Mal sehen, was wir hier haben.« Er runzelte die Stirn, während er schrieb. »Ich ... habe ... Sie ... gewarnt. Suchen Sie ... draußen ... Parkbucht 32.«

»Verdammte Scheiße!« schrie Earhart. »Kazanowski mit mir, schnell!«

Der massige Detective rannte beinah Hal Benton um, als er zur Tür stürzte, Kazanowski knapp hinter ihm. Norm Podnoretz tauchte in der Tür auf, trat mit offenem Mund beiseite, als die beiden Männer an ihm vorbei stürmten.

»Was jetzt?« fragte er.

»Mein Büro!« Benton schob sich an Podnoretz vorbei auf den Flur. Kathryn rannte hinter ihm her, Podnoretz gleich dahinter, ignorierte die erstaunten Gesichter der Sekretärinnen. In Bentons Büro drängten sie sich um das Fenster mit Blick über den Parkplatz. Unten sahen sie, wie Earhart und Kazanowski zwischen die parkenden Wagen liefen.

Parkbucht 32 lag in der Mitte der Doppelreihe von Besucherparkplätzen. Sie sahen, wie Earhart sich bückte, um in einen grünen Chevy Nova zu sehen, dessen Front- und Heckscheiben mit Sonnenschutzpappen verdeckt waren. Auf der vorderen stand in großen Lettern das Wort HILFE. Sie sahen, wie der Detective zurückschreckte, dann Kazanowski einen Befehl zurief. Der junge Deputy stürmte zum Haupteingang, drückte seinen Holster an die Hüfte. Unten stand Earhart, der aufblickte und sie am Fenster stehen sah. Er hob das Kinn und strich mit dem Zeigefinger über seine Kehle.

31

Die Tote war Rafaelita Medina aus Espanola. Dunkel, hübsch, Hispano-Amerikanerin. Und fünfzehn Jahre alt. Sie lag nackt auf dem Rücksitz des Nova, zusammengerollt, als schliefe sie. Der erste Mann von der Spurensicherung, der den Wagen öffnete, sah kurz hin und kam schnell wieder heraus, würgend. Er taumelte hinter einen Wagen und mußte sich furchtbar übergeben. Das Mädchen war grausam entstellt, ihr Gesicht halb zerstört. Ihr Unterleib war eine Masse aus rohem Fleisch, und halbrunde Abdrücke von Bißspuren zeichneten sich in der wächsernen Haut an Bauch und Oberschenkeln ab.

Von dem Moment an, als die Neuigkeit bekannt wurde, befand sich das County Building im Belagerungszustand. Niemand von Staatsanwaltschaft oder Spurensicherung konnte gehen, ohne sich durch die Meute der Reporter zu drängen.

Drinnen blieben nicht einmal die Schreibkräfte in Verwaltung und Umweltbehörde von der allgemeinen Nervosität verschont. Kathryn sandte Teams aus, die mit jedem sprechen sollten, der das tote Mädchen gekannt oder mit ihr gesprochen haben mochte: Familie, Freunde, Lehrer, Ärzte, Zahnärzte, Ladenbesitzer in Little Mexico. Fußgängern und Autofahrern in Espanola zeigte man Fotos und fragte, ob sie Rafaelita allein oder in Begleitung eines dunkelhaarigen Mannes von etwa fünfunddreißig gesehen hatten, wahrscheinlich mit hellbrauner Windjacke und dunklen Hosen. Im Leichenschauhaus vollzog Morgan Nelson das traurige, grimmige Ritual, ihre Todesursache festzustellen.

»Kein Zweifel, daß es unser Mann ist?« fragte Giordano. Er war von Sacramento gekommen, als er von Rafaelita Medinas Tod erfahren hatte.

»Sie haben die Leiche gesehen.«

Sie waren in Morgan Nelsons engem Büro. Steve saß auf einem Plastikstuhl, die Beine übereinandergeschlagen, einen braunen Umschlag auf den Knien. Er war in Hemdsärmeln, die Hände in den Hosentaschen. Dunkle Ränder waren unter seinen Augen. Den Großteil des Morgens hatte er damit zugebracht, sich das Tatortvideo und Fotos anzusehen, hatte sich Notizen gemacht und mit Earhart und Burrows gesprochen.

»Die unmittelbare Todesursache war Ersticken«, sagte Morgan. Gedankenverloren schüttelte er den Kopf. »Vielleicht wollte er sie gar nicht umbringen. Es gibt keinen Hinweis auf ein gewalttätiges Würgen. Vielleicht hat er nur versucht, sie am Schreien zu hindern, als er ... es scheint fast unerheblich, wenn man den Rest betrachtet.«

Das physische Trauma, das man dem wehrlosen, kindlichen Körper des Mädchens zugefügt hatte, sei heftiger als alles, was sie bis dahin gesehen hatten, fügte er hinzu. »Was ich nicht verstehe, ist: Was will er mit einem Auge?«

Steve Giordano blieb nachdenklich, beinah unbeteiligt.

»Diese Eskalation von Grausamkeiten ist vielsagend«, bemerkte er. »Als wollte er diesmal sagen: Seht her, wozu ich imstande bin.«

»Du hattest es vorausgesagt«, erinnerte sich Kathryn.

»Bei diesen Leuten ist nichts vorhersehbar. Sie kennen sich selbst nicht. Aber ich hatte die Wut aus seiner Stimme herausgehört. Und ich wußte, daß ein Teil davon uns galt.«

»Sie meinen, zum Teil sind Sie selbst gemeint?« sagte Morgan. Seine Stimme klang ungläubig.

»Nein, so nicht. Was er tut, ist weit komplizierter. Die Verzweiflung, der Schmerz des Opfers. Sie soll ihn spüren. Er will wissen, daß sie ihn spürt. Es ist Teil seiner Phantasievorstellungen. Aber wenn er glaubt, daß er auch uns in Verzweiflung stürzt, ist das wie ... ein Extrabonus. Eine neue Dimension.«

»Und tut es das? Kathryn?«

»Es macht mich wütend«, erwiderte sie. »Wir hätten es verhindern können. Wir wissen, wer der Täter ist.«

»Er hatte das Mädchen schon entführt, Kathryn«, erklärte Steve. »Vor zehn Tagen. Lange bevor wir es wußten.«

»Okay, okay. Aber er ist immer noch da draußen.«

»Nicht mehr lange«, sagte Steve.

Sie kamen gerade pünktlich ins County Building, als Bentons tägliche Besprechung begann, die in der Mittagspause stattfand, damit sie ungestört reden konnten. Jeder besorgte sich etwas zu essen und zu trinken, und sie versammelten sich im Konferenzraum, wo Kathryn die Tatortfotos in Reihenfolge ausbreitete, dann Morgans vorläufige Erkenntnisse und seine Aufzählung der Verstümmelungen an der Leiche vorlas. Niemand sagte etwas, bis sie fertig war. Niemand stellte Fragen.

»Sagen Sie uns, was Sie haben, Jack«, bat Benton. »Nur das Wichtigste.«

»Die Familie wohnt an der Dulcinea Street, Harbor Park«, antwortete er. »Rafaelita hat das Haus gegen halb fünf Uhr nachmittags verlassen. Sonntag vor einer Woche, am ersten des Monats. Sie wollte runter zum Strand, sich mit ihrer Clique treffen. Als sie nicht nach Hause kam, haben ihre Eltern sie gemeldet. Das Sheriff's Department hat ein Team geschickt, um nachzusehen, aber sie müssen sicher sein, daß das Kind nicht ausgerissen ist, bevor es als vermißt gilt.«

»Sollte das nicht ausgesetzt werden?« fragte Podnoretz.

Burrows zuckte mit den Schultern. »Irgendwer hat Mist gebaut. Vielleicht hatten sie einen Neuen am Tresen oder jemand hat es einfach vergessen. Egal, es hätte keinen großen Unterschied gemacht. Irgendwo zwischen der Wohnung und dem Strand von Espanola ist das Mädchen verschwunden.«

»Hat jemand mit ihren Freunden gesprochen?«

»Darauf waren Curran und Schiller angesetzt. Sie haben mit so vielen gesprochen, wie sie nur auftreiben konnten. Die haben alle so ziemlich das gleiche gesagt. Kinder eben. Die meisten Latinos. Sie sind jedes Wochenende am Strand. Immer an derselben Stelle, am selben Grillplatz.«

»Sie fanden es nicht merkwürdig, daß sie nicht da war?«

»Es ist nicht so – Sie wissen schon – förmlich. Wer da ist, ist da. Hat man was anderes vor, dann eben nicht.«

»Was ist mit der Verkehrsbefragung in Espanola?« Earhart spreizte die Hände. »Wir hatten ein Team draußen, aber es hat nichts gebracht. Am Wochenende wiederholen wir das, aber Sie wissen, was sonntags da unten los ist, Kathryn. Alles schwarz vor Menschen. Sie war nur ein Kid unter vielen in Tanktop und Shorts.«

»Was ist mit der Familie?« fragte Podnoretz.

»Der Vater ist Automechaniker, arbeitet in einer Werkstatt an der Espanola Road«, las Burrows aus seinem Notizbuch vor. »Mutter arbeitet in einem Lebensmittelgeschäft. Drei weitere Kinder, alle jünger.«

»Hatte sie Freunde? Jungen?«

»Der Vater war sehr streng. Sie durfte mit der Clique ausgehen, Jungen und Mädchen gemischt. Aber sie durfte noch keine Dates haben.«

»Wie werden sie damit fertig?« fragte Kathryn.

»Was glauben Sie, wie man damit fertig wird, wenn rund um die Uhr Reporter auf der Matte stehen? Sie mußten das Telefon abstellen, konnten die Anrufe nicht ertragen. Jede Zeitung, jeder Sender in Kalifornien ist dran. Ganz zu schweigen von den religiösen Spinnern, den Wunderheilern und sämtlichen Geistesgestörten zwischen hier und Oregon.«

»Stimmt«, sagte Kathryn mitfühlend. »Mein Telefon klingelt ununterbrochen, seit Walt sie gefunden hat.«

»Was ist mit dem Wagen?« Benton biß ein Stück aus seinem Schinken-Käse-Sandwich auf dunklem Brot.

»Gestohlen vom Parkplatz an der Linda Vista Mall, drei Stunden, bevor wir sie gefunden haben«, erklärte Earhart.

»Gehört einem Mann namens Duffy. Er kam von der Nachtschicht, wollte sich um halb acht morgens sein Frühstück kaufen. Als er rauskam, war der Wagen weg.«

»Hat die Spurensicherung was gefunden?«

»Mit den Fingerabdrücken könnte man einen Aktenschrank füllen«, sagte Burrows genervt. »Duffy hat zwei Söhne, die sich beide den Wagen regelmäßig ausleihen. Seine Frau fährt ihn ebenfalls. Dazu sämtliche Freunde und Verwandten ...«

Er schüttelte den Kopf und nahm einen Schluck Kaffee aus seiner Tasse. Kathryn fragte sich, wieviel er von dem Zeug eigentlich trank. Sie konnte sich nicht erinnern, Jack jemals ohne eine Tasse in der Hand gesehen zu haben.

»Was bleibt?« fragte Benton. »Er hat sie am Sonntag zwischen Little Mexico und Espanola entführt. Prüfen wir die Strecke? Jack? Ja? Okay, er hat sie mitgenommen, irgendwohin gebracht und ermordet. Dann hat er gestern den Wagen gestohlen, sie darin verstaut, ihn auf den Parkplatz gefahren, und ist fortgegangen. Keiner hat was gesehen. So in etwa?«

»So oder so ungefähr«, antwortete Burrows. »Zwei Deputys prüfen Russells Schritte in den vergangenen zehn Tagen. Wir müßten bald von ihnen hören.«

»Wenn wir sicher sind, wer der Mann ist, wieso vernehmen wir ihn dann nicht einfach?« fragte Harry DiStefano.

»Meinst du nicht, daß wir alle genervt sind?« gab Earhart zurück. »Wir alle wollen das Dreckschwein kriegen, nicht nur du. Aber wir können ihm nichts nachweisen. Wir haben keine Beweise, die ihn mit den toten Mädchen in Verbindung bringen. Wir haben nichts Konkreteres als Giordanos Täterprofil und ein paar Indizienbeweise.«

»Was ist mit der Frau? Was ist mit dem Anruf? Genügt das nicht?«

»Es genügt, um ihn zu vernehmen«, sagte Jack Burrows. »Aber wir könnten ihn nicht festhalten. Jeder Grünschnabel, der gerade sein Jurastudium hinter sich hat, könnte ihn rausholen, bevor wir ihm seine Rechte verlesen haben. Und außerdem rät uns Steve abzuwarten, nichts zu unternehmen.«

»Steve?«

Steve, der weit hinten im Raum gesessen und aufmerksam zugehört hatte, legte sein Sandwich beiseite und stand auf. Die Männer vorn drehten sich auf ihren Stühlen um, damit sie hören konnten, was er vorzubringen hatte. Er fügt sich gut ein, dachte Kathryn, wird nie als Eindringling betrachtet, äußert seine Ansichten immer vorsichtig und respektvoll.

»Wir dürfen ihn auf keinen Fall in Panik versetzen«, sagte Steve. »Wenn wir zu früh losschlagen, besteht die Gefahr, daß er mögliche Beweismittel zerstört. Er könnte sogar aufhören zu töten und einfach abwarten. Oder schlimmer noch: er könnte abhauen. Wenn er wegzieht ...«

Den Rest konnte er sich sparen. Die Möglichkeit, daß der Killer untertauchen, seinen Namen ändern, in vollkommen unverdächtiger Umgebung von neuem beginnen konnte, wo man ihn erst bemerken würde, wenn er wieder tötete, war ein Alptraum, den sich keiner ausmalen wollte.

Die Besprechung dauerte über eine Stunde. Einige Detectives machten sich Notizen, manche stellten Giordano Fragen. Sie legten eine Kaffeepause ein und kamen zurück, gingen jeden der Morde in Einzelheiten durch, und Giordano erklärte ihnen die Veränderungen in dem Verhalten des Mörders gegenüber seinen Opfern und warum er möglicherweise so verfuhr.

»Okay«. Benton sah zur Wanduhr auf. »Das müßte für heute genügen. Hat noch jemand was?«

»Ich möchte Sie was fragen, Steve«, sagte Burrows. »Angenommen, wir würden Carol Russell besuchen und ihr in allen Einzelheiten schildern, wie dieses Mädchen ermordet wurde ...«

Benton erwiderte: »Sie glauben, das könnte sie dazu bringen, gegen ihn auszusagen?«

»Ich weiß nicht. Vielleicht, wenn wir Druck machen.«

Earhart schüttelte den Kopf. »Das geht nicht, Jack. Wenn wir zu ihr fahren, folgen uns die verdammten Reporter und bringen sie überall in den Nachrichten.«

»Also, was machen wir?« wollte Burrows wissen. »Auf dem Hintern sitzen und warten, bis was passiert?«

»Es sei denn, Sie hätten eine bessere Idee«, erklärte Benton.

»Scheiße«, sagte Burrows.

Es war angenehm warm im Schlafzimmer, und Kathryn seufzte, als Steve mit der Hand über ihren nackten Rücken strich und sie näher heranzog. Sie fühlte, wie sie sich langsam in seine Hände gab, spürte ihre Erregung.

Das Telefon klingelte.

»Nein«, sagte sie, zog Steve näher. »Laß es klingeln.«

Das Band sprang an. »Hi, hier ist Kathryn. Leider kann ich Ihren Anruf nicht entgegennehmen, aber wenn Sie eine Nachricht für Emma oder mich haben, hinterlassen Sie diese bitte nach dem Pfeifton. Wir rufen so bald wie möglich zurück.«

»Hallo? Hier ist Carol Russell. Ich wollte ... ich dachte, Sie wären zu Hause. Ich muß ... ich ruf wieder an.«

Kathryn sprang nackt aus dem Bett, nahm das Telefon in die eine Hand, warf mit der anderen ihren Morgenmantel über. Steve rollte auf den Rücken und starrte an die Decke.

»Mrs. Russell, ich bin da«, sagte Kathryn atemlos. Nicht auflegen, nicht auflegen, flehte sie innerlich.

»Es handelt sich ... Sie wissen schon«, hauchte ihre Anruferin. Ihre Stimme klang ängstlich. »Sie haben gesagt ... wenn ich mit jemandem sprechen müßte ...«

»Ja. Möchten Sie, daß ich zu Ihnen komme?«

»Nein!« Die Antwort kam panisch, entsetzt. »Was Sie auch tun, kommen Sie nie in die Nähe unseres Hauses! Er würde ...«

»Ist ja gut, Mrs. Russell, beruhigen Sie sich«, sagte Kathryn. Ihr Verstand arbeitete schnell.

»Tut mir leid«, antwortete die Frau. »Es ist meine Schuld.«

»Was ist Ihre Schuld?«

»Das arme, kleine Mädchen. Er hat sie ermordet.«

»Wissen Sie das genau?«

»Können wir uns irgendwo treffen? Er ist weg. Er hat gesagt, er kommt erst spät zurück. Können Sie?«

Kathryn sah auf die Digitaluhr neben dem Bett. 10:45.

»Wo?«

Pause. »Kennen Sie das Restaurant im Cabrillo Park?«

»Ist das nicht schon geschlossen?«

»Ich warte draußen. Kommen Sie ... allein.«

»Geben Sie mir eine Viertelstunde«, sagte Kathryn und legte auf. Sie begann, sich anzuziehen. Steve war schon im Begriff, das gleiche zu tun.

»Tut mir leid.« Sie berührte zärtlich sein Gesicht. »Ich wollte, daß wir diese Zeit für uns haben.«

»Ich auch«, sagte er, ohne sie anzusehen.

»Wir haben noch keine Entscheidung gefällt.«

»Wohl nicht«, erwiderte er mit vieldeutigem Ton. »Triffst du dich mit ihr?«

»Ich muß, Steve.«

»Dann komm ich mit.«

Kathryn schüttelte den Kopf. »Sie sagt, ich soll allein kommen. Wenn ich jemanden mitbringe, verschrecken wir sie.«

»Hast du keine Angst, daß sie dich in eine Falle lockt?«

Ein leichtes Frösteln berührte ihr Innerstes wie eine Feder. Der Gedanke war ihr nie gekommen.

»Nein«, sagte sie und hoffte, überzeugender zu klingen, als sie sich fühlte. Sie zog ihre Jacke über und nahm die Handtasche, suchte in der Kommode herum. In der obersten Schublade unter den Sweatshirts lag die SIG-Sauer P226 9-mm-Parabellum Automatic, die Dave Granz ihr vor paar Jahren gekauft hatte, als ein notorischer Vergewaltiger drohte, sie und ihre Tochter umzubringen, wenn er verurteilt würde.

Sie bewahrte die Pistole in einem weichen Putztuch auf, eine hübsche, tödliche, kleine Waffe, achtzehn Zentimeter, die geladen weniger als ein Kilo wog und nach Öl und dem Versprechen des Todes roch. Sie schob das Magazin mit fünfzehn Schuß hinein und drückte es mit dem Handballen fest.

»Kannst du mit dem Ding umgehen?« fragte Steve, als sie die Waffe in ihre Handtasche steckte.

»Ja«, gab Kathryn zur Antwort.

Sie merkte, daß er sie beobachtete. Das Deckenlicht hob die Falten um Augen und Mund hervor. Er sah älter aus, traurig. Sie ging zur Tür, spürte etwas, blieb stehen.

»Was?« sagte sie.

»Hier stimmt doch was nicht«, sagte er. »Die hübsche Lady geht allein in die Nacht hinaus. Der große, starke Special Agent bleibt zu Hause und spielt den Babysitter.«

Sie warf ihm einen Kuß zu und ging zum Fahrstuhl. Entlang der Beach Avenue breitete sich der Nebel aus wie in einem Stephen-King-Film. Ihre Scheinwerfer schnitten scharf umrandete Tunnel in den Dunst. Es war Samstag, und trotzdem herrschte kaum Verkehr auf den Vorstadtstraßen. Die Fahrt zum Cabrillo Park hatte etwas Traumähnliches an sich. Auf dem Parkplatz des Restaurants kam sie zum Stehen und stellte den Motor ab. Als sie die Scheinwerfer ausmachte, war es beinah pechschwarz. Die Autotür klang wie ein Schuß.

Das Licht aus Kathryns Taschenlampe spiegelte sich in den Fenstern des Rundbaus. Sie ging darauf zu, eine Hand an der Automatic. Die blauweißen Sonnenschirme waren eingeklappt, die Stühle kopfüber auf die Tische gestellt. Laut und penetrant knirschten ihre Schritte auf dem Kies.

»Ich bin hier.« Kathryn zuckte unwillkürlich zusammen, als sie die weibliche Stimme hörte. Sie leuchtete von rechts nach links und sah Carol Russell an einem Tisch unter einem Baum sitzen. Sie ging zu ihr hinüber.

»Mrs. Russell?«

»Bitte«, sagte die Frau. »Das Licht.«

Kathryn löschte die Lampe. Die Dunkelheit wurde immer schwärzer. Nebelschwaden schwebten über die freie Fläche. Feuchtigkeit berührte ihre Haut wie ein Gespenst.

»Er darf es nie erfahren«, sagte Carol Russell. Ihre Stimme war angespannt, nervös. Sie saß am Rand ihres Stuhls, als wäre sie auf dem Sprung. »Versprechen Sie es?«

»Sie meinen Ihren Mann? Was darf er nie erfahren?«

»Das ... hier. Daß ich es war.«

»Das kann ich Ihnen nicht versprechen, Mrs. Russell. Aber ich werde natürlich alles tun, um Sie zu schützen.«

»Carol. Nennen Sie mich Carol.«

»Also gut. Ich werde es versuchen, Carol.«

»Sie müssen mich für verrückt halten.«

»Nein«, sagte Kathryn sanft. »Ganz und gar nicht.«

»Ich hatte nie richtige Freundinnen. All die Jahre ...« Carol Russells Stimme klang unnahbar, als führte sie ein Selbstgespräch. Sie gab etwas von sich, das ein freudloses Lachen gewesen sein mochte. Oder ein verächtliches, dachte Kathryn. »Ich habe Kunst unterrichtet, wissen Sie. Ich war eine gute Lehrerin. Er war ... nett. Rücksichtsvoll. Lange Zeit. Ich habe ihm vorgelesen. Schöne Dinge ...«

Ihre Stimme wurde leiser und verklang, als sie dem stillen Echo ihrer Vergangenheit lauschte. Kathryn bemühte sich, in ihr Gesicht zu sehen, konnte aber nichts erkennen.

»Blaise Pascal?«

»Den mochte er am liebsten«, sagte die Frau kaum hörbar. »›Wir erkennen die Wahrheit nicht mit der Vernunft allein, sondern auch mit dem Herzen.‹«

»Wann war das?« fragte Kathryn in die leere Nacht hinein und erschauerte leicht. Ihr Gesicht und die Handrücken waren feucht, und sie spürte, wie sich der Nebel auf ihrem Haar, ihren Kleidern niederließ. Carol Russell machte eine ungeduldige Geste, vertrieb die schönen Erinnerungen.

»Er hat es mir gesagt, viel später. Ich glaube, er hat es genossen. Er sagte, er hätte mich nie geheiratet. Er mußte einfach. Es war eine Mädchenschule. Es gab Gerede ... den Eltern gefiel nicht, daß ein unverheirateter Mann Teenager unterrichtete. Deshalb ...«

»Warum haben Sie mich hergebeten, Carol?«

»Er hat ein Arbeitszimmer. Zu Hause. Wie ein Büro. Das Allerheiligste. Ich darf nicht hinein.«

Kathryn wartete geduldig. Carol Russell brauchte ihre Zeit, um zu dem zu kommen, was sie erzählen wollte. Die besten Ermittler wußten, wie man die Zeit für sich arbeiten ließ.

»Als dieses kleine Mädchen, wie hieß sie? Rafaelita ...«

»Medina«, ergänzte Kathryn. »Sie war fünfzehn.«

»Er hat sie ermordet, nicht?«

»Ja.«

»Hat er ihr weh getan? Wie den anderen?«

»Schlimmer als den anderen, Carol. Viel schlimmer.«

Kathryn hörte, wie die Frau auf der anderen Seite des Tisches lang und tief einatmete. »Oh, Gott. Und es ist meine Schuld. Meine Schuld.«

»Niemand ist schuld.«

Es waren leere Worte, und sie wußte es. Sie konnten Carol Russell nicht helfen, aber was sollte sie sonst sagen? Wie viele Jahre physischer und psychischer Erniedrigung brauchte es, bis jemand mit dem Wissen um solche Grausamkeiten leben konnte? Und welches Mitgefühl oder Verständnis konnte man so jemandem entgegenbringen?

»All die Jahre ... Ich durfte nie fragen, wohin er ging. Was er machte. Ich habe mich nie zur Wehr gesetzt. All die Jahre ...« Ihre Stimme klang monoton, als spräche sie einen

Monolog. Sie stockte, nahm etwas aus ihrer Handtasche. »Das hier habe ich gefunden. In seiner Schreibtischschublade.«

Sie schob eine Plastiktüte über den Tisch. Kathryn knipste ihre Taschenlampe an. In der Tüte lagen vier oder fünf Paar Unterhosen. Sie waren schmutzig, fleckig, einige zerschnitten oder zerrissen. Eine war blutig.

»Wem gehören die?« flüsterte Kathryn.

»Mir nicht. Meinten Sie das?«

»Wem dann?«

»Ich glaube, sie müssen ... ihnen gehört haben.«

»Sie haben sie im Schreibtisch Ihres Mannes gefunden?« Sie ahnte Carol Russells Nicken eher, als daß sie es sah. »Und das würden Sie vor Gericht beschwören?«

»Muß ich ... können Sie nicht ... anders? Ohne mich?«

»Carol«, erwiderte Kathryn. »Sie wissen, daß ich es nicht kann. Sie müssen dabei sein.«

»Oh, Gott«, sagte sie. Bebend atmete sie ein. »Oh, Gott, oh, Gott, ich kann nicht.«

»Sie müssen, Carol«, beharrte Kathryn. Schweigen umgab sie. Es schien lange zu dauern.

»Also gut«, erklärte Carol Russell. »Also gut.«

Jetzt haben wir dich, du Scheißkerl!

32

Am Sonntag, dem 15. September, kurz nach Einbruch der Dunkelheit brachte Lieutenant Walt Earhart James Leland Russell zur »Mission Dolores«, dem Bezirksgefängnis. Der Eingang sah aus wie bei der Premiere zu *Vom Winde verweht,* taghell erleuchtet von den Scheinwerfern der Fernsehteams und dem Flackern von hundert Blitzlichtern. Es schien, als hätten sich sämtliche Fernseh- und Zeitungsreporter Kaliforniens versammelt. Russell, der an zwei große Deputys gekettet war, starrte zerzaust und leeren Blickes durch die Scheiben, als er im Streifenwagen vorüberglitt. Zwei Fotografen rannten neben dem Wagen her, schossen wahllos ein Bild nach dem anderen, in der Hoffnung, daß auf einem davon das Gesicht des Verdächtigen zu sehen sein würde. Am Eingang wurden sie von den Wachen aufgehalten.

Sämtliche Fahrzeuge, die sich dem Gefängnis näherten, passierten Sensoren, die ihre Ankunft meldeten, während Kameras aufzeichneten, was unten vor sich ging. Bei normalen Einweisungen meldeten die Beamten via Mikrofon, wen sie brachten. Heute abend wußten alle, wer kam.

Wenige Minuten nach Russells Festnahme fuhr Kathryn in die Innenstadt, um bei der Inhaftierungsprozedur anwesend zu sein. Indessen brachte Jack Burrows Carol Russell in Schutzhaft. Das Haus am Pacheco Drive war versiegelt, und zwei Wachposten sorgten dafür, daß es so blieb. Sobald Kathryn im Gefängnis fertig wäre, wollte sie Carol Russell einem Richter vorführen und einen Durchsuchungsbefehl erwirken.

Blitzlichter flackerten, Reporter drängten sich um ihren Wagen, als sie am Gefängnistor einbog, klopften an die Scheiben, riefen Fragen. Ein Wachmann hob die Schranke und ließ sie herein. Vor dem Gefängniskomplex stand ein langes, niedriges Verwaltungsgebäude. Drinnen war es wie in allen Gefängnissen. Sträflinge – ausnahmslos mit den Händen auf dem Rücken gefesselt – kamen in einen überdachten Empfangsbereich. Am Schwarzen Brett hing eine Liste der Namen sämtlicher durchkommender Gefangener. Ein Fotoapparat stand gegenüber von zwei Stempelkissen für Fingerabdrücke. Auf dem Tisch war ein Computer. Im Hintergrund spielte ein Radio »Leavin' on a Jet Plane«.

»Hi, Cyndie«, sagte Kathryn.

Cyndie Donato war eine große Frau mit aufgetürmtem, rotblondem Haar. Sie sah eher aus wie eine typische Mutti, nicht wie eine Frau, deren Aufgabe es war, Mörder, Vergewaltiger und Diebe abzutasten. Selten machten Gefangene Ärger, aber wenn doch, wurde Cyndie mit ihnen fertig.

»Ihr Kandidat ist schon im Bunker«, sagte sie. »Zelle Vier. Wollen Sie durchgehen?«

»Im Computer ist noch nichts, oder?« fragte Kathryn. Die persönlichen Daten eines Gefangenen wurden in ein nationales Datennetz eingegeben. Cyndie schüttelte den Kopf.

»Hat er was gesagt?«

»Ja, ›Schönen Abend noch‹, hat er gesagt.«

Sie öffnete die Sicherungstür und ließ Kathryn in die kleine Gummizelle, in der man die Gefangenen abtastete, zu Gesundheit und persönlichen Daten befragte und – falls nötig – eine Schriftprobe von ihnen nahm. Auf der gegenüberliegenden Seite des Raums gab es eine Tür, die zu den Verwahrzellen führte. Betrunkene kamen in die eine, Ersttäter in eine andere, registrierte Bandenmitglieder wiederum in eine andere. Leute, die man nicht unter Kontrolle halten konnte, brachte man in einen sogenannten »Ruheraum« mit nackten, schallisolierten Wände. Kameras hatten jede Zelle im Blick.

In der größten Zelle erwarteten acht bis zehn Gefangene

ihr unmittelbar bevorstehendes Schicksal. In fünf oder sechs Stunden kamen sie entweder auf Kaution frei oder bevölkerten das Gefängnis in Erwartung ihres Prozesses. Manche preßten die Gesichter gegen die Glastüren der Zellen und schrien Dinge, die Kathryn nicht hören konnte.

Sie ignorierte sie und ging zur Tür von Zelle Vier, sah durch das Kontrollfenster hinein. Drinnen waren ein stämmiger Deputy, die Gefängniskrankenschwester und Russell. Zum ersten Mal sah Kathryn den Verdächtigen aus der Nähe. Wieso sahen Ungeheuer nie wie Ungeheuer aus? Mittelgroß, glattes, dunkles Haar, links gescheitelt, leicht schwammige Züge: James Leland Russell, ein Gesicht in der Menge. Er wurde entkleidet, vorbereitet auf die Testreihe, die die Schwester vornehmen würde. Während er sich auszog, steckte der Deputy seine Sachen zur forensischen Untersuchung in einen Beutel, notierte den jeweiligen Zustand.

Kathryn klopfte. Ärgerlich sah der Deputy auf, lächelte dann und ließ sie herein. Nackt wirkte Russell hilflos. Voller Haß starrte er sie an. Die Schwester lächelte. »Ich bin Sally Katz. Und Sie sind …?«

»Kathryn Mackay, Bezirksstaatsanwaltschaft.«

»Das ist einer von Ihnen?«

»Sozusagen«, sagte Kathryn.

»Also schön, fangen wir an.«

Es war die reine Routine. Sally Katz' Miene blieb ungerührt, während sie ihre Aufgaben ausführte. Finger-, Ballen- und Fußabdrücke waren schon genommen. Es folgte eine Blutabnahme zur Bestimmung und zum Vergleich. Dann reinigte sie sorgsam Russells Fingernägel. Als nächstes wurde sein ganzer Körper mit einer Wood-Lampe nach Absonderungen oder Fremdsubstanzen abgeleuchtet. Während die Schwester arbeitete, sah er Kathryn in die Augen.

»Amüsieren Sie sich?«

»Nein«, entgegnete Kathryn feindselig. Russell grinste.

Er mußte sich setzen, als die Schwester seinen Mund untersuchte und zwei Oralabstriche nahm. Als nächstes wurden seine Genitalien mit der Wood-Lampe beleuchtet, Abstriche von Penis und Hodensack genommen – einer von der Harnröhre, einer von Eichel und Schaft. Sie arbeitete effizient, klinisch, kämmte Russells Schamhaar nach Fremdpartikeln durch und nahm fünfzehn bis zwanzig Haarproben. Während der ganzen Untersuchung starrte Russel Kathryn an. Unerschrocken erwiderte sie seinen Blick, als Schwester Katz weitere Haarproben von Kopf und Körper nahm, dazu Gebißabdrücke zum Vergleich mit den Bißspuren.

Damit wären die Spezialisten vom Justizministerium in der Lage, den DNA-Test vorzunehmen, der bestimmen sollte, ob die Samenspuren in den Unterhosen, die Carol Russell Kathryn gegeben hatte, von ihrem Mann stammten.

»Das war's?« sagte Russell.

»Das war's«, wiederholte Schwester Katz und richtete sich auf. »Ziehen Sie sich wieder an.«

Das Gefängnis stellte saubere Unterwäsche, Strümpfe, Schuhe ohne Senkel und den üblichen, orangefarbenen Sträflings-Overall. Russell zog ihn über, stand auf.

»Er gehört dir, Harry«, sagte die Schwester zum Deputy.

»Haben Sie noch was mit ihm vor, Miss Mackay?« fragte er. Kathryn schüttelte den Kopf. »Okay, Sir«, wandte er sich an den Gefangenen. »Würden Sie bitte mitkommen?«

»Einen Moment«, sagte Russell. Er sah Kathryn an. »Es war Carol, nicht? Sie haben sie gegen mich aufgebracht.«

»Das war nicht nötig. Das haben Sie selbst getan.«

»Sie werden nichts weiter finden. Im Haus. Da ist nichts mehr.«

»Gehen wir, Mr. Russell«, sagte der Deputy. Er legte ihm eine Hand auf die Schulter und schob ihn zur Tür. Als er sie öffnete, drehte sich Russell um.

»Eins noch«, beharrte er, und obwohl seine Stimme ganz

sanft war, las man den Zorn in seinen Augen. »Sie sollen wissen, daß ich sehr böse auf Sie bin, Kathryn. Sehr böse.«

»Schaffen Sie ihn hier raus.« Kathryn verlor die Geduld. Die schwere Tür fiel ins Schloß. Sally Katz sah Kathryn an und schüttelte den Kopf. Ist das zu fassen?

»Danke, Sally«, sagte Kathryn. »Sie schaffen das Zeug gleich rüber ins Labor, ja?«

»Was hat er gemeint, er ist böse auf Sie?«

»Er meint, er möchte mich für das, was ich getan habe, umbringen«, erklärte Kathryn. »Passen Sie gut auf ihn auf.«

»Verlassen Sie sich drauf«, versicherte Sally Katz.

Kathryn ging zu ihrem Wagen und fuhr zügig hinaus, bevor die Reporter ihr den Weg versperren konnten. Sie fuhr auf den leeren Parkplatz vor dem Gerichtsgebäude, in dem Jack Burrows und Carol Russell warteten. Auf der Tagesordnung stand als nächstes der Durchsuchungsbefehl, der ihnen ermöglichen sollte, Russells Haus auseinanderzunehmen. Die Papiere waren schon fertig. Sie mußten Carol nur noch einem Richter vorführen, damit sie ihre Geschichte erzählte. Kathryn war ungeduldig. Ihr war nicht klar gewesen, wie sehr sie diesen Teil ihres Lebens vermißt hatte.

»Wird ... wird es lange dauern?« fragte Carol Russell, als Kathryn eintrat.

»Keine Sorge«, sagte sie. »Der Richter will nur hören, was Sie zu sagen haben. Sie stehen nicht vor Gericht.«

»Ich bin nervös.«

»Das müssen Sie nicht.« Kathryn drückte ihre Hand.

Richter Blackmer, der über ihr Kommen informiert war, saß schon in seinem Dienstzimmer. Bei ihm war die Gerichtsschreiberin Janie Welsh. Sie saß bereits an ihrem Tisch und legte einen neuen Packen Papier in die Maschine.

Kathryn, Burrows und Carol saßen auf einer Seite des langen Richtertischs, der Richter und die Gerichtsschreiberin auf der anderen. Blackmer begann mit der Vereidigung von

Burrows und Carol Russell. Er war ein gedrungener Mann mit fleischigem Gesicht und großen Händen mit stummeligen Fingern, die er auf dem Tisch spreizte. Sein Haar war grau, kurz und lockig. Er trug eine Lesebrille, und jedesmal, wenn er sich an Kathryn wenden wollte, mußte er den Kopf senken und über den Rand hinweg sehen.

»Sind wir soweit, Miss Mackay?«

»Ja, Euer Ehren.«

»Schön«, sagte der Richter. »Also, Mrs. Russell, wir lassen es ruhig angehen. Antworten Sie in aller Ruhe. Dies ist eine richterliche Befragung, aber ich werde nicht richten. Wenn Sie ein Problem haben, können wir jederzeit aufhören. Haben Sie mich verstanden?«

Carol Russell nickte stumm. Blackmer lächelte.

»Bitte nennen Sie Ihren vollständigen Namen.«

Carol tat, was man ihr sagte, und gab nach weiterer Aufforderung Alter, Adresse und Beruf an. Sie gab an, nicht vorbestraft zu sein.

»Mrs. Russell, Sie sind hier, weil Sie Informationen besitzen, über die Sie mit den ermittelnden Beamten in diesem Fall gesprochen haben. Ist das korrekt?«

»Ja, das ist korrekt.«

»In welcher Beziehung stehen Sie zu James Leland Russell?«

»Er ist mein Mann.«

»Hier ist ein Foto. Bitte identifizieren Sie ihn.«

»Das ist ein Bild von meinem Mann.«

»Ich zeige Ihnen noch ein Foto. Bitte identifizieren.«

»Da wohne ich. 3324 Pacheco Drive, Outlook Heights.«

»Das liegt in Santa Rita.«

»Richtig.«

»Würden Sie dem Gericht jetzt bitte mit Ihren eigenen Worten sagen, was Sie über die Rolle wissen, die Ihr Mann bei der Ermordung von Barbara Gates und dem Mordversuch an David Granz gespielt hat.«

»Ich glaube, daß er diese Verbrechen begangen hat.«

»Mrs. Russell«, sagte der Richter, »Sie sollen nur über Dinge sprechen, von denen Sie persönlich Kenntnis haben.«

»Entschuldigung. Ich ... mein Mann wurde von einem Detective namens David Granz besucht. Er sagte, er würde wegen der Morde an diesen Frauen ermitteln. Zwei Tage später wurde der Detective in Laguna del Mar überfallen.«

»Könnten Sie bitte genauer sein, was das Datum angeht.«

»Der Detective ist an einem Donnerstag bei uns gewesen. Ich glaube, es war der fünfzehnte August.«

»Und ist Ihnen an Ihrem Mann an diesem Abend irgend etwas aufgefallen, Mrs. Russell?« fragte Kathryn.

»Er ging aus, kam spät zurück. Mit zerkratztem Gesicht.«

»Das haben Sie auf den Überfall zurückgeführt?«

»Da noch nicht. Die Polizei rief an. Man fragte, ob Granz bei uns gewesen wäre. Mein Mann verneinte das.«

»Aber Sie wußten, daß er log.«

»Ich war dabei. Mr. Granz hat über eine halbe Stunde mit meinem Mann gesprochen.«

»Was glauben Sie, warum Ihr Mann gelogen hat?«

»Mir fiel nur ein einziger Grund ein. Er hatte irgendwas zu verbergen. Da habe ich angefangen, mich zu fragen, ob ... darf ich das sagen?«

»Fahren Sie fort, Mrs. Russell«, antwortete der Richter. »Ich mache Sie schon darauf aufmerksam, wenn Sie abschweifen.«

»Ich fing an zu glauben ... vielleicht hat er was mit den Morden zu tun ... und dann habe ich gedacht, vielleicht hat Lee auch den Detective überfallen.«

»Mit Lee meinen Sie Ihren Mann, James Leland Russell?«

»Genau.«

»Und was haben Sie dann getan?«

»Ich habe Sie angerufen.«

»Halten Sie im Protokoll fest, daß sich Mrs. Russell auf die

Stellvertretende Bezirksstaatsanwältin Kathryn Mackay bezieht«, sagte der Richter.

»Und was haben Sie gesagt?«

»Ich habe gesagt, ich kenne den Mörder dieser Frauen ... all dieser Frauen.«

»Aber Sie haben sich geweigert, Ihren Namen zu nennen.«

»Das ist richtig.«

»Hatten Sie am Nachmittag des zehnten September Besuch von Lieutenant Walter Earhart und mir?«

»Ja.«

»Und haben Sie uns bei dieser Gelegenheit gesagt, daß Sie glauben, Ihr Mann sei der Mörder?«

»Nicht mit diesen Worten. Aber, ja.«

»Und als wir Sie gebeten haben, dies vor Gericht auszusagen, was haben Sie geantwortet?«

»Ich habe gesagt, daß ich es nicht kann.«

»Warum das?«

»Ich war ... ich hatte Angst.« Ihre Stimme war kaum mehr als ein Flüstern. Sie sah Kathryn an, wandte sich ab.

»Gut, gut, Mrs. Russell«, sagte Blackmer. »Bitte regen Sie sich nicht auf.« Er sah Kathryn dabei an.

»Möchten Sie eine Pause machen, Carol?« fragte sie.

»Es ist ... nein, ich will Ihnen alles sagen.«

»Also schön«, sagte Kathryn. »Ich möchte, daß Sie uns jetzt erzählen, was an diesem Samstagabend, dem vierzehnten September geschehen ist. Mit Ihren eigenen Worten.«

»Als dieses kleine Mädchen umgebracht wurde, habe ich ...«

»Sie sprechen von Rafaelita Medina, die am zwölften September ermordet wurde. Ist das korrekt?«

»Ja, das kleine Mädchen. Ich konnte nicht ...« Sie sah den Richter an und lächelte um Verzeihung heischend. »Was ich sagen will, ist ... ich wollte nicht glauben, daß es stimmt.«

»Aber?«

»Am Samstag war er nicht da.«

»Am vierzehnten September?« unterbrach Kathryn.

»Ja, richtig. Er hat ein Arbeitszimmer, das er immer abschließt. Sein Allerheiligstes, nennt er es. Er hat mich nie reingelassen, nicht mal zum Saubermachen.«

»Es gab ein Zimmer in Ihrem Haus, das Sie noch nie betreten hatten, Mrs. Russell?« Blackmer konnte seine Überraschung nicht verbergen. »Wie lange wohnen Sie da?«

»Seit 1988«, erwiderte sie.

»Und Sie haben nie darauf bestanden, es zu sehen?«

Sie runzelte die Stirn, als machte diese Frage für sie keinen Sinn. »Er sagte, ich dürfte nicht hinein. Niemals.«

»Aber an diesem Samstag beschlossen Sie, dennoch in dieses Zimmer zu gehen«, sprang Kathryn ein.

»Ich dachte, vielleicht ... vielleicht, wenn er weg ist, kann ich was finden. Endlich. Einen Beweis, daß er es war.«

»Und was haben Sie gefunden?«

»Ich habe alle Schränke durchsucht. Nichts. Dann habe ich die Schreibtischschublade durchsucht. Die mittlere. Der Schlüssel steckte, aber sie war nicht abgeschlossen.«

»Und was haben Sie in der Schublade gefunden?«

»Unterhosen.«

»Wie viele Paar Unterhosen?«

»Fünf.«

»Alles die gleichen?«

Sie schüttelte den Kopf. »Verschiedene Farben. Verschiedene Größen.«

»Und was haben Sie mit denen gemacht?«

»Da habe ich Sie angerufen. Zu Hause. Ich habe gefragt, ob wir uns treffen können.«

»Und als wir uns getroffen haben, was haben Sie getan?«

»Ich habe Ihnen die Unterhosen gegeben. In einer Tüte.«

»Die Wäsche wurde den Eltern eines der Opfer, Barbara Gates, gezeigt, Euer Ehren«, sagte Kathryn. »Sie haben eine

Hose als aus dem Besitz ihrer Tochter stammend identifiziert. Ich habe ihre Erklärung hier vorliegen.«

Sie schob die Papiere über den Tisch. Blackmer sah sie an, prüfte die Unterschriften, nickte.

»Ich muß Ihnen noch einige Fragen stellen, Mrs. Russell, dann sind wir fertig«, sagte er. »Diese Fragen haben mit Ihren Motiven zu tun. Okay?«

Sie nickte.

»Wieso arbeiten Sie in dieser Angelegenheit mit den Strafverfolgungsbehörden zusammen?«

»Ich konnte nicht ertragen ...« Ihr Kinn kam hoch, die Stimme wurde etwas kräftiger. »Es sollte ein Ende haben. Ich wollte, daß man ihn stoppt.«

»Und ist diese Information, die Sie uns hier heute abend unterbreiten, vertraulich?«

»Verzeihung?«

»Würden Sie diese Aussagen auch machen, wenn Ihr Mann davon erführe?«

Sie zog die Schultern ein und schüttelte den Kopf wie ein kleines Kind, antwortete aber nicht.

»Glauben Sie, er würde Ihnen physischen Schmerz zufügen?« fragte Blackmer.

»Ja«, flüsterte sie.

Blackmer nickte energisch. »Miss Mackay?«

»Euer Ehren, ich bitte darum, einen Hinweis auf die Glaubwürdigkeit der Zeugin hinsichtlich ihrer Aussage im Rahmen der eidesstattlichen Erklärungen zu geben.«

»Sie hat mich überzeugt, Miss Mackay. Stattgegeben.«

»Danke, Euer Ehren. Dann bitte ich das Gericht, über die ausreichenden Verdachtsgründe zu befinden.«

»Ausreichende Verdachtsgründe zur Ausstellung eines Durchsuchungsbefehls sind gegeben«, sagte Blackmer. »Noch was, Miss Mackay?«

»Das wäre alles, Euer Ehren.«

Blackmer nickte und kritzelte Unterschrift und Datum auf die eidesstattliche Erklärung und den Durchsuchungsbefehl.

»Das wär's«, sagte er. »Wohin kommt Mrs. Russell jetzt?«

»Mrs. Russell wird an einen sicheren Ort verbracht, Euer Ehren«, erklärte Kathryn. »Wo man sie abschirmen kann.«

»Gut«, sagte Blackmer. »Haben Sie genug, um ihn hinter Gitter zu bringen?«

»Ja, Euer Ehren.«

»Viel Glück.«

Kathryn wollte Jack Burrows noch etwas sagen, aber er war schon weg. Sie fand ihn bei den Telefonen im Atrium, wo er dem Department weitergab, daß sie den Durchsuchungsbefehl hatten. Er sah auf, als Kathryn an die Scheibe klopfte.

»Bringen Sie Mrs. Russell in die Wohnung, Jack.«

»Was ist mit Ihnen?«

»Ich fahr rauf zum Haus. Ich will sehen, was da oben passiert.«

Sie stand da und sah zu, wie Carol Russell in Burrows' Wagen stieg und abfuhr. Noch immer lungerten an der Alameda Reporter herum, die hofften, daß noch etwas passierte. Kathryn stieg in ihren Wagen und fuhr nach Outlook Heights.

Als sie am Pacheco Drive ankam, hatte sich inzwischen schon die Spurensicherung über Russells Haus hergemacht. Der Honda Civic war längst weg, beschlagnahmt und in eine Garage geschleppt, wo er auseinandergenommen wurde. Sie ging ins Haus. Einer der Tatortspezialisten saugte Staub. Nach jedem Zimmer wurde der Beutel geleert, um den Inhalt getrennt ins Labor zu schicken. Der Rest des Teams baute das Haus auseinander, Stück für Stück. In einem Zimmer waren die Teppiche schon zur Seite gerollt. Jemand stemmte die Dielen auf. Sie ging ins Arbeitszimmer. Das Allerheiligste, hatte Carol Russell es genannt. Ein Ledersessel, ein Schreibtisch, ein tragbarer Fernseher auf einem Drehtisch, ein paar Bücherborde. Die Banalität des Bösen.

»Hi, Kathryn.« Der Deputy war ein großer, kräftiger Mann um die dreißig mit blondem Haar und sonnigem Lächeln. Auf seinem Namensschild stand MAZZINI. »Wollen Sie helfen?«

Er zog die Schubladen aus dem Schreibtisch und prüfte jedes Stück Papier, jeden Block, jeden Umschlag. Die Tatsache, daß Russell Andenken an seine Opfer aufbewahrte, ließ hoffen, daß vielleicht noch mehr zu finden war.

»Schon was im Schreibtisch gefunden, Billy?« fragte sie.

»Landkarten. Ich schick sie zur Elektrophorese.«

»Mehr nicht?«

»Wir haben gerade erst angefangen. Das andere kommt erst noch.«

Einzeln wurden die Bücher von den Regalen genommen, sorgsam durchgeblättert, nach Fotos oder Dokumenten durchsucht, auf denen Namen der Opfer, Adressen oder Telefonnummern stehen konnten. Man suchte Notizblöcke, Umschläge, Schreiber, die für die codierten Botschaften verwendet worden waren. Man suchte Zeitungsausschnitte, Videos, Artikel über die Morde oder den Mörder, Schmuckgegenstände, Souvenirs, alles, was den Opfern vor oder nach ihrer Ermordung abgenommen worden war. Und vor allem ein Skalpell ...

Kathryn ging hinaus. Zwei Deputys gruben den Garten um, Meter für Meter. Ein anderer suchte mit einem Metalldetektor. Zwei durchsuchten die Garage, Bord für Bord, jeden Zentimeter. Plötzlich fühlte sich Kathryn sehr müde. Sie sah auf ihre Uhr. Es war schon fast zehn, und seit vier Stunden war sie nur noch von Adrenalin gesteuert.

»Ich brauch ein Sandwich«, sagte sie zum nächsten Cop, einem muskulösen Mann mit dem Namensschild ZANDUSKY.

»Zwei Blocks weiter an der Pompano ist ein Mexikaner«, antwortete er hilfsbereit. »Die Quesadillas sind gut.«

»Ich glaub, ich hau mich in die Falle«, antwortete Kathryn. »Ihr Jungs kommt ja auch ohne mich klar.«

»Wird schwer.« Zandusky grinste. »Aber wir versuchen's.«

Sie fuhr hinunter zum Alameda Drive, ließ die grell erleuchtete Oase um Russells Haus hinter sich. Als sie östlich auf den Alameda einbog, mußte sie gähnen und beschloß, das Sandwich zu vergessen. Was sie wirklich brauchte, war Schlaf.

Am nächsten Morgen stand die Anklageerhebung gegen Russell an. Nach der Verhaftung war ein Beschuldigter innerhalb von achtundvierzig Stunden einem Richter vorzuführen. Bis dahin mußte Kathryn sämtliche Polizeiberichte und Anklagepunkte prüfen. Der Richter klärte den Beschuldigten über seine Rechte auf, zu denen eine Vorverhandlung innerhalb von zehn Gerichtstagen gehörte. Verzichtete er nicht darauf, blieb dem Ankläger genau diese Zeitspanne. Zehn Tage, wenn es zur Vorverhandlung kam, vielleicht weniger, wenn sie die Grand Jury einberief.

Wie auch immer, dachte sie, als sie in ihre Einfahrt bog. Es wird ein Riesenzirkus werden.

Sie sah auf, als Walt Earhart in der Tür ihres Büro erschien.

»Sie sehen zufrieden aus«, stellte er fest.

»Sie auch, Lieutenant. Wie läuft es oben am Pacheco?«

»Die sind noch beim Graben«, erklärte Earhart. »Sie haben es sich ja gestern abend angesehen.«

»Es lag auf meinem Weg.«

»Gut zu wissen, daß wir den Scheißkerl hinter Gittern haben«, sagte er. »Ist hier oben schon entschieden worden, was nach der Anklageerhebung passieren soll?«

»In etwa fünf Minuten habe ich deswegen eine Besprechung mit Hal Benton. Kommen Sie doch mit.«

»Keine schlechte Idee, Kathryn.« Earhart ließ sich auf einem von Kathryns Korbstühlen nieder, der sich seinem

Gewicht lautstark beugte. »Ich sollte vielleicht aufhören, so viele von diesen Chiliburgern zu essen«, sagte er.

»Sie wissen, daß wir in den einzelnen Fällen eine Reihe erschwerender Indizien geltend machen werden?«

»Hab's gehört. Zwei, drei müßten Sie beweisen können.«

»Wahrscheinlich zwei. Sexuelle Nötigung ist schwer zu beweisen, aber eine Entführung genügt schon für Lebenslänglich ohne Bewährung oder für die Todesstrafe.«

»Und was Granz angeht?«

»Versuchter Mord.«

»Klingt gut«, sagte Earhart. »Haben Sie nochmal mit der Frau gesprochen?«

»Zweimal. Wieso?«

»Sie macht mir Sorgen, Kathryn. Jedesmal, wenn ich mit ihr rede, habe ich das Gefühl, sie hält etwas zurück, weil sie es nicht sagen will oder Angst hat. Das Problem ist, daß ich nicht mehr Druck auf sie ausüben kann, damit sie sich nicht ganz zurückzieht und ihre Meinung über die Aussage ändert.«

»Was könnte sie sonst noch wissen?«

»Es will mir nicht einfallen. Wenn ich eine Idee hätte, könnten wir ihr entsprechende Fragen stellen. Aber so ...«

»Ich bereite sie auf ihre Aussage vor. Vielleicht vertraut sie sich mir an.« Sie sah zur Uhr. »Es wird Zeit.«

Sie gingen zu McCaskills Büro durch. Earhart setzte sich schwerfällig auf einen Stuhl am Fenster.

»Okay, fangen wir an«, sagte McCaskill. »Anklageerhebung ist Mittwoch acht Uhr dreißig bei Richter Cross.« Er sah Kathryn an. »Russell hat sich einen Anwalt genommen.«

»Wen?«

»Leonard Wurzelman.«

Wurzelman war einer der umstrittensten Anwälte Kaliforniens. Je sensationeller der Fall, desto besser. Gutaussehend und extravagant war er und verkündete regelmäßig, der Gerichtssaal sei eine Bühne, auf der die wahren Tragödien des Lebens gespielt würden.

»Woher hat Russell das Geld dafür?« fragte Kathryn. »Die Wurzelmans dieser Welt sind nicht billig.«

»Wahrscheinlich macht er es umsonst«, sagte Earhart. »Sie wissen, wie gern Leonard in den Schlagzeilen ist.«

»Wurzelman hat uns einen Deal angeboten«, erklärte Mac. »Er rechnet damit, daß wir nicht genug Beweise für eine Todesstrafe haben. Er nimmt Lebenslänglich ohne Bewährung.«

»Lebenslänglich dafür? Ist er verrückt geworden?«

»Er denkt, Kathryn, und er tut es laut und im Fernsehen, daß es, wenn wir vor Gericht gehen, ein langes, teures Verfahren wird. Dem kann ich nicht widersprechen. Er sagt, und ich glaube ihm, daß er uns das Leben schwer machen wird. Er rechnet, daß uns dieser Prozeß fünf, sechs Monate einspannt und den Steuerzahler alles in allem eine halbe bis dreiviertel Million kostet. Wenn die Geschworenen die Todesstrafe ablehnen – und das könnte sein, Kathryn, das könnte sein – wäre das Geld verschwendet. Das denkt er.«

»Mac, dieser Scheißkerl hat vier Frauen ermordet, ganz zu schweigen von Verbrechen, von denen nur Gott allein weiß. Was menschliche Qualitäten angeht, liegt er unter Null. Und du willst einen Deal mit ihm aushandeln?«

»Ich gebe nur Wurzelmans Meinung weiter«, erwiderte Mac gelassen. »Kommenden Mittwoch im Fernsehen. Zitat: Der Fall könnte ohne Gefahr für die öffentliche Sicherheit sofort abgeschlossen werden, aber der Staatsanwalt beharrt auf der Todesstrafe. Die Öffentlichkeit fordert besseren Polizei- und Feuerschutz, bessere Straßen und Schulen. Es muß eine sinnvollere Verwendung für das Geld geben als die Exekution eines Mannes, der sich längst schuldig bekannt und damit einverstanden erklärt hat, sich für den Rest seines irdischen Lebens einsperren zu lassen. Zitatende.«

»Das kannst du nicht machen, Mac«, schimpfte Kathryn.

»Was tust du, wenn du Lebenslänglich forderst und der Anwalt fünfundzwanzig Jahre bietet, weil es billiger kommt? Die Leute haben für die Todesstrafe gestimmt. Wenn sie sie abschaffen wollen, sollen sie das an der Wahlurne tun. Bis dahin sind wir verpflichtet, für ihre Durchsetzung einzutreten.«

»Es kommt noch mehr. Wurzelman läßt Russell an Zeitungen im ganzen Staat schreiben und erklären, wie ›besorgt‹ er darüber sei, daß Geschworene und andere ›Unschuldige‹ gezwungen sein werden, wochenlang grausame Geständnisse anzuhören und sich damit ebenfalls in Opfer zu verwandeln. Warum, fragt er, geben wir all das Geld aus, um immer mehr Opfer zu bekommen? Hier, ich hab mir eine Kopie mitgenommen. Willst du es lesen?«

»Nein«, sagte Kathryn. »Keine Deals, Mac. Entweder wir gehen aufs Ganze, oder Hal braucht einen neuen Ankläger.«

»Also gut, ich will dich was fragen: Haben wir genug, um Russell mit den Indizien anzuklagen?«

»Das hängt davon ab, was du mit ›genug‹ meinst.«

»Faß es noch mal für mich zusammen.«

Sie umriß die vorliegenden Beweise, meist Indizien: die Unterhose, die Barbara Gates' Eltern identifiziert hatten; die Aussage eines Gutachters zum Zusammenhang zwischen dem zweiten Opfer und dem Blutfleck an der zweiten Hose.

»Bei allem anderen warten wir noch auf die Labortests.«

»Was ist mit Sam Lepells Spektrogrammen? Hat er nicht gesagt, Sanchez' Stimmaufnahme zeige deutliche Parallelen zu Russells Stimme?« fragte Earhart.

»Hat er, aber wir können es nicht benutzen. Solche Beweise sind unzulässig. *Das Volk* gegen *King,* 1968.«

»Irgendwas oben im Haus?« erkundigte sich Mac.

»Die arbeiten noch«, erklärte Earhart. »Bis jetzt haben sie nichts gefunden. Wir waren sicher, daß genug da wäre, um den Deckel auf seinen Sarg zu nageln. Statt dessen haben wir zwei Beutel Hausstaub. Abgesehen davon, daß er eine Ausgabe von

Pascals *Pensées* und mehrere Skalpelle besitzt, durch die solche spezifischen Verletzungen entstanden sein könnten, sieht es so aus, als wäre das Haus sauber.«

»Um die Wahrheit zu sagen, Mac: Hätten wir Carol Russell nicht, könnten wir keine Anklage erheben«, erklärte Kathryn.

McCaskill kniff sich mit Zeigefinger und Daumen ins Kinn und schob die Lippen vor, dachte über das Für und Wider ihrer Möglichkeiten nach.

»Ich nehme an, daß du keine Vorverhandlung willst.«

»Carol Russell hat allein schon davor furchtbare Angst, mit ihrem Mann im selben Gerichtssaal zu sein. Wenn wir Wurzelman Gelegenheit dazu geben, fällt er über sie her. Du hast ihn vor Gericht gesehen, Mac, im einen Moment Billy Graham, im nächsten Dracula. Wenn auch noch die Medien über sie herfallen, bricht sie zusammen«, sagte Kathryn. »Ich möchte sie so lange wie möglich davon fernhalten.«

»Okay, wir bringen den Fall vor die Geschworenen«, sagte Mac. Eine Vorverhandlung war ein Miniprozeß, bei dem Zeugen auftraten und von Anklage und Verteidigung befragt wurden. Bei einer Anhörung vor der Grand Jury mußte der Ankläger den Beweis vorlegen, daß ein Verbrechen begangen worden war und begründeter Verdacht bestand, daß der Angeklagte es begangen hatte, wobei dieselben Beweise vorgelegt wurden wie bei einer Vorverhandlung. Da weder der Angeklagte noch sein Verteidiger zugelassen waren, konnte man Carol Russell auf diese Weise vor der Gegenseite bewahren.

»Zumindest können wir die Frau schützen und die Publicity auf ein Minimum reduzieren«, meinte Kathryn. »Vielleicht erspart es uns sogar die Prozeßverlegung.«

»Das wäre gut«, sagte Benton. »Allein die Anklageerhebung wird ein Medienzirkus werden. Dem Gericht liegen schon ein Dutzend Anträge auf Drehgenehmigungen vor.«

»Das erklärt wahrscheinlich, warum Richard Sanchez mich dauernd anruft«, sagte Kathryn.

»Und alle anderen unterhalb des Gouverneurs«, bestätigte Benton. »Sie haben doch nicht mit ihm gesprochen, oder?«

»Das soll wohl ein Witz sein.«

»Werden Sie gegen Kameras Einspruch erheben, Hal?« wollte Earhart wissen. »Vergessen Sie nicht, da draußen müßte es Zeugen geben, die Russell identifizieren können. Wenn er im Fernsehen war, sind die einen Dreck wert.«

»Ich weiß. Ich glaube kaum, daß Wurzelman vor Gericht Kameras möchte«, sagte Benton. »Er will Russells Gesicht nicht auf jedem Bildschirm in Kalifornien haben.«

»Nur eins macht mir Sorgen, Kathryn«, sagte Mac. »Eine Aussage vor der Grand Jury ist im Prozeß nicht zugelassen. Falls die Frau inzwischen einen ›Gedächtnisschwund‹ erleidet oder aus Angst das Weite sucht, kriegen wir Ärger.«

»Ich gehe davon aus, daß die DNA-Ergebnisse bis zum Prozeßbeginn vorliegen«, sagte Kathryn. »Vielleicht schon früher. Eine britische Firma hat ein neues Verfahren entwickelt, das inzwischen auch hier angewandt wird. Die Hersteller behaupten, sie könnten anhand einer Blutprobe in weniger als vierundzwanzig Stunden einen genetischen Fingerabdruck erstellen, und der kostet nur etwa sechzig Dollar. Wenn er übereinstimmt, arbeiten sie ihn bis zum Präsentationsstadium für gerichtliche Zwecke aus. Das Verfahren wird augenblicklich in Sacramento getestet.«

»Das wäre zu schön, um wahr zu sein«, erklärte Earhart. DNA-Tests dauerten normalerweise sechs bis acht Wochen und kosteten einige tausend Dollar. »Stimmt das auch?«

»Doc Nelson hat Literatur dazu bestellt. Ich lasse Sie wissen, was er sagt.«

»Gefällt mir trotzdem nicht, daß die gesamte Anklage mit dieser Frau steht und fällt«, sagte Mac. »Wenn sie unglaubwürdig wirkt, lassen die Geschworenen ihn vielleicht frei.«

»Ich werde sie noch mal bearbeiten. Mac.« Kathryn klang zuversichtlicher, als ihr zumute war. »Wird schon werden.«

33

Mit Geldern aus dem Zeugenschutzprogramm des Justizministeriums wurde Carol Russell in einem Apartment am West Bayshore Drive beim Seal Point Park untergebracht. Ihre Sicherheit und Anonymität wurde per Telefon überwacht. Sie hatte eine Nummer, die sie rund um die Uhr anrufen konnte, falls sie in Panik geriet. Die Anzahl der Leute, die ihren Aufenthaltsort kannten, war auf ein Minimum begrenzt.

Kathryn zweifelte nicht daran, daß Carol Russell ständigen Mißhandlungen ausgesetzt gewesen war. Sie zeigte die typischen Symptome: Angst, Ambivalenz gegenüber einer Aussage, Selbstbezichtigung, die Schutzhaltung gegenüber ihrem Peiniger. Vielleicht ließ sich ihr Vertrauen gewinnen, die Mauer einreißen, damit sie ihnen alles sagte, was sie wußte. Wichtig war, sie zuerst davon zu überzeugen, daß es nicht ihre Schuld war, Opfer geworden zu sein, und daß es nicht ihre Entscheidung war, was mit ihrem Mann geschehen sollte.

Kathryn rief an, um Bescheid zu sagen, daß sie auf dem Weg war. Carol hatte Anweisung, das Apartment nicht zu verlassen und niemandem die Tür zu öffnen, der sich nicht angemeldet hatte. Als Kathryn kam, sah sich Carol gerade eine Wiederholung von *Knots Landing* an. Sie erzählte ihr von dem Beschluß, vor die Grand Jury zu gehen, und daß man Lee Russell am nächsten Tag unter Anklage stellen würde.

»Muß ich dabei sein?« fragte Carol und stellte den Fernseher ab, als tauschte sie die geruhsamen Probleme der Seifenoper eher widerwillig gegen ihre grausige Realität.

»Nein, das müssen Sie nicht. Das Ganze wird ohnehin nur fünf Minuten dauern. Man bringt ihn rein, der Richter liest die Anklage vor und klärt ihn über seine Rechte auf.«

»Wenn Sie ... wie lange wird er ins Gefängnis müssen?«

Kathryn sah sie prüfend an. »Carol, wir werden in diesem Fall die Todesstrafe fordern. Das wissen Sie.«

Carol starrte sie nur an, die blaßblauen Augen groß und leer. Hatte sie noch immer nicht realisiert, daß ihre Aussage ihren Mann in die Gaskammer bringen konnte?

»Carol, Sie dürfen sich nicht schuldig fühlen. Für mich sind Sie sein Opfer, genauso wie die toten Mädchen. Sie müssen einsehen, daß das System für Lees Bestrafung zuständig ist, nicht Sie. Es liegt nicht mehr in Ihrer Hand. Selbst wenn Sie mich bitten würden, nicht weiter gegen Ihren Mann vorzugehen, würde ich nein sagen. Verstehen Sie?«

Carol nickte stumm. Ihre Passivität ist ein weiterer Hinweis auf ihre Qualen, dachte Kathryn. Frauen lernen, daß Unterwürfigkeit ihrem Peiniger ein Gefühl von Stärke und Dominanz gibt, und stellen sich darauf ein. Die Schuld für ihre Lage auf sich zu nehmen, hilft ihnen in gewisser Weise, ihre Verzweiflung und Hilflosigkeit zu bekämpfen.

»Wie wird es sein, vor Gericht?« fragte sie.

»Kein Grund zur Sorge«, suchte Kathryn sie zu beruhigen. »Vor der Grand Jury zu erscheinen, ist ganz einfach. Anwesend sind nur die Geschworenen, ein Gerichtsschreiber, der Staatsanwalt – in diesem Falle ich – und Sie. Kein Richter. Nur Sie, ich und die Geschworenen.«

»Was ist mit ... ihm? Lee? Ist der nicht auch da?«

Kathryn schüttelte den Kopf. »Er wird nicht mal in der Nähe sein. Er wird in seiner Zelle sitzen.«

»Ich dachte, bei einem Prozeß müßte er dabei sein.«

»Es ist eine Anhörung, kein Prozeß, Carol«, erklärte Kathryn. »Wir unterbreiten nur den Geschworenen unsere Beweise. Es geht darum, die Zeugen der Anklage für einen bestimmten Tag zu einer bestimmten Uhrzeit vorzuladen. Alle warten vor dem Gerichtssaal darauf, daß sie hereingerufen werden, einer nach dem anderen. Wir arrangieren es so, daß man Sie zuerst aufruft.«

»Was passiert da drinnen?«

»Der Obmann der Geschworenen wird Sie zur Vereidigung nach vorn bitten. Dann treten Sie in den Zeugenstand, nennen Namen und Beruf. Ich werde Ihnen Fragen stellen. Wenn wir fertig sind, wird man Ihnen sagen, daß Ihnen unter Strafandrohung untersagt ist, jemandem weiterzugeben, was Sie der Grand Jury erzählt haben. Und das war's schon.«

»Es klingt sehr ... oberflächlich.«

Kathryn lächelte. »Sie werden nicht die einzige Zeugin sein, Carol. Ich werde Deputys, Detectives, Kriminologen und Ärzte aufrufen. Auch Inspektor Granz wird aussagen.«

»Wie lange wird es dauern?«

»Die ganze Anhörung? Einen Tag, vielleicht zwei. Aber Sie werden nur ein paar Stunden da sein.«

»Und man läßt keine Zuschauer rein?«

»Nein. Kein Publikum. Nicht wie im Fernsehen, wo die Gerichtssäle immer voll sind. Meistens sind sie ohnehin leer, abgesehen von Zeugen, Anwälten und anderen, die dabei sein müssen. Im Falle der Grand Jury ist es Vorschrift.«

»Und Sie sind sicher ... wegen Lee?«

»Absolut sicher«, antwortete Kathryn. »Möchten Sie Tee, bevor wir mit der Arbeit anfangen?«

»Arbeit?«

»Ich möchte mit Ihnen durchgehen, worüber wir sprechen werden, wenn Sie im Zeugenstand stehen.«

»Sie meinen eine Probe?«

»So in etwa«, sagte Kathryn. »Nur müssen Sie nichts lernen. Entspannen Sie sich, seien Sie natürlich und beantworten Sie meine Fragen. Wenn Sie etwas nicht verstehen, sagen Sie es. Sagen Sie: Ich verstehe die Frage nicht.«

»Ja.«

»Es kann passieren, daß ich Ihnen aus verfahrenstechnischen Gründen eine Frage stelle, die Ihnen dumm vorkommen mag, wie: Liegt Ihr Haus im Santa Rita County? oder: Geht die Haustür nach innen oder außen auf? Selbst wenn die Antwort jedem Menschen mit Augen im Kopf klar sein müßte, antworten Sie dennoch und vertrauen Sie mir. Ich weiß, was ich tue. Also, haben Sie irgendwelche Fragen?«

Carol schüttelte den Kopf, mit ängstlichem Blick.

»Machen wir Tee«, sagte Kathryn. »Dann fangen wir an.«

Ihr ging viel durch den Kopf, während sie den Tee einfüllte, Wasser aufgoß, Zitronenscheiben schnitt. Immer wieder hatte sie die Abschrift von Carol Russells Aussage gegenüber Walt Earharts Leuten gelesen. Stundenlang hatte sie sich die Videobänder der Vernehmung angesehen, das Zögern der Frau registriert und Teile angestrichen, damit sie sich erinnerte, wenn sie es brauchen würde, und dabei ihre eigenen Fragen umrissen. Dieser kleine Durchlauf würde ihr Gelegenheit geben, die Schlußfolgerungen auf die Probe zu stellen.

»Carol, nehmen wir an, Sie wären vereidigt worden. Das heißt, daß Sie schwören, die Wahrheit zu sagen, die reine Wahrheit und nichts als die Wahrheit. Das wissen Sie, ja?«

»Ja.«

»Okay, fangen wir an. Haben Sie keine Angst. Antworten Sie einfach so gut Sie können. Ich nenne Sie jetzt Carol, aber vor Gericht werde ich ›Mrs. Russell‹ sagen, klar?«

»Ja.«

»Schön, fangen wir an. Sie sind die Ehefrau von James Leland Russell. Ist das korrekt?«

»Ja.«

»Und Sie wohnen mit Ihrem Mann in 3324 Pacheco Drive, Outlook Heights, Santa Rita.«

»Ja.«

»Vor Gericht sage ich vielleicht: Mrs. Russell, ich bin nicht sicher, ob die Geschworenen Sie richtig hören können, und bitte Sie, lauter zu sprechen. Machen Sie sich darum jetzt keine Gedanken, aber es ist sehr wichtig, daß die Geschworenen alles hören. Okay, weiter. Mrs. Russell, wie lange sind Sie schon mit James Leland Russell verheiratet?«

»Seit 1982.«

»Sie wurden in Redwood City getraut, ist das richtig?«

»Ja.«

»Und wie lange haben Sie dort gewohnt?«

»Bis 1988. Dann sind wir hergezogen. Nach Santa Rita.«

»Ist Ihre Ehe glücklich?«

»Muß ich antworten?«

Kathryn nickte.

»Anfangs ja.«

»Nicht mehr? Können Sie sagen, was sich verändert hat?«

»Es fing nach etwa ... zwei Jahren an, vielleicht etwas später. Er ... wir haben nicht mehr zusammen geschlafen.«

»War das eine Absprache untereinander, Mrs. Russell?«

»Nein, es war ... er sagte, er haßt meinen Körper.«

»Das waren seine Worte? ›Ich hasse deinen Körper?‹«

»Er sagte, Frauen ... benutzen ihren Körper. Um Männer in die Ehe zu locken.«

»Hat er damit gemeint, das hätten auch Sie getan?«

»Nein ... nicht wirklich. Er ... muß ich das sagen?«

»Sie müssen jetzt nicht, wenn Sie nicht wollen.«

»Er hatte immer ... Probleme. Er sagte, es wäre mein Fehler. Ich würde ihn nicht erregen.«

»Sie wollen sagen, Ihr Mann hatte Probleme, eine Erektion zu bekommen, ist das korrekt?«

Carol Russell wandte sich ab und sah aus dem Fenster. »Ja«, sagte sie beinah unhörbar.

»Sind Sie und Ihr Mann im selben Alter?«

»Nein. Lee ist dreiundvierzig. Ich bin achtundvierzig.«

»Hatte dieser Altersunterschied etwas mit der Haltung Ihres Mannes Ihnen gegenüber zu tun?«

»Er hat immer gesagt, deswegen ... könne er es nicht tun.

Er hat gesagt, ich wäre häßlich. Alt. Er hat mich beschimpft. Alte Krähe. Alte Hexe. Vor unseren Freunden. Wenn wir ausgingen. Immer hat er Späße über mich gemacht, grausame Späße. Er ... schien es zu genießen, wenn er mir weh tun konnte. Müssen wir ... müssen wir noch weiter darüber sprechen?«

Bittend sah sie Kathryn an, ein Flehen in den Augen.

»Gut, kurze Pause«, sagte Kathryn. Sie war nicht sicher, ob sie überhaupt weitermachen wollte. Um Carol mehr Zeit zu geben, sah sie sich um. Die Wohnung war absolut unpersönlich. Alles daran strahlte etwas Provisorisches aus, als hätte hier noch nie jemand über längere Zeit gewohnt. Die Möbel sahen aus, als stammten sie aus dem Sonderangebotsfenster eines Möbelmarkts. Kathryn schenkte etwas Tee nach und trank, wartete, bis die Frau sich gefangen hatte.

»Gut«, sagte sie. »Gehen wir weiter zu dem Tag, als Sie anonym in meinem Büro angerufen haben. Erinnern Sie sich?«

»Ja. Es war ein Montag. Nach dem Labor Day.«

»Wissen Sie noch, warum Sie angerufen haben?«

»Ein Detective war gekommen und wollte Lee sprechen.« Sie drehte sich um und saß Kathryn wieder gegenüber.

»Hier würde ich Ihnen ein Foto von Inspektor Granz zeigen und Sie fragen, ob er der Mann ist, der bei Ihnen war. Okay, weiter, was ist dann passiert?«

»Zwei Tage später habe ich in der Zeitung gelesen, daß man ihn überfallen hatte und er auf der Intensivstation lag. Ich habe Lee danach gefragt, und er sagte, so was würde Cops andauernd passieren. Dafür würden sie bezahlt.«

»Und damals haben Sie nicht weiter darüber nachgedacht?«

»Nicht, bis jemand vom Büro des Sheriffs anrief, um zu fragen, ob der Detective bei uns gewesen sei. Und ich hörte, wie Lee sagte, nein, er wäre nicht da gewesen.«

»Aber Sie hatten Inspektor Granz im Haus gesehen, ja?«

»Ich hatte die Tür aufgemacht und ihn hereingelassen.«

»Und was dachten Sie, wieso Ihr Mann lügt?«

»Mir fiel ein, daß Lee an dem Abend, als der Detective überfallen wurde, im Gesicht zerkratzt nach Hause kam. Auf einmal ging mir ein Licht auf, daß er es gewesen sein mußte.«

»Und wußten Sie, warum er den Inspektor überfallen hat?«

»Erst später. Es gab eine Sendung über die Morde. Ein Mann rief an und sagte, er wäre der Mörder. Und Richard Sanchez sagte: ›Wenn Sie den Mann kennen, rufen Sie an.‹«

»Aber Sie haben ihn nicht angerufen.«

»Ich wollte nicht ... es wäre ins Fernsehen gekommen. In die Zeitungen. Das wollte ich nicht. Daß die Leute kommen.«

»Also haben Sie mich angerufen. Warum?«

»In der Zeitung stand, daß Sie die Ermittlungen leiten.«

»Wissen Sie noch, was Sie gesagt haben?«

»Ich habe gesagt, ich wüßte, wer der Mörder ist.«

»Aber Sie wollten mir seinen Namen nicht nennen. Und Ihren auch nicht.«

»Das stimmt.«

»Wieso nicht?«

»Ich wußte nicht, ob es ... ob man meinen Namen geheimhalten würde. Ich hatte solche Angst.«

»Weil Sie dachten, Ihr Mann wäre der Mörder?«

»Ja.«

»Warum?«

»Es war ... eben alles. Der Detective und Lees zerkratztes Gesicht. Daß er Sanchez *cholo* genannt hat. Was er gesagt hat, als das tote Mädchen gefunden wurde.«

»Sie meinen Barbara Gates?«

»Er hat so seltsame Sachen gesagt. Wie schön sie war.«

»Wann war das?«

»Als er nach Hause kam. Nachdem man sie gefunden hatte.«

»Warum war es für Sie seltsam, daß er sie schön fand?«

»Ich dachte: Er kann sie gar nicht gesehen haben. Es war in den Nachrichten. Sie wurde auf einer Karre rausgebracht. Da hab ich mich gefragt ... hat er sie schon mal gesehen?«

»Und glauben Sie, es könnte sein?« fragte Kathryn, hielt ihre Stimme bewußt ruhig, bewußt zurückhaltend. Der Tenor der Unterhaltung hatte sich gewandelt. Es war, als befände sich die Frau in einer Art Trance, in der sie sich an Dinge erinnerte, die sie seit langer Zeit verdrängt hatte.

»Ich weiß, daß es so ist.«

»Woher wissen Sie es?«

In Carol Russells Augen trat Panik, als wäre sie ein Kind, das merkt, wie gefährlich nah es dem Feuer gekommen ist. Da ist noch etwas, dachte Kathryn. Ein Schmerz, ein so traumatisches Erlebnis, daß Carol Russell sich nicht dazu bringen konnte, daran zu denken, geschweige denn, es in Worte zu fassen. Aber was? *Was?* Sie wiederholte ihre Frage.

»Ich ... weiß es eben«, sagte Carol.

»Carol, im Zeugenstand stehen Sie unter Eid. Sie werden antworten müssen.«

»Keiner kann mich dazu zwingen.«

»Wenn Sie nicht antworten, wird man Sie wegen Mißachtung des Gerichts belangen. Sie könnten ins Gefängnis kommen.«

»Das ist mir egal«, sagte sie. Der vertrauliche Ton war nicht mehr da. Was immer sie gerade preisgeben wollte, hatte sie wieder begraben, vielleicht tiefer als zuvor.

»Erinnern Sie sich daran, daß ich Sie mit Lieutenant Earhart zu Hause besucht habe?«

»Ja. Letzte Woche.«

»Wir haben über die Frau gesprochen, die angerufen hatte, und Sie sagten, vielleicht wüßte sie Dinge, die sie nicht erzählen könnte. Das haben Sie gerade gemeint?«

Carol Russell schüttelte den Kopf, atmete schwer. »Es ist ... habe ich Ihnen noch nicht genug erzählt?«

»Schon gut, Carol«, sagte Kathryn beschwichtigend. »Sie stehen nicht unter Anklage. Aber denken Sie daran: Wir stellen diese Fragen, damit wir dafür sorgen können, daß Lee weder Sie noch sonst jemanden wieder quälen kann. Wenn Sie etwas wissen, das uns dabei hilft, müssen auch wir es wissen.«

»Darf ich Sie was fragen?«

»Fragen Sie.«

»Ist ... leben Ihre Eltern noch?«

»Meine Mutter. Mein Vater ist gestorben, als ich vierzehn war.«

»Besuchen Sie sie manchmal? Ihre Mutter?«

»Sie lebt in Kansas City. Wir sehen uns zweimal im Jahr.«

»Ist sie stolz auf Sie?«

Kathryn lächelte. »Ich glaube, eher überrascht als stolz. Aber wir kommen miteinander aus. Warum fragen Sie?«

»Das hier«, sagte Carol Russell, machte eine Geste, die das Apartment und die bevorstehenden Ereignisse einschloß. »Alles wird in den Zeitungen stehen. Über Lee. Alles.«

»Ich glaube kaum, daß meine Mutter den Fall verfolgt.«

»Mein Vater ... er ist achtundsiebzig«, sagte Carol. »Er ist sehr schwach. Wenn ich alles erzählen muß ...«

»Über sich und Lee, meinen Sie?«

»Nicht nur das«, erwiderte Carol mit einem Hauch von Ungeduld, der sagte *Sie verstehen nicht.* Was meinte sie?

»Sie fürchten, es wird Ihren Vater aufregen? Über Lee zu lesen?«

Carol schüttelte den Kopf. Wieder spürte Kathryn ihre Ungeduld. *Es geht um mehr als das.*

»Sie meinen wegen der Dinge, die er Ihnen angetan hat?«

Carol starrte sie mit großen Augen an. »Sie wissen es?«

»Ich weiß, daß Sie gesagt haben, er hätte Sie nie körperlich mißhandelt. Aber das stimmt nicht, oder?«

»Nein.«

»Er hat Ihnen weh getan. Wollen Sie es mir erzählen?«

»Ich ... ich kann nicht.«

»Versuchen Sie es, Carol. Nichts ist so schlimm, daß Sie es mir nicht erzählen könnten.«

»Sie haben keine Ahnung«, sagte Carol.

»Sie dürfen sich nicht schuldig fühlen!«

»Das ... wollen Sie mich fragen, vor Gericht?«

»Um den Geschworenen zu zeigen, warum Sie aussagen.«

»Sie haben keine Ahnung«, wiederholte Carol. »Es war ... als es ganz schlimm wurde, wollte ich nach Hause ... er sagte, wenn ich jemals ... er sagte, er würde mir folgen. Wenn ich es versuche. Er sagte, er würde mich finden, egal, wo auch immer ich wäre ... und mir furchtbare Dinge antun.«

»Was für furchtbare Dinge?«

»Er hatte ein Buch über forensische Pathologie. Es waren ... entsetzliche Fotos darin. Tote Menschen. Ich mußte sie mir ansehen, und er sagte: ›So siehst du mit durchschnittener Kehle aus‹, oder: ›So siehst du erwürgt aus.‹«

»Erzählen Sie weiter.«

»Einmal hat er ...« Sie schüttelte den Kopf. Ihr Atem ging ruckartig. »Er war abends oft weg. Es passierten ... Sachen. Ich habe ihn oft gefragt, wo er war. Er sagte, ich würde ihn böse machen. Sehr böse. Mit dem Gesicht nach unten hat er mich aufs Bett gelegt, und er, er ...«

»Erzählen Sie.«

»Er hat meine Hände gefesselt. Meine Füße. Und hat mich geschnitten ... hat mich ...«

Sie warf die Hände in die Luft, eine unerwartete Geste, die fehl am Platze wirkte. Kathryn runzelte die Stirn.

»Er hat sie geschnitten? Mit einem Messer?«

Carol Russell schüttelte den Kopf, warf das glanzlose Haar hin und her. »Er sagte, es wäre meine ... Strafe. Er sagte: ›Stell mir nie wieder Fragen.‹ Ich ... er ...«

»Sie sagten, es wären Sachen passiert. Was für Sachen?«

»Nein«, antwortete Carol. »Es ist zu ... es ist ... ich hätte es jemandem sagen sollen ... früher. Aber jetzt ist es zu spät.« Trockenes Schluchzen schüttelte sie.

»Es tut mir leid«, sagte sie etwas später mit abgewandtem Gesicht.

»Sie müssen sich nicht entschuldigen, Carol«, sagte Kathryn. »Haben Sie keine Angst. Was geschehen ist, was immer es war, es ist nicht zu spät. Es ist nie zu spät.«

Carol Russell stand auf und trat ans Fenster, starrte aufs Meer hinaus.

»Hatten sie langes Haar?« fragte sie, ohne sich umzudrehen. »Die Mädchen, die ermordet wurden?«

Kathryn stutzte. Sie dachte an die Fotos, die Steve und sie sich so lange angesehen hatten: Das Mädchen auf Shelter Island, kopfüber, Arme und Beine zu einem X abgespreizt, das dunkle Haar geschoren, die grau aufgequollene Leiche mit den milchweißen Augen im Sedgewick Park, das Haar wie eine dunkle Kappe auf dem Kopf, die kindliche Leiche von Rafaelita Medina, zusammengekauert auf dem Rücksitz des Chevy Nova, das Haar kurz wie bei einem Jungen.

»Nur eine«, sagte sie. »Barbara Gates hatte langes Haar. Warum fragen Sie?«

Carol Russell starrte phlegmatisch aus dem Fenster.

»Carol? Hat es mit dem Haar der Mädchen etwas auf sich?« drängte Kathryn. Sie meinte, ein schwaches Kopfschütteln zu erkennen. Alles weitere, was sie vielleicht hätte sagen wollen, wurde vom Telefon unterbrochen. Kathryn nahm ab.

»Wer ist da?«

»Mrs. Russell?« Es war eine weibliche Stimme. »Spreche ich mit Carol Russell?«

»Wer ist da?« wiederholte Kathryn. Die Anruferin hängte ein, und Kathryn legte auf, stirnrunzelnd. Außer dem Büro des Sheriffs und ihrem eigenen kannte niemand diese Nummer. Sie rief beim Sheriff an und fragte nach Walt Earhart.

»Kathryn?«

»Walt, ich bin bei Carol Russell«, sagte sie. »Könnten Sie checken, ob jemand von Ihnen eben hier angerufen hat?«

»Moment.« Sie hörte, wie er den Hörer weglegte, und wartete zwei Minuten, tippte mit den Fingern ungeduldig auf dem Tisch herum, bis sie hörte, daß Earhart am anderen Ende den Hörer nahm.

»Von uns niemand«, erklärte er. »Wo ist das Problem?«

»Hoffentlich nirgendwo«, sagte Kathryn. »Danke, Walt.«

Sie wählte neu, diesmal McCaskills Nummer, stellte ihm dieselbe Frage wie Earhart. Ein paar Minuten später gab Mac ihr dieselbe Antwort. Von der Staatsanwaltschaft hatte niemand in der Wohnung angerufen.

Sie starrte das Telefon an. Wer konnte Carol aufgespürt haben? Und wie? Noch einmal nahm sie den Hörer. Vielleicht wäre es klug, ihre Zeugin wegzuschaffen, bevor die Anruferin persönlich auftauchte.

34

Eine Zeitlang fraß die Wut an ihm. Er saß in seiner Zelle, starrte an die Wand, und der Zorn wurde brennender, wie ein erwachender Vulkan. Als der Anwalt es ihm sagte, hatte er es erst nicht geglaubt. Aber es stimmte: Seine eigene Frau hatte ihn verraten. Die debile Kröte. Ohne sie hätte man ihn nie entdeckt. Selbst jetzt, hier in dieser Zelle, konnte er es noch nicht ganz glauben. All die Jahre, und dann das. Es war unfaßbar, und doch hatte sie es getan.

Nach einer Weile war der Haß verflogen, und er blieb erschöpft und mutlos zurück, spielte das Szenario immer wieder durch: Anklageerhebung, Prozeß, Verurteilung ... es war nicht fair. Er hatte alles richtig gemacht, alles. Wenn sie Carol in den Zeugenstand riefen, wenn sie ihnen alles erzählte, hatte er keine Chance. Er verfluchte sie. Sollte er hier jemals rauskommen ...

Der Gedanke an eine Flucht kam ihm anfangs gar nicht. Aber nach einer Weile nahm er seine Umgebung wahr. Er fing an, hinzusehen, zuzuhören. Schnell lernte er, wohin die Türen und Gänge führten. Nach wenigen Tagen hätte er eine Karte des Gebäudes zeichnen können. Es war nicht sonderlich groß. Der Gefängnistrakt war für zweihundert Gefangene gedacht. Normalerweise drängten sich vierhundert darin. In den Aufenthaltsräumen standen Dreierbetten übereinander, und auf dem Boden hatte man Matratzen ausgebreitet.

Die meisten Gefangenen waren kleine Fische. Obdachlose mit gesundheitlichen Problemen ließen sich verhaften, damit man sich um sie kümmerte. Die Krankenhäuser reichten psychisch Gestörte weiter, mit denen sie nicht fertig wurden. Junkies, Säufer, Penner kamen und gingen. Kämpfe unter

Insassen waren üblich. Die Gangs unterdrückten Schwächere. Daher unterstanden Leute wie Lee nicht der besonderen Aufsicht, die sie normalerweise hätten bekommen sollen, weil dies die Sicherheit insgesamt gefährdet hätte.

Lees Ansicht nach flüchteten nur so wenige, weil die meisten Kretins waren, nur unerheblich schwachsinniger als die Wärter. Und als ihm dämmerte, daß die Möglichkeit zur Flucht bestand, war er von der Idee wie besessen. Er mußte eine Schwachstelle finden. Daß es eine gab, daran zweifelte er nicht. Bald wurde die Hoffnung zur Gewißheit.

Immer wieder beobachtete Lee, wie Gefangene aus den Zellen zu ihren Anwälten, Bewährungshelfern, Familien, Priestern oder vom Gefängnistrakt in die Gerichtssäle gebracht wurden. Da es keinen Tunnel gab, durch den man die Gefangenen hätte vor Gericht schaffen können, mußte man sie in Transporter laden und sechs oder zwölf Mann in Handschellen hinfahren. An den meisten Tagen ging es chaotisch zu. In der Hauptbelastungszeit war das Gefängnis von Santa Rita in etwa so sicher wie eine Bar downtown.

Lee war ein vorbildlicher Sträfling. Schon jetzt behandelten ihn die Wärter, die sich »Vollzugsbeamte« nannten, weil es wichtiger klang, mit toleranter Nichtachtung. Sollte er sich setzen, setzte er sich, sollte er aufstehen, stand er auf. Er nannte jeden »Sir«, rollte nicht mit den Augen, flüsterte nicht gequält wie im Film, sprach nur, wenn er gefragt wurde. Diesen Kretins hatte er ohnehin nichts zu sagen. Er wollte aufpassen und abwarten. Und wenn sich eine Chance bot, wollte er sie nutzen.

Um zehn war die Anklageerhebung in Saal B zu Ende. Normalerweise war es reine Routine, aber nicht so heute morgen. Der Saal war wie alle anderen, etwas schlichter vielleicht, aber das gleiche helle Holz, das gleiche Siegel, die gleiche Richterbank mit Flaggen und Büchern. Anders war nur die Atmosphäre. Hal Benton hatte seinen Kampf gegen die Kameras gewonnen, aber das hielt die Medien nicht fern. Es war ein Irrenhaus, die Bänke voller Reporter, Schreiberlinge, Zeichner, die seit dem frühen Morgen um Plätze angestanden hatten. Jeder kämpfte um Ellbogenfreiheit. Sogar hinten drängten sich die Menschen.

Richter Cross war ein kleiner, grauhaariger Mann von Anfang fünfzig. Er sah über den Rand seiner Brille hinweg in den lärmenden Saal und schlug seinen Hammer dreimal. Augenblicklich war es still. Richter Cross las die Klage vor, fragte, ob der Angeklagte die Vorwürfe verstanden habe, als spräche er mit einem Vierzehnjährigen.

Leonard Wurzelman, mit schick geschnittenem, dunklem Anzug und ausrasierter Fönfrisur, bat ernstlich, seinen Mandanten auf Kaution freizulassen. Ohne den leisesten Anflug eines Lächelns lehnte Richter Cross dieses Ansinnen ab.

»Die Verteidigung beantragt einen Haftprüfungstermin für Freitag, Euer Ehren«, fuhr Wurzelman fort. »Und bittet, daß mein Mandant sich zu den Terminen umziehen darf.«

»Stattgegeben«, erwiderte Richter Cross. Er sah Kathryn über seine Brille hinweg an.

»Also gut«, sagte er. »Der Haftprüfungstermin findet Freitagmorgen zehn Uhr statt.« Er sah auf seinen Kalender. »Vorverhandlung am Dienstag, den ersten Oktober.«

Seine Worte gingen beinah im Lärm der Reporter unter, die nach draußen zu den Telefonen drängten. Traurig schüttelte er den Kopf und winkte dem Gerichtsdiener, daß er Russell wegbringen sollte, dann ging man wieder zum ruhigeren Gerichtsalltag über. Nachdem sie in einen der Waschräume geflüchtet war, um die beharrlicheren Reporter abzuschütteln und sich frisch zu machen, fuhr Kathryn ins Büro zurück und starrte den Kalender an der Wand an.

Erster Oktober. Bis dahin mußte Hal Benton die Grand Jury zusammen haben, damit sie die Zehn-Tages-Frist einhalten konnten. Sie sah die Memozettel durch. Zwei Anrufe von Sanchez. Andere, die warten mußten, und Steve Giordano, der bitte umgehend zurückgerufen werden wollte.

Steve. Sie hatte nicht einmal Zeit gehabt, an ihn zu denken, seit er am Sonntag nach ihrem nächtlichen Treffen mit Carol Russell abgefahren war.

»Ich dachte ... ich hatte gehofft, wir hätten länger Zeit«, sagte sie, als er in seinen Wagen stieg.

»Es ist ja nicht so, als würde ich nach China fahren.«

Das Lächeln war auf seinen Lippen, aber nicht in den Augen. Sie hatte sagen wollen: Doch, das ist es. Aber sie sagte nichts, verdrängte die Zukunft aus ihren Gedanken. Eines Tages würde sie aufhören müssen, die Zukunft aus ihren Gedanken zu verdrängen. Sie nahm den Hörer und tippte seine Durchwahl ein. Es tat gut, seine Stimme zu hören.

»Wie ist deine Anklageerhebung gelaufen?«

»Vor Gericht ruhig. Hinterher ein Massenaufstand.«

»Bringt ihr es vor die Grand Jury?«

»Das ist der Plan. Wünsch mir Glück.«

»Das brauchst du nicht. Wie geht es Emma?«

»Ich glaube, sie hatte sich daran gewöhnt, mich öfter um sich zu haben, und jetzt fällt es ihr schwer, zur alten Routine zurückzukehren. Was machen eure Nachforschungen?«

»Wir stellen eine ziemliche Akte über euren Jungen da zusammen. Du wirst überrascht sein.«

»Ich bin gespannt.«

»Ende der Woche ist sie bei dir. Wir haben hier oben sämtliche Register gezogen. Wie geht es übrigens Dave?«

»Soweit ich weiß, kommt er nachher ins Büro.«

»Bestell ihm einen Gruß von mir. Ohne ihn hätten wir Russell nie gekriegt. Dave ist einer der Besten, Kathryn.«

»Das hab ich schon immer gewußt.«

»Wie kommst du mit Carol Russell voran?«

»Wir glauben immer noch, daß sie uns was verschweigt.«

Sie erzählte, daß Carol Russell vor der Erinnerung an irgendein furchtbares Erlebnis zurückschreckte.

»Es war ihr so wichtig, wie alt ihr Vater ist, als hätte es besondere Bedeutung. Was meinst du, Steve, ist es von Bedeutung, daß sie es vor ihm verheimlichen will?«

»Da kann ich nur raten. Vielleicht will sie ihn nur nicht aufregen. Oder es ist etwas ganz anderes, weit Subtileres, etwas, was Russell zu ihr gesagt hat, wozu er sie gezwungen hat. Etwas, womit er sie zur Teilhaberin seiner Phantasien gemacht hat. Erinnere dich an deine Worte, daß sie ebenso sein Opfer ist wie die ermordeten Frauen. Es hat alles mit Macht, Kontrolle und Unterdrückung zu tun. Das gilt für sie ebenso wie für die anderen. Wann geht ihr vor die Grand Jury? Weißt du es schon?«

»Es muß am ersten des Monats sein. Ich stell den Fall gerade zusammen.«

»Kann ich dich noch was fragen?«

»Frag.«

»Warum reden wir über alles, nur nicht über uns?«

»Ich glaube nicht, daß wir es am Telefon tun könnten, oder?«

»Wahrscheinlich hast du recht. Wäre es okay, wenn ich dich kommenden Samstag besuche?«

»Bleibst du über Nacht?«

»Nein, ich muß zurück. Ich seh die Kinder am Sonntag. Aber wir hätten trotzdem etwas Zeit zusammen. Okay?«

»Wundervoll.«

Er legte auf, und sie saß da, starrte das Telefon an. Wir kennen uns so gut und kennen uns doch überhaupt nicht. Wir haben nie gesagt: Ich liebe dich. Kein einziges Mal.

Und dann, als hätte jemand plötzlich ein grelles Licht eingeschaltet, dachte sie: *Wir erkennen die Wahrheit nicht mit der Vernunft allein, sondern auch mit dem Herzen.*

Kathryn war in die Vorbereitungen für die Grand Jury vertieft, als Walt Earhart anrief.

»Kathryn? Walt. Ich hab Dave Granz hier drüben. Ein ganzer Packen Zeugs über Russell ist eben per Kurier von Giordano aus Sacramento gekommen. Das wollen Sie bestimmt sehen.«

Die Narben in Daves Gesicht und an den Händen waren noch immer verbunden. Niemand außerhalb des Krankenhauses hatte ihn bisher ohne Verband gesehen. Sein rechter Arm lag in einer Schlinge. Er sah auf, als Kathryn hereinkam.

»Eins will ich dir über deinen Freund Giordano mal sagen: Er schafft was weg«, sagte er. »In dieser einen Woche hat er ungeheure Massen an Zeug zusammengetragen.«

»Er ist auch ein großer Fan von dir«, sagte Kathryn. »Er sagt, ohne dich hätten wir Russell nie gekriegt.«

»Vielleicht, vielleicht auch nicht«, sagte Dave säuerlich. »Auf alle Fälle hat er mich gekriegt.«

Earhart sagte nichts dazu, drehte sich auf seinem Sessel herum, hob einen dicken Aktenstapel aus einer Kiste und legte den Stapel vor sich auf den Tisch.

»Das alles?« sagte Kathryn. »Erstaunlich.«

Walt schlug eine Akte auf. »Okay, James Leland Russell, geboren in Chicago, 3. Oktober 1952. Die Mutter starb, als er noch klein war. Die Cops in Chicago haben seine Akte im Jugendstrafregister gefunden. So konnten sie die Schule ermitteln, auf der er war. Anscheinend hatte er eine Menge Ärger, und man hat gedroht, ihn rauszuwerfen. Es gibt da eine ganze Liste: Schlägereien, Verletzung der Schulpflicht, ein Mädchen behauptete, er wäre ein Spanner, ein Kind sagte, er hätte Kaninchen vergiftet. Das meiste davon führte man auf seine Familienverhältnisse zurück. Sein Vater hatte neu geheiratet, eine Hispano-Amerikanerin mit einer Tochter im selben Alter wie der Junge. Dem Bericht des Sozialarbeiters nach zu urteilen war die Tochter nicht gerade ein Engel.«

»Wie ist er vor dem Jugendgericht gelandet?«

»Vandalismus. Eingeworfene Scheiben, aufgeschlitzte Reifen am Wagen eines Nachbarn.«

»Lebt der Vater noch?«

»Erinnern Sie sich, daß Russell mir gesagt hatte, seine Eltern wären bei einem Feuer umgekommen? Sie haben es in den Zeitungen gefunden: Donald Russell, seine Frau und Stieftochter wurden bei einem Wohnungsbrand getötet, August 1968. Todesursache Kohlenmonoxydvergiftung. Man kam zu dem Schluß, daß eine Zigarettenkippe den Mülleimer entzündet hatte. Da die Frau Kettenraucherin war, ging man davon aus, daß es so gewesen sein mußte. Anders gesagt: Man konnte nichts finden, was auf etwas anderes hingedeutet hätte.«

»Sie meinen, es hätte einen Verdacht gegeben?«

»Wenn man zwischen den Zeilen liest.«

»Wo war Russell, als das alles passiert ist?«

»Auf dem College. Im ersten Jahr.«

»Im August?«

»Das hat keiner gecheckt«, sagte Earhart. »Warum auch?«

»Was hat er nach dem Tod seiner Eltern gemacht?«

»Hat bei einer Tante in Broadmoor südlich von San Francisco gewohnt, ist da aufs College gegangen. Das Team vom Justizministerium hat sich erkundigt. Er war ein mittelmäßiger Schüler, nichts Außergewöhnliches.«

Er machte eine Pause, ließ sie darüber nachdenken, was sie auch tat. »Was ist mit Mädchen? Hatte er Freundinnen?«

Dave schüttelte den Kopf. »Nichts. Wir wissen nur, daß er vom College auf eine weiterführende Schule gegangen ist.«

»Was war sein Hauptfach?«

»Englisch.«

»Sag nichts. Blaise Pascal?«

»Leider nicht. Seine Abschlußarbeit lautete ›Das Thema der Entmannung bei *Hamlet.*‹«

»Wartet, bis die Psychiater Wind davon kriegen«, sagte Kathryn. »Ist er direkt in den Lehrberuf gegangen?«

»Ja, zwei Jahre war er an der Upper River High School im Marin County«, erklärte Walt. »Vierundsiebzig mußte er nach Vietnam. Hat bis zum Schluß beim Militärischen Informationsdienst in Saigon gedient. Hat keinen einzigen Schuß gehört. Nach seiner Entlassung ging er wieder an die Upper River, blieb drei Jahre, wechselte an die Canyon Heights High, eine Mädchenschule in Redwood City. Da hat er seine Frau kennengelernt: Carol Woodley, wie sie damals hieß.«

»Das war alles?«

»Das ist erst der Anfang, Kathryn«, sagte Earhart mit dunkler Stimme. »Steve hat in San Francisco und im San Mateo County die Mordakten aus der Zeit prüfen lassen, in der Russell in San Francisco gewohnt hat, und sich auf ungeklärte Morde an Hispano-Amerikanerinnen zwischen sechzehn und fünfundzwanzig konzentriert. Drei haben sie gefunden. Alle in der Bay Area, alles Prostituierte. Neunzehn, vierundzwanzig und zwanzig Jahre alt. Die Cops gingen von ein und demselben Täter aus, aber sie haben ihn nie gefunden.«

»Wie wurden sie ermordet?«

»Eine erwürgt, eine erstickt. Die dritte wurde erstochen. Alle drei waren ziemlich übel zugerichtet.«

»Sexuell mißbraucht?«

»Die Gerichtsmedizin konnte keine Samenspuren finden, ebenso weder vaginale noch anale Verletzungen.«

»Was ist mit Verstümmelungen?«

Earhart schüttelte den Kopf. »Das erste, wonach sie gesucht haben. Nein, nichts in der Art.«

»Ich erinnere mich an etwas, das Steve über Serienmörder gesagt hat. Er sagte: ›Erwarte nicht, daß er mit vierzig dasselbe tut, was er mit fünfundzwanzig getan hat.‹ Es ist wie Krebs, fortschreitend. Gab es andere Parallelen?«

»Nichts, was zu unserem Mann passen würde.«

»Aber?«

Earhart runzelte die Stirn. »Der Grund, warum sie von ein und demselben Täter ausgegangen sind. Alle Opfer hatten langes Haar. Er hat es abgeschnitten, wahrscheinlich mit einem Messer.«

»Er sagte, ich mache ihn böse. Sehr böse. Mit dem Gesicht nach unten hat er mich aufs Bett gelegt, und er, er . . .«

»Erzählen Sie!«

»Er hat meine Hände gefesselt. Meine Füße. Und hat mich geschnitten . . . hat mich . . .«

Sie warf die Hände in die Luft, eine unerwartete Geste, die fehl am Platze wirkte.

»Das Haar«, hauchte sie. »Natürlich. Das war es.«

»Was?«

»Tut mir leid, Walt. Mir ist gerade etwas klar geworden. Sagen Sie, was Sie sagen wollten. Über Redwood City?«

»Ja, als Russell da unterrichtet hat, wurden in der Nähe zwei Morde begangen, einer in Burlingame, der andere in San Bruno. In beiden Fällen wies die Tat Gemeinsamkeiten mit den Morden in San Francisco auf, aber die Cops in Redwood City haben dies nicht erkannt. Sie stellten fest, daß der Täter die Leichen am Fundort wahrscheinlich nur abgeladen hatte. Ein Opfer lag in einem Abwasserrohr, das andere in einer kleinen Straße hinter einem Einkaufszentrum.«

»Wieder Latino-Mädchen?«

»Eins achtzehn, das andere zwanzig.«

»Prostituierte?«

»Eine arbeitete im Supermarkt, eine war am College.«

»Das Haar abgeschnitten?«

»Die eine. Die andere nicht.«

»Was ist mit verschlüsselten Nachrichten?«

»Wurde nichts registriert.«

»Und es wurde niemand festgenommen?«

»Die Fälle sind noch offen.«

»Könnte immer noch Zufall sein«, sagte Kathryn.

»Das haben wir auch geglaubt.«

»Bis wann?«

»Bis zu dem hier.« Walt reichte ihr eine Akte.

»United States Army, Kommando zur Untersuchung von Straftaten, Saigon«, las sie. »Was soll das?«

»Sagen Sie es ihr, Walt«, sagte Dave.

»Wir sind fast zufällig darauf gestoßen. Ich war oben bei Dave im Krankenhaus, weil ich versprochen hatte, ihn auf dem laufenden zu halten. Doc Nelson war da, und als ich Dave von dem abgeschnittenen Haar erzählt habe, wurde Doc plötzlich ganz nachdenklich.«

»Ich habe ihn gefragt, was los ist«, sagte Dave, »und er hat uns erzählt, daß es ihn an etwas aus Vietnam erinnerte. Wußtest du, daß Doc da drüben in der Armee war?«

»Ja, wußte ich. Erzähl weiter.«

»Er konnte sich vage an die Obduktion einer Vietnamesin erinnern, die übel zugerichtet und vergewaltigt aufgefunden worden war. Ihr Haar war abgeschnitten, grob, wie mit einem Messer. Wir haben uns gefragt, ob Russell in Nam war.«

»Wir haben Steve angerufen«, schob Walt ein, »aber Russells Militärakte war makellos. Ich habe ihm erzählt, was Doc gesagt hatte, und ihn gebeten, die Akten der Army in Fort Holabird zu prüfen. Und da war es. Während Russells Jahr in Saigon gab es zwei ungeklärte Morde an Barmädchen. Die Leute von der Army kamen darauf, weil beide zuletzt mit einem Soldaten gesehen worden waren. Beide hatte man auf dieselbe Weise ermordet, gefesselt, ihnen die Haare abgeschnitten, sie zusammengeschlagen und vergewaltigt.«

»Wir hatten angenommen, daß die Opfer kurzes Haar

hatten«, sagte Kathryn. »Selbst Doc. Es gab keinen Grund, etwas anderes anzunehmen. Aber sie ... er war es, ja?«

Earhart nickte. »Das hatten Sie vorhin gemeint?«

Kathryn nickte und sah wieder Carol Russell vor sich, wie sie in dem unpersönlichen Apartment am Fenster gestanden und nach draußen gestarrt hatte.

»Hatten sie langes Haar?« fragte Carol.

»Nur eine«, sagte Kathryn. »Barbara Gates hatte langes Haar. Warum fragen Sie?«

Carol Russell starrte phlegmatisch aus dem Fenster.

»Carol? Hat es mit dem Haar der Mädchen etwas auf sich?«

Langsam atmete sie aus. »Ich glaube, ich hab's, Walt.«

Verständnislos sah er sie an. »Was haben Sie?«

»Den Schlüssel zu Carol Russells verschlossener Tür.«

»Wollen Sie uns sagen, wovon Sie reden?«

»Sie haben selbst gesagt, Sie hätten das Gefühl, sie würde uns etwas verheimlichen. Sie wüßte etwas, was sie uns nicht verraten will. Oder vielleicht nicht kann.«

»Und?«

»Ich glaube, sie hat alles gewußt, Walt.«

Earhart starrte sie an. »Sie meinen ... von den anderen?«

Carol faßte eilig die wichtigsten Details ihres Gesprächs mit Carol zusammen. »Steve sagte, es könnte sein, daß sie etwas zurückhält, weil Russell ihr was angetan hat, etwas, mit dem er sie zwingt, Teil seiner Phantasie zu werden.«

»Und dann?«

»Es könnte erklären, warum er es getan hat.«

»Weiter.«

»Sie hat es erraten oder kombiniert, egal. Sie hat ihn damit konfrontiert, und er hat ihr etwas angetan. Denkt daran, daß sie sagte, es wäre eine Strafe für zu viele Fragen. Er hat alles getan, außer sie zu töten. Er hat sie gefesselt, vorher nackt ausgezogen. Vielleicht hat er sie geschlagen, auf sie eingestochen. Deshalb hat sie solche Angst vor ihm. Sie schämt sich.

Sie weiß von den anderen Morden. All die Jahre hat sie es gewußt.«

»Wenn wir nur mit ihr reden könnten ...« sagte Dave.

»Vielleicht können wir es. Es wäre einen Versuch wert.«

»Hören Sie, vielleicht bin ich ja etwas langsam«, wunderte sich Earhart, »aber möchte einer von Ihnen mir diese Sache mit dem Haareschneiden erklären?«

»Es ist eine Strafe, Walt«, sagte Dave. »Wenn sie nicht seinen Phantasien entsprachen, hat er sie bestraft. Ihnen die Haare abzuschneiden, gehörte dazu.«

»Wieso hat er das nicht mit Barbara Gates getan?«

»Vielleicht war sie williger«, erwiderte Kathryn. »Vielleicht kam sie der Erfüllung seiner Phantasien näher als die anderen. Wir werden es wahrscheinlich nie erfahren.«

Walt sah sie an, dann Dave, der mit einer Zeigefinger-Daumen-Pistole auf das Telefon zielte und feuerte. Earhart suchte in seinem Notizbuch die Nummer der Wohnung, in die sie Carol Russell verlegt hatten, dann nahm er den Hörer und wählte. Sie hörten das Telefon läuten. Langsam breitete sich Besorgnis auf dem Gesicht des großen Mannes aus. Nachdem es zwanzig Mal geklingelt hatte, knallte er den Hörer auf und kam hoch, langte nach seinem Jackett.

»Sie geht nicht ran«, sagte er unruhig. »Wir sollten besser rüberfahren.«

35

Ungereimtheiten störten Kathryn, und was Carol Russells Verschwinden anging, gab es davon allzu viele. Im Augenblick allerdings konnte sie nicht viel mehr tun als ihrem Unbehagen Ausdruck zu verleihen und Walt Earhart und seine Detectives tun lassen, worin sie am besten waren.

Der geheimnisvolle Anruf, den sie in der Wohnung am West Bayshore Drive entgegengenommen hatte, war und blieb ein Geheimnis, ebenso wie Carols Verschwinden aus der zweiten Wohnung, in die sie umgezogen war. Sie blieb wie vom Erdboden verschluckt. Jeder verfügbare Detective gab sich größte Mühe, ihren Aufenthaltsort zu ermitteln, denn ohne Carol Russell hatte Kathryn keinen Fall. Der Polizei von Redwood City versicherte Carols achtundsiebzigjähriger Vater George, seine Tochter sei nicht bei ihm und habe sich auch nicht gemeldet. Es gab eine Schwester in Oregon. Man rief das Revier in Boring an, das meldete, Mrs. Patricia Bundy sei auf Urlaub in Kanada und das Haus verriegelt.

Zu den Spuren, denen man nachging, gehörte eine Liste von Namen der Freunde und Kollegen, mit denen Carol Russell in Redwood City unterrichtet hatte. Alle sollten aufgespürt und befragt werden, aber es würde einige Zeit in Anspruch nehmen, und eben die zerrann ihnen zwischen den Fingern.

»Was bleibt jetzt von der Anklage gegen Russell?« fragte Steve. Er war rechtzeitig zum Brunch aus Sacramento gekommen, und sie saßen in einem Fischrestaurant mit Namen »The Captain's Table« am Pier von Espanola. Emma verbrachte den Tag bei ihrer Freundin Julie.

»Die berühmte tote Hose«, sagte Kathryn. »Der Gedanke,

daß Russell auf freien Fuß kommen könnte, ist mir unerträglich, aber die Möglichkeit besteht.«

»Bleib dran«, sagte er lächelnd. »Ihr findet sie bestimmt, Kathryn. Und du kriegst deine Verurteilung.«

»Ich hoffe, du hast recht«, sagte sie. »Woran arbeitest du gerade?«

»Das wollte ich dir erzählen. Ich habe einen Fall oben in Susanville bekommen. Ich werde eine Weile dort sein.«

»Wir werden uns nicht sehen.«

»Darauf läuft es wohl hinaus. Ich hatte gehofft, du könntest ...« Er stockte, sah ihr in die Augen. Kathryn schüttelte den Kopf.

»Ich hab nachgedacht«, sagte sie. »Ich hab nachgedacht, bis mir der Schädel gebrummt hat. Und die Antwort ist: nein. Sacramento ist nicht das, was ich möchte, Steve.«

Es kam ihr vor, als schwiege er lange Zeit.

»Ich glaube, ich kannte deine Antwort im voraus«, sagte er betrübt. »Ich glaube sogar zu verstehen, weshalb. Aber trotzdem bin ich enttäuscht.«

»Weshalb was?«

»Weshalb du diese Entscheidung getroffen hast. Du mußt das Obergewicht haben, nicht? Du betrachtest uns beide, und Teil eines Paares zu sein, ist für dich eine Art Kapitulation, die du nicht willst. Macht das irgendwie Sinn für dich?«

»Das ist nicht mein Ich, was ich da im Spiegel sehe«, sagte Kathryn. »Aber vielleicht ist es das Ich, das du siehst. Vielleicht ist es das Ich, das alle sehen. Wenn es so ist, kann ich es nicht ändern.«

»Weißt du noch, als wir mit Emma in San Francisco waren? Abends haben wir über unsere Arbeit gesprochen. Vertraut, warm, wie ein Liebespaar. Und du sagtest, du könntest dir nicht vorstellen, mit fünfzig noch Anklägerin zu sein.«

»Das kann ich noch immer nicht.«

»Dann hast du gesagt: Ich werde wohl abwarten müssen.

Und als du das sagtest, wurde mir klar, daß du mich aus dieser Zukunft ausgeschlossen hattest – unbewußt.«

Und ich habe die Trauer in seiner Stimme gehört und mich gewundert, dachte sie. Keiner von beiden sagte etwas.

»Wir könnten uns trotzdem treffen«, sagte er.

»Nein. Ich will ehrlich sein, Steve. Ich habe in meinem Herzen gesucht, und du warst nicht da.«

»Das ist ehrlich«, sagte er. Was immer er fühlen mochte, ihm war nichts anzusehen. »Um nicht zu sagen: brutal.«

Er zahlte die Rechnung, und sie spazierten zum Ende des Piers, sahen aufs Meer hinaus. Vor kurzem noch hatten sie nichts sagen müssen. Jetzt war da so vieles, was hätte gesagt werden sollen, und keiner wußte, wie er es sagen sollte. Nach einer Weile richtete sich Steve auf, nickte.

»Ich fahr dich nach Hause«, sagte er.

»Nein, Steve«, erwiderte Kathryn. »Wenn es dir nichts ausmacht, würde ich gern noch bleiben. Ich lauf zurück.«

Unentschlossen stand er einen Moment lang da, dann zuckte wieder das leise Lächeln um seine Mundwinkel.

»Ich hoffe, daß du es bereust«, sagte er.

Sie erwiderte sein Lächeln, nicht weniger traurig. »Vielleicht tu ich das schon«, sagte sie sanft.

»Du bist eine tolle Frau, Kathryn«, sagte er. »Ich werde dich vermissen.«

»Ich werde dich auch vermissen.«

Steve schüttelte den Kopf, und sein Lächeln verflog.

»Das bezweifle ich«, sagte er. Er küßte sie flüchtig auf die Lippen, dann ging er. Sie sah ihm hinterher, bis seine breiten Schultern in der Menge verschwanden, dann lief sie hinüber zur Balustrade am Ende des Piers. Lange starrte sie aufs Meer hinaus. Möwen und Pelikane kreisten. Unter ihr glitt ein Seeotter durchs Wasser. Sie sah ihm nach, bis er nicht mehr zu erkennen war, dann drehte sie sich um und lief den Pier hinunter. Emma wartete. Zeit, nach Haus zu gehen.

Am Sonntagabend veröffentlichte Richard Sanchez in seiner Sendung exklusiv, daß die Untersuchung der Vergangenheit von James Leland Russell, den man des Mordes an vier Frauen in Santa Rita beschuldigte, jetzt außerdem auf die Morde an vier weiteren jungen Frauen in San Francisco und Redwood City ausgeweitet worden war. Aus den Details wurde deutlich, daß er wußte, wovon er redete.

Wieder bemerkte Norm Podnoretz resigniert, daß sie ganz schön im Schlamassel steckten. Und wieder rief Sheriff Jake Gylam wütend eine Montagsbesprechung zusammen, um mit aller Gewalt herauszubringen, von wem Sanchez diese Informationen erhielt. Da niemand die leiseste Ahnung hatte, war es die reine Zeitverschwendung, und die Besprechung endete, ohne daß man irgend etwas anderes herausgebracht hätte, als daß Jake Gylam nicht gerade glücklich war. Was, wie Hal Benton nebenbei Kathryn gegenüber im Fahrstuhl auf dem Weg nach unten bemerkte, weit weniger wichtig war als die Tatsache, daß derjenige, der Sanchez die Information weitergegeben hatte, ziemlich wählerisch war in dem, was er ihm gab.

»Das alles ist vertraulich, und derjenige, der es tut, weiß, daß er sofort gefeuert wird, wenn wir rausfinden, wer es ist, aber er tut nichts eigentlich Kriminelles. Je länger ich darüber nachdenke, desto dringender frage ich mich, ob die undichte Stelle nicht bei uns im Büro liegt.«

»Hoffen wir für uns alle, daß du dich täuschst«, sagte Kathryn, aber hatte sich der Gedanke erst festgesetzt, konnte man sich nur schwer wieder von ihm befreien.

Am Dienstagmorgen tauchte Dave Granz in ihrer Tür auf.

»Was machst du hier?« fragte Kathryn. »Ich dachte, du hast Urlaub?«

»Das Rumsitzen langweilt mich. Also komm ich vorbei, um Walt zu besuchen. Hör zu, ich sag es nicht gern, aber ich hab schlechte Nachrichten für dich, Kathryn.«

»Anscheinend gibt es in letzter Zeit nur noch schlechte Nachrichten. Was gibt's?«

»Walt wollte dich schon anrufen. Die Polizei in San Francisco hat Carol Russell gefunden. Sie ist tot.«

Sie starrte ihn nur an, zu überrascht, um etwas sagen zu können. Dann brachte sie ein einziges Wort heraus.

»Wie?« wiederholte Dave. »Sie ist ertrunken. Ihre Leiche wurde gestern morgen oben auf Angel Island angetrieben. Sieht nach Selbstmord aus, soweit man es sagen kann. Der Coroner schätzt, daß sie seit zwei Tagen tot ist.«

»Warum?« flüsterte Kathryn.

»Warum gibt es immer mehr Fragen als Antworten, Großvater?« sagte Dave und setzte sich in einen der Korbsessel. »Warum wollte sie uns nicht erzählen, was sie belastet hat? Warum ist sie einfach abgehauen? Wer gibt unsere Geheimnisse an Sanchez weiter?«

»Verdammt, Dave, ich bin nicht mit ihm befreundet.«

»Trotzdem ist es eine gute Frage.«

»Ich sehe mir jeden im Büro an und frage mich . . . könntest du es sein? Oder du?«

»Wenigstens weißt du, daß nicht ich es bin«, sagte er. »Ich würde Sanchez nicht mal sagen, wie spät es ist, wenn ich eine Uhrenfabrik hätte. Was macht übrigens deine Anklage?«

»Im Moment sieht es nicht so aus, als wenn ich eine stehen hätte«, erwiderte Kathryn. »Ohne Carol Russell sitz ich fest.«

»Du kriegst ihn mit den forensischen Beweisen, oder?«

»Wenn sie rechtzeitig eintreffen«, sagte sie düster.

»Lach mal wieder. Du darfst zu meiner Enthüllung kommen.«

»Was?«

»Donnerstag.« Er deutete mit der Linken auf den Verband in seinem Gesicht. »Meine Enthüllung. Die Welt sieht zum ersten Mal mein liebreizendes, neues Ich. Hey, ich hab eine Idee. Wollen wir Freitag feiern? Wir holen Emma von der Schule ab und kaufen uns Pizza. Wie früher?«

»Du änderst dich nie, was?«

»Falsch«, protestierte er energisch. »Ich hab in letzter Zeit was gelernt. Das Leben findet jetzt statt. Auf Morgen gibt es keine Garantie. Keine Zeit für Empfindlichkeiten.«

Ich könnte mich ändern.

Wer's glaubt, wird selig.

»Da du das so sagst, will ich dir eine ernste Frage stellen«, sagte Kathryn. »Wie denkst du über Russell?«

»Das kranke Dreckschwein? Wenn ich könnte, würde ich ihn aus dem Knast holen, an die Wand stellen und erschießen.«

»Keine Zeit für Empfindlichkeiten?« Kathryn lächelte. »Früher oder später endet er sicher in der Gaskammer.«

»Das macht mir Sorge«, sagte Granz nachdenklich. »Die Gerechtigkeit braucht immer sehr lang. Selbst wenn du die Todesstrafe durchkriegst, kann es leicht zehn Jahre dauern, bis sie ihn vergasen. Eine Kugel macht kurzen Prozeß.«

»Du sprichst nicht von Gerechtigkeit«, erklärte Kathryn. »Du sprichst von Rache.«

»Du vergißt«, sagte Dave. »Ich bin ein Opfer. Also, was ist jetzt mit der Pizza?«

Die Vollzugsbeamten, die die Gefangenen zwischen Bezirksgefängnis und Gerichtsgebäude hin und her brachten, beklagten sich ständig über den Job. Heute morgen hatte Eddie Burkholder Dienst. Er war etwa dreißig, hatte dünnes, blondes Haar, hellblaue Augen und einen leichten Bierbauch.

»Die Leute wissen gar nicht, wie stressig der Job ist«, sagte er zu seinem Partner, als sie hinüberfuhren. »Vier Zwölf-Stunden-Schichten die Woche. Ich hab vier Jahre als Springer gearbeitet und war nie so fertig wie jetzt.«

»Ja, ich weiß, was du meinst«, stimmte der andere zu. Er war dünn, Mitte vierzig, hatte knochige Schultern und ein langes, kantiges Gesicht. Auf seinem Namensschild stand SCHELL. »Ich glaub, es ist, weil man die ganze Zeit aufpassen muß. Jeden Tag hundert Untersuchungshäftlinge zum Gericht bringen und wieder zurück. Das ist ein Viertel aller Insassen. Das macht sich doch keiner klar.«

»Weißt du, wie viele wir jetzt haben?« fragte Burkholder. »Dreihunderteinundneunzig. Dreihunderteinundneunzig Gefangene in einem Gebäude für zweihundert Menschen.«

»Zweihundertdreißig«, sagte Schell. »Scheiße, das ist noch gar nichts. Weißt du, wie viele im letzten Jahr ein und aus gegangen sind? Vierzigtausend, Mann. Vierzigtausend. Das ist soviel wie die Bevölkerung der ganzen Stadt.«

»Ihr Jungs habt die Probleme voll erkannt«, sagte Lee. »Muß hart sein, unter solchen Bedingungen zu arbeiten.«

Die beiden Beamten sahen ihn an, als wären sie überrascht, daß er sprechen konnte.

»Ach, wenn die Häftlinge wüßten ...« sagte Schell. »Allein schon Klopapier für alle zu besorgen, ist schwer genug. Wir haben nie Pause, bringen die Leute zu ihren Anwälten, stehen daneben, wenn der Doc seine Runde macht oder der Pastor oder der Bewährungshelfer oder sonstwer.«

»Ich versteh beim besten Willen nicht, wieso das County keinen Tunnel unter der Alameda bauen kann. Würde uns einen Haufen Ärger ersparen«, sagte Burkholder.

»Wenn sie schon kein Geld für größere Gefängnisse haben, dann erst recht keins für einen Tunnel«, erklärte Schell.

»Soweit ich weiß, liegt es daran, daß das Gefängnis zu nah am Schwemmland des Flusses liegt«, sagte Lee.

»Ist das so?« sagte Burkholder.

»Wie lange sind Sie schon Vollzugsbeamter?« fragte Lee.

»Fast zwei Jahre«, sagte Burkholder. »Wofür fahren Sie heute rüber?«

»Haftprüfungstermin«, sagte Lee.

»Wer ist Ihr Anwalt?« fragte Burkholder.

»Leonard Wurzelman«, sagte Lee. »Schon von ihm gehört?«

»Jetzt merk ich erst, wer Sie sind «, sagte der Beamte. »Halten Sie den Mund. Ich will nicht mit Ihnen reden.«

Die meisten Häftlinge im Wagen – nur einer oder zwei trugen Zivil – würden den ganzen Morgen im Gericht bleiben. Lees Haftprüfungstermin dauerte nur eine halbe Stunde, woraufhin man ihn wieder ins Gebäude an der Alameda Street brachte, gekettet an einen mürrischen, dunkelhaarigen Latino, dessen Fall vertagt worden war. Schell führte sie aus dem Wagen nach drinnen und ließ sie warten, während er sich mit der Frau an der Aufnahme unterhielt.

»Zweiundzwanzig achtundzwanzig Enriquez, allgemeiner Bereich, vierundvierzig neununddreißig Russell, Sonderüberwachung. Beide zurück«, sagte er.

»Steck sie in Nummer acht, Harv«, sagte die Frau hinter dem Tresen.

»Hat endlich jemand eine Platte vor das Schloß gebaut?« fragte der Vollzugsbeamte, als wären die beiden Häftlinge gar nicht vorhanden. Die Frau warf ihm einen bösen Blick zu.

»Mein Gott, Harv, du solltest es eigentlich besser wissen!« schimpfte sie.

Schell sah die Häftlinge über seine Schulter hinweg an. Enriquez saß mit hängenden Schultern da und stierte zu Boden. Lee starrte mit leeren Augen an die Wand.

»Ach, Scheiße, die haben doch keine Ahnung, wovon wir reden, Lacey«, sagte der Mann. »Gib mir den Schlüssel.«

Er brachte sie den Flur hinunter in die Verwahrzelle, nahm ihnen die Fußketten ab, mit denen sie aneinander gefesselt waren. Dann verriegelte er die Tür und ging. Lee drehte sich zu dem anderen um.

»Du!« schnauzte er ihn an. »Sprichst du Englisch?«

»¿Qué?« sagte der Mann.

»Herrgott nochmal! Hast du einen Kamm? Nagelfeile? Irgendwas Dünnes, Hartes?«

»¿Qué?« sagte der Mann wieder und starrte ihn mit dumpfem Staunen an.

»¿Un peine? ¿Alguna cosa delgada?«

Die Miene des Mannes hellte sich auf. Er suchte in der Tasche seines Overalls und holte einen Kamm hervor. Lee riß ihn an sich und ging zur Tür. In der Hocke stellte er fest, daß er den Schnapper im Schloß sehen konnte. Er brach die Zähne aus dem Kamm und schob den Stiel in den Spalt zwischen Schloß und Türrahmen. Er spürte, wie etwas nachgab. Der Schnapper schob sich zurück, die Tür sprang auf.

Er bückte sich tief und schob den Kopf hinaus, bis er in den Korridor sehen konnte. Niemand erwartete, einen Kopf in Bodennähe zu sehen. Keiner da. Die Tür links führte zur Aufnahme. Rechts war ein großes Garagentor. Es stand offen. Er sah Autos, die draußen auf der Straße vorbeifuhren. Sein Herz schlug laut wie eine Trommel, als er sich nach draußen auf den Flur schob.

»Hey, hombre, espera!« sagte Enriquez heiser hinter ihm. Lee drückte die Tür ins Schloß und lief zum Garagentor. Er zitterte vor Angst, Spannung, Erregung, Ungläubigkeit, Überraschung. An einem Streifenwagen lehnte ein Polizist und betrachtete ihn desinteressiert, als er auf die Straße hinaustrat.

Mein Gott, dachte er. Ich bin draußen.

Fünfzig Meter westlich auf dem Alameda Drive kam er an die Brücke über den Fluß. Drüben ging er die Treppe hinunter, dann den Hang hinauf. Sein Herz hämmerte, und er mußte sich beherrschen loszulaufen, erwartete jeden Augenblick, vom Gefängnis her Polizeisirenen zu hören. Hinter dem Postamt verließ er den Park. Er bog nach links auf die Mercado Street, sah sich im Gehen die geparkten Autos an.

Ein Dutzend Wagen weiter stieß er auf einen Olds Cutlass Supreme, der vor einem Fotoladen parkte. Der Schlüssel steckte. Eilig wandte er sich um, sah niemanden, stieg ein und raste nach Norden die Mercado hinauf zum Alvarado Highway. Er suchte den Nachrichtensender. Inzwischen mußten sie seine Flucht entdeckt haben, aber im Radio sagten sie kein Wort davon. Er fuhr weiter nach Norden, über das Autobahnkreuz durch dunkle Wälder die verschlungene Bergstraße hinauf, die nach Mountain View führte.

Das Dorf sah aus wie der Drehort für einen Western. Er bremste ab und kurbelte die Scheibe herunter. Laute Country-Musik war aus den Bars längs der einzigen Straße zu hören. Lee parkte den Wagen zwischen zwei Pick-ups. Ein Trio von Hillbillys – Baseballmütze, T-Shirt, Jeans, Cowboystiefel – saß vor einem Laden namens Larry's auf einer Bank und trank Bier aus Dosen. Lee stieg aus, ließ den Schlüssel stecken und lächelte die Männer an.

»Hi, Jungs«, sagte er. »Könnt ihr mir sagen, wo die Post ist?«

»Zwei Blocks runter, erste rechts«, erklärte ihm einer von ihnen. »Auf der Durchreise?«

»Ich bin aus Carmel«, sagte Lee. »Ob mein Wagen hier sicher ist, wenn ich ihn über Nacht stehen lasse?«

»Klar«, versicherte einer von ihnen. »Wir passen für Sie auf. Stimmt's, Leute?«

»Klar«, sagte ein anderer. »Arschloch.«

Alle lachten. Lee lächelte. Die Hinterwäldler waren wahrscheinlich schon mit dem Cutlass unterwegs, bevor er überhaupt war, wohin er wollte. Wo immer die Cops den Wagen fanden, es wäre nicht in Mountain View. Er machte sich auf die Beine. Ein weiter Weg lag vor ihm, an dessen Ende er in Sicherheit wäre. Er sah über seine Schulter, lächelte.

Lauf, lauf, so schnell du kannst ...

Sobald er die Nachricht von Russells Flucht erhielt – kurz nach Mittag – bestellte Hal Benton Kathryn in sein Büro. Er sah besorgt aus, wie ein Mann, auf den aus allen Himmelsrichtungen Probleme einstürmten.

»Hab gerade mit Jake Gylam gesprochen«, sagte er. »Wenn er noch belämmerter dasteht, kann er Schafhirte werden.«

»Ich hab seine Erklärung gegenüber den Medien gehört. Ich kann es immer noch nicht fassen.«

Benton zuckte mit den Schultern. »Wir wissen bisher nur, daß ein Beamter Russell und einen weiteren Mann aus dem Gerichtsgebäude geholt und sie in die Verwahrzelle an der Perry Street gebracht hat. Als er sie in ihre Zellenblocks führen wollte, war Russell weg. Der andere Mann, Enriquez, sagt, er hätte das Schloß mit einem Kamm geöffnet.«

»Mit einem Kamm?«

»Das Schloß an der Tür der Verwahrzelle war defekt. Man wartet darauf, daß Stahlplatten angebracht werden.«

»Wie hat Russell das rausgefunden?«

Wieder hob Benton die Schultern. »Keiner weiß es. Die haben da drüben reihenweise Türen und Schlösser, die nur in eine Richtung funktionieren und durch die normalerweise niemand kommen kann, nicht mal mit schweren Waffen.«

»Trotzdem ist Russell draußen. Einer von den verdammten Deputys hat sogar gesehen, wie er rausspaziert ist. Ich hoffe für sie, daß sie ihn nicht entkommen lassen.«

»Bis auf die Texas Rangers hat Gylam alle Leute auf der Straße. Ganz Kalifornien ist in Alarmbereitschaft«, sagte Benton. »Russell kann nicht weit kommen. Kein Auto, kein Geld. Jake sagt, sie haben ihn sicher bald.«

»Soll uns das etwa beruhigen?«

»Wir kriegen ihn«, sagte Benton grimmig. »Wir müssen. Ansonsten werden uns Sanchez und die Medien kreuzigen.«

»Kann ich irgendwas tun?«

»Du könntest es mit Beten versuchen«, knurrte Benton.

Kathryn ging in ihr Büro zurück, sah den Stapel Material für die Anhörung vor der Grand Jury am kommenden Dienstag. Betrübt stieß sie einen Seufzer aus. Als sie sich an ihren Tisch setzte, kam Marcia herein. Sie trug ein Uniformkleid mit einer blau-weiß gepunkteten Bluse darunter. Ihr langes, schwarzes Haar glänzte frischgewaschen.

»Du siehst klasse aus«, sagte Kathryn.

»Danke für die Blumen.« Marcia reichte Kathryn einen kleinen Umschlag. »Einschreiben. Ist eben gekommen.«

Der Absender in San Francisco sagte Kathryn nichts, ebensowenig der Name Sylvia Bannerman. Sie riß den Umschlag auf. Ein Schlüsselbund mit einem Plastikanhänger fiel auf den Tisch. Drinnen lagen ein einzelner Zettel und ein Umschlag mit Kathryns Namen. Der Zettel stammte von Sylvia Bannerman. Sie und Carol Russell, schrieb sie, seien gute Freundinnen gewesen. Sie hätten zusammen in Redwood City unterrichtet. Carol sei ein paar Tage bei ihr gewesen, bevor sie Selbstmord begangen hatte. Einer ihrer letzten Wünsche sei gewesen, daß sie – falls Carol etwas geschehen sollte – Kathryn den Umschlag und die Schlüssel schickte.

Kathryn riß den Umschlag auf.

Liebe Kathryn,

es tut mir leid, daß ich weggelaufen bin, aber ich hatte keine Wahl. Ich weiß nicht, woher dieser Richard Sanchez wußte, wo ich war, aber er hat angerufen. Er will ein Exklusivinterview für seine Sendung und sagt, wenn ich mich weigere, gibt er Telefonnummer und Adresse an die Zeitungen. Er sagt, er will mir das Leben zur Hölle machen. Er weiß nicht, daß es längst die Hölle ist.

Ich wohne bei einer Freundin. Sie wird Ihnen diesen Brief schicken. Die Schlüssel habe ich bei den Unterhosen gefunden. Ich glaube, ich habe wohl immer gewußt, daß Lee ein Versteck hatte, und wenn dies der Schlüssel dazu ist, finden Sie dort die Antworten auf all ihre Fragen. Sie sollen wissen, wie sehr ich mich bemüht habe, zu tun, worum Sie mich gebeten haben. Ich glaube, wenn wir noch weiter darüber gesprochen hätten, wäre ich stark genug gewesen, es durchzustehen. Aber das Wissen darum, was mein Mann getan hat, ist mehr, als ich ertragen kann.

Leben Sie wohl,
Carol Russell

Auf dem Schlüsselanhänger stand MARCUS REALTY CO., 221 Boulder, Mountain View. Sie nahm das Telefon und wählte Walt Earharts Nummer. Eine Viertelstunde später war ein Trupp Detectives mit dem Schlüssel und einem Stapel Fotos von James Leland Russell auf dem Weg in die Berge. Kaum eine Stunde später klingelte Kathryns Telefon.

»Bingo«, sagte Earhart ohne Vorrede. »Meine Männer haben mit Charles Marcus, einem Makler in Mountain View gesprochen und ihm Foto und Schlüssel gezeigt. Er kennt Russell als Bernard Nessuno, hat ihm vor etwa achtzehn Monaten eine Hütte oben in den Bergen vermietet. Russell hat sechs Monate im voraus bezahlt, kommt und zahlt bar, wenn die Miete fällig wird. Gefällt Ihnen das Pseudonym?«

»Nessuno?«

»Das ist Italienisch und heißt ›niemand‹«, sagte Earhart. »Der Scheißkerl hat Sinn für Humor. Marcus sagt, es ist eine große, alte Hütte aus Holz und Feldsteinen, weit oben, versteckt im Unterholz, meilenweit vom nächsten Haus.«

»Glauben Sie, Russell könnte da sein?«

»Ich schick gerade ein Team hin. Wenn er da ist, haben wir ihn am Arsch.«

»Haben Sie keine Angst, daß er was merkt?«

»Keine Chance.« Earhart schüttelte den Kopf. »Die Hütte liegt am Ende eines Schotterwegs, zwei, drei Meilen von der Hauptstraße entfernt. Wenn er da ist, kann er nicht weg.«

»Und wenn nicht?«

»Umstellen wir die Hütte und warten. Kathryn, wissen Sie was? Ich wünschte, wir könnten Dave Granz da raufschicken.

Wenn er davon wüßte, würde ihm das Blut in den Adern kochen.«

»Hören Sie, Walt, ich steh am Dienstag vor der Grand Jury. Ich brauche das, was in der Hütte ist.«

»Nehmen Sie den Rat meiner alten Mutter an, Gott hab sie selig«, sagte Earhart. »Hoffen Sie und beten Sie.«

»Trotzdem werden Sie einen Durchsuchungsbefehl brauchen.« Sie sah auf die Uhr. Wahrscheinlich konnte sie gegen Mittag einen der Richter in seinem Dienstzimmer auftreiben. »Wer soll die eidesstattliche Erklärung abgeben?«

»Das mach ich.«

»Gut, kommen Sie runter. Es gibt da ohnehin noch ein paar Dinge, über die ich mit Ihnen sprechen möchte.«

»Zum Beispiel?«

»Zum Beispiel weiß ich – glaube ich – wie wir das Klatschmaul aufscheuchen können, das uns an Sanchez verrät.«

»Bei Gott, Kathryn«, sagte Earhart. »Wenn Sie das hinkriegen, haben Sie in Jake Gylam einen Freund fürs Leben.«

»Wow.« Kathryn lächelte. »Kaum auszudenken.«

36

Die Falle war peinlich genau geplant. Als der Spähtrupp sichergestellt hatte, daß die Hütte leer war, wurden sieben ungekennzeichnete Teams – die Funkstille hielten und nur per Telefon kommunizierten, für den Fall, daß Russell die Polizeifrequenzen abhörte – strategisch postiert. Ein Wagen mit dem Codenamen Alpha parkte etwas abseits des Highways und sicherte den Schotterweg zur Hütte. Darin saßen Joe Coughlin und Martin Silvero. Zwei andere Teams standen etwa fünfhundert Meter weiter auf dem Highway, bereit, die Straße hinter Russell abzuriegeln, sobald er vom Highway einbog. War das geschehen, würden die beiden Teams an der Hütte ihm entgegenfahren, ebenso die anderen beiden, die sich zu beiden Seiten der Straße versteckt hielten. War Russell erst einmal drin, konnte er nicht mehr raus.

Jack Burrows, Earharts Teamleiter, hatte seine Leute vor Mittag an Ort und Stelle, und die Detectives und Deputys schwitzten in ihren kugelsicheren Westen. Um kurz nach eins schnurrte das Funktelefon des Teamleiters, und er nahm ab.

»Alpha, Jack. Wir haben ein Problem. Ein Ü-Wagen vom Fernsehen biegt in das Sperrgebiet ein. Was machen wir?«

»Ein was?« Burrows Stimme überschlug sich.

»Ob du es glaubst oder nicht: Ein verdammter KKSU-Wagen ist auf dem Weg, Jack«, sagte Martin Silvero. »Sollen wir ihn fahren lassen, oder was?«

Burrows dachte kurz nach. »Bleibt da. Laßt ihn fahren. Ich fang ihn ab.« Er tippte George Tannenbaum an die Schulter und zeigte den Hügel hinauf. »Rauf da. Schnell!«

»Alles klar«, sagte Tannenbaum und prügelte den Wagen aus dem Versteck und über den Schotterweg.

»Ist das zu fassen?« Jack knirschte mit den Zähnen, als sie den Hügel hinauf preschten. »Dieser Schleimer Sanchez ist aufgetaucht. Mit einem gottverdammten Kamerateam!«

Tannenbaum zuckte mit den Schultern. Nicht mein Problem, sagte seine Miene. Er fuhr den Wagen die lange Linkskurve hinauf, und dort stand der Wagen von KKSU-TV mit seiner Satellitenschüssel quer auf der Straße. Der Kameramann machte schon Probeaufnahmen. Burrows stieg aus. Es fiel ihm offensichtlich schwer, die Beherrschung zu bewahren.

»Ich gebe Ihnen und Ihren Leuten exakt dreißig Sekunden, hier zu verschwinden«, sagte er mit ruhiger Stimme, was sie nur um so bedrohlicher klingen ließ. »Keine Diskussionen, oder ich verhafte die ganze Bande wegen Behinderung der Polizeiarbeit und was mir sonst noch so einfällt.«

»Was ist in dem Haus da unten?« fragte Sanchez, die Drohung ignorierend.

»Da Sie hier sind, wissen Sie es.«

»Ich fahr runter. Sie können mich nicht daran hindern.«

»Nein, das werden Sie nicht tun. Sie verschwinden hier auf der Stelle. Streiten Sie nicht, tun Sie es einfach.«

»Das ist eine Falle, oder? Sie glauben, Russell kommt her, nicht? Also, ich rühr mich nicht vom Fleck. Und Sie wissen, daß Sie mich nicht zwingen können.«

»Zwanzig Sekunden«, sagte Burrows. In seinem Wagen schnurrte das Funktelefon. Tannenbaum nahm ab.

»Jack«, sagte er eindringlich.

»Was?« bellte Burrows in den Apparat. Sein Ton änderte sich. »Was? Oh, Scheiße. Ja, geht ran. Schnell, verdammt!« Er warf das Telefon in den Wagen. »Sie, Sanchez! Schaffen Sie den verdammten Wagen hinter den Felsen da.«

Es war zu spät. Oben auf dem Kamm des Hügels sahen sie einen Pick-up, der abrupt zum Stehen kam. Einen Augenblick später stieg ein Mann aus und rannte in den Wald.

»Großer Gott, hast du es drauf?« rief Sanchez dem Kameramann zu, der abwinkte, halt die Klappe, ja.

Burrows saß längst im Jeep und raste den Hügel hinauf zu dem verlassenen Pick-up. Fast im selben Augenblick, als sie dort waren, kamen die drei Teams, die am Highway gestanden hatten, schaukelnd in einer Staubwolke zum Stehen.

»Verteilt euch, er ist in den Wald gelaufen!« schrie Burrows und stürzte aus dem Wagen. »Da lang, da drüben!« Er schlug auf das Wagendach. »George, an den Funk, Code Drei. Sag ihnen, wir brauchen einen Hubschrauber, schnell!«

Zwanzig Minuten später – in jeder Hinsicht eine beachtliche Reaktionszeit – waren vier Streifenwagen da und ein Hubschrauber kreiste über der Gegend. Nach drei Stunden wurde die Suche abgebrochen. Russell war entkommen.

»Rufst du Earhart an?« fragte Tannenbaum Burrows.

»Willst du es für mich tun?«

»Nein, vielen Dank«, sagte George. »Aber ich hätte einen Vorschlag, was du ihm sagen könntest.«

Burrows sah ihn wütend an. »Was?«

»Man kann nicht alles haben«, sagte Tannenbaum.

Die Nebenstraße war nicht eingetragen. Trotz Earharts detaillierter Beschreibung verpaßte Kathryn sie beinah. Sie bog vom Highway ab und schaltete zurück, um die steile, schmale, Straße zu nehmen, die hinauf zwischen die Bäume führte und sich alle zweihundert Meter wie eine Schlange wand. Hinter einer engen Rechtskurve sah sie unten am Hang eine Hütte, die aus *Tobacco Road* zu stammen schien. Als sie vorbeifuhr, warfen sich zwei riesige, schwarze Rottweiler gegen das Tor und schlugen wütend an. Ein Schauer lief ihr über den Rücken. Was waren das für Leute, die so wohnten?

Etwas weiter oben endete der Straßenbelag. Rechts gab es ein Schild, auf dem stand: BENUTZUNG AUF EIGENE GEFAHR. Dichtes Unterholz kratzte auf beiden Seiten am Wagen entlang. Der Weg führte auf den Hügel hinauf und darüber hinweg in einen stockfinsteren Kiefernhain. Dann gelangte sie aus dem Wald in offenes Gelände, das sich vor ihr ausbreitete. Neben der Straße befestigte jemand die Kette eines Abschleppwagens an einem Pick-up. Sie erkannte ihn sofort. Ein Dodge Adventurer Club Cab 100. Russells Pick-up. Von dieser Stelle aus muß er den Ü-Wagen da unten gesichtet haben, dachte sie.

Noch immer hatte sie Walt Earharts ungläubige Stimme im Ohr.

»Wir hatten den Mistkerl, Kathryn, wir hatten ihn«, sagte er müde. »Und Sanchez hat es versaut.«

Weit unten sah sie ein Dach, umgeben von hohen Bäumen. Der Weg machte eine Biegung nach rechts, um einen riesigen Felsen herum, sieben Meter hoch. Aus dem Nichts tauchten zwei Deputys auf. Beide waren mit Pumpguns bewaffnet. Sie kurbelte die Scheibe herunter und hielt ihren Ausweis hin.

»Hi, Männer«, sagte sie. »Ihr habt mich erschreckt.«

»Das war auch die Absicht.« Der eine grinste. »Fahren Sie durch, Miss Mackay. Man hat uns gesagt, daß Sie kommen.«

Als sie sich dem alten Haus näherte, winkte ein Deputy sie in den Schatten der Bäume. Sie stieg aus und sah es sich an. Eingeschossig, das Fundament aus Betonblöcken, Holzschindeln an Wänden und auf dem Dach, Schiebefenster. Wenn man es nach Laguna del Mar versetzte, konnte man eine Viertelmillion Dollar dafür kassieren. Hier oben in der Wildnis hatte man Glück, wenn man ein Drittel davon bekam.

Überall standen grün-weiße Streifenwagen. Die typischen, elektronischen Geräusche drangen aus ihren offenen Fenstern. Sie unterschrieb im Dienstbuch und trat ein. Der Flur verlief vom Eingang bis zur Rückseite des Hauses. Zwei große Räume, einer davon ein Schlafzimmer, der andere ein spärlich, aber komfortabel möbliertes Wohnzimmer, viele Holzvertäfelungen, große, steinerne Kamine. In beiden arbeiteten Leute von der Spurensicherung.

Hinten rechts gab es eine geräumige, altmodische Küche. Drei Leute von der Spurensicherung nahmen sie Stück für Stück auseinander. Links waren zwei weitere Türen, eine zum Badezimmer, in dem es eine alte Stahlwanne, ein Waschbecken und eine Toilette mit hängendem Spülkasten und einer Kette zum Ziehen gab. Die zweite Tür stand offen. Eine Treppe führte in den Keller. Unten stand Walt Earhart.

»Willkommen in meinem Salon«, sagte er mit flacher, matter Stimme.

Sie stieg die steile Treppe hinunter in einen großen Raum mit gemauerten Wänden und betoniertem Boden, so lang wie das ganze Haus, grell beleuchtet von Scheinwerfern. Am einen Ende des Kellers stand eine riesige Spüle aus rostfreiem Stahl, größer als alles, was sie jemals im Leichenschauhaus gesehen hatte. Darauf standen Gläser voller Skalpelle aller Arten und Formen. Andere Gläser mit bisher nicht identifiziertem Inhalt wurden von Spezialisten sorgsam untersucht, bevor man sie zur forensischen Analyse ins Labor schickte. In der Mitte des Bodens war ein Auslauf. Ein Mann kniete daneben, kratzte die Seiten mit einem langstieligen Gerät ab und deponierte das, was er fand, in Probekästchen.

Zwei mächtige Klimaanlagen an den Wänden hielten die Temperatur knapp über dem Gefrierpunkt. Aber selbst wenn es in diesem Keller nicht so kalt gewesen wäre, hätte Kathryn doch gezittert. An der Wand vor ihr hingen – wie Trophäen gegerbt, getrocknet und auf korbgeflochtene Ringe gezogen, als entstammten sie der wahnwitzigen Handwerkskunst irgendeines kaum vorstellbaren Stammes – sieben Schambeine.

»Oh, Gott, Walt.« Sie wandte sich ab. »Sieben?«

»Hierher hat er sie gebracht«, sagte Earhart. »Da drüben gibt es eine Art Zimmer. Ist nicht viel drin, ein Tisch, ein Bett. Der Plastiküberzug ist noch drauf. Wir haben Seile gefunden,

Handschellen, Samenflecken, Gott weiß, wie viele Sorten von Frauenhaaren. Dieses Haus ist wie Blaubarts Schloß. Waren Sie schon im Badezimmer?«

»Noch nicht.«

»Unfaßbar. Jeder Zentimeter ist mit Polaroids bepflastert. Man sieht es und kann nicht fassen, was man sieht. Nahaufnahmen ... ein Alptraum. Einige davon sind die Toten aus Santa Rita. Es gibt noch andere. Gott weiß, wie viele. Anscheinend hat er auch Videoaufnahmen gemacht. Purer Wahnsinn. Wir haben Schubladen voller Frauenkleider gefunden, Schuhe, Unterwäsche, gleich neben Büchern und Zeitschriften über Psychiatrie und Psychologie. Und hier unten ... es ist eine gottverfluchte Metzgerei. Wenn ich nicht so verdammt wütend wäre, müßte ich mich übergeben.«

»Russell war also hier?«

»Wahrscheinlich ist er direkt hergekommen«, erklärte Earhart. »Wir waren so nah dran.«

»Hören Sie auf. Sie haben getan, was Sie konnten.«

»Zum Glück war es nicht umsonst«, sagte der große Mann bissig. »Sanchez hat seine dreißig Sekunden auf Band.«

»Mit dem Kerl bin ich endgültig fertig«, sagte Kathryn. »Helfen Sie mir, ihn in die Mangel zu nehmen, Walt? Und gleichzeitig den Spitzel zu enttarnen?«

Earhart grinste.

»Sie haben Carol Russells Brief gesehen. Sie sagt, Sanchez hätte sie in der Wohnung angerufen, richtig? Er hat die Nummer wahrscheinlich von dem Spitzel, oder nicht?«

Earhart nickte. »Und?«

»Angenommen, wir würden ihn wegen Einschüchterung einer Zeugin verhaften?«

»Das haben Sie gestern abend gemeint?«

»Ich sage: Wir verhaften ihn und bieten ihm einen Deal an. Straffreiheit gegen den Namen des Spitzels und die Garantie, daß er vor Gericht gegen ihn aussagt. Sie kennen Sanchez. Er wird sich darauf stürzen wie ein Barrakuda auf einen Hering. Die Medien erledigen den Rest. Sie wissen, wie beliebt Reporter sind, die ihre Quelle preisgeben.«

»So beliebt wie Cops, die ihre Informanten verraten.«

»Okay, sprechen wir mit Hal darüber.« Kathryn grinste breit. »Wie wär's mit morgen?«

»Was ist morgen, Donnerstag? Soll mir recht sein.«

Kathryn sah sich nach den Männern der Spurensicherung um. »Wer ist hier oben der leitende Beamte?« fragte sie.

»Mike Harkins«, sagte Earhart. »Wollen Sie ihn sprechen?«

»Nein, ich hab nur überlegt, wie lange es wohl noch dauert, bis sie fertig sind.«

»Sie denken an Ihre Grand Jury. Bis morgen abend sind die mit dem Schlimmsten sicher durch. Aber es wird Tage dauern, das Zeug zu inventarisieren. Und Gott allein weiß, wie lange die Gerichtsmedizin braucht.«

»Lieutenant, Telefon!« rief jemand.

Kathryn folgte ihm nach oben, nicht unglücklich darüber, die alptraumhafte Atmosphäre des Kellers hinter sich lassen zu können. Earhart stand im Flur, ein Funktelefon am Ohr.

»Moment«, rief er in den Hörer. »Fahren Sie zurück?«

»Ich hab noch einiges im Büro zu erledigen. Und dann muß ich Emma abholen.«

»Okay, wir sehen uns morgen«, sagte Earhart.

Um kurz nach fünf war Kathryn wieder im County Building. Sie war ausgelaugt von diesem Tag und dem, was sie in der Hütte in Mountain View gesehen hatte. So sehr sie den Gedanken auch verdrängen wollte, mußte sie doch dauernd daran denken, wie sich diese Mädchen gefühlt haben mochten, gefesselt und geknebelt in dem kalten, kahlen Raum auf dem feuchten Plastikbezug der Matratze, hoffend, wartend ...

Am Ende ihres Arbeitstages packte sie ihre Sachen zusammen, verabschiedete sich von den Kollegen und ging hinunter zum Parkplatz, begann die tägliche Metamorphose. Sie fuhr fast automatisch, so sehr an den Verkehr und die Strecke gewöhnt, daß sie kaum darüber nachdenken mußte.

»Hurra, hurra, du bist zu früh«, jubelte Emma, als sie sie sah. »Und wir kommen nicht zu spät zum Schwimmen!«

»Vielleicht bleibt auf dem Weg nach Haus Zeit für einen Frozen Yoghurt«, sagte Kathryn lächelnd. »Komm, steig ein.«

Der Schwimmunterricht fand im Kinderbecken hinter einem Freizeitkomplex in Catalina statt, eine Viertelstunde mit dem Auto. Es war entspannend, einfach nur auf einem Stuhl zu sitzen, eine Mutter unter vielen, deren Kinder schrien, planschten, kreischten, herumrannten. Danach fuhren sie über den Freeway zurück und nahmen die Ausfahrt nach Laguna del Mar, wo sie am Fancy Freeze hielten und ihren Frozen Yoghurt aßen, bevor sie den Hügel hinunter nach Haus fuhren.

Halb hörte sie Emma zu, die plapperte wie ein Spatz, als sie den Fahrstuhl nach oben nahmen, den Flur zur Wohnung hinunter gingen, Kathryn in ihrer Handtasche nach den Schlüsseln suchte und die Stirn runzelte, weil sie den Zettel an der Tür sah. Dann sah sie, was da noch war.

»Emma!« schrie sie und nahm ihre Tochter in die Arme, rannte in Panik den Flur und die Treppe hinunter. Sie hämmerte an Ruths Tür. Ihr Herz schlug so fest, daß sie glaubte, es müßte platzen, der Atem scharf und keuchend. Ruth öffnete die Tür, und sie stürzten hinein, Emma hysterisch weinend.

»Das Telefon.« Kathryn stürmte an Ruth vorbei und wählte 911. Sie bemühte sich, ruhiger zu atmen, langsam und deutlich zu sprechen, damit die Telefonistin alles verstand.

»Was ist hier eigentlich los?« rief Ruth mit weit aufgerissenen Augen, die Arme um das weinende Kind gelegt.

»Tut mir leid, ich dachte, es wär was passiert.« Kathryn gab Ruth ein Zeichen mit den Augen. »Emma, bleib ein paar Minuten hier bei Ruth, okay? Ich bin gleich wieder da.«

»Nein, nein, geh nicht da raus, ich hab Angst, ich hab Angst!« wimmerte Emma. »Bleib hier, bleib hier.«

»Du brauchst keine Angst zu haben«, sagte Kathryn. Sie ging nach draußen, dann langsam die Treppe hinauf. Kurze Zeit später hörte sie die Stiefel der Polizisten auf den Stufen. Sie kannte keinen von beiden. Auf dem Namensschild des Älteren stand GUZMAN, der junge Blonde hieß ESTERHAUS. Kathryn wies sich aus und ging mit ihnen den Flur hinunter zur Wohnung.

»Mein Gott, was ist *das?«* Esterhaus klang angewidert.

»Ein Auge«, gab Guzman nüchtern zurück. Er beugte sich vor. Plötzlich schnarrte sein Funkgerät. Er ignorierte es. »Können Sie lesen, was auf dem Zettel steht, Ma'am?«

»Es ist ein Code. Aber ich weiß, von wem.«

Als die Polizisten weg waren, ging Kathryn wieder hinunter zu Ruth und erzählte, was passiert war. Ruth hielt es für eine gute Idee, wenn sie beide bei ihr schliefen, aber Kathryn versicherte ihr, das sei nicht nötig.

»Em, wie wär's, wenn du heute abend bei Ruth bleibst?« fragte sie ihre Tochter. »Ich muß noch mal in die Stadt und mit den Detectives sprechen. Ist das in Ordnung?«

Emma nickte. »Okay. Aber wieso immer du, Mommy? Wieso arbeitet nicht auch mal jemand anders?«

»Sie haben keinen, der so gut ist wie ich«, gab Kathryn zurück und lächelte aufmunternd. »Du hast doch keine Angst mehr, oder?«

»Nicht mehr«, sagte Emma ernst. »Aber draußen auf dem Flur. Du hast mir einen furchtbaren Schrecken eingejagt.«

»Keine Sorge, Ruth«, erklärte Kathryn ihrer Freundin. »Unten stehen zwei Leute vom Sheriff. Sie werden das Haus die ganze Nacht bewachen.«

»Wann kommst du wieder?«

»Gegen zehn, nehme ich an. Warte nicht auf mich.«

Sie ging hinunter in die Garage und stieg in ihren Wagen. Als sie hinausfuhr, sah sie in der Nähe des Eingangs eine ungekennzeichnete Limousine am Straßenrand. Ed Black und Mervin Phy gaben nicht zu erkennen, daß sie sie wahrgenommen hatten, als sie an ihnen vorbeifuhr.

Walt Earhart wartete mit müden Augen in seinem Büro und trank Kaffee. Henry Chu und Tom Ney sahen auf, als Kathryn eintrat.

»Was für ein Tag«, stöhnte Henry. »Wie fühlen Sie sich?«

»Ich fühl mich wie jemand, der dieses Schwein schnappen will, bevor es ihn noch mal in Angst und Schrecken versetzt.«

»Er könnte etwas mit bleibenderer Wirkung im Sinn haben«, knurrte Earhart. »Kazanowski hat die Nachricht gesehen, Kathryn. Diesmal war es nicht so einfach, aber er hat es rausgefunden.«

Er schob ein Blatt Papier über den Schreibtisch. Sie drehte es um und sah es an.

```
     4/18/9
8/23/19/23/13
     6/13/8
  13/12/24/19
```

Darunter stand Kazanowskis Übersetzung:

```
   W  I  R
S  E  H  E N
   U  N  S
 N  O  C  H
```

»Dieser Dreckskerl hat wirklich einen kranken Sinn für Humor«, sagte Tom Ney, als er die Nachricht über ihre Schulter hinweg las. »Unterschrieben wie immer.«

»Ja, der kleine Lebkuchenmann. Hätte er nicht tun müssen. Seine Abdrücke waren überall«, erklärte Earhart.

»Und das Auge?«

»Ich sag es nicht gern.«

»Sagen Sie schon.«

»Ich hab es gleich an Doc Nelson geschickt. Er sagt, es sieht so aus, als stamme es von der kleinen Medina.«

»Wir haben es hier wirklich mit einem widerlichen Stück Scheiße zu tun«, sagte Henry Chu. »Meinen Sie nicht, Sie sollten Urlaub nehmen, bis wir ihn von der Straße haben?«

»Vielleicht sollte ich Emma für ein, zwei Wochen zu ihrem Vater schicken«, sagte Kathryn. »Aber ich kann nicht frei machen, Henry. Nächste Woche ist die Grand Jury.«

»Wir überwachen Kathryns Wohnung, für den Fall, daß Russell wiederkommt«, sagte Earhart und unterdrückte ein mächtiges Gähnen. »Ed Black und Merv Phy haben Spätschicht, Joe Byrne und Bill Larson die Nacht, Jack Curran und Hank Schiller lösen sie am Morgen ab. Der Streifendienst ist informiert. Ihr Jungs geht raus. Fragt eure Spitzel, seht, ob ihr was finden könnt. Russell ist irgendwo da draußen.«

»Okay, bin schon unterwegs«, verkündete Henry und knöpfte sein makellos gebügeltes Jackett zu. »Tom?«

»Yo.«

Die beiden Detectives gingen und ließen Kathryn mit Earhart allein. Wieder gähnte er und rieb seine Augen.

»Wenn ich noch mehr Kaffee trinke, schlaf ich bis Weihnachten nicht mehr«, sagte er. »Kathryn, alles klar?«

»Mir geht es ganz gut, Walt.«

»Möchten Sie, daß ich Sie nach Hause fahre?«

»So wie Sie aussehen, sollte besser ich Ihnen dieses Angebot machen. Danke, aber es ist nicht nötig. Sagen Sie, haben Sie Dave Granz heute schon gesehen?«

»Nein, hab ich nicht. Aber er ist bestimmt zu Hause.«

»Er hatte seine … er hat es Enthüllung genannt. Man hat ihm seinen Verband abgenommen.«

»Aha«, sagte Earhart, als erklärte es etwas, das ihn beschäftigt hatte.

»Was hat ›aha‹ zu bedeuten?«

»Ich hab öfter versucht, ihn anzurufen, und hatte seinen Anrufbeantworter dran. Auf dem Band war eine neue Ansage. ›Dave Granz ist mit einem fremden Mann ausgegangen. Er kommt zurück, sobald sie sich aneinander gewöhnt haben.‹«

Kathryn schüttelte den Kopf. »Wahrscheinlich sitzt er in einer Bar und bearbeitet eine leicht zu beeindruckende junge Dame.« Sie stand auf und streckte sich. »Ich sollte besser gehen. Wir sehen uns morgen, Walt.«

»Ich bring Sie zum Wagen runter«, erklärte der große Mann.

»Das wäre nett.« Kathryn lächelte. Es war Walts Art, für sie zu sorgen, und sie hatte nichts dagegen, in der Dunkelheit auf dem leeren Parkplatz nicht allein zu sein.

»Gute Nacht, Kathryn«, sagte er, als sie den Wagen aufschloß. »Nicht vergessen: Morgen ist Sanchez fällig.«

»Amen.« Kathryn lächelte und stieg ein. Sofort roch sie, daß sie nicht allein war, riß den Mund auf, wollte schreien. Eine harte Hand preßte sich auf ihr Gesicht, nahm ihr die Luft.

»Ich bin sehr böse auf dich, Kathryn.« Russells Stimme war ein brüchiges Flüstern. Er legte ihr die kalte Klinge des Skalpells an den Hals. »Wirklich sehr böse.«

37

Zuerst ließ er sie auf den Beifahrersitz klettern. Grob knebelte er sie von hinten, fesselte ihre Hände hinter dem Rücken mit Handschellen. Dann kam er um den Wagen herum und band ihre Füße so fest zusammen, daß sie vor Schmerz aufschrie, was vom Knebel erstickt wurde. Er kippte den Beifahrersitz nach hinten, so daß sie praktisch darauf lag und niemand sie von außen sehen konnte. Dann setzte er sich hinters Lenkrad und bog vom Parkplatz nach Norden ein. Während der Fahrt summte er ein bekanntes Kinderlied, aber Kathryn wollte nicht einfallen, wie es hieß.

Ihre Gedanken rasten. Sie überlegte verzweifelt, was sie tun konnte, welche Methode bei diesem Wahnsinnigen greifen würde, wenn sie dort waren, wohin sie fuhren. Verzweifelt versuchte sie, sich an alles zu erinnern, was sie über ihn wußte, und gleichzeitig die nackte Angst abzuwehren, die immer wieder jeden Gedanken an ihre Rettung auslöschte.

Sie hatte keine Ahnung, wo sie waren, aber es schien nicht lange zu dauern, bis der Wagen bremste und irgendwo hielt. Sie dachte an die Automatic in ihrer Handtasche. Zwecklos. Es war stockfinster. Durch die Scheiben war nichts zu sehen. Wie spät war es? Würde Ruth die Polizei rufen, wenn sie nicht nach Hause kam? Ihr fiel ein, daß sie ihre Freundin ermahnt hatte, nicht auf sie zu warten. Wenn nicht noch ein guter Spätfilm im Fernsehen lief, lag Ruth schon im Bett. Was war mit den Polizisten? Schichtwechsel war um Mitternacht, und möglicherweise sagte das eine Team dem anderen gar nicht, daß sie noch außer Haus war.

Er öffnete die Beifahrertür. Der Duft von Gras und kühler Abendluft wehte herein. Ein Park?

»Die schlaue Kathryn.« Er sprach beinah wie zu sich selbst.

»Du hast sie dazu gebracht, daß sie redet, nicht? All ihre jämmerlichen, kleinen Geheimnisse erzählt.«

Er packte sie vorn an ihrer Jacke und zerrte sie auf die Beine, schlug ihr mit der flachen Hand ins Gesicht, harte, schmerzende Schläge.

»Hure«, sagte er wie beiläufig, jedesmal, wenn er sie schlug. »Hure, Hure, Hure ...«

Sie fühlte, wie ihre Lippen aufplatzten und das Blut von ihrer Nase tropfte. Als sie fast schon das Bewußtsein verlor, drehte er sie um und warf sie zu Boden. Sie stürzte hart auf ihre Schulter, spürte das spröde Knacken eines Knochens und wurde für einen Moment ohnmächtig.

Sie tauchte durch die Dunkelheit nach oben. Jemand machte irgendwas mit ihren Kleidern. Sie schlug die Augen auf und sah das Glitzern des Skalpells in seiner Hand. Er schnitt ihr die Kleider vom Leib. *Lieber Gott im Himmel, nein!* Mit panischem Stöhnen warf sie sich von einer Seite zur anderen, versuchte, ihm mit aller Kraft zu entkommen.

»Ich ... hab ... es ... dir ... gesagt. Hure ... mach ... mich ... nicht ... böse«, keuchte er.

Sie schrie und schrie, aber außer ersticktem Gurgeln kam nichts heraus. Wie in einem schrecklichen Traum merkte sie, wo sie war: Es war das Café am Eingang zum Cabrillo Park, in dem sie mit Carol Russell gesprochen hatte. Wie gespenstische Kirchtürme ragten die weißblauen Schirme über ihr auf. Sie spürte die kühle Luft an ihren Oberschenkeln und wußte, daß er ihren Rock zerschnitten hatte. Er kniete auf ihren Beinen, damit sie sich nicht rühren konnte, und sie spürte, wie er an ihrem Slip herumnestelte. Sie drückte den Rücken durch, konnte ihn aber nicht abwerfen.

»Ah«, sagte Russell, und sie erschauerte in ihrem tiefsten Inneren, als er sie berührte. Dann plötzlich bewegte sich etwas rechts von ihr, und Dave Granz trat aus der Nacht hervor. Im seltsam diffusen Licht der Laternen auf dem Highway sah sein narbiges Gesicht wie eine Mißbildung aus, eine Fratze. Auch Russell sah ihn und sprang auf, wich vor dem heranstürmenden Mann zurück.

»Bleib da!« zischte er und stach wie wild mit dem Skalpell um sich.

»Kathryn«, sagte Dave, ohne sich von Russell abzuwenden. »Wenn du in Ordnung bist, nick mit dem Kopf.«

Sie schaffte es, den Kopf zu bewegen. Er schob sich an ihr vorbei Russell entgegen, der zurückwich, das Skalpell noch immer in der Hand.

»Leg das Messer weg, Lee«, sagte Dave sanft.

»Wieso bist du nicht tot?« schrie Russell. »Wieso bist du nicht tot?«

»Letzte Warnung. Leg das Skalpell weg.«

Russell schüttelte den Kopf, tat einen Schritt nach vorn. Ohne zu zögern streckte Dave den linken Arm aus und schoß dreimal, setzte die Kugeln aus der Bodyguard Airweight .38 Smith & Wesson auf einer Fläche von der Größe eines halben Dollars direkt unter das Brustbein. Russell sackte auf die Knie, mit einem Ausdruck der Überraschung im Gesicht. Dann, als er umkippte, trat Dave vor und stieß das Skalpell von den ausgestreckten Fingern des sterbenden Mannes weg. Aus zwei Metern Entfernung sah Kathryn, daß sich Lee Russells Lippen bewegten, hörte ihn ein einzelnes Wort seufzen, als das Licht in seinen Augen erlosch.

Dann spürte sie, wie Daves starke Hände ihr aufhalfen, die Fesseln zerschnitten, den Knebel aus ihrem Mund nahmen. Sie wollte etwas sagen, aber ihre Zunge gehorchte ihr nicht.

»Warte«, sagte er. Er beugte sich über Lee Russells Leiche und durchsuchte die Taschen des toten Mannes, bis er die Schlüssel zu den Handschellen fand. Er schloß sie auf und warf sie in den Wagen. Dann legte er seine Arme um sie und hielt sie ganz fest. Sie zitterte hemmungslos.

Einige Zeit später trafen die Leute des Sheriffs ein.

Hal Benton schickte sie in einen Kurort hoch oben in den Bergen, mit der strikten Anweisung, nur zu schlafen, zu essen, dann zu schlafen und wiederum etwas zu essen. Nach zwei müßigen Tagen begann Kathryn Fahrradtouren zu unternehmen, ging in die Sauna, in den Whirlpool, schwamm ausgiebig im beheizten Außenbecken. Sie nahm Zeitschriften in die Hand, legte sie weg. Versuchte, einen Detektivroman zu lesen, war außerstande. Am vierten Tag langweilte sie sich zu Tode. Sie rief Hal an.

»Ich will wieder arbeiten«, sagte sie ohne Vorrede.

»Sie sollten eine Woche frei machen«, gab er zurück. »Was ist los mit Ihnen? Können Sie sich nicht entspannen?«

»Vielleicht nach einer Frontalhirnlobotomie. Kommen Sie, Hal. Mir geht es gut. Außerdem habe ich Walt Earhart versprochen, mir Sanchez vorzuknöpfen.«

»Lesen Sie da oben keine Zeitungen?« fragte Benton. »Sanchez hat bei KKSU gekündigt.«

»Wann das?«

»An dem Tag, als Sie vor der Grand Jury erscheinen sollten. Offiziell will er andere Karriereziele verfolgen.« »Und die Wahrheit?«

»Walt hat mir von Ihrer Idee erzählt, die uns allen gut gefiel. Also hat Mac einen Haftbefehl für Sanchez erwirkt.«

»Ach, Hal, das ist gemein«, protestierte Kathryn. »Ich wollte Sanchez selbst eine reinwürgen.«

»Wollten wir alle. Kathryn, verzeihen Sie mir. Ich wußte nicht, wie lange Sie wegbleiben würden. Und das Loch mußte geschlossen werden. Endgültig. Übrigens, Sie können mir glauben. Wir haben Sanchez kräftig eine reingewürgt.«

»Ich wünschte, ich wäre dabei gewesen. Erzählen Sie.«

»Sanchez hat sich selbst gestellt. Eine Viertelstunde später hat er uns seinen Spitzel verraten. Wollen Sie raten, wer?«

»Greta Brotherton?«

Einen Moment war es still. »Kommen Sie, Kathryn, Sie

machen Witze, ja? Nein, niemand aus unserem Büro. Es war einer der ranghöheren Detectives. George Tannenbaum.«

»Ich hab mich schon immer gefragt, wie er es sich leisten konnte, soviel Gold zu tragen.«

»Reine Geldgier. Es stellte sich heraus, daß Sanchez nicht mal an ihn herantreten mußte. Er ist zu Sanchez gekommen. Hat ihm Informationen auf Vorschußbasis angeboten, für dreihundert die Woche. Sanchez konnte sein Glück gar nicht fassen. Bei seinem Verdienst war das ein Witz.«

»Was passiert mit ihm?«

»Tannenbaum? Es ist schon alles passiert. Jake Gylam hat ihm einen Tritt verpaßt, als wäre er ein Riesengummiball.«

»Trotzdem sind Sie mir dafür was schuldig.«

»Ich bin Ihnen was schuldig. Also, was wollen Sie?«

»Erstens möchte ich, daß Sie losgehen und eine Kiste Wild Turkey kaufen. Schicken Sie sie an Dave Granz und stecken Sie eine Karte dazu, auf der steht, mh ...«

»Er ist hier bei mir. Wollen Sie ihn sprechen?«

»Was macht er bei Ihnen?«

»Wir reden darüber, daß er wieder arbeiten will. Was sonst? Er ist genauso verrückt wie Sie.«

»Was ist mit seiner Hand?«

»Wir haben es besprochen. Er meint, er kann es schaffen. Norm Podnoretz auch. Schließlich hat Dave das Schießen mit der linken Hand genauso trainiert wie mit der Rechten. Neulich abend hat er es gekonnt, oder? Und die Prognose zu seinen Verletzungen ist besser, als wir anfangs dachten.«

»Ich will ihn gleich sprechen. Erst der Whiskey, Hal.«

»Ich warte noch immer, was auf die Karte soll.«

»›Nie warst du liebreizender.‹«

»Das gefällt mir. Noch was?«

»Ja. Ich will wieder an die Arbeit.«

»Sicher. Sobald Sie ...«

»Morgen.«

»Wissen Sie was? Sie haben einen Vogel«, sagte Benton. »Aber einen netten, kleinen Vogel.«

»Heißt das ja?«

»Natürlich heißt es ja. Okay, hier kommt Dave.«

»Kathryn?«

»Ich hab mich noch gar nicht richtig bedanken können.«

»Das mußt du auch nicht. Ich hatte eine alte Rechnung zu begleichen.«

»Ich weiß immer noch nicht, wieso du da aufgetaucht bist. Woher wußtest du, wo ich war?«

»Purer Zufall. Ich hatte von Rafe Guzman gehört, was an deiner Wohnung passiert war. Er hat gesagt, du wolltest ins Büro, also bin ich hergefahren. Walt Earhart war noch da und sagte, du wärst gerade weg und wolltest nach Hause. Ich hab gesehen, wie du losfuhrst, aber dann ist dein Wagen auf dem Pacific nach Norden eingebogen. Das machte keinen Sinn. Also bin ich dir gefolgt. Ganz einfach.«

»Er hätte mich umgebracht.« Sie erschauerte, als sie sich an die glitzernde Klinge des Skalpells erinnerte, das verzerrte Gesicht, das auf sie herabstarrte.

»Vergiß es. Erinnerst du dich noch, was ich neulich gesagt habe? ›Gestern war gestern, und morgen steht in den Sternen?‹«

»Ich erinnere mich. Danke, Dave.«

»Hör mal, was hat es damit auf sich, daß du wieder zur Arbeit kommst?«

»Ich will. Oder besser: Ich muß.«

»Ich kenn das Gefühl.« Er schwieg. »Kathryn?«

»Ja?«

»Russell hat noch was gesagt, nicht? Kurz bevor er starb.«

»Kim«, antwortete Kathryn. »Er sagte: Kim.«

»Ich frag mich, wer sie wohl war«, sagte Dave.